Isabella Anders

# Bleibst du für immer?

# Isabella Anders

# Bleibst du für immer?

## BODENSEE-ROMANZE

Immer informiert

Spannung pur – mit unserem Newsletter informieren wir Sie
regelmäßig über Wissenswertes aus unserer Bücherwelt.


Gefällt mir!

Facebook: @Gmeiner.Verlag
Instagram: @gmeinerverlag
Twitter: @GmeinerVerlag

 MIX
Papier aus verantwor-
tungsvollen Quellen
FSC® C014496


Besuchen Sie uns im Internet:
www.gmeiner-verlag.de

© 2022 – Gmeiner-Verlag GmbH
Im Ehnried 5, 88605 Meßkirch
Telefon 0 75 75 / 20 95 - 0
info@gmeiner-verlag.de
Alle Rechte vorbehalten
1. Auflage 2022

Lektorat: Claudia Senghaas, Kirchardt
Herstellung: Mirjam Hecht
Umschlaggestaltung: U.O.R.G. Lutz Eberle, Stuttgart
unter Verwendung eines Fotos von: © Tina Rabus / shutterstock
Druck: GGP Media GmbH, Pößneck
Printed in Germany
ISBN 978-3-8392-0107-7

# Kapitel 1

Sven blieb überrascht stehen, auf der Wiese vor ihm schlief eine junge Frau. Es störte ihn kaum, dass es sein Grundstück war, auf dem er nicht gerne Fremde sehen wollte. Seltsam genug schien es, als gehörte dieses zerbrechlich wirkende Mädchen hierher wie die Wildblumen. Er trat näher und betrachtete die schlafende Unbekannte eine Weile. Das sanfte Licht der untergehenden Abendsonne, reflektiert von der Meeresbrandung, tanzte sorglos auf ihrem Gesicht.

Er konnte seinen Blick kaum von ihr abwenden, sie wirkte selbst im Schlaf unglaublich lebendig. So hatte bestimmt Dornröschen ausgesehen, bevor sie der Prinz mit einem Kuss aus den Träumen weckte, dachte er so bei sich und hätte sehr gerne den heldenhaften Prinzen gespielt. Nur eines passte nicht, er durfte sie auf keinen Fall küssen, diese verzauberte Prinzessin hier war ja nicht aus dem Märchen und er kein Prinz. Man konnte einfach nicht alles haben, schoss es ihm durch den Kopf, und ein leichtes Lächeln erhellte seine Gesichtszüge.

Als ein Windhauch dem anmutigen Mädchen eine rotblonde Haarsträhne in die Stirn wehte, kniete er sich, ohne viel nachzudenken, auf den Boden. Streckte seine Hand aus, um die Strähne, die wie heller Bernstein im Sonnenlicht glänzte, wieder zurückzustreichen. Er berührte dabei sachte die zarte Haut der jungen Frau. Erschrocken zog er seine Hand wieder zurück, als er spürte, welch elektrisierendes Gefühl diese flüchtige Berührung in ihm hervorgerufen hatte.

Er hielt seine Neugierde im Zaum. Nur für einen Moment. Er wollte wissen, wer sie war, woher sie kam, herausfinden, was der Grund für seine heftige Reaktion war. In diesem Moment öffnete das Mädchen die Augen. Augen so klar und tief wie ein Gebirgssee, smaragdgrün und wunderschön. Der hellwache Blick, der seinen Körper bis in die letzte Faser zu durchdringen schien, rief in ihm den plötzlichen Drang wieder wach, seine Grenzen, sein zurückgezogenes Leben zu beschützen. Sein Interesse wich einer plötzlich erwachten Vorsicht.

»Sie befinden sich auf einem Privatgrundstück«, war das Einzige, was er herausbringen konnte. Insgeheim ärgerte er sich schon über den blöden Satz, war jedoch trotzdem froh, wenigstens nicht gestottert zu haben. Seine Finca lag inmitten einer traumhaften und wildromantischen Landschaft direkt am Mittelmeer. Das Grundstück war von Palmen und bunten Sträuchern eingegrenzt. Rund um das kleine Häuschen eine kleine Oase, ein saftig grüner Rasen mit Wildblumen, der Vorbesitzer hatte ihn wohl gut gepflegt. In südlicher Richtung breitete sich das Meer aus, davor feiner weißer Sandstrand.

Auf der anderen Seite der Bucht war eine Stadt zu sehen, weit genug weg. Sein Anwesen war nicht leicht zu finden, lag ein wenig versteckt. Genau wie seine Gefühle, die er auch für sich behalten wollte. Er fragte noch mal, diesmal mit entschlossener Stimme, was sie auf seinem Grundstück zu suchen hätte.

Überrascht sah die schöne Unbekannte den Mann an, der immer noch neben ihr kniete. Musste sie Angst vor ihm haben? Nein, sie konnte sich auf ihren Instinkt verlassen, er wirkte zwar fest entschlossen und ein wenig unfreundlich, aber es erschreckte sie nicht, im Gegenteil, die Ausstrahlung des Fremden zog sie auf eine ihr unbekannte Weise an.

Ohne sich dessen bewusst zu sein, lächelte sie ihn an. Das erste Lächeln seit geraumer Zeit. Sie war vor etwas davongelaufen, wie die meisten, die ohne Hotelzimmer und genaues Ziel hier am Meer herumirrten. Drei Beziehungen hatte sie bisher hinter sich. Richtig wohl hatte sie sich nie dabei gefühlt, irgendwie war sie immer an die Falschen geraten, der Erste wollte nicht nur sie, sondern gleich ihr ganzes Leben umkrempeln. Kaum nach der Ausbildung, wollte er sie schon in den kühlen Norden von Deutschland mitnehmen. Weg von ihren Freunden und weit weg von der Sonne und der Wärme, nach der sie sich doch immer so sehr sehnte.

Er war zwar sehr liebevoll gewesen, aber sie war nicht mehr frei, seine große Liebe zu ihr war wie eine Fessel, eine, die sich immer enger anfühlte. Sie durfte nicht mehr sie selbst sein, jede eigene Entwicklung wurde sofort mit Liebesentzug bestraft. Sie brach die Beziehung noch rechtzeitig vor der Verlobung ab. Ihre Mutter, der es nur darauf ankam, dass sie schnell unter die Haube kommen sollte, wie sie sich immer ausdrückte, konnte die Entscheidung ihrer Tochter nicht nachvollziehen und versuchte noch lange, den Kontakt zwischen ihr und ihm aufrechtzuerhalten.

Die zwei anderen Männer waren zwar nicht so besitzergreifend, doch musste sie permanent deren Aufmerksamkeit teilen, der eine war bis über beide Ohren in seine Arbeit verliebt, der andere in alle hübschen Frauen der Stadt. Bei dem schönen Casanova wusste sie zwar, worauf sie sich eingelassen hatte, und trotzdem tat es verdammt weh, als sie sich immer öfter mit der rauen Wirklichkeit konfrontiert sah. Irgendwann rannte sie davon, wollte sich selbst in das Leben stürzen, um zu vergessen. Merkte dann jedoch sehr schnell, dass niemand ihr geben konnte, wonach sie sich wirklich sehnte.

Als sie das bemerkte, und wie darüber hinaus ihre Bereitschaft, etwas von ihren Gefühlen preiszugeben, immer mehr sank, nur um nicht mehr verletzt zu werden, hatte sie sich entschlossen, hierher in die Sonne zu fliehen, um ein wenig Abstand zu gewinnen. In drei Monaten würde sie ein Jahr lang in den Staaten arbeiten. Sie wollte ab sofort ihre neu entdeckte Freiheit genießen, nur an sich denken, unabhängig und sorglos in den Tag hinein leben. Keinem Mann über den Weg laufen.

»Haben Sie mich nicht verstanden – ist Ihnen nicht gut?«, wurde die Frau aus ihren verworrenen Träumen gerissen.

»Doch, doch«, stammelte sie, »ich hätte Sie heute eh noch aufgesucht.«

»Wozu?« Seine Stimme verriet Misstrauen.

»Um zu fragen, ob ich hier zelten darf, natürlich«, antwortete sie forsch, und es klang, als würde sie ihn nicht für den Klügsten halten. Es war ihre Art, Unsicherheit zu überspielen.

»Sie scheinen mich nicht zu verstehen«, entgegnete er barsch. »Das ist kein Campingplatz, sondern mein Privatgrundstück.«

»Ich sehe keinen Zaun«, stellte die selbstbewusste Frau herausfordernd fest.

Er sah sie von oben bis unten irritiert an, wendete dann seinen Blick wieder ab und schaute auf das Meer. Bisher hatte er es noch nicht übers Herz gebracht, diese schöne Landschaft einzuzäunen und damit als seinen Besitz zu kennzeichnen.

Wenn er nicht so großen Wert darauf gelegt hätte, allein zu sein, wahrscheinlich hätte er nicht einmal die wenigen Schilder vom Vorbesitzer stehen lassen, die mögliche Eindringlinge vom Betreten des Grundstücks abhalten sollten. Doch das alles ging nur ihn etwas an, er musste sich nicht rechtfertigen und ganz sicher nicht dieser … dieser … Wildblume gegenüber!

»Es ist mein Grundstück«, wiederholte er schroff.

»Seien Sie nicht albern, Sie wissen doch selbst, dass es Ihnen ebenso wenig gehört wie mir. Sie haben es sich vielleicht geliehen, für ein Leben lang geliehen, mehr nicht.« Dabei schaute sie ihn prüfend an, ob er ihr gedanklich überhaupt folgen konnte. An seiner Mimik war jedoch nichts abzulesen. Ein wenig verunsicherte sie das.

»Außerdem verspreche ich«, ergänzte sie deshalb freundlicher, »keinen Schaden anzurichten. Ich hinterlasse keinen Abfall und mache kein Lagerfeuer. Schauen Sie, ich habe noch nicht einmal die Wildblumen hier umgeknickt.«

Sie zeigte auf die Stelle, auf der sie gelegen hatte. Und tatsächlich, sie hatte sich sorgfältig ein Fleckchen ausgesucht, auf dem keine größeren Blumen wuchsen.

»Um die Wildblumen brauchen Sie sich auch nicht zu sorgen«, entgegnete er schon versöhnlicher. »Die sind längst nicht so zart und empfindlich, wie sie aussehen. Einige schlagen an den rauesten und ungewöhnlichsten Stellen Wurzeln.«

Sie musterte ihn eindringlich. Was hatte wohl den nachdenklichen, wachsamen Ausdruck in sein Gesicht gebracht? Seine letzte Bemerkung war zwar völlig harmlos gewesen, und doch, da war etwas. Sie hatte dafür einen siebten Sinn.

»Ein Mann von Ihrer Sorte würde das Wurzelschlagen der Blumen wahrscheinlich auch schon unbefugtes Eindringen nennen.« Sie warf den Kopf trotzig in den Nacken.

»Sie irren sich«, widersprach er, »in jeder Hinsicht. Unbefugtes Eindringen ist etwas anderes. Damit kennen Sie sich ja bestens aus. Außerdem«, setzte er kalt hinzu, »gehöre ich zu keiner bestimmten Sorte Mann – merken Sie sich das gleich mal!«

Sie sahen sich schweigend an. Sie entdeckte in seinen Augen eine gewisse Traurigkeit und eine Wärme, die von den hart ausgesprochenen Worten nicht überdeckt werden konnte. Sie hatte das Gefühl, den Mann zu kennen, obwohl sie eigentlich nichts über ihn wusste. Sie hätte gern mehr über ihn erfahren, auch wenn der Moment gerade nicht optimal schien, sie wollte sich nicht so einfach vertreiben lassen.

»Die Wildblumen dürfen also ohne Erlaubnis bei Ihnen Wurzeln schlagen«, ritt sie weiter auf dem Thema herum, »und nur zur Info, ich möchte keine Wurzeln schlagen. Wollte Sie sowieso noch fragen, ob ich hier eine oder zwei Nächte übernachten kann.«

»Woher kommen Sie, und was möchten Sie hier eigentlich?«, fragte er eine Spur versöhnlicher.

»So viele Fragen auf einmal!« Um Zeit zu gewinnen, stellte sich die hübsche Wildblume vor: »Mein Name ist Sandra, äh Steffi Luma ...«, sie brach mitten im Wort ab. Denn was ging ihn eigentlich ihr Name an, war er der Herbergsvater von Andalusiens Küste? »Wie heißen Sie eigentlich?«

»Sven«, antwortete er knapp.

»Sie sprechen akzentfrei Deutsch, wo sind Sie geboren? Und wie ist Ihr Nachname?«

»Nennen Sie mich einfach Sven.«

»Hallo, Sven.« Nach einer kurzen Pause begrüßte sie ihn brav und mit einem verlegenen Lachen. Mit ihm war wohl nicht gut Kirschen essen. Es wäre vermutlich besser, wieder von hier zu verschwinden, überlegte sie sich.

»Sind Sie alleine hier unterwegs?«, fragte er Sandra-Steffi, um mehr von ihr zu erfahren.

»Und wenn ich es wäre?« Ihr Tonfall wurde wieder leicht schnippisch, sie ließ sich ebenso wenig von einem Fremden ausfragen.

»Ich möchte nur gerne wissen, wie viele Personen sich hier auf meinem Grundstück noch aufhalten«, entgegnete er auch schon wieder etwas ungehaltener. Er musste es ihr einfach sagen, dass er nicht gewillt war, irgendetwas mit ihr zu teilen. Sie schaute ihn einen Moment an, bevor sie antwortete:

»Bin alleine.« Sie antwortete knapp und etwas versöhnlicher, sie wollte sich mit ihm nicht streiten.

Er nickte nur, eigentlich hatte er auch keine andere Antwort von ihr erwartet, denn ihre Blicke und ihr Verhalten zeugten von einem ausgeprägten Bedürfnis nach Unabhängigkeit. Er schaute ihr in die Augen, sie wich ihm aus. Es war eindeutig, sie hatte sich diesen Ort ausgesucht, um alleine zu sein, sie hatte keine Lust, sich ausfragen zu lassen. Man sah es ihr an der süßen Nasenspitze an.

»Eine nicht ungefährliche Art zu reisen.« Sven spürte, wie sich die Frau verbarrikadierte. Er bemühte sich ein wenig um sie, zumindest um einen etwas netteren Ton. Allerdings konnte Sven sie damit nicht erreichen. Komplizierte Frau, dachte er bei sich.

»Ich kann gut allein auf mich aufpassen«, entgegnete sie kühl.

»Was ist, wenn Sie krank werden oder sich hier irgendwo in der Wildnis verletzen?«

»Ich sagte doch schon, ich kann gut selbst auf mich aufpassen.«

»Ich nehme an, Sie machen Urlaub?«

»So, nehmen Sie das an?«

Sven schüttelte den Kopf. »Antworten Sie eigentlich immer mit Gegenfragen? Haben Sie Sorge, mir zu viel von sich zu erzählen? Wovor haben Sie eigentlich überhaupt Angst?«

Seine Antennen waren auf Empfang, seine Wahrnehmung enorm geschärft. Sven konnte förmlich fühlen, was in ihr gerade vorging. Er spürte ihre Angst, ihre Unsicherheit.

Sandra-Steffi horchte auf, den meisten Menschen entging, dass sie mit Hilfe von Humor, Gegenfragen und anderen Ausweichmanövern Abstand zu ihnen hielt. Manchmal, in besonders schweren Fällen, setzte sie auch ihre unterkühlte, schnippische Art ein. Reines Schauspiel, nur zur Abwehr. Und teilweise sogar völlig unbeabsichtigt, meistens leider bei den nettesten Männern.

Die Taktik hatte sie sich schon ziemlich früh zugelegt und glaubte sie auch im Regelfall gut zu beherrschen. Dennoch hatte dieser Fremde ihr Verhalten in weniger als zehn Minuten durchschaut. Sie war unangenehm berührt.

Sandra-Steffi überlegte: Sollte sie gehen, bleiben? Sie machte einen ersten kleinen Schritt aus ihrem vermeintlich guten Versteck.

»Mein richtiger Name ist Laura, Laura Lumatti.« Und versuchte auch gleich, mit einem Angriff ihre Verteidigung wegen des falschen Namens zu übernehmen.

»Und was ist mit Ihnen, erzählen Sie jeder Fremden sofort alles? Bisher kenne ich ja auch nur Ihren Vornamen.«

»Da sind Sie ja wirklich klar im Nachteil«, entgegnete Sven unverkennbar zynisch, er verlor langsam die Lust auf eine freundliche Unterhaltung. »Von Ihnen kenne ich ja schon drei Vornamen, haben Sie eigentlich noch mehr davon? Haben Sie etwas angestellt? Werden Sie gesucht?«

Laura ließ sich nicht provozieren, überging seine übergriffigen Fragen und setzte zum Gegenangriff an:

»Und dann weiß ich nur noch, dass Sie zu keiner bestimmten Sorte von Männern gehören wollen. Wer sind Sie, was für ein Typ von Mensch: einer, der gerne in den Tag hinein lebt, oder jemand mit klaren Vorstellungen vom Leben? Sind Sie ein Workaholic oder jemand, der auch vor etwas davongelaufen ist?« Laura schaute Sven herausfordernd an.

»Ach, wirklich? Sie sind tatsächlich vor etwas davongelaufen. Wovor denn?« Sven grinste überheblich, auch wenn Lauras Frage ebenfalls direkt ins Schwarze getroffen hatte.

Laura wirkte erschrocken, weil sie sich schon wieder ertappt fühlte, war jedoch gleichzeitig auch belustigt, dass sie Sven mit ihrem geglückten Überraschungscoup wohl auch getroffen hatte. Sie sah es ihm ebenso an. Und sie musste auch darüber schmunzeln, dass er ebenfalls kein besseres Mittel fand, als sich mit Gegenfragen aus der Affäre zu ziehen. Aber bei ihr kam er damit nicht durch, die Taktik hatte sie schließlich erfunden, folglich konnte man sie damit auch keinesfalls ablenken.

»Also, wenn Sie mir jetzt nicht bald etwas von sich selbst erzählen, dann …«

Sven unterbrach schroff: »Ich muss überhaupt nichts. Um das mal zwischen uns klarzustellen.«

Er merkte, dass es eng für ihn werden konnte, und reagierte gereizt. Einerseits wollte er mehr über sie herausfinden, andererseits war er auch sorgsam darauf bedacht, gleichermaßen Abstand zu ihr zu wahren. Er hatte sich schließlich nicht umsonst in die Einsamkeit zurückgezogen.

»So als Nachbarn?«, versuchte es Laura mit einer Charme-Offensive, »da will man doch wissen, mit wem man es zu tun hat – Sie nicht?« Ihr Versuch lief jedoch ins Leere.

»Und wenn ich Ihnen verbiete, hier zu zelten?«

Mit einem wirklich unwiderstehlichen Augenaufschlag, der nicht zu überbieten war, fragte Laura:

»Und werden Sie das tun?«

»Nein«, antwortete Sven und seufzte. Die Neugier siegte langsam über seine Zurückhaltung. »Von mir aus können Sie hier übernachten.«

Laura gewann den Eindruck, dass Sven mit widersprüchlichen Gefühlen kämpfte. Wortlos beobachtete sie, wie sein stolzer Widerstand irgendwie bröckelte. Lauras forschende Blicke störten Sven.

»Und wo ist Ihr Zelt? Wenn Sie irgendetwas brauchen, dann geben Sie mir …«

»Nein«, Laura lehnte sein Angebot, bevor er es überhaupt komplett ausgesprochen hatte, entschlossen ab. »Ich brauche nichts von Ihnen. Überhaupt nichts.«

Sven war ihr in den letzten Sekunden schon viel zu nett geworden, sie musste vorsichtig sein. Mit dem etwas schrofferen Umgangston von vorher konnte sie besser umgehen. Jetzt wurde es höchste Zeit zu gehen, wer wusste schon, was den Gesinnungswandel bei dem Mann ausgelöst hatte. Sie blieb, was Männer anging, inzwischen gerne auf Nummer sicher. Und zudem wollte sie nicht schon wieder von jemandem abhängig sein. Sich auch noch nicht einmal für ein geliehenes Zelt bedanken. Zu schön war die Unabhängigkeit, die ihr seit der heutigen Ankunft in Andalusien ins Gesicht wehte. Sie war erst am Vormittag gelandet und war mit dem Linienbus gefahren, ohne Ziel. Und dann war sie einfach nur gelaufen, immer in der Nähe des Strandes. Zwei bis drei Stunden vielleicht, sie hatte nicht auf die Uhr geschaut.

»Also dann.« Laura packte ihre Sachen und verabschiedete sich abrupt.

»Was ist los«, wollte Sven verunsichert wissen, »habe ich Sie mit irgendetwas verletzt?«

»Nein«, entgegnete Laura, die im warmen Licht der rotglühenden Abendsonne noch schöner als zuvor aussah, »es ist alles in Ordnung, aber ich habe kein Zelt, ich wollte hier überhaupt nicht bleiben. Habe mich nur ein wenig ausgeruht und muss dabei eingeschlafen sein.«

Laura war es im Moment völlig egal, dass sie sich jetzt offensichtlich widersprach. Sie machte sich auf den Rückzug, es war höchste Zeit. In spätestens drei Monaten war sie ja sowieso wieder weg, sie wollte noch so viel sehen, am liebsten überall gleichzeitig sein, sie hatte keine Lust, schon am ersten Tag irgendwo festzusitzen.

»Und wohin werden Sie jetzt gehen?«, fragte Sven ziemlich überrascht, der nicht nachvollziehen konnte, weshalb die schöne Unbekannte, die ihn langsam zu interessieren begann, nun doch so plötzlich wieder gehen wollte.

»Ich suche mir ein Hotel«, verabschiedete sich Laura und drehte sich um.

»Wohin möchten Sie denn gehen? Zur nächsten Stadt ist es ziemlich weit. Soll ich Sie nicht doch besser irgendwohin fahren?«, fragte Sven, auf einmal sehr besorgt und lief ein paar Schritte auf sie zu.

»Nein, nicht nötig.«

# Kapitel 2

Laura hatte zwar keine Angst, aber sie nahm nur sehr ungern die Hilfe von anderen Menschen an. Eine blöde Angewohnheit, aber manchmal auch sehr nützlich, um erstens ihre Unabhängigkeit zu bewahren, die sie nicht erst heute entdeckt hatte, sondern im Grund ihres Herzens schon immer in ihrem Leben verteidigt hatte. Und zweitens, um Scherereien, besonders mit zu netten Männern, schon im Vorfeld aus dem Wege zu gehen. Ja, die Unabhängigkeit, Lauras größter Schatz, wiederentdeckt seit ein paar Stunden, würde sie nicht mehr so schnell aufgeben.

Sven zeigte auf den Abendhimmel: »Die Sonne ist schon fast untergegangen, nachts ist es hier auf den unbeleuchteten Straßen nicht ganz ungefährlich. Und bevor Sie dann in ungefähr zwei Stunden die Stadt erreichen, müssen Sie zuvor noch das Hafenareal durchqueren.«

»Gibt's denn hier streunende Hunde?«, wollte Laura mit besorgter Stimme wissen.

»Oh ja, gut, dass Sie die ansprechen, wilde, hungrige Hunde mit betrunkenen Matrosen im Schlepptau«, entgegnete Sven breit grinsend, um gleich darauf wieder ernst zu werden:

»Es gibt natürlich eine Lösung.« Er wollte sie nicht zu stark beunruhigen. Sven sah Lauras vor Schreck geweitete Augen und förmlich die Angst in ihr aufsteigen.

»Sie brauchen keine Sorge zu haben – ich werde die Situation nicht ausnutzen. Aber um die Uhrzeit sollten Sie wirklich nicht zu Fuß in die Stadt laufen, es wäre zu gefährlich. Wenn Sie möchten, bestelle ich Ihnen ein Taxi. Mit mir wollen Sie ja sicher nicht fahren. Ich bin Ihnen ja völlig suspekt. Ein Wunder, dass Ihnen bisher nichts passiert ist«, feixte Sven, dieser Seitenhieb musste einfach sein.

Laura atmete auf. Die Situation gefiel ihr absolut nicht, aber irgendwie traute sie dem Fremden schon. Obwohl es sie maßlos ärgerte, dass ihre Freiheit, nur wenige Stunden nach ihrer Landung, nun schon wieder auf zwei Möglichkeiten reduziert wurde. Streunende Hunde oder dieser überhebliche Typ, der ihr jetzt auf einmal unbedingt helfen wollte. Was sollte das? Sie traf eine schnelle Entscheidung.

Laura entschied sich intuitiv für Möglichkeit zwei, seltsam, eigentlich brauchte sie wesentlich länger, um jemandem vertrauen zu können, aber heute schien alles anders zu sein. Der Fremde war ihr auf eine unbekannte Weise nah und schien altbekannt. In vielen Dingen meinte sie sogar, Gemeinsamkeiten zu entdecken, obwohl sie noch keine zwei vernünftigen Sätze miteinander gesprochen hatten.

Aber das war bei Männern ja nichts Besonderes – Männer, waren sie nicht alle gleich? Ständig auf der Jagd, und wenn sie dann mal ein Opfer gefunden und es völlig unbeholfen und absolut auffällig eingekreist hatten, konnten sie sich auf einmal benehmen, nett sein und sich von der besten Seite zeigen. Kaum hatten sie erreicht, was sie wollten, schauten sie schon dem nächsten Rock hinterher oder versteckten sich in der Firma – Skorpiongeborene waren dabei die allerschlimmsten –, Frauen brauchten diese Sorte von Männern für ihr Selbstwertgefühl, sozusagen als Dekoration! Sie hatte ihre Erfahrungen damit schon reichlich gemacht. In welchem Sternzeichen er wohl geboren war?

Ihre Gedanken kreisten, ihre Blicke wurden immer grimmiger, Sven schaute sie prüfend an, vermutlich rechnete er damit, sie würde ihn gleich anfallen. Laura bemerkte, wie er sie unangenehm berührt anschaute. Laura dachte in diesem Moment daran, wie besorgt der Mann zu Anfang war, sie könnte in sein Grundstück eindringen, in seine Einöde etwas zu viel Leben bringen, und jetzt schien er so besorgt darüber zu sein, dass ihr auf dem Weg in ihr Hotel etwas zustoßen könnte.

Unwillkürlich musste Laura schon wieder ein wenig lächeln. Sven konnte ihre Gedanken diesmal zwar nicht lesen, denn die waren viel zu wirr, aber er stellte erleichtert fest, dass Laura wieder entspannter wirkte.

»Darf ich Sie, bevor Sie wieder gehen, noch zum Essen einladen?«, entschied er sich, einen Schritt auf sie zuzugehen.

Laura überlegte kurz, bemerkte ihren hungrigen Magen, realisierte die weit entfernte Stadt und sagte dann: »Nur wenn Sie mir dabei etwas von sich erzählen, das ist sicher spannend.«

Sven freute sich darüber, war gleichzeitig ein wenig verunsichert. Richtig verstehen würde er die Frauen nie. Zuerst zelten, dann doch nicht. Jetzt bei ihm essen und zusätzlich wollte sie sich auch noch etwas erzählen lassen. Wusste sie überhaupt, was sie wollte? Wahrscheinlich verstanden solche Frauen sich selbst nicht mal, resümierte er für sich.

Sie gingen beide in die blitzblank geputzte Küche, Laura konnte sofort erkennen, dass hier wohl noch nie gekocht worden war. Sie war in einem typischen Junggesellenhaushalt gelandet. Im Kühlschrank nur Wein, zur Tarnung vermutlich etwas Butter, Käse und eine Tube Senf.

Eine Freundin hatte er augenscheinlich nicht, obwohl er eigentlich ganz nett aussah. Schlank, sportlich, von der Sonne braun gebrannt. Blonde Haare und einen Dreitagebart. Bestimmt gab es da noch einen Haken an der Geschichte, den sie bisher einfach noch nicht herausgefunden hatte. Im Verlauf des Abends würde sie sicher dahinterkommen, welche tiefen Abgründe sich hinter Svens immer sympathischer scheinenden Fassade noch verborgen halten würden.

Aber sie hatte sich getäuscht – so ein typischer Junggesellenhaushalt war das wohl doch nicht. Von irgendwo, Laura hatte keine Ahnung woher, zauberte Sven einen Topf mit frisch zubereiteter Paella. Und er hatte eine weiße Tischdecke unter dem Arm, Besteck. Sogar ein paar Kerzen. Er schien kultiviert zu sein.

»Die müssen wir nur noch warm machen«, sagte er ihr. »Du kannst, entschuldige, Sie können sich in der Zwischenzeit gerne frisch machen. Oben ist das Badezimmer.«

Das »Du« war ihm einfach so herausgerutscht, erstens war es hier in Andalusien üblich, dass sich fast alle Leute duzten, zweitens war

Laura eine Frau in seiner Altersgruppe. Zwar immer noch eine Fremde für ihn, die er immer noch nicht richtig einordnen konnte, aber sie hatte ihn neugierig gemacht, ihn ein wenig in ihren Bann gezogen. Irgendwie war sie ihm auch schon in der kurzen Zeit ein kleines bisschen vertraut geworden.

Eigentlich hatte er sich vorgenommen, dass er seine Einsamkeit zelebrieren wollte. Nach einer gescheiterten Beziehung in Frankfurt und einem seelenlosen Job, den er gerade gekündigt hatte, wollte er über sein Leben, über seine Wünsche und Ziele in Ruhe nachdenken. Und zwar alleine, aber vielleicht würde er ihr doch noch ein bisschen von seiner Vergangenheit erzählen – vielleicht tat es ihm sogar gut?

Ihm fiel auf, dass Laura die erste Frau war, die sich in seinem Bad frisch machte. Das Haus hatte er sich erst kürzlich gekauft. Er war jetzt erst zum dritten Mal hier und liebte dieses Einsiedlerleben auf Zeit. Ein Wunder, dass er überhaupt ein Telefon besaß. Der Vorbesitzer hatte es ihm mit der ganzen Einrichtung überlassen, denn hier gab es keinen Empfang für sein Smartphone. Und es gab auch kein WLAN, er konnte nur im Ort seine Nachrichten empfangen. Eine echte Einöde. Mit anderen Menschen vom Ort hatte er bisher nur selten Kontakt, nur mal, wenn er auf dem Markt der nächstgelegenen Stadt frisches Obst, Brot und Wein einkaufen ging, dann wechselte er ein paar Worte mit den Einheimischen. Fleisch und Eier kaufte er auf einem Bauernhof in der Nähe, die ältere freundliche Frau hatte ihm auch die Paella gemacht. Das war alles sehr angenehm für ihn.

Alleine für sich zu kochen war im Moment noch nicht gerade seine Leidenschaft. Er lernte es erst. Er war in seiner letzten Beziehung diesbezüglich sehr verwöhnt worden und freute sich wie ein kleines Kind über jede warme Mahlzeit, die er nicht selbst jagen oder zubereiten musste. Ansonsten vermisste er inzwischen nicht wirklich etwas, er genoss einfach seine Urlaubstage hier.

Die Einsamkeit machte ihm nichts aus, im Gegenteil, die Auszeit tat ihm gut. Zumindest nach einer kurzen Eingewöhnung. Immer nach der Ankunft überkam ihn so eine gewisse Traurigkeit, eine unerfüllte

Sehnsucht nach Nähe, und ein wenig Wehmut war auch dabei. Dann ging er in die Stadt und trank ein Glas Wein in einer alten Kneipe am Hafen. Schaute auf das Meer hinaus und ließ seine Gedanken wie die Möwen bis zum Horizont fliegen. Und dann war es wieder gut. Er hoffte, dass er auch dieses Gefühl bald nicht mehr haben würde.

Und genau dieses Ritual hätte er heute auch noch geplant. Er war, wie Laura, erst am Vormittag hier im Paradies gelandet. Er fühlte wieder dieses Unbehagen. Und heute war noch eine Portion Ärger daruntergemischt, sein Chef hatte ihn bei der Verabschiedung ein letztes Mal auf die Palme gebracht. Ein Klirren und ein Schrei unterbrachen ihn in seinen Gedanken. Offensichtlich war im Badezimmer gerade mit lautem Knall etwas zu Bruch gegangen. Laura war ein Glas für die Zahnbürste aus der Hand gerutscht.

»Tut mir leid, ich werde es Ihnen ersetzen!«, rief Laura nach unten und schaute verlegen auf die Bruchstücke. Svens Augen blieben eine ganze Weile an ihr hängen, als er von der Küche zu ihr nach oben schaute. Das kleine Haus war offen gebaut. Von der Küche, dem zentralen Punkt im Haus, konnte man auch in den oberen Stock sehen, zumindest in den Flur, von dem das Badezimmer, sein Schlafzimmer und ein Gästezimmer abgingen. Im unteren Bereich gab es nur einen großen Raum, die Küche mit offenem Kamin in der Mitte, daneben ein Tisch, zwei Stühle und ein gemütliches Sofa, und einen Vorratsraum, dort waren auch die Haustechnik und die Waschmaschine untergebracht. Einen Keller hatte das verträumte Häuschen nicht.

»Nicht schlimm«, antwortete er geistesabwesend. Er genoss irgendwie das bisschen Leben in seinem kleinen Haus. Hatte Laura ihn schon ein wenig verzaubert? Nein, sagte er sich, heute war ja nur so ein Tag, an dem er normalerweise in die Hafenkneipe gefahren wäre.

»Scherben bringen Glück!«, rief Sven nach oben und riss sich selbst wieder aus seinen unsinnigen Gedanken, er würde sich nicht verzaubern lassen, sich nur ein wenig von ihr ablenken und vor allem jetzt mit ihr gemeinsam essen. Er hatte schließlich Hunger.

»Das Essen ist fertig, kommen Sie?«

»Ja, sofort.«

Laura hörte man nur, gerade beseitigte sie das Missgeschick, und Sven sah nichts mehr von ihr. Ansonsten wäre ihm sicher auch das eine oder andere aus der Hand gerutscht. Irgendwie verwirrte die Unbekannte seine Sinne. Schon bei der ersten Begegnung draußen am Strand hatte er gesehen, dass sie sehr hübsch war. Allerdings gehörte sie nicht zu den künstlichen Schönheiten, die ihn überhaupt nicht reizten, sondern sie war einfach hübsch.

Obwohl, »einfach« war bei ihr ja überhaupt nichts, das Wort kannte sie sicher nicht einmal. Sie war von Kopf bis Fuß ein einziges Rätsel, eine einzige Herausforderung. Mal schüchtern, dann wieder frech, ihre smaragdgrünen Augen blitzten herausfordernd, fröhlich und geheimnisvoll zugleich.

Sven hatte schon viele schöne Frauen gesehen, aber nur wenige von ihnen hatten in ihm das unwiderstehliche Verlangen geweckt, unter die hübsche Oberfläche zu dringen und zu sehen, was sich dort verbarg. In letzter Zeit interessierte er sich dafür noch weniger als sonst. Seinen Jagdschein hatte er nach der letzten Pleite vorübergehend abgegeben, so zumindest hatte er es einem Freund gegenüber ausgedrückt. Er hatte von den Frauen die Nase gerade gestrichen voll. Aber bei Laura – vielleicht konnte man bei ihr eine Ausnahme machen?

Von Laura wollte er im Grunde genommen doch nichts wissen, sich nur ein wenig ablenken, schoss es ihm wieder durch den Kopf. Andererseits, so sehr sie alles vor ihm versteckte, umso stärker weckte das doch wieder seinen Jagdinstinkt, er wollte mehr in Erfahrung bringen, alle Informationen über ihr Herz, ihre Gefühle, ihre Bedürfnisse ans Tageslicht bringen.

Bei Laura kein einfaches Unterfangen, weil sie sich genauso wie er bedeckt hielt. Aber er würde es schon herausfinden, schließlich standen die Sterne auf seiner Seite. Denn Laura war auf dem Weg zu ihm in die Küche, und er hatte den richtigen Wein.

# Kapitel 3

Im offenen Kamin in der Küche prasselte gemütlich das Feuer und verbreitete eine warme Heimeligkeit.

»Am Abend wird es um die Jahreszeit schnell kühl«, meinte Sven und deckte auf der Veranda, mit Sicht auf den offenen Kamin, den Tisch, zündete noch ein paar Kerzen an und öffnete den Wein. Laura hatte ein feines Gespür, man könnte auch sagen, eine übertriebene Sorge, dass ihr jemand zu nahe kommen könnte. Manchmal fehlte dieses Gefühl wiederum auch ganz – ein Mittelmaß kannte sie einfach nicht. Laura war ein reiner Gefühlsmensch, dazu chaotisch. Meistens liebenswert chaotisch.

Bei Sven überwog Lauras Sorge, ihr wurde es dafür, dass sie bei einem ihr völlig unbekannten Mann war, schon wieder etwas zu gemütlich. So kalt war es nicht, der laue Wind vom Meer war angenehm, und das Feuer im Kamin knisterte gefährlich. Aber sie würde sich zu wehren wissen, wäre ja nicht das erste Mal, dass irgendein Mann die Situation ausnutzen wollte.

Männer – sie sind ja alle so einfach zu durchschauen, dachte Laura, vermutlich bringt man ihnen schon in der Grundschule bei, wie eine Frau zu beeindrucken und einzufangen ist. Und alle Geschichten fangen durchwegs mit einem Glas Wein und einer Kerze oder wahlweise dem Mond an. Mit einem etwas unbehaglichen Gefühl setzte sie sich, entschlossen, auf sich aufzupassen, auf die andere Seite des Tisches.

»Ich trinke nur ein Glas Wein«, sagte Sven. Er spürte ihr Misstrauen und wusste, er musste es sofort im Keim ersticken, sonst konnte er nichts mehr von ihr in Erfahrung bringen. Das war ihm klar, Laura, so angriffslustig wie eine Wildkatze, war wohl auch so scheu wie ein Reh. Sein Ziel war ihm nun bekannt, die Fährte hatte er aufgenommen. Der Wind stand günstig, er würde ihr alle Infos aus der Nase ziehen, nicht sie ihm. Deshalb ergänzte er unschuldig: »… damit ich Sie nachher noch zu Ihrem Hotel fahren kann.«

»Ich kann mir auch ein Taxi nehmen«, sagte Laura, atmete ein kleines bisschen auf und dachte bei sich, entweder war Sven wirklich harmlos oder er hatte es faustdick hinter den Ohren. Sie in Sicherheit zu wiegen und gleichzeitig wachsam auf der Lauer zu liegen! Männer! Ständig auf der Jagd. Andererseits musste man ja nicht jedem gleich was unterstellen, was sollte er denn sonst sagen, hätte Sven ihr das Essen auf der Straße oder gleich im Taxi servieren sollen? Laura entschloss sich, ihren Argwohn bis auf Weiteres fallen zu lassen, sie würde jedoch vorsichtig bleiben. Sehr vorsichtig.

»Was machen Sie hier eigentlich den ganzen Tag?«, fragte Laura, während sie mit Appetit ihren halb verhungerten Magen wieder zufriedenstellte. »Die Paella schmeckt hervorragend«, strahlte sie.

»Wahrscheinlich dasselbe wie Sie«, meinte Sven, »die Seele baumeln lassen, die Sonne genießen.«

»Und fremde Frauen vom Grundstück verjagen«, ergänzte Laura belustigt und neckte ihn mit ihrer ersten Begegnung.

Eigentlich wollte sie doch einen großen Bogen um alle Männer machen, und jetzt? Laura musste über sich selber lachen. Sie unterstellte Sven alles Mögliche, dabei hatte sie selbst den Anfang gemacht. Sie wollte ja unbedingt mehr von ihm erfahren. Sie spürte im Moment eine Woge der guten Laune, der Wein schmeckte auch, es ging ihr gut.

»Nein, bisher habe ich hier niemanden verjagen müssen. Die anderen können lesen, und zudem ist es hier recht einsam, in die Gegend verirrt sich kaum ein Tourist. Sie sind eine Ausnahme.«

Und nicht nur darin, überlegte sich Sven, die Frau schien etwas Besonderes zu sein. Er würde es noch herausfinden und sie nicht so einfach in die Stadt fahren lassen, einfach auf den nächsten Zufall warten. Irgendetwas musste er sich heute noch einfallen lassen, bloß was? Er wollte sie ja nicht erschrecken und davonjagen. Er musste Zeit gewinnen und ihr Vertrauen. Nebenbei wollte er seine Netze fein auslegen, sie mit keinem unbedachten Wimpernschlag verunsichern, keinen unnötigen Wellengang verursachen.

»Jetzt haben Sie mir immer noch nichts über sich erzählt«, bohrte Laura noch einmal nach.

»In Ordnung, ich erzähle Ihnen alles, aber es kann länger dauern. Macht Ihnen das was aus?« Sven lächelte verschmitzt. So gut lief das heute nicht mit dem Netze unauffällig auslegen. Laura wusste natürlich, worauf er hinauswollte. Immer noch schwankte sie, ob sie ihrem Vorsatz, um alle Männer im Augenblick einen großen Bogen zu machen, treu bleiben sollte oder nicht.

»Kommt darauf an, wie interessant die Geschichten werden.« Laura versuchte, die Entscheidung noch ein wenig hinauszuzögern, sich alle Optionen offenzuhalten.

»Bis heute Morgen habe ich an der Börse in Deutschland gearbeitet. Jetzt bin ich für drei Tage hier, zum Ausspannen, dann fliege ich zurück, löse meine Wohnung in Frankfurt auf und ziehe um. Was ist eigentlich Ihr Beruf in Deutschland?«

»Nein, so nicht, nicht mit mir«, lachte Laura, ihre hellwachen Augen blitzten auf. »Sie wollten mir etwas von sich erzählen, nicht umgekehrt!«

»Ja, schon, aber ich muss wenigstens wissen, ob Sie hier Urlaub machen oder für länger bleiben.«

»Warum?«

»Das sagte ich schon, damit ich weiß, ob ich mich kurzfassen muss, ob wir uns wiedersehen.«

»Wie lange ich hierbleibe, hängt ganz von den Umständen ab, die ich hier antreffe. Ich weiß es nicht, wahrscheinlich werde ich mich ganz spontan entscheiden.«

»Welches Sternzeichen sind Sie eigentlich?«, fragte Sven völlig aus dem Zusammenhang gerissen.

»Zwilling.«

»Dann schauen wir mal nach, welches Horoskop wir für Sie haben.« Sven stand auf und brachte aus dem Haus eine Frauenzeitschrift mit.

Laura zündete weitere Kerzen an, aus den Augenwinkeln heraus beobachtete Sven sie. Es sah so aus, als ob sie begann, sich bei ihm wohlzufühlen. Gerade ging die Sonne unter, wunderschön war es hier am Strand. Laura überlegte sich, ob sie bleiben wollte. Unabhängig von Sven natürlich, oder vielleicht auch mit ihm. Ein Urlaub, ein Jahr, ein Leben lang? Ja, gut, das Jahr Amerika würde sie vermutlich machen, es war schon geplant, aber danach wäre Andalusien doch eine echte Alternative zu Deutschland.

»Ihr Abwehrsystem ist nicht so richtig fit, ein Vitaminstoß könnte Wunder wirken.« Sven begann mit dem Block »Gesundheit« in der Spalte für Zwillinge.

»Finanzen: Sie neigen zurzeit zu unvernünftigen Ausgaben.«

Laura musste schmunzeln, während Sven ihr das Horoskop vorlas. Bisher stimmte es schon mal: Wenn sie sich nicht in letzter Sekunde zurückgehalten hätte, würde sie seit ein paar Tagen in einem nagelneuen Cabrio durch die Gegend flitzen. Aber sie konnte sich gerade noch zusammenreißen. Dafür ging ihr Geld im Moment für Klamotten und das Flugticket drauf. Sie hatte sich spontan für die Reise entschieden.

»Beruf: Sie fühlen sich gestresst und sind überarbeitet. Flüchtigkeitsfehler schleichen sich ein.«

»Liebe«, Sven dichtete kurzerhand den entsprechenden Text auf die Situation passend um, »eine Geschichte wie aus dem Liebesroman, Sie finden den Traumprinzen, verlieben sich, ändern Ihre Pläne und sind glücklich bis ans Lebensende.«

Sven brach abrupt ab, ging nicht auf das letzte Thema ein, um keinesfalls eine direkte Nachfrage zu riskieren, um nicht aufzufliegen, und schaute sie stattdessen an: »Haben Sie wirklich beruflichen Ärger?«, fragte er, obwohl ihm natürlich eine ganz andere Frage unter den Nägeln brannte. Laura schien keinen Verdacht geschöpft zu haben, wie sehr er gerade improvisiert hatte.

»Ja, seit ein paar Monaten macht es mir keinen wirklichen Spaß mehr. Mein Chef, den niemand richtig durchschauen kann, so ein

Wolf im Schafspelz eben, macht uns allen das Leben schwer, und dann gibt's da noch den Konrektor, der so spießig ist, dass er als abschreckendes Beispiel in die Geschichte eingehen wird.«

»Sie sind also Lehrerin?«

»Ja, für Englisch und Religion.«

»Ah ja – und wie sieht's in der Liebe aus?« Sven konnte sich diese interessante Frage doch nicht verkneifen: »Ist Ihnen der Traumprinz schon begegnet?«

»Jetzt reicht es aber, ich glaube, ich muss dir bald mal die Ohren lang ziehen ...«, Laura brach erschrocken ab, »entschuldigen Sie, das Du ist mir nur so rausgerutscht.«

»Das Du geht in Ordnung, aber warum werden hier braven Bürgern Misshandlungen angedroht?«, fragte Sven mit einem unschuldigen Augenzwinkern.

»Was heißt hier braver Bürger? So brav, wie Sie aussehen, sind Sie offensichtlich nicht. Ständig stellen Sie mir Fragen, obwohl Sie mir eigentlich etwas von sich erzählen wollten.«

Sven grinste wieder breit über beide Ohren, die beinahe misshandelt worden wären. Die Frau hatte ja richtiges Temperament! Das gefiel ihm. Er strich sich behutsam über sein rechtes Ohr und vergewisserte sich, ob noch alles dran war.

»Und wenn schon, sobald ich Ihnen ab und zu mal eine Frage stelle, weichen Sie mir ständig aus. Sie beantworten mir ja auch nicht alle«, begehrte Sven belustigt auf.

»Bisher habe ich Ihnen mehr von mir erzählt, als ich wollte«, entgegnete Laura, »aber wenn's so weitergeht, drohe ich gleich nicht nur. Wer weicht hier den Fragen aus? Ich vielleicht? Wer stellt denn ständig irgendwelche Fragen, um nichts von sich selbst erzählen zu müssen! Hmm?« Laura schaute ihn herausfordernd an.

»Eins zu null«, Sven hob die Hände, »ich gebe mich in dem Punkt geschlagen. Ganz im Ernst, es ist für mich allerdings auch nicht so einfach, über all die Dinge zu sprechen. Schon gar nicht mit einer Fremden, aber vielleicht vereinfacht das die Sache sogar. Ich versuche es noch mal, ganz ernsthaft! Meine Geschichten, die ich Ihnen nicht so recht erzählen wollte, gehen im Grunde niemanden etwas an.

Der beste Freund, den ich hatte, ist vor einem Jahr gestorben. Völlig überraschend, ich konnte es damals beinahe nicht glauben. So viel hätten wir noch zu besprechen gehabt, so vieles wollten wir noch zusammen unternehmen, aber ich konnte die Zeit keine Sekunde zurückdrehen. Seitdem bin ich viel ernsthafter geworden, habe mein Leben neu geordnet. Vor einem halben Jahr ist meine Beziehung gescheitert, ich lebe derzeit in Frankfurt und ziehe von dort jetzt weg.«

»Und gibt es eine neue Frau in deinem Leben?« Laura honorierte diesen Einblick in sein Leben und duzte ihn. Vielleicht lag es auch am Wein? Sie wusste es nicht so genau.

»Nein, mir reicht die Erfahrung mit der letzten im Moment noch völlig aus«, lachte er.

# Kapitel 4

»Komm, setzen wir uns an den Strand, wenn du die ganze Geschichte hören möchtest.«

»Einverstanden«, nickte Laura, die schon neugierig auf seine Erlebnisse war.

Vielleicht hatten sie sich deshalb auf Anhieb gut verstanden, weil sie möglicherweise eine ähnliche Vergangenheit zu bewältigen hatten, vielleicht sogar den gleichen Grund für eine Flucht hierher? Laura war gespannt, und sie fühlte sich wieder mehr zu Sven hingezogen.

Es war mit ihr immer das Gleiche: Wenn so ein Macho ihren Weg kreuzte, hatte sie wenig Verständnis oder gar Interesse für den Typ. Zeigte ein Mann ihr aber sein wirkliches Wesen, vertraute er ihr seine Träume, Ängste, Sorgen an und gab damit seine Verletzlichkeit zu, dann taute sie auf, dann wollte sie gerne behilflich sein, die Sorgen zu vertreiben. Und wenn er dazu noch so sympathisch wie Sven war, vielleicht auch mehr? Aber sie hatte ja einen Vorsatz gefasst, also vorsichtig bleiben! Und trotzdem, irgendwie vertraute sie ihm, irgendwie wollte sie mehr von ihm erfahren. Er und seine Vergangenheit interessierten sie immer mehr. Sie stand auf.

»Nehmen wir uns die Flasche Wein mit«, fragte Laura, wobei es im Grunde keine Frage war.

»Darf ich denn noch ein Glas Wein trinken?«, fragte Sven mit Unschuldsmiene, auch bei ihm war es keine Frage. Er wollte nur ein wenig in Laura hineinhören und setzte hinzu: »Das wäre ja klasse!«

Laura gefiel die Art, wie Sven ihr immer wieder auf die verschiedenste Art und Weise zeigte, dass er sie nicht gehen lassen wollte. Er ließ sie zwischen den Zeilen lesen. Die subtile Art sagte ihr zu.

»Ja, warum denn nicht?«, entgegnete sie, ebenfalls mit einem unbedarften Augenaufschlag.

Im Notfall, falls er wirklich nicht mehr fahren konnte, würde sie sich ein Taxi nehmen. Wäre ihr sowieso am liebsten. Sie fand ihn ja ganz nett, aber dennoch wollte sie noch immer keine Hilfe von ihm annehmen. Dafür kannte sie ihn noch nicht lange genug. Laura war in diesen Dingen mehr als kompliziert, nein, eher vorsichtig. Sie wollte niemandem etwas schulden, sich verpflichtet fühlen.

Sie gingen an den Strand. Der noch warme Sand massierte angenehm ihre Fußsohlen. Sie trug zwei Gläser und den vollmundigen spanischen Rotwein, er zwei dicke Fackeln, die er rechts und links vor ihnen in den Sand steckte und anzündete.

»Muss, glaub ich, selber aufpassen, dass ich nicht zu viel vom Wein erwische«, murmelte Laura vor sich hin, als sie die romantische Atmosphäre um sich herum wahrnahm.

»Was haben Sie gemeint?«

»Nichts. Es ist wunderschön hier!«

Der Sonnenuntergang, der laue Wind, die Wellen und das flackernde Licht zauberten eine romantische Stimmung, gegen die sie sich vergeblich wehrte. Und eine Stimmung, die sie lange nicht mehr genossen hatte und kaum kannte. Was sie kannte, war die Wirkung einer Flasche Wein. Nicht dass sie nicht mehr wüsste, was sie tat, aber sie könnte ihren Vorsatz vergessen und sich schon wieder verlieben. Und das wäre das Letzte, was sie jetzt gerade brauchen konnte.

Sven füllte die Weingläser halb voll und gab Laura eines davon.

»Auf dich – wir sagen jetzt endgültig du zueinander?«

Sven schaute Laura an, als ob er sie noch nie gesehen hätte. Sein Blick brachte sie ein wenig aus dem Konzept, aber sie ließ es sich nicht anmerken.

»Klar, ich heiße Laura, aber das weißt du ja schon.«

»So ganz genau wusste ich es nicht«, neckte er sie und setzte schnell hinzu, »schön, dass du noch ein wenig geblieben bist.«

Er wollte sie ja nicht verärgern. Er trank einen Schluck Wein und schaute verträumt in Richtung Meer. Eine ganze Weile sprachen sie kein Wort. Beide genossen die besondere Stimmung. Die beiden Fackeln brannten inzwischen lichterloh. Laura schien es, als ob hier nicht nur die Fackeln immer stärker zu brennen anfangen würden – sollte sie jetzt besser gehen? Auf der anderen Seite war Sven wirklich ein Gentleman. Ein anderer Mann hätte die Situation und die romantische Stimmung längst schon ausgenutzt.

Er hielt Abstand, seine Hand blieb immer schön bei ihm. Noch nicht mal einen Kuss auf die Wange hatte es gegeben. Obwohl es ja Sitte war, sich zu küssen, wenn man das Du annahm. Schade? Nein, er war ja wirklich nett! Und zudem wollte sie noch ein wenig von Svens Vergangenheit erfahren. Von dem schlanken, dunkelhaarigen Mann, der sie immer mehr zu interessieren begann. Laura musterte ihn unauffällig von der Seite. Er gefiel ihr schon recht gut, hier am Strand hatte sein Dreitagebart so was Verwegenes, er stand ihm gut. Auf der Straße wäre er ihr auch aufgefallen.

»Erzählst du mir jetzt ein wenig mehr von dir?« Laura stupste ihn von der Seite an und unterbrach sich selbst in ihren Gedanken.

Sven zuckte zusammen, er war im Augenblick sehr weit weg gewesen. Laura überlegte, war er in Gedanken gerade bei seinem Freund oder doch eher bei seiner Freundin oder sogar bei seiner Frau und den Kindern? Hatte er sie verlassen oder wurde er verlassen? Vielleicht kam sie bei einem Unfall ums Leben und er hatte sich deshalb hier in die Einsamkeit zurückgezogen. Laura strickte schon wieder 1000 Geschichten.

»Aufgewachsen bin ich in Stuttgart, meine Maman halb Französin, halb Italienerin, eine sehr hübsche Frau, hatte in den 60er- und 70er-Jahren als Model fürs Fernsehen gearbeitet.« Ein Strahlen huschte über sein Gesicht, als er an sie dachte. »Nach Gymnasium in Stuttgart und einer Banklehre war ich Immobilienmakler und ging später dann an die Börse in Frankfurt. Dort wohne ich bis jetzt noch, wobei ich die Wohnung in den nächsten Tagen räumen werde. Ich will mit Frankfurt abschließen.« Sven trank einen Schluck Wein und starrte mit leerem Blick aufs Meer hinaus, er würde nur noch sein Mehrfamilienhaus behalten, damit er verlässliche monatliche Einnahmen hatte. Mehr wollte er von seinem alten Leben nicht mehr haben. »In Frankfurt hatte ich auch meine letzte Frau kennengelernt, oder besser gesagt Partnerin«, verbesserte er sich, »wir waren nicht verheiratet. Sie kam aus schwierigen Verhältnissen. Ihre Mutter hatte ihren Vater ständig betrogen, sogar Weihnachten war der Mutter ihr Ego wichtiger, als mit ihren Kindern Zeit zu verbringen.«

»Oje«, Laura nahm ihr Glas, es war schon wieder leer. Sven schenkte schnell etwas ein. »Wie meinst du das mit Weihnachten?«

»Ganz einfach«, antwortete Sven traurig, »die Mutter hatte immer pünktlich vor den Festtagen mit dem Vater einen Streit vom Zaun gebrochen, um einen Grund für das Abhauen zu haben. Sie wollte mit ihrem Freund schöne Tage verbringen, ohne Kinder.«

»Das ist schlimm!« Laura kam näher, obwohl es nicht die Geschichte von Sven war, so berührte sie das Gehörte sehr. Kinder lagen ihr einfach am Herzen.

»Die Kinder waren immer die Leidtragenden. Ein Beispiel: Die Mutter ging gemeinsam mit den Kindern um die Mittagszeit ins Schwimmbad. Offiziell. In Wirklichkeit setzte sie ihre fünf und sieben Jahre alten Kinder dort einfach vor der Tür ab und fuhr weiter zu ihrem Freund. Irgendwann um 21 Uhr, es war schon dunkel geworden, kam sie wieder, die beiden Kinder standen frierend und hungrig vor dem Schwimmbad und warteten schon seit Stunden auf die Mutter. Die sagte ihnen, sie müssten dem Vater erzählen, sie wären noch im Restaurant gewesen, damit das lange Ausbleiben gerechtfertigt würde. Selbstverständlich mussten die Kinder dann mit hungrigen Mägen ins Bett gehen, die Lüge wäre ja sonst aufgefallen.«

»So was prägt«, stellte Laura wütend fest.

»Genau«, antwortete Sven, »sie konnte nur sehr schwer Vertrauen fassen, war eifersüchtig und das war schlussendlich dann auch der Grund, weshalb wir uns getrennt haben. Wir haben jahrelang an unserer Beziehung gearbeitet, versucht, es gut hinzubekommen. Aber wir hatten keine Chance.«

»Und dann habt ihr euch getrennt?«, fragte Laura mitfühlend nach.

»Ja«, antwortete er kurz, »und jetzt möchte ich zu neuen Ufern aufbrechen. Vielleicht wie du?«

»Ja, das ist eine Parallele bei uns.« Laura hatte gespannt zugehört. Bisher dachte sie immer, die Männer würden sich den Frauen gegenüber unmöglich benehmen, aber so wie es aussah, gab es unter den Frauen ebenfalls schwarze Schafe. Und manchmal, wie in diesem Fall, waren es einfach Altlasten, die nicht leicht über Bord zu werfen waren.

Sven schaute immer noch so gedankenverloren. Laura versuchte, seine Gedanken zu erraten. Sicher würde er jetzt überlegen, was für eine Frau sie sei. Wer wollte schon enttäuscht werden, woher sollte er auch wissen, dass sie ausnahmsweise mal eine ganz normale Frau war. Obwohl, dachte das nicht jede von sich selbst? Und war sie überhaupt noch normal geblieben, nach den vielen Enttäuschungen, die sie hinter sich hatte? Und was war überhaupt normal?

Sicher war er deshalb auch so zurückhaltend. Vielleicht ging es ihm wie ihr, und er hatte genauso viel Scheu vor zu viel Nähe. Angst davor, wieder verletzt zu werden. Vermutlich. Aus dem Grund konnte sie sich bei ihm auch gut aufgehoben fühlen. Verbittert sah er jedenfalls auch nicht aus, und Laura machte sich keine Sorgen, dass Sven die Frauen vor ihr rächen wollte. So was gab es ja auch, in der Welt wimmelte es ja nur so von Psychopathen, aber sie brauchte sich bei Sven keine Sorgen zu machen. Laura konnte sich auf ihren Instinkt verlassen, und der sagte ihr: Sven war vorsichtiger geworden, so wie sie, er würde die Situation nicht falsch deuten oder ausnutzen.

»Es ist schon spät«, sagte Sven zu ihr, der ihre Gedankengänge bemerkte, »und es wird schon ziemlich frisch hier draußen.« Sven hatten die Erinnerungen abgekühlt. Er sprach nicht gerne von früher.

Laura hatte überhaupt nicht bemerkt, wie frisch es inzwischen geworden war. Sie fröstelte und packte schnell die Gläser zusammen. Schweigend gingen sie zum Haus hinauf. Das Feuer im Kamin gloste nur noch, Sven legte trockenes Holz nach, und Laura hockte sich sofort davor, um sich zu wärmen. Er schenkte nochmals Wein ein und setzte sich neben sie auch auf den Boden.

»Hierhergekommen bin ich,« erzählte Sven weiter, während er einen Schluck Wein trank, »eher durch Zufall, war in Málaga, bin etwas an der Küste entlanggefahren und habe mich hier sofort wohlgefühlt, das kleine Häuschen gefunden, es stand zum Verkauf. Die Landschaft hier ist traumhaft, siehst du ja, und ich kann alle großen und kleinen Sorgen vergessen. Und jetzt merke ich, was im Leben wirklich wichtig ist.«

»Und was ist dir wirklich wichtig?«

»»Bei mir selbst anzukommen«, antwortete Sven, ohne nachzudenken, »Zeit mit mir selbst zu verbringen, zufrieden zu sein mit dem, was ich habe, mit dem Heute.«

»Und was ist mit morgen?«, Laura wollte es wieder genau wissen, das Thema beschäftigte sie selbst. »Hast du keine Ziele mehr, bist du einfach jetzt zufrieden?«

»Natürlich habe ich Ziele, Träume«, lachte Sven, »aber deshalb darf ich trotzdem mit dem, was ich im Moment habe, glücklich sein, es auskosten, es genießen. Wie unser Gespräch jetzt.« Laura nickte, seine Einstellung gefiel ihr.

»Ich plane, jetzt nach Konstanz an den Bodensee umzuziehen, habe dort eine schöne Wohnung in Aussicht und vielleicht einen neuen Job, zwar nicht in Konstanz, aber den könnte ich von dort aus erledigen.«

»Was bedeutet dir eigentlich die Religion?« Lauras Gedankensprünge waren großartig. Sie dachte gerade an ihren Job, daran, was sie den Kindern im Religionsunterricht beibrachte.

»Kirche, so wie ich sie wahrnehme, ist ein alter, morscher Baum geworden.« Sven schaute Laura ernst an. »Auch wenn dir das als Religionslehrerin nicht gefallen wird, ich halte davon so gut wie nichts mehr. Eine Kirche, so weit weg von den Menschen, was bringt das noch?«

»Religion, Glaube, das ist ein Teil von uns«, Laura kam in Fahrt, das war ihr Thema, »ich möchte meinen Kindern beibringen, nach christlichen Werten zu handeln.«

»Das ist ja auch richtig«, stimmte er ihr zu, »Werte zu haben ist wichtig, den anderen zu behandeln, wie man vernünftigerweise auch selbst behandelt werden möchte. Nach ethischen Grundsätzen handeln, das ist auch ein Grund, weshalb ich nicht mehr an der Börse arbeiten wollte. Dort geht es nur um Profit, der Mensch steht überhaupt nicht im Mittelpunkt. Erst dann, wenn das Renommee und dadurch der Gewinn leiden könnte, dann prüfen Unternehmen, ob sie ethisch handeln könnten, nur weil ihnen sonst ein Nachteil entstehen würde.«

»Dann sind wir uns ja einig«, lachte Laura, »und ich bringe meinen Kindern bei, dass das im Grunde genommen in allen Religionen der Grundsatz ist. Und uns das alle auch eint.«

»Das gefällt mir!«

»Und dann noch eine Prise Gelassenheit, Mut und eine große Portion Weisheit, Liebe!«

»Du meinst, den Mut zu haben, das zu ändern, was zu ändern ist, die Gelassenheit, das Unabänderliche ohne Ärger hinzunehmen, und die Weisheit, zwischen beidem zu unterscheiden.«

Laura strahlte. »Genau, das ist eines meiner Lieblingszitate, ich versuche auch immer wieder, meinen Schülern seine Bedeutung zu erklären.« Laura schaute Sven an und sagte: »Jetzt wird mir klar, weshalb wir uns so gut verstehen. Und jetzt erkläre mir nochmals, weshalb du mich eigentlich beinahe von deinem Grundstück geworfen hast? Möchtest du so behandelt werden?«

»Ja, zum Glück nur beinahe«, Sven lächelte sie an, »weißt du, ich bin erst heute angekommen und noch nicht so ausgeglichen, wie ich es vielleicht sein sollte. Morgen hätte ich dich gleich mit einem Wein freundlich begrüßt und gesagt: ›Sehr schön, dass du dich hierher verirrt hast.‹« Laura lachte zurück. »Danke, dass du mich zumindest aufgehalten hast, etwas Besseres hätte mir heute nicht passieren können.«


# Kapitel 5


Die Glocken einer entfernt gelegenen Kirchturmuhr läuteten leise.

»Es ist schon Mitternacht«, bemerkte Laura erschrocken. »Ich muss mich jetzt wohl mal um ein Hotel kümmern.«

»Du kannst gerne im Gästezimmer übernachten«, bot Sven ihr an, »ganz ohne Hintergedanken.«

Laura überlegte kurz. »Danke, aber mir ist ein Hotel doch lieber.«

»Sehen wir uns wieder?« Sven schaute sie fragend an.

»Ja, gerne, aber jetzt werde ich mich auf den Weg machen, kannst du mir bitte ein Taxi rufen?«

Sven holte das Telefonbuch. »In welches Hotel magst du gehen?«, fragte er.

»Nicht zu weit weg.« Laura lächelte ihn so lieb an, dass Sven sie am liebsten in den Arm genommen hätte, jedoch wusste er, dass er jetzt sicherheitshalber keine falsche Regung zeigen durfte.

»Wir suchen dir jetzt, bevor du mit dem Taxi losfährst, ein Hotel aus. Einverstanden, Laura?«

»Du bist aber ganz schön um mich besorgt.«

»Ja, um dich und um mich«, Sven lachte sie an, »ich möchte ja schließlich wissen, wo du die Nacht verbringst und wo ich dich morgen wieder abholen kann – wenn du es auch magst?«

»Ja, ich mag dich morgen gerne wiedersehen«, Laura berührte ihn wie zufällig am Arm, »du kannst mich also ganz beruhigt gehen lassen.«

»Beruhigter«, verbesserte Sven sie, nahm das Telefon und rief bei einem Bauernhof ganz in der Nähe an, der Zimmer zu vermieten hatte. Nach dem achten Klingeln legte er auf. »Niemand mehr wach, probieren wir es beim nächsten.«

Beim zweiten, dritten das gleiche Spiel. Erst beim vierten Versuch meldete sich jemand. »Zimmer ja, die haben wir schon, kommen Sie einfach morgen vorbei.«

Sven schaute Laura an. »Ich kann wirklich nichts dafür, wir sind hier halt ein wenig auf dem Land. Wir können es ja noch in der nächstgelegenen Stadt versuchen.«

Laura nickte. »Ja, rufe noch bei zwei, drei Hotels im Umkreis von einer Stunde an.«

Sven wählte die fünfte Telefonnummer und hoffte insgeheim auf eine weitere Absage.

»Völlig ausgebucht, vielleicht morgen oder übermorgen«, lautete die erfreuliche Auskunft einer kleinen Pension, alle anderen hatten erst gar nicht das Telefon abgenommen.

»Laura, wir sind heute echt zu spät dran, du kannst gerne für eine Nacht hierbleiben, und morgen finden wir dann auf jeden Fall etwas.« Insgeheim freute sich Sven wie ein Schneekönig.

Laura gefiel der Vorschlag nicht unbedingt, auf der anderen Seite sah sie ein, dass es wirklich schon zu spät war, um irgendwelche Leute aus dem Bett zu klingeln, zudem war sie ziemlich müde, und auf Sven konnte sie sich eigentlich schon verlassen.

Sven sah, wie Laura noch mit sich kämpfte, und versuchte, ihr bei der Entscheidung zu helfen.

»Mache dir jetzt nicht so viele Gedanken darüber. Ich freue mich zwar inzwischen über die Umstände«, gestand er mit entwaffnender Ehrlichkeit, »aber ich kann nichts dafür, wenn keiner mehr abnimmt, und ich werde dein Dableiben sicher nicht falsch interpretieren.«

Erleichtert sah Laura ihn an. Sven ahnte gar nicht, wie präzise er ihre unausgesprochene Frage beantwortet hatte.

»Wo das Bad ist, weißt du ja schon«, sagte Sven zu ihr, als er bemerkte, wie sich Lauras Vorbehalte langsam in Luft auflösten, »frische Handtücher liegen auf dem Radio, du kannst alles benutzen, was du siehst. Brauchst du noch etwas für dein Glück – ein kleines Kissen, einen Schlummertrunk?« Aus dem Verkauf an der Börse wusste er, jetzt nicht nochmals fragen, ob sie bleiben wollte, sondern andere Fragen, Wahlmöglichkeiten dem Gehirn zur Verfügung stellen. Dann gab es auch garantiert kein Storno. Dieses Vorgehen funktionierte bei Investoren genauso wie bei Laura.

Laura fühlte sich dennoch unwohl. Noch nie hatte sie bei einem Mann, den sie erst seit wenigen Stunden kannte, übernachtet. Wenn beispielsweise Petra, ihre beste Freundin, ihr erzählt hätte, sie hätte am späten Nachmittag jemanden kennengelernt, mit ihm Ewigkeiten am Strand gesessen, Wein getrunken und wäre dann einfach bei ihm geblieben, hätte sich Petra ein paar Takte von ihr anhören müssen.

Und jetzt? Natürlich war es bei ihr selbst ja etwas ganz anderes, aber war es das nicht immer? Und was war seine Frage noch mal? Handtücher, Kopfkissen?

Nein, Laura beruhigte sich selber, schließlich lag sie ja nicht bei ihm, sondern nur, weil es nun nicht anders ging, in seinem Gästezimmer. Zudem wollten sie ja beide nichts voneinander. Sven nahm, genau wie sie selbst, Urlaub von Deutschland, Urlaub von alten Geschichten. Sven wohnte ja deshalb hier in der Einsamkeit, weil er im Augenblick überhaupt niemanden sehen wollte. Also, kein Vorwurf! Ist alles in Ordnung? Ja, alles in Ordnung. Laura beruhigte sich, so gut es eben ging.

»Nein, vielen Dank, ich habe alles, was ich brauche«, sagte sie nur laut zu Sven.

Bis Laura im Bad fertig war, hatte Sven das Gästezimmer für sie hergerichtet. Kirschsaft mit Eis stand schon auf ihrem Nachttisch.

»Du kannst ja Gedanken lesen«, wunderte sich Laura und freute sich auf das eisgekühlte Getränk. »Das mach ich mir jeden Abend, auch mit Eiswürfeln. Ich mag es eiskalt.«

»Nein, keine Gedanken gelesen«, lachte Sven, »du hast dir vorher mal welchen gemacht«, ergänzte er, zufrieden, ihren Geschmack getroffen zu haben.

Ein anstrengender Tag lag hinter Laura. Am Morgen war sie von Deutschland aus hierhergeflogen, die Nacht zuvor hatte sie kaum geschlafen, weil sie mit Petra noch im *Dombrowski*, Lauras Donnerstagabendkneipe, einer Cocktailbar in Regensburg, ausgiebig ihren Urlaubsbeginn und den Abschied von Deutschland gefeiert hatte. Und als ob das nicht genug gewesen wäre, hatte sie danach ja noch packen müssen und mindestens eine Stunde ihren Ausweis gesucht.

»Schlaf gut, Laura.« Sven nahm sie nicht in den Arm, gab ihr auch keinen Gutenachtkuss, obwohl er nichts lieber getan hätte als das. Leicht war es jedenfalls nicht. Obwohl er nicht als Frauenheld durch die Welt spazierte, reizte ihn Laura auf eine ganz besondere Weise. Dass er sie mochte und sie nicht gehen lassen wollte, hatte sie bestimmt schon bemerkt. Laura hatte seine kleinen Anspielungen sicherlich verstanden.

# Kapitel 6

Am nächsten Morgen, als Laura aufwachte, musste sie sich zuerst orientieren. Wo war sie hier? Ach ja, sie hatte seit gestern Urlaub, Urlaub von allem, was ihr in letzter Zeit so auf die Nerven gegangen war. Sie war richtig gut ausgeschlafen. Es war schon fast Mittag. Laura ging ins Bad und duschte sich den letzten Rest Schlaf aus den Augen. In der Küche dampfte bereits der frische Kaffee. Genauso hatte sie sich in den vergangenen Wochen und Monaten ihr Leben vorgestellt. Ausschlafen, gemütlich eine Tasse Kaffee trinken; ohne Stress den Tag beginnen, in einer traumhaften Kulisse. So wie hier. Die Sonne lachte vom Himmel, und das glasklare Meer lud zum Schwimmen ein. Sie trank einen Schluck und schaute nach Sven. Er saß auf der Terrasse und tippte irgendetwas auf seinem Notebook.

»Hast du doch WLAN?«

»Guten Morgen, Laura«, grinste er sie gut gelaunt an, »hast du gut geschlafen? Und nein, ich habe kein WLAN. Man kann auch ohne WLAN ein wenig schreiben.«

»Ach ja, guten Morgen«, kam es vergnügt, »hast du ein Brötchen oder so was?«

»In der Küche«, Sven deutete mit dem Kopf zum Schrank, »fühl dich wie zu Hause.«

Sven schaute nur kurz von seiner Tastatur auf. Er schien mit seiner Arbeit ziemlich beschäftigt zu sein.

»Ja«, antwortete Laura zufrieden und streckte sich dabei wie ein Kätzchen.

Sven schaute zuerst sie an, dann ganz zufrieden aufs Meer hinaus und arbeitete wieder weiter. Laura war immer noch ein wenig müde und ganz froh darüber, dass Sven so beschäftigt war und sie nicht mit 1000 Fragen quälte. Nachdem Laura ihren Kaffee genüsslich ausgetrunken und ein Käsebrötchen gegessen hatte, klappte Sven sein Notebook zu und setzte sich Laura gegenüber.

»Magst du heute etwas von der Umgebung sehen?«

»Ja, gerne.« Gegen Ausflüge in netter Begleitung hatte sie absolut nichts einzuwenden. Heute sah die Welt schon viel freundlicher aus als gestern um diese Uhrzeit. »Ich muss nur kurz zu Hause anrufen, dass ich gut angekommen bin.«

Laura verschwand im Haus, und Sven fragte sich, bei wem sie sich wohl melden wollte. Hatte sie eine Familie, einen Freund? Bestimmt, so eine tolle Frau war ja sicher nicht alleine. Das erklärte auch, weshalb sie gestern nicht bei ihm bleiben wollte. Schade eigentlich. Sven seufzte, auf der anderen Seite, er hatte sich gerade wieder an sein Singledasein gewöhnt, es lebte sich ja nicht schlecht so unabhängig, und zudem, sein neuer Job würde sich damit nicht gut vertragen.

»Einen schönen Gruß unbekannterweise von meiner Mutter«, Laura stand am offenen Fenster des Gästezimmers. »Ich ziehe mich nur rasch um, dann können wir losfahren«, sagte sie und verschwand wieder.

Ihre Mutter also. Was für ein wunderwunderschöner Tag! Auch wenn er nicht an Liebe dachte, es war ein fantastisches Gefühl, wenn einem alle Möglichkeiten theoretisch offenstanden.

Er packte schnell seine Sachen zusammen. Laura war auch schon fertig, völlig ungewöhnlich für eine Frau. Ihre langen Haare hatte sie sich zu einem Pferdschwanz zusammengebunden, ein enges pinkfarbenes und bauchnabelfreies T-Shirt, welches den Blick auf Tattoos freigab, und orangefarbene Jeans, oben super eng, unten mit Schlag. Und dazu auffällige Plateauschuhe in Pink, die er am Vortag schon bei ihr gesehen hatte, die sie jedoch nicht anhatte, sondern einfach nur in der Hand trug. Er hätte nicht gedacht, dass diese Farbkombi schadlos für die Augen anzuschauen war, aber es sah irgendwie gut aus und unterstrich ihre Individualität.

Eigentlich war das Hübsche an ihr aber überhaupt nicht zu beschreiben. War es die Art und Weise, wie sie sich bewegte, wie sie ihn immer wieder anschaute? Sich gleich darauf wieder zurückzog? Oder reizte ihn ihre mitunter kindliche Art, ihr fröhliches und manchmal sogar unkompliziertes Wesen? Sie war halt doch eine echte Wildblume: eine echte Naturschönheit, die ohne viel Aufwand einfach hübsch aussah. Das Einfache, das gefiel ihm schon immer.

»Kannst du mit den Schuhen auch im Gelände laufen?«

»Ja, klar«, entgegnete Laura, die die Frage nicht verstand, »deshalb habe ich sie dabei! Es sind doch meine bequemsten!«

Sven schüttelte lachend den Kopf. »Dann will ich deine anderen Schuhe besser nicht sehen.«

Er ging noch schnell in den Garten, hantierte dann in der Küche. Laura wartete derweilen auf der Veranda. Endlich war er auch fertig, sie stiegen in seinen Wagen, ein uraltes Cabrio. Er hatte es mit dem Häuschen zusammen gekauft. Ein wenig rostig, aber mit Charme. Sie fuhren zuerst ein Stück am Meer entlang, dann eine kleine, unübersichtliche Straße Richtung Berge. Eine Kurve an der anderen.

»Von oben haben wir einen super Ausblick auf die Küste«, versprach Sven.

Laura gefiel einfach alles, so einen spontanen Ausflug hatte sie lange nicht mehr gemacht. Sie fühlte sich in Svens Gegenwart einfach wohl und sicher. Ihrer Mutter hatte sie vorher nicht erzählt, dass sie bei einem wildfremden Mann geschlafen hatte. Laura wollte sie nicht beunruhigen. Sie hatte ihr einfach vorgelogen, sie würde bei einer Freundin wohnen, die sie aus der Zeit in Schottland kannte. Während des Studiums verbrachte Laura mal ein halbes Jahr dort. Die Mieten waren sehr teuer, und sie hatte deshalb eine Wohnung zusammen mit anderen Mädchen angemietet.

Darunter war eben die besagte Spanierin, mit deren Hilfe sie jetzt ihre Mutter beruhigt hatte. Ihrer Mutter ging es in den letzten Monaten gesundheitlich nicht so besonders, im Augenblick zwar wieder etwas besser, aber dennoch wollte Laura jede Aufregung von ihr fernhalten. Sie selber war sich sicher, dass auf Sven wirklich Verlass war.

Aber erzähle das mal jemandem! Heute, wo mehr Verrückte denn je herumlaufen, dachte Laura bei sich. Über Sven machte sie sich in dieser Hinsicht, obwohl sie normalerweise übervorsichtig war, inzwischen keinerlei Gedanken mehr. Sie fühlte sich richtig wohl wie lange nicht mehr. Und sie genoss jede Sekunde. Sie mochte auch Svens fürsorgliche Art, manchmal erinnerte er sie an ihren Vater. War das vielleicht der Grund, weshalb sie ihm so schnell vertraute?

Ihr Vater war vor elf Jahren gestorben. Sie war 17 Jahre alt, schon aus dem Gröbsten heraus, aber gefehlt hatte er ihr trotzdem total. Ihr Vater war Architekt, hatte der Familie ein neues Haus geplant und bauen lassen. Einziehen konnte er nicht mehr. Ihre Mutter musste sich um die Fertigstellung, die ganzen Handwerker und um vieles mehr kümmern. Viel Zeit für die Kinder blieb nicht mehr. Ihren Vater vermisste sie immer noch sehr.

Worüber sie sich jedoch ärgerte: Ihr Bruder durfte alles, sie nichts. Auch heute noch, sie sollte zu Hause wohnen, damit sie für ihre Mutter da sein konnte. Ihr Bruder war frei, konnte hinziehen, wohin er wollte. Nicht, dass sie sich nicht gerne um ihre Mutter gekümmert hätte, sie störte sich mehr an der Selbstverständlichkeit, dass sie und nicht ihr Bruder dafür zuständig war. Auch jetzt, wo er arbeitslos geworden war, hat er die volle Unterstützung von ihrer Mutter und bekam statt einer Ermahnung, sich schnell um neue Arbeit zu kümmern, auch noch finanzielle Unterstützung. Mit ihrem Vater wäre das anders abgelaufen. Trauer und Wut stiegen in ihr auf.

»Was ist mit dir los?« Sven hatte Lauras finstere Miene entdeckt.

»Ach, nichts«, murmelte Laura, »es hat auf jeden Fall nichts mit dir zu tun. Im Gegenteil, es ist wunderschön, und du bist total lieb zu mir.«

»Wir sind auch gleich da«, Sven zeigte mit seiner Hand auf einen alten Wachturm, »dort gehen wir hinauf, und dann weißt du, wie das Paradies mal ausgesehen hat.«

Kaum ausgesprochen, holperte der Wagen wieder in ein tiefes Schlagloch.

»Meinst du, das Paradies war so steinig?« Laura zog die Stirn in Falten, lächelte dabei aber schon wieder.

»Nur der Weg dorthin ist so schlecht, aber du wirst sehen, es lohnt sich.« Sven berührte ganz sachte ihre Hand, zog sie jedoch, bevor Laura protestieren konnte, wieder zurück.

Oben angekommen, stiegen sie aus und liefen ein kleines Stück durch den Wald. Fünf Minuten später kamen sie an dem Turm an. Efeu rankte an dem alten Gemäuer empor.

»Früher hat man von hier aus die Küste bewacht, um sie vor Eindringlingen zu beschützen«, erzählte Sven.

»Zum Beispiel vor fremden Frauen«, lachte Laura.

»Jetzt gefällst du mir wieder besser« bemerkte Sven erleichtert, während sie die steinernen Stufen im Inneren des Turms hinaufstiegen.

»Warum?«, schnaufte Laura ganz außer Atem.

»Weil du wieder fröhlicher bist«, entgegnete Sven und legte eine kurze Pause ein.

»Ganz schön anstrengend! Was hast du da eigentlich in dem Korb?«, fragte Laura neugierig.

»Nichts«, grinste Sven, »siehst du doch.«

»Ziemlich viel für ›nichts‹«, konterte Laura und schaute sich den mit Zeitungspapier abgedeckten Korb genauer an.

»Gehen wir.« Ohne eine Antwort abzuwarten, stieg Sven die Treppen weiter hinauf und versteckte vor Lauras Blicken wieder das unter Zeitungspapier eingewickelte Nichts.

Kaum oben angekommen, wurde Laura richtig euphorisch. »Ist das schön hier, schau mal, da hinten die Stadt, die vielen Dachgärten darauf, dort der Strand, das Wasser!«

Laura schaute in die andere Richtung. Wälder, Wiesen, und überall blühte es, endlich begann der Sommer!

»Schau, Laura, da vorne, siehst du die Bucht? Dort haben wir uns gestern getroffen.«

Laura nickte. »Ja, stimmt, jetzt sehe ich auch dein Haus, die Palmen auf der anderen Seite habe ich gestern ja überhaupt noch nicht entdeckt. Und was ist das da hinten?«

»Hinter dem Haus liegt ein kleines Ruderboot, ich habe allerdings noch keine Ruder dazu gefunden. Aber wenn du magst, leihen wir uns mal ein größeres und fahren raus aufs Meer.«

»Das wäre ja klasse.« Lauras Augen leuchteten mit der Sonne um die Wette.

»Laura, schließ mal deine Augen!«

»Warum?«

»Frage nicht immer, mach es einfach, vertraue mir – es passiert nichts Schlimmes.«

Laura schloss ein wenig unbehaglich die Augen und überlegte sich, was Sven wohl jetzt anstellen könnte. Ob er sie küssen wollte? Und wenn, sollte sie sich dagegen wehren? Vielleicht, vielleicht auch nicht, wie immer würde sie ganz spontan, rein gefühlsmäßig, reagieren.

Manchmal hatte sie sich durch ihre Spontaneität schon einige Probleme geschaffen. Gerade wenn ihr mal ganz unvermittelt bei ihrem Konrektor, einem ihrer beiden Vorgesetzten in der Schule, der Kragen geplatzt war. Da wäre sicher teilweise etwas mehr Diplomatie angebracht gewesen. Manchmal hatte sie ihr Temperament einfach nicht unter Kontrolle. Auf der anderen Seite, sie war ehrlich, sie wollte immer genau das sagen und tun, was sie auch wirklich wollte. Leute, die sich immer im Griff hatten, alles im Voraus schon fertig geplant hatten, bei denen fehlte doch was im Leben. Beinahe hätte sie sich hineingesteigert, weil wieder alte Geschichten hochkamen, aber sie wurde durch ein Rascheln abgelenkt. Packte Sven die Überraschung endlich aus? Sie war, wie jede normale Frau, eben total neugierig.

»Atme tief ein«, forderte Sven sie auf, »und lass die Augen zu. Was ist das?«

Laura roch Rosen, deren atemberaubenden, würzigen Duft sie mit gemischten Gefühlen einsog. Sie war hin und her gerissen, die Rose verströmte auf jeden Fall einen berauschenden, angenehmen Duft, der sie zudem ziemlich aus dem Konzept brachte.

»Jetzt darfst du die Augen aufmachen.« Er grinste sie lausbübisch an. »Hier, eisgekühlter Kirschsaft für die Dame.« Er hatte zwei Becher und eine Thermoskanne mit Kirschsaft und Eiswürfeln in einem Korb unter Zeitungspapier versteckt gehabt. Dazu eine sehr duftende orangefarbene Rose aus seinem Garten.

»Die Rose passt einfach so gut zu deiner Hose heute«, lachte er. »Das ist nur Deko, keine Sorge, es geht um den Kirschsaft. Magst du …?«

»Oh ja, gerne!« Laura war erleichtert, sie hatte sich schon Sorgen gemacht, er würde ihr eine überstürzte Liebeserklärung machen.

»Du bist ja schnell.« Sven grinste immer noch und gab ihr ein Glas, »ich war noch nicht fertig mit meiner Frage, aber wenn du magst, ich freue mich wirklich sehr.« Zufrieden lehnte er sich zurück.

»Was wolltest du fragen?«, hakte Laura etwas misstrauisch nach.

»Ob du einfach ein paar Tage bei mir bleiben möchtest, auch länger, solang du magst. Ich bin noch drei Tage hier, dann fahre ich wieder nach Deutschland. Und du kannst hier wohnen bleiben.«

Laura war sprachlos. Sie hatte schon etwas ganz anderes befürchtet, und nun dieses verlockende Angebot. Sie wusste nicht, wie sie reagieren sollte, schön war es hier schon.

»Du kannst auch das Cabrio nutzen«, ergänzte Sven schnell, der merkte, wie Laura wieder eine lange Pro- und Contra-Liste durch ihren Gehirncomputer jagte. »Das freut sich, wenn es mal bewegt wird, und du kannst das Land ein wenig kennenlernen. Und hast immer ein schönes Zuhause, auf das du dich dann wieder freuen kannst.«

»Schön, dass ich dich hier getroffen habe.« Lauras Spontaneität kehrte ganz langsam wieder zurück. »Ich bleibe noch gerne die zwei, drei Tage bei dir. Ob ich dein Angebot annehmen kann? Ich weiß nicht, wir kennen uns doch so wenig.«

»Du wolltest Dankeschön sagen, das freut mich«, kam es neckisch von Sven. »Du hast da jetzt etwas total verwechselt.«

»Was verwechselt?«

»Das wäre, wenn überhaupt, mein Text«, grinste er spitzbübisch, »wir kennen uns noch nicht so lange, ich weiß nicht, ob ich dir einfach mein Haus und mein Auto anvertrauen kann. Und dann sagst du …« Er schaute sie erwartungsvoll an.

»Was sage ich dann?«

»Du sagst«, schüttelte Sven den Kopf, weil sie so auf der Leitung stand, »›habe keine Sorge, ich passe auf das Haus auf und fahre ganz vorsichtig mit dem Auto, trage es behutsam über jedes Schlagloch, du kannst mir alles anvertrauen. Mach dir keine Gedanken.‹«

»Ach«, Laura gab ihm einen Knuff, »das ist also mein Text.«

»Und ich sage dann«, Sven schaute sie überlegen, sie von oben bis unten musternd, an, »›einverstanden, kannst bleiben, dir vertraue ich.‹«

»Ja.« Laura setzte sich, oben auf dem Wachturm war ringsherum eine Steinbank an die Wand gebaut, sie wusste jetzt nicht genau, was sie sagen sollte, das Angebot war sehr verlockend, und ja, sie würde es gerne annehmen. Schade nur, dass er in drei Tagen schon wieder fahren würde. Wobei, das war es doch, was sie wollte, alleine sein. Hatte sie sich womöglich an diesen Sven schon irgendwie gewöhnt? Mochte sie ihn womöglich? Oder war sie nur ein wenig durch den Wind, waren die vergangenen Tage einfach eine Spur zu anstrengend gewesen?

Sven setzte sich neben sie, hatte er sie jetzt mit seinem Vorschlag ein wenig überfahren? Hätte er noch ein wenig warten sollen? Nachdem er am Mittag um das Haus gegangen war, als Laura sich im Bad für den Ausflug angezogen hatte, war ihm die duftende Rose in seinem Garten einfach über den Weg gelaufen. Und sie hatte ihn angelacht und ihm zugeflüstert: »Nimm mich, sage der Laura, dass du sie magst und sie bleiben kann.« Und jetzt war er überhaupt nicht mehr sicher, ob er das Richtige gemacht hatte. Laura war schon wieder so still. Einige Zeit saßen beide in sich gekehrt auf der harten Bank und hingen ihren Gedanken nach.

»Sie duftet ganz besonders gut.« Laura schnupperte an der Rose und hielt sie dann Sven hin.

»Magst du Rosen, gefällt sie dir?« Sven schaute tief in ihre Augen.

Laura wusste gleich, was Sven sie eigentlich fragen wollte, und gab darauf Antwort.

»Ja, Sven, mit einem so verlockenden Angebot hatte ich nicht gerechnet, ich denke darüber nach.« Laura hatte inzwischen wieder etwas mehr Ordnung in ihr Gefühlswirrwarr gebracht. Eigentlich hatte sie sich ja so einen Mann wie Sven immer gewünscht, und jetzt, wo er vor ihr stand? Aus welchem Grund sollte sie den Weg ins Traumland nicht wieder mal ausprobieren. Die letzte Beziehung war ja schon längst verjährt. Wie lange war das her, letzten Monat?

Was würde sie schon dabei riskieren. Sie müsste ja nicht ihr Herz daran hängen. Nett war er auf jeden Fall, lieb um sie besorgt und obendrein noch kreativ. Sven hob sich von der gewöhnlichen Masse ab. Die Anmachsprüche und die dazugehörigen Typen, die so bei ihr zu Hause üblich waren, hatten keinen Reiz für sie, aber Sven war anders. Fast ein wenig schüchtern, oder war es Taktik? Egal, eigentlich war es sehr angenehm, Stück für Stück erobert zu werden. Es fühlte sich sogar gut an.

Sie lehnte sich ganz entspannt zurück und bemerkte dabei, dass Sven seinen Arm auf die Banklehne ausgestreckt hatte. Dieses Mal erschrak sie bei dem versehentlichen Körperkontakt nicht, im Gegenteil. Sven, der sie schon seit gestern Abend mit Argusaugen beobachtete, stellte mit Vergnügen auch diese Veränderung bei Laura fest. Diesmal würde er seine Hand nicht gleich wieder zurückziehen.

Laura schaute ihn mit ihren bezaubernden Augen an, so lieb, dass er beinahe wie Schokolade in der Mittagssonne geschmolzen wäre. Als sie das bemerkte, kuschelte sie sich ein wenig schüchtern in seinen Arm. Sie spürte beim ersten Kontakt so ein schönes Kribbeln auf der Haut. Eine ganze Ewigkeit saßen die beiden so da, beschäftigt mit der neu entdeckten Vertrautheit.

»Endlich ist wieder Sommer«, sagte Sven, während er Laura anschaute.

»Ja, du hast recht, am liebsten würde ich die Zeit anhalten«, ergänzte Laura.

# Kapitel 7

»Ja«, Laura kuschelte sich enger an Sven, »es wird ein schöner Sommer, vielleicht möchte ich überhaupt nicht mehr gehen.«

Sven, über diese Entwicklung erfreut, genoss für ein paar Minuten diese Nähe. Bis sie sich wieder etwas von ihm entfernte.

»Hast du Hunger, Laura?«

»Nein, noch nicht, aber wenn du hungrig bist, werde ich auch eine Kleinigkeit essen.«

Laura musste sich erst wieder an regelmäßige Mahlzeiten gewöhnen. Zu Hause hatte sie manchmal so einen Stress, dass das Essen einfach zu kurz kam. Mittwochs hatte sie Nachmittagsunterricht, an den anderen Tagen und auch am Wochenende musste sie ihre nächsten Unterrichtsstunden vorbereiten oder Arbeiten korrigieren. Für sich alleine mochte sie zudem nicht so gerne kochen.

Viele Menschen hatten völlig falsche Vorstellungen von ihrem Beruf. Manche dachten, sie als Lehrerin könne jeden Nachmittag in der Stadt unterwegs sein. Wie viel Arbeit in der Vorbereitung steckte, sah niemand. Wie oft sie bis nach Mitternacht noch über den Schulheften saß, wollte auch niemand wissen, aber wehe, sie wurde mal am Nachmittag im Freibad gesehen. Gleich wurde ihr unterstellt, wie schön sie es doch hätte, dass Lehrer eben doch so viel Freizeit und zudem noch ständig Ferien hätten. So etwas konnte sie richtig aufregen. Sie nahm ihren Beruf ernst, und oft genug musste das Private darunter leiden. Aber die wenigsten hatten dafür Verständnis, von Sven erhoffte sie sich ein wenig mehr. Bisher machte er jedenfalls den Eindruck.

»Bist du eigentlich ein Workaholic?«, wollte Laura wissen.

»Manchmal«, antwortete Sven. »Wie kommst du darauf?«

»Einfach so, an meine Gedankensprünge musst du dich auch noch gewöhnen«, schmunzelte Laura.

»Und woran muss ich mich noch gewöhnen?« Sven schaute Laura mit gespielt sorgenvoller Miene an.

Lauras Gesichtsausdruck wurde ein wenig verlegen. »Ich kann ziemlich chaotisch sein, verlege alles, finde wichtige Unterlagen nie auf Anhieb und muss immer wieder größere Suchaktionen starten«, schilderte Laura ganz vorsichtig ihre Schwächen. »Aber es ist schon viel besser geworden«, ergänzte sie rasch.

»Dann ist es doch nur noch halb so schlimm: Gefahr erkannt, Gefahr gebannt«, erwiderte Sven.

»Warte erst mal ab, wenn ich deine Sachen verlege«, meinte Laura leise, »dann findest du es bestimmt nicht mehr halb so schlimm. Dann wirfst du mich raus aus deinem Paradies – oder?«

»So einfach lasse ich dich nicht gehen!« Sven stand auf, nahm wie selbstverständlich ihre Hand, Laura griff sich die Rose, und sie stiegen vorsichtig die steilen Treppen wieder hinunter. »Wenn du magst, fahren wir jetzt zu einem kleinen Landgasthof ganz in der Nähe, und später entführe ich dich noch auf einen Kaffee in die Stadt«, schlug Sven vor.

»Gerne, von dir lasse ich mich überall hin entführen – beinahe überall hin«, setzte Laura schnell hinzu.

»Du brauchst dir keine Sorge zu machen, Laura, ich werde dich nie gegen deinen Willen entführen.«

Sie fuhren wieder auf der holprigen Straße durch den dichten Wald zurück auf die Landstraße. Nach einer halben Stunde kamen sie bei dem Landgasthof an, suchten sich einen Platz in der warmen Sonne und bestellten eine Kleinigkeit.

Der leichte Weißwein machte Laura etwas gesprächiger. »In letzter Zeit habe ich Männer kennengelernt, richtige Machos, eingebildet und arrogant. Typ: ›Ich bin megatoll, weil ein super Geschenk an die Frauen.‹ Mit dem ›Bewundert mich, alle stehen auf mich‹-Gehabe. Affen, die Frauen als Objekt und als Jagdtrophäe ansehen. Einmal hatte ich einen Verehrer, der sich immer mit hübschen Frauen schmückte, er brauchte das für sein Ego. Für meinen letzten Freund waren die hübschen Mädchen ein Teil seiner Therapie, er konnte nicht alleine sein, brauchte immer eine um sich herum. Obwohl ich seine Veranlagung genau kannte, er hatte nie einen Hehl daraus gemacht, hat er mich am Ende doch ziemlich verletzt.«

»Bist du deshalb hierhergekommen?«, fragte Sven.

»Vielleicht«, antwortete Laura. »Früher bestand mein gesamter Lebensinhalt darin, abends in die Stadt zu gehen, um möglichst viele Leute zu treffen. Ich gehe immer noch gerne aus. Allerdings sind mir die Freunde von damals viel zu oberflächlich. Ich habe inzwischen herausgefunden, dass sie mir gar nicht mehr so wichtig sind, dass sie in einer ganz anderen Welt leben. Übrig geblieben sind noch ein paar Freundinnen. Heute versuche ich, mich auf das Wesentliche zu konzentrieren. Echte Freundschaft zu pflegen, in meinem Job das Beste zu geben und endlich mal auf mich selbst zu hören, zu lernen, meine wirklichen Bedürfnisse zu erkennen – verstehst du, was ich meine?«

Sven nickte. »Ja, ich denke, wir haben eine ähnliche Entwicklung hinter uns. Jeder muss solche Erfahrungen machen, um sich selbst finden zu können. Welche Träume hast du denn jetzt, wie stellst du dir deine Zukunft vor?«

»Ich wünsche mir auch so ein Haus hier in Spanien«, Laura kam ins Schwärmen, ihre Augen leuchteten, »jeden Tag meiner Schulferien möchte ich dann hier verbringen, alle Korrekturen und Vorbereitungen von neuen Unterrichtsthemen, alles wird eingepackt. In sonnigen Gefilden lässt es sich viel besser arbeiten als zu Hause. Kinder, falls irgendwann vorhanden, werden natürlich auch mitgenommen. Am besten wäre dazu ein Mann, der das alles mitmacht«, lachte sie ihn an.

»Aber ob mit Mann oder ohne, diesen Traum werde ich mir mal erfüllen, auch wenn es noch ein bisschen dauert. Dafür heißt es natürlich, jetzt auf einiges zu verzichten, obwohl es mir schwerfällt: Bei mir ist demnächst ein neues Auto fällig – und ich hätte schon ganz gerne ein Cabrio mit tollen Felgen und so. Beinahe hätte ich mir so was schon gekauft, aber Entscheidungen fallen mir ziemlich schwer, und ich muss mich immer dazu durchringen, auf das zu hören, was ich wirklich will. Jetzt werde ich mir halt einfach irgendein kleines, billiges Auto kaufen, das einfach seinen Zweck erfüllt. Weniger zu arbeiten oder eine neue schöne Altbauwohnung ist dann natürlich auch nicht drin.«

»Für seine Ziele muss man schon einiges in Kauf nehmen, aber warum wolltest du weniger arbeiten, ich dachte, dein Job sei wichtig für dich«, fragte Sven dazwischen.

»Ja, ist er auch«, entgegnete Laura, »genau deshalb, wenn ich mich als Lehrerin richtig auf den Unterricht vorbereiten möchte, dann braucht dies viel Zeit, für Privates bleibt dann nur noch wenig übrig. Im Religionsunterricht versuche ich, den Schülern meine Erkenntnis über das Wesentliche im Leben zu vermitteln. Es ist wie eine Art Drang. Ich möchte keinen Nullachtfünfzehn-Unterricht machen, ich möchte meine Schüler erreichen mit dem, was mir wichtig ist, was ich denke und was auch für ihr künftiges Leben entscheidend sein wird. Jeden Einzelnen will ich erreichen. Das ist eine große Herausforderung, die mir Spaß und Stress bringt. Der Stress liegt für mich weniger in der Arbeit selbst, sondern in der Beantwortung der Frage, wie ich es noch besser machen kann. Das raubt mir viel Energie. Und das Ziel, das ich mir gesteckt habe, scheint manchmal unerreichbar. Es gibt Tage, da habe ich das Gefühl, ich renne einem unerreichbaren Ideal hinterher. Und dann die Sorge, ich schaff das nicht, es ist viel zu viel. Um mir da selbst ein wenig mehr Freiraum zu schaffen, habe ich mir schon mal überlegt, einen Tag weniger zu arbeiten.

Gemacht habe ich allerdings genau das Gegenteil: Ich habe mich für ein Jahr nach Amerika beworben. Und nicht nur beworben, es hat auch noch geklappt, obwohl es achtmal mehr Bewerber für die USA gab als freie Stellen.

Und so chaotisch sieht es in meinem Privatleben auch aus, ich habe zwar in der Theorie ziemlich klare Vorstellungen – wie zum Beispiel mein vielleicht etwas kitschiger Traum vom Haus in Spanien – und Prinzipien, und dennoch wirke ich durch mein Verhalten den Vorhaben oft total entgegen. Beruflich, habe ich ja schon erzählt, wollte ich gerne ein ruhigeres Leben, und dennoch schaffe ich mir durch meine Aktionen, wie zum Beispiel die Bewerbung nach Amerika, nur Stress.

Privat, in Bezug auf Beziehungen, kommt für mich absolut nur was Festes und Zuverlässiges infrage. Und trotzdem ziehe ich magisch nur so unsolide Typen an, die völlig andere Vorstellungen vom Leben haben. Nach dem Motto: Gegensätze ziehen sich an. Während ich denjenigen, zu denen ich mich wirklich hingezogen fühle und die viel eher meinem Ideal entsprechen, oft abweisend begegne, obwohl ich das oft gar nicht möchte. Resultat: Rückzug in beiden Fällen, also lieber gar keine Beziehung obgleich ich den Traum einer Idealbeziehung noch immer träume.«

»Ist mir auch so gegangen«, versuchte Sven, die wieder ein wenig traurig dreinschauende Laura zu trösten. »Meistens steht man sich selbst im Weg.«

»Zum Glück haben wir uns diesmal nicht so doof angestellt«, Laura streichelte kurz Svens Hand, »du bist mir nämlich wichtig, obwohl wir uns erst seit kurzem kennen. Normalerweise brauche ich da viel länger, um so etwas festzustellen, geschweige denn, so was zu sagen. Aber bei dir ist einfach alles anders.«

»Ja, mir geht es genauso.« Sven nahm Lauras Hand. »So schön, dass du dich ausgerechnet auf mein Grundstück verirrt hast.«

Laura beugte sich über den Tisch und küsste Sven schüchtern. »Das war kein Zufall, sondern ein Wink des Himmels. Ich frage dich jetzt offiziell: Darf ich noch ein paar Tage bei dir bleiben?«

»Was für eine Frage«, strahlte Sven sie an, »natürlich, ich hätte dich eh nicht mehr gehen lassen.«

»Und du bist nur noch kurz hier, wann kommst du wieder?« Laura schaute ihn an, sie wollte nun planen, wissen, wie es weitergehen würde, wie lange sie dann selbst bleiben würde.

»Eigentlich wollte ich jetzt so schnell nicht wiederkommen.«

»Was heißt *eigentlich*?« Laura schaute ihn erwartungsvoll an.

»Ja, wenn du magst, dann komme ich bald wieder oder vielleicht bleibe gleich einfach etwas länger.«

»Wegen mir«, freute sich Laura, »bleibst du nur wegen mir länger, das kannst du einrichten?«

»Nur wegen dir! Wie lange hast du Ferien?«

»Drei Monate«, antwortete Laura, »in drei Monaten muss ich spätestens nach Amerika fliegen, um dort an meinem neuen Arbeitsplatz zu erscheinen. Aber was ist mit dir, weshalb kannst du so lange hierbleiben, ist das beruflich kein Problem?«

»Nein, habe ich das nicht schon erzählt? Habe meinen Job in Frankfurt gekündigt, bereite gerade meinen Umzug nach Konstanz vor. Wobei das im Grunde genommen schnell geht, weil ich in Frankfurt alles stehen und liegen lasse und nur persönliche Dinge mitnehmen möchte. Und ich habe ein berufliches Angebot, welches ich jedoch noch nicht angenommen habe. Von daher ...«

»Kannst du also noch bleiben?«

»Ja, vielleicht fliege ich mal kurz für ein Wochenende zurück.«

»Lohnt sich das überhaupt?«

»Laura, du kannst Fragen stellen!«

»Warum?«

Lauras Lieblingsfragen begannen immer mit »warum«. Sie meinte, dies käme von ihren Schülern, die sie auch immer damit quälten. Ganz besonders die 7b, ihre Lieblingsklasse – auch »der Zoo« genannt, weil die Kleinen allerlei Tiere nachahmten und damit versuchten, manchmal erfolgreich, ihre Lieblingslehrerin vom Unterricht abzulenken.

»Wenn es sich nicht lohnen würde, würde ich es ja nicht in Erwägung ziehen«, sagte Sven, »und wie du siehst, hat sich dieses verlängerte Wochenende doch ganz besonders gelohnt.«

Bei Sven war es immer so, wenn er mit nichts rechnete, nicht das Geringste erwartete, dann passierten ihm die unglaublichsten Geschichten. Eigentlich hatte er sich ja nur aus einer ärgerlichen Situation heraus dazu entschlossen, ein paar Tage hierher in die Einsamkeit zu flüchten. Seine Laune war nicht besonders gut gewesen. Deshalb war er bei der ersten Begegnung mit Laura auch so unwirsch zu ihr gewesen und hatte im ersten Moment total übersehen, was für einen außergewöhnlichen Schatz er da am Strand aufgelesen hatte. Aber so war es immer, stets kamen die kleinen und großen Aufmunterungen dann, wenn er sie wirklich nötig gebrauchen konnte, er sie aber in keiner Weise erwartet hatte.

Bevor er hergeflogen war, hatte er sich noch mal richtig geärgert. Über seinen Job und seinen Chef. Grundsätzlich einmal darüber, dass er so lange überhaupt dort gearbeitet hatte. Sein Arbeitsplatz, die Börse, hatte keine Seele, es ging nur um den Profit. Egal, wie viele Menschen dabei über die Klinge springen mussten. Er konnte seine Kollegen nicht davon überzeugen, zumindest ein wenig mehr Moral an den Tag zu legen. Das hatte ihn seit einiger Zeit schon geärgert. Und dann noch das dumme Geschwätz, welches er sich morgens bei seiner Verabschiedung noch anhören musste, er war ganz geladen in das Flugzeug eingestiegen. Das alles erzählte er Laura nochmals, um sich für sein Verhalten bei der ersten Begegnung zu entschuldigen.

»Was hat er gesagt?«, wollte es Laura genauer wissen.

»Wir verabschieden heute unseren ehrwürdigen Moralprediger Sveni-Boy«, Sven zog dabei eine Grimasse, bei der Laura lachen musste, weil sie sich seinen Chef gleich bildlich vorstellen konnte, »der inzwischen zu alt für den jungen Markt geworden ist, er möchte nun andere Talente von sich erforschen.« Damit hatte der Chef unmissverständlich klargemacht, wie sehr sie alle auf Svens Meinung pfiffen.

»Was ist das, der junge Markt?«

»Eigentlich heißt der Bereich, in dem ich gearbeitet habe, ›Neuer Markt‹, dort werden Aktien von Unternehmen gehandelt, die aus neuen Wachstumsmärkten kommen. Zum Beispiel der Bereich Internet, diese Anlagen sind ziemlich riskant, nicht zu unterschätzen.« Sven ärgerte sich schon wieder über sich selbst, dass er nicht schon viel früher ausgestiegen war. Das war im Grunde genommen der Hauptgrund seines Unmuts, weniger die Verabschiedung.

»Typisch Chef«, sagte Laura aufgebracht, »meinem kann man überhaupt nichts gut genug machen, und humorlos ist er obendrein! Keinem Argument zugänglich, wo ich doch immer die besten Argumente habe.«

»Lassen wir sie, wo sie sind«, beruhigte Sven, der nicht weiter davon reden wollte, »sonst bekommen wir nur noch schlechte Laune.«

»Lassen wir sie in Frieden über ihren Akten ruhen«, lachte Laura, »zum Glück bist du normal, lass dich bloß nicht unterkriegen, ich bin auch dafür, dass dein Privatleben jetzt Priorität bekommt.«

»Du bist wirklich ein Schatz, Laura. Ich wusste doch gleich, dass du was ganz Besonderes bist. Was hält mein zauberhaftes Super-Argument von einem Kaffee in der Stadt, es ist schon Nachmittag.«

»Vorschlag angenommen«, antwortete Laura, »dein Super-Argument ist begeistert.«

In die Stadt führte eine relativ gut ausgebaute Straße, im Gegensatz zu den steinigen Straßen vom Vormittag eine richtige Wohltat. Die Stadt war für die hiesigen Verhältnisse ziemlich groß, im Vergleich zu Deutschland allerdings nur ein etwas größeres Dorf. Etwas über 7.000 Einwohner und noch mal so viele Hühner und jede Menge verwinkelte Straßen. Überall saßen die Menschen draußen. Auf den Eingangstreppen die Erwachsenen, auf der Straße spielten die Kinder. Laura kam wegen der gepflegten Altbauten richtig ins Schwärmen.

Die Leute hatten ihr Städtchen perfekt im Griff – ungewöhnlich perfekt, hier war offensichtlich keiner besonders arm. Oder waren alle handwerklich talentiert? Zumindest war jedes Haus sehr sorgfältig hergerichtet, renoviert, gepflegt. Sven steuerte eine kleine Kneipe in der Altstadt mit Blick aufs Meer an. Alle schauten den beiden hinterher, hier kannte jeder jeden, und Touristen waren selten. Die Bewohner waren mit Fischfang oder in den zahlreichen Weinbergen rund um die Stadt beschäftigt. Für ihren frischen, gesunden Fisch und ihren sonnenverwöhnten Wein waren sie weithin bekannt.

Stress war hier ein absolutes Fremdwort, und Laura und Sven genossen die Ruhe der Stadt. Es war noch immer Siesta, in ein paar Minuten, so gegen 16 Uhr, würden die ersten Geschäfte wieder aufmachen. Eine besondere Hektik verbreitete sich dadurch allerdings nicht. Manche öffneten ihren Laden auch mal erst ein, zwei Stunden später, je nachdem, wo diejenigen gerade waren, wie nett man sich gerade unterhielt, so genau wurden so unwesentliche Dinge nicht genommen.

Genau die richtige Atmosphäre für einen gemütlichen Nachmittag. Für lange Gespräche und gutes Essen. Laura erzählte von ihren Plänen, auch darüber, wie spontan sie war und dass sie sich in den nächsten drei Monaten nochmals neu entscheiden würde, ob sie überhaupt in die USA fliegen würde, denn sie könnte sich auch hier ein schönes Leben vorstellen. Sie tendierte dazu abzusagen.

Sven hakte nach, wollte wissen, wie so viel Spontaneität zu ihren Werten wie Zuverlässigkeit passen würde. Und Laura hatte für alles eine plausible Erklärung, wie zum Beispiel, dass es wichtig sei, das Leben laufen zu lassen. Sich auf den Moment einzulassen, nicht gegen das Herz zu entscheiden. Und wenn sie nicht ginge, würde sich eben ein anderer Bewerber freuen. Für Sven war nicht alles nachvollziehbar, aber es hörte sich für ihn ganz spannend an, zumindest in dem einen Punkt, dass Lauras Flexibilität ihm einen aufregenden Sommer und mehr versprechen konnte.

Er erzählte, dass er in Stuttgart Antonia auf einer langweiligen Party kennengelernt und sie ihm einen speziellen Job in Aussicht gestellt hatte. Er könnte bei einem angeschlagenen Escort-Service als Geschäftspartner einsteigen. Um den Ablauf verstehen zu können, sollte er ein paar Aufträge selbst als Escort übernehmen. Ein unmoralisches Angebot, wie Laura es kommentierte und ihm komplett davon abriet. Es gäbe sicher passendere Jobs für ihn und schließlich, das überraschte ihn dabei am meisten, müsse er auch auf sie nun Rücksicht nehmen. Denn wenn er an ihr Interesse hätte, dann wäre dieser Job auf keinen Fall etwas für ihn.

Natürlich gab Sven sofort dieser positiven Wendung den Vorrang und sagte ganz spontan zu Laura, wenn sie ein ernsthaftes Interesse an einer Beziehung hätte, wovon er noch nicht ganz überzeugt sei, dann würde er in Stuttgart definitiv absagen und sich etwas anderes suchen. Laura zeigte sich erfreut, äußerte sich jedoch nicht weiter dazu. Und

Sven, der freute sich, wie schnell es ihm wieder einmal gelungen war, der komplizierten Laura so eine Aussage herausgelockt zu haben. Wenn auch eher unbeabsichtigt. Sie schien ja echtes Interesse an ihm zu haben. Innerlich musste er grinsen, vielleicht hatte Antonia diese Qualitäten bei ihm entdeckt, dass er – womit auch immer – die härtesten Fälle lösen konnte. Diese überheblichen Gedanken behielt er natürlich für sich. Er wollte sich nicht wie der Elefant im Porzellanladen verhalten. Er freute sich auch viel zu sehr über die Fortschritte, die er mit Laura schon gemacht hatte. Sie munterte ihn irgendwie auf. Jetzt fing sein Urlaub an, er war tatsächlich angekommen.

Diesen überraschenden Verlauf nahm der zweite Tag und irgendwie, nicht komplett vertraut, schon gar nicht verliebt, aber wesentlich entspannter fuhren sie am Abend wieder in ihr Haus am Meer.

Diesmal hatten sie aus der Stadt frischen Fisch, Salat und wieder eine Flasche von dem guten spanischen Wein mitgebracht. Sie waren schon ein gutes Team. Sven deckte den Tisch, machte Feuer im Kamin und auf dem Grill draußen, und Laura nahm den Fisch aus und würzte ihn, machte den Salat an mit dem Wenigen, was sie in der Küche fand, und Sven grillte. Nach einer Stunde saßen sie bei ihrem ersten selbst zubereiteten Essen, und es schmeckte beiden fantastisch.

Laura hätte sich, nachdem sie ein wenig zu viel Wein erwischt hatte, fast zu Schwärmereien für Sven hinreißen lassen, konnte es jedoch gerade noch abwenden und begeisterte sich stattdessen für das kleine Häuschen, für den romantischen Ausblick und solche harmlosen Nebenschauplätze.

Und Sven, der genoss den Fisch, den Wein, den Abend; er wusste, es lief alles sehr gut für ihn. Morgen würde er Antonia schreiben, dass er ein paar Tage länger Zeit bräuchte, sich zu entscheiden. Laura hatte ja so recht, man musste das Leben einfach laufen lassen. Es war doch alles so einfach.

# Kapitel 8

Am nächsten Morgen waren Laura und Sven zu Doña Blanca gefahren. Eine 70-jährige Frau, die Sven vom ersten Tag an ein wenig bemutterte. Sie bewirtete Gäste in ihrer Finca und verkaufte ihre köstlichen Spezialitäten auch außer Haus. Heute waren die beiden zum Frühstück bei ihr. Doña Blanca stieß mit der Gabel Löcher in den Toast und goss reichlich Olivenöl darüber. Als krönenden Abschluss legte die alte Dame, bei der Laura und Sven heute zum Frühstück eingeladen waren, eine geschälte Orangenscheibe auf das ölgetränkte Brot. Frühstück auf andalusisch.

»Lecker«, Laura strahlte über das ganze Gesicht, »so habe ich mir mein Leben vorgestellt.«

»Mit mir an deiner Seite?« Sven konnte es nicht lassen, er wollte noch mal auf das Thema vom Vorabend zurückkommen. »Wenn ich Interesse an dir habe, dann kann ich nicht als Escort arbeiten, das hattest du gestern ja mir so gesagt.« Laura nickte eifrig, sie hatte gerade das letzte Stückchen Toastbrot im Mund. »Dann lass uns mal den Faden weiterspinnen, dann wäre ich ja arbeitslos, würdest du mich dann auch mit in die Staaten nehmen? Oder wäre dir das zu viel, zu schnell?«

»Das würdest du machen?«, Laura schluckte hastig. »Das wäre wirklich schön. Vorausgesetzt, ich fahre. Ansonsten suchen wir uns hier eine Arbeit. Ich könnte auch hier Englisch unterrichten.«

Im mannshohen Kamin flackerte ein Feuer. An den Wänden hingen Geräte der unterschiedlichsten landwirtschaftlichen Epochen. Früher wurden in dem saalgroßen Essraum Oliven gepresst. Seit mehr als 100 Jahren, erzählte die Hausherrin, sei die Ölmühle im Familienbesitz. Aber das frische Olivenöl war nur eine der vielen Spezialitäten des Hauses, Sven kaufte sich hier sein frischgebackenes Brot, und auch die Paella, mit der Laura von Sven am ersten Abend überrascht wurde, war von Doña Blanca vorbereitet worden.

Eigentlich wollten Laura und Sven zu Hause frühstücken, konnten jedoch überhaupt nichts in Svens Kühlschrank finden. Sie hatten inzwischen die kargen Vorräte aufgefuttert. Bis auf eine letzte Flasche Wein herrschte dort Ebbe. Die freundliche ältere Dame hatte die beiden, als sie das Nötigste einkaufen gehen wollten, kurzerhand zum Frühstück eingeladen und erzählte vom beschaulichen Leben der Andalusier: »700 Kilometer Küste und 320 garantierte Sonnentage machen die geschichtsträchtige Gegend zwischen der Stadt Almería und der portugiesischen Grenze zur schönsten der ganzen Welt«, schwärmte Doña Blanca.

Laura überlegte laut, dass sie sich gegen Amerika entschieden hätte. Weshalb sollte sie gehen, wo sie doch hier schon so einen schönen Ort gefunden hatte. Sie würde in South Bend wohnen, im US-Bundesstaat Indiana. Die größte Stadt war Indianapolis, wo es die berühmten Autorennen gab. Davon hatte ihr zumindest ihr Bruder vorgeschwärmt. Aber was interessierte sie ein Autorennen, hier war es viel angenehmer. Sven gefielen diese Überlegungen natürlich sehr.

»Manche Menschen leben hier sogar noch in Höhlen«, erzählte Blanca weiter, »teilweise werden auch an Touristen noch Höhlenzimmer vermietet. Vor 1000 Jahren war es absolut normal, heute natürlich eine Besonderheit. Der Grund war früher das Klima, im Sommer war es unter der Erde angenehm kühl, im Winter gaben die unterirdischen Gewölbe die gespeicherte Wärme ab.«

Laura fragte, ob sie sich noch ein wenig umschauen dürfe. Die ältere Dame freute sich über ihr Interesse und zeigte voller Stolz das ehrwürdige Gebäude. Im weiten Karree des Innenhofes umfing sie der Duft blühender Zitrusbäume, im Garten hinter dem Haus lockte ein kühler Swimmingpool, überall plätscherte erfrischend das Wasser, selbst unter dem Haus floss ein Bach, der im Sommer die Räume kühlte. Laura war fasziniert, und sie verabschiedeten sich von Doña Blanca, die sie nicht ohne einen riesigen Korb Lebensmittel und Wein gehen ließ.

»Könnt ihr doch gebrauchen«, schmunzelte sie und drückte Laura und Sven herzlich zum Abschied.

»Jetzt hast du die andere Frau in meinem Leben kennen gelernt«, sagte Sven zu Laura auf dem Weg zum Auto. »Zumindest die aktuelle, die ich seit kurzem kenne.«

»Die ist genehmigt«, lachte Laura, »aber jüngere Frauen akzeptiere ich nicht!«

Laura war auch in der vergangenen Nacht bei Sven wieder im Gästezimmer geblieben. Sie hatten sich gestern in der Stadt noch stundenlang Geschichten zu erzählen gehabt. So viel, dass es wieder zu spät wurde, nach einem Hotelzimmer für Laura zu schauen. Zum Glück, Sven wollte es sowieso nicht, und Laura fühlte sich bei ihm schon ein wenig zu Hause. Na ja, eigentlich nicht nur ein wenig, sie hatte sich schon längst entschieden zu bleiben. Bei Sven.

Sie machten schon wieder Pläne für den neuen Tag, heute wollten sie in eine größere Stadt fahren. Laura hatte, wie konnte es auch anders sein, kaum noch etwas zum Anziehen und musste deshalb dringend ein paar Klamotten einkaufen. Sven sah es absolut ein, dass der Rucksack, den Laura dabeihatte, gerade mal für zwei, maximal drei Tage ausreichen konnte. »Ist ja nur eine größere Handtasche«, lästerte er.

Sie hatten sich deshalb spontan auf der Landkarte für irgendeine große Stadt entschieden und waren sofort losgefahren. Sven kannte sich zwar nicht aus, fand mit ihr dennoch die schönsten Boutiquen von Córdoba, der drittgrößten Stadt Andalusiens mit knapp 800.000 Einwohnern. Geduldig ging er von Geschäft zu Geschäft mit und schaute sich die private Modenschau seiner hübschen Laura mit zunehmendem Interesse an, beteiligte sich mit manchmal sogar ganz brauchbaren Vorschlägen, schleppte bergeweise Klamotten an, reservierte und verteidigte Umkleidekabinen, versuchte, gleichzeitig seine Laura und die vielen Einkäufe im Auge zu behalten. Kein einfacher Job.

Laura honorierte seine Ausdauer damit, dass sie sich in Windeseile umzog und ihm zwischendurch mal verliebte, mal verführerische Blicke zuwarf. Bei Sven löste die Prozedur allerdings mit der Zeit doch eine gewisse Ungeduld aus, schließlich wollte er ihr ja nicht nur beim Anziehen behilflich sein. Das war mit der Zeit schon etwas eintönig. Er versuchte aber, es sich nicht anmerken zu lassen, schließlich wollte er seine mitunter scheue Laura ja nicht vertreiben. Sie sollte sich auf ihn verlassen können. Zumindest den Eindruck wollte er aufrechterhalten.

Und Laura vertraute ihm. Sie hatte am Vorabend ziemlich klar durchblicken lassen, dass sie sich nicht so einfach verlieben würde. Sie ließ Gefühle erst zu, wenn sie sich sicher war, wenn das Ganze eine ernsthafte Perspektive versprach. Und Sven bot ihr diese, morgens beim Frühstück; sie planten schon in groben Zügen die nächste Zeit.

Irgendwann, es wurde schon dunkel, hatte Laura endlich genügend hübsche Kleidungsstücke beieinander, um Sven noch mehr aus der Fassung zu bringen. Die Geschäfte schlossen, vermutlich mussten sie erst schnell neue Ware in der spanischen Größe 38 bestellen, mit den restlichen Lagerbeständen konnte wohl kein Staat mehr gemacht werden. Die schönsten Sachen waren in Lauras Einkaufstüten verschwunden.

Nachdem beide in der Stadt noch ein gemütlich eingerichtetes französisches Restaurant gefunden, dort die mit 1000 Bildern völlig überladenen Wände bewundert, eine Kleinigkeit gegessen hatten und Laura vom französischen Wein ein bisschen beschwipst war, schauten sie sich noch die prachtvolle Kathedrale, die Mezquita von Córdoba, an, spazierten ein wenig in der Stadt herum, und Laura schielte schon wieder interessiert nach den nächsten Schaufensterauslagen.

Ganz besonders wurde Laura von den Schuh- und Antiquitätengeschäften angezogen. Leider waren sie bis auf eine einzige Ausnahme schon geschlossen, aber sie überzeugte Sven ganz lieb, dass sie in den paar Stunden noch nicht alle Einkäufe erledigen konnte und den Rest in den nächsten Tagen dringend nachholen musste. Er stimmte ihr, etwas angestrengt, jedoch noch frohen Mutes, zu und versprach, bei Gelegenheit mal wieder hierherzufahren. Schließlich lag Córdoba nicht gerade um die Ecke, sie waren mit dem Auto gute drei Stunden für eine Strecke unterwegs. Sven, der allerdings für heute endgültig die Nase voll hatte und die Shoppingtour abbrechen wollte, musste Lauras Aufmerksamkeit dringend von den anziehenden Schaufenstern abziehen. Deshalb blieb er abrupt stehen und fragte mit wichtiger Miene:

»Ist der kussecht?« Sven deutete in Richtung Lauras Mund.

»Keine Ahnung, ob mein Lippenstift kussecht ist«, meinte Laura und gab ihm spontan einen innigen Kuss. »Danke, dass du so tapfer durchgehalten hast. Hätte nicht jeder gemacht.«

»Ist ja auch egal«, entgegnete Sven und küsste sie genauso leidenschaftlich zurück, »das ist hoffentlich nicht dein einziges Hobby.«

»Jetzt machst du aber Gedankensprünge«, lachte Laura, »die sind ja genauso schlimm wie meine.«

»Ich meinte«, erklärte Sven, »ich hoffe, dass so ein Power-Shopping nicht zu deinem wöchentlichen Ritual gehört, und es ist egal, ob dein Lippenstift kussecht ist. Warum weißt du das nicht – ist er neu?«

»Nein, total alt, uralt«, lachte Laura und schwindelte dann, »hab schon eine ganze Ewigkeit nicht mehr geküsst!«

»Wenn du ein paar Tage länger bei mir bleibst«, versprach Sven, »testen wir alle deine Lippenstifte durch. Und alle, die wir irgendwo noch auftreiben können – so eine Shoppingtour nächste Woche wäre vielleicht doch ganz nett.«

Arm in Arm gingen beide weiter. Es begann zu regnen, ein warmer, angenehmer Sommerregen, der hier in der Gegend selten war und sich wohltuend auf der Haut anfühlte. Die samtweiche Luft duftete so gut, dass sich beide ganz verzaubert vorkamen. Oder lag es an den Küssen? Nach einer halben Stunde, die Regentropfen liefen beiden schon über das Gesicht, fiel Laura der Sommerregen auch endlich auf. Und Sven musste darüber herzlich lachen. Laura konnte dermaßen verpeilt sein.

»Bist du verliebt?«, fragte Sven und küsste ihr zärtlich die Regentropfen vom Gesicht.

»Warum?«, kam Laura wieder mit ihrer Lieblingsfrage.

»Weil du den Regen erst jetzt bemerkt hast«, lachte Sven. »Du bemerkst nichts um dich herum.«

»Kann schon sein«, vermutete Laura.

Sie schmiegte sich an Sven, der Rotwein in dem französischen Restaurant und der seidenweiche Regenschauer hatten Lauras restliche Bedenken völlig ausgewaschen. Sie spürte die Schmetterlinge in der Magengegend. Die aufkeimenden Gefühle waren angenehm, so vertraut, und es fühlte sich auch ein wenig komisch an. Auf der einen Seite wollte sie sich wehren, auf der anderen Seite ließ sie sich gerne von ihren Gefühlen treiben. Das war schon immer so gewesen.

»Wie lange brauchen wir jetzt noch nach Hause?«, fragte Laura, die schon recht müde war. Sie waren nun bereits eineinhalb Stunden unterwegs. Und das Cabrio war laut, auch mit geschlossenem Dach, und so richtig warm wurde es auch nicht. Sie freute sich jetzt richtig auf zu Hause, auf das warme Feuer und darauf, ihre Einkäufe nochmals anzuschauen. Und irgendwie auch auf Sven.

»Noch mal so lange.«

»So lange?«

»Wir brauchen nur so lange wie ein romantischer Liebesfilm!«, versuchte Sven, Laura und sich selbst zu trösten, denn auch er hatte für heute genug. Zumindest vom Fahren.

»Ja, dann sind wir pünktlich zum Happy-End zu Hause?« Laura stellte keine Frage, es war mehr ein verliebter Wunsch, sie würde sich sehr gerne wieder verlieben.

Sie rutschte in dem kleinen Flitzer ganz nah zu Sven, kuschelte sich an ihn und streichelte ihn. Ihre Vorsätze, sich nicht mehr so schnell zu verlieben, hatte sie schon längst verworfen, sie wollte nicht immer nur vernünftig sein. Sven war so süß, seine Lippen so warm und weich. Und er würde sogar mit in die Staaten fliegen, oder sie würde bei ihm bleiben. Andalusien war einfach ein Traum. Irgendwann schlief sie, an Sven angelehnt, ein.

Sven fuhr ganz vorsichtig, um seine anhängliche Laura nicht aufzuwecken. Zu Hause angekommen, schloss er leise die Haustür auf, ging zum Wagen zurück und hob Laura sachte heraus. Liebevoll schaute er sie an. Laura, die trotz seiner Vorsicht aufgewacht war, schlang ihre Arme um seinen Hals und ließ sich wie ein kleines Mädchen in das Haus hineintragen.

»Magst du noch Zähne putzen?« Sven überlegte kurz: Sollte er sie in ihr Bett ins Gästezimmer tragen oder sie in seines legen?

»Mag gleich einschlafen«, sagte Laura verschlafen und schaute ihn dabei so süß an, dass Sven ganz weiche Knie bekam. Nein, heute Nacht wollte er nicht alleine einschlafen. Er drückte die Tür zu seinem Schlafzimmer auf und legte Laura auf sein Himmelbett, zog ihr Jeans und Schuhe aus, knöpfte die obersten Knöpfe ihrer Bluse auf und deckte sie zu. Laura wehrte sich nicht, sie genoss, wie Sven sie lieb umsorgte, und registrierte mit wachsender Unzufriedenheit, dass er ihr dabei nicht zu nahe kam. Oder war das gut so?

Wenn sie nur ein bisschen besser gewusst hätte, was sie eigentlich wollte, aber der Wein und die Müdigkeit waren keine guten Partner für so schwere Entscheidungen, sie schloss ihre Augen und versuchte, einfach das Denken auszuschalten, aber sie konnte nicht. Sie konnte auch nicht einschlafen, obwohl sie so müde war.

Sven ging kurz ins Bad. Bis er wiederkam, war Laura verschwunden. Ihre Jeans und ihre Schuhe lagen noch dort, wo er sie ausgezogen hatte, weit konnte sie nicht sein.

Und so war es auch. Aus dem Gästezimmer kamen Geräusche, dann aus dem Bad. Ein wenig enttäuscht legte sich Sven in sein Bett. Die Tür ließ er offen stehen. War sie nun doch wieder ins Gästezimmer gegangen? Wenige Minuten später kam Laura wieder, frisch geduscht und mit noch feuchter Haut, legte sich neben ihn und zog Sven zärtlich an sich.

»Ich bin kein Mann für eine Nacht, ist dir das klar, dass ich dich nicht mehr so schnell hergeben werde?« Sven, der ebenfalls nichts anhatte, küsste Laura.

»Zwei Nächte?« Laura musste schmunzeln, ihr fiel ein Bild in ihrer Küche ein, der Comic von Uli Stein, zwei Mäuschen auf einem Berg, mit derselben Aussage.

# Kapitel 9

Es wurde ein schöner Sommer, der schönste Sommer, den Sven je erlebt hatte. Den er nicht erwartet hätte. Aber wie jedes Jahr kam nach drei Monaten der Herbst, der die warmen Sonnenstrahlen schnell kühlte. Es begann wie ein Märchen, sie lebten einen Traum und dann …

Sven rieb sich die Augen, er schaute nach links und rechts. Seine Laura war nicht mehr zu sehen. Wo war sie, wo war die Prinzessin aus seinen Träumen. Er stand auf, wischte sich den letzten Rest Sand aus seinen Augen, von seinen Kleidern. Er war wohl hier am Strand eingeschlafen, genau an der Stelle, an der er Laura gefunden hatte, und hatte sich dabei in einem wunderschönen Traum verloren.

In der Hand noch den kleinen Zettel von seiner Laura, in die er sich inzwischen richtig verliebt hatte. Es war also kein Traum gewesen, es waren leider nur noch Erinnerungen. Traurig dachte er daran, wie schnell der Sommer vergangen war. Seine Laura war einfach weg. Sie ging nach Amerika, ohne ihn.

Für Sven wäre es kein Trennungsgrund gewesen, er hatte sich schon ausgemalt, wie sie in den USA ihren Traum weiterleben konnten. Er hätte sich auch dort Arbeit gesucht, zumindest hatten sie darüber gesprochen. Und sie hatte mitgeträumt, wollte sogar bleiben, sie wollte nur noch einmal in die Staaten fliegen, alles regeln und dann zurück zu ihm kommen. Ein schöner Traum, bis zu dem Moment, als sie ihm am Flughafen eine kurze Nachricht in die Hand gedrückt hatte, bevor sie seinen Blicken für immer entschwand:

›Eine Wildblume kannst du nie für dich alleine haben, ich brauche die Sonne, den Regen und meine Freiheit – in Gedanken oft bei dir, deine Laura.‹

Sie hatte zuvor nichts davon erwähnt, eiskalt mit ihm von der Zukunft geträumt. Es war ein Schlag ins Gesicht. Es wurde frisch, richtig unangenehm kalt. Von Westen zogen dicke Wolken auf, kurze Zeit später begann es zu regnen. Er lief zurück. Regentropfen liefen ihm das Gesicht herab. Oder waren es Tränen? Sven wollte sich seine Traurigkeit nicht anmerken lassen, seine Gefühle behielt er gerne für sich, zu oft waren sie in der Vergangenheit verletzt worden.

# Kapitel 10

Sven war inzwischen ebenfalls abgereist, er hatte sich mit Antonia in Stuttgart verabredet. In einem kleinen Büro in der Nähe des Flughafens. In Echterdingen. Der Laden war eine ehemalige Boutique, durch die Schaufenster konnte man den kleinen Büroraum fast komplett einsehen. Sven hatte schon die erste Idee im Kopf, was er ändern würde, wenn er hier etwas mitgestalten könnte.

»Steht dein Angebot noch?«, wollte er wissen, er kam sofort zum Punkt. Antonia war eine Schnelle, mit ihr brauchte er nicht um den heißen Brei zu reden. »Brauchst du noch einen Geschäftspartner für die Agentur?«

»Den brauche ich heute dringender als gestern«, antwortete Antonia erleichtert.

»Dann erzähle mir alles«, antwortete Sven, »wenn es mir gefällt, dann steige ich als Teilhaber ein.«

»Übernimm einen Job«, antwortete Antonia, »der erzählt dir mehr als 1000 Worte.«

»Einverstanden«, sagte er, »aber einen gescheiten Auftrag, dass ich nicht gleich wieder abdrehe, habe genug von komplizierten Fällen.«

»Kein Problem«, antwortete sie lachend, »wir haben nur nette Kundinnen, du wirst Lust bekommen, den Kurs zu halten. Ehrlich, du passt hier gut rein, es wird dir sicher gefallen.«

Sven schaute sich in dem kleinen Büro um, die kleine Besprechungsecke war vor Blicken von außen geschützt. Die beiden anderen Schreibtische standen direkt hinter der Schaufensterverglasung. Besonders diskret, wie er sich so einen Escort-Service vorgestellt hatte, sah das jedenfalls nicht aus. Er fühlte sich nicht so richtig wohl. Lediglich Antonia und Eva, ihre Geschäftspartnerin, gaben dem Ganzen ein angenehmes Flair. Antonia, attraktiv, ein wenig unnahbar, war ihm auf einer Party in Frankfurt aufgefallen, sie waren bei einem geschäftlichen Anlass dort, kamen ins Gespräch. Sie erzählte ihm von ihrem Baby, einem Escort-Service, sie wollte Sven unbedingt als Investor und zudem in ihr Programm aufnehmen. Er fühlte sich geschmeichelt, hatte allerdings schon ein wenig Manschetten davor, er konnte sich nicht vorstellen, sich dabei wohlzufühlen.

»Du hast also nur nette Kundinnen«, lachte Sven, »dann würde mich ja interessieren, weshalb sie so was hier überhaupt brauchen.«

»Glaube mir, sie brauchen uns«, antwortete Antonia überzeugt, »allerdings haben wir im Moment viel zu wenig Kunden«, ergänzte sie. »Wir müssen bald schließen, mir und Eva geht langsam das Geld aus. Und wir wissen nicht recht, woran es liegt. Am Anfang war alles gut, alle waren zufrieden, und jetzt, eine Kundin nach der anderen springt ab. Und auch die Escorts.«

»Dann habt ihr vielleicht die falschen Verträge? Kann es sein, die machen die Folgeaufträge auf eigene Rechnung? Kann ich auch noch einen Einblick in deine Unterlagen bekommen?«, fragte Sven interessiert nach. »Ich glaube auch an die Idee, meine letzte Erfahrung mit einer Frau hat mir gezeigt, wie ausgeprägt die Unabhängigkeit sein kann. Da passt dieses Angebot auf jeden Fall. Vielleicht müssen wir nur ein paar Weichen anders stellen, ich bin mir sicher, wir bekommen das Pferdchen wieder zum Laufen.«

»Ja, sehr schön«, freute sich Antonia über diese optimistische Aussage, »das klingt doch gut. Du bekommst alles und halte dich bereit, die nächste aufregende Anfrage ist dein erster Job.«

So einfach wollte sie es sich jedoch nicht machen, Antonia war klar, dass der erste Job für Sven perfekt sein musste. Sie wollte ihn, sie brauchte ihn. Er war nicht nur als Escort zu gebrauchen, sondern sie erhoffte sich von ihm vor allem eine unternehmerische Unterstützung.

»Du bekommst jetzt als Erstes eine *Comp Card*. Kannst du ein paar Tage bleiben?«

»Ja, ich wollte sowieso hier in Stuttgart Möbel aussuchen, muss noch meine neue Wohnung in Konstanz einrichten. Bis auf ein paar persönliche Dinge liegt dort nichts – nur ein wenig Staub.«

»Soll ich dir dabei helfen?«

»Das würdest du tun?«

»Na klar«, lachte Antonia, »du hilfst mir, ich helfe dir.«

»Und ich mache dir noch einen Beauty-Termin, wir werden die schönsten Fotos für deine Karte machen, die du je von dir gesehen hast. Das machen wir zuerst, du schläfst dich gut aus, kein Alkohol, keine Party, nix. Nach den Fotos kaufen wir Möbel für dich.«

»Ich dachte, das Leben eines Escorts ist aufregender. Habe ich dich da falsch verstanden?«, lachte er übermütig.

»Warte nur ab«, antwortete Antonia gelöst.

Eine Woche später verging Sven tatsächlich fast das Lachen. Denn er stand wieder in der nicht so hübschen Agentur seiner ersten Kundin fast gegenüber. Nur wenige Schritte waren sie getrennt. Eine unfassbar atemberaubende Schönheit aus Asien. So viel Anmut, so ein Liebreiz, so unglaublich viel Gefühl, die ihre warmen Mandelaugen ausstrahlten. Das triste Büro tauchte in einen märchenhaften Glanz, der schönste Sonnenaufgang war Nacht gegen diese Frau. Und mit ihr durfte er ausgehen? Sven konnte sein Glück kaum fassen.

Melody, so stellte Antonia dem verzauberten Sven seine potenzielle erste Kundin vor, fesselte ihn dermaßen, dass er fast aus den handgenähten Schuhen gekippt wäre, die ihm Antonia für diesen ersten Termin ausgesucht hatte, als die unfassbare, liebe Erscheinung aus Shanghai ihre reizvollen Lippen öffnete und mit Antonia erst mal die aufgerufenen Konditionen nach unten handelte.

»Hallo, Antonia«, kam es kühl von Melody, »vielen Dank für Ihre ausführliche Beschreibung und die Fotos. Das ist okay, nur der Preis geht ja überhaupt nicht. Wovon träumen Sie? Mein Vater produziert in China Ware für den Export nach Europa und in die USA. Wir wissen, wie man kalkuliert, und wir wissen auch, was Markt- und was Mondpreise sind. Jetzt bin ich hier, machen Sie mir ein Angebot. Eines, das ich annehmen will.«

Sven war dermaßen überrascht, wie knallhart die Lady auftrat. Keine Spur mehr von Anmut oder von einer lieblichen Seele war zu entdecken. Durch und durch Geschäftsfrau. Sven war irritiert und musste schnell seinen verträumten Modus verlassen. Es war wieder wie an der Börse, es ging nur um Geld. Es war ihm ein wenig bange, ob er ihren Ansprüchen genügen würde, und noch wichtiger, ob er sich diese Frau überhaupt antun wollte.

Antonia fühlte sich ebenfalls unwohl, sie bedauerte innerlich, dass sie sich diese Kundin nicht vorab alleine angeschaut hatte, sondern sich nur von dem umwerfenden Foto und einer netten Mail hatte täuschen lassen. Sie war sich nicht mehr sicher, ob sie sich ihre eigenen Pläne mit Sven mit diesem Auftritt gründlich vermasselt hatte. Melodys Frage hingegen überging sie zunächst, schließlich war sie ebenfalls eine Geschäftsfrau und wusste, wie sie vorzugehen hatte.

»Das ist Sven«, stellte sie ihn selbstbewusst Melody vor, »Sie wollten jemanden, der in der Branche nicht bekannt ist, einen sehr attraktiven Mann, der zu Ihnen optisch passt, klug ist und der Sie auf Ihrer Reise begleitet und beschützt.« Nervös beobachtete sie Sven, der etwas blass um die Nase geworden war.

»Und hier«, sie versuchte ein überzeugtes Lächeln aufzusetzen, »das ist Melody, eine Geschäftsfrau, die Sie, wenn wir uns alle einig werden, auf einer Kreuzfahrt im Mittelmeer begleiten dürfen.« Antonia siezte Sven bewusst.

Sven nickte Melody höflich und zurückhaltend zu. Er achtete wie Antonia auf diese Kleinigkeiten, gab ihr auch keine Hand, wartete ab, wie sie sich verhalten würde, und sagte nur:

»Angenehm.« Mehr dreiste Lügen wollten ihm im Augenblick beim besten Willen nicht einfallen.

Melody musterte ihn eingehend, er kam sich wie bei einem staatlichen Gutachter vor. Gleich würde sie ihr Urteil fällen.

»Sie wollten mir ein Angebot unterbreiten?«, sie schaute Antonia herablassend an.

»Sehr gerne«, säuselte sie wieder im geschäftlichen Ton. »Bei uns ist es üblich, dass Sie sich beide kurz kennenlernen. Die Chemie muss stimmen, gerade bei so einer Reise. Von beiden Seiten.« Dabei schaute sie Sven an, mit einem Blick, der besagte: Du kannst jederzeit absagen, ich bin dir nicht böse. »Darf Sven Sie zu einem Kaffee nebenan einladen? Und in der Zwischenzeit kalkuliere ich Ihnen das neue Angebot.«

Melody hatte den Blick aufgefangen, aufmerksam war sie wie ein Luchs, und ihr war in dem Moment auch klar, dass sie Sven nur haben konnte, wenn er sich bei ihr wohlfühlen würde.

»Sie dürfen!«

Das war der freundlichste Satz, den Sven von ihr deshalb zu hören bekam, und er, froh über so ein minimales Entgegenkommen, sagte, »Sehr gerne«, und öffnete galant die Tür für Melody.

Nach einer halben Stunde, mehr Zeit hatte Melody nicht, hatten sie noch ein ganz angenehmes Gespräch führen können. Sie erzählte ihm den Hintergrund: Ihr Vater, ganz westlich eingestellt, wollte ihr den Urlaub nicht verbieten, bestand jedoch auf eine angemessene Begleitung. Und deshalb würde sie ihn buchen, er würde als ihr Ehemann auftreten, ihr einen entspannten Urlaub ermöglichen und ihren Vater beruhigen. Keine Annäherung war gewünscht, das sagte sie ihm ungefähr zehnmal, und Sven nickte nur eifrig und bestätigte alles, er würde sich sicherlich nicht an ihr vergreifen. Er drückte sich nur charmanter aus. Im Traum wäre es ihm nicht eingefallen, er wusste noch nicht mal, weshalb er andere Männer von ihr abhalten sollte. Sie musste nur den hübschen Mund aufmachen, und alle würden tot umfallen. Aber darüber machte er natürlich keine Bemerkung.

»Und?«, fragte Antonia vorsichtig nach, »was meinst du?« Der besorgte Unterton war überdeutlich zu hören.

»Sind das deine Top-Kundinnen?« Wollte er wissen, nachdem Melody abgerauscht war. »Dann ist mir klar, was hier schiefläuft.«

»Nein«, lachte Antonia nervös, »dann würde ich heute noch schließen, ganz ehrlich. Bin gerade selbst erschrocken. Also, Sven, möchtest du den Auftrag annehmen, bei uns ist das ein wichtiger Grundsatz, kein Deal, wenn nicht beide einverstanden sind.«

»Klar«, beruhigte er sie, »wenn ich sie überlebt habe, dann kann mich nichts mehr erschrecken.«

»Das ist dann deine Feuertaufe!«, lachte sie entspannt.


# Kapitel 11


Die Traumreise, bei der Sven nun schon Halbzeit feiern konnte, verlief besser als gedacht. Melody hatte ihm einen Ehering organisiert, ihm ein paar Kleidungsstücke und eine teure Uhr geschenkt. Nach und nach zeigte sie ihm, dass sie ihn mochte. Sie verstanden sich gut, und Sven hatte nun auch für ihr Auftreten Verständnis, die Männer behandelten sie teilweise so respektlos, dass ihm klar war, dass sie sich wehren musste. Sie wurde teilweise auf so dreiste Weise von fremden Männern angemacht, dass sie sich unmissverständlich schützen musste. Und sie war einfach immer sehr gut in dem, was sie tat.

Mit Sven an ihrer Seite hatte sie mehr Ruhe. Ihm wurde klar, dass seine Begleitung für einen reibungslosen Urlaub gut investiertes Geld war. Das Prinzip einer Begleitagentur hatte er nun verstanden, und während Melody am Pool lag oder sich im Gym fit hielt, schrieb er eifrig an seinem Businessplan. Er würde die Agentur erfolgreich machen, eine Finanzspritze war das kleinste Problem. Hauptsächlich wollte er das Geschäftskonzept überarbeiten. Darin sah er den Hemmschuh. Und so wurde aus dem langweiligen Escort-Service *Lady* in einer ehemaligen Boutique in Echterdingen, eine aufregende Agentur mit dem Namen *EASE*. Er stand für die Teilhaber, Eva, Antonia und Sven und Escort. Und der Name, die Botschaft dabei, versprach Leichtigkeit.

Melody war nicht seine letzte Kundin, Sven stieg als Teilhaber und auch als Escort voll ein. Mit den beiden hübschen Frauen Eva und Antonia, die ihm sehr sympathisch waren, plante er noch einen Umzug in das wesentlich attraktivere Stadtquartier Killesberg, direkt am Höhenpark von Stuttgart. Die Immobilie blieb in seinem privaten Eigentum, er sah es als gute Investition und vermietete sie an die Agentur und zwei Wohnungen an die beiden Geschäftspartnerinnen.

Hier war alles exklusiv, hier wohnten die Reichen, die Schönen, die Berühmten und hierher passte auch so ein exklusiver Traum wie *EASE*. Das Gebäude, man sah ihm die markante, männliche Signatur gleich an, war eine weiße, moderne Betonburg. Viel Glas, viel Licht. Dennoch hatte sie auch Charme, sie war eingebettet in einem Stückchen heile Welt, umgeben von alten Bäumen und herrlich duftenden Rosen. Oben wohnten Eva und Antonia in jeweils einer Wohnung, unten waren die großzügigen Büroräume untergebracht. Ein kleines Callcenter und nach hinten, sehr diskret, ein Besprechungsraum mit Blick ins Grüne. Und ein Pool aus Tausenden blauglänzenden Mosaiksteinchen. In der Tiefgarage konnten die Gäste diskret parken. Hier fühlte sich Frau wohl, die Kunden kamen und blieben.

Es lief alles lief wie am Schnürchen. *EASE* war nun in verschiedenen Städten etabliert, Sven wohnte inzwischen dauerhaft in Konstanz. Hatte eine überschaubare Anzahl von Stammkundinnen, die er nur noch »Gäste« nannte, und manchmal übernahm er auch einen neuen Auftrag. Er suchte sie sich jedoch sorgsam aus. Sein neues Leben war wunderschön. Wobei »neu« nicht mehr ganz stimmte, im Herbst waren es nun schon sieben Jahre, vergessen war die Zeit davor, vergeben und vergessen.

# Kapitel 12

Montagmorgen, 7.30 Uhr, die MP3–Reiseuhr im Koffer neben Svens Bett weckte ihn mit seinem Lieblingslied. »Guten Morgen, Freiheit« trällerte jeden Morgen Yvonne Catterfeld ihm sein Motto ins Ohr. Der Song passte seit diesen sieben Jahren genau zu seinem Leben. Der im Song beschriebene Teppich, unter den die Sorgen gekehrt werden sollten, war sein Job. Die Politur, mit der er die Schrammen auf seiner Seele polierte, war seine Leichtigkeit. Die Narben waren inzwischen so gut wie nicht mehr zu sehen. Fast. Als Catterfeld fröhlich weiterbeschrieb, wie sie die Fenster aufriss, um die Sonne reinzulassen, überkam ihn ein wenig Wehmut. Das wollte ihm heute nicht so gut wie sonst gelingen. An diesem Wochenende waren seine gut polierten Kratzer auf seiner Seele unvermittelt wieder aufgetaucht.

Entfernt hörte er ein paar Kinder auf der Straße toben und gleich darauf den Stadtbus anfahren. Von seinem Bett aus konnte der noch verschlafene Sven beinahe in den Bodensee springen, er hatte sich die schönste Wohnlage ausgesucht, das beste Stockwerk. Und das alles so zentral, wie es nur möglich war, schräg gegenüber dem deutsch-schweizerischen Bahnhof von Konstanz. Gleich dahinter der Hafen. Die Besucher der Stadt und die einfahrenden BSB-Linienschiffe wurden von der spärlich bekleideten Italienerin, der *Imperia*, sich stoisch auf ihrem Betonsockel drehend, begrüßt.

Es war ein imposanter Anblick, das mittelalterliche Gebäude des Konzils im Westen, davor der in der Sonne glitzernde Bodensee und dahinter die Alpen. Sven konnte das jedoch an diesem Morgen nicht genießen, irgendetwas lag ihm heute schwer auf der Seele. Hatte er schlecht geträumt und konnte sich einfach nicht mehr daran erinnern? Es war heute eine sogenannte Föhnwetterlage, ein warmer Wind von den Alpen, typisch für diese Gegend hier. Begleiterscheinungen waren neben der sehr warmen, angenehmen Morgenluft eine enorme Fernsicht und außergewöhnliche atmosphärische Erscheinungen. Die Wolken vom Vortag hatten sich zu seltsamen Formationen zusammengezogen und die Sonne blitzte hindurch und verschaffte sich immer mehr Platz. Bei Sven lösten die zum Greifen nahen und schneebedeckten Bergspitzen auf österreichischer und schweizerischer Seite Fernweh oder Heimweh aus, so genau konnte er heute seine seltsamen Gefühle nicht einordnen.

Erste Touristen machten Selfies vor der *Imperia*. Eine in Beton gegossene, neun Meter hohe italienische Schönheit, mit ihren beiden kleinen nackten Männerfiguren in den Händen. Ein Sinnbild dafür, wie die von ihrer Sucht getriebenen Welt- und Kirchenfürsten in der Hand einer hübschen Kurtisane dieser hilflos ausgeliefert waren. Die Statue war inzwischen zum Wahrzeichen der süddeutschen Stadt geworden. Für Sven war sie eine Warnung, sich nie wieder in Gefühlen zu verlieren, schwach zu werden, verletzlich zu sein. Sich so zu fühlen wie heute.

Er fuhr sich durch die verwuschelten Haare und rieb sich die Augen, als wollte er den Trübsinn von sich abwischen. Er fühlte sich ein wenig unglücklich – konnte es noch nicht mal richtig zuordnen. Er hatte alles, und doch spürte er heute zum ersten Mal wieder so eine Leere, ein Etwas, das er nicht ausfüllen, noch nicht mal klar beschreiben konnte. Nur nicht darüber nachdenken, verbot er sich die Gedanken, einfach noch eine Runde schlafen, einen besseren Traum finden, und dann würde der Tag schon besser werden, sinnierte er. Schließlich war er im Sternzeichen der Indianer geboren, wie er immer witzelte. Und der Indianer kennt schließlich keinen Schmerz.

»Nein, keine trüben Gedanken, mir geht es gut, ich bin glücklich«, sprach er mantramäßig vor sich hin. Er wollte seine freien Tage genießen. Und heute war so einer, er drehte sich um und drückte den nervenden MP3-Wecker aus, den er gestern im achtlos hingestellten Reisekoffer vergessen hatte auszuschalten. Montagmorgen – Svens Wochenende begann, zumindest teilweise.

Sven war immer noch Hauptanteilseigner bei *EASE*, arbeitete unter der Woche im kaufmännischen Bereich und als Escort hauptsächlich am Wochenende und am Abend. Die Arbeitszeiten waren gut für ihn. Er hatte keine Familie, die ihn davon abgehalten hätte. Er hatte auch keinen Kontakt mehr zu seiner Verwandtschaft. Das hatte sich mit der Zeit so ergeben, Sven war ein Einzelgänger. Nicht, dass er sich das bewusst ausgesucht hatte, aber er brauchte nicht viel, um glücklich zu sein. Vor allem brauchte er für seine Zufriedenheit keine anderen Menschen mehr. Er konnte mit sich selbst etwas anfangen, und das war, wenn man sich so umschaute, nicht bei jedem der Fall. Und seinen Job liebte er, mit Leidenschaft konnte er sich seiner Passion widmen, andere glücklich zu machen, und dabei unabhängig bleiben. Vor allem das war ihm inzwischen das Wichtigste.

Sven war seit einer gefühlten Ewigkeit Single, im Oktober, heute in sieben Wochen, waren es auf den Tag sieben Jahre, rechnete er nach. Nicht, dass er sich das gewünscht hatte, und es war ja auch nichts Besonderes, im SÜDKURIER, der hiesigen Regionalzeitung, hatte er gelesen, dass in Deutschland rund 40 Prozent der Menschen alleine wohnten und die Hälfte davon Singles waren. Sven hätte schon Gelegenheit gehabt, dies zu ändern, er war charmant, hatte ein gewinnendes Wesen, konnte jede Menge interessierte Blicke gut aussehender Frauen verbuchen. Und er war auch nicht aus Überzeugung Single – Sven war's aus beruflichen Gründen, und vor allem aus der großen Sorge heraus, sich wieder in die Falsche zu verlieben.

Die vergangene Woche war Sven einen Tag in der Münchner Filiale von *EASE*, zuvor war er zwei Tage in Rom mit seiner Lieblingskundin De Luca und einmal zelten mit Suse.

»Ja, das war es«, sprach er wieder lachend vor sich hin, seine Laune hatte sich, als er an diese Situation dachte, wieder etwas gebessert. Suse war ohne jeden Zweifel sein Highlight der vergangenen Wochen gewesen. Nein, dachte er, so was hatte er in den letzten Jahren nicht erlebt. Alleine bei dem Gedanken daran musste er wieder schmunzeln, und gleichzeitig lag ihm die Begegnung auch schwer im Magen. Er kannte so eine Situation nicht, zumindest nicht mehr. Und er wollte sie ja auch nicht mehr kennen.

Normalerweise liehen sich die Frauen einen Mann zum Vorzeigen bei unbeliebten Freundinnen aus, für ein Klassentreffen der Ehemaligen, bei der Frau nicht alleine auftauchen wollte. Er kannte jede Menge Geschäftsfrauen, die in einer fremden Stadt unverbindlich den Abend und die Nacht an der Bar zu zweit verbringen mochten, die einfach jemanden für ein paar Stunden an ihrer Seite haben und sich nicht alleine fühlen wollten. Sie alle konnten ihn buchen, für ein sogenanntes Dinner-Date oder auch, obschon er dabei extrem wählerisch seine Kundinnen aussortierte, auch für eine inspirierende Private-Time.

Und, das war selbstverständlich nicht zu vermeiden, wurden dabei auch Freundschaften geschlossen, zwar auf einer sehr oberflächlichen Ebene, aber natürlich gab es Sympathien. Mehr jedoch nicht, das wollten weder seine Gäste noch er selbst.

Wenn doch mal die Nähe der roten Freundschaftslinie gefährlich nahe schien, zog Sven sofort die Notbremse. Bei Suse war er sich noch nicht im Klaren darüber, auf welche Farbe er sein Bahnsignal stellen sollte – zugegeben, so jemand wie Suse hatte seinen Weg bis heute nicht gekreuzt, und das verursachte ihm leichte Magenschmerzen. Sein Verstand sagte ihm unüberhörbar laut: »Achtung, Rooot, Dunkelrot, Notbremsung unverzüglich einleiten«, sein Herz monierte leise mit einem schmachtenden »Grün, Vollgas«, und pochte dabei freudig.

Das Erschreckende dabei, Sven hatte nicht mehr gewusst, dass sein Herz überhaupt noch zu ihm sprechen konnte.

Als Suse ihn zum ersten Mal anrief, oder besser ausgedrückt, einen ersten zaghaften Versuch dazu unternahm, wechselten sie kein Wort miteinander. Suse erschrak vor ihrer eigenen Courage und legte einfach den Hörer wieder auf die Gabel. Keine halbe Minute später klingelte sein Handy wieder, und Sabine, Suses Freundin, war am Hörer.

Sie hatte ihn über seine Agentur *EASE* in Stuttgart Killesberg angefragt und machte nun mit Sven die Details zu Treffpunkt und Wünschen klar und fragte, ob er wirklich so flexibel sei, wie einer seiner Kollegen es behauptet hatte.

Und wie seine Flexibilität gefordert war: Er sollte mit zwei Kindern und einer, dem gefühlten Benehmen nach, 15-jährigen Frau, die für ein Telefonat zu unbeholfen war und sich dazu von ihrer Freundin verplanen ließ, einen Abend und eine Nacht im Zelt verbringen. Noch nicht mal in ihrem Zelt, sondern in einem geliehenen nebenan! So viel Distanz sagte ihm alles, die linkisch wirkende Frau wollte ihn gar nicht. Und er hatte auch im ersten Moment abgelehnt, wenn Suses Freundin ihn nicht mit ihrer hartnäckigen, sympathischen Art überzeugt hätte.

Zumindest damit zufrieden, auch so einen schwierigen Fall bravourös gemeistert zu haben, drehte er sich wieder in seine Einschlafposition auf den Bauch, riskierte mit einem Auge noch einen letzten Blick auf die erwachende Umgebung, spürte bald nicht mehr das Unbehagen tief in ihm drin und hörte gleich darauf auch nicht mehr das geschäftige Treiben der Stadt.

# Kapitel 13

Suse hatte sich vor vier Jahren mit ihrer besten Freundin Sabine selbstständig gemacht. Nach der Trennung von ihrem Mann veränderte sie ihr halbes Leben. Ein Modegeschäft in einem Stadtteil von Stuttgart, welches sich auf Kleidungsstücke aus Naturstoffen spezialisiert hatte, war ihr ganzer Stolz, und natürlich ihre zwei Kinder, Sami und Nuria.

Suse und Sabine ergänzten sich wunderbar, konnten sich aufeinander verlassen, hatten beide jede Menge Ahnung von der Materie und vor allem genug Mut, ihr gespartes Geld und noch ein bisschen mehr in das kleine Unternehmen zu stecken. Sabine war die Frau für Themen wie Anwälte, Steuern und für unangenehme Kunden- und Mitarbeitergespräche; Suse übernahm den kreativen Part, fand in der Modewelt immer die besten Kollektionen und war so dem Trend mitunter einen Schritt voraus.

Das Thema Männer war ebenfalls kein möglicher Streitpunkt, beide waren Single, Sabine aus Überzeugung, Suse aus Versehen. Suse hatte schon eine Beziehung gehabt. Eine richtige Familie bis zu dem Tag, als ihr Mann Jahre zu früh in die Midlife-Crisis kam und sich eine jüngere Frau suchte. Für Suse war es ein Schock, den sie zwar mit viel Arbeit verdrängen konnte und nun mit Hilfe ihres Therapeuten seit vier Jahren aufarbeitete, vielleicht irgendwann mal sogar verstehen würde und es dann abhaken könnte. Noch saß der Stachel tief in ihrem Herzen, so schnell verschenkte sie ihre Gefühle nicht mehr. Ihre zwölfjährige Tochter lebte beim Ex-Mann und ihr fünf Jahre alter Sohnemann mit ihr zusammen, in einem kleinen, verträumten Stadtteil von Stuttgart, umgeben von Weinreben und Frieden.

Sabine hielt sich mit solchen Kleinigkeiten nicht lange auf, der Mann für sie war inzwischen das Geschäft. Nach zwei gescheiterten Beziehungen und einer Beinahe-Ehe war die Firma, so sagte sie zu Suse immer, das Beständigste in ihrem Leben. Und wenn sie mal 'nen Mann bräuchte, reichte es völlig aus, sich ihn auszuleihen. Sabine nahm das tatsächlich wörtlich, sie lieh sich sehr kostengünstig ungefährliche Ehemänner, mietete sich, wenn's darauf ankam, einen Profi mit garantiertem Rückgaberecht und vergnügte sich zeitweise mit jungen »Welpen«, wie sie die etwas jüngeren Männer immer nannte, denen sie das eine und andere noch beibringen konnte.

Für Suse war die Firma auch sehr wichtig, aber so geschäftlich und völlig unsensibel wie Sabine mit dem Privatleben umzugehen, dafür war Suse nun wirklich nicht geeignet.

Sie war, was private Angelegenheiten anging, eher der träumerisch veranlagte und mitunter etwas schüchterne Typ. Suse war im Sternzeichen der Fische geboren. Sie gestand es sich selbst zwar nicht wirklich ein, aber wie ein durch und durch echter Fisch, wünschte sie sich tief im Inneren einen Mann, zu dem sie aufschauen konnte, der auch mal mit der Faust auf den Tisch schlug, sie an der Hand nahm und dabei sensibel genug war, ihre Wünsche nicht zu übersehen, kein Macho war, also am besten von allem ein wenig und oben drauf noch viel Gefühl.

Dass es diese verkorkste Mischung, wie sich Sabine wieder wenig emphatisch ausdrückte, nicht gab und niemals geben würde, war Suse egal. Sie wartete genau auf diesen Mann. Sabine war in dieser Hinsicht völlig anders gestrickt, und Suse bewunderte sie mitunter dafür und beneidete sie auch ein bisschen, weil ihre Freundin sich einfach immer genau das nahm, was sie gerade wollte.

Und jetzt sollte sie an der Reihe sein. Aber der Reihe nach erzählt: Begonnen hatte alles für Suse mit einem ungewöhnlichen Geburtstagsgeschenk, welches sie im März von ihrer Freundin bekommen hatte. So ungewöhnlich, dass Suse es sofort ablehnte. Erst vier Monate später, Anfang Juli, als sie im Kreise ihrer besten Freundinnen ihren Geburtstag nachfeierte, kam das Thema wieder hoch.

Sie erzählte der launigen Runde zufrieden, dass sie nun ihr Leben für dieses Jahr organisiert hätte, und meinte damit die Urlaubsplanung.

Suse hatte, wie so oft, auf den allerletzten Drücker ihre Sommerferien mit den Kindern geplant und für ihren Extra-Urlaub, wie sie die Woche ohne Kinder bezeichnete, im Anschluss den Besuch einer Freundin in Portugal vereinbart.

Suse war sehr glücklich, sie feierte gerade ihren 35. Geburtstag mit ihren acht besten Freundinnen nach, nachdem die Premiere davon so kläglich ins Wasser gefallen war. Sie hatte im März, pünktlich zu ihrem Geburtstag, eine schwere Erkältung bekommen. Ihre beste Freundin Sabine, im Freundeskreis auch Bine genannt, hatte damals ein super kleines Geburtstagsfest arrangiert. Die Kinder, Sabine und sie selbst, warm eingepackt, hatten bei einer gesunden Tee-Bowle und einem improvisierten Zwieback-Kuchen gefeiert.

Das Geburtstagsgeschenk von Sabine war damals im März ein selbst gebastelter Gutschein für eine Nacht mit einem Unbekannten. Die Kinder wollten damals natürlich sofort wissen, was für ein Gutschein in dem Umschlag war, bei dem ihre Mama so rote Wangen bekam. Mit »Ein Abendessen mit Tante Bine« rettete Suse gerade noch die Situation. Später, als die Kinder zu Bett gegangen waren, fiel Suse, schon nicht mehr so krank, über ihre Freundin her.

»Wie kommst du darauf, dass ich so was annehme, was soll ich mit dem bloß anfangen, ich bin …«

»… krank und musst ins Bett«, setzte Sabine den Satz damals im März fort. »Du brauchst ein paar Streicheleinheiten, deine Seele rebelliert, was glaubst du, warum du ständig verschnupft in der Gegend herumläufst. Du hast die Nase gestrichen voll vom Alleinsein.«

Sabine war sehr energisch, als sie sprach, und Suse erwiderte nur kleinlaut: »Ich habe doch die Kinder und zudem«, setzte sie trotzig hinzu, »brauche ich keine solchen platten Kalenderweisheiten von dir.« Sabine spielte die Beleidigte, und Suse ergänzte versöhnlich: »Ich möchte einen Mann, der mich liebt. Du kennst doch meinen Wahlspruch: Ein Mann, der mich mehr liebt, als er mich braucht, ist der Richtige. Und so ein gekaufter Mann mag und braucht doch nur mein Geld!«

Und damit war für Suse das Thema auch schon fast erledigt. Sie kam sehr gut alleine klar, anfangs war's nicht leicht, aber jetzt, nachdem sie sich an die neue Situation gewöhnt hatte, wollte sie lieber mal nichts daran ändern. Diese emotionalen Achterbahnfahrten waren ihr zu anstrengend geworden. Schließlich war sie ja auch schon 35 Jahre alt und damit wohl keine Träumerin mehr.

Als Sabine gegangen war und sie wieder im Bett lag, überlegte sie sich, wie so ein Mann und ein Abend mit ihm wohl aussehen könnte. Aber sie verwarf die Gedanken sofort wieder, sie würde sich in so einer Situation wie im falschen Film fühlen. Es wäre schrecklich. Und mit den Gedanken, wie viele furchtbare Dinge passieren könnten, schlief sie irgendwann mit einer ganzen Serie filmreifer Albträume ein.

Einige Tage später, Suse war wieder halbwegs gesund und konnte ins Geschäft gehen, lenkte Sabine das Gespräch wieder auf den Gutschein. »Gönn dir doch auch mal was, das wird sicher viel angenehmer als bei deiner Kosmetikerin. Das ist Pflege von innen – sicher noch wirksamer als eine ganze Dose *Merz Spezial Dragees*.«

»Und mindestens so effektiv wie mein Therapeut«, stimmte Suse ironisch mit ein. »Ja, brauchst mich gar nicht so entgeistert anschauen!« Sabine zog eine säuerliche Miene, weil ihre Freundin so bockig auf ihre super Idee reagierte.

Das Thema wurde während der nächsten Wochen nicht mehr angesprochen, und Suse nahm es mit Erleichterung zur Kenntnis.

Erst nachdem Suse nun ihren Geburtstag im Kreis der Freundinnen nachgefeiert und sie so stolz von ihrer Jahresplanung mit den beiden Urlauben berichtet hatte, kam Bine mit einem Umschlag zum Vorschein, der ihre schöne fertige Jahresplanung über den Haufen warf und Suses Herz in die Hose rutschen ließ.

Es war ein harmlos aussehender DIN-A4-Umschlag, geschäftliche Post, die Freunde wunderten sich, weshalb Suse leichenblass wurde und Bine ihr Lachen fast nicht mehr unterdrücken konnte:

»Hast du gedacht, ich würde das Thema fallenlassen?«

»Was ist das?«, wollten die Freundinnen ungeduldig wissen, und Bine sagte süffisant zu Suse: »Möchtest du den schönen Umschlag nicht öffnen und ihn den anderen zeigen?«

Suse sah den Absender *Escort EASE*, adressiert war das Ganze an Sabine Blattner, und schaute sehr erschrocken, vorwurfsvoll oder eher empört zu Sabine. »Nicht dein Ernst?«

»Aufmachen«, tönte es aus der lustigen Frauenrunde, »aufmachen, sonst machen wir das!«

Eine Freundin, die Suse gegenübersaß, neugierig auf den Absender geschaut und ihn auch gelesen hatte, wollte es genau wissen. »Escort ist so eine von den Agenturen, bei denen Frau sich nach Herzenslust bedienen kann? Komm, mach schon auf!«

Suse war in der Bredouille, sie wollte das Geschenk von Sabine sowieso nicht annehmen, und jetzt würde sie bloßgestellt werden, vor allen? Typisch für ihre bisher beste Freundin – für die das Wort »Empathie« wohl für immer ein Fremdwort bleiben würde. Suse wurde zunehmend ärgerlich, und zugleich überkam sie auch so eine kleine Neugierde, die sie genauso sehr störte. Noch konnte sie sich nicht entscheiden, ob sie nun sauer sein sollte auf Sabine, auf sich, oder ob doch ihre Neugierde stärker war. Diese war leider ihre große Schwäche.

»Ich überlege es mir«, sagte sie in die Runde. »Das ist mein Friedensangebot, aber jetzt bleibt der Umschlag zu, wer weiß, was da alles zum Vorschein kommt.«

Suse klang wieder entschlossen und packte den Umschlag vorsorglich in ihre Tasche, sie versprach ihren Freundinnen, dass sie alle auf dem Laufenden halten würde, und ließ sich auch von niemandem mehr umstimmen. Zu unwohl war ihr bei dem Gedanken daran.

# Kapitel 14

Als alle, bis auf ihre noch-beste Freundin Bine, die nachgeholte Geburtstagsparty verlassen hatten, verdüsterte sich wieder Suses Gesichtsausdruck:

»Wusste ich es doch, dass du das Thema nicht abgehakt hast!« Suses Stirn legte sich in Falten, sie konnte es nicht leiden, wenn man ihr etwas aufdrängte, und das Allerschlimmste war, wenn dann noch jemand so unsensibel war und auch noch die Frechheit besaß, sie vor allen so bloßzustellen.

»Wie lange sind wir Freundinnen?«, lenkte Sabine vom aufziehenden Gewitter ab.

»Du brauchst nicht abzulenken, ich brauche keinen Callboy. Wenn ich einen Mann wollte, würde ich ihn mir einfach angeln.« Suses Augen funkelten immer zorniger.

»Dass ich nicht lache!« Sabine schaute Suse kampfeslustig an. »Dann beweise es mir, möchtest du damit behaupten, dass du in den letzten Jahren nie einen Mann wolltest, dass du mit dem Kapitel ›Traummann fürs Leben‹ abgeschlossen hast?« Herausfordernd schaute Sabine Suse fest in die Augen. Sabine ging Suses Meinung nach damit einen entschiedenen Schritt zu weit.

»Willst du mich beleidigen, soll das bedeuten, ich bin nicht attraktiv genug, zu alt, zu lange aus der Übung?« Suse wurde immer hitziger. »Ich kann flirten, bis der Arzt kommt!«

Suse schaute Sabine an wie eine Raubkatze vor dem Sprung. Sabine, die Suse selten so in Rage sah, ging einen Schritt zurück und musste dann plötzlich lauthals lachen. »Lass mich bitte, bitte am Leben!« Sabine konnte vor Lachen kaum reden. »Klar kannst du flirten, die Frage ist doch nur, mit wem? Die Männer aus unserem Bekanntenkreis haben wir doch schon alle abgehakt, alle liiert oder völlig unvermittelbar, unsere Kunden im Geschäft sind auch alle mehr oder weniger glücklich oder zumindest vergeben, sonst würden sie doch keine Frauenklamotten kaufen. Oder sie müssen zu Hause etwas gutmachen und stürzen sich deshalb in Unkosten. Kein wirklich guter Start für einen Flirt, zumindest für dich ...«, kam es augenzwinkernd. »Denkst du nicht auch so?

Und deinem Therapeuten«, Bine zog dabei reichlich Grimassen und sprach etwas leiser, »reicht die wöchentliche Sitzung mit dir sicher vollauf, meinst du, der möchte auch noch nach Feierabend weiter Mülleimer spielen?«

Suse schaute zuerst verdutzt, dann stimmte sie unwillkürlich in das entspannende Lachen von Bine ein. Sie wollte keinen Streit und konnte Bine nie lange böse sein.

»Du hast ja recht.« Versöhnlich nahm Suse die lachende Sabine in den Arm. »Natürlich bin ich noch genauso romantisch veranlagt wie mit 20 Jahren, und natürlich wünsche ich mir tief im Herzen nichts anderes als einen Mann fürs Leben. Und dabei habe ich nicht an meinen verständnisvollen und leidgeprüften Therapeuten gedacht. Ich kann ja manchmal mein Gejammer selbst nicht mehr ertragen. Aber kannst du mich nicht ein kleines bisschen verstehen? Ich will keinen Ersatz, nichts für zwischendurch, ich wünsche mir einen wirklich lieben Kerl, der mit mir das Leben teilen möchte, dem ich trauen kann. Der mir auch meine Wünsche von den Augen abliest, der mich im Bademantel und mit Schönheitsmaske im Gesicht noch liebt ...«

Sabine unterbrach Suses Redeschwall. »Möchtest du wirklich deinen Traummann auf eine so harte Probe stellen – Quark und Gurken im Gesicht?« Bei der Vorstellung daran kicherten beide um die Wette. Suses Gewitter war auch schon wieder komplett abgezogen, und Sabine wagte nun den nächsten kleinen Schritt nach vorne:

»Möchten wir nicht wenigstens mal die Männer anschauen?« Sabine schaute Suse einschmeichelnd an. »Wenn du wirklich nicht zu überreden bist, dann kann ich dich nicht zwingen und ich werde das Thema nie wieder anschneiden – Ehrenwort.«

Ohne eine Antwort abzuwarten, schlug Sabine den Katalog der Frauenträume auf. »Schau dir mal den an!« Sabine zeigt auf einen Typ mit Goldkettchen und Gel im Haar. »Furchtbar«, lachte Suse, »welche Frauen stehen denn heute noch auf so was, fehlen nur noch die weißen Tennissocken zum dunklen Billiganzug aus dem Katalog.«

»Und hier«, Suse schüttelte sich angewidert, »der sieht so was von unsympathisch aus mit seinen schmalen Lippen und dem Unkraut im Gesicht.«

»Wahrscheinlich muss der mit seinem Bart irgendwelche Narben verdecken«, stimmte Sabine mit in das Geläster ein.

»Komm, blättere mal zu den Hübschen weiter«, monierte Suse ungeduldig, schließlich wollte sie sich ja mit solchen Männern nicht gleich wieder den sich langsam, aber sicher bemerkbar gewordenen Appetit verderben. »Geh mal zu der Premium-Seite.«

»Hier ist einer«, meinte Sabine drei Seiten weiter, »der dir vielleicht gefallen könnte.

Obwohl, der hat auch wieder so eine komische Frisur mit so ewig langem Bart.«

»Oh nein!«, stöhnte Suse, »ich tue mir jetzt schon selber leid. Kannst du nicht mal auf die Seite der Upperclass-Männer blättern, oder gibt's diese Preisklasse hier nicht?«

»Doch, sicherlich«, Sabine verschaffte sich auf die Schnelle einen Überblick, »die Geschmäcker sind eben verschieden, aber hier scheinen unsere Männer dabei zu sein.« Sabine hielt die entsprechende Seite dicht vor Suses Nase.

»Viel zu sehr gestylt, da muss ich ja 24 Stunden Make-up tragen oder mir am besten gleich Permanentfarben einspritzen lassen«, amüsierte sich Suse, während Sabine verzweifelt nach anderen Vorschlägen Ausschau hielt. Sabines nächste Wahl wurde nicht mehr verbal, sondern nur noch mit einem kritischen Hochziehen der Augenbrauen von Suse kommentiert. Der Mann danach war zu glatt, der übernächste zu dick, zu schlank, zu muskulös, zu sportlich, nicht interessant genug, keine Ausstrahlung.

Suse konnte mit links jemanden zur Verzweiflung bringen, sie beherrschte ihre Taktik mit Ausreden, mit Ausflüchten und unerfüllbaren Ansprüchen aus dem Effeff. Und zudem, so entschuldigte sie ihre Strategie insgeheim, war sie nicht ohne Grund so wählerisch. Sie konnte es sich leisten, sie brauchte ja nicht irgendjemanden, wenn, dann sollte sich die Geschichte auch lohnen, er musste schon etwas ganz Besonderes sein. Suse grinste still vor sich hin, während sie belustigt Sabines wirre und hilflose Aktionen beobachtete.

Plötzlich strahlte Sabine wieder: »Ich habe ihn, ich habe ihn!«

»Wen meinst du?« Suse schaute skeptisch auf Sabines nervös tippenden Finger.

»Den da meine ich, siehst du!« Sabine war sich so sicher, Suses Geschmack getroffen zu haben. »Der hat alles, was einen First-Class-Mann ausmacht!«

»Jaaa …«, kam es gedehnt von Suse.

»Aber?«, provokant schaute Sabine zu Suse, »was hast du an dem jetzt schon wieder auszusetzen?«

Suse antwortete ganz genüsslich: »Eine nichtssagende Nase, um die Nase herum zu sehr gebräunt, viel zu klein …«

»Du regst mich so auf!« Sabine bemerkte in ihrem Eifer überhaupt nicht, dass Suse sie nur auf den Arm nahm. »Die Nummer 23 ist 1 Meter 85 groß, das ist doch wohl …«

»Der hier gefällt mir, wenn es schon sein müsste«, unterbrach Suse grinsend die aufgebrachte Sabine. »Der hat schöne Hände, einen sinnlichen Mund, Drei-Tage-Bart, einen knackigen Po.«

»Und ist gerade mal 1 Meter 82 groß. Ist dir das nicht wieder viel zu klein, und er ist überhaupt nicht durchtrainiert?« Kritisch versuchte Sabine, Augenkontakt zu Suse herzustellen.

»Nöö«, antwortete Suse kurz angebunden. »Schau dir nur seine braunen treuen Augen an.« Suse schwärmte schon wieder von dem Mann ihrer Wahl mit dem Namen Sven. »Schau hier«, sie zeigte auf das Makro-Foto, »die langen Wimpern und die Augenbrauen, der sieht doch nett aus.«

»Nett, na das wird schon retuschiert sein, sonst wäre der Typ garantiert nicht so in Form, und wenn wir die Treue der Männer an deren Augen ablesen könnten, wären wir einen wichtigen Schritt weiter«, spöttelte Sabine und setzte schnell hinzu, um mit ihrer Neckerei nicht das Ziel zu gefährden, »dieser Sven ist schon okay, aber mir gefällt die Nummer 23 auch sehr gut!«

»Und ich stehe auf Sven«, blitzschnell hatte Suse sich entschieden, »dem schaut schon der Schalk aus den Augen, das ist ein Typ zum Pferdestehlen, den nehme ich.«

Nachdem sich die beiden auch nach den endgültigen Entscheidungen noch nicht zu dem ganz, ganz wirklich letzten Urteil durchgerungen hatten, diskutierten sie noch ein wenig, nicht lange, höchstens zwei bis drei Stunden. Endlich war es dann so weit, eine Entscheidung war getroffen worden. Einfach intuitiv, was für Suse gar nicht mehr so einfach war: Suse hatte sich für Sven, Sabine für den Mann mit der Nummer 23 entschieden, für Fabio. Bine wollte die Agentur zuvor testen, so ihre Begründung, und bot an, sich bei Fabio über Sven zu erkundigen.

Sabine wählte die Nummer der Agentur, obwohl es schon weit nach Mitternacht war, Suse war einverstanden, denn sie dachte nicht daran, dass um diese Uhrzeit jemand abnehmen würde. Eine freundliche Frauenstimme meldete sich:

»Agentur *EASE*, Sie sprechen mit Nina, wie darf ich Ihnen behilflich sein?«

»Sabine hier, wir haben hier so einen Hochglanz-Katalog von Ihnen bekommen, den Kollegen Fabio mit der Nummer 23 wollten wir gerne sprechen.«

Für Suse klang es, als ob Bine Pizza bestellen würde.

»Fabio können Sie gerne sprechen«, säuselte die Frau am anderen Ende der Leitung freundlich, »er wäre sogar im Moment online, allerdings erst, nachdem wir mit Ihnen eine Vereinbarung getroffen haben. Das ist auch zu Ihrer Sicherheit.«

»Geht das auch am Telefon, jetzt, sofort?«, fragte Bine, die bereits angespannt auf den Startschuss wartete, etwas ungeduldig.

»Ja«, flötete die freundliche Nina. »Sie möchten sich mit ihm treffen?«

»Auch«, Sabine wurde etwas unfreundlicher, »aber zuvor mit ihm telefonieren, Frau will ja hören, ob das, was gut aussieht, sich auch gut anhört.«

»Natürlich«, antwortete Nina freundlich, nachdem sie Sabines Ungeduld herausgehört hatte. »Zunächst benötige ich Ihre Daten, Ihren Terminwunsch, Ihre Kreditkartennummer.«

»Und dann?«

»Dann sende ich Ihnen einen Link per Mail, den Sie mir bitte bestätigen, danach haben Sie eine verbindliche Vereinbarung mit der Agentur *EASE* und haben kostenfreien Zutritt zu unserem Inspiration Room. Dort können Sie sich dann abschließend anmelden, alle Einstellungen vornehmen, alles anschauen, können sich dann mit allen schreiben oder sich zurückrufen lassen.«

»Können wir nicht schon alles am Telefon festmachen? Ich möchte keine Einstellungen vornehmen und Ihre Seite durchsuchen müssen.« Sabine wurde inzwischen auch geschäftlich.

»Selbstverständlich, Sabine. Ich darf Sie beim Vornamen nennen?«, Nina wirkte sehr geschäftstüchtig. »Wir nehmen Ihnen alles ab. Wir brauchen auch nur wenige Minuten.«

»Dann bin ich beruhigt«, brummte Sabine und gab Namen, Adresse, Telefonnummer, Kreditkartennummer an.

»Sabine, wie dürfen wir Sie im Inspiration Room ansprechen?«

»Wie bitte?«

»Ihre privaten Daten, Sabine, sind dort nicht einsehbar. Sie dürfen Ihren richtigen Vornamen angeben oder sich einen Fantasienamen aussuchen«, erklärte Nina geduldig.

»Ja, dann Bine, mit Fantasienamen habe ich es nicht so. Nachher reagiere ich versehentlich nicht, wenn mich so ein Schnuckelchen anspricht. Das wäre unverzeihlich.«

»Gut, Sabine, dann haben wir nun alles. Rufen Sie jederzeit bei uns an, wenn wir Ihnen behilflich sein dürfen. Wir sind täglich rund um die Uhr erreichbar. Jetzt wünsche ich Ihnen einen inspirierenden Besuch bei uns. Bis bald, Sabine.«

»Danke, Nina, ja, bis dann.«

Es klickte in der Leitung, und Bine schaute zufrieden: »Dann wollen wir uns mal inspirieren lassen. Das hört sich ja edel an«, grinste Bine breit.

Und Suse, die inzwischen wieder hellwach war, schüttelte nur sorgenvoll ihre Lockenpracht und sagte: »Und vor allem teuer. Hast du überhaupt mal geprüft, was so eine Stunde kostet?«

»Nöö!«, kam es unbeschwert von Bine, »wer redet hier vom Stundentarif, du bekommst natürlich eine ganze Nacht, bist mir das wert, da siehste mal …«, sie stöberte bereits aufgeregt im Inspiration Room, nachdem sie den Link zuvor bestätigt hatte.

»Deine gewählten Inspirationen werden einmal pro Woche mit der angegebenen Kreditkartennummer belastet. Sollte eine Abbuchung nicht ausgeführt werden, dann befinden Sie sich direkt im Zahlungsverzug und möchten sich bitte direkt mit uns in Verbindung setzen …« Bine las kurz das Kleingedruckte durch.

»Was bedeutet das mit dem Verzug?«

»Na ja«, antwortete Bine knapp, »wenn du zu viel shoppen gehst und nicht bezahlen kannst, senden sie dir gleich die Jungs vom Inkasso auf den Hals.« Sie grinste die erschrockene Suse an. »Die betreuen dich richtig gut, du bist ab jetzt nie wieder alleine! Brauchst nur einmal eine Rechnung nicht begleichen. So einfach kann das Leben sein. Hihihi.«

»Das gefällt mir alles nicht!« Suse teilte Sabines sorglose Begeisterung weiterhin nicht und suchte immer noch nach Ausflüchten. »Und was kostet der Spaß?«

»Nix!« Bine hatte zwar erst jetzt die gepfefferten Preise gesehen, aber das schreckte sie nicht, schließlich, so war ihre Einstellung, würde sie ja auch hart arbeiten, da könnte man sich schon auch mal etwas Luxus gönnen. Bine bewegte sich zielstrebig zur richtigen Seite vor und hatte nochmals Glück: Nachdem sie bei der Nummer 23 auf Rückruf geklickt hatte, folgte wenige Minuten später der Anruf von Fabio.

»Hi, Bine, schön, dich zu hören, was machst du gerade?« Fabio sprach sie an, als ob sie sich schon lange kennen würden.

»Hi, Fabio«, antwortete Bine, »das möchtest du jetzt wohl gerne wissen? Habe da nur mal 'ne Frage an dich: Ich habe eine beste Freundin, bisschen schwieriger Fall«, und erntete damit einen vernichtenden Blick von Suse, »sie möchte vielleicht deinen Kollegen Sven kennenlernen, traut sich aber nicht, und ich möchte wissen, ob er flexibel und einfühlsam genug ist und er auch mit so was klarkommen würde. Also mit einem Fall, bei der Frau nicht weiß, was sie will? Oder habt ihr da einen anderen Onkel für solche Fälle?«

»Bine, du gefällst mir«, lachte Fabio, »du bist zum ersten Mal hier?«

»Ja.«

»Sven ist dafür wie geschaffen, der Diplomat unter uns Jungs. Ehemaliger Investment Banker, der weiß, wie man mit Worten und mit schwierigen Fällen umzugehen hat. Nimmt allerdings fast keine neuen Aufträge mehr an, ich kann jedoch mal mit ihm reden. Habt ihr euch schon Gedanken gemacht, was ihr zusammen machen wollt?« Da er darauf keine Antwort erhielt, antworte Fabio selbst: »Einfach mal was trinken gehen, am besten am Nachmittag, das ist für den Anfang ideal, und wenn sich deine Freundin mit ihm versteht, dann kann sie ja noch ein Abendessen dranhängen.«

»Klingt gut!«

»Soll ich deine Nummer weitergeben? Dann kannst du mit ihm Ort und Zeit vereinbaren und deine Freundin überraschen. Gefällt dir mein Vorschlag?«

»Du gefällst mir!« Bine hatte wieder ihren Ich-will-dich-Blick, Suse kannte ihn schon und wusste, sie war jetzt nicht mehr zu bremsen.

»Ja, mein Binchen, dann verabreden wir uns auch gleich am Nachbartisch, ich kann mit Sven klären, wann wir beide Zeit haben, was sagst du?«

»Nein, mein Fabio«, piepste Binchen gespielt ängstlich ins Telefon, »ich will dich schon für mich alleine. Ganz alleine. Und du kannst mich dann wieder fragen, was ich gerade so mache.«

»Du bist ein kleiner Frechdachs, ich freue mich, und wann magst du?«

»Morgen in einer Woche, bist du auch so flexibel?«

»22 Uhr?«, kam die prompte Gegenfrage.

»22 Uhr! Kannst du mich abholen und mir deine Nummer geben? Ich sehe sie nicht. Und der liebe Onkel Sven soll mich mal anrufen.«

»Ja, dann buche ich uns ein. Sobald du das bestätigst, bekommst du automatisch meine Handynummer. Und mit Sven rede ich morgen.«

Suse schaute Sabine zuerst vorwurfsvoll an, nachdem sie aufgelegt hatte, und dann brach es aus ihr heraus: »Wie kannst du dich mit ihm verabreden, mit dem Typ mit der nichtssagenden Nase, der sich zu der Verleumdung erdreistet, ich sei ein schwieriger Fall?« Dabei betonte sie jede Silbe einzeln.

»Wieso, Flavio ist doch klasse«, verteidigte Bine aufgedreht ihre 23.

»Fabio!«

»Sag ich doch! Fabio ist klasse, und nicht er hat dich als schwierigen Fall bezeichnet, sondern ich«, grinste Bine überheblich. »Und ich darf das, ich bin deine beste Freundin.«

»Gewesen!«

»Komm«, versuchte Bine, ihre beste Freundin zu beschwichtigen. »Das war doch nicht böse gemeint«, und versuchte, Suse in den Arm zu nehmen, die sich jedoch abwandte. »'tschuldige, komm schon«, säuselte sie, »der ist doch witzig, mit dem kannst du dich doch auch verabreden. Ich teste ihn an einem Tag und danach …«

»So eine Frechheit«, empörte sich Suse, »ich will keinen abgelegten Mann von dir, zudem, deine 23 taugt überhaupt nichts, ich, die beinahe Miss Baden-Württemberg, werde mit dem auf jeden Fall nicht ausgehen, der müsste mir ja noch Geld rausgeben«, versuchte Suse schon wieder zu witzeln und signalisierte damit Bine, dass sie ihre Entschuldigung angenommen hatte.

»Du hast mir gar nicht erzählt, dass du mal bei den Miss-Wahlen mitgemacht hast!« Ungläubig schaute Sabine ihre Freundin an.

Suse hatte ein sehr hübsches Gesicht, ihre blau-grünen Augen blitzten temperamentvoll und passten zu ihrer ungebändigten blonden Löwenmähne.

»Habe ich auch nicht und auch nur deshalb bin ich's ja nicht geworden!«, lachte sie Sabine an.

# Kapitel 15

»Sven hat nun endgültig gewonnen«, sagte Suse drei Tage später zu Bine und setzte übermütig hinzu, »der sieht so klasse aus, dass er zu mir passen könnte. Hoffe, der nimmt mich auch.«

In ihrem Inneren sah es nicht so launig aus, sie hatte immer noch tausend Gründe, die dagegensprachen. Sie wollte jedoch auch nicht, da nun alle Freundinnen davon wussten, als Angsthase dastehen. Deshalb kämpfte sie gegen ihre Bedenken an und irgendwie, ein paar Albträume später und jetzt bei Tageslicht betrachtet, war das Ganze vielleicht doch eine nicht so schlechte Idee. Aufregend war es in jedem Fall. Und sie würde eine lustige Geschichte mehr zu erzählen haben.

»Und wenn ich mich blamiere,« Suse schaute Sabine fragend an, »dann darf er ja noch nicht mal darüber reden, oder?«

»Genau«, bestätigte Bine erleichtert, als sie merkte, dass Suse langsam ihren Widerstand aufgab, der von praktischen Fragen abgelöst wurde. »Das ist so was wie die Schweigepflicht beim Arzt, der muss diskret sein, der darf noch nicht mal die tollsten Geschichten seinem Freund erzählen, sonst ist er sehr schnell aus dem Geschäft wieder draußen.«

»Meinst du, ich stell mich wirklich nicht zu bescheuert an?« Suse kannte die Antwort zwar schon, aber sie wollte einfach, bevor sie sich jetzt unwiderruflich festlegte, so eine absurde Idee umzusetzen, noch ein paar beruhigende Worte ihrer Freundin hören.

»Klar«, Bine hatte schon wieder eine Idee, »du kannst ihn ja auch in eine Situation bringen, die für ihn ziemlich unbekannt ist, in der er gehörig ins Schwitzen kommt. Wir suchen eine Möglichkeit, bei der du einen echten Heimvorteil hast.«

»Camping!«, sagte Suse unvermittelt. »Zum Campen ins Allgäu wurde so ein Mann sicher noch nie eingeladen!«

»Das ist genial«, Bine fiel ihrer Freundin begeistert um den Hals, »Champagner bei Mondschein ist sicher das Romantischste, was man sich vorstellen kann.«

»Ich nehme aber die Kinder mit«, setzte Suse schnell hinzu und dämpfte die Freude bei Sabine gewaltig. Bei dem Gedanken, alleine mit einem fremden Mann in einem Zelt zu sitzen, kam sie sich schon wieder ziemlich albern vor. Suse war nicht so draufgängerisch veranlagt wie Sabine.

»Nein!«, Sabine klang entrüstet. »Das kannst du nicht machen. Deine Kinder können so lange, wie du möchtest, bei mir bleiben. Du kannst sie mir schon einen Tag vorher bringen, dann kannst du noch einen gemütlichen Beauty-Tag zu Hause einlegen, in der Badewanne sitzen, Kerzen auf den Beckenrand stellen und ein Glas …«

»Entweder mit meinen Kindern«, Suse klang jetzt absolut entschieden, »oder ich werde deinen Gutschein niemals einlösen und kann dir und den anderen dann auch nichts erzählen. Du hast es in der Hand.« Sie verschränkte ihre Arme und drehte sich halb um. »Du kannst mir Sven auf den Campingplatz bestellen. An unserem vorletzten Tag dort. Das ist nun mein Angebot. Mach es oder lass es bleiben.« In den Ferien kam Suses Tochter Nuria, die bei ihrem Vater lebte, immer zu Besuch. Und alle zusammen, die Tochter, Sohn Sami und Suse, gingen jedes Jahr, auf Wunsch der Kinder, eine Woche an den Forggensee im Allgäu campen. Mit dem eigenen Zelt, das hatten sie noch von früher. Camping war jetzt nicht der Traumurlaub für Suse, ihr Ex-Mann jedoch liebte das, und den Kindern zuliebe hatte sie sich damit arrangiert und auch jetzt noch die Tradition aufrechterhalten. Nie im Leben würde sie ohne ihre Kinder an den Badesee fahren, und der Zeitpunkt war ideal, es würde sich anbieten, dass an einem der Tage Sven dazukäme. Die Kinder würden alles entspannen. Sabine hatte es sich eigentlich anders vorgestellt, aber sie kannte ihre Freundin Suse sehr genau und wusste, dass sie jetzt den Bogen nicht überspannen durfte, wollte sie nicht Gefahr laufen, dass die ganze Aktion ins Wasser fiel.

# Kapitel 16

Und dann war es endlich so weit. Samstagnachmittag, Bahnhof Füssen. Suse hatte sich also wirklich überreden lassen, den Männer-Mietservice auszuprobieren.

Wenn nur schon Sonntag wäre, dachte Suse. Sie war so aufgeregt wie ein völlig unerfahrener Teenager. Es war ein wahnsinniges Gefühl, sie war überdreht und dabei auch völlig überfordert.

»Ich muss auflegen, er kommt!«, zischte Suse am Telefon Sabine an, die seelischen Beistand gab.

Suse stand einige Meter vom Auto entfernt. Die Kinder hatte sie gebeten, brav sitzen zu bleiben, wegen des Verkehrs und überhaupt. Sie wollte ihn erst mal kurz alleine sprechen.

»Genieß es!« Sabines letzte Worte hörte Suse jedoch nicht mehr. Sie ließ das Handy in die Tasche gleiten und gleichzeitig rutschte ihr Herz hinterher.

Sven war in Jeans und T-Shirt am Treffpunkt angekommen. Über seiner Schulter baumelte lässig ein prall gefüllter Seesack mit der Aufschrift ›Seestück‹. Treffpunkt war der Bahnhof in Füssen, gerade mal sechs Kilometer vom Campingplatz Brunnen bei Schwangau am Forggensee entfernt. Ihren Kindern hatte sie erzählt, ein Schulfreund aus ihrer Jugend wäre rein zufällig auf der Durchreise und würde eine Nacht mit ihnen zelten. Sie hatte ihm bereits ein Zelt organisiert und es auch schon aufgestellt. So war Suse, sie musste sich unbedingt beschäftigen, wenn sie aufgeregt war oder wenn sie in Ruhe nachdenken wollte.

Und sie war sehr oft beschäftigt in den letzten Tagen. Ihre Nerven konnten sich auch im Urlaub nicht beruhigen, leider dachte sie viel zu viel nach, das war dummerweise schon immer so, und sie hatte sich mit dieser netten Eigenschaft schon viele schlaflose Nächte eingebrockt.

Suse stand aufgeregt, mit erhitztem Gesicht vor dem Bahnhofsgebäude, hinter ihr der rege Busverkehr. In die schmale Busstation zwängten sich nicht nur die Linienbusse, sondern auch Reisebusse mit vielen asiatischen Gästen, die vom Stadtbummel aus der Altstadt von Füssen zurückgekehrt waren und nun sicher die nahe gelegenen Schlösser besichtigen und fotografieren wollten. Ihr Auto stand im Halteverbot vor einer Bäckerei, typisch für Suse, sie hatte in ihrem Zustand die Einfahrtsbeschränkung zum Busbahnhof glatt übersehen.

Hoffentlich würde sie sich vor lauter Aufregung nicht blamieren. Im Moment wusste sie nicht mehr so recht, ob es wirklich eine gute Idee gewesen war. Doch, sie wusste es, es war nicht nur eine blöde Idee, es war mit Abstand der dümmste Einfall ihres Lebens! Den sie im Augenblick hier gerade leider nicht mehr rückgängig machen konnte. Dafür war es nun definitiv zu spät, Sven erkannte, vermutlich an ihrem unruhigen, suchenden Blick, seine ungewöhnliche Kundin und lief mit leichtfüßigem Schritt und fröhlichem Grinsen über den Bahnhofsvorplatz direkt auf sie zu.

Suses Kinder waren von der Aufregung ebenfalls angesteckt und völlig überdreht, sie wussten nicht, warum, aber es war einfach klasse. Aus gebührender Entfernung, mit den Nasen am Autofenster klebend, versuchten sie, den Fremden zu begutachten.

Suse streckte schüchtern ihre Hand zum Gruß aus, auf ihrer Stirn bildeten sich kleine Schweißperlen, am liebsten wäre sie im Erdboden versunken. Der Boden gab jedoch nicht nach, Suse stand wie angewurzelt. Für Sven war ein Treffen mit einer fremden Frau nichts Ungewöhnliches, er hatte auch schon den Kombi mit den Kindern entdeckt, er ging zumindest davon aus, dass dieses halb auf dem Gehweg abgestellte Verkehrshindernis zu Suse gehörte.

Wegen der Kinder wollte er die angespannte Situation schleunigst und dennoch so behutsam wie möglich wieder ins rechte Lot bringen. Sven nahm deshalb die Botschaft – »Komm mir bloß nicht zu nahe!« – von Suses weit von ihrem Körper weggestreckter Hand nicht zur Kenntnis, sondern zog sie mit einer raschen Bewegung zu sich her, begrüßte sie so herzlich, wie man eben eine alte, liebe Schulfreundin nach vielen Jahren begrüßt hätte.

Suses fünfjähriger Sohn hielt es im Auto nicht mehr aus und rannte die paar Meter neben der Straße auf die beiden zu und streckte Sven höflich die Hand hin. Suse registrierte zum Glück nicht, dass ein Linienbus seinetwegen scharf abbremsen musste. Sami ging völlig unbefangen auf Sven zu, schließlich war er ja ein Freund seiner Mutti. Das bedeutete für ihn, dass Sven ab sofort auch zu seinem Freundeskreis zählte. Die zwölfjährige Tochter Nuria, die im Auto geblieben war, reagierte wesentlich skeptischer, instinktiv bemerkte sie die Unsicherheit ihrer Mutter und ließ die beiden nicht aus den Augen.

Auf dem Campingplatz beim See angekommen, schickte Suse ihre Kinder erst mal an den Strand, sie musste schließlich den sonnengebräunten Leihmann ganz alleine, aus allernächster Nähe beschnuppern und wichtige Details klären. Der Abend sollte so gut wie möglich über die Bühne gehen. Sie erklärte Sven deshalb viel zu ausführlich, dass es sich hier um ein Geburtstagsgeschenk ihrer Freundin Sabine handeln würde und sie Sabine eben nicht enttäuschen wollte, sie eigentlich gar nicht wollte, und so weiter.

Sven beendete Suses Erklärungsnot mit einem beinahe unmerklichen Kopfschütteln, dabei drückte er kurz seine Augen zu, als wolle er damit sagen, brauchst dich doch nicht zu entschuldigen. Er nahm ganz vorsichtig Suses rechte Hand und sagte mit einem sehr beruhigenden und bestimmten Ton: »Wir beide kriegen das schon hin, wir machen uns alle zusammen einen schönen Abend. Du bist mir übrigens sehr sympathisch und hast zauberhafte Kinder. Was soll da schieflaufen?«

»Ich wünsche mir«, sagte Suse schon etwas weniger aufgeregt, »dass du recht behalten wirst.« Sven machte einen sehr verständnisvollen Eindruck, es könnte klappen. Suse machte sich selbst Mut und schwor sich gleichzeitig, nie wieder in ihrem Leben so einen »Schulfreund« zu treffen.

Der Abend verlief besser, als von Suse befürchtet. Bis die Kinder wieder zurück vom Schwimmen waren, hatte Suse den Campingtisch liebevoll dekoriert. Sven steuerte aus seinem Seesack noch Pappgeschirr mit Donald-Duck-Motiven bei und zwei silberne Kerzenleuchter – die Tischdeko hatte so für jeden das gewisse Etwas. Sami war natürlich von Donald Duck begeistert und erzählte Sven sofort, wie seiner Meinung nach das Abendprogramm aussehen würde: entweder gemeinsam Donald-Duck-Comics lesen oder seine bei eBay neu ersteigerte Hörspiel-CD von den »Fünf Freunden« anhören. Suse stellte sich die Kerzenleuchter im Mondlicht und ihre Kinder tief schlafend im Schlafsack vor und entwickelte dabei schon wieder Horrorszenarien – so gut sie es sich eben ausmalen konnte. Die Panik stieg schon wieder in ihr auf.

Wobei, so schlimm würde es schon nicht kommen, sie schaute Sven an, bisher lief es ja sehr gut, und vielleicht würde es sogar ein netter

Abend werden. Nuria war von all dem nicht zu beeindrucken, ihre Gedanken waren bei Manuel. Manuel war vor zwei Tagen mit seinen Eltern auf dem Campingplatz angekommen und ihr sofort aufgefallen. Seine halblangen blonden Haare, die tiefblauen Augen und das lustige Lachen hatten es Nuria angetan. Sie ließ sich gerne von seiner unbeschwerten Art anstecken, diese Leichtigkeit hatte die ernsthafte Nuria nicht. Da war sie ganz die Mama. Dass er zudem noch so gut surfen konnte, war natürlich das Beste daran.

Und Sven? Sven war zum ersten Mal in seinem Leben und sehr überraschend in eine fast komplette Familie hineingeraten. Ein wenig ungewohnt war es schon, aber es war ein sehr angenehmes Gefühl. Nach dem Essen wollte Nuria noch mal alleine an den Strand gehen, könnte ja sein, dass sie Manuel sehen würde. Den wirklichen Grund gab sie zwar nicht zu, aber jeder bis auf Sami wusste es. Sven begleitete sie bis zum Kiosk, dort kaufte er ihr zwei Eis und weitere drei Eis am Stiel fürs Zelt-Zuhause, dazu bestellte er bei dem verdutzten Kioskbesitzer einen Eimer Eiswürfel mit einer Flasche Champagner. Der Kioskinhaber überlegte kurz, schaute auf die Uhr und entschloss sich dann, seine Eiswürfel, mit denen er seinen frisch gepressten Orangen- und Limonensaft kühlte, zu verkaufen, schließlich würde er in einer halben Stunde den Laden sowieso schließen, und bot ihm dazu seinen Jahrgangssekt zum Preis eines Champagners an.

Sami blieb bei Suse. Er wollte nicht mehr weg. Zum Schwimmen war es inzwischen zu kalt geworden, und zudem hatte er ein ganz anderes Programm: Er kramte sofort seine CDs hervor und legte die erste in den Player ein. Bis Sven wieder zurück war, lauschten Sami und Suse schon mehr oder weniger gebannt den Abenteuern von Enid Blyton. Für Sami war damit die Welt in Ordnung, Suses Gedanken kreisten schon wieder. Hatte sich Sven den Abend mit ihr so vorgestellt? Und was erwartete sie eigentlich von ihm?

Bisher lief ja wirklich alles viel besser, als sie es sich vorgestellt hatte, aber was war, wenn die Kinder schlafen gingen? Das wollte sie sich gar nicht ausmalen. Die Nervosität schnürte ihr schon wieder den

Magen ab. Wobei, im Grunde genommen wollte sie schon noch ein paar Momente mit Sven alleine verbringen, inzwischen hatten sich bei ihr so viele Fragen angestaut, die sie ihm liebend gerne gestellt hätte.

Sven fühlte sich wohl. Nachdem er das Eis verteilt und den Eimer Eiswürfel mit Sekt in einer schattigen Ecke abgestellt hatte, machte er es sich auch vor dem Zelt bequem. Es war mit Sicherheit ein ungewöhnlicher Auftrag, aber es war auch ein ungewöhnlich schöner Ort, zu dem er angereist war. Auf dem Zeltplatz war es ruhiger als erwartet, der Forggensee breitete sich still und friedlich vor ihnen aus, ein kleines Passagierboot zog gemächlich vorbei, und ein paar Schwäne waren die letzten Badegäste. Nördlich vom Campingplatz aus war das Festspielhaus zu erkennen; gegenüberliegend, vom Campingplatz aus südlich, waren die Allgäuer Alpen und die weltberühmten Königsschlösser Neuschwanstein und Hohenschwangau nicht zu übersehen.

Majestätisch, märchenhaft, beinahe unwirklich sahen die beleuchteten Schlösser im Abendlicht aus. Sven konnte sich kaum sattsehen und war in Gedanken plötzlich sehr weit weg. Er dachte zum ersten Mal seit langer Zeit über sein Leben nach. Er hatte zweifellos einen ungewöhnlichen und spannenden Lebenslauf, und im Großen und Ganzen bereute Sven auch nichts daran. Dass er sich nur oberflächlich, auf Distanz und auf wenige Stunden befristet, auf Freundschaften mit Frauen einließ, war ja schließlich von ihm so gewollt. Das gab ihm Sicherheit.

Sven genoss sein Leben, er war lebensfroh und konnte im Grunde immer jeder Situation das Beste abgewinnen, aber tief im Herzen machte sich heute leise der längst vergrabene Wunsch wieder breit, seiner Prinzessin zu begegnen, eine neue Seite in seinem Lebensbuch aufzuschlagen, sein eigenes Märchen zu schreiben, eine eigene Familie zu haben. Er schaute verträumt Suse an, wie liebevoll sie mit Sami umging, wie ihre blonden Locken bis eben noch fröhlich im Licht tanzten. Sie streichelte Sami abwesend über den Kopf, augenscheinlich ließ auch sie ihren Gedanken freien Lauf. Sven saß einfach da, beobachtete die beiden und genoss den schönen Moment.

Suse bemerkte Svens sehnsüchtigen Blick nicht. Sie spürte nicht, wie gerade alte Wunden bei ihm aufbrachen, ihm die polierten Schrammen seiner Seele wieder Schmerzen verursachten. Wehmütig betrachtete Sven das schöne Märchen, das sich gerade vor ihm ausbreitete: Suse, die attraktive, liebevolle Prinzessin, Sami der kleine, lustige Prinz, der ganz vertieft in sein eigenes Märchen eingetaucht war. Sven stellte sich vor, wie es wohl wäre, ein Teil dieser Familie zu sein.

In diesem Moment auf dem Campingplatz konnte er sich dieses Wunschtraums kaum erwehren. Könnte er sich tatsächlich vorstellen, doch noch eine Familie zu haben, ein Haus mit Garten – eben so richtig furchtbar, nein, angenehm spießig? Sven war von einem Moment zum anderen in eine melancholische Stimmung versetzt worden.

Nicht lange, der CD-Player klackte, die »Fünf Freunde«hatten wieder mal ihre abenteuerlichen Ferien glücklich überstanden, und Sami wollte von Suse und Sven wissen, wie es ihnen gefallen hätte. Beide waren mit ihren Gedanken so weit weg gewesen, dass sie sichtlich erleichtert waren, als Sami nur kurz eine Antwort abwartete und dann selbst erzählte, wie er es fand und dass er auch mal so ein Abenteuer erleben wollte. Nebenbei legte er optimistisch die nächste CD ein.

Inzwischen war es schon 22 Uhr geworden, und Nuria war noch nicht zurück. Suse überzeugte Sami, jetzt schlafen zu gehen, bat Sven, kurz auf Sami aufzupassen, und wollte nach ihrer Tochter schauen. Sven ließ sich währenddessen von Sami die besten Szenen der fünf Hobby-Detektive erzählen. Er mochte den Kleinen, er war so herzig.

Ein wenig erinnerte ihn Sami an sich selbst, an seine Kindheit. Er hätte sein Vater sein können. Wenn er Sami so anschaute, dann wusste er, was in ihm heute diese Sehnsucht ausgelöst hatte. Der Kleine war's mit seiner unbeschwerten, fröhlichen Art. Das war es, was ihm fehlte: eine eigene Familie.

Vor dem Zelt von Manuels Eltern fand Suse ihre Tochter Nuria und Manuel in wichtige Gespräche über Popstars vertieft. Sie gab ihrer Tochter noch eine halbe Stunde, danach sollte sie zurückkommen. Kurz nach 23 Uhr kam Nuria, weil sie von dem vielen Surfen auch müde geworden war, zum Zelt zurück.

Sami war in der Zwischenzeit auch schon vom Sandmännchen besucht worden und entsprechend willig, sich dem Matratzenhorchdienst zu widmen, zu dem ihn Sven überredet hatte. Es ging nicht mehr lange, bis beide Kinder, in ihren Schlafsäcken gut verpackt, eingeschlummert waren.

# Kapitel 17

Inzwischen hatte Sven über die karierte Wolldecke eine weiße Tischdecke ausgebreitet, die beiden silbernen Kerzenleuchter daraufgestellt, zwei stilvolle Sektflöten noch aus seinem Seesack gezaubert und auf ein Silbertablett gestellt. Das Mondlicht schuf eine romantische Atmosphäre, die vom Licht der Kerzen noch verstärkt wurde. Die Fast-Champagnerflasche war eiskalt, das geschmolzene Eis tropfte herunter. Alles war perfekt. Als Suse aus dem Zelt kam, verabschiedete sich mit einem dumpfen Knall der Korken vom Flaschenhals.

»Hast du das schön hergerichtet!«, sagte Suse begeistert, als Sven ihr das gefüllte Glas in die Hand drückte. »Möchtest du mich beschwipst machen?« Suse vertrug nicht viel Alkohol, und am Abend hatte sie kaum etwas gegessen, weil die Aufregung ihr zu dem Zeitpunkt noch den Magen fest zugeschnürt hatte. Nachdem die Kinder im Mittelpunkt gestanden hatten, war ihr Magendrücken zwar vorübergehend verschwunden; inzwischen war jedoch wieder so ein Anflug von Unwohlsein in ihrer Magengegend spürbar geworden.

»Auf eine ganz besondere Frau!« Sven überging Suses Frage und schaute ihr fest in die Augen, während er sein Glas langsam zu den Lippen führte.

Suse erwiderte: »Auf einen wunderschönen Abend«, und ließ einen kleinen Schluck Prickelwasser über ihre Zunge gleiten. Sie schloss die Augen, und für einen Moment schwiegen sie beide. Sven überlegte sich, wie er Suse etwas aus der Reserve locken könnte, ohne sie dabei zu überfordern. Er wusste, ein falsches Wort, und Suse würde ins Zelt verschwinden.

Suse genoss den Sekt, fühlte jedoch auch die Spannung, die wie vor einem Gewitter drückend in der Luft lag. Ihre Blicke streiften sich wieder, als Suse und Sven gleichzeitig zu den beleuchteten Schlössern auf der anderen Seeseite hinüberschauten.

»Hast du gewusst«, sagte Suse, »dass das Königsschloss Neuschwanstein als Vorlage für eine Märchenverfilmung von Walt Disney diente?«

»Nein«, antwortete Sven, »aber ich kann es mir gut vorstellen – es ist ja auch ein Märchenschloss! Denkst du, dort oben haben auch mal so Märchenfiguren gelebt? So eine Prinzessin wie du?«

»Vielleicht«, lächelte Suse, die sich über das kleine Kompliment freute, »ich kann dir darüber jede Menge erzählen. Zu welcher Zeit genau solche Märchengestalten dort schon mal gewohnt haben«, setzte sie mit einem unnachahmlichen Augenaufschlag lachend hinzu und strich sich dabei durch die Locken, »weiß ich natürlich nicht so ganz genau. Soll ich dir etwas aus meinem Märchenschatz berichten?«

»Unbedingt«, Sven setzte sich dabei ein wenig näher zu Suse, ohne sie zu berühren, »über den König und seine Liebeleien.«

»Gerne«, antwortete Suse, erleichtert, ein Thema gefunden zu haben, bei dem sie sich ziemlich gut auskannte. »Die Biografie von dem bayerischen König Ludwig II. hat mich so sehr fasziniert, dass ich dir darüber schon ein wenig erzählen kann.« Suse nahm einen

Schluck aus dem Glas und setzte sich bequem hin, das komische Gefühl in ihrem Bauch war nun definitiv auf dem Rückzug.

»Der Monarch zählte durch seine romantischen Träumereien, die er dann später auch teilweise Wirklichkeit werden ließ, und weil er zudem noch sehr attraktiv war, zu den außergewöhnlichsten Persönlichkeiten des 19. Jahrhunderts. Er lebte von 1845 bis 1886. Nachdem sein Vater, König Maximilian II., überraschend gestorben war, wurde er mit 18 Jahren König von Bayern.«

»Woher weißt du denn das alles«, unterbrach Sven Suse anerkennend, »du könntest glatt als Fremdenführerin durchgehen.«

Suse lächelte stolz. »Ich bin jetzt schon so viele Jahre hier und interessiere mich eben für hübsche und begabte Männer!« Dabei schaute sie Sven von oben bis unten an, und ihr Lächeln wurde immer schelmischer. Ihr Selbstvertrauen war auf einmal zurück. Sven tat ganz verlegen, und Suse fühlte sich zum ersten Mal an diesem Tag richtig wohl in ihrer Haut.

»Wie schon gesagt«, fuhr Suse fort, »der junge König Ludwig war eine sympathische und ungewöhnlich attraktive Erscheinung. Er galt als der schönste und von den Frauen begehrteste König seiner Zeit. Aufgewachsen war er hier in dem unteren Schloss, rechts unterhalb von dem Märchenschloss Neuschwanstein.« Suse deutete mit dem Finger auf die gelb beleuchtete Festung nahe der Stadt Füssen.

»Seine Eltern lebten in München, er wurde, getrennt von ihnen, nur durch Beamte erzogen, die ihn sehr kühl mit den Realitäten der Welt vertraut machen wollten. Weit weg von München und entfernt von der großen Staatspolitik, beschäftigte sich der jugendliche Kronprinz heimlich mit den Themen, die ihn wirklich interessierten: Theater, Oper und Literatur.«

»Und was war mit den Frauen?«, fragte Sven dazwischen. »Gab es damals keine, die ihm sein Herz stehlen konnte?«

»Er musste mit 22 Jahren heiraten, es war keine Liebesheirat. Dafür hatte er eine Geliebte nach der anderen. Eine Beziehung ging jedoch tiefer. Eine echte Männerfreundschaft mit Richard Wagner. Die beiden waren seelenverwandt, beide gaben sich gerne unkonventionell, liebten die Einsamkeit, hassten höfische Zwänge.

Beide waren sie gegen Krieg und Gewalt, die Politik zwang Ludwig jedoch, Kriege zu führen, obwohl er sein Leben ganz anderen Dingen widmen wollte. Schon in frühen Jugendjahren schwärmte Ludwig für die romantischen Opern von Richard Wagner. Kurz nach seiner Inthronisierung holte er Richard Wagner nach München und erlöste ihn von seinen materiellen Sorgen. Ludwig übertrieb mit seiner Sorge um Richard derart und ermöglichte ihm einen so aufwendigen Lebensstil, dass sich das Volk dagegen auflehnte.

In München, im Nationaltheater, wurde dann im Jahre 1865 ›Tristan und Isolde‹ uraufgeführt. Der 10. Juni wurde damals auf der einen Seite als der größte Tag in der Musikgeschichte Münchens gefeiert, auf der anderen Seite protestierten Ludwigs Minister gegen die zu teuer gewordene Freundschaft zwischen Ludwig und Richard. Noch im selben Jahr musste Richard aus diesem Grund München, und damit auch Ludwig, wieder verlassen.

König Ludwig zog sich in den Jahren darauf immer mehr in seine Traumwelt zurück. Er plante und baute verschiedene Burgen und drei Traumschlösser, der Höhepunkt war das Märchenschloss Neuschwanstein.« Suse zeigte mit ihrem Finger auf die von bläulichweißem Licht angestrahlten Mauern hoch oben in den Bergen.

»Wenn man sich es so anschaut«, sagte Sven leise, der die Schwermut der alten Geschichten fühlen konnte, »dann spürt man die Melancholie, die diese Festung ausstrahlt. Fühlst du das auch?«

»Ja, es löst bei mir auch so eine seltsame Mischung zwischen Bewunderung und Traurigkeit aus«, antwortete Suse gedankenverloren.

»Und kennst du die anderen Schlösser?«, fragte Sven neugierig.

»Ja, ich habe beide schon besucht, Schloss Linderhof und Schloss Herrenchiemsee, beide Schlösser wurden nach französischen Vorbildern erbaut, Herrenchiemsee nach Vorlagen von Versailles. Es wurde allerdings nie ganz fertiggestellt, nach sieben Jahren Bauzeit mussten die Arbeiten wegen Geldmangels eingestellt werden. Nach dem Tod des Königs wurde das Königsschloss für die Öffentlichkeit freigegeben, die fertigen Räume kann man besichtigen.

Ach ja«, setzte Suse hinzu, »und in einem Flügel des Schlosses ist das König Ludwig II.-Museum untergebracht, dort wird der Lebensweg in zwölf Räumen dargestellt. Erinnerungsstücke, Bilder und auch den Krönungsmantel kann man sich dort anschauen.«

»Du weißt ja echt alles!«, bemerkte Sven bewundernd. Suses Wissen beeindruckte ihn sehr, und er zeigte es Suse deutlich. »Du bist eine fantastische Geschichtenerzählerin, so anschaulich wie du die trockene Geschichte hier aufzeigst. Ich kann sie sehen, du hast mich ganz in ihren Bann gezogen.«

Sven mochte Suse irgendwie, auf der einen Seite die fürsorgliche Mutter, ein wenig schüchtern, das war nicht zu übersehen, und dennoch mutig genug, sich auf diesen Abend einzulassen.

Zudem war Suse intelligent, sehr hübsch, strahlte eine große Natürlichkeit aus. Dazu hatte sie eine beruhigende Stimme. Im Grunde war Suse eine so perfekte Mixtur, dass sie sich etwas darauf hätte einbilden können. Aber Suse war nicht so, sie wirkte teilweise schüchtern, weckte eher Beschützerinstinkte bei Sven. Ein fast vergessenes Gefühl.

»Ich kann mir vorstellen, wie du in so einem langen, edel bestickten Prunkkleid von damals den König hättest mit links um deinen kleinen Finger wickeln können.«

»In solch einem Kleid wäre ich höchstens aufgefallen, weil ich dauernd darüber gestolpert wäre«, kicherte Suse und freute sich sichtlich über das Kompliment.

»Nein, ich muss mich korrigieren, du wärst auch ohne so ein Kleid aufgefallen, und das meine ich ehrlich.« Während Sven dies zu Suse sagte, strich er mit seiner Hand ganz sanft über ihre Wange. Dabei schaute er Suse so lieb an, dass es ihr ganz warm wurde und sie rote Flecken in ihrem Gesicht spüren konnte. Zum Glück war es schon dunkel geworden, und im Kerzenlicht würde Sven ihre Verfärbung sicher nicht sehen können, dennoch erklärte Suse direkt: »Spüre schon den Alkohol, mir ist so warm.«

Sven strich zärtlich und langsam Suses Haare aus ihrem Gesicht. Suse genoss die Berührung, die bei ihr kleine elektrische Blitze auslösten, und schloss ihre Augen.

Sven fuhr sehr langsam und genießerisch an ihrem Nacken entlang. Er genoss jeden Augenblick, die märchenhafte Umgebung, das Mondlicht und vor allem natürlich die hübsche und natürliche Suse hatten es ihm inzwischen sehr angetan.

Ganz vorsichtig öffnete er zwei Knöpfe an Suses Bluse und streifte die Bluse halb von der rechten Schulter ab. Er küsste Suse sanft auf die Schulter und arbeitete sich genüsslich zum Nacken vor. Suse bekam Gänsehaut, es kribbelte überall. Wie lange hatte sie nicht mehr solche Gefühle zugelassen! Und wer war Sven? Sie kannte ihn doch nicht! Während Suse diese Gedanken durch den Kopf schossen, versteifte sich ihr Körper instinktiv wieder.

Sven hatte alle seine Antennen auf Empfang und registrierte sofort Suses Bedenken, die sich durch die Muskelanspannung zeigten.

»Und wie ging es dann weiter? Hat der König seine Prinzessin dann irgendwann gefunden und zu sich ins Schloss geholt?« Er lenkte sofort wieder auf das sichere Terrain von Suse zurück und zupfte sachte ihre Bluse wieder an ihren angestammten Platz zurück.

»Die Probleme fingen für Ludwig bereits an, bevor er es sich dort richtig gemütlich machen konnte«, nahm Suse erleichtert die Frage auf und wollte weitererzählen. Sven unterbrach sie: »Apropos gemütlich, wollen wir uns hier an den Baumstamm anlehnen und es uns auch gemütlich machen?« Der Abend sollte für Suse ein schönes Erlebnis werden. Sven würde nicht so schnell aufgeben und, nachdem er gerade einen Schritt zurückgegangen war, nun vorsichtig wieder zwei nach vorne wagen.

Suse nickte, stand auf und klemmte sich zwei Sitzkissen unter den Arm, Sven schnappte sich die große Decke. Als beide dann auf den Kissen saßen, rückte Sven wieder etwas näher und fragte mit der unschuldigsten Miene, ob sie etwas von der Decke abhaben wollte. Ohne eine Antwort abzuwarten legte, er zuerst die Decke über Suse und sich und danach den Arm um sie und forderte Suse schnell auf weiterzuerzählen.

»Nach Ansicht der königlichen Minister sollten die drei prachtvollen und kostspieligen Schlösser das bayerische Volk von der Unzurechnungsfähigkeit des Königs überzeugen. Sie behaupteten, Bayern sei nur noch durch die Entmachtung von Ludwig vor dem finanziellen Ruin zu bewahren. Das Volk liebte aber seinen König. Im Jahr 1886 konnten sich die Minister durchsetzen, Ludwig II. wurde für geisteskrank erklärt und abgesetzt. Wenige Tage später, am 13. Juni 1886, starb er auf mysteriöse Weise im Starnberger See.«

Suse war hin und her gerissen, sollte sie sich einfach so an Sven anlehnen oder doch lieber Abstand halten? Sie entschied sich für Abstand und setzte sich etwas gerader hin. Sie reagierte auf so viel Nähe automatisch. Obwohl sie es nicht wollte, ihr Körper versteifte sich auf einmal wieder.

»War es Selbstmord?«, wollte Sven wissen.

»Man weiß es bis heute nicht«, antwortete Suse, »es gibt viele Spekulationen: Unfall, Fluchtversuch, Selbstmord oder sogar Mord durch seine politischen Gegner. Akten im königlichen Hausarchiv, die das Geheimnis eventuell lüften könnten, wurden bis heute nicht geöffnet. Ach ja«, sagte Suse wehmütig, »Märchen gibt's in der Wirklichkeit halt doch nicht.« Dabei sah sie Sven so verletzt und zerrissen an. Sven spürte, sie sehnte sich nach Märchen, wollte gerne daran glauben.

»Manchmal werden Märchen wahr«, meinte Sven aufmunternd und zog sie sanft zu sich zurück. Suse ließ es sich gefallen, und er nahm sie ein wenig fester in den Arm, damit sie ihm nicht gleich wieder entwischen konnte. Beide betrachteten stumm die beiden Schlösser, Sven beeindruckt von dem Gehörten, Suse in mitleidigen Gedanken bei dem König.

»Über das Musical hier«, unterbrach Sven, nachdem Suse schon wieder nervös geworden war, nach ein paar Minuten die Stille, »habe ich mal gelesen, dass es das weltweit erste Musical ist, welches am historischen Originalschauplatz aufgeführt wird.«

»Ja«, sagte Suse, »das stimmt. Es wurde hier am See extra ein Grundstück aufgeschüttet, weil es sonst keinen Platz dafür gegeben hätte.«

»Was für ein Aufwand, hat es hier niemanden gegeben, der sein Stück Land verkauft hätte?«, wollte Sven interessiert wissen.

»Das vielleicht schon«, antwortete Suse ihm, »aber hier am See steht beinahe alles unter Naturschutz, und deshalb hatte man die Idee mit der künstlich hergestellten Fläche, die nach 30 Jahren, die Zeitspanne weiß ich nicht mehr so genau, wieder komplett zurückgebaut werden muss. Das Musical, in dem das Leben von Ludwig II. dargestellt wurde, hatte den Titel ›Sehnsucht nach dem Paradies‹, es erzählt auch etwas mehr von der unglücklichen Liebe zu Kaiserin Elisabeth und der Freundschaft zu Richard Wagner. Heute werden dort auch andere Musicals aufgeführt.«

»Ja«, sagte Sven, »so ist das Leben. Gestern berührte ein Mythos dieses Stück Erde, heute steht hier ein Festspielhaus und übermorgen schwimmen wieder die Fische, als ob nie etwas anderes gewesen wäre. Alles hat seine Zeit, aber die Sehnsucht bleibt … zumindest bis man die wahre, einzige Liebe gefunden hat.«

Beinahe wäre Sven gedanklich in seine eigene Vergangenheit gerutscht. Suse hatte etwas, ihre Schüchternheit löste bei ihm reflexartig seinen Beschützerinstinkt aus. Das war es jedoch nicht alleine. Suse berührte ihn auf magische Weise, und er erinnerte sich für einen Moment daran, dass er früher auch einmal Sehnsucht verspürt hatte. Lange her. Er würde sich auch gerne fallen lassen, einer Frau wieder ganz vertrauen, aber das ging nicht. Er nahm sich sofort wieder zusammen, schließlich wurde er für gute Laune bezahlt und nicht dafür, dass er Suse mit seinen privaten Gedankengängen belastete.

»Magst du mit mir noch einen kleinen Spaziergang im Mondschein unternehmen?«, fragte er Suse, der die aufkeimende romantische Stimmung und Suses Sorge davor spürte. »Ich möchte gerne noch ein wenig das Naturschutzgebiet hier erkunden.«

»In das Naturschutzgebiet müssen wir ja nicht unbedingt rein«, sagte Suse, die sich um alles und jeden sorgte, »weil wir dabei nur die Tiere aufschrecken. Aber ich möchte dir gerne meine Lieblingsstelle, knapp drei Kilometer von hier entfernt, zeigen. Sofern die Kinder ruhig schlafen.«

# Kapitel 18

Sven löschte die Kerzen, und Suse schaute kurz nach den Kindern. »Alles klar«, flüsterte sie, »die schlafen selig.« Sven nahm Suse an die Hand, das Mondlicht beleuchtete ausreichend den Weg. Es war eine milde, sternenklare Nacht. Mitunter raschelte es im Gebüsch, und ein paar nicht erkennbare Kleintiere huschten an ihnen vorbei, einige Frösche gaben ein Konzert, und die Grillen zirpten dazu den Takt. Die beleuchteten Schlösser waren eine gespenstische und gleichzeitig romantische Kulisse.

Suses Anspannung fiel ab, mit jedem Meter, den sie sich vom Zelt entfernt hatten. Von Sven an der Hand geführt zu werden, fühlte sich auch gut an, schon alleine der Dunkelheit wegen. Sie blieben immer wieder kurz stehen, um sich zu orientieren. Der Weg zu Suses Lieblingsstelle war in der Nacht gar nicht so einfach zu finden. Er führte durch ein kleines, aber dafür stockfinsteres Wäldchen, dessen Weg durch herabgefallene Tannennadeln extrem elastisch und bequem zu laufen war. Hier war es auch etwas frischer.

Sven zog Suse an sich, und sie schmiegte sich noch enger an Sven, ihre Vorbehalte gegen ihn hatten sich komplett in der angenehmen Waldluft aufgelöst. Der Wald lichtete sich wieder, und der Weg teilte

sich. Der Hauptweg ging in das nächste Wäldchen, links zum See-
ufer führte ein enger und verwachsener Weg hinab. Ein rostiges Ver-
botsschild kennzeichnete diesen Weg als privat.

»In der Dunkelheit gelten solche Schilder nicht«, kam es übermütig
von Suse. Keine 100 Meter weiter folgte die nächste Hürde. Ein ver-
schlossenes Tor und ein Zaun hinderten Suse und Sven am Weitergehen.

»Der ist neu«, sagte Suse etwas enttäuscht, »denkst du, wir können es dennoch riskieren?«

Erwartungsvoll schaute sie Sven an.

»Ist dahinter dein Lieblingsplatz?« Sven versuchte, über das Hin-
dernis hinwegzuschauen. Suse nickte, ihre Augen bettelten. »Dann
dürfen wir uns von einem Gatter nicht abhalten lassen«, entschied
Sven und schaute Suse aufmunternd an. Er machte für Suse eine Räu-
berleiter. Suse stieg auf seine verschränkten Hände und saß nach eini-
gem Gepolter nun halbwegs auf dem wackligen Zaun. Sven zog sich
ebenfalls hoch, verlor aber beinahe das Gleichgewicht, als er auf den
spitzen Latten nach Halt suchte. Der Zaun war zwar nicht sehr hoch,
jedoch nicht für das Darüberklettern gebaut. Suse hing in den Spitzen
fest, versuchte, sich an Sven abzustützen, rutschte dann mit Getöse
und einem Schrei auf der anderen Seite auf den Boden herunter.

Einen kurzen Augenblick lauschten sie in die Nacht, der Krach
hätte jeden Menschen und Vierbeiner aus der tiefsten Narkose geweckt.
Aber es blieb alles ruhig, von dem mitternächtlichen Besuch schien
niemand etwas bemerkt zu haben. Sven sprang nun auch, begleitet von
einem verdächtigen Geräusch, von seinem unbequemen Platz in das
weiche Gras. Das »verdächtige Geräusch« stellte sich bei genauerer
Untersuchung als ein Riss in seiner Hose heraus, die spitzen Holz-
latten hatten sich in die dünnen Sommerjeans gebohrt.

»Oh, das tut mir aber leid«, sagte Suse voller Mitleid und betrachtete die blutende Wunde.

»Ist doch nur die Hose«, lachte Sven, »das gehört bei Einbrecher-
lehrlingen zum Berufsrisiko, vielleicht kann ich den Schaden beim
Finanzamt absetzen?«

»Hast du dir einen Holzsplitter eingezogen?«, fragte Suse fürsorglich nach und wollte schon Svens Bein untersuchen.

»Das ist doch nicht schlimm«, wehrte Sven ab. »Ich befürchte nur, dass das Finanzamt das hier nicht als Arbeitsunfall anerkennen wird, obwohl wir den kürzesten Weg genommen haben«, lachte er.

»Genau«, spottete Suse mit, »kannst ja schreiben, dass du deine Beute korrekt versteuern möchtest und nur ein paar Auslagen abzuziehen hättest, zerrissene Hose, diverse Einbruchswerkzeuge und den Fluchtwagen nicht zu vergessen, der gerne ein Sportwagen sein darf. Kommt sicher gut an!«

Sven gab der gelösten Suse grinsend einen Kuss auf die Wange.

»Und dich würde ich als meine Steuerberaterin und Anwältin beschäftigen, bei so tollen Vorschlägen.« Suse war nun komplett gelöst, die Anspannung vom Abend war verflogen.

Der Weg setzte sich fort, es sah aus, als ob er schon seit Jahren nicht mehr benutzt worden wäre. Sven ging voraus und versuchte, ganz gentlemanlike, dornige Sträucher von Suses Beinen fernzuhalten, sofern diese im Mondlicht zu sehen waren. Suse gab von hinten Tipps. Nur mit Mühe konnten sich Suse und Sven auf dem überwucherten Trampelpfad Richtung Wasser kämpfen. Wenige Minuten später wurde das Gestrüpp weniger, und sie waren an einem romantischen Plätzchen angelangt. Der wieder etwas breiter werdende Uferweg schlängelte sich wie gemalt zwischen hohen Bäumen am See entlang. Die beleuchtete Stadt und links daneben die Königsschlösser waren wieder in voller Pracht sichtbar.

Von Suse und Sven aus gesehen links war ein kleiner Teich, auf dessen Oberfläche sich der Mond spiegelte, rechts vom Weg befand sich ein einsames und liebevoll hergerichtetes Wochenendhäuschen. Viel konnte man nicht erkennen, aber es schien, dass der Garten sehr gepflegt war. Suse beobachtete vorsichtig das Haus, um festzustellen, ob zurzeit jemand dort wohnte.

Leise flüsterte sie zu Sven: »Nur der Zaun war neu, das Haus ist unverändert. Die Besitzer haben vermutlich nur wenig Zeit. In all den Jahren habe ich nur einmal eine große Limousine aus München hier gesehen. – Ist es nicht herrlich romantisch hier?«

Sven antwortete ebenfalls flüsternd: »Ja, so etwas Hübsches habe ich lange nicht mehr gesehen. Das ist also deine Lieblingsstelle?«

»Damals, als ich noch mit meinen Eltern hier Urlaub machte, habe ich mich immer hierher zurückgezogen. Keine Menschenseele hat mich hier finden können, der ganze Weg zum Ufer war schon immer Privatgelände.« Suse schaute verträumt auf das Wasser, alte Erinnerungen kamen ihr in den Sinn. Früher träumte sie davon, hier unten am See zu wohnen, und der Prinz aus dem Schloss in den Bergen würde mit seiner Kutsche zu ihr fahren und sie entführen. Oder sie träumte sich in einen der Prunksäle hinein, die mit 1000 Kerzen festlich beleuchtet waren, eine Band im Hintergrund spielte Tanzmusik, und sie würde sich mit einem langen Kleid bis tief in die Nacht hinein vergnügt der Musik hingeben. Später reduzierten sich ihre Träume dann nur noch auf den Prinzen, mit dem sie ihr komplettes Leben teilen wollte.

Suse und Sven zogen sich die Schuhe aus und tanzten barfuß im kühlen Gras. Sie fühlten sich pudelwohl und ließen sich ausgelassen ins Gras fallen. Die Umgebung berauschte beide mehr als der Sekt von vorher. Suse sehnte sich nach Nähe und Zärtlichkeiten, und in Sven stiegen dieselben Gefühle auf, er überschüttete Suse mit weichen, warmen Küssen. Einen Moment lang vergaß Suse, dass sie eigentlich schüchtern war und sie nicht wirklich zusammengehörten.

Suse und Sven genossen so sehr die wohligen Schauer, die jede neue Berührung auslöste, dass sie nichts mehr bemerkten. Selbst der Mond hatte das mitbekommen und zog sich diskret hinter ein paar Wolken zurück. Offensichtlich wollte er das verliebte Paar ungestört lassen. Sven drückte Suse sanft ins Gras und knöpfte ihre Bluse auf, diesmal nicht nur zwei Knöpfe wie zuvor, sondern so weit, bis er den Bauchnabel sehen konnte. Mit einem Farn streichelte er ihre Haut. Suse zog Sven zu sich herunter, schlang ihre Arme fest um ihn und versuchte, Sven auf den Rücken zu drehen. Dabei kullerten beide auf dem abschüssigen Gelände in ein Rosenbeet. »Autsch!« Suse hatte die Dornen als Erste gespürt und richtete sich auf. Sven hatte auch etwas gepiekt, aber er spürte davon nur wenig.

Suse streifte Svens Hemd ab und fühlte sich wie in einem ihrer Träume von früher – nur mit dem wichtigen Unterschied: Heute war es zwar kein Prinz, dafür keine Träumerei. Es ging nicht lange, und Suse und Sven hatten sich mit Hemd und Bluse ein weiches Liebesnest eingerichtet. Wo genau, das wussten sie selbst nicht mehr so ganz genau, weil der Mond noch immer schön diskret den Vorhang zugemacht hatte. Suse lag mit geschlossenen Augen auf dem Rücken, wollte am liebsten die Zeit anhalten und genoss jede Berührung. Sven streichelte und küsste sie zärtlich am ganzen Körper. Ganz langsam küsste er sich zu Suses …

Ein knirschendes Geräusch, verursacht von einem bremsenden Fahrzeug auf einem viel zu nahen Kiesweg, stoppte abrupt das wilde Liebesspiel am Ufer. Sie hatten es nicht heranfahren hören, der Motor war sehr stark gedämpft, auch der Asphalt, auf dem das Auto fuhr, bis es auf den Kiesweg abbog, verschluckte die Fahrgeräusche. Nachdem die offensichtlich schwere Limousine angehalten hatte, waren ein surrender Ton und dazu ein dezentes, aber trotzdem deutlich hörbares metallisches Rattern zu hören.

»Was ist das?«, fragte Suse erschrocken und setzte sich aufrecht hin.

»Ich glaube«, sagte Sven ärgerlich, »ein Wagen ist hergefahren, und das elektrische Tor wird gerade geöffnet.« In dem Moment hörte man es deutlicher, das Surren eines leisen Elektromotors hatte aufgehört, und ein Wagen fuhr wieder an. Danach hörte man zwei Türen satt ins Schloss fallen, Schritte auf dem Kies und erneut das metallische Geräusch.

»Das ist wohl der Hauptzugang zu dem Haus«, interpretierte Sven die Geschehnisse, »die Besitzer sind wahrscheinlich heimgekommen, zum Glück ist es hier gerade so stockfinster, dass uns niemand entdecken wird.«

»Na, das hoffe ich auch!«, sagte Suse und nahm vorsichtshalber ihre Bluse in die Hand, versteckte sich mit Sven hinter einem dornigen Busch und setzte sorgenvoll hinzu: »Wollen wir uns mal wünschen, dass die Besitzer keinen Hund dabeihaben.«

Sven konnte überhaupt nicht ahnen, wie sehr sich Suse wünschte, jetzt keiner wilden Bestie zu begegnen. Mit sechs Jahren wurde sie von einem kleinen Vierbeiner gebissen. Seitdem konnte Suse keine Freundschaft mehr mit ihnen schließen. Der damalige Schreck saß ihr noch immer in den Knochen. Sie klammerte sich an Sven, der beruhigend über ihren Rücken streichelte.

Kaum ausgesprochen, kam wie auf Kommando der Mond hinter den Wolken hervor, und gleichzeitig wurde die komplette Gartenbeleuchtung eingeschaltet. Sehr entzückend, unter anderen Umständen wirklich anmutig, im Augenblick jedoch hassten Suse und Sven jede einzelne der unzählig ums Haus und im Garten verteilten Lampen. Sie duckten sich, jetzt sahen sie endlich auch, wohin sie gerollt waren, sie befanden sich zwischen Schilfgras und einem sehr gepflegten Rosenbeet.

Sven schaute vorsichtig zum Haus, es war niemand zu sehen. »Sie sind vorne in das Haus gegangen«, flüsterte er Suse erfreut zu, »und einen Hund habe ich bisher auch nicht gehört.«

»Sollen wir jetzt nicht lieber gehen, wir müssen zurück zu den Kindern«, kam es besorgt von Suse, die nach ihrer Bluse griff.

»Warte, sei leise!«, zischte Sven kurz und zog Suse wieder zu sich hinter den Rosenstrauch. »Lass uns kurz abwarten, wohin die Leute gehen.«

Im Haus wurde nun ebenfalls die Beleuchtung eingeschaltet. Es war ein eingeschossiges Sommerhaus. Auf der dem See zugewandten Seite war der Bungalow beinahe komplett verglast. Die Einrichtung war durch die Beleuchtung gut zu erkennen: elegant und teuer. Der mit einem dunklen Anzug bekleidete Mann legte im offenen Kamin im Haus Holzscheite auf und zündete Papier an.

Suse und Sven bestaunten die Inneneinrichtung. Moderne Kronleuchter aus Gold, ein rustikaler Holztisch mit passenden Stühlen, an der Wand einige sicher teure Gemälde, auf der anderen Seite eine

Vitrine und antike Polstermöbel. So hatte sich Suse »ihr« Wochenendhaus nicht vorgestellt. Früher wohnten hier mit Sicherheit andere Leute. Sie konnte auch nie in das Haus schauen, die große Glasfront war immer mit weißen Vorhängen verhängt gewesen.

Plötzlich mussten Suse und Sven sich wieder ducken. Eine Frau im langen Abendkleid kam mit einem Glas auf die große Terrasse. Sie schien es sich auf einem Stuhl aus Teakholz bequem zu machen. Die beiden Einbrecher getrauten sich nicht mehr, sich zu rühren. Die Frau saß nun keine 30 Meter von dem mitternächtlichen Liebesnest entfernt. Suse überlegte sich schon, wie sie es ihren Kindern erklären sollte, wenn sie morgen früh in Handschellen von der Polizei auf den Campingplatz gefahren würden, damit Sven und sie ihre Ausweise vorzeigen könnten.

Suse konnte enorme Leistungen im Schwarzmalen entwickeln, hatte aber auch genug Humor, um in zwei, drei Stunden über die Geschichte wieder lachen zu können. Im Augenblick hatte jedoch ihre pessimistische Ader absolute Handlungsfreiheit, und sie drückte sich eng an Sven, als ob sie in ihn hineinschlüpfen könnte. Sven war damit beschäftigt, einen Fluchtplan auszubaldowern, allerdings gab es seiner Meinung nach nicht sehr viele Möglichkeiten. Abwarten lautete zunächst die Devise, er musste sich erst einen Überblick verschaffen.

Sven verbarg sich und Suse so gut es ging hinter den Rosensträuchern. Svens helles Hemd, welches noch auf dem Boden lag, leuchtete im Mond- und Laternenlicht weithin sichtbar. Genau in dem Moment, als Sven es gerade vorsichtig in Sicherheit bringen wollte, entdeckte die Frau auf der Terrasse die Unordnung im Rosenbeet.

»Da ist ja jemand in unserem Garten!«, schrie die Frau aufgeregt. »Dort!« Sie zeigte mit ihrem Finger genau auf Sven. Der Mann kam rasch aus dem Haus, schaute sich kurz um und wollte sich schon in Richtung Liebesnest stürzen, als seine Frau ihn gerade noch davon abhielt. »Bleib hier«, sagte sie besorgt, »du darfst dich nicht aufregen, denk an dein Herz! Wir rufen lieber die Polizei, nachher passiert dir noch etwas.«

»Ach was!«, konnte man den Mann deutlich hören, »ich hole mir meine Schrotflinte und verjage das Gesindel schon selbst aus meinem Garten.« Er drehte sich um und ging ins Haus hinein.

»Waidmannsheil!«, sagte Sven leise zu Suse. »Komm schnell, wir müssen uns schleunigst in Deckung bringen, bevor wir mit Blei gespickt werden.« Innerhalb von ein paar Sekunden packten sie ihre Schuhe, Bluse und Hemd zusammen und rannten, so gut und schnell es barfuß eben ging, in die Richtung, aus der sie gekommen waren. Quer über den beleuchteten Rasen.

In der Zwischenzeit war wohl der grantige Mann wieder aus dem Haus gekommen. Suse und Sven konnten hören, wie die Frau ihm von den zwei »Nackerten« erzählte, die gerade quer über das Grundstück gelaufen waren.

Suse und Sven waren inzwischen am Zaun angelangt. Der dornige und schmale Weg war ohne Rücksicht auf Verluste hastig durchquert worden. Suses und Svens Füße brannten, unzählige Dornen hatten ihre Beine aufgerissen. Am Zaun angelangt, warf Sven Schuhe und Kleider über den Zaun und half Suse wieder beim Drübersteigen. Ein unterdrückter Aufschrei von Suse zeigte Sven an, dass sie zwar unsanft, aber sicher auf der anderen Seite wieder angekommen war. Er selbst kletterte auch noch rasch hinüber und landete im selben Dornengestrüpp wie Suse. Beide jammerten im Chor; so oben ohne und unten nix, also an den Füßen nichts, zählte so eine Landung eben nicht zu der angenehmsten Sorte. Bevor sie weitergingen, zogen sie sich zuerst einmal ihre Schuhe und Kleider an.

»Ich habe meinen Rock auch zerrissen«, stellte Suse fest, »ich bin vorher auf dem Trampelpfad vor dem Gatter an einem Dornenstrauch hängen geblieben und habe daran gezerrt, bis ich weiterlaufen konnte. Das Teil ist komplett hin.«

»Wir sehen vielleicht aus!«, sagte Sven, als er Suse und sich anschaute. »Als ob wir von einer mehrtägigen Expedition zurückkommen und mit wilden Tieren gekämpft hätten.«

Suse grinste schon wieder: »Zumindest können wir später was

erzählen. Mein Lieblingsplatz ist um eine interessante Erfahrung reicher geworden.«

Der Nachhauseweg zog sich, er schien länger zu sein als zuvor, die Dornen piekten am ganzen Körper. Selbst auf dem so weichen Waldboden schlichen beide wie geschlagene Helden vorsichtig in Richtung Campingplatz. Endlich angekommen, zündete Sven die Kerzen wieder an, zog Suse forsch und schon sehr geübt, er war inzwischen mit jedem einzelnen Knopf per du, ihre Bluse aus und untersuchte mitleidig Suses Schrammen. Ab und zu gab Sven klägliche Laute von sich, wenn er beim anders Hinsetzen sich selbst wieder ein paar Dornen tiefer in die Haut rammte.

Suse, vom Schreck schon wieder erholt, kicherte, als sie Svens wehleidiges Gesicht bemerkte. »Männer«, sagte sie im Spaß, »halten nun aber auch überhaupt nichts aus!«

»Wir können echte Indianer sein«, wehrte sich Sven, »aber wenn wir nur eine kleine Wunde haben, dann jammern wir dafür halt umso stärker, bis wir die gewünschte Aufmerksamkeit bekommen – wir brauchen das!« Vorwurfsvoll schaute er Suse an, weil sie ihn nur auslachte und nichts Sinnvolles unternahm.

»Bekommst du ja«, sagte Suse, während sie Sven übertrieben gefühlvoll von seinen Dornen befreite. Sven genoss sichtlich, wie sehr sich Suse um ihn kümmerte.

Endlich war die letzte Wunde versorgt, auch Suse war von Sven haarklein untersucht und von der stacheligen Natur befreit worden. Suse zog sich schnell einen Pyjama an, Sven eine kurze Hose und ein Shirt und zog Suse ganz nah zu sich.

»Das war ganz schön knapp«, Suse kuschelte sich in Svens Arme und musste lachen, »seit ich dich zum ersten Mal gesehen habe, befinde ich mich ständig in einer anderen Ausnahmesituation.«

»So schlimm?« Sven setzte einen zerknirschten Gesichtsausdruck auf, um von Suse gleich wieder Absolution zu erhalten. »Und ich habe mich so bemüht, uns eine behagliche Situation zu schaffen.«

»Hast du zeitweise ja auch ganz gut hinbekommen«, tröstete Suse Sven, während sie zart über seine nicht mehr ganz so glatt rasierte Wange streichelte. »Und inzwischen fühle ich mich auch sehr wohl in deiner Nähe. Das hat«, setzte sie schnell hinzu, »in dem Tempo noch niemand geschafft. Darauf kannst du dir etwas einbilden!«

»Danke gleichfalls, ich kann heute Nacht sicher nicht mehr schlafen«, freute sich Sven, »du bist eine magische Frau, du hast mich verzaubert, und ich erinnere mich nicht mehr daran, je einen so schönen und aufregenden Abend erlebt zu haben.«

»Ist das wahr?« Suse wollte sich das Kompliment nochmals bestätigen lassen. »Sag' mir mal ganz ehrlich, hat dir der Abend wirklich genauso gut wie mir gefallen? War es für dich nicht nur ein Job wie jeder andere?« Oder womöglich, sie wollte es nicht aussprechen.

»Nein!«, rief Sven und schaute Suse so lieb an, dass sie dahinschmolz und jedes Wort von ihm aufsaugte. »Wenn ich es nicht so meinen würde, hätte ich gar nichts gesagt.« Sven sprach aus, was er fühlte. »Wenn ich dir in die Augen schaue, vergesse ich dabei komplett, dass ich einen Job zu machen habe.«

»Aber verlieben kannst du dich nicht wirklich«, stellte Suse in treffender Weise und mit einem Bedauern in der Stimme fest. »Du würdest glatt arbeitslos werden.«

»Stimmt«, antwortete Sven. »Morgen früh gehe ich zu meinem Versicherungsmakler und werde mich gegen eine drohende Berufsunfähigkeit versichern.«

»Dann ist ja alles in Ordnung!« Suse zwinkerte Sven belustigt zu und küsste ihn nicht mehr so zurückhaltend.

Sie wollte nun doch den Moment genießen. Einfach genießen, dachte sie bei sich und schob den Gedanken vom Abschied weit weg und betrachtete glücklich den sternenklaren Himmel. Eigentlich hatte sie Sven noch so viele Fragen stellen wollen. Irgendwie war sein Beruf ja interessant, und sicher konnte er von einigen Erlebnissen berichten. Aber im Augenblick wollte sie nur ihr eigenes kurzes Glück genießen und nichts von anderen Frauen hören.

Suse träumte ihre jugendliche Schwärmerei weiter, während sie ihren Blick zwischen Schlössern und Sternenhimmel schweifen ließ. Sie träumte, wie sie ihrem Märchenprinzen in einer so sternenklaren Nacht begegnen würde, wie er seinen feurigen Araber anhalten und Suse zu sich mit seinem starken Arm auf den Pferderücken holen würde.

»Eine Sternschnuppe!«, rief Suse und setzte gleich wieder etwas leiser hinzu, damit sie die Kinder nicht mit ihrem lautstarken Temperament wecken würde. »Ich habe mir etwas gewünscht – wird sich das auch erfüllen, Sven?«

»Ganz bestimmt, meine Prinzessin«, antwortete Sven und drückte Suse fest an sich, »solang du es niemandem erzählst.«

Offensichtlich kann Sven Gedanken lesen, überlegte Suse enttäuscht, die genau daran, dass sie seine Prinzessin sein wollte, gedacht hatte. Das ist so viel wie erzählt, spann sie ihren Gedanken weiter, er ist der Prinz in meinen Träumen. Und wenn er weiß, was ich mir gewünscht habe, dann kann es sich nicht erfüllen.

Sven schaute Suse an. Liebend gerne wäre er nun unter freiem Himmel mit Suse im Arm eingeschlafen, aber er konnte sich kaum vorstellen, dass Suse darüber erfreut gewesen wäre, wenn in ein paar Stunden die ersten Nachbarcamper sie neugierig angestiert hätten. Leider waren sie an keiner einsamen Stelle, und auch die Kinder würden sich wundern, weshalb ihre Mutti neben Kerzen und einer leeren Sektflasche in den Armen eines Schulfreundes vor dem Zelt schlafen würde.

Suse, die scheinbar auch in so traumhaften Momenten Gedanken lesen und überraschend forsch sein konnte, sagte, »Bringst du mich jetzt zu dir ins Bett und stellst den Wecker auf 7.30 Uhr?« Suse schlang wie ein kleines Mädchen ihre Arme um Svens Hals und ließ sich von ihm auf seine Luftmatratze legen. Sven stellte noch schnell seinen kleinen MP3-Reisewecker, zog sie dann zärtlich zu sich her und küsste sie sanft.

# Kapitel 19

Der Morgen kam viel zu früh. Sami war als Erster wach und legte sich zu Suse, die rechtzeitig wieder im eigenen Zelt angekommen war. Verschlafen nahm Suse ihn in den Arm, wollte noch eine Runde weiterschlafen, aber Sami war nicht zu überzeugen. Er wollte eben nicht länger im abgedunkelten Zelt liegen und hatte Hunger. Damit Sami nicht die restliche Mannschaft weckte, stand Suse leise auf und wollte sich mit ihrem Sohn aus dem Zelt schleichen. Immer noch halb verschlafen, suchte Suse neue Kleidungsstücke zusammen und stolperte dabei über den mitten im Weg abgestellten CD-Player. Nuria und auch Sven wachten von dem Krach auf und schauten, mehr oder weniger überrascht, wie Suse mit blutigen Beinen und Armen sich wieder aufrappelte.

Nuria war, im Gegensatz zu Sven, über das lädierte Aussehen von Suse dermaßen erschrocken, dass sie in der Annahme, Suse habe sich eben schwer verletzt, mit einem Satz bei ihrer Mutter war.

»Ich bin nur über den blöden Player gestolpert«, sagte Suse beschwichtigend zu Nuria und in einem etwas schärferen Ton zu ihrem Sohnemann: »Sami, wie oft soll ich dir noch sagen, dass du deine Sachen aufräumen sollst, ich habe keine Lust, ständig über etwas zu fliegen!« Sami schaute schuldbewusst drein. Alle dachten nun, er sei schuld an Muttis blutigen Beinen. Suse, durch den betroffenen Gesichtsausdruck Samis schon wieder friedlicher gestimmt, strich ihm mit einer beruhigenden Geste durch seine zerzausten Haare und sagte ihm, dass sie sich die Verletzungen am Körper schon gestern zugezogen hätte.

»Wo hast du dich denn so zugerichtet?« Nuria war eben aufgefallen, dass auch die Arme Schrammen aufwiesen, und sie wollte es genauer wissen. Jetzt war Suse an der Reihe, verdattert dreinzuschauen, und blickte hilfesuchend zu Sven. Nuria, die die Blicke ihrer Mutter genau verfolgte, entdeckte nun, dass Sven kein bisschen besser aussah. Und als ob der Staatsanwalt persönlich seine Anklage mit entsprechenden Beweisen unterstreichen wollte, hob sie den putzlappenähnlichen Rock auf und schwenkte ihn vorwurfsvoll hin und her, während sie ihre nicht beantwortete Frage präziser wiederholte: »Was habt ihr denn letzte Nacht bloß angestellt?«

Sven übernahm die Initiative. Ihm fielen gewöhnlich die Ausreden genauso schnell ein, wie unangenehme Situationen auftauchten. Nur diesmal, einem so aufgeweckten Kind gegenüber, hatte er keine Übung. Kinder konnten so unverschämte, direkte Fragen stellen, und es war nicht gerade einfach, sich dem Kreuzverhör einer alarmierten Zwölfjährigen zu entziehen. »Also«, begann er umständlich, »deine Mutti und ich saßen gestern vor dem Zelt und haben über alte Zeiten geplaudert.«

»Wir haben uns ja lange nicht mehr gesehen«, warf Suse schnell ein, um Sven ein paar Sekunden Zeit zu verschaffen, dass er seine Geschichte nochmals gedanklich durchspielen konnte.

»Ja, und dann«, setzte Sven sein Plädoyer wahrheitsgemäß fort, »haben wir zuerst über uns und später über die Sehenswürdigkeiten hier in der Gegend gesprochen. Und weil ich hier noch nie war, unternahm ich mit eurer Mutti einen Spaziergang, um die Gegend ein wenig zu erkunden.«

Nuria hörte angestrengt Sven bei seinen Ausführungen zu. Sie konnte sich immer noch nicht recht vorstellen, wie man sich bei einem normalen Spaziergang so zerkratzen konnte.

»Dann haben wir im Wald ein paar Geräusche, möglicherweise von Tieren, gehört«, war Suses Vorschlag für die Weiterentwicklung der Geschichte.

Dankbar griff Sven den Faden auf, dachte an das wütende Tier mit der Schrotflinte und erzählte weiter: »Natürlich waren das Tiere, und wir wollten wissen, wer da nachts noch unterwegs war und solche Geräusche machte. Wir sind quer durch die Botanik gelaufen.« Sami, der ebenfalls aufmerksam zuhörte, zupfte Suse am Ärmel und wollte wissen, was Botanik bedeutete.

Suse erklärte es ihm, und Sven fuhr fort: »Wir haben Frösche quaken gehört und Eulen gesehen, und dann war da so ein jämmerliches Geschrei, dem wir rasch folgten.« Sven dachte dabei an die aufgebrachte Frau. »Es hörte sich erbärmlich an, dann wurde es immer lauter, und wir entdeckten den Grund dafür, ein braves Kätzchen und ein wilder Kater sind in das Revier von einer anderen Katzenfamilie eingedrungen«, Suse musste ihr Grinsen unterdrücken, »und stritten wild miteinander. Der eine Kater war so aggressiv, dass er uns beinahe auch noch mit seinen scharfen Krallen angefallen hätte, wenn wir uns nicht schnell wieder in Sicherheit gebracht hätten.«

»Dabei haben wir eine Dornenhecke durchquert«, setzte Suse ein, »haben uns in der Eile darin verfangen, sind gestürzt und haben uns dabei die Schrammen an Armen und Beinen eingefangen.« Nuria warf Suse einen prüfenden Blick zu. Irgendetwas gefiel ihr an der Erzählung nicht. Von Anfang an zweifelte sie an der Geschichte von dem lange verschollenen Klassenkameraden. Ihre Mutter hätte ihn doch sicher schon früher einmal erwähnt. Ihre Intuition hatte sie selten im Stich gelassen. Aber egal, sie würde es schon noch herausbekommen.

Suse schmückte, um den letzten Zweifel an Svens Ausführungen auszuräumen, die Geschichte noch etwas dramatischer aus, erzählte von den Ritualen der Katzen, ihren Revieren, streifte kurz den Bereich Nahrungssuche und lenkte dann perfekt zu dem viel wichtigeren Thema über, dem Frühstück. Sie wusste, das würde auf jeden Fall funktionieren. Sami war jedenfalls mit Essen immer zu locken.

»Wer holt Brötchen?«, fragte Suse in die Runde und musste bei Samis sorgenvoller Miene lachen. »Hast du jetzt Sorge, alleine zum Bäcker zu gehen?« Sie strich Sami durch den verwuschelten Schopf. »Brauchst du nicht zu haben«, beruhigte Suse ihn, »du musst ja nicht so neugierig wie wir jedem Geräusch hinterherlaufen.«

Da sich kein Freiwilliger melden wollte und Suse gerne noch ein paar Momente mit Sven allein sein wollte, entschied sie kurzerhand, wer Brötchen gehen sollte: »Nuria und Sami, ihr beide geht jetzt

duschen und bringt auf dem Rückweg Brötchen und Milch mit.«
Suse steckte Nuria einen Geldschein zu.

»Und bleibt auf den Wegen!«, scherzte Sven.

»Und was macht ihr?«, wollte Sami wissen.

»Wir räumen inzwischen das Zelt hier auf, damit man wieder, ohne zu stolpern, gehen kann.« Suse schickte Sami mit einem dicken Abschiedskuss, den er angewidert abwischte, auf den Weg.

»Meinst du«, fragte Sven, nachdem die Kinder außer Hörweite waren, »die haben uns unsere Story abgenommen?«

»Bei Nuria bin ich mir nicht ganz sicher«, antwortete Suse grinsend. „Ich fühlte mich schon den ganzen gestrigen Tag unter Beobachtung. Wie ein Teenager, macht irgendwie Spaß, so ein Geheimnis zu haben.« Sie küsste Sven überraschend auf die Wange, auf den Mund getraute sie sich bei Tageslicht nicht mehr. Suse war es heute einfach nach Küssen. Obwohl ihr auch gleichzeitig zum Heulen war. Kaum hatte ihr Traum ein wenig an Realität gewonnen, würde er in genau 2 Stunden und 50 Minuten wieder im Nichts versinken. Sven musste zum Bahnhof.

»Schreibst du mir mal?« Suse wollte wissen, ob heute, bei Tag betrachtet, Sven noch immer der Meinung war, dass sie ein außergewöhnlich schöner Auftrag gewesen war. Besorgt, wie Sven nun reagieren würde, beobachtete sie ihn. »Oder geht das nicht?«

»Ja«, antwortete Sven schlicht, »ich schreibe dir eine Gute-Nacht-Geschichte, eine, die dich zu meiner Lieblingsstelle führt.« Sven nahm Suse in den Arm und küsste sie leidenschaftlich, erklärend setzte er hinzu: »Falls wir nachher keine Gelegenheit dazu haben sollten, bekommst du jetzt den Abschiedskuss schon im Voraus.«

»Ich schreibe dir auch, wenn du mir deine Adresse gibst. Habe nur die von deiner Agentur«, sagte Suse aufatmend, ihr Traum würde also nicht sofort im Nebel des Vergessens entschwinden. »Übernächste Woche, also Ende September, wird meine Freundin Bine auf die Kinder aufpassen, und ich werde mir eine Auszeit in Portugal gönnen. Bei einer alten Freundin«, wie sie schnell hinzusetzte, »das wird auf jeden Fall schön.« Suse quatschte drauflos, einfach, um die seltsame Stimmung zu übertönen.

»Und danach«, plauderte sie weiter, »werde ich mich wieder voller Elan in die Arbeit stürzen, der Laden wird mich auf Trab halten, der Sommerschlussverkauf beginnt, und zu ein paar Messen muss ich auch noch gehen. Und falls ich dich bis dahin«, setzte sie grinsend hinzu, »noch immer nicht vergessen konnte, werde ich mir mal selbst einen Gutschein mit Nebenwirkungen schenken.«

Suse plapperte zwar fröhlich, tief im Innern fühlte sie jedoch jetzt schon die Leere. Sie spürte die Angst, es würde kein Happy End geben. Sven ließ Gefühle sicher nur wohldosiert zu, und dennoch hoffte sie insgeheim, er würde jetzt sehr heftig protestieren und ihr anbieten, dass sie ihn jederzeit anrufen könne, sie ihm jederzeit willkommen sei, er ohne sie nicht leben wolle. Sie wünschte sich mehr als je zuvor, dass er sie in den Arm nehmen würde, sie wollte etwas hören, etwas spüren, aber es kam nicht viel. Im Gegenteil, nun war es Sven, der sich zurückhaltend verhielt.

»Das wäre ja noch schöner«, sagte er nach einer Pause, »wenn du mich einfach so vergessen würdest.« Weiter nichts, er sagte nichts von dem, was Suse hören wollte, nur so ein unverbindliches Geschwätz. Suse wurde schon wieder ärgerlich, in ihren Augen stiegen Tränen auf. Traurig, zornig, enttäuscht, Suse wusste es selbst nicht, die Tränen waren auf jeden Fall salzig und passten geschmacklich überhaupt nicht zu ihrem Traum, zu diesem Moment.

Sven bemerkte natürlich Suses offensichtlichen Stimmungsabfall, wusste selbst jedoch nicht, was er hätte sagen können, und suchte sich stattdessen frische Kleidungsstücke zusammen. Er mochte Suse, aber Hoffnung wollte er ihr auch keine machen, er mochte alle seine Gäste, wie er sie unverbindlich nannte, sonst würde er keine Zeit mit ihnen verbringen. Sven entschied sich für den Rückzug. »Ich gehe jetzt duschen, die Kinder werden auch gleich wieder zurück sein.«

Suse drehte sich um, sie stand kurz vor einem Wutanfall, am liebsten hätte sie wie ein Kind mit dem Fuß aufgestampft, eine Tasse an die Wand geworfen, aber sie fand in dem Zelt nichts, womit sie sich hätte abreagieren können. Noch nicht mal eine feste Wand oder einen stabilen Boden. Suse war wütend über sich, über ihre Gefühle, die von Sven ferngesteuert wurden, auf die sie momentan keinen Einfluss mehr hatte – sie hatte sich doch sonst immer so unter Kontrolle!

Gleichzeitig war sie traurig, unendlich traurig. Die Tränen rannen ihr die Wangen herab. Suse drehte sich um, sie hatte ein Geräusch gehört, Sven war wieder umgekehrt und nahm sie fest an beiden Oberarmen. Suse wollte sich abwenden, er sollte ihre Tränen nicht sehen, aber Svens Griff war fest und beinahe schmerzhaft.

»Lass uns die Träume nicht zerstören und eine schöne Zeit genießen, nichts zerreden.« Sven sprach mit entschlossener Stimme. »All das ist wichtig und gehört zum Leben, wir werden sie immer haben, die Wünsche, Hoffnungen, Träume, und manchmal, wenn wir es überhaupt nicht erwarten, dann erfüllten sie sich die Träume. Manchmal.«

Er lockerte seinen Griff und küsste die Tränen von Suses Gesicht. »Ich bin noch immer der Meinung, dass ich mit dir ganz besondere Stunden verbracht habe, und möchte dich gerne wiedersehen, werde alles daransetzen, dass du mich nicht vergessen wirst!« Er küsste sanft die immer stärker kullernden Tränen von Suse und wollte gehen.

Suse war sowieso nah am Wasser gebaut, aber im Moment fühlte sie sich ihren Emotionen noch mehr ausgeliefert als sonst. Sie zog Sven wieder zurück und sagte ihm: »Ich war so wütend auf dich und mich, weil du mir gestern mein Herz entführt hast und es nicht im selben Zustand wieder zurückgegeben hast. Meine Gefühle verschenke ich nie so schnell, aber du hast dich heimlich hier eingeschlichen.«

Sie zeigte auf ihr verletztes Herz. »Das war eindeutig gegen die Vereinbarung – oder nicht?« Suse versuchte, ein verkrampftes Lächeln aufzusetzen. Sven, froh darüber, dass Suse schon wieder mit Sprüchen kontern konnte, erwiderte traurig lächelnd: »Ein eindeutiger Regelverstoß, der nicht unter einer Gute-Nacht-Geschichte durchgehen darf.«

Damit hatte er Suse ein wenig Hoffnung zurückgegeben, zumindest die Geschichte würde sie von ihm bekommen, vielleicht auch mehr?

»Und jetzt«, wechselte Sven das Thema, »bist du eindeutig mit der Dusche dran, so solltest du deinen Kindern besser nicht begegnen. Also geh schnell, ich warte hier auf dich und richte schon mal den Frühstückstisch her.«

# Kapitel 20

Sven saß bereits im Regionalzug nach Kaufbeuren. Nur wenige Menschen fuhren an diesem Sonntagmittag mit der Bahn. Die Ruhe um ihn herum und die verträumte Landschaft registrierte er kaum. Er hatte sich nach dem Frühstück schnell von den Kindern verabschiedet, die von Suse für ihn ausgeliehene Zeltausrüstung zurückgegeben und war mit dem Taxi zum Bahnhof nach Füssen gefahren. Seinen anderen Koffer mit der Abendgarderobe hatte er aus dem Schließfach geholt und war schnell in den Zug eingestiegen. Seinen Fensterplatz wählte er auf der dem Bahnsteig abgewandten Seite.

Sven wollte Suse und die Kinder nicht bemühen, ihn zum Bahnhof zu begleiten, und Suse war dafür auch sehr dankbar, denn sie sah keinen Grund, noch einmal alleine mit Sven zu sein. Es war alles gesagt, sie hatte ja bereits ein wunderschönes Geburtstagsgeschenk bekommen, es halb ausgepackt, sich ein paar Stunden damit beschäftigt, Zeit gehabt, sich daran zu gewöhnen – sie begann es sogar fast zu genießen – und dann war die kurze Zeitspanne auch schon wieder abgelaufen.

Ein ziemlich doofes Geschenk, resümierte Suse bei sich und versuchte, sich auf ihre Kinder zu konzentrieren, vor allem auf Sami. Denn Nuria war gleich nach dem Frühstück zu Manuel gelaufen, um noch die letzten Stunden vor der Abfahrt mit ihm zu verbringen.

Suses Tochter wusste, wie es ging. Du hast es leider schon verlernt, sinnierte Suse vor sich hin, während sie an ihre Tochter, an Sven und an die letzte Nacht dachte.

Auch Sven konnte den Moment genießen, das hatte er sich jedoch hart erarbeiten müssen, die wichtigste Lektion dabei war, keine Erwartungen zu haben. Das war leichter gesagt, als getan, allerdings hatte Sven es in den letzten sieben Jahren ganz gut üben können. Jeden Tag nehmen, wie er kommt, keine unnötigen Sorgen aufkommen lassen, sich keine unerreichbaren Ziele setzen, das alles und noch viel mehr hatte er inzwischen intus. Eine Portion Sarkasmus war jedoch die lästige Nebenwirkung.

Abschiede waren nicht sein Ding, und er wollte schnell weg, schnell zurück in sein eigenes Leben. Einfach war es diesmal nicht, Suse würde er kaum vergessen können und auch nicht den kleinen Sami. Er war ihm in den wenigen Stunden schon so ans Herz gewachsen, seine fröhliche und leichte Art erinnerte ihn total an sich selbst. Sami hätte wirklich sein Sohn sein können. Wehmut stieg wieder auf. Er wischte sich über die Stirn, als ob er damit das lästige Gefühl von sich abschütteln könnte. Abschiede waren noch nie sein Ding gewesen. Deshalb schaute er ungeduldig auf seine Bahn-App, wann er wieder zu Hause sein würde.

Doch so zügig ging es nicht, er musste über Kempten fahren, mehrfach umsteigen, und kam dann über die Schweiz erst am späten Abend wieder in Konstanz an. Fast eine Weltreise, dachte Sven ärgerlich, er wäre besser mit dem Auto gefahren. Es fühlte sich alles so leer an und er war unzufrieden, obwohl er seinen ungewöhnlichen Auftrag besser hinter sich gebracht hatte, als zunächst angenommen. Oder auch nicht, je nachdem, wie er es betrachtete. Er hätte Suse ablehnen sollen.

Als seine Agentur aus Stuttgart ihm Suses Anfrage weitergab, wollte er sie zunächst nicht annehmen. Ja, er hätte sich unbedingt auf sein

Bauchgefühl verlassen sollen. In der Woche war er mit Terminen schon ziemlich gut gebucht, und dieser letzte Auftrag klang etwas schräg. Ablehnen wäre tatsächlich besser gewesen, sinnierte er, verwarf den Gedanken jedoch gleich wieder, denn mit der Vergangenheit und vergangenen Entscheidungen gab er sich nicht lange ab. Sein Lebensmotto: Immer nach vorne leben – kein wehleidiger Blick zurück.

Um dem Nachdruck zu verleihen, tippte er auf seinem Smartphone schon wieder die App an, damit er keinen der vielen Umsteigepunkte verpassen würde. Checkte ein paar Mails und überlegte sich, für ihn aktuell das Wichtigste, was er essen könnte. Die Zugfahrt bekam ihm heute nicht wirklich, dieses endlose Geruckel nervte ihn gewaltig.

Was Suse jetzt im Moment machen würde? Der Zug fuhr in den Westen, seine Gedanken hüpften jedoch zurück an den Forggensee. Wie er sie nun schon ein wenig kannte, war sie bereits wieder am Zusammenpacken, Organisieren. Sie hatte sicher bemerkt, dass aus dem Westen schlechtes Wetter kam, und war schon wieder komplett in ihrer Routine und vermutlich gut abgelenkt.

Suses Kinder hatten Sven gefallen, Kinder mochte er grundsätzlich. Zu Sami hatte er richtig schnell einen guten Draht gefunden. Er war genauso offen wie er selbst mit der Situation umgegangen. Ach nein, an ihn wollte er jetzt besser nicht denken!

Nuria war ihm gegenüber skeptisch gewesen, noch einen Tag länger, und sie hätte herausgefunden, dass er kein alter Schulfreund von ihrer Mama sein konnte. Glücklicherweise war Nuria mit ihrer eigenen Liebelei beschäftigt, sonst hätte es für ihn und vor allem für Suse unangenehm ausgehen können. Und Suse, ja, mit Suse war das so eine Sache. Kein typischer Gast – offen für wahre Gefühle. Kein Fall für ihn.

Ob sie das kurze Wochenende mit ihm überhaupt genießen konnte, fragte er sich. Das Letzte, was er wollte, war, dass er jemanden unglücklich machen würde. Deshalb lehnte er auch schon immer alle Aufträge ab, die im Entferntesten seine Kunden oder einen Dritten verletzen konnten. Das war sein unumstößliches Credo. Bei Suse hatte er die Lage vielleicht ein wenig falsch eingeschätzt, es wäre wohl das Beste, keinen Auftrag mehr von ihr, oder besser gesagt von ihrer Freundin Sabine, anzunehmen. Wie kann man solche Freundinnen haben, ärgerte sich Sven, sie hätte doch wissen müssen, wie Suse reagieren würde, dass sie für solche Abenteuer nicht geschaffen war.

In Kempten angekommen, das war nach Kaufbeuren der zweite Umsteigepunkt, bevor es in die Schweiz ging, bestellte sich Sven eine Currywurst mit Pommes, in der Hoffnung, seinen flauen Magen damit zu beruhigen. Da das nicht half, versuchte er es mit zwei Stückchen Apfelkuchen und einem heißen Kakao. Das dampfende Heißgetränk zog seine Gedanken jedoch wieder zurück auf den Campingplatz, nachdem er dort am Morgen, wie Sami auch, Kakao getrunken hatte. Und jetzt war ihm auch noch schlecht. Hatte er sich deshalb nun wieder einen Kakao bestellt? Sven schüttelte über sich selbst den Kopf und schüttete das viel zu süße Getränk auf die Bahngleise.

Er saß auf einer harten Holzbank ohne Rückenlehne zwischen Gleis eins und zwei und dachte darüber nach, wie lange er noch auf Bahnhöfen in der Weltgeschichte herumreisen wollte und dabei nicht wirklich irgendwo ankommen konnte. Und was er sich stattdessen wünschen würde. Sven kannte diese schwermütigen Gedanken nicht. Für ihn war immer alles leicht und einfach. Er hatte Lösungen, bevor jemand das Problem gefunden hatte, neckten ihn seine Freunde manchmal. Nur heute war es ihm nicht so leicht, vermutlich lag es am schlechten Mittagessen, am zugigen Bahnhof und der nicht enden wollenden Heimreise.

Inzwischen war der laue Spätsommertag vom Vortag einem Tief gewichen, es regnete in Strömen. Dazu ein Gewitter vom Feinsten. Normalerweise genoss Sven solche Naturgewalten, allerdings nicht heute, wartend auf dem Bahnhof. Er versuchte, sich auf Konstanz zu freuen, auf seine schöne Wohnung. Auf ein Glas Wein auf der überdachten Terrasse mit Blick zum See und den Alpen. Er liebte es, dort zu sitzen, den Menschen, Wasservögeln und Schiffen nachzuschauen, auch jetzt würde er sicher wieder die weiche Regenluft genießen, dabei Musik hören. Auf das alles freute er sich, langsam, sehr langsam besserte sich seine Laune wieder.

Über Rorschach in der Schweiz fuhr die Bahn dann bis nach Konstanz, bis vor seine Haustür. Inzwischen hatte er seinen Ballast erfolgreich im See, im Gewitter oder wo auch immer gelassen, sein umfangreiches Reisegepäck legte er in sein Schlafzimmer, duschte sich, zog sich gemütlich an und trank ein Glas Wein auf der Dachterrasse.

Im Hintergrund lief Radio *Seefunk*. Sven genoss den Abend, er war wieder ganz bei sich, dafür lohnte sich der weiteste Weg, er fühlte sich wieder zu Hause angekommen. Die 23-Uhr-Nachrichten waren gerade durch, die Wettervorhersage gefiel ihm, morgen sollte es wieder ein schöner Sommertag werden, eine Föhnwetterlage war angesagt. Sven räkelte sich in seinem bequemen Ohrensessel. Aus den im Sessel eingebauten Lautsprechern sang Bonnie Tyler mit ihrer unverkennbaren Stimme »Let me sing a love song«. Seine Gedanken waren im Schnellzugtempo wieder bei Suse. War sie inzwischen gut nach Hause gekommen? Hatte sie einen schönen Urlaub und vor allem ein schönes Wochenende aus ihrer Sicht verbringen können? Konnte sie von der Leichtigkeit aus Füssen etwas mit in die neue Woche nehmen? Oder käme sie eher ins Grübeln?

Wie recht Bonnie Tyler doch hatte, die Songs blieben, auch die Erinnerungen, nur die Liebe ging. Sven fühlte sich heute nicht frei, es war für ihn nicht leicht, sich wieder freizuschwimmen. Er hasste diese Gefühle, weshalb machte er sich überhaupt Gedanken um Suse, es war doch nur ein Job. Leider hatte er sich dazu hinreißen lassen, ihr eine Gute-Nacht-Geschichte zu versprechen. Wollte er das überhaupt? Der Wein schmeckte abgestanden, es war auch schon spät und er ziemlich müde. Morgen würde die Welt sicher wieder in Ordnung sein. Mit diesem Gedanken ging er zuversichtlich zu Bett.

# Kapitel 21

Der Urlaub im Allgäu war nun fast vorbei. Glücklicherweise hatte auch Suse das Wochenende mit Sven ziemlich gut überstanden. Bis auf die vielen Kratzer an Händen und Beinen. Wobei, das ging noch, viel schlimmer, auch ihre Seele hatte Blessuren abbekommen. Sie wusste immer noch nicht, ob das nun eine gute Erfahrung war oder eine, auf die man hätte verzichten können. Vielleicht könnte sie irgendwann mal darüber lachen und es als nette, jedoch völlig unbedeutende Episode in ihrem Lebensbuch ablegen und hin und wieder in geselliger Runde zum Besten geben.

Inzwischen war es Sonntagnachmittag, in zwei, drei Stunden wollten sie packen und nach Hause fahren. Sie hatte keine Eile. Auch nicht damit, Bine, wie vereinbart, anzurufen oder ihr ein Lebenszeichen zu senden. Suse wusste einfach nicht, was sie hätte sagen sollen, und sie konnte auch vor den Kindern nicht wirklich offen sprechen. Es war alles noch so frisch. Eine Textnachricht wollte sie nicht senden. Sie war sich nicht im Klaren darüber, ob sie Bine danken oder sich bei ihr eher über das Geschenk beschweren sollte. Suse wusste im Moment ziemlich genau, was sie nicht wollte oder konnte. Der Rest lag im Dunst.

Nebenbei spielte sie mit Sami am Strand und baute mit ihm eine Burg aus Steinen. Diese Beschäftigung gefiel ihr gerade am besten, sie musste sich dringend ablenken. Suse hing so sehr ihren Gedanken nach, dass sie die dichten Wolken nicht registrierte und auch nicht die ersten dicken Regentropfen. Erst als ihre Tochter mit Manuel zurückrannte und Nuria ihre Mutter erstaunt darauf ansprach, merkte Suse auf und schaute auf die Uhr.

»Wir müssen jetzt fahren«, sprach sie mehr zu sich selbst, und dann zu ihren Kindern: »Wir essen noch eine Kleinigkeit, und spätestens in einer Stunde fahren wir dann ab. Kommt jetzt zum Zelt«, drängte Suse, die schlagartig wieder zurück in der Realität angekommen war. Sie schaute zum Himmel und sah, wie er sich von Westen her immer mehr verdunkelte; es würde gleich richtig schütten. Genau in dieser Richtung war Sven wohl unterwegs, sie wusste noch nicht mal, wo er zu Hause war. Er hatte nur erwähnt, dass er mit dem Zug aus München kam und in Richtung Schweiz fahren würde. Ob nach Hause oder zum nächsten Termin, Suse hatte keine Ahnung, ihr Magen zog sich zusammen. Keine Ahnung zu haben, fühlte sich mies an. Genauso mies wie Liebeskummer. Zum Glück hatte sie keinen – weshalb auch? Die Schweiz lag, von ihr aus gesehen, genau in der Schlechtwetterfront, aus der die Blitze zuckten. Unwillkürlich machte sie sich Sorgen um Sven.

Aus der einen Stunde wurden zwei, aus den dicken Regentropfen war inzwischen ein Sturzbach geworden. Vom Westen zog zu allem Überfluss das Gewitter näher. Suse riss sich von ihren Gedanken los und drängte zur Eile. Die letzten Sachen aus dem Zelt wurden in den inzwischen vollgestopften Volvo geworfen. Selbst für Samis Geschmack war der Wagen ziemlich unordentlich beladen. Nuria hatte dafür ausnahmsweise keinen Blick, sie wäre gerne noch länger bei Manuel geblieben und war in ihren Gedanken versunken. So wie Suse.

Es regnete in Strömen, und Suse stand vor der Alternative, nass bis auf die Haut zu werden oder den Wagen so schnell wie möglich zu beladen. Suse war ein Multitalent, sie hatte es geschafft, den Wagen blitzschnell zu beladen und zudem nass bis auf die Knochen zu werden. Wofür sie jedoch nichts konnte, es regnete so stark, dass niemand trocken geblieben wäre, und sie war froh, nun endlich abfahren zu können. So schön war das Wochenende nun auch nicht gewesen. Suse wollte sich an die schönen Momente nicht erinnern, sie wollte Sven einfach nur schnell wieder vergessen. Es gab ja keine Zukunft mit ihm.

Im Volvo beschlugen sämtliche Scheiben von innen, Suse stellte das Gebläse auf die höchste Stufe und schaute angestrengt in den Regen hinaus. Der verregnete Tag passte genau zu ihrer Stimmung.

Seit Sven nach dem Frühstück abgereist war, verstand sie sich selbst nicht mehr. Einerseits schwebte sie glücklich auf Wolke sieben, dann bemerkte sie wütend den fehlenden Kontakt zur Erde, zu Sven und zu irgendjemandem. Wurde traurig, danach regelrecht sauer, dass ihr so etwas passieren musste. Ein Mann würde sie niemals mehr verletzen. Suse fühlte sich ihren Gefühlen machtlos ausgeliefert, und ihr Gefühl verlangte Sven – in allen Lebenslagen, sie wollte ihn mit jeder einzelnen Körperzelle fühlen, riechen, schmecken, sehen.

So überwältigt von Emotionen zu sein, war faszinierend und unheimlich zugleich für sie. So was war ihr viele Jahre nicht mehr passiert, und sie konnte nicht wirklich damit umgehen. Gleichzeitig schalt sie sich selbst, dass kein Mensch in 24 Stunden Gefühle aufbauen konnte. Schon gar nicht sie. Das sind maximal die Hormone oder sonst eine Störung im System, Suse, schimpfte sie in Gedanken vor sich hin und stellte sich die vielen roten und gelben Lichter vor, die in ihrem Hirn im Moment aufgeregt die Fehlermeldungen signalisieren würden.

Verbissen saß Suse hinter dem Lenkrad. Die Kinder waren eingeschlafen. Meter für Meter fraßen sie und der Volvo den Asphalt in sich hinein. Der Diesel stampfte eintönig, Suse kam sich wie ein einsamer Kapitän auf einem maroden Schiff vor, welches sich, in ständiger Gefahr zu zerbrechen, immer wieder aufs Neue mit den Wellen anlegte. Wohl wissend, wer stärker war. Sie würde sich jetzt auf andere Gedanken bringen, dachte Suse, während sie krampfhaft das schlingernde Blechschiff auf Kurs hielt. Zum Glück war auf den Wagen Verlass! Sie liebte ihren uralten Volvo. Sven war ihr, im Gegensatz zu ihrem Kombi, jedoch keinen Gedanken wert. Tränen füllten wieder Suses Augen, vor lauter Wassermassen konnte sie kaum die Straße sehen. Die Scheibenwischer leisteten Schwerstarbeit.

»Jetzt, wo ein Mann zu gebrauchen wäre, ist natürlich keiner da«, schimpfte sie leise vor sich hin und merkte, wie sich ihre Muskeln weiter verspannten. »Mit Bine werde ich auch noch ein ernstes Wörtchen reden«, schmiedete Suse die weiteren Schlachtpläne im Selbstgespräch, sie hatte entschieden, sich über das Geschenk nicht zu freuen, sich nicht zu bedanken. »Und jeden Abend werde ich ins Fitness-Studio gehen, ich werde meinen Körper und Geist zwingen, das zu tun, was ich will! Mich auf mich konzentrieren, auf meine eigene Kraft, ich brauche niemanden! Schon gar keinen Mann! Oder ich gehe meditieren!«, beschloss sie und hätte laut losheulen können. Bei den Wasserfluten wäre es jedoch die reinste Verschwendung gewesen. Blitze zuckten aus den Wolken, ein dicker Wagen rauschte an ihr vorbei und tauchte Suses Auto in eine weiße Gischt. »So ein Blödmann!«, schrie sie auf, Suse war sich sicher, dass so rücksichtslos und völlig hirnlos nur ein Mann Auto fahren konnte. »Wie kann man bei dem Wolkenbruch nur so unverantwortlich auf der Autobahn herumrasen?«

Suse war im Regelfall selbstständig, zumindest in ihrem gewohnten Umfeld stand sie ihre Frau. Und sie fuhr auch sehr gerne Auto. Sie liebte es zu reisen, aber im Augenblick hätte sie den Wagen am liebsten in die nächste Ecke gestellt und einfach nur geheult. Wie schön wäre es doch, wenn nun Sven hier wäre, und sie könnte sich entspannen, ihn ein wenig einbremsen, weil Männer ja meistens zu schnell fuhren, und sie hätte ihn einfach von der Seite nebenbei ein wenig anhimmeln können. Wie schön wäre es, wenn … Suse gab sich einen Ruck, es war nicht der richtige Moment für Träumereien, sie war einfach sauer! Und Sven war nicht der richtige Mann.

»Männer«, sagte sie verächtlich zu sich, »sind doch zu überhaupt nichts zu gebrauchen! Aus den Beziehungen zu Männern ist doch, abgesehen von Kindern, noch nie wirklich was Gescheites herausgekommen.« Suse schimpfte auf alles, auf Sabine, die ihr das Ganze eingebrockt hatte, auf Sven, der viel zu perfekt schien, und auch auf sich selbst, weil sie doch hätte wissen können, wer in Partnerschaften mit Männern die Leidtragende war. »Pah, Partnerschaft, auch so ein Wort zum Reinsteigern, was bedeutet Partnerschaft, das der Partner schafft?« Suse führte perfekte Selbstgespräche, ein Wort gab das andere. »Genau, es bedeutet, der Partner schafft mich, aber nicht in diesem Fall, Sven habe ich längst vergessen, ich brauche niemanden!«

Ihre Gefühle bäumten sich auf, ja, sie spürte den Schmerz in ihrem Körper, sie fühlte sich kein bisschen von Sven befreit, im Gegenteil, sobald sie diesen Sven loswerden wollte, spürte sie, wie eng sie schon mit ihm verbunden war. Starke Fesseln hielten sie. Dieses Dilemma machte sie fertig, Suse hasste Sven, sich und den Regen, der sich ihr in den Weg stellte und sie daran hinderte, den Volvo noch schneller über die Autobahn zu peitschen.

Ihre Blicke waren so finster wie die schwarzgrauen Wolken über ihr. Ein Fortschritt, zumindest waren jetzt mal wieder die Wolken zu sehen. Und auf der Straße fahren wir auch noch, dachte Suse grimmig, das ist ja schon was! Frau muss sich ja mit Kleinigkeiten zufriedengeben, wir könnten auch im Graben liegen, oder die Karre könnte streiken! Suse war wieder in ihrem Element, dem Schwarzsehen: Möglicherweise könnte das Dach verrostet und undicht sein, es wäre denkbar, dass ein Reifen platzte, dass sich faustgroße Hagelkörner unter den Regen mischen könnten und die Frontscheibe in 1000 Teile zertrümmert werden würde. Suse zog noch weitere Horrorvisionen in Erwägung: Es wäre denkbar, dass wir aus Versehen in die falsche Richtung gefahren wären, zum Beispiel nach Polen, und wir jetzt gleich überfallen und ausgeraubt werden, wir von wilden Banditen entführt würden, und wir könnten …

Ein Donnern und Rauschen über ihr ließ Suses Blut in den Adern stocken: »Nein, so habe ich das doch nicht gemeint!«, sagte sie laut. »Entschuldigung!« Suse fürchtete, es sei die Strafe dafür, dass sie eben über ein sehr schönes Land gelästert hatte, in welchem sie schon viel Gastfreundschaft erleben durfte. Suse war schreckhaft, ein wenig abergläubisch und vor allem im Moment völlig überfordert.

Es dröhnte und fauchte plötzlich. Gab der Wagen jetzt wirklich den Geist auf, möglich wäre es ja. »So was nennt man doch selbsterfüllende Prophezeiung, ha«, lachte sie hart auf, »würde mir wohl ganz recht geschehen.«

Das unheilvolle Geräusch wurde immer lauter, und glücklicherweise war doch ein Mann an Bord, der die Situation aufklären konnte.

Sami war durch das Geräusch aufgewacht und hatte es sofort erkannt. »Über uns fliegt ja ein *Jumbo*!«, rief er erfreut aus.

»Ach ja«, stellte Suse aufatmend fest, unübersehbar prangte an der Ausfahrt das Schild ›Leinfelden-Echterdingen‹, »wir sind ja schon fast in Stuttgart, da links ist das Flughafengelände.«

»Wie lange geht's denn noch?«, wollte Sami wissen.

»Wir sind gleich da, mein Schatz!«, antwortete Suse wieder fröhlicher. Nachdem sie Samis unbekümmerte Stimme gehört hatte, waren ihre Sorgen nur noch halb so groß. Im Grunde genommen kann ich doch zufrieden sein, dachte sie bei sich, meine Kinder sind gesund und munter, ich kann richtig stolz auf sie sein. Zudem bin ich trotz des Wetters ohne Blechschaden fast bis nach Hause gekommen, schönes Wetter hatten wir bis auf die letzte Stunde, und etwas zum Erzählen gibt's noch gratis dazu. Genau, mehr nicht, es war nur ein nettes Erlebnis! Suse wiederholte es in Gedanken mehrfach, damit sie es selbst glauben würde. Es war nur ein Erlebnis – ein sehr schönes, wunderbares und, vor allem, ein einmaliges Erlebnis!

Endlich zu Hause in Stuttgart angekommen, wurde alles im Rekordtempo ausgepackt, Suse stand unter extremem Bewegungsdrang. Nachdem die Waschmaschine mit der ersten Ladung Wäsche beladen war, die Kinder etwas zu essen hatten, joggte sie eine Runde in den nahe gelegenen Weinbergen. Sie musste ihren Kopf frei bekommen. Sie nahm wie immer ihr altes iPod mit, sie schaltete es ab, nachdem einer der gespeicherten Songtexte sie schon wieder an den Forggensee mit Sven erinnerte. Bonnie Tyler: »Let me sing a love song.« Der Regen tropfte von ihren nassen Haaren, eine kleine Träne kullerte fast unbemerkt dazwischen. Suse drehte die Musik wieder auf, suchte einen anderen Titel und lief noch schneller, so schnell sie konnte. Sie wollte den Kopf freibekommen von Sven, weglaufen oder einen neuen Rundenrekord aufstellen. »Ich glaube nicht an die Liebe auf den ersten Blick«, führte sie dabei atemlose Selbstgespräche. »Schon gar nicht an die große Liebe auf den ersten bezahlten Blick«, ergänzte sie lakonisch. »Ich bin nur enttäuscht! Mehr nicht. Das ist alles, und ich ärgere mich, dass ich die Stunden mit Sven nicht einfach nur genossen habe und mich nun einfach wieder auf mein schönes Leben hier in Stuttgart freue. So wie man nach einem schönen Tag in den Bergen zurück nach Hause kommt und sein Sofa genießt.«

Weshalb konnte sie nicht so pragmatisch sein wie Bine oder wie Nuria, ihre Tochter. Sie hatte das perfekte Vorbild doch vor der Nase. Suse erhöhte ihr Tempo weiter, sie spürte ihren Puls und ihren Schmerz. Er blieb jedoch bei ihr, er klebte wie ein Schatten an ihr.

# Kapitel 22

Die Kinder lagen im Bett, Suse hatte sich wieder beruhigt, und endlich rief sie Bine zurück. Ihre Freundin hatte ihr schon mehrfach Nachrichten aufs Handy geschickt, auch auf den Anrufbeantworter gesprochen und sie um ein dringendes Lebenszeichen gebeten. Suse könne auch mitten in der Nacht anrufen, sie würde eh heute nicht schlafen. Bine platzte vor Neugierde, obwohl sie es ja anders ausdrückte: Wenn andere behaupteten, sie wäre neugierig, gehässig und ein richtiges Lästermaul, meinte sie immer, sie habe lediglich berechtigtes Interesse an ihren Mitmenschen. Mit Neugierde hätte dies überhaupt nichts zu tun, sie wäre eben nur sozial eingestellt.

»Und«, fragte Bine erwartungsvoll, als endlich das Telefon bei ihr klingelte, »wie war er? Erzähle mir jedes Detail, ich habe Zeit bis übermorgen.«

»Bescheuert«, kam es von Suse wie aus der Pistole geschossen. »Das war der blödeste Einfall deines Lebens.«

»Erzähle mir nichts, du hast ihn doch nicht wieder gleich nach Hause geschickt, das hast du nicht wirklich gemacht?«

»Dein Vorschlag war so was von bescheuert, dass du mir richtig was schuldest«, überging Suse absichtlich die Frage.

»Was ist denn passiert?«, Sabines Stimme klang besorgt, »hat er dir was getan, hat er dich gelangweilt, war er ...?«

»Nein, das nicht«, unterbrach Suse, »im Gegenteil, er hielt, was der Katalog versprochen hatte. Er hat seinen Job mehr als gut gemacht, und als er mit mir fertig war, fuhr er wahrscheinlich gut gelaunt nach Hause, hatte mich sicher schon nach einem Kilometer im Zug vergessen und sich auf seinen nächsten Termin vorbereitet. Der sicher um einiges unkomplizierter und nicht so peinlich verlaufen würde wie der Job mit mir.« Suse erzählte ohne Pause, es sprudelte nur so aus ihr heraus. »Ich will ihn nie, nie mehr wiedersehen und überhaupt, ich will niemals wieder einen Mann treffen, ich brauche keinen. Wie bist du nur auf die blöde Idee gekommen, ich würde unter Männermangel leiden. Ich und Männermangel, was ist das überhaupt, ein besseres Leben als das ohne Männer gibt's doch gar nicht. Wie konntest du dich nur in mein Privatleben einmischen, wir sind Geschäftspartner, im Geschäft hast du den Durchblick, da kann ich dir vertrauen, aber im Privaten, ganz besonders in meinem, versagst du jämmerlich! Du wirst dich nie mehr in mein Leben einmischen, hörst du, nie mehr! Künftig verzichte ich auf deine privaten Ratschläge!« Suse schnappte nach Luft und setzte mit weinerlicher Stimme widersprüchlich hinzu: »Was soll ich denn machen? Du bist schuld! Sag mir, wie ich da wieder rauskomme!«

»Du Arme«, sagte Sabine mitfühlend, »hat es dich erwischt, bist du so in ihn verliebt? Das ist doch nicht schlimm.«

»Pah, verliebt.« Suse war schon wieder in Rage, schon wieder so eine Unterstellung, die sie an den glatten Wänden hochtrieb. »Ich will ihn nie wiedersehen. Hörst du mir überhaupt zu?« Ihre Stimme überschlug sich, Suse merkte das und schaltete sofort einen Gang zurück, um nicht ihre Kinder im Haus zu wecken. »Ich brauche so etwas nicht, bin zufrieden mit meinem Leben.«

»Jetzt erzähle doch mal langsam der Reihe nach!« Bine redete mit beruhigender Stimme auf sie ein. »Wie war das Treffen, wie haben ihn die Kinder aufgenommen?«

Suse erzählte nun alles, Bine hakte nur nach, wenn sie aus Bines Sicht wichtige Details im Eifer des Gefechts übersprang, und hörte sich auch sonst relativ kommentarlos die ganze Geschichte an. Suse war nach ungefähr drei Stunden und einer halb leeren Flasche Rotwein, was für Suses Begriffe enorm viel war, mit der groben Umschreibung des Dramas fertig.

»Du musst dich sofort mit einem anderen Mann treffen«, war Sabines erfahrener Ratschlag, »du vertreibst dir den einen mit dem anderen.« Sabine wollte noch ein Beispiel mit der ersten Liebe erwähnen und dass beim ersten Mal alles viel schöner erscheint, als es in Wirklichkeit ist, aber sie wollte das Wort »Liebe« ja nicht sagen und überlegte sich, welche Macken Sven wohl haben könnte.

»Schau mal«, setzte sie fort, »Sven hat sich in der Zwischenzeit sicher mit drei anderen Frauen getroffen, mach du dasselbe, und du wirst ihn vergessen. Er ist es nicht wert, glaube mir, Männer sind keine einzige Träne wert. Die Nacht mit dir war doch nur Schau, er ist ein Schauspieler wie alle anderen Männer auch! Beim nächsten Mann kannst du die Nähe und die Zärtlichkeiten besser genießen. Das war nur zum Üben, es ist wichtig, du musst wieder das Genießen lernen.«

»Ich will nicht den Nächsten«, protestierte Suse, »ich kann das nicht wie du, und ich möchte es auch nicht. Zudem muss ich ihn gar nicht vergessen, das eigentliche Problem ist doch, dass ich mit ihm beinahe geschlafen hätte, obwohl ich ihn nicht mal kannte, ich ihn auch nicht liebe, ich war überhaupt nicht mehr zurechnungsfähig, dabei weiß ich noch nicht mal seinen Nachnamen, wo er wohnt, nichts weiß ich. Bin einfach auch über mich erschrocken.«

Während Suse das sagte, durchschauderte sie wieder so ein Gefühl, welches sie sich doch gewissermaßen beim Joggen abgeschüttelt hatte. Sehnsucht füllte ihren gesamten Körper aus. Wie ein schleichendes, süßes Gift bedrohte und beherrschte das Gefühl ihre Psyche, sie wollte ihn überhaupt nicht vergessen, sie würde ihn am liebsten anrufen, sich in seine starken Arme kuscheln. Bei dem Gedanken daran durchzuckten Suse selige Schauer, gleichzeitig wurde sie erneut wütend, schon wieder an ihn zu denken. »Ich weiß nicht, was ich will«, sagte Suse schließlich. Jetzt war es raus, ja, sie wusste nicht, was das Richtige war. Kopf und Herz hatten keine einheitliche Meinung. »Dein Geschenk hat mich völlig Banane gemacht. Du bist an allem schuld.«

»Jetzt schlafe mal eine Nacht darüber«, riet Sabine ihr, »morgen sieht die Welt wieder ganz anders aus. Andere Mütter haben auch schöne Söhne, du hast eine aufregende und schöne Nacht verbracht, es ist nichts passiert, was du dir vorwerfen müsstest, also hake die Geschichte einfach ab. In einer Woche lachst du darüber«, versuchte sie, Suse zu beruhigen. »Kann ich dich jetzt alleine lassen oder soll ich besser kommen?«

»Nein, Bine, alles gut, ich versuche jetzt zu schlafen, wir sehen uns morgen im Laden!« Suse konnte trotz des vielen Weines, oder gerade deswegen, nicht einschlafen, sie halluzinierte von schrägen Geschichten mit Sven. Sie war ein Teenager und lag in Svens Armen, dann blitzte es, und sie fiel kurz darauf ins Bodenlose. Sie fürchtete sich vor dem Aufprall, aber es geschah nichts. Dann lag sie mit ihm in einem Bett voller Rosen, die Blüten waren unbeschreiblich schön, aber die Dornen verletzten sie am ganzen Körper, dann kamen überall Spinnen zum Vorschein und saugten das Blut auf. Etwas später lief sie als kleine Maus durch den Wald, Sven, ein Tiger, der sie verfolgte, er konnte sie zwar nicht einholen, aber auf der Flucht verlor sie zuerst ihre Beine, dann ihre Ohren, sie hörte nichts mehr, es war einfach nur schrecklich. Suse nahm sich vor, nie mehr so viel Wein zu trinken und sich auch nie wieder, nicht einmal im Ansatz, zu verlieben.

Bei so vielen Vorsätzen könnte jetzt eigentlich ein neues Jahr beginnen, dachte Suse spöttisch, doof nur, dass kein neues Jahr vor der Tür stand! Typisch für mich, sinnierte sie, immer das falsches Timing.

# Kapitel 23

Sven war inzwischen aufgestanden, die Wolken waren komplett verschwunden, wie auch sein schlechtes Gefühl. Sein Morgenritual war ein Müsli mit Früchten, Joghurt und ein paar Nüssen auf der Dachterrasse. Dazu ein Glas frisch gepressten Saft aus Orangen, die er direkt aus Italien mitgebracht hatte. Kaffee gehörte für ihn nicht zum perfekten Frühstück, Kakao, oder noch besser die gute Ovomaltine aus der Schweiz, die Grenze verlief gerade mal ein paar Meter hinter dem Bahnhof, waren ihm lieber. Dazu ein getoastetes Weißbrot, Honig. Sven mochte das Einfache. Und mitunter auch den Luxus, die schlichte Eleganz. Vor knapp einer Woche war er eine Nacht in Rom gewesen. Nicht mit der SBB, der immer pünktlichen Schweizer Bahn, sondern mit einer schwarzen, luxuriösen S-Klasse. Geliehen, so wie auch er wieder nur geliehen war. Seine langjährige Auftraggeberin, eine elegante Frau Mitte sechzig, Emilia De Luca, hatte ihn nur für die Fahrt nach Rom und ein Abendessen gebucht. Mehr war bei dieser Kundin nicht gewünscht, und das war auch so in Ordnung. Sie war eine bezaubernde Frau, und er liebte diese Fahrten, die in letzter Zeit häufiger bei ihm gebucht wurden. Er genoss es, mit der Luxus-Limousine über die Straßen dahinzugleiten.

Und jetzt genoss er diesen schlichten Luxus, sein Frühstück, zum Abschluss den kühlen, leckeren Drink aus erntefrischen Orangen. Das alleine machte ihn schon glücklich. Die Orangen hatte er auf der Rückfahrt, die er ohne De Luca antrat, kurz nach Rom auf einem Bauernmarkt gekauft. Der Verkäufer erklärte ihm mit Händen und Füßen, diese Früchte würden am Baum zwischengelagert und wären somit auch außerhalb der Saison so erntefrisch wie nirgends. Sven konnte nur ein paar Brocken Italienisch verstehen. Und ja, es stimmte wohl, er schmeckte Sonne, Wärme, Sehnsucht, die süßsäuerliche Frische, die ihm der Italiener für den doppelten Frischepreis verkauft hatte. Im Moment weckte alles ein wenig die Sehnsucht in ihm. »Fürchterlich!«, sprach er zu sich und schüttelte über sich selbst den Kopf. Das mit der lästigen Sehnsucht musste er schleunigst loswerden.

Er konzentrierte sich auf seinen Tag, es fühlte sich wieder richtig gut an, so wie meistens. Heute stand nicht viel auf dem Plan. Ein wenig Büroarbeit, dann etwas vom Markt einkaufen. Er wollte heute selbst kochen. Immer wenn er unterwegs war, hatte er das Bedürfnis nach einfachem, selbst gekochtem Essen. Auf seinem Speiseplan stand: gegrillter Lachs und Kartoffelpüree, dazu einen grünen Salat. Und er musste dringend wieder die *AMG S-Klasse* vom letzten Mal reservieren, sie war in Konstanz nicht immer verfügbar, und Frau De Luca hatte ihm eine Nachricht geschickt, dass sie übermorgen wieder von ihm in Rom abgeholt werden wollte. Seine Auftraggeberin blieb in letzter Zeit häufig ein bis zwei Wochen in Rom. Er fuhr sie jedes Mal hin, aß mit ihr zu Abend, verabschiedete sich, übernachtete in Rom und fuhr am nächsten Tag wieder alleine zurück. Ein bis zwei Wochen später, so wie es De Luca bestimmte, fuhr er wieder nach Rom, übernachtete und traf am Morgen seinen Gast zum Frühstück und brachte sie anschließend wieder zurück nach Stuttgart.

Nach dem Anruf beim Autoverleih, einer Mail an seine Agentur, damit die Rückfahrt De Luca berechnet werden konnte, nahm er seine uralte Karteikiste aus Holz mit auf die Terrasse und legte Suse an, sie bekam die Farbe Grün. Grün stand für Single und unkompliziert. »Wobei, unkompliziert ist hier die falsche Bezeichnung, für Suse brauche ich eine andere Farbe oder ich sortiere sie bei Rot ein«, murmelte Sven in seinen Dreitagebart. Die grünen Kundinnen bekamen von ihm eine Geburtstagskarte wie von einem alten Freund. Bei Suse schrieb er dazu, ›Schulfreund‹ und den Zusatz ›Aufpassen, Gefühle‹. Damit er dieses wichtige Detail nicht vergessen würde. Und er notierte sich, wie bei jedem anderen seiner Gäste, noch mehr Stichworte, auch, dass er die Gute-Nacht-Geschichte versprochen hatte. Wollte er diese überhaupt schreiben? Er wollte einerseits sein Versprechen halten. Sein Vater hatte ihm immer gesagt, ein gebrochenes Versprechen ist ein gesprochenes Verbrechen. Aber in diesem Fall, er wusste noch nicht genug von Suse, konnte nicht einschätzen, ob sie das Spiel mit dem Feuer genießen konnte oder ob sie sich daran nur verbrennen würde. Und er bemerkte, dass er nur die Adresse von Sabine hatte, von seiner Auftraggeberin. Und nur die Handynummer von Suse. Anrufen wollte er nicht, auch nicht bei Sabine. Das wäre zu aufdringlich gewesen. Und auch zu viel Kontakt, er wollte besonders bedacht vorgehen. Freundlich, jedoch nicht zu überschwänglich.

Sven brauchte nicht lange, um die Lösung zu finden: Er würde Suse eine Postkarte von Konstanz schreiben, sich für den schönen Tag mit ihr und den Kindern bedanken und ihr schreiben, dass er sich über ein Wiedersehen freuen würde, wenn er irgendwann mal in Stuttgart wäre und sie ihn buchen wollte. Er wollte ein wenig auf sie zugehen, ihr jedoch die Zeit geben und die weiteren Schritte überlassen. Und schon gar nichts Privates anfangen. So gut schätzte er Suse schon ein, sie bräuchte definitiv Zeit, um sich mit der ungewohnten Situation auseinanderzusetzen. Und er wollte ihr gerne seine Adresse mitteilen, zumindest seine Postfachadresse in Konstanz. Seine geschäftliche Mobilnummer hatte sie ja schon.

Sven ging kurz zum Kiosk an der Bahnhofsunterführung, kaufte die kitschigste Postkarte mit Bodensee und den Alpen im Hintergrund, die er finden konnte, dazu einen großen und kleinen Umschlag. Die Postkarte mit seiner Adresse wollte er in dem kleinen Umschlag verpacken und dann im großen Kuvert in den nächsten Tagen alles an Sabine absenden. Dann deckte er sich auf dem Markt mit allen Zutaten fürs Mittagessen ein.

Wieder zurück im Terrassenbüro, schrieb Sven zusätzlich ein paar Zeilen an Sabine und bedankte sich auch bei ihr artig für den sehr angenehmen Auftrag. Er hoffte darauf, dass Sabine ihrer Freundin Mut machen würde, denn wenn er ganz tief in sich hineinhörte, so würde er sich über ein Wiedersehen mit Suse freuen. Sie hatte ihm ein warmes Gefühl beschert. Es war eine besondere Begegnung. Davon erwähnte er jedoch nichts in seinen drei Zeilen. Mit dieser Wärme im Herzen schaute er zufrieden über den See und war mit sich und der Welt im Reinen.

# Kapitel 24

Zur selben Zeit wartete Sabine schon mit einem heißen Kaffee, einem Glas Wasser und einer Kopfschmerztablette im Laden. Suse war wie gerädert, was musste bloß Sabine von ihr denken, sie führte sich auf wie so ein Warmduscher, zuerst lamentierte sie herum, dass sie keinen Mann hatte, dann bekam sie so einen Wunschmann frei Campingplatz geliefert, stellte sich mehr als blöd an und kam nun erst zur Mittagszeit in die Boutique. Früher sei es ihr nicht möglich gewesen, die nächtlichen Spuren seien nicht so leicht aus dem Gesicht und von der Seele zu wischen gewesen. Na ja, wischen hatte eh nicht funktioniert, sie verließ sich nun besser auf ihr sündhaft teures Make-up. Glücklicherweise war im Laden geschäftiges Treiben, und Sabine hatte genug Taktgefühl oder schlichtweg keine Gelegenheit, Suse mit weiteren Fragen zu löchern. Die nächsten Stunden vergingen dennoch wie im Schneckentempo, Suse spürte nur noch das Ziehen im Kopf, welches auch nach der zweiten Tablette nicht restlos wegging, das jämmerliche Gefühl in der Magengegend war auch noch immer nicht verschwunden – im Gegenteil. Suse ging deshalb auch am Nachmittag schon wieder, sie wollte noch eine helle Bluse kaufen, gab sie vor. Für ihren geplanten Kurzurlaub in Portugal. Die Bluse wollte sie schon, jedoch heute war es nur eine Ausrede, so konnte sie Sabine aus dem Weg gehen. Wobei sie ihr persönlich nicht aus dem Weg gehen wollte, nur ihren Fragen. Fragen, auf die sie selbst keine Antwort finden konnte. Im Moment war es ihr noch nicht mal möglich, die Fragen zu stellen.

Kaum auf der Straße, holte Suse das schlechte Gewissen ein. Sie konnte jetzt nicht einfach nach Hause gehen. Sabine würde sie nach dem Oberteil fragen. In den Geschäften probierte sie dann pflichtbewusst ein paar Teile an, landete dann schlussendlich bei Badeanzügen und Bikinis, überlegte sich, wie Sven sie darin wohl finden würde, und malte sich aus, wie es wäre, wenn sie mit Sven nach Portugal fliegen könnte. Übernächste Woche würde sie ohne die Kinder ein paar Tage zu ihrer Freundin Nate fliegen. Einmal im Jahr machte sie so einen Urlaub von ihrer Familie. Sie brauchte das, Reisen war vor ihren Kindern das größte Hobby gewesen, schöne Hotels das i-Tüpfelchen. Das Zelten war nur den Kindern zuliebe, für sie machte sie alles. Auch wäre sie niemals auf diese Idee gekommen, ihre Kinder alleine zu lassen, jedoch hatte Bine sie vor zwei Jahren dazu überredet und es war schöner als gedacht. Und Sami war inzwischen auch schon alt genug, eine Woche ohne sie zu überleben.

Inzwischen genossen die Kinder diese Mama-freie Zeit. Tante Bine machte es ihnen so schön wie möglich. Nur Sami hatte ein wenig Trennungsschmerz, aber er war tapfer und sagte zu ihr: »Mama, wenn du mich jeden Abend anrufst, dann kannst du gehen.« Sie würde ihn auch jeden Tag vermissen. Und sie freute sich schon auf den Urlaub bei Nate.

Wie wäre es wohl, mit Sven in Urlaub zu fahren, spann Suse weiter, würde er die Kinder auch zu Hause lassen wollen? Oder zumindest Sami mitnehmen? Er schien zu ihm gleich einen guten Draht gehabt zu haben. Beide waren so fröhliche Optimisten und hatten immer eine Idee auf Lager. Nicht immer die besten, spann Suse weiter und lachte innerlich, langweilig würde es mit den beiden jedoch nie werden. Suse konnte sich lebhaft vorstellen, was die beiden zusammen alles anstellen würden.

Und schon wieder verhedderte sie sich in ihren Gedanken, alles kam hoch, sie fragte sich, was er wohl im Augenblick machen würde, weshalb er sie nicht anrief, ob er überhaupt an sie dachte? Fragen über Fragen. Leider konnte Suse keine einzige davon beantworten, viel wusste sie von ihm ja nicht. Was waren beispielsweise seine Hobbys? Klar, Frauen, antwortete Suse für ihn. Wie alt war er? Im Katalog stand etwas von 38 Jahren, aber stimmte das? Sven machte mitunter den Eindruck, dass er noch jünger wäre, so kindisch und herrlich unkompliziert. Ja, Sven war ein Mann zum Pferdestehlen, träumte Suse schon wieder. Dann wieder war er sehr erwachsen, erfahren, kam das daher, dass er in seinem Beruf ständig mit unterschiedlichen Menschen zu tun hatte? »Ob er mich wohl auch vermissen wird, jetzt im Moment?« Suse stellte die Frage leise und hätte alles für die Antwort gegeben. Das Verlangen, Sven wiederzusehen, wurde unaufhaltsam stärker.

»Rufe ihn an!«, flüsterte ihr die Stimme vom Bauch zu. »Ich renne ihm doch nicht nach und blamiere mich noch einmal!«, schaltete sich ihr Kopf vehement ein. »Obwohl«, dachte Suse laut, »wer sagt eigentlich, dass ich mich blamiert habe?« Sie hatten einen wirklich netten Abend, zu spröde hatte sie sich auch nicht angestellt, und dass nichts passiert war, war schließlich anderen Umständen zu verdanken. Zum Glück, wie kann man sich nur so an einen Mann ranschmeißen. Ärgerlich legte Suse wieder ihre Stirn in Falten. »Aber«, setzte sie ihren wirren Monolog fort, »ich renne ihm ja nicht gleich nach, nur weil ich mal anrufe – oder soll ich ihm besser schreiben?« Suse gab sich selbst die Antwort, weil ja sonst keiner da war. »Schließlich habe ich ein Recht darauf, zu erfahren, woran ich bin. Ob er gut nach Hause gekommen ist, wie es ihm geht?« So was würde sie auch jeden anderen Geschäftspartner fragen, und Sven war ja ein Geschäftspartner. »Und was für einer«, grübelte sie weiter. »Was würde ich denn dabei verlieren, und überhaupt, was war das mit seinem Versprechen, mit der Gute-Nacht-Geschichte? Und ob ich für ein Treffen bezahlen müsste wie jede andere? Oder ob er mich einfach so sehen wollte?« Suses Selbstgespräch warf nur noch mehr Fragen auf.

Da Suse künftig auf Bines Ratschläge verzichten wollte, rief sie nur kurz an und informierte ihre Freundin lediglich darüber, dass sie nun konkret die Sache angehen wollte. Sie hätte ein Recht auf die Wahrheit, sie war schließlich eine selbstbewusste, weltoffene Frau, die wusste, was sie wollte, und auch manchmal danach handelte. »Und offen die Fragen ansprechen ist das sicherste Mittel«, sagte Suse deshalb zu Sabine.

»Verletzt zu werden!«, setzte Sabine Suses Redeschwall fort. »Er kann doch anrufen, ich würde dem nicht hinterherrennen. Und welche Fragen sind bei dir denn noch offen, was möchtest du klären?«, fragte Bine, ohne auf Antwort zu warten. »Da gibt's keine Fragen, es war dein Geschenk, ich hab's besorgt, du hast es genossen oder hättest es genießen können, und gut.«

»Ja, aber«, Suse hasste solche Satzanfänge selbst, »dann warte ich vermutlich noch in zehn Jahren auf einen Anruf, ich getraue mich dann nicht mehr auf die Toilette, unter die Dusche oder aus dem Haus, weil ich seinen Anruf verpassen könnte. Ich …«

»Dann ruf ihn halt an«, sagte Sabine entnervt, so sehr sie sich darüber freute, dass sich Suse offensichtlich wieder Männern öffnen konnte, so wenig gefiel ihr diese hemmungslose und völlig überzogene Ich-liebe-ihn-Nummer. Bine wollte mit ihrem Geschenk genau das erreichen: Suse sollte wieder auf den Geschmack kommen. Aber sie wollte Suse ja nicht unglücklich machen und sicherte sich deshalb bei ihr ab. »Du sollst ihn anrufen, ist es das, was ich dir raten soll?

Aber mache dir keine Illusionen, er ist ein normaler Mann, erwarte nicht zu viel von ihm. Nein«, sie verbesserte sich, »er ist noch nicht mal ein normaler Mann, viel einfacher, du kannst alles von ihm haben, zumindest was auf seiner Karte steht, so wie beim Griechen um die Ecke. Soutzoukakia, Bauernsalat mit gebratenem Feta, Souvlaki mit Krautsalat, Tsatsiki …«

»Hör auf – du bist so doof!«, beendete Suse genervt die bissige Aufzählung. »Habe echt keine Lust, mit dir zu sprechen.«

»Dann ruf ihn doch an und frag mich nicht!«

»Ja, das mache ich auch«, kam es beleidigt von Suse, »das Leben ist doch zu kurz, um sich so einer elenden Warterei und Ungewissheit auszusetzen.« Und wenn Sven nichts von ihr wissen wollte, wäre das zwar wirklich traurig und schmerzhaft, aber dann könnte sie konstruktiv mit der Trauerarbeit und dem Abnabelungsprozess beginnen.

»Ich rufe dich später noch mal an«, sagte Suse abschließend zu Bine, »ich muss das gleich hinter mich bringen, sonst sterbe ich vor Aufregung und überlege es mir wieder anders.«

Mit Herzklopfen wählte Suse die Nummer von Sven, es klingelte, Suse hielt den Atem an, ihr Herz pochte bis zum Hals. Der Anrufbeantworter schaltete sich ein, die angenehme, warme Stimme von Sven ließ Suses Herz noch schneller schlagen. Sie legte nach der Ansage wieder auf, setzte sich an den Küchentisch und überlegte, ob es vielleicht doch besser wäre, wenn sie ihm schreiben würde. Gedacht, getan, Suse schrieb einen langen Brief, so offen und ehrlich wie möglich sollte er werden, auch wenn sie keine Adresse von ihm hatte.

*Lieber Sven,*
*bist du von Füssen wieder gut nach Hause gekommen? Wir sind am Nachmittag dann auch im strömenden Regen nach Stuttgart geschwommen. Du hast das schlechte Wetter sicher auch noch abbekommen, du wolltest Richtung Schweiz mit dem Zug fahren, mehr weiß ich ja nicht von dir. Keine Ahnung, wo du wohnst, wo du zu Hause bist. Du hast mir davon ja*

nichts erzählt. Vielleicht bringe ich deine Adresse irgendwann in Erfahrung, dann sende ich dir diesen Brief.

Wo bleibt eigentlich die versprochene Gute-Nacht-Geschichte? Hast du mich schon wieder vergessen? Oder nein, du hast es nicht vergessen, sondern hast nur auch keine Adresse von mir. Hoffe, das endet nicht wie bei den Königskindern, die mit dem Wassergraben …

Ich möchte ehrlich zu dir sein, beim Schreiben kann man wirklich alles sagen, du kannst mich nicht unterbrechen, du musst mir einfach zuhören – und das möchte ich jetzt einfach mal ausnutzen.

Ich habe sehr viel an dich denken müssen – ständig hast du dich in meine Gedanken geschmuggelt – das war nicht gut, denn ich fühlte mich so sehr ausgeliefert, konnte das nicht mehr steuern. Ich sitze hier an meinem Telefon und warte auf ein Lebenszeichen von dir – ist doch bescheuert, oder nicht? Es hat mich wirklich beunruhigt, dass du in mir ständig so präsent bist. Der eine Tag mit dir war einfach zu schön, um wahr zu sein. Es hat mich geärgert, dass ich mich dem so hingegeben habe, obwohl ich das eigentlich nicht wollte – oder vielleicht doch? Keine Ahnung, ob du das verstehen kannst. Aber nicht schlimm, mir reicht es aus, wenn du mir einfach zuhörst. Du hast mir Komplimente gemacht, mich lieb angeschaut. So was verwirrt, das passiert ja nicht jeden Tag, das lässt frau im Hirn ganz durcheinander werden (und nicht nur im Hirn).

Ich kriege das schon in den Griff, ich arbeite daran, übernächste Woche fahre ich nach Portugal, meine Freundin Sabine passt auf die Kinder auf, und bin danach sicher wieder ganz in Ordnung, du brauchst dir also keine Sorgen zu machen. Lass dich bitte nicht einschüchtern, wenn ich hier zeitweise etwas abgedreht wirken sollte – vielleicht liegt das ja auch am Alter und den Hormonen, ab Mitte 30 kann frau schließlich schon ziemlich viel darauf schieben.

Aber jetzt schreibe ich dir lieber mal Unverfänglicheres, ich kann dich im ersten Brief nicht gleich mit meinen wirren Gedankengängen total zuschütten. Du bekommst ja noch den Eindruck, ich sei etwas hysterisch veranlagt. Heute Nachmittag war ich in der Stadt, war wirklich gewillt, mir ein weißes Oberteil zu kaufen. Zuerst war ich in meinem Laden, aber ich hatte nichts gefunden. Dann bin ich in die Stadt und habe dort das Oberteil gesucht.

Ich war wirklich nicht faul, habe auch einiges anprobiert, aber das war alles nichts. Nach vier Geschäften habe ich mich entschlossen, die Suchaktion in dieser Sache vorerst einzustellen. Dann bin ich in ein Sportgeschäft – Bademode! Bikinis! Ja, das ist auch immer ein Erlebnis. Alleine schon das in der Kabine Stehen, rechts und links von dir hörst du nur Gestöhne und Gejammere. Bikini kaufen ist echt ein Akt, der großen Mut erfordert. Aber ich bin mutig und habe probiert, gestöhnt und natürlich auch gejammert. Mal ist die Form nichts, dann die Farbe, hier ein unmögliches Dekolleté, dort zwickt das Höschen, dann zu klein, im anderen Teil versinkt man. Jedes Gramm zu viel springt frau da ins Auge, und sie ärgert sich, dass sie immer wieder Schokolade essen muss, und sie schwört sich, damit jetzt endgültig aufzuhören, nie wieder so einen Süßkram.

Wenn frau dann schon fast aufgegeben hat, irgendwas zu finden, was auch nur im Entferntesten gut aussehen könnte, wenn sie sich abgefunden hat, dass sie ihren alten Bikini zum 100.000sten Mal tragen wird, und sich dann ausmalt, diesen in einer einsamen Bucht vielleicht auch gar nicht zu brauchen, dann findet sie plötzlich doch noch was.

So war's dann auch bei mir, ich habe zwei Super-Bikinis, in denen ich mich richtig wohlfühlen kann. Das ist wie ein Geschenk, du schaust dann an dir runter und sagst zu dir selbst: Hey, so schlecht sehe ich gar nicht aus, ich finde, dass ich sogar richtig gut darin aussehe, so ein bisschen zumindest.

*Mit der Zeit finde ich mich so super toll, dass ich sie über-*
*haupt nicht mehr ausziehen mag, weil mir die Teile doch so*
*prima stehen, weil ich so klasse aussehe. Aber ich konnte mich*
*dann gerade noch zurückhalten. Du siehst, der Tag war gut*
*und erfolgreich. Zur Krönung habe ich mir ein Kilo sünd-*
*haft teure Kirschen gekauft und habe mir den restlichen Tag*
*damit versüßt.*
*Am kommenden Wochenende werde ich wieder Koffer packen.*
*Am Dienstag geht es dann zu meiner Freundin Nate. Sie hat*
*auch mal in der Boutique von Sabine gearbeitet, ist seit ein*
*paar Jahren in Rente und wie eine Mama zu mir. Sie wohnt*
*seit einiger Zeit schon in Portugal und wird mich bis zum*
*Gehtnichtmehr verwöhnen. Ich freue mich schon darauf.*
*Sabine, die Frau, die mit dir telefoniert hat, wird bei mir*
*wohnen und auf meine Kinder aufpassen, sie freuen sich auch*
*schon sehr.*
*Aus Portugal schicke ich dir dann meinen Urlaubsbericht.*
*Danach stürze ich mich in den Sommerschlussverkauf und*
*fahre auf eine wichtige Modemesse. Nach meinem Urlaub*
*und dem anschließenden Stress werde ich wieder ganz normal*
*ticken, brauchst dir also keine Gedanken zu machen.*
*Liebe Grüße, Suse – und vergiss deine Gute-Nacht-Geschichte*
*nicht, du wolltest mich noch an deinen Lieblingsplatz ent-*
*führen.*

Zufrieden mit sich und der Welt, klebte Suse den Umschlag zu, ohne sich ihren Brief noch einmal durchzulesen. Sie wollte nichts korrigieren, Sven sollte sie ungeschminkt zu Gesicht bekommen. Sobald sie seine Adresse hatte. Morgen wollte sie Sabine danach fragen. Auch nach den Preisen, sie wusste ja nichts von Sven, das wollte sie ändern. Vielleicht würde sie ihn doch mal einladen, also buchen.

Oh nein, schoss es Suse durch den Kopf, ihre Freundin hatte ja maximal die Adresse der Agentur. Vielleicht eine Mailadresse, aber das wollte sie auf keinen Fall, der Brief war so persönlich, sie wollte ihn nicht an eine fremde Agentur senden. Sie müsste ihn doch noch anrufen und nach seiner Adresse fragen, vielleicht würde er auch ihren Anruf beantworten? Suse durchdachte wieder alle Möglichkeiten. Anrufen würde sie ihn nicht, sie würde nicht wissen, was sie sagen sollte. Vielleicht eine Textnachricht schreiben oder einfach kurz abwarten? Sie regte sich schon fast wieder auf, wenn Sven nur ein wenig Anstand im Leib hätte, dann würde er ihre Adresse ausfindig machen und ihr die versprochene Gute-Nacht-Geschichte schreiben.

Zufrieden mit diesem Ergebnis, konnte Suse zum ersten Mal nach dem aufregenden Wochenende wieder etwas entspannter ins Bett gehen. Zumindest nahm sie es sich vor.

# Kapitel 25

Die zwei Tage unterschieden sich in keiner Weise von denen davor, Suse schwankte zwischen den allerschönsten Mädchenträumen, in denen ihr Held und sie die glücklichen Hauptrollen spielten. In der er ihr schöne Märchen schrieb, mit einer sehr gut lesbaren Adresse von ihm selbstverständlich. Und sie sah sich gleichzeitig über einem tiefen Abgrund schweben, der sie jeden Augenblick zu verschlingen drohte. Entsprechend wild waren ihre Träume in der Nacht, und Suse wirkte deshalb leicht durch den Wind, wie es Sabine mal wieder direkt und uncharmant ausdrückte. Der dritte Tag überraschte sie jedoch mit einer Wendung, die Suses Herz bis zum Hals schlagen ließ. Sabine schwenkte einen Briefumschlag von Sven, zuerst dachte sie, es sei nochmals rein geschäftlich, als sie jedoch den kleinen Umschlag darin entdeckte, auf dem nur das Wort Suse stand, wusste sie sofort, über diesen Inhalt würde sich jemand sehr freuen. Auch wenn Bine nicht für eine Fortsetzung mit Sven war, so wusste sie, wie wichtig es für Suse war, sich zu öffnen, und freute sich allein aus diesem Grund für sie.

Ungestüm forderte Sabine ihre Freundin auf, den Umschlag zu öffnen, im Moment waren keine Kunden im Laden, und Suse lief rot an und öffnete vorsichtig das Kuvert, als ob eine Bombe darin versteckt wäre. Sabine wusste zwar weiterhin nicht, ob es eine gute Idee war, den Brief zu lesen, oder ob es besser wäre, ihn rituell zu verbrennen, aber sie verwarf den Gedanken, sie war zu gespannt, was Sven Suse geschrieben hatte.

Eine wunderschöne Postkarte kam zum Vorschein, wie Suse es freudig bemerkte, der Hafen von Konstanz, dahinter das Schwäbische Meer und die schneebedeckten Berge. Eine Traumkulisse und noch traumhafter die Handschrift von Sven. Sie war nicht ganz leicht zu lesen, jedoch großzügig und so harmonisch wie der Abend mit ihm, dachte Suse. Er hatte ihr seine private Postfachadresse geschickt, Suses Gedanken gingen sofort zu ihr nach Hause, zu dem Brief an Sven, der immer noch zugeklebt auf ihrem Nachttischchen lag. Jetzt konnte sie ihn absenden, schoss es ihr blitzschnell durch den Kopf. Ihr Herzschlag machte einen Salto, alleine bei dem Gedanken drohte ihr Herz zu zerspringen, verrückt und völlig überzogen pochte es. Sie war für solche Abenteuer einfach nicht geschaffen. Sabine registrierte Suses rote Wangen und analysierte nüchtern, eher abschätzig, die paar Zeilen:

»Ist ja der Wahnsinn«, betonte sie langsam jede Silbe, »er hat dir seine, wie hast du gesagt, seine *private* Postfachadresse geschickt, wie romantisch!« Bine schüttelte verständnislos den Kopf. »So was Albernes! Hat er Sorge, du könntest morgen vor seiner Haustür stehen? Glaubt er, du bist eine Stalkerin? Der regt mich schon wieder so was von auf! Hat er was zu verbergen? Vergiss ihn doch einfach!« Sabine konnte sich immer wie auf Knopfdruck aufregen. Suse missfiel das sehr, sie fühlte sich in solchen Situationen etwas eingeschüchtert, obwohl sie ja nicht der Adressat war. So reagierte Suse immer, auch wenn sie mal in eine normale Verkehrskontrolle der Polizei kam, was im Stuttgarter Straßenverkehr schon mal vorkommen konnte, lief sie rot an, wurde nervös, als ob sie eine Leiche im Kofferraum hätte, obwohl sie völlig vorschriftsmäßig gefahren war. Sabine dagegen, in derselben Situation, zog ihren knallroten Lippenstift nach, wenn ein adretter Polizist ihr die Kelle zeigte, und fragte mit Unschuldsmiene: »Möchten Sie meine Adresse haben?« So war sie, das hatte Suse mal miterlebt und wäre dabei beinahe im Erdboden versunken.

»Ja, aber, das ist doch nachvollziehbar«, verteidigte Suse zaghaft ihren Sven. Sie würde sich manchmal eine einfühlsamere Freundin wünschen. Mit der frau einfach reden konnte, ohne gleich eine kalte Dusche zu bekommen. Einfach träumen, diskutieren, die besten Möglichkeiten durchgehen. Frau brauchte ja nicht immer gleich ein Ergebnis, einfach mal zu reden tat gut. Mehr wollte sie doch gar nicht, und sie versuchte, Sabine von ihrer nicht vorhandenen Coolness zu überzeugen. »Soll er beim ersten Mal gleich ein Herzchen draufmalen? Das habe ich überhaupt nicht erwartet. Ich mag so kleine Schritte. Und schau, er wohnt noch nicht mal hier in Stuttgart, sondern im Süden, weit weg. Das wird sowieso nichts. Ist doch alles gut.«

»Du brauchst mit deinem alten Volvo mindestens drei Tage, bis du bei ihm bist, das stimmt, das wird nichts.« Bine glaubte Suse kein Wort und versuchte, sie mit allen Mitteln von ihrer rosafarbenen Wolke zurück in die Realität zu holen.

»Und«, Suse ging nicht auf Sabine ein, »das ist doch für den Anfang normal, wir kennen uns nicht. Vielleicht hat er ja auch eine Freundin und möchte seine Geschäftspost von seinen Privatsachen trennen. Zudem möchte er nur höflich sein, möchte sicher nur einen neuen Auftrag von mir bekommen, maximal.«

»So siehst du das?«, Sabine runzelte ungläubig die Stirn. »Ist das dein Ernst? Ich glaube dir ja gerade kein Wort.«

»Ja?«, kam es kleinlaut von Suse. Überrascht über sich selbst, welchen Unsinn sie gerade ihrer Freundin auftischte, schaute sie Bine fragend an. »So wird es doch sein – oder?«

»Na klar«, die Antwort ließ keinen Wimpernschlag lang auf sich warten. »Du zweifelst doch nicht eine Sekunde daran, dass es nur um ihn geht und niemals um dich?« Der Unterton von Sabine wurde wieder drohender, und Suse wechselte schnell das Thema, enttäuscht über Sabines Reaktion.

»Du, ich habe immer noch keine Bluse für den Portugal-Urlaub, kann ich gleich noch mal in die Stadt, du schaffst das doch hier alleine?«

»Wenn du meinst!« Sabine antwortete auch gleichzeitig auf die unausgesprochene Tatsache, dass sie über den romantischen Quatsch in Suses Hirn, auch wenn sie ihn diesmal nicht ausgesprochen hatte, nur den Kopf schütteln konnte. Sie wollte es nicht glauben. Wie konnte sich ihre sonst so vorsichtige Freundin in einen Fremden verlieben, in einen, der mit Ansage eine Frau anschwindelte? Wie konnte sie sich in Gefühle verlieren, die es noch nie gegeben hatte? Sie kannte jedoch auch Suse, wusste, es hatte keinen Sinn, jetzt darüber zu sprechen, und verabschiedete sich deshalb ohne ein weiteres Wort von ihr.

# Kapitel 26

Sven, der sehr gut darin war, alles Unangenehme auszublenden, der gerne einfach immer glücklich und unbeschwert durchs Leben ging, bereitete seinen nächsten Termin vor. Nebenbei schrieb er Suse ein paar belanglose Zeilen. Mehr aus Höflichkeit, nichts Besonderes. Sie hatte ihm einen langen Brief geschrieben, keine zwei Tage, nachdem er die Postkarte an sie abgeschickt hatte, lag er in seinem Postfach. Er hatte sich darüber gefreut, war jedoch auch besorgt, von ihr eingeengt zu werden, und kam zum Entschluss, ab sofort ein wenig auf Abstand zu gehen.

Zudem war er nun schon auf die Fahrt zu Emilia De Luca fokussiert, er würde wieder die schwarze Limousine mit den sexy zwölf Zylindern ausleihen und die Fahrt nach Rom genießen. Seine Klientin litt unter extremer Flugangst und wollte auch nicht mit dem Schnellzug fahren. Sven mochte sie und die Fahrten. Daher sagte er für sie alle anderen Termine ab, sie und ihre angenehmen Aufträge waren ihm äußerst sympathisch.

Alles war genau nach seinem Geschmack, kaum saß er in dem beeindruckenden Cockpit, gab er dem Navi sein Ziel an und startete die flüsterleise 630 PS-Maschine. Geschmeidig und samtpfotig wie eine Raubkatze ging es auf die A1 nach Zürich, von dort über die Alpen. So leichtfüßig, so frei, genauso fühlte er sich selbst. Für ihn gab es keinen schöneren Beruf. Er liebte seine Freiheit. In der Nähe von Mailand wollte er die erste Pause einlegen, kurz vor Rom würde er auf der Autostrada nochmals volltanken, dann in dem Hotel übernachten, in dem auch seine Auftraggeberin, Emilia De Luca, zum Frühstück auftauchen würde. Was sie in der Zeit inzwischen gemacht hatte, wusste er nicht, er fragte sie auch nicht, sondern wartete ab, was sie ihm erzählen würde. Er begleitete sie nun schon seit exakt drei Jahren auf ihren Reisen, und immer war es dasselbe Ritual: Auf der Hinfahrt lud sie ihn zum Abendessen ein, auf der Rückfahrt trafen sie sich zum Frühstück, meist in einem Fünf-Sterne-Hotel. Diesmal war es das »Waldorf Astoria« in der Via Alberto Cadlolo. Die Lage war beeindruckend, oberhalb von Rom, mit einem einzigartigen Blick auf das quirlige Stadtzentrum, das gerade mal 15 Autominuten entfernt war. Auf der Hinfahrt konnte er nicht viel davon genießen, da sie erst spät in der Nacht angekommen waren und er morgens, noch vor Sonnenaufgang, die Ewige Stadt bereits wieder verlassen musste.

Er kam zügig voran, insgesamt nur eine halbe Stunde Stau. Sven war exakt im Zeitplan, knapp zehn Stunden Fahrzeit plus Pausen, die schräg stehende Sonne beleuchtete die weiche Silhouette Roms und tauchte alles in ein unbeschreibliches, warmes Licht. Sven ging, sofort nachdem er das Auto am Hoteleingang abgegeben hatte, auf die großzügige Terrasse und genoss kurz den beeindruckenden Blick über die Ewige Stadt, die schon so viel erlebt hatte. Hier reservierte er sich seinen Lieblingstisch, um dort später etwas zu essen und den Abend ausklingen zu lassen. Zuvor wollte er sich noch die Beine etwas vertreten. Um das Hotel herum war sehr geschmackvoll ein Privatpark angelegt, und er gab noch schnell den kleinen Brief für Suse an der Hotelrezeption ab. Er hatte in Konstanz keine Zeit mehr gehabt, beim Postamt vorbeizugehen.

Eine Stunde später, Sven war nun genug im Park geschlendert und in Rom angekommen, er genoss den Duft der alten Zedernbäume. Er schaute auf die Uhr, es war Zeit für das Abendessen, gemächlich schlenderte er hinauf zur Terrasse, zwei Italienerinnen kamen ihm entgegen und er atmete das Parfum ein, es roch blumig, und ihm fiel die Werbung für das Parfum *Roma* von *Biagiotti* ein, ein Duft, für die Ewigkeit gemacht. Er strahlte Liebe, Zufriedenheit und Geborgenheit aus.

»Ja«, sagte er zu sich selbst, »das passt.« Sehnsucht überkam ihn, er wusste noch nicht mal, wonach, er fühlte nur, dass ihm etwas fehlte. Er dachte an Suse, wie schön es wäre, so einen Ausblick zu zweit zu genießen, einfach still beisammen zu sein, wobei er Suse bisher nicht so still erlebt hatte, seine Mundwinkel verzogen sich zu einem kleinen Lächeln. Er sah die Paare an den anderen Tischen und wurde ein wenig melancholisch.

Sven riss sich zusammen, keine Ahnung, weshalb er in letzter Zeit immer wieder solche romantischen Anwandlungen hatte. Er hatte doch den besten Job, den er sich vorstellen konnte, durfte an den schönsten Plätzen der Erde arbeiten. Seine Gedanken schweiften ab, er erinnerte sich an Dubai, an einen Ausflug in die Wüste, an ein besonderes Erlebnis in einer Oase, als ein Scheich ihm und seiner Begleitung eine andere Welt zeigte. Und die Niagarafälle fielen ihm ein, ja, auch dorthin war er schon eingeladen, ein Kurztrip. Und es gab niemals das Gefühl der Sehnsucht. Seine Gedanken an damals blitzten kurz auf. Und doch war es da wieder, das Gefühl der Einsamkeit. Was würde er dafür jetzt geben, wenn er die Wärme von Suse spüren könnte. Einfach so, er wollte ja nichts von Suse, nur jetzt im Moment nicht alleine sein.

Sven konnte, in diesem Moment noch besser als je zuvor, gut nachempfinden, weshalb seine Gäste ihn immer wieder buchten. Weshalb es ihnen so viel wert war, mit ihm gemeinsam diesen Momenten der Einsamkeit zu entfliehen. Und weshalb alles immer so dringend und eilig war. Ja, wehmütig lächelte er vor sich hin, wenn einen das Gefühl packte, dann musste man handeln.

Er beschloss, früh zu Bett zu gehen, denn Emilia De Luca war Frühaufsteherin, er wollte ausgeschlafen die Rückfahrt antreten.

# Kapitel 27

Und Suse wartete, sie wartete auf die Gute-Nacht-Geschichte. Oder zumindest einfach auf eine Nachricht von Sven. Sie hatte sich am selben Tag, an dem die Postkarte von Sven bei Bine ankam, dazu entschlossen, ihren fertigen und sehr ehrlichen Brief an Sven zu senden. Ohne Korrektur, ohne ihn nochmals durchzulesen und in der Hoffnung, dass sie noch eine Antwort vor ihrem Urlaub bekommen würde.

Ausschlaggebend für ihre dann doch spontane Entscheidung war nur eine Kleinigkeit. Sie wusste, dass Sabine dagegen war, sie wusste auch, es wäre das Vernünftigste, sich Sven aus dem Kopf zu schlagen und ihm nicht zu schreiben. Und dann betrat sie, immer noch auf der Suche nach der hellen Sommerbluse, einen kleinen Laden in zweiter Reihe neben der Königsstraße, hier war es entspannter, und sie brauchte die Ruhe um sich herum, sie wollte sich spüren oder zumindest wiederfinden. In einem dieser kleinen Geschäfte lief ein Lied von Michelle, sie hörte die Zeile, in der die Frau in einen Mann verliebt war, der ihr noch nie geschrieben hatte, und sie wusste in dem Moment, sie wollte nicht untätig warten, tränenreich träumen, sondern einfach etwas unternehmen. Alleine bei dem Gedanken an Sven bekam sie weiche Knie. Sie entschloss sich in dem Moment gegen eine Sommerbluse und spontan für eine Briefmarke, eine Briefmarke für ihren Traum. Nachdem sie den Brief zur Post gebracht hatte, suchte sie sich Lieder von Michelle zusammen, wollte diese mit nach Portugal nehmen. Michelle verstand sie besser als Sabine, zumindest in diesem Punkt. Morgen würde sie abfliegen, nur mit der imaginären Freundin Michelle, die sie verstand, und dazu ihrer Sehnsucht nach Sven im Gepäck.

Immer noch keine Nachricht von Sven. Warten war nicht gerade ihre Stärke. Suse ärgerte sich über sich selbst, sie kam sich wie ihre

Tochter vor, als ob sie gerade mal zwölf Jahre alt wäre. Nein, ihre Tochter war da viel vernünftiger. Furchtbar.

Nach einer wieder durch wilde Träume gekennzeichneten Nacht kam dann endlich am Tag ihrer Abreise die ersehnte Antwort: ein weißes Kuvert, Poststempel ›Italy Post Office Air, Roma‹, Sven schrieb ihr, dass er sie auf keinen Fall vergessen hätte, er wäre nur gerade im Stress, würde noch an der Gute-Nacht-Geschichte basteln und sich schon auf ihren Urlaubsbericht freuen. Und das Ganze mit »herzlichen Grüßen« unterschrieben, keine Küsse, keine Andeutungen, keine Spur von dem warmherzigen Sven, wie sie ihn in ihrem Herzen bereits vergöttert hatte. Kurz und knapp. Suse schnaubte verächtlich. Nicht gerade das, was sie hatte hören wollte. Und dennoch nicht so niederschmetternd, wie die Antwort im Extremfall hätte ausfallen können, tröstete sie sich in Gedanken.

»So werde ich ihn nie aus meinem Kopf kriegen«, schimpfte Suse gleich darauf laut mit sich selbst, während sie die Zeilen zum fünften Mal durchgelesen hatte, »der ist einfach nur nett zu mir, mehr nicht, das macht mich richtig fertig.« Sie schaute sich das Kuvert an, der Brief war tatsächlich aus Rom. Fremde Länder, fremde Städte waren ihre Leidenschaft. Leider war sie normalerweise zu Hause angebunden, wie ungerecht. Sven konnte reisen, so oft er wollte, er wurde dafür sogar noch bezahlt. Oder war er selbst im Urlaub? »Dann hätte er doch nach Portugal fliegen können«, stellte Suse trotzig fest und nickte zu ihrer Aussage. Sie packte aufgebracht ihren Koffer, sie fühlte sich von Sven betrogen, verlassen, und vor allem so ferngesteuert. »Jetzt geht's zum Glück in Urlaub«, sagte sie zu sich selbst, »jetzt bin ich dran, und spätestens dort werde ich auf andere Gedanken kommen.«

Noch war es allerdings nicht so weit, leider. Suses Denkvermögen hatte sich im Wesentlichen auf Sven reduziert. »Vermutlich habe ich die Hälfte vergessen«, fauchte sie vor sich hin, »und was faselte Sven von Stress, wenn ich so was nur höre, kriege ich schon einen Anfall! So einen gemütlichen Job hatte ich noch nie! Boah, ich habe auch Stress, muss jetzt zum Flughafen, Urlaub in Portugal machen, was für ein Stress! Nicht auszuhalten!« Suse steigerte sich langsam, offensichtlich hatte Bine schon etwas abgefärbt. »Dann soll er doch nicht jeden Tag mit einer anderen Frau ausgehen, so einfach könnte dieser Sven seinen Stress reduzieren.« In dem Moment sah Suse ihren aufgebrachten Gesichtsausdruck im Spiegel und verzog bedrückt die Mundwinkel zu einem gekünstelten Lachen. »Bist du eifersüchtig, oder was?«, fragte sie sich selbst. »Sind wir mal wieder bei dem Thema angekommen?«

Die Selbstgespräche waren in den letzten Tagen sehr häufig geworden, es wurde Zeit, dass Suse mal wieder mit normalen Menschen zusammenkam oder ihren Therapeuten kontaktieren würde. »Wenn ich nur schon im Flieger sitzen würde«, seufzte Suse, »dann lass ich alles hinter mir, dann denke ich wieder klar.« Um noch schneller auf andere Gedanken zu kommen, schaltete sie ihren Lieblingssender an und wer sang da? Ihre neue »Freundin« Michelle. Diesmal mit einem leichten Song, »Zu nah an der Sonne«.

Die Frau versteht mich einfach, lächelte Suse melancholisch vor sich hin. So richtig funktionierte das mit dem Lächeln jedoch noch nicht. Dennoch nahm sie sich vor, gelassener zu werden. Michelle sang sinngemäß, genieße, solang es geht, nicht unterkriegen lassen.

»Genau, ich hole mir meine gute Laune wieder zurück, lass mir doch nicht den Urlaub vermiesen«, sagte sie laut. In dem Moment kam Sami in die Küche heruntergepoltert.

»Mama, was hast du denn für laute Musik?«

»Guten Morgen, mein Schatz, hast du gut geschlafen?« Suse drückte Sami. »Wollen wir jetzt frühstücken, weckst du deine Schwester? Gleich kommt Sabine.«

# Kapitel 28

Sven erwartete Emilia De Luca bereits 15 Minuten vor dem vereinbarten Termin. Er wusste, sie hasste Unpünktlichkeit, wobei er auch unabhängig davon immer pünktlich gewesen wäre. Er war am Vorabend noch kurz im Wellnessbereich, versuchte dort, die trüben Gedanken loszuwerden, und versank anschließend ziemlich müde in dem weichen Bett, in dem er erstaunlich gut schlafen konnte.

Die Sonne ging gerade hinter den Hügeln Roms auf, nur Sven konnte sich dem morgendlichen Naturereignis nicht widmen, denn Frau De Luca kam in dem Moment aus dem Aufzug. Es schien, als ob sie auch wieder hier übernachtet hatte, obwohl er sie am Vorabend nicht entdeckt hatte.

Sie begrüßten sich freundlich durch ein leichtes Nicken und einen leisen Morgengruß. Sie trug eine teure Handtasche, in der anderen Hand eine große Sonnenbrille. Beide machten sich gemächlich auf den Weg nach draußen, zum *L'Uliveto*, dort wurde ein Gourmetfrühstück, bestehend aus der klassischen italienischen Küche und selbstverständlich auch aus internationalen Köstlichkeiten, direkt auf der Terrasse am Pool serviert. Die Kellner blieben diskret im Hintergrund, sahen jedoch alles.

Ein aufmerksamer Mitarbeiter begrüßte beide sehr zuvorkommend, fast wie Freunde und in der Landessprache, was bei Sven gleich wieder Fernweh auslöste, obwohl er im Moment ja noch nicht mal zu Hause war. Er liebte die italienische Sprache, obwohl er sie selbst nicht sprach. Ein Teil seiner Vorfahren stammte aus Italien. Irgendwann würde er Italienisch lernen. Im Moment konnte er nur die wichtigsten Worte, um sich zumindest ein Frühstück zu bestellen. Wobei das heute nicht notwendig war. Emilia De Luca war in Deutschland und in Italien gleichermaßen zu Hause und bestellte, während der Kellner ihr den Stuhl zurechtrückte, für sie beide Getränke und ein traditionelles Frühstück. Sie wusste, was Sven gerne aß.

Sie bewegte sich wie eine echte Römerin, elegant und stolz. Sie zog die Blicke auf sich. Egal, wo sie war, sie strahlte etwas sehr Unnahbares und Geheimnisvolles aus. Es war den anderen Gästen nicht klar, wer die beiden waren. Sie die Hotelbesitzerin, eine reiche Unternehmerin? Sven der Sohn, der Neffe oder Anwalt? Keiner wäre in dem Moment darauf gekommen, dass der Mann im eleganten Anzug heute nur ihr Fahrer war.

»Hatten Sie eine gute Fahrt?«, sprach Emilia De Luca ihn an, sie hielt zu Sven bewusst Distanz, spätestens jetzt, wenn einer der anderen Gäste die Unterhaltung mitgekommen hätte, wäre klar gewesen, dass Sven nicht verwandt mit dieser eleganten Erscheinung war.

»Ja«, antwortete Sven knapp und ergänzte, da er wusste, was sie eigentlich wissen wollte, »drei Baustellen werden wir auf der Rückfahrt passieren, jedoch sind keine größeren Staus zu erwarten. Wir haben aktuell eine errechnete Fahrzeit von elf Stunden. Möchten Sie wieder in einem Stück durchfahren oder einen Zwischenstopp über Nacht einlegen?«

»Diesmal habe ich es leider eilig, wir fahren durch, und wäre es Ihnen möglich, mich am 1. Oktober wieder nach Rom zu fahren, für die Rückfahrt melde ich mich dann wieder? Wird voraussichtlich der 10. Oktober sein, wenn alles gut läuft.«

Sven notierte sich alles, das Frühstück wurde serviert, und er beeilte sich, damit sie schnell losfahren konnten.

# Kapitel 29

Suse erlebte einen schönen Urlaub, eigentlich. Nate hatte zahlreiche Freundinnen, sie unternahmen viel. Heute waren sie in der Altstadt shoppen, und sie hatte endlich das lang gesuchte weiße Oberteil gefunden. Anstatt sich allerdings darüber zu freuen, dachte sie an Stuttgart, daran, anstatt der Sommerbluse die Briefmarke für Svens Brief gekauft zu haben. Ob das ein Fehler gewesen war? Suse hinterfragte immer wieder ihre Entscheidungen, das machte das Leben nicht einfacher, aber so war sie nun mal. Die Unternehmungen mit Nate und deren Freundinnen brachten Suse auch schnell wieder auf andere Gedanken, sie ließ sich gerne ablenken, allerdings am Abend, wenn alle wieder nach Hause gegangen waren, saß sie oft alleine auf einem Sitzplatz auf dem Dach von Nates Haus und sah gedankenverloren in den Sternenhimmel und wünschte sich nur, bei ihm zu sein.

Der Mann, der ihr nur so ein paar lieblose Zeilen geschrieben hatte, der Mann, von dem sie so gar nichts wusste. Sie seufzte und dachte, dass sie einfach ein Händchen für Probleme hatte. Was für ein Glücksfall! Selbstironie war Suses Stärke.

Und weil sie Sven nicht vergessen konnte und wollte, schrieb sie so etwas wie ein Tagebuch für Sven. Nach ihrer Rückkehr wollte sie ihm alles senden. Darin vermied sie jedoch trübe Gedanken. Sie war auch eine Heldin darin, die Fassade immer aufrechtzuerhalten. Immer so zu tun, als ob alles in bester Ordnung war. Das war ihre Pflicht, redete sie sich ein, schon alleine wegen der Kinder konnte sie ja nicht alle ihre Sorgen vor sich her tragen. Gerade bei Sami, den sie jeden Abend anrief, hatte sie immer beste Laune, egal, wie es ihr ging, und vor allem ließ sie Sami berichten, was er so den ganzen Tag erlebte. Sami konnte so erstaunlich gut Situationen beschreiben, dass Suse sie mit ihm neu erlebte, und ihre Stimmung war danach tatsächlich immer gut. Es war so schön, die beiden zu haben!

Nate blieb jedoch Suses Traurigkeit nicht verborgen, nach und nach entlockte sie ihr die komplette Geschichte, und als Suse, am Ende ihrer Erzählung angekommen, Nate um einen ehrlichen Ratschlag bat, sagte die Freundin:

»Was möchtest du viel nachdenken, viel reden, schau es dir an. Was läuft im Leben schon nach Plan? Schau, wo deine Grenzen sind, die du nicht überschreiten möchtest. Und lass dich auf den Rest dazwischen ein, schau ihn dir an, mit der Zeit wird der Traummann sich schon zeigen, und dann wird sich erweisen, ob er etwas taugt oder nicht.«

Stand auf und holte die nächste Flasche Cidre aus dem Kühlschrank. Schweigend tranken sie und schauten in das Kerzenlicht, welches schon fast abgebrannt war. Nate war in ihren Gedanken versunken, Suse in ihre. Irgendwann erlosch die Kerze, die einzige Beleuchtung. Suse bemerkte erst jetzt die kühle Nachttemperatur und ging schlafen. In ihren Träumen war sie wieder in Füssen, bei Sven.

# Kapitel 30

Sven hatte Emilia De Luca wie vereinbart Anfang Oktober nach Rom gefahren und sollte sie heute, am 10. Oktober, wieder abholen, wieder derselbe Ablauf wie immer. Pünktlich um 7 Uhr morgens würden sie sich im Eingangsbereich des Hotels treffen. Nach Frau De Luca konnte

Sven die Uhr stellen. Nur etwas war diesmal anders. Er bemerkte in ihren Augen eine Unruhe, auf die er sie natürlich nicht angesprochen hätte. Er spürte, wie angespannt sie war. Sie würde es ihm vermutlich nicht sagen, oder war es diesmal anders? Sie schien besorgt.

Und tatsächlich, diesmal war etwas anders. »Hätten Sie Zeit für eine Zwischenübernachtung in Lugano?«

»Ja, das kann ich gerne einrichten, soll ich Ihnen ein Hotelzimmer organisieren?«

»Nein, nicht für mich, meine Tochter wohnt im Moment dort in unserem Haus am Luganer See, ich werde dort übernachten.«

Das Gespräch endete so abrupt, wie es begonnen hatte, das Frühstück wurde serviert. Währenddessen wurde, wie immer, nicht gesprochen. Frau De Luca nahm nur wenig zu sich und wartete, bis Sven fertig war, dann nickte sie ihm unauffällig zu, er verstand, rückte ihren Stuhl zurecht und begleitete sie über die Terrasse zurück ins Hotel.

Ein Mitarbeiter verabschiedete die beiden, fragte offensichtlich nach weiteren Wünschen, und Frau De Luca antwortete etwas, was Sven nicht verstand, jedoch ging er davon aus, dass sie wieder Limousine, Gepäck und Rechnung bestellte, denn sie lief zielstrebigen Schrittes zur Rezeption. Sie hatte es noch eiliger als sonst. Sven hatte bereits sein kleines Gepäck in seinem Zimmer bereitgestellt, denn er kannte den stets gleichen Ablauf seiner Auftraggeberin.

Sie unterschrieb die Rechnung, auch die von Sven, und ein Page wartete bereits, um Frau De Luca und Sven zu der schwarzen Limousine zu begleiten, die schon mit laufendem Motor vor dem Eingang stand. Der Kofferraum stand offen, davor auf einem Handwagen das komplette Gepäck. Es wurde erst eingeladen, nachdem Frau De Luca nickend bestätigt hatte, dass es komplett war. Der Hotelmitarbeiter hatte im Wagen das Gebläse auf Automatik und die Sitzheizungen bereits eingestellt. Frau De Luca stieg vorne ein, Sven schloss ihre Tür, die satt ins Schloss fiel, und stieg dann selbst ein. Währenddessen wurden die Koffer eingeladen, und auf Knopfdruck schloss sich leise der Kofferraum. Die Fahrt konnte beginnen.

Bis nach Montepulciano, zwei Stunden nördlich von Rom, sprach Frau De Luca kein Wort, schaute sich aber interessiert die vorbeiziehende Landschaft an. Nur der Diesel schnurrte vor sich hin, und Sven fühlte sich hinter dem Steuer glücklich und zufrieden. Die kommenden Tage waren entspannt. Er hatte keine weiteren Termine und konnte so die Fahrt und die überraschende Verlängerung sehr genießen. Die Unruhe vom Morgen war der Frau kaum noch anzumerken. Kurz vor der Ausfahrt von Montepulciano bat Frau De Luca um eine kurze Rast, wie immer nicht auf einer der Rastanlagen, sondern Sven sollte ein kleines Café oder Ähnliches suchen. Sie wollte sich frisch machen und sich mit ihrer Tochter kurz telefonisch besprechen. Das Gespräch führte sie im Beisein von Sven, es ging erwartungsgemäß über die Zwischenübernachtung in Lugano. Und überraschenderweise bot Frau De Luca Sven spontan eine Übernachtung in einem der Gästezimmer an.

»In dem kleinen Häuschen ist Platz für uns drei«, schmunzelte sie, als sie Svens verblüfftes Gesicht sah. »Keine Sorge«, lächelte sie ihn an, »es wird Ihnen gefallen.« Und als ob das Eis gebrochen wäre, fing Emilia De Luca zu erzählen an: Sie hatte ihre Tochter Marcella schon seit zwei Wochen nicht mehr gesehen, diese hatte sich wohl aus einer sehr unglücklichen Beziehung, um die sie anfangs noch gekämpft hätte, endlich gelöst. Vor zwei Wochen, um Abstand zu gewinnen, wäre sie dann nach Lugano gefahren. Marcella hatte nicht nur ihren Freund verlassen, sondern auch den Arbeitsplatz gekündigt, und würde erst wieder nächsten Monat an einem anderen Ort bei einem anderen Arbeitgeber anfangen. Als was und wo sie arbeiten würde, darüber verlor seine Auftraggeberin kein Wort. Die Plaudereien mit ihr waren immer etwas unverbindlich und gingen nicht in die Tiefe. Dass sie Sven überhaupt von einer Beziehung und einem Neuanfang erzählte, war schon fast eine Indiskretion seitens Frau De Luca. Zumindest, wenn man das Gespräch mit den bisherigen verglich. Vermutlich freute sie sich auf ihre Tochter, oder machte sie sich Sorgen? Sven fragte nicht nach, er wollte nur in Erfahrung bringen, wann sie am nächsten Tag weiterfahren wollte, damit er sich darauf einstellen konnte. Frau De Luca antwortete, für sie würde der Mittag oder Abend ausreichen, und fragte gleich, ob das für ihn in Ordnung sei. Sven bejahte und erntete dafür einen dankbaren Blick. Emilia de Luca freute sich sehr über Svens Spontaneität und deutete an, dass sie ihre Tochter möglicherweise zur Rückfahrt nach Stuttgart animieren könnte. Und zwinkerte ihm zu. So weit ihr Plan; für Sven ein neues Gefühl, von ihr in geheime Vorhaben eingeweiht zu werden. Allerdings schienen nur die Vorfreude und Sorge um ihre Tochter sie etwas redseliger zu machen. Sven war klug genug, jetzt nicht nachzufassen, er wünschte nur viel Erfolg und zeigte Verständnis dafür, dass es nicht leicht sei, eine Beziehung aufzugeben, und wechselte dann wieder zu belanglosen Themen wie beispielsweise der Frage, wo das Mittagessen eingenommen werden sollte. Frau De Luca wollte jedoch durchfahren, nur mal einen kurzen Snack an der Raststätte, so gar nicht der übliche Ablauf, sie war etwas angespannt, und so verlief die weitere Reise ohne große Zwischenfälle.

Das kleine Häuschen, welches sich dann später als ein wunderschönes Kleinod, eine denkmalgeschützte Villa im mediterranen Baustil, entpuppte, erstaunte Sven. Er wusste nicht viel von Frau De Luca, solche privaten Einblicke hatte sie ihm bisher nicht gewährt, nur, dass sie seit ein paar Jahren Witwe war, unter ihrer Flugangst litt und immer wieder nach Italien fuhr. Noch nicht einmal ihre Tochter Marcella hatte sie ihm gegenüber bis dahin erwähnt.

Hinter ihrer unnahbaren Art versteckte sie ein großes Herz, so fühlte es Sven. Er konnte bisher jedoch nicht hinter die Kulissen blicken, Frau De Luca hatte die Vorhänge stets gut verschlossen gehalten. Oberflächlich betrachtet hätte er das als arrogant einsortieren können, sicher wurde sie auch oft von anderen so eingeschätzt, er wusste dagegen aufgrund seiner Lebenserfahrung, dass er bisher nur ihre Fassade sah. Dass er nur erkennen konnte, was sie ihm auch zeigen wollte. Entsprechend gespannt war er auf den privaten Einblick in Lugano, ein wenig Anspannung war auch dabei.

# Kapitel 31

Die schwere Limousine fuhr langsam über die sorgsam verlegten Natursteinplatten in die Auffahrt zur Villa und kam direkt hinter dem geöffneten Gittertor zum Stehen. Die Villa lag am Ende der Einfahrt, direkt am Luganer See, eine einzigartige Lage. Zentral und doch versteckt hinter einem verschnörkelten Eisengitter.

Emilia hatte, als sie die sogenannte Gotthardroute, die A2 bei Lugano, über die Ausfahrt Paradiso verließen, ihre Tochter angerufen, ihr mitgeteilt, sie wären gleich da, und darum gebeten, das Tor der Villa zu öffnen. Die Ausfahrt Paradiso führte über eine langgezogene Rechtskurve auf eine ziemlich abschüssige Strecke. Vor Frau De Luca und Sven breitete sich der Lago di Lugano in voller Pracht aus. Von dort waren es nur noch wenige Minuten bis zu der von Emilia als »kleines Häuschen« bezeichneten Villa im Tessin. Der Fahrweg dorthin führte entlang der Promenade von Lugano, rechts der See, dahinter die Berge. Ein paar Schiffe am Anleger, ein schönes Postkartenmotiv. Links die verwinkelte Altstadt mit ihrem südländischen Flair, die Sven von früheren Besuchen her sehr gut kannte. Dann machte die Straße eine starke Linkskurve, direkt vor dem Parco Ciano, einer schönen Parkanlage direkt am Ufer. Die Autostraße führte um die Anlage herum und mündete in die Via Riviera. Zu Fuß hätte man den kürzeren und sehr romantischen Weg durch den Park wählen können.

Via Riviera, hier lag nun das Prachtstück, es war eine Rarität, nicht nur die Lage, auch die Villa war außergewöhnlich schön. Vorne der See, dahinter die nächste Parkanlage, der Parco San Michele. Das Anwesen nicht zu groß, jedoch einzigartig schön mit seinen Säulen aus Sandstein und der schmalen Allee, die direkt zum Eingangsbereich führte. Wie ein gemalter Traum. Sven erkannte sofort, dass es das Haus von Emilia De Luca sein musste, das und kein anderes. Es lag genauso versteckt, wie Sven sich das vorgestellt hatte. Genauso versteckt wie Emilia De Luca, die sich auch meisterlich bedeckt hielt und damit eine besondere Aura um sich herum erschaffen hatte.

Marcella, die Tochter, stand am Eingang von diesem geheimnisvollen, magischen Ort. Eine rassige junge Frau, ihre Haare wehten im Wind. Sie war leicht gebräunt und sommerlich gekleidet, eine verspielte Bluse mit Rüschen, ein langer, luftiger Rock, zeitlose geschnürte Sandaletten, die ihre langen Beine noch mehr betonten, sie war, mit einem Satz, eine umwerfende Erscheinung. Sven musste sich ernsthaft darauf konzentrieren, die breite Limousine in die schmale Einfahrt zu zirkeln. Marcella wartete neben dem geöffneten Eisentor, hier gab es vermutlich noch kein elektrisches Tor. Sven erinnerte sich für einen Moment an das unpassende Geräusch am Forggensee, als er mit Suse im Rosenbeet lag. Ein kurzes Leuchten huschte über sein Gesicht.

Er hielt den Wagen kurz nach dem kunstvoll geschmiedeten Tor in der Einfahrt an, um Marcella das Schließen der Eisentore abzunehmen, und vor allem, um Mutter und Tochter die Begrüßung ohne ihn zu ermöglichen. Sven war in solchen Dingen immer sehr aufmerksam und diskret.

Emilia De Luca wartete nicht ab, bis Sven um das Auto herumgelaufen war und ihr die Tür geöffnet hatte; sie stieg eilig aus und begrüßte sehr innig ihre Tochter. Sie sprachen ein paar Sätze miteinander, während Sven das Tor schloss. Als er sich wieder umdrehte und die Verbundenheit zwischen Mutter und Tochter sah, fühlte er wieder diese Wehmut in sich. Sven fuhr das letzte Stück alleine, wartete ab, bis Emilia ihm ihre Tochter Marcella vorstellte, und brachte die Gepäckstücke in den großzügigen Eingangsbereich. Die Villa hatte von innen eine noch wärmere, sehr heimelige Ausstrahlung. Man stand direkt in einem Wohnbereich mit großem Kamin. Der Blick zum See durch die großzügigen Fenster war märchenhaft. Gemütliche Sitzgelegenheiten, einmal vor dem Kamin und dann nochmals sechs Plätze um einen alten Holztisch. Sven fühlte sich vom ersten

Moment an zu Hause. Es schien, die Zeit war stehengeblieben, da war es wieder, das Gefühl, welches ihn in den letzten Tagen immer wieder eingeholt hatte. Ein Stück Heimat, Geborgenheit. Seine moderne Einrichtung kam ihm im Gegensatz zu dem Ambiente der Villa extrem kühl und distanziert vor. So kühl wie Emilia De Luca, dachte er bei sich, und ein leichtes Grinsen machte sich breit. Hatten sie mehr Gemeinsamkeiten als angenommen?

»Hattet ihr eine angenehme Reise?«, fragte Marcella ihre Mutter mit ihrer unglaublich warmen Stimme und einem Hauch schwäbischem Dialekt. Sven schmolz fast dahin, die weiche Aussprache erinnerte ihn an zu Hause, an früher, an eine unbeschwerte Zeit. Er war in Stuttgart geboren und aufgewachsen, fühlte sich dort geliebt und geborgen.

Marcella bemerkte Svens verträumte Gedanken und schaute ihm dabei kurz in die Augen. Sie war Mitte 30, ein südländischer Teint wie erwartet, dunkelblonde schulterlange Haare und eine unbändige, fröhliche und enorm einnehmende Art, wie er später noch feststellen sollte.

Damit hätte er nun überhaupt nicht gerechnet. Er hatte sich ein trauriges Mädchen vorgestellt und nicht eine Frau mit einer dermaßen positiven, glücklichen Ausstrahlung. Sie war genauso elegant wie ihre Mutter, dem Alter entsprechend jedoch verspielter angezogen und wirkte, im Vergleich zu ihrer Mutter, wesentlich offener. Ihr Blick blieb ein zweites Mal bei Sven, diesmal sekundenlang, hängen und er gab, nach einer viel zu langen Pause, zeitgleich mit Marcellas Mutter die Antwort, dass alles sehr gut gelaufen war.

»Sehr gut«, wiederholte sie. »Habt ihr Appetit?« Marcella wartete diesmal keine Antwort ab. »Ich habe bereits etwas vorbereitet, wir können in einer halben Stunde essen, ich zeige Ihnen«, dabei strahlte sie Sven mit ihren dunklen Augen fröhlich an, »Ihr Zimmer, es liegt genau neben meinem. Ich hoffe, das gefällt Ihnen? Das Bad teilen wir uns, ist ja kein Problem, oder?«

»Nein, ja, gerne …« Sven war auf diese aufgeschlossene und auch noch hübsche junge Frau nicht vorbereitet. Normalerweise brachte ihn nichts so schnell aus dem Konzept.

Er fing sich jedoch gleich wieder: »Wir können los, möchten Sie dann gerne vorausgehen?« Sven schnappte sich seinen kleinen Koffer, Marcella streifte ihn leicht und lief dann voraus. Die kleine zufällige Berührung löste bei Sven ein leichtes Kribbeln aus, und er folgte ihrem federleichten Schritt. Die reizende Marcella hinterließ einen sehr angenehmen, blumigen Sommerduft, Sven genoss jeden Atemzug.

Das kleine Zimmer mit Blick zum See lag im ersten Stock, genau neben Marcellas Zimmer. Gegenüber ein Badezimmer mit altmodischer Wanne, vergoldeten Armaturen und einem kleinen Balkon, der wieder genau über dem Eingangsbereich der Villa lag. Svens Zimmer war auch etwas antik eingerichtet, jedoch stilvoll und sehr gemütlich, zur Südseite eine zweiflügelige Tür mit weißen Holzstreben, dahinter ein Balkon mit Steinsäulen.

»Der Balkon geht über die gesamte Front. Wir beide haben die besten Zimmer mit Seeblick. Gefällt es Ihnen?« Marcellas fröhlich aufblitzende Augen musterten Sven unverhohlen.

Worauf er sich ganz zu ihr drehte und zurückfragte: »Und gefällt es Ihnen auch?« Er hatte wieder seine Schlagfertigkeit zurückgewonnen und amüsierte sich über den nun gespielt schüchternen Augenaufschlag Marcellas, die sofort wusste, worauf er mit seiner Frage anspielte. Sven hätte gerne weitergeflirtet, dachte jedoch daran, dass unten Emilia De Luca wartete und er sich auch um ihre Koffer kümmern sollte. Sie war schließlich seine Kundin, nicht Marcella.

»Wo darf ich den Koffer Ihrer Frau Mama hinbringen? Wird sie auch hier oben übernachten?«, suchend schaute er sich um, ob er noch ein Gästezimmer entdecken würde.

»Nein, keine Sorge!«, kam es keck von Marcella, sie genoss den verdutzten Gesichtsausdruck von Sven und fügte schnell hinzu, »Sie brauchen ihre Koffer nicht hochzuschleppen, unten ist das Schlafzimmer, in dem meine Mutter immer übernachtet.«

Angeregt von dieser netten Plauderei gleich zu Beginn, kamen Marcella und Sven wieder beschwingt nach unten. Emilia war schon in ihrem Zimmer und hatte ihren Koffer bereits mitgenommen. Die Tür stand offen.

Sven unterbrach abrupt die angeregte Plauderei mit Marcella und fragte etwas steif: »Kann ich Ihnen noch bei etwas behilflich sein?« Und ohne abzuwarten: »Sonst würde ich mich nun auch frisch machen wollen.« Es war offensichtlich, dass er nun die Neckereien beenden wollte, zumindest vorerst, bis er sich einen besseren Überblick über die Situation verschafft hatte.

»Danke, nein«, kam es leicht enttäuscht von Marcella, die den Stimmungswechsel mitbekommen und den Wortwechsel mit Sven bis dahin ebenfalls genossen hatte.

»Im Badezimmer habe ich Ihnen schon Handtücher und alles hingelegt, möchten Sie mir dann später in der Küche helfen?« Marcella gab nicht so schnell auf, wenn ihr etwas gefiel. Sie zeigte, was sie wollte, und Sven sollte es ruhig wissen. »Ich freue mich übrigens sehr, dass ich Sie mal kennenlernen kann. Meine Mutter hat mir schon so viel von Ihnen erzählt, Sven.«

»Wirklich?« Sven war angenehm überrascht, dass Marcella überhaupt etwas von ihm wusste, und noch mehr darüber, dass sie ihn einfach so unkompliziert beim Vornamen ansprach. Sein Interesse an Marcella wurde dadurch wieder erneut angefacht, und er ging einen Schritt zur Treppe, in der Hoffnung, außer Hörweite von Marcellas Mutter zu sein, und lachte Marcella schelmisch an: »Das interessiert mich jetzt wirklich sehr, Marcella, erzählen Sie mir am Abend davon, auf unserem Balkon und einem Glas Wein?« Svens Vorfreude breitete sich grinsend bis zu den Ohren aus, als die anmutige Marcella ihm verstohlen zunickte und ihm bedeutete, schnell ins Bad zu gehen, damit er ihr bald in der Küche helfen könne.

# Kapitel 32

Das Abendessen verlief wieder wie immer, Emilia sprach beim Essen nie. Und so war es auch diesmal, Sven fühlte sich ein wenig unbehaglich, da er nicht wusste, wie er sich verhalten sollte, vor allem Marcella gegenüber, die ihn verstohlen begutachtete. Und Emilia De Luca sinnierte, wie sie es am klügsten anstellen könnte, ihre Tochter zur Rückreise nach Stuttgart zu überreden. Das Essen war hervorragend, Marcella konnte ausgezeichnet kochen und hatte, wie Sven erleichtert feststellen konnte, auch eine Schwäche für Süßspeisen. Es gab den Klassiker: Tiramisu.

»Weißt du, was Tiramisu bedeutet?«, Marcella unterbrach die unangenehme Stille und Sven schaute überrascht auf, hatte sie ihn jetzt einfach geduzt? Alleine für diese unkomplizierte Art mochte er Marcella, vom Rest ganz zu schweigen.

»Nein, erzähle es mir, Marcella!« Sven konnte seine Begeisterung für Marcella kaum kontrollieren, beim Pokerspiel hätte er in dem Moment eindeutig verloren.

»Richte mich auf! Gib mir Schwung!«

»Interessant!« Sven wusste nicht, was er darauf erwidern sollte, vor allem, wie er vor Emilia, die an ihrer Serviette herumnestelte, darauf souverän reagieren sollte.

»Ihr duzt euch?« Emilia war etwas irritiert und wollte dieses fragwürdige Gespräch beenden und überlegte sich, was sich in den wenigen Minuten, in denen ihre Tochter und Sven alleine waren, bereits alles abgespielt hatte. Sie hatte sich sowieso schon über die extreme Steigerung der guten Laune ihrer Tochter gewundert. Es gefiel ihr nicht, sie gönnte ihrer Tochter schon einen Flirt oder ein wenig Spaß, aber sie wollte sie beschützen, sie wusste ja, dass Sven nicht nur ihr Fahrer war.

»Ja, weshalb duzt ihr euch nicht?«, warf Marcella mit einem Grinsen unbeschwert in den Ring.

»Na, weil wir lediglich geschäftlich miteinander zu tun haben und der Altersunterschied es eben verbietet.« Emilia betonierte ihre Argumente schnell, denn sie fühlte sich mit einer gewissen Distanz einfach wohler. Sie hatte ohne diese in der Vergangenheit schon schlechte Erfahrungen gemacht. Und sie hatte sich bisher auch überhaupt keine Gedanken darüber gemacht, ob sie Sven duzen sollte. Weshalb auch – es war alles in Ordnung, so wie es war.

»Das stimmt!«, gab Marcella vordergründig nach. »Zumindest bisher hat es gestimmt, heute wohnen wir unter einem Dach, das ist dann schon eher privat, denke ich, meinst du sicher auch, und das wäre doch«, holte sie aus, »ein guter Anlass für …«

»Du, Marcella«, unterbrach ihre Mutter sie, die das Ende dieser Ausführung jetzt nicht vor Sven besprechen wollte, »wann kommst du zurück nach Stuttgart, ich brauche dich dort.« Es war keine Frage, die Betonung war eindeutig.

»Wobei brauchst du mich?«

»Geschäftliches, ich gebe dir später dazu die Unterlagen, ich brauche dringend deine Einschätzung und außerdem kannst du hier doch nicht wochenlang alleine leben.«

»Das kann ich auch hier in Ruhe durchgehen, was meinst du?« Marcella klang genauso entschieden. »Ich mag noch ein wenig bleiben. Ich habe auch noch zu tun und fange erst nächsten Monat wieder zu arbeiten an.«

Emilia wusste, dass ihre Tochter nicht leicht von ihrem Vorhaben abzubringen war. Und auch Marcella war bewusst, dass ihre Mutter nicht einfach nachgab, und überlegte sich blitzschnell einen Kompromiss, der sie auch ihrem Ziel näherbrachte.

»Einverstanden!« Marcella schaute zufrieden.

»Einverstanden?«, Emilia war verblüfft. »Das freut mich sehr, dann fahren wir morgen nach dem Frühstück.«

»Einverstanden, ja, ich habe nur zwei klitzekleine Bedingungen, die du mir vielleicht noch erfüllen könntest?« Marcella bettelte aus Svens Sicht sehr geschickt, er schaute sich diese Diskussion interessiert an und gab der liebenswerten Marcella schon mal einen Punkt Vorsprung. Er jedenfalls hätte bei diesem treuen Blick bereits nachgegeben. Marcellas Mutter jedoch kannte das Spiel wohl und ließ sich davon nicht sonderlich beeindrucken.

»Was willst du?«, kam deshalb die Antwort etwas unterkühlt.

»Na ja, nicht viel ...«, Marcellas Stimme klang kindlich, »wollen wir uns noch ein paar schöne Tage hier zusammen machen? Und dann fahre ich mit. Und die zweite Sache ...«

»Nein, auf keinen Fall«, kam die rasche Antwort von Emilia, ohne die zweite Bedingung abzuwarten, »ich habe morgen am Abend bereits Termine in Stuttgart, und Sven muss sicher auch weiter. Er hat viel Arbeit, wir fahren morgen nach dem Mittagessen, das ist bereits vereinbart«, und setzte noch hinzu, damit ihr Argument nicht weiter angetastet werden würde, »wir kommen sowieso schon einen Tag später, als ursprünglich geplant, in Stuttgart an.«

»Okay«, wieder hatte es den Anschein, als ob Marcella nachgab. Sven wusste nun schon ein wenig besser, die Situation einzuschätzen. Ihm war klar, dass dies nur ein kleiner Schritt zurück war, um sicher gleich wieder zwei Schritte nach vorne zu balancieren. Es war für ihn wie im Theater in der ersten Reihe. Marcellas Taktik gefiel ihm, es war wie beim Fechten mit dem Florett, so bezaubernd leichtfüßig war sie unterwegs. Sie setzte auch ihre Stimmlage perfekt ein, war dabei nicht aufdringlich, einfach nur süß anzuschauen. Ihre Mutter schien jedoch nicht beeindruckt zu sein. Zum Glück konnte er sie unverfänglich beobachten und ihre Taktik kennenlernen. Wer konnte schon wissen, ob ihm das irgendwann nützlich sein würde. Er studierte gerne Menschen, vor allem, wenn sie ihm so sympathisch waren wie die zauberhafte Marcella.

»Ich überlege es mir.« Marcella machte eine Pause, und Emilia wusste, denn sie kannte ihre Tochter lange genug, ihren nächsten Vorschlag musste sie wohl oder übel annehmen, wenn sie nicht wollte, dass Marcella den restlichen Monat hier am Feriensitz verbringen würde.

»Was meinst du, Sven?« Marcella schaute ihn herausfordernd an, er hatte sich bewusst in das Gespräch nicht eingemischt. »Was würdest du mir raten?«

»Mach, was deine Mama sagt, sie ist eine kluge Frau!«

Emilia schenkte Sven einen dankbaren Blick.

»Könntest du mich …« Marcella ließ sich auch von dieser Antwort nicht aus ihrem Konzept bringen, dabei schaute sie diesmal Sven mit ihrem treuherzigsten Hundeblick an, den sie sicher schon tausendmal vor dem Spiegel geübt hatte, und machte eine Kunstpause, bis sie der Aufmerksamkeit von Sven und ihrer Mutter sicher sein konnte. »… könntest du mich vielleicht in ungefähr einer Woche hier abholen, mit dem Zug ist es so anstrengend. Wegen des Gepäcks und so?«

Marcella legte den Kopf schief und verriet mit keiner Miene, dass ihr bewusst war, schon längst gewonnen zu haben.

Emilia schaute gespielt ärgerlich weg. »Dann hast du jetzt, was du wolltest?«

»Du auch«, lächelte Marcella ihre Mama offen an, »deine einzige Lieblingstochter kommt wieder nach Hause!« Stand dabei theatralisch auf und gab ihrer Mutter einen dicken Kuss auf die Wange. »Bist du glücklich, so einen Sonnenschein wie mich zu haben?« Emilia schüttelte belustigt den Kopf, nahm ihre Tochter in den Arm und sagte mit weicher Stimme:

»Natürlich, mein Liebling. Was würde ich nur ohne dich machen, das weißt du!«

Sven hätte noch länger der schönen Szene zuschauen können, ergriff jedoch die Gelegenheit und stand ebenfalls auf, um sich zurückzuziehen. Emilia wollte mit ihrer Tochter reden, er spürte es. »Wollen wir abräumen? Wobei, ich könnte das auch alleine machen, und Sie beide«, er schaute dabei Emilia De Luca an, »können ein bisschen reden. Sie haben sich schon lange nicht mehr gesehen, was meinen Sie?«

»Eine gute Idee, Sven.« Emilia lächelte ihn dankbar an, er wusste einfach, was sich gehörte. »Wir können uns auch gerne beim Vornamen ansprechen«, setzte sie hinzu, »ich bin Emilia, und wir kennen uns jetzt wirklich schon sehr lange.«

»Und duzt ihr euch jetzt auch?« Marcella wollte es mal wieder genau wissen.

»Ja, von mir aus«, antwortete Emilia und korrigierte sich direkt, »sehr gerne, wollte ich sagen.«

»Freut mich, Emilia«, antwortete Sven, wollte ihr die Hand geben und zog sie erschrocken wieder zurück, so freundschaftlich wollte sie es wohl doch nicht? Emilia kam ihm einen Schritt entgegen und gab ihm ihrerseits die Hand. Das erste Mal, seit sie sich kannten. Er spürte die Wärme von Emilia, er spürte, was er schon immer ahnte, und es berührte ihn sehr, diese weiche, liebe Seite von Emilia zu sehen. Die Situation war für Sven angenehm. Gleichermaßen fühlte er sich unbeholfen. Er ging einen Schritt zurück, bedankte sich kurz und begann, den Tisch abzuräumen.

»Kannst du das auch?«, foppte von hinten Marcella, die die Lage gut eingeschätzt hatte und wieder gekonnt, auf ihre charmante Art, auflösen konnte.

Sven zeigte mit dem Kopf zur Tür: »Geh jetzt, du kannst mir vertrauen, ich mach das jeden Tag! Und mit dem Schwung, den mir dein Tiramisu verpasst hat, ist das im Handumdrehen erledigt. Nachher bin ich auf dem Balkon, wenn du im Schrank irgendwas nicht finden solltest. Und«, er schaute auch Emilia dabei an, »ich wünsche schon mal eine gute Nachtruhe. Bis morgen beim Frühstück.«

Marcella verstand die versteckte Botschaft und schenkte ihm einen spitzbübischen Blick, den ihre Mutter nicht sehen konnte.

# Kapitel 33

Sven saß vor seinem Gästezimmer auf dem steinernen Balkon der Villa. Die einzige Sonnenliege aus Holz hier oben, mit dickem Polster belegt, war sehr bequem. Er stellte die Rückenlehne steiler, damit er den Ausblick genießen konnte. Der Luganer See schmiegte sich an die ihn eingrenzenden Berge, am gegenüberliegenden Ufer eine Lichterkette aus Straßenlaternen, beleuchtete Häuser, Autos, Schiffe und Anlegestellen. Alles wie aus dem Bilderbuch – es war ein traumhafter Anblick. Wasser, Berge, was fehlte noch? Musik! Sven ging nochmals ins Zimmer, dort stand ein kleines Radio, der regionale Sender aus der italienischen Schweiz war eingestellt, und Eros Ramazzotti sang mit seiner unverwechselbaren Stimme »Piu Bella Cosa«. Das Lied handelte von der großen Liebe, von der der Sänger nicht mehr wusste, wie sie begonnen hatte.

Oh nein, seufzte Sven bei sich, wie es mit Marcella angefangen hatte, würde er niemals vergessen, das Bild am Tor, ihr im Wind wehender Rock, er würde niemals ihre Blicke vergessen können. »Ein Hauch von Poesie«, sang Eros. Mehr als das, dachte er, der Eros hatte ja keine Ahnung, von Hauch konnte hier bei Marcella keine Rede sein. Wäre schön, wenn Eros am Ende doch noch recht hätte, denn das Lied besang ja, dass sie die Seine geworden war, eine unendliche Geschichte. Ein ganzes Leben lang. Würde er auch mal jemanden so wie Marcella kennenlernen? Und könnte er für immer lieben?

Es fühlte sich alles so stimmig an, so wie Heimat. Unten im Garten sah er Marcella, es war wunderschön, ihr zuzusehen, wie sie sich bewegte und auch, wie sie sich um ihre Mutter kümmerte. Ihr herzliches Wesen gab Sven einen wehmütigen Stich ins Herz. Er beneidete die beiden ein wenig. Was würde er dafür geben, ein Teil dieser

Familie zu sein. Auch wenn er nicht mehr an die wahre Liebe glauben konnte, so spürte er in dem Moment jedoch das Gefühl, weshalb so viele daran glauben wollten. Er ließ seine Gedanken schweifen, diese fanden jedoch kein noch so kleines Plätzchen, wo sie sich hätten kurz zur Ruhe setzen können.

Ein Motorboot schreckte ein paar Wasservögel auf. Die Sonne war schon untergegangen, die beiden Frauen waren längst wieder im Haus. Er hörte Geräusche im Badezimmer und war ein wenig enttäuscht darüber, dass ihn Marcella nicht mehr besucht hatte. Ein wenig würde er noch warten, vielleicht würde sie doch noch kurz zu ihm auf den Balkon kommen.

Und er dachte für einen Moment an Suse, was sie wohl gerade machte, ob sie am Wasser sitzen würde, mit ihren Freundinnen fröhlich beisammen war? Ob sie von dem Wochenende in Füssen etwas erzählen würde? Sicher, dass sie an ihn denken würde, vermutlich auch. Oder wollte sie ihn, so schnell es ging, vergessen? Irgendwie freute er sich, wieder von ihr zu hören, obwohl er auch wusste, dass es kompliziert werden könnte und es definitiv kein Happy End geben würde. Zumindest konnte er sich schon lange keinen glücklichen Ausgang in Liebesdingen vorstellen, bei all seiner sonst so positiven Einstellung. Lieber alleine glücklich, als zu weit unglücklich. Das war sein Motto in diesen Dingen. Und er hatte es ja in der Hand, konnte es jederzeit beenden, bevor die Geschichte eine falsche Wendung nahm. Im Ziehen der Reißleine war er ganz große Klasse. Er hatte die Kontrolle, das beruhigte Sven wieder sehr.

Suse mochte er für ihre fürsorgliche, zurückhaltende Weise, wie sie mit ihren Kindern umging, auch ihre Schüchternheit hatte etwas auf den ersten Blick Anziehendes. Und er mochte Sami, der Sohnemann hatte es ihm augenblicklich angetan, seine unbedarfte, offene Art, wie er auf ihn zugegangen war. Für ihn hatte sich Sven sofort entschieden, keine Frage. Wenn er gekonnt hätte, dann würde er jeden Tag Zeit mit ihm verbringen. Auch die Tochter schien sehr liebenswert zu sein. Er glaubte, Ähnlichkeiten zu Suse entdeckt zu haben, jedoch

hatte er zu ihr in der kurzen Zeit noch kein Vertrauen aufbauen können, er hatte noch nicht mal drei komplette Sätze mit ihr gewechselt.

Marcella, so verglich er die beiden miteinander, hatte ein wesentlich
einnehmenderes Wesen, sie schien überhaupt nicht schüchtern zu sein,
ihr Herz trug sie auf der Zunge, und kompliziert werden konnte es aus
diesem Grund mit ihr sicher nicht. Marcella war selbstbewusster, sich
ihrer Waffen und Möglichkeiten bewusst, und zögerte nicht, diese jederzeit einzusetzen. Sie nahm sich, was sie wollte, so zumindest schätzte
er sie nach dem ersten Eindruck ein. Spannend war sie auf jeden Fall.

Beide Frauen verband eines: ihre außergewöhnlich warmherzige
Art, wie er sie in den letzten Jahren nicht mehr erlebt hatte, und, das
bereitete ihm etwas Sorgen, weil sie auf ihn eine dermaßen große Wirkung hatten. Er fühlte sich zu beiden irgendwie hingezogen. Das war
ihm schon viele Jahre nicht mehr passiert. Da war nicht eine dabei, die
sein Herz berührt hätte, und jetzt zwei auf einen Schlag. Kam er nun
in das Alter, in dem die Leichtigkeit flöten ging? Er war besorgt. Sven
wollte sich nicht hingezogen fühlen, er wollte frei bleiben, glücklich
bleiben. Das gehörte für ihn inzwischen untrennbar zusammen. Doch
das Leben hatte immer wieder Überraschungen parat, und Sven wäre
der Letzte gewesen, der nicht offen diesen Begebenheiten gegenüber-
stand. Er hatte die Reißleine ja immer bei sich. Zumindest spürte Sven,
dass er noch so etwas wie Gefühle hatte. Tief drinnen, da war was, das
fühlte er klar und deutlich. Und das war ja grundsätzlich ein gutes Zeichen. Sven grinste vor sich hin, als er seine Analyse trotz aller Fragezeichen mit einem positiven Gedanken abschließen konnte.

Er hörte Marcellas leichte Schritte wieder, sie lief die Treppe nach
unten und war wohl in der Küche, zumindest dem Geräusch nach zu
urteilen. Und dann kam sie, in einem herzigen Pyjama, ein Weinglas
in der einen Hand, eine Weinflasche und den Öffner in der anderen.
Sven konnte seine Augen nicht abwenden, sie sah einfach süß aus, am
liebsten hätte er sie zu sich hergezogen und sie geküsst.

»Magst du noch einen Schlummertrunk mit mir trinken?«, fragte
Marcella heiter und setzte sich, ohne die Antwort abzuwarten, zu

Sven auf das Fußende der Sonnenliege. Sven richtete sich auf und machte Marcella ein wenig Platz, sie gab ihm wortlos die Weinflasche und den Korkenzieher aus Messing. »Geht es dir gut?«, wollte Marcella wissen, nachdem Sven ihr eingeschenkt hatte. Ihre Stimme hatte wieder diese unglaubliche Wärme, die direkt Svens Herz öffnete.

»Habe mich schon lange nicht mehr so wohlgefühlt!« Sven schwieg für einen Moment, und Marcella spürte, er empfand es wirklich so. Es war keine Höflichkeitsfloskel. »Und du?«

Marcella gab darauf keine Antwort, nahm ihr Weinglas, nippte kurz daran. »Es ist schön mit dir!«, sagte sie verträumt und gab ihm ihr Glas weiter, es war wohl ihre Art zu zeigen: Ich mag dich, du kannst aus meinem Glas trinken.

Nachdem Sven daraus auch einen Schluck genommen hatte, nahm Marcella ihm wortlos das Getränk aus der Hand, stellte es zurück auf den Boden und kuschelte sich, ohne einen Moment zu zögern, zu Sven in die nicht besonders breite Sonnenliege. Sie lag halb auf ihm und fragte leise, mit einem zufriedenen Seufzer: »Ist es auch für dich bequem?«

Sven zog, anstatt eine Antwort zu geben, Marcella noch näher zu sich. Er genoss ihre unerwartete Nähe, ihre Berührung und ihren verführerischen Duft. Keinesfalls wollte er mit einem unnötigen Wort die Magie des Moments zerstören. Nach wenigen Minuten atmete Marcella gleichmäßig, sie schien in seinen Armen eingeschlafen zu sein wie ein Baby. Im Hintergrund lief leise das Radio, inzwischen war es Mitternacht, wenn Sven den Nachrichtensprecher richtig verstanden hatte.

Vom See kam ein Geräusch, er hörte aus der Ferne einen knatternden Zweitakter, der immer lauter wurde. Zuerst dachte er an ein Mofa, als jedoch das Geräusch näher kam und die Wellen ans Ufer schlugen, sah er im Mondschein das kleine Motorboot, welches Kurs auf den Anleger von Lugano nahm, knapp am Grundstück der De Lucas vorbeifahren.

»Bin eingeschlafen, entschuldige!« Marcella klang verschlafen. Sie setzte sich auf und rieb sich die Augen. »Bin tatsächlich eingeschlummert«, stellte sie überrascht fest. »Komm, wir gehen schlafen, es ist schon spät.« Wie selbstverständlich nahm Marcella die Hand von Sven und zog ihn hinter sich her. Sven ging mit, blieb vor ihrem Bett stehen, gab ihr einen Gute-Nacht-Kuss auf die Wange und wollte sich umdrehen.

»Bleib bitte, bitte bei mir«, bettelte Marcella leise, »ich möchte heute nicht alleine schlafen, komm!« Sie hatte seine Hand nicht losgelassen, wie ein kleines Kind in Sorge, verlassen zu werden. Das war die andere Seite von ihr, sie passte überhaupt nicht zu der selbstbewussten und fast ein wenig vorlauten Marcella, wie Sven sie bisher kennenlernen durfte, dachte er bei sich. Sven, noch in der Anzughose und dem völlig verknitterten Hemd, welches nach Marcella duftete, setzte sich auf die Bettkante, schlug für sie die Bettdecke zurück und sagte leise: »Ziehe mich nur schnell um und komme dann gleich.«

Ein zufriedenes »Mach ganz schnell« kam von der schlaftrunkenen, anhänglichen Marcella, die nicht mehr so kleinlaut klang und die Hand von Sven nun frei ließ und schnell unter die Bettdecke schlüpfte. Hatte sie ihn doch schon um den Finger gewickelt, und das in einem dermaßen verschlafenen Zustand. Allerhand, allerdings konnte er jetzt nichts daran entdecken, was ihm nicht gefallen hätte. Solang Emilia De Luca nichts davon mitbekam, war ja alles in Ordnung. Sven musste sich noch an die vielseitige Begabung von Marcella gewöhnen, er beeilte sich tatsächlich, schnell Zähne geputzt, eine Drei-Minuten-Dusche, notgedrungen mit kaltem Wasser, weil das Warmwasser im ersten Stock der alten Villa dem eiligen Sven nicht schnell genug zur Verfügung stand.

»Endlich«, kam es gurrend von der wieder munteren Marcella, »komm schnell ins warme Bettchen.« Sie nahm seine Hand. »Uiih, hast du kalt geduscht?« Da war er wieder, der schelmische Blick, der Sven fühlen ließ, er war völlig wehrlos, er schlüpfte in das wohlig warme Bett, hatte auch keinen Gedanken daran verschwendet, sich nur im Ansatz zu wehren, und zog Marcella wie selbstverständlich an sich. Und sie robbte das letzte Stückchen zu ihm, lag danach wieder halb auf ihm, wohl ihre bevorzugte Position, obwohl das Bett, im Gegensatz zur Sonnenliege, breit genug gewesen wäre.

»Schlaf süß, Coccolone.« Marcella richtete sich nochmals auf und küsste Sven sanft mit ihren weichen Lippen, zuerst auf die Wange, dann mit enger werdenden Kreisen zum ersten Mal auf seinen Mund. Er genoss diese sinnlichen Küsse, die er bis in die Zehenspitzen spürte. Und erwiderte die sanfte Liebkosung, auch wenn er sich sicher war, dass Marcella nur ein wenig mit ihm spielen wollte. Er war für sie vermutlich nur ein willkommener Zeitvertreib. Aber das war ihm so was von egal, im Gegenteil, es gab ihm die Sicherheit, er konnte, ohne viel nachzudenken, die Wärme der süßen Marcella einfach nur genießen.

»Du auch, träum süß!« Dann nahm er sie wieder in den Arm, Marcella grub sich förmlich bei ihm ein und war in kürzester Zeit wieder im Land der Träume. Sven lag noch eine ganze Zeit lang wach, seine Gedanken waren überall und nirgends. Dann schlief er ein und er musste sich in seinem Traum zwischen Suse und Marcella entscheiden, er konnte es nicht und war froh, am Morgen aufzuwachen, mit der Gewissheit, sich nicht entscheiden zu müssen.

Sven spürte Marcella, sie lag immer noch eng an ihn geschmiegt, es war ein schönes Gefühl, so aufzuwachen, dachte er bei sich. Nicht zu wissen, wie es weitergehen würde, fühlte sich für ihn seltsam an, er konnte hier kein Drehbuch wie sonst schreiben, er musste sich überraschen lassen oder besser, er durfte. Denn er mochte ja die Momente mit Marcella genießen. Und ihm war bewusst, mit ihr würde jeder Augenblick zur Überraschung.

Der Morgen ging jedoch ohne große Besonderheiten über die Bühne, zumindest solang Emilia dabei war. Marcella war zahm und zurückhaltend, Sven wunderte sich schon wieder über Marcellas Vielseitigkeit. Am Morgen noch hatte sie ihre Begabung im Kuscheln und Küssen unter Beweis gestellt, Sven genoss von ganzem Herzen diese Überflutung mit Liebe, badete förmlich darin und gab, so viel er konnte, zu Marcellas größtem Wohlbehagen, ihr wieder zurück. Und jetzt, im Gegensatz zum Vorabend mit den kessen Sprüchen, jetzt nun schon fast wie Suse, eine zurückhaltende und mehr als fürsorgliche Marcella. Sie flitzte zwischen Küche und Wohnbereich hin und her und stellte, während Sven frische Panini um die Ecke besorgte, ein köstliches Frühstück zusammen. Genau nach seinem Geschmack, mit frisch gepresstem Orangensaft, weichen Eiern, Butter, Konfitüre und Honig. Und – er konnte sein Lächeln nicht verbergen, es gab heiße Ovomaltine. Sein Lieblingsdrink aus der Schweiz, sehr lecker. Typisch Marcella, sie wusste, was in dem jeweiligen Moment das Richtige war, musste, selbstbewusst wie er sie erlebte, auch niemanden fragen, stellte Sven eine heiße Ovomaltine neben seinen Teller und deutete mit den Lippen einen Kuss an, so dass ihn nur Sven sehen konnte.

Konnte Marcella Gedanken lesen? Daran hatte er auf dem Weg zum Bäcker gedacht. Wieder dachte er an Suse, daran, dass bei Suse und ihren Kindern es jetzt Kakao gegeben hätte. Und er ärgerte sich gleich wieder über diesen Gedanken, denn das Letzte, was er wollte, war, jetzt an Suse zu denken und die beiden miteinander zu vergleichen. Das Einzige, was vergleichbar war, war, dass beides keine Zukunft hatte. Im Gegensatz zu Suse wusste das Marcella. Deshalb konnte er sich bei ihr auch so sorglos fallen lassen.

Nach dem Frühstück sprachen Marcella und ihre Mutter über geschäftliche Dinge und über Marcellas Umzugspläne. Emilia war besorgt, ob ihre Tochter alles gut vorbereitet und durchdacht hatte. Er hörte, dass es sich um einen Umzug nach Magdeburg handelte, den Marcella am liebsten abgesagt hätte. Zumindest regte sich ihre Mutter darüber auf, dass sie sich offensichtlich bisher um nichts gekümmert hatte bis auf den Arbeits- und Mietvertrag.

Sven wollte nicht lauschen und ging ins Freie, beantwortete dort ein paar Mails mit seinem Smartphone. Es war schön hier am Ufer, er saß auf einer Steinmauer, die Wellen plätscherten dagegen. Nach einer Weile kam Marcella wieder so aufgeweckt wie immer und holte ihn zu einem spontanen Spaziergang ab. Sie schob, außer Sichtweite der Villa, wie selbstverständlich ihre Hand in die seine und schlenderte mit ihm durch den Park Richtung Stadtzentrum.

»Kommst du ein wenig früher«, Marcella blieb stehen, um Sven direkt in die Augen schauen zu können, »bevor du mich nächste Woche abholen kommst?«

»Ja, gerne!« Sven freute sich über diesen unerwarteten Vorschlag. »Ich gebe dir später meine Telefonnummer, und wir verabreden uns dann.«

»Gleich, wenn wir zu Hause sind.« Marcella küsste ihn sanft auf die Lippen und schmiegte sich anschließend zufrieden an ihn. So gingen sie zurück, eng aneinandergelehnt, vorbei an Palmen, durch italienische Wortfetzen, vorbei an dem munter plätschernden See, sie gingen wortlos, sie waren sich so vertraut und gaben ein wunderschönes Bild ab. Keiner, der ihnen begegnete, hätte es vermutet, dass sie sich erst einen Tag kannten und sie eigentlich auch kein Paar waren.

# Kapitel 34

Der Mittag kam viel zu schnell. Marcella zauberte in kürzester Zeit wieder mit der ihr eigenen Leichtigkeit ein leckeres, einfaches Reisgericht. Und ohne viele Worte packten Emilia und Sven mit an. Man hätte meinen können, das Team wäre schon seit Jahren eingespielt, es ging Hand in Hand, und geschwind stand das Essen auf dem beschatteten Tisch auf der Terrasse.

»Ein Gedicht!«, lobte Sven Marcellas Kochkünste nach dem Essen. »Es hat so lecker geschmeckt, vielen Dank.«

»Hat es sich gelohnt, bis zum Mittag zu bleiben?«, lachte Marcella ihn an. »So was von schade, dass du das Abendessen verpassen wirst.«

»Sehr schade«, bedauerte Sven und fragte, ob sie ihn mit einem klitzekleinen Rest Tiramisu zumindest noch ein wenig aufbauen könnte.

»So leicht kann man dich aufbauen?« Da war er wieder, der unnachahmliche Augenaufschlag von Marcella, als sie mit ihm den Rest vom Vortag teilte.

»Marcella, gib Sven doch seinen eigenen Teller«, unterbrach Emilia die kessen Sprüche ihrer Tochter, »oder haben wir keine mehr im Schrank?«

»Mammina, ich wollte doch nur ein wenig naschen«, dabei schob sie Sven den Teller hin und schaute, als ob sie kein Wässerchen trüben könnte.

Und dann war er auch schon wieder mit Emilia in den Serpentinen von Lugano, die ihn mit jeder Kurve höher und weiter weg von Marcella trugen. Bedauerlicherweise. Sven konnte sich noch nicht mal richtig von ihr verabschieden, Marcella gab vor ihrer Mutter die brave Tochter, verabschiedete sich von Sven sehr gesittet. Emilia schien auch betrübt zu sein, sie war wohl auch in Gedanken bei ihrer Tochter und machte sich sicher Sorgen. Oder hatte sie geschäftliche Probleme? Sie hatte ja mit Marcella etwas besprochen, brauchte ihre Einschätzung. Sven hätte sehr gerne erfahren, was Emilia bewegte. Sie war jedoch wieder zurückhaltend wie immer. Mehr als nur ein wenig Small Talk gab es nicht. Nachdem sie Lugano hinter sich gelassen hatten, fuhren sie in eine breite Schlucht. Die Gotthard-Autobahn lag auf der einzigen Ebene, links und rechts schroffe Felsen, es gab keine Seitenwege. So fühlte sich Sven im Moment, es gab nur einen Weg nach vorne. Er musste alles vergessen, es gab nur eine Richtung, die Straße nach Hause.

Links und rechts vereinzelte alte Gebäude aus Stein, ein paar Bäume, dazwischen stürzten schmale Wasserfälle an den Felswänden herunter. Ein Helikopter zog Bäume aus den Felsen, offensichtlich wurden diese bei dem starken Unwetter unlängst umgeknickt. In

Sven sah es genauso trostlos aus. Es gab viel anzusehen, Marcella war jedoch bei Emilia und Sven präsent, die bizarre Landschaft konnte die beiden nicht ablenken. Die Stimmung war gedrückt. Das Navi meldete neue Staus vor dem Gotthard-Tunnel und in Zürich. Die alternative Route war nur wenige Kilometer länger und führte über Chur.

»Wir fahren dann über den San Bernadino, die geplante Fahrzeit von knapp fünf Stunden können wir so einhalten – einverstanden?« Sven schaute Emilia von der Seite an. Sie nickte nur. Es war im Moment schwer, mit ihr ein Gespräch anzuknüpfen.

»Wann beginnt deine Tochter mit der neuen Arbeit?« Sven versuchte es nochmals und wollte das Thema auf Marcella bringen, als sie durch die enge und sieben Kilometer lange Tunnelröhre in Graubünden fuhren.

»Anfang November.« Sie wollte offensichtlich nicht darüber sprechen, dabei hätte Sven jetzt so gerne die Gelegenheit genutzt, um über sein aktuelles Lieblingsthema Marcella, mit den vielen Fragezeichen, ein wenig mehr zu erfahren. Wobei, im Grunde genommen konnte er ja auch heilfroh über die schweigsame Fahrt sein. Denn er wollte sicher keine Fragen dazu beantworten, wo er die vergangene Nacht geschlafen hatte. Ob Emilia davon etwas mitbekommen hatte?

Das war eine der Stärken von Sven, er konnte schnell jeder Situation das Beste abgewinnen. Deshalb war für ihn auch immer alles so einfach und er glücklich und zufrieden. Nicht jeder hatte diesen Blick. Was Sven nicht vertragen konnte, war, mit Menschen klarkommen zu müssen, die diesen Blick überhaupt nicht hatten, die im Gegenteil immer nur das Schlechteste wahrnahmen und sich dadurch oft auf der Verliererseite sahen. Mit dieser Charakterschwäche konnte Sven wieder nicht umgehen, die traf seine Schwäche genau ins Zentrum, und zwar seine Ungeduld.

Also, dachte Sven, noch mal Glück gehabt, dass Emilia so eine diskrete Frau ist. Er vermutete stark, dass sie mit ihren feinen Antennen längst bemerkt hatte, dass ihre Marcella ihm ständig im Kopf, und, noch schlimmer, im Herzen herumspukte. Und er würde sowieso noch alles in Erfahrung bringen, in ein paar Tagen würde er sie wiedersehen, ein wenig freute er sich schon. Auf Marcella und auf ihre Antworten. Denn er hatte einige Fragen. Und er freute sich noch mehr auf ihre Küsse, auch wenn sie die nächste Woche kaum überleben würden.

Die Fahrt nach Stuttgart verlief ohne weitere Besonderheiten, diesmal östlich am Bodensee vorbei, ein paar Kilometer über Österreich, dann über die Autobahn nach Stuttgart. Emilia verabschiedete sich, sie wohnte in der Innenstadt in einer kleinen Wohnung. Irgendwas passte nicht zusammen, in Rom das beste Hotel, immer gut gekleidet, ihr Auftreten. Und auch das Trinkgeld war üppig, sein Tagessatz war zudem beträchtlich hoch, das konnte sich nicht jeder Normalverdiener leisten, die teure Villa in Lugano, und dann diese Wohnung in einem unscheinbaren Wohnblock an der Hauptstraße.

Auf dem Rückweg von Stuttgart, er hatte immer noch seinen geliehenen Luxuswagen dabei, rief er bei Marcella an. Sie hatte ihm in der Zwischenzeit eine Textnachricht geschickt, garniert mit vielen Küsschen. Sie unterhielten sich beinahe die ganze Strecke bis nach Konstanz, sie erzählte von ihrem Tag, von ihren Plänen für die Zeit, wenn er wieder kommen würde. Und wollte vor allem wissen, ob er schon in der Nacht zurückfahren würde oder erst am nächsten Morgen.

Die Frage stellte sie wieder mit ihrem unüberhörbaren Augenzwinkern. Sven liebte diese Art von Unterhaltung, die Art, wie sie ihm dadurch zeigte, wie sehr sie ihn mochte und schon vermisste. Und er schätzte noch mehr an ihr, dass sie ihm die Freiheit ließ, selbst zu entscheiden, sie war nicht beleidigt, als er seine Rückreise erst in vier Tagen zusagen konnte.

Spät in der Nacht kam er in seiner Wohnung in Konstanz an, den Leihwagen würde er erst am nächsten Tag abgeben. So hatte er es telefonisch vereinbart. Und er hatte auch schon für die Reise zu Marcella ein neues Auto reserviert. Diesmal sollte es ein Porsche Panamera sein. In Dunkelblau hatte er ihn bestellt, dieser Wagen würde genau zu Marcella passen, und genug Platz für ihr Gepäck wäre sicher auch vorhanden.

Dann prüfte er noch kurz vor dem Schlafengehen seine Termine und musste wegen Marcella, das erste Mal in seiner Zeit als Mann für alle Fälle, einen Termin absagen. Eine Angestellte seiner Agentur, die sich gleich am nächsten Morgen telefonisch bei ihm meldete, fragte nach, ob seine Mail korrekt wäre, und kündigte ihm einen Anruf von Antonia an.

Obwohl er der Hauptanteilseigner der Agentur war und Antonia ihm einiges zu verdanken hatte, machte sie ihm Vorhaltungen. So unzuverlässig würde sie ihn nicht kennen. Sven reagierte darauf ziemlich allergisch und drohte damit, sich ganz aus der Agentur zurückzuziehen, wenn er nicht mal einen kurzfristigen Urlaub aus privaten, wichtigen Gründen einlegen könnte.

Nachdem er aufgelegt hatte, fiel ihm auf, wie sehr er sich für das verlängerte Wochenende mit Marcella eingesetzt hatte, und musste über sich selbst lachen, dass sie ihm in so kurzer Zeit dermaßen den Kopf verdreht hatte. Aber egal, dachte er bei sich, sie tat ihm einfach nur gut.

# Kapitel 35

Suses Portugal-Urlaub ging wie im Flug vorbei. Sie hatte Sven im Urlaub leider nicht vergessen, so schön abgelenkt, dachte sie zwar nicht mehr ständig an ihn, aber meistens verbrachte sie die Mittagszeit alleine, auf einem schattigen Freisitz auf dem Dach von Nates

Haus. Sie hatte von dort einen herrlichen Blick bis zum Meer, und Suse ließ ihren Gedanken freien Lauf. Natürlich liefen diese meistens ungefragt zu Sven, und aus diesem Grund schrieb Suse, immer dann, wenn die anderen ihre Siesta machten, Sven eine Art Tagebuch. Einen Reisebericht aus Portugal. Und Suse dachte gerne an Sven, fast jeden Tag schrieb sie ihm ein paar Zeilen. Zu Hause angekommen, nahm sie die Seiten, packte sie zusammen und schickte sie ihm zu.

*Lieber Sven!*
*Hier nun mein Urlaubsbericht – nicht für die Akten, aber mit*
*der Bitte um Kenntnisnahme. Herzliche Grüße, Suse*

Sven nahm die Post aus seinem Briefkasten und wunderte sich schon über den dicken Umschlag von Suse. Er öffnete den Brief und freute sich, als er die vielen Seiten sah. Irgendwie, auf eine ihm bisher unbekannte Weise, vermisste er Suse. Kein Wunder, er hatte nun schon seit mehr als einer Woche nichts von ihr gehört. Er nahm das mit bunten Filzstiften beschriebene Papier und begann aufmerksam zu lesen:

*Montag*
*Mir geht's gut. Nichts tun, Sonne pur ohne Ende, schöner*
*Strand, hohe Wellen, leuchtende Farben und ein so tolles Haus.*
*Ich fühle mich super, vermisse die Kinder.*
*Das Haus von Nate ist wirklich schön. Im Moment sitze ich*
*auf dem Dach. Ja, da staunst du, es gibt hier einen Sitzplatz*
*auf dem Dach. Irre, ich kann das Meer sehen!! Die Sonnen-*
*strahlen werden millionenfach reflektiert, es sieht aus, als ob*
*ein Teppich aus lauter Diamanten vor mir ausgebreitet liegt.*
*Hast du mir den hingelegt? Die Idee würde zu dir passen.*
*Im Badezimmer hat Nate ein Kuppeldach einbauen lassen,*
*und überall gibt es Nischen und Ecken zum Sitzen. Es hat*
*ein bisschen von 1001 Nacht. Und das Meer ist einfach klasse.*
*Gestern sind wir um 18 Uhr Ortszeit noch mal an den Strand*

*gefahren. Man muss ein Boot benutzen, um an unsere Bade-
bucht zu kommen. Die Bucht ist einsam und das Wasser kris-
tallklar, einfach himmlisch, bis um 20 Uhr kannst du hier
ohne Weiteres baden.*

*Abends saßen wir noch lange im Garten bei leckeren Toma-
ten, Ziegenkäse, Brot und Fisch. Nate hat einen kleinen Hund,
und ich habe doch panische Angst vor Hunden, du erinnerst
dich sicher. Bin ja mal mit sechs Jahren von einem angefallen worden, ist lange her, aber die Panik ist geblieben. Deshalb war ich anfangs auch sehr skeptisch und super vorsichtig.
Aber es geht, ich lasse den Hund zufrieden und er mich am
Leben. Er ist halt noch sehr klein, vier Monate, und will ständig spielen und zerrt und springt an allem hoch. Aber er lässt
mich meist in Ruhe und dafür bin ich ihm sehr, sehr dankbar.
Heute waren Birgit, eine andere Freundin von Nate, und ich
in Tavira zum Sightseeing und Shoppen. Mit meinem gemie-
teten Corsa-Cabrio. Na ja, nicht wirklich Cabrio, aber er hat
ein Sonnendach. Der Portugiese muss den Kreisverkehr lieben. Ständig wirst du durch irgendwelche Kreisel geschleust –
aufregend. Und da Nate und Birgit sich weigern zu fahren,
stürze ich mich in den aufregenden Verkehr. Ich fahre ja ganz
gerne, macht Spaß.*

*Übrigens, fast vergessen, habe den Flug genossen, ab Frank-
reich hatten wir wolkenfreie Sicht – mein Sitznachbar fand das
nicht so toll, aber die Fahrt von Faro zu Nates Haus war dann
sehr anstrengend. Ich hatte in der Nacht zuvor nicht geschlafen und war noch ein bisschen vom Flug eingelullt und dann
gleich rein in die Kreisverkehrlandschaft von Faro. Ich war
jedenfalls froh, als ich das Auto bei Nate parken konnte. So,
jetzt ist es kurz vor 16 Uhr, und wir drei Frauen beenden jetzt
unsere Siesta und schleppen uns zum Strand, um uns dort von
den Wellen die Bikinihöschen vom Leib reißen zu lassen. Du
kriegst dabei Sand in Körperöffnungen, die du vorher noch gar*

*nicht kanntest – alles so aufregend. Schade, dass du nicht hier bist, ich vermisse dich!*

Mittwoch

*So, ich habe wieder meinen Platz auf dem Dach eingenommen. Wo habe ich denn das letzte Mal aufgehört zu schreiben? Ach ja, Tomaten, Fisch und Hund, und von der einsamen Badebucht habe ich auch schon erzählt.*

*Gestern standen Altstadt und wieder Shoppen auf dem Plan. Stell dir vor, ich habe mein weißes Oberteil gefunden, und nicht nur das, ich habe noch andere schöne Sachen eingekauft, dir auch was. Wir müssen uns also dringend sehen, damit du es anprobieren kannst. Abends wieder Strand und im Garten gemütliches Abendessen.*

*Heute Morgen war Markt. Fische, Früchte und Gemüse bis zum Abwinken. Und natürlich portugiesisches Frühstück. Portugiesen lieben süßes Gebäck – sehr sympathisch – und super lecker. Und wir haben Thunfischsteaks gekauft, ich denke, wir können davon eine ganze Woche essen.*

*Nach dem Markt sind wir zu einer anderen Freundin von Nate gefahren. Sie ist Künstlerin (Malerin, Bildhauerin, Strickerin). Sie stellt fantastische Tische und Stühle aus Beton her. Supergenial, leider kriege ich so einen Stuhl nicht ins Handgepäck. Und auch die weiblichen Skulpturen, die sie aus Marmor macht, sind einfach umwerfend. Aber alles zu schwer. Dann strickt sie noch ausgefallene Pullis aus – ja, aus Naturmaterialien (Seide, Kaschmir und so). Leider hatte sie nur Bilder und keinen fertigen Pulli da, aber sie hat einen Laden in Zürich, und so wird eine meiner nächsten Geschäftsreisen in die Züricher Altstadt gehen. Die Freundin lebt nämlich immer drei Monate hier an der Algarve und dann wieder drei Monate in Zürich. Ist das nicht perfekt? Und da ich Zürich sehr schön finde und Uli (so heißt Nates Freundin) sehr nett ist, habe* ich mich gleich mal eingeladen, wenn sie wieder in Zürich ist. Die Pullis können wir in unserem Geschäft auch gut verkaufen. Sind zwar sündhaft teuer, weil jedes Stück ein Unikat ist, aber frau gibt ja für etwas Besonderes gerne ein wenig mehr aus. Du bist ja das beste Beispiel dafür.

An den beiden, Nate und Uli, kann man sehen, dass das Alter auch sehr schön sein kann.

Nachmittags war natürlich wieder Strand angesagt – und jetzt sitze ich hier frisch geduscht und halb nackt (hier oben kann mich ja keiner sehen) auf dem Dach und denke an dich. Gleich werden wir uns wieder in Schale werfen, denn heute Nacht ist Jazz-Festival im Nachbarort, und da dürfen wir natürlich nicht fehlen. Wäre schön, wenn du auch hier wärst. Es würde dir gefallen.

Du siehst, es geht mir wirklich gut. Das Einzige, was mich manchmal stört, ist das Chaos. Nate ist und wohnt völlig chaotisch. Ich mag ein wenig mehr Struktur und Ordnung. Und natürlich machen mir die vielen Hunde zu schaffen. Der Portugiese liebt Hunde, und jeder hat mindestens einen. Nate versucht mit allen Mitteln, mir die Angst zu nehmen – wäre schön, wenn es klappt.

So, aber jetzt muss ich mich meinen Restaurationsarbeiten hingeben, damit ich heute Abend passabel aussehe.

*Samstag*

Nun waren wir gestern auf dem Jazz-Festival in Wule. Es war sehr schön. Auch wenn der Portugiese auf Jazz nicht abzufahren scheint. Es waren jedenfalls keine typischen Portugiesen zu sehen, aber trotzdem sehr interessante Leute – ganz andere Portugiesen halt und viele Engländer, Holländer ...

Aber das Allerbeste war das Essen vor dem Festival. Doreen, noch eine andere Freundin von Nate, führte uns zu einem urtypischen portugiesischen Restaurant, und wir hatten dort als Vorspeise Krebse für uns bestellt. Hast du schon mal Krebse gegessen? Ich jedenfalls noch nie, das war lustig, wie wir alle mit dem Holzhämmerchen auf die Krustentiere eingeschlagen haben, dass nur so die Späne flogen – man hätte uns und den Nachbartischen Schutzbrillen geben sollen –, wir jedenfalls hatten sehr viel Spaß dabei.

Das »Alter« scheint immer verlockender zu werden. Doreen ist 70 Jahre jung, sieht super aus, ist Engländerin, hat hier an der Algarve zwei Häuschen und ist richtig gut drauf. So könnte ich mir meinen Lebensabend auch vorstellen: im Süden, ein nettes Häuschen, ein paar Freunde, dich würde ich hin und wieder einfliegen lassen. Na ja, im Moment wäre das, glaube ich, noch nichts für mich, ich brauche noch die Arbeit, aber in 20 Jahren, das Häuschen im Süden und alle paar Monate mal nach Deutschland bei den Kindern und Enkelkindern vorbeischauen, und wenn frau genug hat, zurück in den Süden. Dich im Gepäck. Klasse!

Da es gestern sehr spät geworden ist beziehungsweise sehr früh, haben wir heute einen »Abhängetag« eingelegt. Spät und lange gefrühstückt, dann mit der Liege in den Halbschatten, lesen und schlafen – und lesen und schlafen – Kuchen essen, Tee trinken, dir ein paar Zeilen schreiben.

Heute Abend gibt's mal wieder Thunfischsteaks – Nate heizt den Grill schon an. Dann noch ein wenig Sterne gucken, an dich denken, mir überlegen, wohin du mich in deiner Gute-Nacht-Geschichte entführen wirst – das war der Hinweis für dich – und einschlafen.


*Sonntag*

Leider schon wieder im Flugzeug nach Hause. Hoffentlich kannst du meine Schrift im Urlaubsbericht auch immer lesen, sobald ich zu Hause angekommen bin, werde ich ins Geschäft fahren und dir alles zuschicken.

*Die letzten Urlaubstage waren, wie soll es anders sein, auch
sehr nett. Ach ja, ich habe noch Nates Tochter kennengelernt. Sie möchte wieder in Deutschland leben, weil sie sich
von ihrem langjährigen spanischen Freund getrennt und sich
in Deutschland frisch verliebt hat. Jeanette, die Tochter von
Nate, war – jetzt wird's kompliziert – mit der Tochter ihres
neuen Freundes bei Nate in Portugal kurz vor unserer Abreise
aufgekreuzt. Also quasi die Fast-Enkelin mit Tochter kamen
zu Besuch und bleiben noch eine Woche – die Glücklichen.
Ansonsten gab es keine aufregenden Neuigkeiten, vormittags
und abends waren wir in der Altstadt, tagsüber gab es Strand
satt. Wir waren dann noch an einem anderen endlos langen
Strand, dort habe ich einen netten Wellenreiter kennengelernt,
und er hat versucht, mich in die unglaublich schwere Kunst
des Wellenreitens einzuführen: Salzwasser schmeckt scheuß-
lich, tut in der Nase weh und brennt in den Augen.
Kurz und gut, mein Lehrer meinte zwar, ich sei ein Natur-
talent, aber ich möchte mein klägliches Bild bei meinen noch
kläglicheren wasserschluckenden Wellenreitversuchen nicht
sehen – aber es hat trotzdem Spaß gemacht.
Die Woche war einfach herrlich. Wenn es mir demnächst mal
richtig schlechtgehen sollte, weiß ich jetzt: eine Woche Nate,
und die Welt ist wieder in Ordnung. Sven, du musst jetzt protestieren, wenn es mir mal richtig schlechtgeht, dann wirst
du mich, mein Held, vor dem Gemütstief retten – stimmt's?
Meldest du dich bei mir – wenn du diesen Bericht in Händen
hast, dann bin ich ja schon längst wieder in Stuttgart hinter
der Ladentheke.*

*Bussi Suse*

# Kapitel 36

Sven lag im Schatten auf der Dachterrasse seines Penthouses am Bodensee. Wieder war Montag, Svens Wochenende begann. Die Sonne strahlte, die weißen Bootsdecks vom See strahlten, und am meisten strahlte Sven. Er fühlte sich rundum geliebt. Marcella, die mit ihm zwar nur gespielt hatte, aber mit ihrer Zartheit und Wärme ihm so viel Liebe dabei schenkte, dass es ihm Gänsehaut verursachte, und dann war da auch Suse, die tatsächlich Interesse an ihm hatte.

An dem ausführlichen Urlaubsbericht merkte Sven, wie oft Suse an ihn dachte. Er fühlte sich geschmeichelt, aber nicht nur das, er wäre irgendwie enttäuscht gewesen, wenn nichts von Suse gekommen wäre. Sven, inzwischen auch nicht faul, war gerade mit der versprochenen Gute-Nacht-Geschichte beschäftigt. Versprochen war schließlich versprochen, und so ungewöhnlich war es nun für Sven auch nicht, auf diese Weise Kontakt zu seinen Kunden zu halten. Meist waren es zwar nur Grüße zum Geburtstag oder zu Weihnachten, aber für Suse schrieb er gerne ein paar Zeilen mehr. Das Schreiben fiel ihm leicht, Suse inspirierte ihn wie eine Muse.

Wenn er an sie dachte, dann spürte er, wie sie ihm das Herz öffnete, wie sie in ihm das Interesse weckte, Gefühle zuzulassen. Und dann war die Sorge, er könnte damit Suse etwas versprechen, was er nicht halten könnte. Egal, irgendwie gehörte Suse, auch wenn sie ihn nicht selbst gebucht hatte, zu seinen Kundinnen, und er gab sich Mühe, dass die versprochene Geschichte ihren Geschmack treffen würde. Um ihr damit eine Freude zu machen, das war schließlich sein Job. Freude schenken, na ja, so ehrlich war Sven zu sich selbst schon, von einem Geschenk stand auf seiner Internetseite der Agentur *EASE* nichts. Sein kleinstes Vierstundenpaket war im vierstelligen Bereich angesiedelt und lief beim Finanzamt nicht unter

Schenkung. Aber diese Geschichte war sein Geschenk an die unvergessliche Suse.

Heraus kam mehr eine Träumerei als eine reale Reise zu seinem Lieblingsplatz. Er liebte Italien, das Meer, und deshalb ging der Traum auch in diese Richtung. Als er sich den letzten Satz überlegte, waren seine Gedanken wieder bei Suse. Und ihm fielen die Worte ein, die seinen Gemütszustand am ehesten wiedergaben. Wobei es, wenn er die Geschichte und seine Gedanken dazu reflektierte, nicht nur eine Geschichte für Suse war, es war ein Brief seines Herzens an ihn selbst. Seine Gefühle wurden lebendig, ihm selbst bewusst.

Glücklich darüber, seine Emotionen in Worte fassen zu können, adressierte er den Umschlag und legte den Brief an Suse an seine Wohnungstür, damit er ihn auf keinen Fall vergessen würde. Suse war ihm wichtig geworden, auf eine ganz stille und heimliche Weise hatte sie sich in sein Herz geschlichen. Und er mochte sie da drinnen gerne spüren.

Auf dem Rückweg nahm er sein Telefon mit auf die Terrasse und wähle Suses Nummer vom Geschäft. Bine, die Freundin, war am Telefon, und Sven verlangte nach Suse. »Hallo, Suse«, sagte er freudig, als er ihre aufgeregte Stimme dann am anderen Ende hörte, »ich sitze gerade hier in der Sonne und habe deinen Urlaubsbericht gelesen. Du hast mir alles so ausführlich und lebendig beschrieben, dass ich jetzt beinahe glaube, selbst an der Algarve gewesen zu sein. Vielen Dank für die sonnigen Grüße.«

»Schön, dass du dich meldest«, kam es von Suse glücklich, jedoch hektisch, »ich bin schon wieder bis über beide Ohren im Stress. Mache mir mit Bine und den anderen Mitarbeitern gerade schon Gedanken über die Herbstkollektion. Können wir heute Abend telefonieren?«

»Leider nicht«, sagte Sven enttäuscht, »muss ab 18 Uhr arbeiten, kann spät werden. Als kleine Entschädigung ist jedoch deine Gute-Nacht-Geschichte auf dem Weg zu dir. Bevor ich zu meinem Termin fahre, bringe ich sie noch zum Hauptpostamt, dann hast du sie morgen im Briefkasten.«

»Oh«, reagierte Suse zuerst überschwänglich und dann gespielt vorwurfsvoll: »Dann freue ich mich, kannst dir aber gleich mal abschmin-
ken, dass mir so was alleine als Trostpflaster genügt, kannst du nicht
vorbeikommen und sie mir vorlesen? Sag, wann sehen wir uns, wann
hast du Zeit für mich?«

Sven flitzte in sein kleines Büro in seiner Wohnung. Der Schreibtisch war komplett aus gebogenem Glas. Keine Metallverschraubung
oder etwas Ähnliches, einfach eine lange, dicke Glasplatte, die rechts
und links nach unten gebogen war. Er liebte das Einfache, und wie es
schien, war Suse nun doch nicht mehr so kompliziert.

»Moment«, sagte Sven außer Atem, nachdem er sich gesetzt hatte
und seinen altmodischen Filofax hervorkramte, in den er sicherheitshalber, wenn das Smartphone mal streiken würde, alle Termine zusätzlich eintrug: »Diese Woche kann ich dir den Mittwoch anbieten.«

»Oh nein, ausgerechnet ab Mittwoch bin ich auf der Messe in Düsseldorf«, sagte Suse frustriert, die Vorfreude auf ein Treffen mit Sven
hätte sie inspiriert, die Entscheidung für die neue Herbstkollektion
wäre danach sicher einfach gewesen. »Hast du am Wochenende Zeit?«

»Nein«, die Antwort von Sven war eindeutig, er wollte sich mit
Marcella eine kleine Auszeit nehmen, er wusste zwar nicht, wie
lange er bleiben, wie alles verlaufen würde, aber mit Termindruck
im Nacken wollte er keinesfalls nach Lugano fahren.

»Mittwoch wäre gegangen«, wiederholte Sven sein Angebot, »aber
dann wirst du keine Zeit haben.« Er hätte sich schon auf ein Treffen
mit Suse gefreut, aber es gab ja keine Eile, und extra nach Düsseldorf
zu fliegen, wäre ja auch übertrieben gewesen.

»Doch, ein wenig Zeit hätte ich schon gehabt«, sagte Suse verdros-
sen, »aber ich bin auf der CPD in Düsseldorf – ist für ein kurzes Treffen doch viel zu weit weg.«

»Wirklich schade, aber aufgeschoben ist nicht aufgehoben, wir finden
schon einen Termin«, sagte Sven, »dann beschäftige ich mich mit meiner Sommerkollektion und du dich mit der Herbstware, danach haben
wir beide wieder Zeit, wir telefonieren dann einfach ein anderes Mal.«

»Sommerkollektion«, erwiderte Suse verletzt, »gehöre ich auch zu der Sorte dazu? Gut zu wissen, wie Männer so reden.«

»Nein, natürlich nicht«, Sven hatte bemerkt, wie abfällig seine witzig gedachte Bemerkung bei Suse angekommen war, und korrigiert sich sofort: »Nein, ich werde meine Sommerkleidung noch genießen, fahre nach Lugano und werde die Sonne genießen.« Er hoffte, damit seinen Fauxpas überspielt zu haben,

»Hast du dich gerade noch herausgeredet!«

»Ja«, kam es betreten von Sven, »du bist doch sowieso was Besonderes, hast mich zu einer schönen Geschichte animiert, du wirst es lesen.«

»Ehrlich?« Suse war sofort wieder versöhnt. »Dann bin ich so was wie deine Muse?«

Suse lachte, sie war aus der sicheren Entfernung immer ziemlich kess, wenn Sven vor ihr gestanden hätte, wäre sie nicht so schlagfertig gewesen. »Du, Sven, ich muss jetzt weitermachen, wir telefonieren.« Suse beendete schnell das Gespräch, die Mitarbeiter warteten schon ungeduldig vor ihrem Büro auf sie.

Sven ging wieder zurück auf die Terrasse und dachte an Suse, sie war ohne Frage eine sehr außergewöhnliche Frau. Erfolgreich, selbstständig, und trotzdem hatte er auf dem Campingplatz den Eindruck gewonnen, dass sie sich auch gerne mal an die Hand nehmen ließ und irgendwie auch unsicher wirkte. Suse war eine besondere Mischung. Sie reizte Sven, er würde gerne mehr von ihr erfahren und vor allem herausfinden, was er für sie tatsächlich empfand. Noch konnte er da nichts fühlen, er spürte nur, wie sie ihm seine Gefühle erwärmte, sein Interesse an ihr wuchs. Sie hatte irgendwas.

Auf der anderen Seite wollte er diese rote Linie, die er bisher so strikt beachtet hatte, auf keinen Fall überschreiten. Dieser kleine Schritt würde ihm jede Sicherheit nehmen, seine Freiheit viel zu sehr einschränken. Und sowieso, er wollte sich damit nicht beschäftigen. Jetzt ging es nur um ein Versprechen und darum, dass er Suse zeigen würde, dass sie nicht zur Sommerkollektion gehörte, nicht zu der

Sorte Frauen, deren Namen er nach zwei Stunden ohne Probleme wieder vergessen konnte oder wollte. Und danach sah man weiter. Jetzt wäre sowieso Marcella dran, sie war so herrlich unkompliziert, das würde er genießen, auch wenn es Ärger mit Emilia geben könnte. Das war sie ihm definitiv wert. Bei Suse wäre er vorsichtig, er entschied sich dafür, sich eher zurückzuziehen. Die Karteikarte auf die Farbe Rot oder zumindest Rosarot zu stellen.

# Kapitel 37

Keine zwei Stunden später klingelte sein Smartphone, die Nummer kam ihm bekannt vor. »Suse!« Sven ging davon aus, dass sie am anderen Ende der Leitung war.

»Sabine hier«, die Freundin von Suse war am Telefon, »gut, dass ich dich direkt erreiche. Du weißt ja, wer ich bin. Muss was sehr Wichtiges mit dir besprechen.«

»Was ist passiert?«

»Nichts, noch nichts«, Sabine setzte sich hin, »es soll jedoch was passieren, hör mir zu, Sven, es ist mir echt wichtig. Was ich dir nun erzähle, bleibt unter uns, versprochen?«

»Ja …«, kam es zögerlich von Sven, »kommt darauf an, worum geht es denn?«

»Um Suse natürlich, um wen denn sonst.« Sabine war etwas hektisch. »Sie leidet nun seit Jahren unter ihrer Trennung, ist in Therapie, hilft alles nichts, sie jammert rum, traut sich nichts zu, zumindest im Bereich Männer, und du könntest ihr auf die Sprünge helfen. Bist du dabei und kannst du schweigen?«

»Ja«, versprach Sven, »dann erzähle mal der Reihe nach.«

»Du kennst uns Frauen«, Sabine begann in ihrer burschikosen Weise, »da gibt's welche, die wissen nicht, was sie wollen, wissen nur, worüber sie jammern können. Regt mich selber auf, so was, das nur mal voneweg. Und bei Suse ist es noch schlimmer, ich denke, sie ist austherapiert, die Sitzungen helfen ihr nur zum Weiterjammern, sie will auch keinen Mann, weil es ja sowieso schiefläuft und keiner sie mag und was noch alles. Und ich möchte einfach nur von dir, dass du ihr Vertrauen gewinnst, ihr Selbstbewusstsein wieder aufpolierst und dich dann vom Acker machst. Suse wird sich dann von einem anderen trösten lassen«, zählte Sabine die wichtigsten Eckpunkte ihres Plans auf, »dieser dann für sie richtige Mann, den ich übrigens schon habe«, erzählte sie ohne Punkt und Komma, »wird dann der Traumprinz an Suses Seite werden. Sie werden glücklich, bla bla bla – guter Plan, oder?«

»Nee«, kam die eindeutige Antwort von Sven, »doofer Plan, was bist du denn für eine Freundin. Ich soll Gefühle wecken, sie dann enttäuschen? Und damit kann man eine Frau aufbauen? Wusste ich ja noch gar nicht. Erzähl mir mehr davon.«

Sabine überhörte die Ironie und erklärte in der ihr eigenen Beharrlichkeit weiter: »So, wie du das sagst, hört es sich natürlich doof an, logisch läuft das etwas subtiler. Falls du das überhaupt hinbekommst«, versuchte sie, ihn bei seinem Ehrgeiz zu packen.

»So raffiniert mit ihren Gefühlen spielen, dass sie mir dankbar ist? Du könntest glatt Ratgeber für Männer schreiben, willst du mich als Ghostwriter engagieren? Wird ein Bestseller!«

»Nein, du Blödmann!«, rutschte es Sabine raus. »'tschuldigung, das habe ich nicht so gemeint. Jetzt hör mir mal einfach zu, ich habe noch keinen ganz fertigen Plan, ich möchte ihn ja mit dir ausbaldowern.«

»Ich höre zu, und wenn ich plötzlich aufgelegt habe, dann fand ich den Plan daneben«, kam es knapp von Sven.

»Du schreibst ihr jetzt einfach die gefühlsduselige Gute-Nacht-Geschichte«, Sabine ließ sich nicht einschüchtern, »und schickst sie an Suse. Ich bezahle dir auch was dafür.«

»Brauchst du nicht und kannst du schon abhaken, die Geschichte ist bereits auf dem Weg zu Suse!«

»Supi!«, freute sich Sabine. »Dann fliegst du nach Düsseldorf, sie ist diese Woche dort auf einer Messe, und überraschst sie und redest mit ihr, du sollst ja nichts mit ihr anfangen, nur reden, aufbauen, Komplimente … weißt doch, wie das geht, oder?«

»Habe noch nicht aufgelegt«, antwortete Sven, nachdem Sabine, mit ihrer Pause, ein wenig Applaus von ihm erwartet hatte.

»Dann schwebt Suse auf Wolke sieben, natürlich nur, wenn du es richtig machst – und dann gehe ich mit ihr aus, Suse liebt es, auszugehen. Zumindest früher. Den Part übernehme ich. Und dermaßen von dir aufgebaut, werden dann Suse überall die Herzen zufliegen.« Sabine war von ihrem Plan überzeugt. »Du kennst das doch: Ist man verliebt, dann sehen das alle, und sie lieben dich auch. Die Telefonnummern werden nur so zu uns fliegen, wir werden überall auf einen Drink eingeladen, du weißt, was ich meine? Wir sind dann die angesagtesten Ladys im Klub, so wie früher, als wir noch in Übung waren. Und dann arrangiere ich das Treffen mit dem Traumprinzen.«

Sabine wartete auf begeisterte Zwischenrufe von Sven, aber es kam nichts. Deshalb erklärte sie es weiter. »Entweder bist du unglücklich, dann bleibst du meistens alleine, bist du verliebt, dann kommen sie alle angekrochen und wollen auch ein Stückchen von deinem Glück abhaben. Kennst du, oder? Und dann ist Frau flirty, also Suse, und geht ihrem Traumprinzen, der auch ziemlich auf der Leitung steht, mit fliegenden Fahnen in sein Fischernetz. Ist das genial oder genial? Kannst du mir folgen?«

»Ja, Sabine«, kam es leicht genervt von Sven, »ich kann dir folgen. Das Fischernetz drückst du dem anderen dann im richtigen Moment in die Hand, weil er ja auch kein Berufsfischer ist?«

»Ja«, lachte Sabine wieder entspannter, »du bist ja ein ganz Schneller. So liebe ich das.«

Sven sagte darauf nichts mehr.

»Und?« Die Ungeduld war Sabine anzuhören.

»Was und?«

»Wie findest du meinen Plan? Der könnte doch funktionieren? Will meiner Suse doch nur Gutes. Jetzt sag schon.«

»Ganz so schlecht ist er nicht«, antwortete Sven gedehnt, »gefällt mir dennoch nicht, ich spiele nicht mit den Gefühlen von anderen, und noch was: Weiß der angebliche Traumprinz schon ein klein wenig von seinem Glück?«

»Komm schon«, entrüstet kam es von Sabine, und sie überging die Frage von Sven, »du hast noch nie mit jemandem ein wenig gespielt? Erzähl mir nix.«

»Ja, aber nur dann, wenn das von beiden Seiten so gewollt war.« Sven blieb dabei. »Suse weiß davon nichts, ahnt es noch nicht mal, und dann macht man das nicht.«

»Das ist doch auch nicht richtig gespielt.« Sabine sah, dass Sven zumindest nicht mehr ganz abgeneigt war, er diskutierte schon mit ihr, ein sehr gutes Zeichen in ihren Augen. »Das ist, zugegeben, eine ungewöhnliche Therapie, aber Suse ist doch auch eine ungewöhnliche Frau und dazu meine beste Freundin. Hmmm?«

»Ja«, antwortete Sven, »die Idee wäre gut, wenn wir wüssten, dass es gelingen würde. Jedoch ist die Gefahr, dass es ihr danach schlechter geht, viel größer. Oder hast du eine Garantie?«

»Nein«, erleichtert atmete Sabine aus, jetzt musste sie nur noch die Garantie irgendwo besorgen, »aber die hast du nie. Und jetzt überzeuge ich dich noch mit der Wissenschaft. So ungefähr zumindest, was mir Suse von ihrem Therapeuten erzählt hat. Suse leidet unter einer Sozialphobie, das ist eine Angststörung, die dazu führt, dass sie sich irgendwann komplett von der Außenwelt abkapselt. Die Scheidung hat das verstärkt, sie hatte es vermutlich schon früher, und nun versucht man, ihr zu helfen. Aber es nutzt nichts.

Die Trigger sind alltägliche Situationen mit anderen Menschen, bei fremden Männern, glücklicherweise ist sie beruflich davon nicht beeinträchtigt. Ihr Liebesleben leidet allerdings erheblich, was sage ich, da gibt's überhaupt kein Leben mehr, sieht aus wie ein Tannenwald nach dem sauren Regen. Und das genau möchte ich auflösen. Was glaubst du, was es für ein Kampf war, dass Suse dich schlussendlich in Füssen abgeholt hat. Frag nicht. Und du hast es im Handumdrehen verstanden, ihr die Angst zu nehmen. Kompliment. Das meine ich ehrlich.« Sie sprach hektisch auf Sven ein.

»Hier steht's«, Sabine suchte die richtige Zeile, »bla bla, ah ja, hier kommt es, es sind normale zwischenmenschliche Situationen, in denen Betroffene eine subjektiv empfundene Bedrohung des eigenen Selbstwertes verspüren. Die Ängste bestehen darin, vermeintliche Fehler zu machen, sich ungeschickt oder beschämend zu verhalten und negative Aufmerksamkeit bis hin zur Erniedrigung oder auch Kränkung zu erleben. Und das«, führte sie weiter aus und betonte es extra, »ist das Ende von meiner Suse. Willst du das mit anschauen? Ohne ihr zu helfen? Das ist auch spielen, ein sehr perfides Spiel, einfach einem geliebten Menschen beim Untergehen zuschauen! Das bist du nicht!«

»Sabine«, antwortete Sven nachdenklich, »ich habe dich vorher zu Unrecht als schlechte Freundin betitelt. Entschuldige.«

»Ist okay«, kam sofort von Sabine, »bin nicht so empfindlich.«

»Du bist noch schlimmer, als ich dachte«, lachte er zum ersten Mal, »aber du machst dir ernsthaft Gedanken, ihr zu helfen, und ja, ich habe ein wenig Unsicherheit bemerkt, allerdings nicht sehr. Redet sie sich die Störung nicht nur ein? Sie hat mir in kürzester Zeit vertraut und sich fallenlassen. Eine ganz normale Frau, ein wenig vorsichtig. Aber das ist doch in Ordnung und keine Störung.«

»Du hast keine Ahnung, was bei uns Frauen alles zu einer Störung werden kann«, Sabine sprach schnell weiter, jetzt musste sie den Sack zumachen, wie sie immer sagte, also den Fisch nicht mehr von der Angel zu lassen, »ihr Männer habt es viel einfacher: Wenn ihr Falten bekommt, dann sagt ihr, das sind Erfahrungen, wir Frauen sagen, das ist markant, und ihr glaubt das einfach und freut euch ein Loch in den Bauch. Und nächstes Stichwort Bauch, wenn er dann mal da ist, dann sagt ihr einfach, der hat aber Geld gekostet, hehe, und schon ist bei euch das Thema abgehakt. Und wir Frauen sind da sensibler, haben mehr Gefühle, das kannst du als Mann einfach nicht verstehen. Da fehlen euch die speziellen Synapsen.«

»Sind, mit einem Wort, kompliziert?«, vergewisserte sich Sven.

»Genau«, antwortete Sabine, »das behauptet der Mann, und damit ist das Thema wieder für ihn erledigt. Wir sind vielschichtig, das macht es aus. Und ich will Suse nur helfen, bist du jetzt dabei und hast du das Gefühl, dass sie dir vertraut – oder spürst du davon auch nichts? Fehlt bei dir das Gen komplett?«

»Ja, dass sie mir schnell vertraut hat, sagte ich ja bereits.« Sven merkte den Druck, den Sabine aufbaute, der ihm nicht gefiel, wollte jedoch Sabine schon unterstützen und setzte bedauernd hinzu: »Ich wusste ja nicht, welche Anstrengung für Suse damit verbunden war. Dann war das ja ein sehr sensibler Auftrag.«

»Ja«, antwortete Sabine, »du hast das prima gemacht, und weißt du, so ganz schlimm ist es bei ihr auch nicht. Gibt sicher Kandidaten, die überhaupt nicht mehr auf die Straße gehen. Aber es wird immer schlimmer mit ihr, und wie heißt es treffend: wehret den Anfängen. Jetzt können wir ihr das noch leicht wegtherapieren, warte noch zehn Jahre ab, dann fasst sie keinen Mann mehr mit der Kneifzange an. Bist du dabei?«

»Du bist nicht nur eine gute Freundin von Suse«, lachte Sven auf, »sondern auch eine besonders zähe Verhandlungspartnerin. Macht unerwartet Spaß mit dir, und von mir aus, ja, du hast mich überzeugt. Lass uns einen Plan schmieden.«

»Prima«, scherzte Sabine, »dann Glückwunsch, du hast den Auftrag. Die Flugtickets buche ich dir, kannst du Mittwoch hin und am Donnerstag zurück?«

»Ja, fast, buche mich auf die Morgenmaschine und am frühen Nachmittag gleich wieder zurück nach Stuttgart oder besser nach Zürich. Habe einen Termin, den ich nicht absagen möchte.«

»Besser als nichts«, kam es erleichtert von Sabine.

»Du übernimmst die Tickets, ich übernehme den Rest.«

»Echt, ich knutsche dich durchs Telefon!«

»Lass das mal nicht Suse hören!«

Sven hatte sich für den Versuch, Suse zu helfen, entschieden, auch wenn er vom Erfolg nicht ganz überzeugt war. Allerdings, so durchsetzungsfähig, wie er nun Sabine erlebt hatte, könnte es doch was werden. Und zudem, er mochte Suse, die Zeit mit ihr konnte er genießen. Und wenn er nun Sabines Theorie Glauben schenken wollte, dann wäre es auf jeden Fall einen Versuch wert, Suse wieder auf die eigenen Beine zu stellen. »Ja«, sagte Sven zu sich, »es fühlte sich okay an. Einfach ausprobieren.«

Sven griff wieder zum Hörer und buchte seinen Panamera von Konstanz auf Zürich um, er wollte am Mittwochnachmittag dann direkt, einen Tag früher als geplant, zu seiner bezaubernden Marcella fahren. Sven fühlte sich gerade wie der Hahn im Korb, es war alles so einfach. Seine Maman ergänzte ihn früher immer, wenn er das sagte, mit dem Satz, es sei immer einfach, wenn man es nicht doppelt nahm. Ein zufriedenes Lächeln breitete sich bei Sven aus, das Wohlbehagen durchströmte seinen gesamten Körper. Ein Escort zu sein, fühlte sich sehr gut an.

# Kapitel 38

Suse kam erschöpft spät am Abend nach Hause. Sie war am Nachmittag außer Haus und hatte von dem Telefonat zwischen Sabine und Sven natürlich nichts mitbekommen. Ihr Briefkasten quoll über: Rechnungen, Werbung, ein Anzeigenblatt und – uiih, ein kleines gepolstertes Kuvert von Sven.

Suse legte alle Post beiseite und öffnete voller Vorfreude den dicken Brief aus Konstanz. Eine noch altmodisch selbstgebrannte CD war darin und neun Blätter handgeschriebenes Papier. Die versprochene Geschichte, Sven hatte sie also nicht vergessen. Suse legte alles wieder hin, wollte zuerst duschen, sich um Sami kümmern, eine Kleinigkeit mit ihrem Sohnemann essen, um dann erst in aller Ruhe zu genießen, was Sven ihr zu sagen hatte.

Suse erlebte eine anstrengende Zeit, die neue Kollektion musste ausgesucht werden, die Kunden waren deshalb auch nicht weniger anstrengend, ein paar Stammkunden wollten eine Modeschau bei sich zu Hause, und überhaupt, ein Privatleben hatte sie schließlich auch noch. Sami zum Beispiel, der brauchte sie auch, und Suse brauchte ihn, er war ihr kleiner Sonnenschein. Das mit dem »klein« durfte Sami natürlich nicht hören, nächstes Jahr würde er schon in die Schule kommen, und da konnte man sich ja schon richtig erwachsen fühlen.

Nachdem sich Suse von Sami alle Neuigkeiten hatte erzählen lassen und sie ihn schließlich ins Bett brachte, war Suse genau in der richtigen Stimmung, um sich von Sven entführen zu lassen. Auf der CD war italienische Musik zu hören, auf der Hülle stand »Pavarotti and Friends«, sie stellte den Player neben sich auf die Terrasse. So richtig oldschool, obwohl Suse ziemlich müde gewesen war, war sie nun schon wieder munter und freute sich auf die Überraschung von Sven.

*Es ist schon spät geworden, kurz nach Mitternacht; du sitzt auf der Veranda und trinkst ein letztes Glas Cidre. Eine Kerze flackert im Wind. Du gehst hinein, machst alle Fenster auf, ein kühler Wind weht durch die Zimmer. Dir ist so heiß, keine Ahnung, weshalb, ständig hat es so geknistert, als ob Feuer im Kamin brennen würde. Bevor du dich in deine weiße und weiche Bettwäsche einkuschelst, lässt du noch den Wind mit deinen Haaren spielen. Die Abkühlung tut gut. Du ziehst dich aus, die letzte Kerze ist schon ausgepustet, legst dich hin, schließt die Augen, und sofort kannst du mich spüren, meinen Atem, meine Küsse, meine Wärme. Einbildung?*

*Nein, du bist heute nicht alleine. Da ist jemand, der dich heute nicht alleine einschlafen lassen wollte, ich habe dich, wie versprochen, in deinem Traum besucht. Wir schmusen miteinander, küssen uns – ein wohliger Schauer läuft dir über den Rücken, es ist nicht kühl – im Gegenteil. Müde sind wir überhaupt nicht mehr –irgendwo auf der Straße da draußen ist Musik zu hören. Der* Serenata Rap *sprüht vor Unternehmungsgeist genau wie wir.*

Die von Sven zusammengestellte CD war genau auf die Geschichte abgestimmt, der »Serenata Rap« war nun wirklich zu hören. Suse freute sich über so viel Aufmerksamkeit von Sven. Es hatte den Anschein, als ob er ihre Gefühle erwidern würde. »Sonst würde man doch so einen Aufwand nicht betreiben«, sagte sie zu sich, »er mag mich, er mag mich, trallala, trallala – ich mag dich auch!« Suse war im Gegensatz zu vorher richtig aufgedreht. Ist Liebe doch was Schönes, dachte sie noch, während die letzten Akkorde vom »Serenata Rap« zu hören waren und Pavarotti mit seinen Freunden zu singen begann.

*Schlafen können wir nicht, wir suchen uns einen gemeinsamen Traum. Auf der Suche danach kommen wir an einigen Wolken vorbei. Sie lächeln uns zu und weisen uns den Weg – »can we go higher« hörst du Englein singen, Stuttgart wird immer kleiner, die beleuchtete, verschlafene Stadt liegt uns zu Füßen, der Mercedes-Stern auf dem Hauptbahnhof, die* vielen beleuchteten Straßen, die Königsstraße, die Schlösser, dort drüben der Fernsehturm, die Stadt wird kleiner und entschwindet.

Der Sternenhimmel wird immer größer und schöner. Er sieht aus wie kleine Diamanten auf dunkelblauem, glänzendem Hintergrund. Wie aus Seide. Beim Näherkommen berührt und streichelt es uns sanft am ganzen Körper. Die Sterne leuchten mal etwas stärker, mal etwas schwächer. Ihr Licht pulsiert im Takt der verliebten Herzen. Ja, dein und mein Herz schlagen synchron – hat es uns also doch erwischt, hast du es geahnt?

Du kannst dich beinahe nicht entscheiden, wohin du jetzt gehen möchtest, du bist hin und her gerissen. Ich nehme dich fest an der Hand und schlage Richtung Süden ein, ich zeige dir meine Lieblingsstelle. Wir kommen der Erde wieder näher. »Heaven can wait«, summe ich dir vor, die funkelnden Sterne werden wir ein anderes Mal besuchen.

Wir sind beinahe am Ziel, die Erde ist zum Greifen nahe. Das Meer breitet sich dunkel unter uns aus. Wir drehen noch eine Runde über dem Mittelmeer und kommen der Stadt der Verliebten näher. Ein paar Nebelfelder verdecken Venedig, sie beschützen die Verliebten vor neugierigen Blicken.

Es sieht geheimnisvoll aus. Der Mond hat alles in sein silbernes Licht getaucht. Wie klein ist doch die Welt, wie nah ist alles beieinander. Deine Hand halte ich noch immer fest, ich möchte dich spüren. Wir kommen immer näher, im Canale di San Marco tuckert langsam ein Motorboot, vor der Riva degli Schiavoni liegen zwei kleine Schiffe vor Anker.

Venedig ist einfach wunderschön, gerade bei Nacht, wenn es wie ausgestorben ist. Aber wir leben nicht nach dem Motto: »Venedig sehen und sterben«, sondern: »Sehen, leben und lieben«. Allein schon der Gedanke an Venedig bei Nacht ist Romantik pur. Es muss gerade geregnet haben, es riecht danach. Die Luft fühlt sich seidenweich an, der Nebel einer lauen Sommernacht gibt dem Ganzen etwas Geheimnisvolles, beinahe Unwirkliches. Aber es ist kein Märchen, du spürst meine Hand, du fühlst ja meine Nähe.

Unsere Gondel, in der wir nun sitzen, liegt ruhig auf dem Wasser. Besonders groß sind die Boote hier alle nicht. An der Treppe von San Giorgio Maggiore legt ein etwas größeres an. Das Schiff ist auch schon etwas älter, Laternen beleuchten zaghaft die Treppe. Mönche in weißen Kutten steigen aus und verschwinden ohne Worte in dem Gebäude. Hier, über Lagunen und Meer, verlieren wir das Gefühl für Zeit und Raum. Keiner von uns beiden denkt daran, dass wir uns in ein paar Stunden wieder trennen werden, wieder aufstehen und arbeiten müssen. Wir denken höchstens daran, dass wir hier jederzeit wieder zusammen herkommen können.

Wir sind im Land der Träume, Verliebte haben hier freien Zutritt. Auf das pompöse Bauwerk, in dem die Mönche wortlos verschwanden, sind wir neugierig geworden. Es ist auf einer kleinen Insel erbaut oder, besser gesagt, an der Kreuzung von drei Fahrtrinnen gelegen. Dem Canale die San Marco, dem Canale della Giudecca und dem sagenumwobenen Canale Grande. Drei Wasserwege treffen hier aufeinander, wir erinnern uns an deine Lieblingsstelle in Füssen mit Blick auf die Schlösser. Wir sind in derselben Stimmung und kuscheln uns wie damals eng aneinander und küssen uns leidenschaftlich.

Im silbernen Licht des Mondes können wir die Umrisse des Palastes erkennen. Durch die matt erleuchteten Fenster sehen wir zwischen reich verzierten Säulen den verliebten Tanz leichtgeschürzter Göttinnen. Magisch zieht es dich hinein. Die goldbeschlagenen, schweren Türen sind nicht verschlossen, dein Atem ist kurz, dein Herz pocht wie wild. Beruhigend lege ich meinen Arm um deine Schulter. Beruhigend? Na ja, unsere Herzen schlagen im Gleichklang noch stürmischer als zuvor.

Flackerndes Kerzenlicht lässt alles mystisch und verträumt erscheinen. Als wir beinahe lautlos den Saal betreten haben, schauen wir uns vorsichtig um. Niemand da, die Göttinnen haben wieder ihre Plätze neben den Marmorsäulen eingenommen. Leer ist der prachtvolle Raum trotzdem nicht, er ist erfüllt von zärtlicher Musik und sanftem Licht. Ungezählte Kerzen strahlen hell, jedes Licht steht für einen Gedanken, den wir jemals in liebevollster Weise an den anderen abgeschickt haben. Keiner ging verloren, hier sind sie alle und spenden Wärme und Geborgenheit. Ihre Schatten an der Wand verbreiten durch ihre leichtfüßigen Bewegungen sorglose Heiterkeit. Alle Sorgen sind verflogen, wir tanzen versonnen und schmiegen uns fest aneinander.

Es warten noch weitere Geheimnisse in der Stadt für Verliebte. Wir gehen an der Rückseite des Gebäudes vorbei auf die andere Seite der Insel. Sie erscheint uns auf einmal viel weitläufiger als angenommen, wir gehen einige Minuten, bis das geheimnisvolle Bauwerk hinter uns in der Dunkelheit entschwindet. Vor uns liegt das Meer. Ruhig, als ob es auch gerade schlafen und träumen würde. Unter unseren Füßen spüren wir feinen Sand – außer uns beiden keine menschliche Spur. Dünen, Buchten und überall der weiche, weiße Sand – so weiß wie unser Himmelbett, welches wir für den Ausflug hierher kurze Zeit verlassen haben. Der Sand ist genauso kuschelig warm, und wir fühlen uns wie neugeboren, behütet und beschützt.

Die Pfosten eines zerfallenen Stegs sind im Mondlicht zu erkennen. Der Anlegeplatz wird von bronzenen Kandelabern flankiert. Efeu rankt sich um das Metall, das braun und schrundig ist wie eine alte Rinde. Aus den verzierten Laternen hat der Sturm die Verglasung herausgebrochen. Möwen nisten darin. Hinter uns erstreckt sich ein Wald aus Pinien und Pappeln. Ein Weg aus weißem Marmor verliert sich im Schatten der Bäume. Zwischen den Stämmen Sträucher mit weißen Beeren, auf einem Polster aus Moos streckt sich verschlafen ein Katzenliebespaar. Wie gesagt, nur Liebespaare haben hier Zutritt.

»Sind die Mönche auch verliebt?«, möchtest du wissen.

»Ja«, gebe ich dir zur Antwort, »sie sind es auch, auf eine andere Weise als wir, aber auch sie wurden erst durch ihre Liebe zu jemand anderem hier eingelassen.«

Wir kommen an ein offenes Buch aus Marmor, goldene Schrift auf weißem Stein, was wir darin lesen, können wir auch gleichzeitig sehen:

»Große bunt gefiederte Vögel sitzen unbeweglich in den Pappeln. Sind sie aus Gold, sind sie aus Edelsteinen? Oder können sie sterben?

Auf dem weißen Marmor des Weges die gebleichten Nadeln der Pinien, zu beiden Seiten Mauern aus Rosen. Weiße Blüten, sind sie aus Wachs, sind sie aus Seide? Oder können sie verwelken?

Zärtlicher Duft, zwischen den Lippen, unter der Haut. Woher kam er, wohin wird er gehen? Wird er bleiben?«

Der Weg wird breiter, ein weißer Platz mit Säulen gut gebauter Götter, auch hier ein aufgeschlagenes Buch – wieder können wir sehen, was wir lesen:

»Das Mausoleum, unter der Kuppel eine Marmorbank. Auf der Bank kein Sarkophag, sondern Polster seidigen Lichts. Hier ist kein Ort des Vergänglichen, hier ist kein Ort des Vergessens, hier kann nichts sterben, nichts verwelken, nichts vergehen. Wir sind im Land der Liebe.«

Wir gehen weiter, jeder Augenblick wird schöner, freundlicher, heller, strahlender. Woher kommt das Licht? Licht wie Seide – zärtlich, kühl und anschmiegsam legt es seine Arme um uns herum. Wir steigen in eine Gondel und legen ab. Irgendwo singt jemand »Ciao, auf Wiedersehen…« Wir kommen wieder. Die Gondel bringt uns zurück, vorbei an dem weißen Sandstrand, vorbei an dem Wald aus Pinien und Pappeln, vorbei an Dünen und Buchten. Kein Abschiedsschmerz, wir kommen wieder.

Wir gleiten weiter an den Treppen von San Giorgio Maggiore und dem ehrwürdigen Schiff der Mönche mit den weißen Kutten vorbei. Aus dem inzwischen hell erleuchteten Palast hören wir ein Konzert von Bach: Air. Die Mönche bewegen sich langsam zum Takt der Musik auf die Göttinnen zu, die sich ebenfalls zur Musik wiegen.

Wir machen noch einen kleinen Abstecher in den berühmten Canale Grande. Wir sehen in der Morgendämmerung Villen im venezianischen Stil. Die Bogenlampen auf der Ponte della Liberta brennen noch. Wir heben ab, die Musik von Bach begleitet uns auf unserem Weg zurück. Unter uns spiegelt sich die Stadt im Wasser, die Nebelfelder einer träumerischen Nacht haben sich verzogen, die Dunstschleier eines romantischen Traumes weichen einem neuen Morgen. Ein neuer

*Tag, unser Tag – uns kann nichts passieren, wir kennen den Ort, an dem nichts verwelken kann, an dem nichts vergessen wird und wo es keinen Abschied mehr gibt.*

*Nachdem du jetzt aufwachen wirst, kannst du dich nicht mehr an alles erinnern, zurück bleibt nur ein wenig der Sorglosigkeit einer lauen Sommernacht, ein Schimmer der Helligkeit eines besonderen Morgens, ein Hauch des Rosendufts. Und ein bisschen Sehnsucht gehört auch dazu – zwischen den Lippen, unter der Haut.*

Suse war überwältigt, sie las die Geschichte nochmals, sie hätte heulen können, die Sehnsucht spürte sie nicht nur unter ihrer Haut, sie spürte sie in jeder einzelnen Körperzelle. Jede einzelne Faser in ihr fieberte nach Sven. Das Verlangen, ihn sofort zu umarmen, wurde so stark, dass sie mit sich am Ringen war, ob sie nicht gleich ins Auto steigen sollte, um nach Konstanz zu fahren. An seine – Postfachadresse. Mist, fiel es ihr ein, nicht mal seine richtige Adresse hab ich.

Es war zum Verrücktwerden, es war der schönste Brief, den Suse jemals bekommen hatte, und dann ausgerechnet von einem Mann, den sie nicht haben konnte. Weshalb machte er so was mit ihr. Hatte er keine Ahnung, was er damit bei ihr anrichtete? Heute Nacht würde sie sicherlich nicht schlafen können, die Sehnsucht nach Sven war schmerzhaft spürbar. Suse schwebte im Nichts, sie schwebte irgendwo und nirgends und wusste, dass sie dabei schnell abstürzen konnte. Sven war nirgends zu sehen, er konnte sie nicht auffangen. Und dennoch fühlte sie sich bei ihm sicher, so sicher wie schon lange nicht mehr.

Suse stieg in ihr Auto, zu Sven konnte sie nicht fahren, schon alleine wegen Sami und ihrem Flug morgen nach Düsseldorf, aber sie musste mit jemandem reden, sie wollte in ihrer Stimmung nicht alleine bleiben. Sie fuhr zu Bines Wohnung, die nur einen Kilomter entfernt war, nachdem sie ihre Freundin telefonisch nicht erreichen konnte. Kein Licht war zu sehen, Suse klingelte dennoch und wartete. Keine Reaktion, seltsam, wo war sie nur, sie wollte sich doch am nächsten Tag um Sami kümmern, wenn sie auf der Messe war.

Offensichtlich war Sabine unterwegs und würde dann, wie vereinbart, heute noch zu ihr kommen. Sie hatte ja einen Wohnungsschlüssel von ihr und wollte morgens für Sami da sein. So schade, niemand da, dem sie sich in die Arme hätte werfen können. Suse fuhr wieder nach Hause, beinahe hätte sie an einer Stoppstelle einen vorbeifahrenden Omnibus gerammt, so sehr war sie in Gedanken. Mit zitternden Knien fuhr sie vorsichtig und sehr aufmerksam die letzten Meter bis zu ihrem Haus.

Dort angekommen, setzte sie sich wieder auf die Terrasse, zündete eine Petroleumlampe an und las den Brief von Sven wieder durch. Suse hätte schreien können, jetzt kannte sie einen gut aussehenden, netten Mann, der dazu noch heillos romantisch veranlagt war, aber er war nicht greifbar, sie konnte ihn nicht haben, sie konnte noch nicht mal so einfach bei ihm anrufen, geschweige denn ihn in den Arm nehmen. So was hält die stärkste Frau nicht aus, dachte Suse und spielte mit dem Gedanken, mit Sven Schluss zu machen, bevor es richtig begonnen hatte.

»Ich muss an mich denken«, sagte Suse vor sich hin, »noch so eine Attacke von Sven, und ich bin ihm hilflos verfallen und ausgeliefert. Um mich ist es ja jetzt schon geschehen, ich bin ihm jetzt schon hörig!«, schimpfte sie weiter mit sich selbst. Suse war romantisch veranlagt, und sie war auf schrecklichste Weise verliebt, so aus der Ferne zumindest, und sie würde sich nicht von Sven in eine beinahe depressive Stimmung bringen lassen. »Das übernimmt die Krankenkasse nicht mehr!«, lachte sie selbstironisch. Sie würde es nicht zulassen, dass er über ihre Gefühle bestimmen konnte. »Nein«, sagte sie laut, »du schaffst mich nicht! Mich schafft überhaupt kein Mann. Wenn die große Liebe so wehtun kann, dann bleibe ich alleine, es war ohne dich ganz schön – es wird auch ohne dich schön bleiben, ich brauche keinen Mann!«

Suse wollte den Brief an der Petroleumlampe entzünden, damit sie ihn nie wieder lesen konnte. Zögerlich brachte sie Svens Schreiben in die Nähe der Flamme, dann zog sie ihre Hand wieder zurück. Sie würde ihn nicht verbrennen, sie wollte ihn zuerst noch Bine zeigen und dann ganz weit weglegen, dass sie ihn nie mehr finden würde. Sie ging ins Haus und legte ihn auf den Nachttisch, vielleicht würde sie ihn ja heute Nacht noch mal lesen wollen. Aber antworten würde sie ihm darauf sicher nicht, Suse nahm sich vor, nie wieder an Sven zu denken, und schielte dabei auf den Brief.

# Kapitel 39

Auch der nächste Tag war stressig. Obwohl erst Mittwoch war, wäre Suse liebend gerne ins Wochenende gefahren. Ihre Füße schmerzten, sie war seit heute auf einer der größten internationalen Modemessen. Sie war schon mit der ersten Maschine nach Düsseldorf geflogen. Sie war auf der Messe *cpd woman-man*, der Rummel war dieses Jahr noch größer als im Vorjahr. Bisher war es eine reine Messe für Damenoberbekleidung, dieses Jahr hatte man auch die Herrenmode dazugenommen, und die Wege waren noch weiter als bisher. Bis Donnerstag musste sie durchhalten. In aller Früh war sie von Stuttgart aus angereist, glücklicherweise war der Messestandort bereits an der Autobahnausfahrt gut ausgeschildert, so dass Suse bereits eine halbe Stunde nach der offiziellen Eröffnung mit ihrem zu Hause vorbereiteten Schlachtplan und dem Messekatalog bewaffnet durch die Hallen lief. Suse versuchte, sich über die neuesten Trends einen Überblick zu verschaffen. Bine, die Glückliche, hielt im Laden die Stellung und schickte ihr eine aufmunternde SMS:

*Du hast schon drei Stunden geschafft, musst nur noch 45 Stunden durchhalten!*

Wie witzig, Bine konnte sich amüsieren, der Einkauf war schließlich Suses Ressort. Suse Plan gab vor, dass sie spätestens am Nachmittag mit dem Einkaufen beginnen würde. Suse hatte sich den notwendigen Überblick der neuen Farben und Schnitte verschafft und machte sich an die Verhandlungen. Immer wieder traf sie bekannte Gesichter, mit denen sie kurz ein paar Worte wechselte. Und dauernd ging es weiter, im Kopf kombinierte Suse die möglichen Kollektionen, verwarf das eine und andere wieder, entdeckte dann wieder Neues und verwarf die ersten Ideen. Es war laut, hektisch, und Suse spürte neben den Füßen, die sich schon wie abgestorben anfühlten, ihren Kopf. Die ersten Aufträge wurden geschrieben, Suse fotografierte die ausgesuchte Ware, legte Größe, Stückzahl und Farbkombinationen fest, mit der ständigen Sorge im Hinterkopf, etwas Wichtiges übersehen zu haben. Sie legte eine kurze Verschnaufpause ein, mit einem Becher Mineralwasser saß sie völlig fertig am Ende eines Laufsteges und begutachtete die Männer auf dem Catwalk. Hier konnte sie in aller Ruhe zuschauen, Männermode war geschäftlich nicht relevant, zum Glück hatte sie ein reines Damengeschäft. Suse entspannte sich ein wenig. Entspannt? Konnte man es als entspannt bezeichnen, wenn Suse in jedem der Männer etwas von Sven entdeckte, wenn sie noch immer mit einem Knoten im Bauch an ihn dachte? Jeder dieser attraktiven Männer erinnerte mit einer Kleinigkeit an Sven. Der eine hatte dieselbe Nase, der andere einen ähnlichen Mund, der dritte auch so schöne Hände, und die Augen vom vierten sahen denen von Sven zum Verwechseln ähnlich – überall war Sven präsent. Suse hatte sich zwar mit sehr viel Arbeit davon abhalten können, ihn bis nach Konstanz zu verfolgen, mit Vorwürfen oder Liebeserklärungen zu überschütten, aber sie schaffte es nicht, ihn aus ihrem Herzen zu bannen. Ständig musste sie an ihn denken, und trotzdem würde sie ihn nicht mehr anrufen. Es hatte doch keinen Sinn.

Plötzlich piepste ihr Handy, eine Kurznachricht war angekommen, Suse schaute auf das Display und fiel beinahe in Ohnmacht, für einen Moment setzte ihr Herzschlag aus. Suse hatte mit Bine gerechnet, geschrieben hatte jedoch Sven. Konnte er Gedanken lesen, oder hatte sie bemerkt, dass er sich mit ihr in dem Moment beschäftigte?

*Ich bin dir ganz nah, in Gedanken schon lange bei dir. Spürst du meinen Atem? Hörst du mein Herz klopfen? Fühlst du die Sehnsucht unter der Haut? Sven*

Suse war sprachlos, ihre Hand zitterte so stark, dass ihr das Handy auf den Boden fiel. Sie bückte sich und las den Text nochmals durch. Sven spielte offensichtlich auf seine Gute-Nacht-Geschichte an, für die sich Suse lediglich mit einer kurzen SMS bedankt hatte. Für mehr war sie viel zu durcheinander. Sie fühlte, wie ihr Kreislauf zusammenbrach, sie hatte nichts gegessen, viel zu wenig getrunken, und jetzt noch das – es war zu viel, Suse wurde für einen Moment schwarz vor Augen. Waren sie doch füreinander bestimmt? Langsam, ganz langsam meldete sich ihr Kreislauf wieder zurück.

Sven stieg, nachdem er die Nachricht versendet hatte, gerade aus dem Flugzeug in Düsseldorf. Er hatte, wie vereinbart, die von Sabine hinterlegten Tickets genutzt und war mit der zweiten Maschine von Zürich hergeflogen. Sven hatte nicht nur den Auftrag von Sabine im Hinterkopf, sondern er mochte Suse. Alleine deshalb ließ er sich auch so schnell auf die Idee von Sabine ein. Und er war sogar enttäuscht, als sie auf seine Geschichte als Reaktion nur so eine knappe SMS zurückschickte. Er wollte mit allen Mitteln verhindern, dass ihm Suse verloren ging. Also zumindest für Sabines Plan. Was er selbst von ihr wollte, das wusste er nicht so ganz, zumindest noch nicht. Sven entschloss sich immer spontan, meistens aus dem Bauch heraus.

Für ihn war es ungewohnt, so viel für eine Kundin zu empfinden. Er wusste auch nicht, wo die seltsame Beziehung enden würde, weil er bisher noch nie einen bestimmten Abstand zu seinen Gästen unterschritten hatte. Ein paar nette Zeilen, ein Strauß Blumen waren normales Marketing, auch er musste für sich Werbung machen. Geburtstage zum Beispiel durfte er nie vergessen, alle Stammkundinnen bekamen an ihrem Ehrentag eine kleine Aufmerksamkeit, in seinem Büro hatte er peinlichst genau vermerkt, wer was an welche Adresse bekommen sollte. Seine Dienste sollten diskret bleiben, er durfte niemanden in Schwierigkeiten bringen. Alles kein Problem. Suse jedoch bereitete ihm Kopfzerbrechen. Sie war in seinem Büro immer noch mit der Farbe Grün gekennzeichnet, obwohl er für sie eine andere Farbe suchen wollte. Im grünen Bereich waren alle unkomplizierten Kunden einsortiert, die auch von ihm gerne kontaktiert werden wollten. So wie Suse und die Gute-Nacht-Geschichte. Dann gab es die orangefarbenen Kundinnen, sie hatten Mann oder Freund, mit diesen waren nur Abendessen oder Konzertbesuche möglich, er wollte die rote Linie nie überschreiten, niemals Dritte verletzen. Und die rote Kartei bezeichnete Kundinnen, die er nicht mehr sehen wollte. Weshalb auch immer. Und trotzdem, obwohl Suse als unkomplizierter Fall in seiner Kundenkartei aufgelistet war, musste er für sie eine neue Farbe einführen. Suse war nicht unkompliziert, sie war sein diffizilster Fall seit sieben Jahren. Mit nichts zu vergleichen. Das machte sie für ihn auch so interessant und gleichzeitig auch zum vertracktesten Fall aller Zeiten. Ihre Freundin Sabine war noch das i-Tüpfelchen, wenn der Plan auffliegen würde, bevor er wusste, was er selbst wollte, dann brauchte er sich definitiv nie wieder bei Suse blicken zu lassen. Dann wäre die Karteifarbe eindeutig.

Pragmatisch, wie er nun mal war, dachte er zunächst nur mal daran, wie er agieren wollte, um so einen besonderen Auftrag nicht zu verlieren. Nachdem sie glücklicherweise für ihn immer noch in Gruppe Grün einsortiert war, konnte er seine Werbungsversuche um Suse auf das höchste Niveau seit seiner Schulzeit schrauben. Er grinste vor Vorfreude. Natürlich dachte er auch ein wenig daran, was wohl wäre, wenn Suse seine Freundin würde, aber er verwarf den Gedanken schnell wieder, weil er seinen Beruf auf keinen Fall aufgeben wollte. Es war für den Partner nicht zumutbar. Und er war für eine Beziehung auch nicht bereit. Er musste also nun die richtige Taktik fahren. Nicht zu wenig, nicht zu viel Gas.

Vom Flughafen Düsseldorf stieg Sven in ein Taxi und war knapp zehn Minuten später auf dem Messegelände. Das Gelände lag gerade mal drei Kilometer Luftlinie vom Flughafen entfernt. Nachdem Suse sich auf seine SMS nicht gemeldet hatte, ging er davon aus, dass sie beschäftigt war. Er würde sie nicht anrufen, es würde sich eine andere Möglichkeit finden, um Suse in dem Gewühl von Menschen zu treffen. Viel Zeit wollte er nicht verlieren, bereits am frühen Nachmittag würde er nach Zürich fliegen.

# Kapitel 40

Im Eingangsbereich der Messe gab es einen Informationsschalter. Gemeinsam mit den Hostessen dort überlegte er, wie er Suse finden und gleichzeitig überraschen konnte. Eine Hostess, die es für eine sehr hübsche Idee hielt, dass Sven eine gestresste Freundin hier überraschen wollte, ging mit Sven zu zwei Männern, mit denen sie ein paar Worte wechselte. Einer dieser sehr gut gekleideten Herren nickte und musterte Sven wohlwollend. Er scannte offensichtlich Svens Figur und Größe. Als die Hostess zurückkam, strahlte sie Sven an und sagte: »Habe eben mit dem Chefdesigner und dem Manager der Firma *Armani* gesprochen. In 40 Minuten ist hier die nächste Modenschau. Sie können ausnahmsweise mitlaufen, unterdessen versuche ich, Ihre Freundin zu finden und hierherzulocken.«

Sven war von dem Vorschlag mehr als angetan, bedankte sich mit einem angedeuteten Kuss auf die Wange der Hostess und ging auf den Manager des Messestands von *Giorgio Armani* zu. Dieser musterte Sven von oben bis unten und rief seinen Mitarbeitern etwas auf Italienisch zu. Hektisch wurde Sven hineingezerrt, seine Haare wurden neu gekämmt, eingesprüht, Nase, Stirn, schließlich wurde alles großflächig mit einem Pinsel abgepudert und danach die Augen geschminkt. Sven wollte sich hustend wehren, aber die Visagistinnen ließen nicht mit sich handeln.

Im Ankleideraum, zwischen 20 fahrbaren Chromständern mit diversen Kleidungsstücken, wurde für Sven dann etwas Entsprechendes herausgesucht. Ein eng geschnittener Anzug, eine Weste, nichts darunter. Glücklicherweise war Sven schlank, nur etwas zu klein. Die Hose wurde innerhalb von Sekunden gekürzt. Es ging zu wie beim Boxenstopp der Formel eins. Sein Outfit gefiel Sven zwar nicht unbedingt, aber das wollte schließlich keiner wissen und es war auch völlig nebensächlich. Entscheidend für Sven war, dass er sich mit seinem spontanen Auftritt Suse in das Gedächtnis brannte. Sie sollte ihn nicht so einfach vergessen können, er würde sich damit alle Optionen bei ihr offenhalten. Kaum angezogen, wurde Sven im Schnellverfahren angelernt, wie er laufen musste. Das war nichts für ihn. Sven wurde immer aufgeregter, zum Affen wollte er sich eigentlich nicht machen, er wollte ja Suse beeindrucken.

Die Hostess hatte inzwischen Suse ausfindig gemacht. Sie hatte sich von Sven Suses Handynummer geben lassen, sich bei ihr gemeldet, mitgeteilt, ein wichtiger Aussteller würde sich kurz mit ihr treffen wollen. Suse ging zu dem angegebenen Treffpunkt. Dort wurde sie von der Hostess freundlich empfangen und zum Laufsteg von *Armani* gebracht.

Suse ging arglos mit, es war üblich, sich auf ein kurzes Gespräch zu treffen. Sie kannte viele, und vielleicht wollte auch nur jemand, bei dem sie zuvor eingekauft hatte, ihr noch etwas mitteilen. Suse bemerkte in der Hektik nichts Außergewöhnliches. Im Grunde war sie über die kurze Pause sogar froh. Vor dem Laufsteg von *Armani* suchte die Hostess für Suse den perfekten Platz aus und sagte, sie möge bitte hier einen Moment warten, der besagte Geschäftspartner würde sofort kommen. Suse hatte sich in der Zwischenzeit wieder etwas erholt, übel war es ihr jedoch immer noch.

Ein paar Minuten später war es dann so weit, der große Auftritt von Sven begann. Er lief gemeinsam mit sechs anderen Männern auf den Laufsteg. Zuerst waren sie noch im Pulk, die Inszenierung wurde für Sven leicht verändert. Als er nahe bei Suse vorbeilief, vermied er den Augenkontakt und versuchte, sich die Aufregung nicht anmerken zu lassen. Suse hatte ihn bis dahin auch nicht entdeckt. Sie sah sowieso in jedem Model ihren Sven, sie hatte sich inzwischen an ihre Halluzinationen gewöhnt.

Dann kamen die Soloauftritte, ein Model nach dem anderen präsentierte sich alleine. Als Sven an der Reihe war und Suse direkt in die Augen schaute, ging alles sehr schnell. Suse glaubte, ihren Augen nicht zu trauen, klappte entgeistert auf ihrem Stuhl zusammen, und Sven sprang mit einem Satz von der Bühne, nahm sie flugs auf den Arm und ließ sich von der sichtlich erschrockenen Hostess den Weg zum nächsten Sanitäter zeigen.

Die anderen Zuschauer waren über die Einlage von Suse und Sven zuerst sehr überrascht, klatschten dann nach einer Schrecksekunde jedoch begeistert Beifall. Die Show lief weiter, alle gingen davon aus, dass es Teil der Inszenierung war. Ein Redakteur der »Westdeutschen Zeitung« drückte im richtigen Moment auf den Auslöser seiner Digitalkamera und schrieb zufrieden auf seinen Notizblock Stichworte.

»Ohnmächtig am Laufsteg, *Giorgio Armani* beeindruckt Zuschauerinnen mit einer perfekt inszenierten Modenschau«, hieß es einen Tag später in der zweiten Überschrift und im Text wurde bejubelt: »*Armani* tritt den eindeutigen Beweis an, dass seine Kreationen, auch Jahrzehnte nach Einführung des Labels, den Frauen noch reihenweise den Verstand rauben.«

Suse bekam von all dem nichts mehr mit, es war ihr schlichtweg alles zu viel geworden. Tag und Nacht verfolgte Sven sie schon in ihren Gedanken, jetzt halluzinierte sie, dass sie ihn sehen konnte. Sie war eindeutig urlaubsreif. Suse lag auf einer schmalen Pritsche im Sanitätszimmer. Ein Arzt fühlte ihren Puls und spritzte etwas in ihre Venen. Vorsichtig schaute sie sich um, es durfte nicht wahr sein, Sven stand ja noch immer hier. Spielten die überstrapazierten Nerven ihr weiterhin Streiche?

Der Arzt sprach beruhigend auf Suse ein und legte ein kühlendes Tuch auf ihre Stirn. »Sie müssen mehr trinken, Sie sind dehydriert, so ein Kreislaufkollaps ist meistens das Ergebnis.« Suse nickte, der Arzt hatte ja keine Ahnung, so viel konnte sie gar nicht trinken, um Sven zu vergessen. »So, jetzt ruhen Sie sich noch ein wenig aus«, sagte er bestimmt, »dann gehen Sie etwas Leichtes essen, und nicht vergessen: viel trinken!«

Der Arzt ging, und Sven trat zu Suse heran. »Es tut mir leid, dass ich dich so erschreckt habe«, sagte er zerknirscht zu Suse.

»Ich glaube das alles nicht«, antwortete Suse, froh darüber, dass sie noch ganz normal war und Sven leibhaftig vor ihr stand, »ich dachte, ich sehe Gespenster. Und zudem habe ich wirklich noch nichts gegessen und bin nur herumgehetzt.«

»So geschminkt, wie ich bin, würde ich vor meinem Spiegelbild auch in Ohnmacht fallen«, scherzte Sven wieder, »ich werde dich jetzt einen Moment alleine lassen, mir das Gesicht abwaschen und meine geliehene Kleidung zurückgeben. Ich komme gleich wieder, lauf mir nicht weg.«

»Ich bleibe«, versprach Suse schwach lächelnd.

Nach einer Viertelstunde war Sven zurück, Suse ging es auch schon relativ gut. Ihre Ohnmacht war ihr mehr als peinlich. Sie hasste alles, was nur im Entferntesten nach Krankenhaus roch, und es war ihr zudem sehr unangenehm, so im Mittelpunkt zu stehen. So schnell wie möglich wollte sie von hier fort und war froh, als Sven zurück war.

»Und, wie geht es der Patientin?«, fragte Sven besorgt, nachdem Suse schon wieder mit bleichem Gesicht auf der Pritsche saß.

»Ganz gut«, antwortete Suse, »ich möchte weg von hier.«

»Kein Problem!« Sven nahm Suse an der Hand und ging mit ihr nach draußen. »Wir gehen jetzt etwas essen«, bestimmte Sven, »in welcher Halle sind die Restaurants?«

Suse zeigte den Weg: »Hier sind so Imbiss-Buden!«

Sven schüttelte den Kopf: »Hast du denn keine Zeit für ein richtiges Mittagessen, so mit Messer und Gabel, ein Glas daneben, möchtest du dir als Nächstes den Magen verrenken?«

»Ja, schon gut«, gab Suse kleinlaut nach, »eigentlich habe ich für heute schon mehr erledigen können, als ich mir vorgenommen hatte. Eine Mittagspause habe ich mir zwar noch nie an Messetagen geleistet, aber heute mache ich eine Ausnahme, schließlich wird man ja nicht jeden Tag so lieb überrascht.« Sie steuerten ein kleines gehobenes Restaurant an. Die Atmosphäre war nicht so hektisch wie auf dem Messegelände, ideal geeignet für wichtige Geschäftsbesprechungen oder für ein ungeplantes Rendezvous. Suse zeigte Sven ihre Freude über seine mehr als gelungene Überraschung, berichtete von ihrem Tag und erzählte ihm auch, weshalb sie eine regelrechte Panik vor Krankenhäusern und ähnlichen Einrichtungen hatte. Unangenehme Erfahrungen aus ihrer Jugend.

Sven nahm Suse in den Arm, tröstete sie, wenn es notwendig war, bedauerte sie ein wenig, machte an den richtigen Stellen Komplimente, sagte nette Sachen, ohne dass es irgendwie aufdringlich oder unehrlich klang. Kurzum, Sven verfolgte in Bestform sein Ziel, Suses Vertrauen zu gewinnen. Wie es genau weitergehen sollte, davon hatte er weiterhin keinen blassen Schimmer. Er würde improvisieren. Hauptsache, sie würde ihn so verliebt anschauen, an ihn denken und die Sehnsucht spüren – das reichte ihm für den Moment als Etappenziel völlig aus.

Suse, so direkt mit Sven konfrontiert, verwarf ihre früheren Gedanken, sich nie wieder mit ihm zu treffen, rasch wieder. Er war einfach ein Schnuckelchen. Weshalb sollte frau sich nicht ab und zu so was gönnen, ein wenig ihre Seele baumeln lassen, es war angenehm, mit Worten gestreichelt zu werden, es war schön, einen aufmerksamen Zuhörer zu haben, und es tat gut, bewundert zu werden – mit einem Satz: Sven tat ihr gut, und sie wollte ihn wiedersehen. Suse hatte sich fürs Genießen entschieden.

Sie verabredeten sich für das Wochenende in einem Stuttgarter Luxushotel, sie wollte verwöhnt werden, wie es sich für eine VIP-

Kundin von Sven gehörte. Sie würde ihn buchen, einfach so. Samstagabend bis Sonntag, so sollte es sein, und Sven, der eigentlich wegen Marcella keine Termine am Wochenende annehmen wollte, gab nach. Schließlich hatte er eine Mission: Sabines Plan. Zumindest die Grundlage war geschaffen. Suse hatte angebissen. Seine Agentur würde für sie beide ein traumhaftes Wochenende arrangieren. Er musste nur noch Sabine informieren, damit sie die Fortsetzung planen konnte.

Sven begleitete Suse noch ein wenig auf der Messe, die Zeit verging wie im Flug. Sie verabschiedeten sich liebevoll voneinander, Sven wollte seine Maschine nach Zürich nicht verpassen. Suse hatte das kurze Treffen mit Sven gutgetan, wie froh war sie, nach der umwerfenden Geschichte von Sven das Kind nicht mit dem Bade ausgeschüttet zu haben. Beinahe hätte sie den Brief verbrannt, sich wieder zurückgezogen. Beinahe wäre sie wieder ihrem Glück selbst im Wege gestanden. Es war doch so einfach, Suse konnte jederzeit genießen und musste dabei nur ein wenig ihre Gefühle kontrollieren. Und keine Sorgen haben, nie wieder Angst. »Wovor denn?«, sagte sie sich selbst. »Wenn doch nur alles so einfach wäre.« Gut gelaunt und frisch motiviert stürzte sich Suse wieder gestärkt in ihre Arbeit. Noch ein Tag, und sie hatte ihr schwierigstes Arbeitspensum geschafft. Noch dreimal schlafen, und sie würde Sven wiedersehen, sie hatte es getan. Unglaublich, sie hatte ihn gebucht.

Am nächsten Morgen war Sven schon wieder visuell präsent, diesmal stand er zwar nicht direkt vor ihr, aber er war in der Zeitung abgebildet, sie ohnmächtig in seinen Armen. Die Schlagzeile des Tages, jedenfalls war es das Gesprächsthema auf der Messe. *Armani* hatte die innovativste Show geliefert. Bis auf die Beteiligten selbst wusste natürlich niemand, dass Suse unfreiwillig zu den Statisten gehörte. Und sie selbst verbreitete dies auch nicht, es musste letztendlich ja niemand wissen, dass sie wegen eines Mannes umgekippt war – wie peinlich.

# Kapitel 41

Etwas schneller als erlaubt und mit erhöhtem Puls schlängelte Sven sich mit dem dunkelblauen Panamera die engen Kurven nach Lugano hinunter. Wie vereinbart rief er Marcella zwischendurch an, damit sie wusste, dass er auch kommen würde. Und einen Kilometer vor der Abfahrt nach Lugano, diesmal aus der anderen Richtung, meldete er sich nochmals kurz übers Autotelefon. So wollte es Marcella. Minuten später stand sie da, wieder an der Straße vor dem Eisentor, und winkte ihm fröhlich zu. Sie war ein Traum, schon wie beim letzten Mal, in einem bezaubernden Kleidchen, diesmal wesentlich kürzer, stand sie freudig lächelnd am geöffneten Tor.

Sven nahm diesmal etwas sportlicher die enge Pforte und bremste scharf ab. Marcella kam zu seiner Fahrertür und öffnete diese ungeduldig. »Mio amato!« Marcella schlang ihre schlanken Arme um Sven und erdrückte ihn fast. Er genoss die stürmische Begrüßung und küsste sie innig.

»Ich bin so froh, dich wieder hier bei mir zu haben!« Marcella war erkennbar erleichtert, glücklich, sie hatte ihren Sven sehr vermisst. »Hast du Appetit? Durst? Komm, mein Liebling, du kannst haben, was du magst, was ich habe!« Marcella überschüttete Sven förmlich mit ihrer Fürsorge und Liebe.

»Ich möchte nur dich!« Sven war ebenfalls erleichtert, Marcella im selben Zustand anzutreffen, wie er sie in Erinnerung hatte. Er fühlte sich wieder von der ersten Sekunde an zu Hause. Geborgen und geliebt. »Komm, wir schließen noch das Tor, damit uns niemand stören kann.«

»Ich habe mich so auf dich gefreut«, strahlte Marcella ihn an und wollte die geschmiedeten Eisentore zurückschieben. »Ich hab die Stunden gezählt, bis du wiederkommst. Ich habe dich vermisst.«

»Ich habe mich auf dich gefreut!« Sven verriegelte das schwere Eisentor und nahm Marcella nochmals leidenschaftlich in den Arm. Sie blieben noch für einen Moment in der Nähe des Eisentores stehen. Marcella schmiegte sich eng an Sven. Er fühlte sich so sorglos und frei wie noch nie zuvor in seinem Leben. Zumindest erinnerte er sich nicht mehr an so einen Zustand. Für einen Moment standen die Welt und seine Gedanken still.

Ein Pfiff unterbrach die Stille, ein ungefähr 30-jähriger Mann machte sich am Zaun bemerkbar, gerade ein paar Meter entfernt, in der Hand einen Strauß unzähliger roter *Baccara* Rosen:

»Ragazza, vieni qui, ho qualcosa per te!«

Marcella reagierte nicht darauf, und Sven hatte kein Wort verstanden.

»Ist das ein Rosenverkäufer?«, fragte Sven, während Marcella sich, Sven an der Hand führend, vom Tor abwendete, ohne den Mann eines Blickes zu würdigen.

»Der war gut!« Marcella zog Sven Richtung Hauseingang, weiterhin, ohne sich nach dem Mann umzudrehen, und klärte ihn auf: »der hat doch mir hinterhergerufen. Ein richtiger Rosenverkäufer hätte ja dich angebaggert.«

»Der baggert dich also an? Dann bin ich wohl im richtigen Moment gekommen«, nahm Sven die Situation spaßig auf.

»Ja, mein Retter«, himmelte Marcella ihn an, »aber mach dir keine Gedanken, deshalb wollte ich dich nicht wiedersehen, mit denen hier komme ich schon klar.« Sie wurde ernst. »Darüber, weshalb ich dich so schnell wiedersehen wollte, möchte ich mit dir sprechen. Über uns. Ich will noch unbedingt was loswerden. Wir hatten ja bisher keine Zeit für ein Gespräch unter vier Augen«, und strahlte ihn gleich schon wieder mit ihren großen braunen Rehaugen an und zog ihn weiter an der Hand ins Haus.

»Komm erst mal mit«, Marcella ging in die Küche voraus und überschüttete ihn förmlich mit Leckerbissen. »Magst du Orangensaft oder was anderes? Ein Tiramisu habe ich uns auch gemacht, oder zuerst eine Grundlage. Hier Antipasti oder ich kann das hier für dich aufwärmen«, und deutete auf einen abgedeckten Topf mit Risotto. »Oder magst du dich zuerst frisch machen? Im oberen Badezimmer liegen Handtücher für dich bereit. Fühl dich wie zu Hause.«

»Das fühlt sich ja wirklich wie Nachhausekommen an. Mag ich alles, vor allem dich, kurz ins Bad und für den ersten Moment nur etwas zu trinken, dann kannst du mir auch gleich erzählen, was du auf dem Herzen hast«, antwortete Sven. »Und was magst du?«

»Dasselbe, dich und ein Wasser im Moment«, antwortete sie, »ich warte auf der Terrasse auf dich!«

»Wie geht es dir, tesorino?« Marcella schaute Sven erwartungsvoll an, nachdem er wieder zurück war und sich neben sie gesetzt hatte.

»Rundherum gut!«, antwortete Sven und drückte sie kurz an sich. »Bei dir fühle ich mich einfach schon zu Hause.«

»Ja, seltsam«, ergänzte Marcella, »das fühlt sich wundervoll an, obwohl wir uns kaum kennen, und das ist auch, worüber ich mit dir sprechen wollte. Ich kann doch mit dir über alles sprechen?«, vergewisserte sie sich.

»Ja, unbedingt«, nickte Sven, »genau deine offene, direkte Art mag ich ja so an dir. Erzähl, ich möchte alles wissen!«

# Kapitel 42

»Also«, Marcella überlegte kurz, »wo soll ich am besten anfangen? Du hast mich ein wenig aufgedreht beim ersten Kennenlernen erlebt. Meine Mum meinte, ich wäre total aufgekratzt gewesen. Kein Wunder, hatte mich ja auch auf euch beide gefreut.«

Sven lächelte, er erinnerte sich an jede der reizvollen Szenen. »Du kanntest mich doch gar nicht«, warf Sven ein, »und du hast dich dennoch auf mich gefreut, wie kam es dazu?«

»Meine Mum«, schmunzelte Marcella, »hat mir von dir sooo viel erzählt, ich wusste schon ein wenig mehr von dir.«

»Oh!«, Sven spielte den Verlegenen. »Ich hoffe, sie hat nur nette Sachen erzählt?«

»Na ja«, kokettierte sie, »das meiste schon.« Der Satz war ein wenig gedehnt, und sie genoss sichtlich Svens fragenden Blick.

»Marcella, mach es nicht so spannend«, forderte Sven sie auf weiterzuerzählen.

»Okay«, kam es zuerst gedehnt, dann kicherte Marcella laut auf, als er anfing, sie zu kitzeln. »Hör auf! Ich erzähle dir alles, ich bin so was von kitzelig, das wollte ich dir eigentlich nicht gleich von Anfang an verraten«, kicherte sie weiter.

»Meine Mum beschrieb dich als zuverlässig, pragmatisch, optimistisch.« Marcella machte eine Pause.

»Deshalb freut man sich ja noch nicht, mein Nachbar ist auch so optimistisch«, stellte Sven trocken fest, »und weiter?«

»Ja, deine offene Art hat ihr sehr gefallen, deine Hilfsbereitschaft, du bist immer aufmerksam …«

»Und was noch?«

»Ein hübscher Kerl«, sie senkte ihre Stimme und sprach sehr leise, »liebenswert, im Grunde der perfekte Schwiegersohn.«

»Aber?«

»Na ja, deinen Beruf konnte sie nicht so richtig einschätzen. Wobei sie immer sagte, sie kann das nicht beurteilen, sie weiß darüber nicht viel, hat dich nie gefragt, weil sie das ja auch nichts anginge, und deshalb habe ich dich gegoogelt. Das Foto hat mir schon gefallen. 38 Jahre, stimmt das überhaupt?«

»Nicht mehr«, lachte Sven, »das war ziemlich genau vor sieben Jahren aktuell.«

»Dann bin ich ja erleichtert!«

»Weshalb?«

»Weil ich auf ältere Männer stehe«, und schaute dabei auf Svens Bart und Haare, ob sie ein graues Haar finden konnte. »Ich bin 34 Jahre jung, und das ist der perfekte Altersunterschied, also für den Fall, dass wir ein Paar werden. Und damit«, sie setzte sich aufrecht hin und drehte sich Sven komplett zu, »sind wir beim Thema, ich wollte dir erklären, weshalb ich so aufgedreht war und was ich damit erreichen wollte.« Marcella trank einen Schluck und gab ihr Glas weiter an Sven, der auch einen Schluck davon nahm.

»Jetzt bin ich aber gespannt.« Sven genoss die euphorische Erzählung Marcellas, er hing förmlich an ihren Lippen und strahlte vor sich hin.

»Ich wollte einfach deine komplette Aufmerksamkeit haben. Erreichen, dass du mich nie wieder vergessen würdest.« Marcella strich sich durch die in der Abendsonne glänzenden Haare.

»Das hast du erreicht«, grinste Sven sie an, »vom ersten Moment an.«

»Und dann war ich dazu noch ein kleines bisschen beschwipst«, entschuldigte sie sich weiter, »war schon aufgeregt, bevor du gekommen bist, habe beim Kochen schon nebenbei an dem leckeren *Fiorelli Fragolino Rosso* genippt, der war gut, gell? Danach beim Essen, später mit meiner Mum, ich war so nervös. Kannst du als Kompliment nehmen.«

»Hattest du gut überspielt«, anerkannte Sven ihre Leistung. »Das hatte ich nicht bemerkt. Und ja, der *Fragolino* war sehr gut.«

»Si dolce cuoricino amato, für den ersten Eindruck gibt es nur eine Chance«, setzte sie verlegen an, »und der sollte eben erfolgreich sein. Du würdest ja auch nicht mit einer kleinen Angel im kippeligen Bötchen hinausrudern«, erläuterte sie schon bedeutend selbstbewusster, nachdem sie das Grinsen von Sven sah, »wenn du in einem See einen unbezahlbaren Schatz vermuten würdest und du nur einmal die Chance hättest, ihn zu bergen. Du bist ein kluger Mann, würdest doch sicherheitshalber das größte Schiff nehmen, das mit dem 100-Tonnen-Kran. Und du bist doch mein süßes, geliebtes Herzchen, das wollte ich mir eben angeln.« Herausfordernd und mit einem gespielt schüchternen Augenaufschlag schaute Marcella ihn an.

»Du hast völlig recht!« Sven schaute, so ernst er konnte. »Und du warst echt auf der sicheren Seite, dein Angelhaken hätte auch locker tausendmal mehr heben können.«

Marcella grinste verlegen. »Echt? So stark war ich unterwegs? Na ja, da konnte ja wirklich nichts schiefgehen.« Und in einem überzeugten Brustton: »Zum Glück! Wäre es dir lieber gewesen, ich wäre ein Risiko eingegangen?« Sie schaute Sven mit ihren großen Augen dramatisch an.

»Nein, das wäre unfassbar dumm gewesen«, Sven schüttelte den Kopf, »nein, auf keinen Fall, in wichtigen Angelegenheiten muss man immer den sicheren Weg wählen. Meine Rede. Und was war dein weiterer Plan, wenn du dann den Schatz am Haken hattest?«

»Schnell zu mir ins Bettchen nehmen, damit ihn mir niemand klauen kann«, sagte sie leise, schaute verlegen und zog die Schultern hoch. »Das war übrigens das Nächste, was ich dir sagen wollte. Nicht, dass du einen falschen Eindruck von mir bekommst. Das habe ich noch nie zuvor gemacht. Ehrlich! Ich hoffe, du glaubst mir das!« Marcella wartete Svens Reaktion unruhig ab.

»Ja, Marcella, ich glaube dir«, antwortete Sven schnell. »Habe in keiner Sekunde den Eindruck gehabt, dass du nicht ehrlich zu mir bist. Allerdings dachte ich an diesem Abend schon, du willst nur mit mir spielen, und ich war mir auch nicht sicher, ob ich der Einzige bin. Du bist hier schließlich von feurigen Italienern umzingelt, von so komischen Rosenverkäufern«, setzte er grinsend hinzu, »und bist dazu noch atemberaubend hübsch.«

»Ach, die interessieren mich nicht, haben sie noch nie!« Marcella antwortete direkt und überzeugend.

»Du hast mir die Antwort auf meine Frage gegeben, die ich dir in den nächsten Tagen noch gestellt hätte. Finde ich natürlich viel besser, dass du es mir auch ohne Nachfrage schon erzählt hast. Das liebe ich an dir, bei dir weiß ich, woran ich bin. Meistens jedenfalls«, grinste Sven bis über beide Ohren. »Also, Marcella, was ist der weitere Plan, die kluge Schatztaucherin hat den Schatz nun in Sicherheit gebracht, was passiert als Nächstes?« Sven schaute Marcella tief in die Augen.

»Dann prüft sie ihren Schatz, ob er der echte ist, und wenn ja, dann gibt sie ihn für nichts in der Welt mehr her.« Marcella nahm seine Hände in ihre und schaute ebenso offen Sven in die Augen, er spürte in dem Moment, jedes Wort war wahr, genauso, wie sie es sagte, fühlte sie es. Er war überwältigt, ein wenig überfordert von dieser direkten Marcella. Vor ein paar Jahren hätte er jetzt von der großen Liebe geträumt. Würde er solche Träume noch zulassen? Er wusste, Marcella meinte es ehrlich, und Sven wollte auch daran glauben, dass es so etwas für ihn geben konnte. Und er fühlte diese unglaubliche Wärme, die ihn unaufhaltsam durchströmte.

Erst ein paar Augenblicke später antwortete Sven mit weicher Stimme: »Das ist der allerschönste Plan, von dem ich je erfahren habe.« Er gab einen langen, behutsamen Kuss auf Marcellas unglaublich weiche Lippen, und sie erwiderte diesen mit einem sanften Druck und rückte näher zu ihm.

»Bist du einverstanden, wenn wir nichts überstürzen?«, fragte sie ihn liebevoll. »Ich möchte mein Herz nur noch einmal hergeben. Ein letztes Mal.«

Sven nickte und sah, wie sich Marcellas Augen mit Tränen füllten. Er nahm sie fest in den Arm: »Mein allerliebstes, süßes Schätzchen, das ist ein sehr guter Plan, genau auf diese Weise kann es was werden. Ich habe dir noch nichts von mir erzählt, aber genau das ist auch mein Wunsch: Wenn ich mich wieder verlieben kann, dann soll es für immer sein.«

Nach einer Weile setzte sich Marcella wieder auf und erzählte weiter: »Dann bin ich sehr erleichtert. Einmal, dass ich dir alles so sagen konnte und du mir glaubst. Du gibst mir ein gutes Gefühl, ich brauche mich bei dir nicht zu verstellen, und gell, amore mio, du bleibst auch immer du selbst. Ich möchte sogar, das wird dich vielleicht überraschen, dazu auffordern, dein komplettes Adressbuch durchzuschauen, gibt es jemanden, den du magst, der dir was bedeutet?« Ohne eine Antwort von Sven abzuwarten, sprach sie bestimmt weiter: »Ganz sicher werden dir welche einfallen, du hast schließlich auch einen ganz schön starken Magneten an deinem Angelhaken!«, grinste sie ihn an. »Und es wäre gut, wenn du das alles mit mir vergleichst, es auch prüfst, wo du dich für immer zu Hause fühlen kannst. Wenn du es nicht weißt, dann nimm dir Zeit, fahre ein paar Tage mit ihnen in den Urlaub und höre auf dein Herz. Erzähle mir nichts davon, erst dann, wenn du dich entschieden hast.« Sie schaute Sven ernst an und fragte, nachdem er nicht sofort etwas sagte: »Und was denkst du über diesen Plan?«

Sven war perplex, denn er hatte schon viel erlebt und gehört, so was jedoch noch nicht. »Ja, ich bin tatsächlich überrascht über deine Idee. So was gibt es sicher nicht oft, woher nimmst du deine Lebensweisheit? Du bist doch so jung, das hätte ich jetzt nicht vermutet.« Sven korrigierte sich: »Ich wusste vom ersten Moment an, du bist eine kluge Frau, allerdings braucht es viel Erfahrung, bis man solche Pläne überhaupt in Erwägung zieht, geschweige denn sie so ohne jeden Vorbehalt anbietet. Das kann ja auch gründlich schiefgehen. Ich bin verblüfft und gleichermaßen erleichtert über deine Einstellung, denn sie sagt sehr viel über dich aus. Du hast mich gerade schwer beeindruckt.«

Nach einer kleinen Pause ergänzte Sven: »Und du machst das dann auch, prüfe bitte alles, und wenn du so weit bist, dann freue ich mich auf deine Entscheidung.«

»Du freust dich?« Marcella schaute ihn prüfend an und setzte sich aufrecht hin. »Du gehst davon aus, dass ich mich in jedem Fall für dich entscheiden werde?«

»Ich freue mich über so viel Ehrlichkeit, Marcella«, begründete Sven seine Antwort. »Das ist eine Beziehung auf Augenhöhe, ein achtsamer Umgang miteinander, mit den Gefühlen des anderen. Darüber freue ich mich. Und ja, ich respektiere dann auch deine Entscheidung, selbst wenn sie mir dann vielleicht nicht gefallen würde. Aber alles andere taugt ja nichts!«

»Si, mio tigrotto«, sagte Marcella mit samtweicher Stimme, »das hast du gut gesagt, genau das wünsche ich mir. Du verstehst mich einfach. Und so flott, wie wir beide sind, wird das auch keine Ewigkeit dauern, ich weiß für mich sehr schnell, was mir guttut und was nicht, was ich mag«, Marcella sprach sehr schnell, »und weil auch ich schon einiges erlebt habe und gut auf mein Inneres achte, weiß ich auch bald, wen ich liebe und wo ich zu Hause bin.« Marcella schaute ihn erleichtert an, dass sie ihm das alles so sagen konnte.

»Das hört sich traumhaft an, mein Liebling«, antwortete Sven, »so geht es mir grundsätzlich auch, ich fühle im Regelfall auch schnell, was mir guttut, was ich möchte. Und«, er überlegte, bevor er seine Frage stellte, die ihm auf der Zunge lag, »was denkst du, wie lange wollen wir uns Zeit lassen?« Sven wollte nicht vorgreifen und schon gar nicht ungeduldig wirken, jedoch wissen, wie ernst es Marcella war, wie schnell sie den nächsten Schritt kommen sah. Und dachte auch gleichzeitig an Suse, an seinen Beruf, der ihm im Moment überhaupt nicht passend erschien, den er jedoch liebte. Für das alles brauchte er schon ein wenig Zeit. Er wusste nicht, wie schnell er es wagen würde, sein Leben komplett auf den Kopf zu stellen. Ohne Frage, Marcella könnte die richtige Frau für ihn sein, das hatte er vom ersten Moment an gespürt. Er wusste jedoch auch, mit Marcella würde kein Stein auf dem anderen bleiben, das war Sven sonnenklar. Und da war sie leider wieder, die Angst vor Gefühlen, oder besser gesagt, die Sorge, verletzt zu werden. Glücklicherweise waren diese Bedenken im Augenblick nicht so stark.

»Ich brauche ein gutes halbes Jahr, also exakt sieben Monate ab jetzt.« Marcellas präzise Antwort verwirrte Sven. »Und du?«

Also ob sie seine Gedanken ahnen würde, dass er im Moment gerade sein Leben, seine Vergangenheit und Gegenwart vor Augen hatte. Sven fühlte sich ertappt und überging die Frage: »Wie ich dich inzwischen kenne, hast du für diesen klaren Zeitrahmen einen konkreten Grund, stimmt's?«

»Ja!«

Sven schüttelte zuerst verblüfft und dann belustigt den Kopf. »Und wenn du mir noch deinen Grund dafür verraten würdest?« Er verschränkte dabei demonstrativ seine Arme, als ob ihm das alles nun sehr suspekt wäre. »Und erzähle mir anschließend gleich noch den Rest von deinem Plan. Wenn wir schon dabei sind. Nur damit ich mich darauf einstellen kann.«

»Dann ziehen wir zusammen, wohnen in einem kleinen Häuschen, verloben uns, heiraten und bekommen zwei Kinder.« Marcella schaute Sven mit ihrem unwiderstehlichen Blick herausfordernd an. »Gefällt dir das auch? Ach ja, keine Sorge, die Kinder bringe ich auf die Welt.«

»Was soll ich sagen«, erwiderte Sven neckend, »ein perfekter Plan, ich bin dabei, und jetzt sag mir noch fürs Protokoll, wie war das jetzt noch mal mit den sieben Monaten?«

»Die beunruhigen dich? Wirklich?«, neckte Marcella ihn. »Ich kann dich total beruhigen, mio tesoro, ich habe mein Adressbuch bereits durch, da gibt es nur dich!« Marcella nahm die Hand und drückte sie an ihr Herz. »Die sieben Monate brauche ich, um meine Ausbildung abzuschließen, wir können uns sehen, es dennoch langsam angehen lassen, und wir werden uns dabei immer besser kennenlernen. Und ich hoffe einfach mal, dass dein Adressbuch nicht zu eng beschrieben ist und dir die paar Monate auch reichen«, witzelte Marcella ein wenig, obwohl sie es hoffte, dass es da niemanden gab, der ihr ihren Schatz wieder entreißen würde. Aber diese Sorge würde sie für sich behalten, er sollte sich ganz alleine entscheiden, sie hatte schon genug von sich preisgegeben. Sie würde jetzt einen Gang zurückschalten müssen. Und sie würde ihn zu nichts überreden, denn sie wollte ankommen, ohne Bedenken haben zu müssen, dass es wieder nicht funktionieren würde. Ihr Gesichtsausdruck wurde ein wenig traurig.

Als ob Sven Marcellas Gedanken, die kurz in die Vergangenheit geschweift waren, erraten hätte, sagte er leise: »Darf ich dich noch was fragen?« Sie nickte. »Weshalb ist deine letzte Beziehung gescheitert? Oder magst du noch nicht darüber reden?«

»Doch, natürlich«, antwortete Marcella, »du sollst alles von mir wissen. Er war mein Mentor bei der Arbeit, 15 Jahre älter und sehr charmant. Ich habe nicht viel hinterfragt, einfach seine berufliche Hilfe geschätzt, seine Aufmerksamkeit genossen und mich dann auch irgendwann in ihn verliebt. Nach einem Jahr erfuhr ich von seinen vielen Affären. Wir konnten nicht viel Zeit gemeinsam verbringen, wegen überschneidenden Arbeitszeiten, das war vielleicht einer der Gründe. Wobei es fürs Fremdgehen ja überhaupt keinen Grund geben sollte. Wie lange das schon ging, weiß ich bis heute nicht. Habe es nur durch Zufall mitbekommen und die Schuld bei mir gesucht, so wie das halt typischerweise oft ist. Ich wollte sogar die Beziehung retten, hätte ihm verziehen, wenn er einfach nur ehrlich gewesen wäre, nachdem alles aufgeflogen war. Aber er konnte sich nicht so ganz entscheiden, und dann musste ich es für uns tun. Mich entscheiden, vor allem für mich, denn ich wäre sonst untergegangen.

Und hier bin ich«, sie lächelte traurig, »ich bin ein Beziehungsmensch und hätte weitergekämpft, wenn ich gesehen hätte, dass ich ihm wirklich etwas bedeute.«

Sven schaute Marcella betroffen an, er wusste, wie sich das anfühlte. »Danke für deine Offenheit, wir beide machen es anders. Ich verstehe noch besser, weshalb du mir deinen Sieben-Monats-Plan vorgeschlagen hast. Wir werden immer offen und ehrlich miteinander umgehen, einverstanden?«

»Natürlich!« Marcella setzte erklärend hinzu: »Und das ist auch der zweite Grund, weshalb ich es langsam angehen möchte. Ich brauche noch ein wenig Zeit, um wieder neu Vertrauen zu fassen. Nicht falsch verstehen, ich vertraue dir, du machst es mir leicht, und ich lebe im Hier und Jetzt. Ich freue mich auf unsere Zeit, möchte nur nichts überstürzen, um dann später zu bemerken, dass es ganz anders war. Vor allem möchte ich dich nicht zu sehr mit meinen Küssen betören«, sagte sie selbstbewusst, »dir damit den Verstand rauben, und später würde dir klar werden, dass es noch jemand anderen für dich gibt.«

»Alles ist gut.« Sven nahm seine Marcella in den Arm, und sie saßen schweigend, in ihre Gedanken versunken, nebeneinander und schauten auf den See.

# Kapitel 43

Nachdem »das Grundlegende geklärt« war, wie Marcella erfrischend den Abend resümierte, gingen Marcella und Sven gegen 22 Uhr noch in die Stadt, in die Via del Tiglio. Sie schlug vor, ins Restaurant »Da Franco« zu gehen, dort war alles sehr einfach, die Einheimischen kamen gerne, und die Spezialität waren original italienische Pizzen mit extra dünnem Boden, der Preis günstig und die Einrichtung authentisch. Marcella war pragmatisch veranlagt, legte nicht viel Wert auf Schickimicki, wie sie sich ausdrückte. Hier kam man einfach her, um eine typische italienische Pizza zu genießen. Und so bestellten die beiden, wie konnte es anders sein, eine große Pizza zusammen.

Aus den Lautsprechern sangen rauchige Stimmen italienische Geschichten von amore, felicità und speranza und der nie endenden Hoffnung der italienischen Mentalität. Marcella wiegte sich leicht zu den alten Schlagern, strahlte Sven an und nahm sich die vorgeschnittenen Pizzastückchen mit der Hand. So wie zu Hause, das war Marcella. Sie war glücklich, zufrieden, freute sich an der Gegenwart und konnte offensichtlich schnell mit der Vergangenheit abschließen. Marcella wollte und konnte sich auf Sven voll und ganz einlassen. Es war eine ihrer positiven Eigenschaften. Es fiel ihr leicht, und sie war froh zu sehen, dass sie mit Sven über alles sprechen konnte und er sie vor allem verstand. Das fühlte sie und war nun innerlich befreit.

»Heute passe ich auf«, scherzte Marcella, als sie an ihrem Wein nippte, »dass ich nicht wieder beschwipst werde. Da braucht es bei mir ja nicht viel.«

»Oh, wie schade!« Sven spielte den Enttäuschten, er übte den von Marcella so bewunderten theatralischen Blick. So perfekt wie sie bekam er ihn jedoch nicht hin.

»Ich bin trotzdem anhänglich«, zählte Marcella ihre Eigenschaften auf, »und verspielt, verschmust, und ich werde auch wieder eng an dich gekuschelt einschlafen wollen. Magst du das auch?«

»Ja«, antwortete Sven, »darauf freue ich mich schon seit Tagen!«

»Auf das zusammen Einschlafen?«

»Ja, und auf alles andere!«

»Ich habe mit dir in der ersten Nacht so gut geschlafen wie schon ewig nicht mehr«, sinnierte Marcella. »Ich habe mir durch die Nachtdienste Schlafstörungen eingehandelt, und in den letzten Monaten konnte ich nicht mehr gut schlafen. Du tust mir soooo gut!« Sie zog mit beiden Händen Sven zu sich her und küsste ihn.

»Uiih«, grinste sie breit, »du schmeckst ja noch viel besser als die Pizza hier, und die hier ist die beste, die ich kenne. Darf ich dich weiter anknabbern?«

»An der Stelle bin ich extrem kitzelig, hallo, aufhören!«

»Echt? Du auch?« Marcella kicherte, »Das finde ich jetzt gut. Sehr, sehr gut.« Und knabberte weiter. »Hast du Wünsche für die nächsten Tage? Wie verbringst du gerne deinen Urlaub?« Sven konnte vor Lachen nicht antworten. Eine Stunde später schlenderten beide mitten in der Nacht noch durch Lugano, Arm in Arm. Es fühlte sich einfach gut an, Sven genoss den Moment.

Zu Hause angekommen, gab Marcella wieder die perfekte Gastgeberin. »Womit darf ich dich verwöhnen, il mio più caro?«

»Wie war das mit deinem Tiramisu?«

»Du denkst schon wieder ans Essen?«, lachte Marcella, beruhigt darüber, dass Sven sich nichts wünschte, was zu nahe an der Grenze war. Sie wollte es wirklich langsam angehen, auch wenn sie sich selbst sehr bremsen musste. »Bekommst du natürlich, und was magst du sonst so, was machen wir morgen? Wie verbringst du normalerweise einen Urlaubstag? Hast du mir immer noch nicht verraten, was steht da auf deinem Plan? Museum, Disco?«

»Stehst du darauf?« Sven drehte sich abrupt zu Marcella, seine Stirn in Falten.

»Nein, ich nicht, ich frage nur dich, mein Leben, wir lernen uns erst kennen, ich weiß von dir nicht viel. Erzähle mir alles!«

»Jetzt geht es mir wie dir«, grinste Sven, »wo soll ich anfangen, die Langversion geht bis Samstag im nächsten Leben.«

»Du bist lustig«, antwortete Marcella heiter und überlegte kurz: »Das passt, dann fang mal mit den wichtigsten Fakten an. Was magst du, was nicht? Bleib mal beim schönen Urlaubstag.«

»Das ist einfach, ich mag grundsätzlich Zeit mit meinen Lieben verbringen, ohne Hektik und ohne viele Termine. Museum steht manchmal auf dem Plan, Disco gar nicht.«

»Dann bin ich ja schon mal beruhigt.« Marcella atmete übertrieben hörbar aus. »Und wer sind deine Lieben? Wie groß ist deine Familie?«

»Die steht hier«, kam es lakonisch von Sven.

»Oh, du hast niemanden mehr?« Marcella nahm mitfühlend Svens Hand. »Das tut mir leid, keine Verwandten?«

»Schon, aber so gut wie keinen Kontakt mehr, ist einfach eingeschlafen. Bin nicht so gut darin, oberflächliche Kontakte über eine längere Zeit zu pflegen. Für mich muss alles ein wenig Sinn machen, ich brauche das, ein Ziel, Gemeinsamkeiten.«

»Wie bei mir auch«, resümierte Marcella, »ich habe meine Mum, einen Onkel, und das war es dann auch schon. Und wie sieht es bei dir bei der Arbeit aus, pflegst du da auch keine Kontakte?«

»Schon, das ist rein geschäftlich«, grinste Sven über Marcellas direkten Schwenk zu seinen beruflichen Aktivitäten. Es war offensichtlich, wie brennend sie sich dafür interessierte. »Und geschäftlich muss ich das, und mag das auch, macht ja Sinn, und da bin ich dann auch sehr zuverlässig«, erzählte Sven weiter, »und schreibe Geburtstagskarten und so. Ist allerdings alles eher marketinggetrieben, und ich erwarte da auch keinen Austausch, daraus ergeben sich im besten Fall …« Sven stockte kurz, er sah, wie Marcella ihre Augenbrauen zusammenzog. Wollte er ihr davon überhaupt erzählen? Wollte sie das jetzt am Anfang so im Detail wissen oder würde sie das verunsichern? Er sprach erst weiter, als Marcella ihn mit einer Kopfbewegung aufforderte, seinen Satz zu beenden. »Im besten Fall kommen dadurch neue Aufträge zustande.«

»Ich weiß, meiner Mum schickst du auch immer eine Karte zu Weihnachten, sie freut sich wirklich darüber, schickt dir sogar eine zurück, gibt sich Mühe. Und du, du meinst es gar nicht so, ist nur Marketing?« Marcella schnaubte verächtlich. »Das ist ein Punkt, in dem wir uns ganz klar unterscheiden, das könnte ich nicht. Ich würde vermutlich keine neuen Aufträge an Land ziehen. Erzählst du mir dennoch mehr davon? Auch wenn ich dabei das eine oder andere nicht gut finden werde. Ich möchte das schon gerne wissen. Ich muss und will alles von dir wissen, wissen, wie du denkst und handelst.«

»Marcella, ich möchte vor dir auch keine Geheimnisse haben, auch wenn wir Unterschiede feststellen werden. Vielleicht sind die Unterschiede jedoch gar nicht so groß, wie es nun scheint. Wenn du erst die Hintergründe, meine Beweggründe kennst.«

»Ja, ich möchte dich ja verstehen«, antwortete Marcella und nahm wieder die Hand von Sven, die sie zuvor erschrocken losgelassen hatte.

»Wie du war ich auch schon mal verliebt, liiert und wurde enttäuscht. Viermal, fünfmal, ich habe nicht mitgezählt. Da war alles dabei, auch so schleichende Prozesse, zum Beispiel habe ich nach einer gewissen Zeit festgestellt, dass die Ziele zu unterschiedlich waren oder sonst etwas gegen eine dauerhafte Beziehung sprach. Fremdgegangen bin ich übrigens nie!« Sven schaute Marcella offen an. »Dafür habe ich zum Glück keine Schwäche, schon gar nicht, wenn man den zauberhaftesten Schatz haben kann, den man sich vorstellen kann.« Seine verliebten Blicke zauberten Marcella ein erleichtertes Lächeln auf die Lippen.

»Und dann bin ich Laura begegnet, es fühlte sich so stimmig an, für einen kurzen Moment war alles gut, und dann hatte sie mich verlassen, einfach so, weil sie ihre Freiheit nicht aufgeben wollte. Sie sagte zwar, dass sie in einem anderen Land eine Arbeitsstelle antreten würde. Und ich wäre sogar mitgegangen, aber sie ging alleine, sie wollte es so. Und das tat so weh. Danach habe ich mein altes Leben, meine damaligen Träume aufgegeben. Zum Selbstschutz, um den Schmerz nicht mehr zu fühlen. Vor allem, um mir nicht eine neue Enttäuschung einzuhandeln. Stehe da nicht so drauf«, grinste er schief.

Mitfühlend schaute Marcella ihren Sven an: »Und das war vor sieben Jahren, stimmt's? Danach hast du bei der Agentur angefangen?«

»Exakt, ziemlich genau vor sieben Jahren.« So lange schon her, dachte Sven. »Mitte Oktober, ein paar Monate zuvor, hatte ich privat Antonia kennengelernt, die Inhaberin der Agentur *EASE*. Wir hatten uns gegenseitig unser Leid geklagt, auf einer privaten Party, auf die wir beide keine wirkliche Lust hatten. Sie wollte mich sofort als Escort einstellen.«

»Und dann?«

»Nach Lauras überraschendem Abgang habe ich zugesagt, meinen ersten Auftrag erhalten, mich ziemlich unsicher gefühlt. Nach kurzer Eingewöhnung ist mein Leben jedoch viel einfacher geworden, ich konnte verreisen, Spaß haben, war nicht alleine und auch nicht mehr abhängig von anderen, zumindest emotional gesehen, ich hatte auf einmal keinen Kummer mehr mit den ganzen Liebesverirrungen.«

»Und auch keine ehrliche Liebe!«, ergänzte Marcella empathisch.

»Ja«, kam die Antwort, in Svens Gesicht war eine Leere, »alles hat eben seinen Preis.«

»Ist er dir nicht zu hoch?« Marcella konnte zwar Sven verstehen, jedoch wäre das für sie keine Lösung. »Nicht, dass ich deine Beweggründe nicht nachvollziehen könnte. Dennoch macht es mich traurig, anima mia.«

»Erst in den letzten Wochen ist mir das bewusst geworden«, Sven nahm beide Hände Marcellas in seine, »und seit ich dich gesehen habe, vor dem Tor, als du mich so unbeschreiblich lieb angelächelt hast, fühlte ich den Wunsch nach mehr. Du hast meine Sehnsucht weiter angefacht, und seit unserem Wiedersehen habe ich das Gefühl, du könntest das Ziel meiner stillen Hoffnung sein. Wer weiß, so wie ich dich jetzt kennenlerne, wie du mir dein Herz offenlegst, wie du denkst, gefällt mir das sehr. Und überhaupt, nachdem du mir deinen klugen Plan vorgestellt hast, habe ich …«

Marcella küsste Sven sanft. »… ein gutes Gefühl?«, vollendete sie fragend seinen Satz. »Ich habe es auf jeden Fall, ich fühle dich, caro mio, und ich weiß, es wird alles gut werden. Wenn wir beide es nicht hinbekommen, wer dann? Ich möchte dich auf jeden Fall, und du?«

»War das jetzt so was wie ein Versprechen, ein Heiratsantrag?«, grinste Sven und versuchte damit, seine kleine Traurigkeit zu verscheuchen. Gerne sprach er nicht von alten Geschichten.

»Vi suggerisco di farti una bella doccia fredda, tigrotto.«

»Ich liebe es, wenn du mit mir Italienisch sprichst«, lachte Sven, »das klingt so schön, mein Herz, aber das war jetzt kein eindeutiges Ja – oder?

»Sicher nicht«, feixte Marcella, »das ist immer noch dein Job, nicht heute – das muss ja schon etwas vorbereitet und überlegt sein –, da bin ich ganz altmodisch.«

»Soso«, witzelte Sven, »das möchte ich jetzt schon genauer wissen: Du bist also eine Spießerin?«

»Ich kenne nur den Ausdruck Spießer«, lachte Marcella, »und ja, das bin ich ein wenig, jetzt weißt du das auch. Schlimm?«

»Erkläre es mir genauer, mit Beispielen«, kam es von Sven, froh darüber, wieder ein anderes Thema gefunden zu haben.

»Na ja, die alten Werte halt, die mag ich eben, Vertrauen, Verlässlichkeit, Ehrlichkeit. Und auch … wie soll ich es ausdrücken?«

»Ein solider Beruf, ein Bausparvertrag?«, grinste Sven.

»Ja, die Richtung.« Marcella knuffte Sven. »Kannst du Gedanken lesen? Ich dachte an den Bausparvertrag, habe jedoch ein anderes Wort gesucht, damit du nicht denkst, mir geht es ums Geld. Ich möchte eher sagen, ich mag jemanden, der mit beiden Beinen im Leben steht und auch die Zukunft plant. Das ist, wenn man eine Familie hat, dafür ernsthaft Verantwortung übernehmen möchte, auch wichtig – oder nicht?«

»Na klar«, bestätigte Sven.

»Und«, Marcella fiel noch ein anderer Aspekt ein und sie lächelte verschmitzt, »bei mir darfst du übrigens auch noch ein echter Mann sein, wie bei den echten italienischen Familien. Dort ist die Mamma Chef im Hause, und der Mann darf draußen vor der Haustür den Macho spielen …«

»So stellst du dir das also vor?«

»Nein, nur so ähnlich, ohne Chef und Macho. Du darfst so viel Werkzeug kaufen, wie du magst, falls du das wolltest, und zum Beispiel das neue Bücherregal mit 20 Dübeln an die Wand schrauben, ich würde auch nichts sagen, wenn du erst bei der dritten Wand zufrieden mit dem Platz wärst und du unsere schöne Tapete mit den Röschen dabei ruiniert hättest.«

»Echt?«, Sven schaute begeistert. »Ich dürfte einfach so bohren und alles in Schutt legen, du würdest mir meinen Spaß lassen, nicht schimpfen?«

»Ja«, Marcella schüttelte den Kopf, »wegen so einer Kleinigkeit braucht man doch keinen Streit vom Zaun zu brechen. Schon gar nicht, wenn man so einen tüchtigen Mann zu Hause hat, der nur zwei Wände zum Üben gebraucht hat.«

»Klasse!«

»Und ich würde dann von unserem Geld eine neue, wunderschöne Tapete aussuchen, und wir würden gemeinsam tapezieren. Auch ohne,dass du etwas dazu sagen würdest.«

»So einfach wäre das mit dir?«

»Ja, so einfach!«

»Und ich dürfte auch mit dem Bagger den Garten mal umgraben und neu gestalten, wenn mir danach ist?«

»Wenn es dich glücklich macht, mia vita, ich habe Verständnis für dich und du für mich, so einfach kann das Leben sein!«

»Stimmt, ein Traum, du bist ein Traum. Wenn es so nicht ist …«

»Dann taugt es nichts«, ergänzte Marcella, zufrieden lachend, den Satz.

# Kapitel 44

Eine leichte Morgendämmerung zeigte im Osten, dass der Donnerstagmorgen bald in Lugano anbrechen würde. Sie hatten nicht geschlafen, nur geredet. Sie saßen vor dem offenen Kamin, und Marcella trank tatsächlich kaum vom Wein, wie Sven es für sich feststellte. Es gefiel ihm, diese Kleinigkeiten zeigten ihm, dass sie zu ihrem Wort stand. Das beruhigte ihn ein wenig, denn er hatte schon Sorge, dass sie auch wieder, wie damals Laura, einfach weg sein und sich nicht an Absprachen halten würde.

Marcella beobachtete ihrerseits, wie Sven offen und ohne Ausflüchte von seinem Leben berichtete. Sie fühlte, dass er sie, trotz seines seltsamen Jobs, niemals so verletzen würde wie ihr Ex-Freund. Sie freute sich auch schon darauf, die nächsten Tage neben ihm einschlafen und aufwachen zu können. Sie fühlte sich sicher, geborgen, und das Allerbeste, sie fühlte sich von Sven einfach bedingungslos geliebt.

Draußen wurde es heller, ein erfrischender Morgen stand vor der Tür. Man fühlte schon die kühlere Herbstluft. Noch immer tauschten sie ihre Gedanken aus, hatten sich so viel zu erzählen. Marcella wollte jedoch dann unvermittelt wissen, wie sie sich genau seinen Job vorstellen müsse, der Gedanke beschäftigte sie immer noch. Vor allem, wie weit er mit seinen Kunden ging.

»Ganz einfach, die Agentur bekommt Anfragen, schließt die Vereinbarungen und bucht die Erlebnisse wie Theater, Restaurant und so. Ab dann übernehmen die Escorts.«

»Was sind das für Aufträge?«

»Unterschiedlich«, Sven ging in Gedanken kurz seine letzten Wochen durch, »da war eine stinklangweilige Theaterpremiere, der Mann hatte keine Zeit, die Geschäftsfrau wollte nicht alleine ausgehen. Nichts Aufregendes.« Von Suse wollte er noch nichts erzählen, zuerst wollte er mit ihr alles in Ordnung bringen. Und Marcella nicht unnötig in Unruhe versetzen.

»Und was war dein erster Auftrag, wie hast du dich dabei gefühlt? Du sagtest ›unsicher‹, wie war das genau für dich?« Marcella hatte ihre Antennen ausgefahren und bemerkte, dass Sven sich gerade von ihrem Frageangelhaken freischwimmen wollte.

»Das war lustig«, erinnerte sich Sven, »Antonia hat mir gleich nach meiner Zusage einen sehr schönen Auftrag zugeschanzt. Sie stellte mir eine Woche später meinen ersten Gast, Melody, vor. Eine hinreißende Schönheit aus Shanghai, aufgewachsen war sie größtenteils in Deutschland und arbeitete in den Unternehmen ihres Vaters, die er in China und Deutschland hatte. Mir war etwas bange, ob ich den Anforderungen überhaupt gerecht werden würde.«

»Und? Ich will alle Details.« Marcella lächelte, sie stellte es sich lustig vor, wie Sonnyboy Sven das Lächeln aus dem Gesicht gefallen war.

»Melody, hübsch, klug und knallhart, sie hatte meine Konditionen erst mal nach unten verhandelt, nachdem sie die Blässe um meine Nase herum entdeckt hatte. Selbst Antonia ging innerlich einen Schritt zurück und bedauerte in dem Moment, dass ausgerechnet Melody mein erster Auftrag sein sollte. Sie wollte mich ja nicht einschüchtern.«

»Aber du hast es durchgezogen?«

»Na klar«, grinste Sven, »bin ja vom Sternzeichen Indianer. Und es war leichter als gedacht, ich sollte ihr nur auf einer Kreuzfahrt den Rücken freihalten.« Er ergänzte, nachdem er Marcellas fragenden Gesichtsausdruck bemerkt hatte: »Sie wurde einfach extrem angebaggert. Ich habe es im Urlaub selbst erlebt, wenn sie nur mal ein paar Schritte alleine unterwegs war. Einige Passagiere waren wirklich übergriffig, selbst ein paar der Crewmitglieder. Wir haben einen Vorfall sogar zur Anzeige beim Kapitän gebracht, weil ein Offizier einfach nicht klein beigeben wollte.«

»Dann warst du ihr Bodyguard«, lachte Marcella.

»So ungefähr«, Sven sah an sich schmunzelnd herunter, »die Muskelpakete musst du dir einfach dazudenken.« Und erläuterte: »Sie hatte mich als ihren Ehemann engagiert. Melody hatte mir sogar einen Ehering besorgt und trug das Pendant dazu.«

»Und hast du dann auch bei ihr geschlafen?«

»Wo denkst du hin«, er schüttelte den Kopf, »wir gingen zwar offiziell die 14 Tage immer in dieselbe Kabine rein und auch wieder raus, haben jedoch nicht in einem Bett geschlafen. Melody hatte alles perfekt organisiert: Über eine Verbindungstür hatte ich einen diskreten Zugang zu meiner Kabine, die direkt daneben lag.«

»Clever«, Marcella hörte interessiert zu, »was es alles gibt. Und seid ihr euch dann irgendwann mal nähergekommen?«

»Ein wenig, wir hatten gute Gespräche, sie vertraute mir mit der Zeit immer mehr an. Das war sehr spannend. So einen unverfälschten

Einblick in fremde Kulturen zu erhalten, wobei ihr Vater sehr westlich eingestellt war. Am Ende mochten wir uns.«

»Micione«, schmollte Marcella gespielt, »jetzt lass dir nicht alles aus der Nase ziehen, was lief sonst so? Eine Frau investiert doch nicht so viel in einen Süßen wie dich und will nicht ein wenig an dir schnuppern oder an dir herumknabbern.«

»Du verwechselst da was«, antwortete er schnell, »die Agentur hat ja keine Callboys unter Vertrag. Bei uns geht das eher in Richtung Gigolo. Nennt man das in Italien noch so? So nannte man vor 100 Jahren diese Männer, die alleinstehende Frauen zum Tanzen ausführten und einfach unterhielten. Wobei ich überhaupt nicht tanzen kann.«

»Coccolone, weißt du, wie mich das interessiert?« Sie gähnte gelangweilt. »Du kommst schon wieder vom Thema ab. Wir waren beim Schnuppern, mio leprotto.«

»Der Einzige, der liebend gerne geschnuppert und geknabbert hätte, war ich«, gab Sven grinsend zu. »Aber da war kein Millimeter Verhandlungsspielraum. Melody konnte sich genauso klar wie du artikulieren.«

»Povero leprotto!«

»Was heißt das?« Sven sah das schadenfrohe Grinsen von Marcella und drohte ihr mit dem Zeigefinger.

»Armes Häschen!«, lachte Marcella. »Das ist ja wirklich ein harter Job. Ich stelle mir das vor: bist den ganzen Tag im Restaurant bedienen, hast Hunger, darfst nichts essen, nur gucken.«

»Das stimmt«, nickte er. »Das war übrigens meine erste wichtige Lektion: sich voll und ganz auf den Gast einstellen und die eigenen Wünsche so perfekt ausblenden, dass sie dir nicht auf der Stirn geschrieben stehen.«

»Und was kostet das ungefähr, so viel Willensstärke, wenn ich indiskret fragen darf? Oder was bezahlt eigentlich meine Mum für die Fahrt nach Rom?«

»Rund 5.000 Euro«, antwortete Sven, »plus Spesen.«

»Hab ich schon wieder zu viel Wein getrunken oder bin ich übermüdet?« Marcella schüttelte entgeistert ihren Kopf. »Habe ich richtig verstanden, 5.000 Euro für die Fahrt hin und zurück, für die vier Tage, du kostest am Tag 1.250 Euro, also 100 Euro in der Stunde?« Sie rechnete nach. »Na ja, meine Autowerkstatt rechnet auch 60 Euro ab fürs Rumschrauben«, grinste sie noch, »aber du machst wohl einen außergewöhnlich guten Job. Meine Mum meint immer, sie möchte nur mit dir fahren. Sie vertraut nur noch dir. Du gibst ihr ein so gutes Gefühl.«

»Fast«, ergänzte Sven kleinlaut, »nur für eine Hin- oder Rückfahrt. Deine Mum bezahlt nur die Fahrzeit, das sind jeweils rund 24 Stunden. Sondertarif. Von Konstanz, dort leihe ich das Fahrzeug, über Stuttgart, deine Mum abholen, dann nach Rom und wieder nach Konstanz zurück. Die Übernachtung in Rom und das Abendessen berechnet die Agentur auf meinen Wunsch hin nicht, sonst wäre es deutlich teurer. Vom ersten Moment an mochte ich deine bezaubernde Mutter und ihre angenehmen Aufträge, deshalb kam ich ihr so sehr entgegen.«

»So großzügig aber auch, ich bin beeindruckt.« Sie konnte sich den Seitenhieb nicht verkneifen. »Und wie hoch ist dein normaler Stundensatz? Wenn es so was gibt?«

»Ja, natürlich«, antwortete Sven trocken, »Spesen immer extra und die ersten vier Stunden Private Time sind 2.350 Euro wert, davon gehen 30 Prozent Aufwandsentschädigung an die Agentur. Alle weiteren Stunden dann nur noch 450 Euro.«

Marcella war fassungslos und schüttelte nur verständnislos den Kopf.

»Das ist wie bei den Luxushandtaschen«, versuchte er, es zu relativieren, »die Preise sind dort teilweise völlig überzogen, sprechen dabei jedoch eine bestimmte Zielgruppe an, die genau diesen Preis auch bezahlen möchte. Die nicht wollen, dass Lieschen Müller von nebenan sich dieselbe Tasche leisten kann. Und so ist es hier auch bei uns, wir haben Kollegen, die bekommen weit weniger, sind natürlich genauso gut, das ist ja alles Geschmackssache. Und dennoch werden die Männer im Premiumbereich meistens stärker nachgefragt.«

Marcella konnte er nicht überzeugen; sie saß versteinert da, sagte kein Wort und schaute ihn auch nicht mehr an.

»Die Rechnungen können teilweise von der Steuer abgesetzt werden«, versuchte Sven sie nun zu provozieren, denn es war das erste Mal, dass Marcella einfach nichts mehr sagte. Das beunruhigte ihn überraschenderweise.

»Das ist doch abnormal!« Sie überschlug sich förmlich. »Als was sollte man das absetzen können, einmal Theater mit Sven?«

»Als Fahrer, als Begleitschutz oder als geschäftliche Assistenz beispielsweise, das alles kann Frau gut absetzen«, erklärte Sven, zufrieden, dass Marcella nun wieder sprechen konnte, »ein einfaches Dinner-Date oder eine Einkaufsberatung, also was eher im Tütenschleppen ausartet, was auch mal vorkommt, natürlich eher nicht.« Sven wollte die Stimmung auflockern.

»Weißt du, was eine Krankenschwester verdient?« Marcella war immer noch fassungslos. »Und wer bezahlt so was? Ja, natürlich, meine Mum zum Beispiel, und offensichtlich auch ihre Freundin, die sie erst auf die Idee mit dir gebracht hat«, beantwortete Marcella sich die Frage selbst. »Ich fasse es nicht.«

»Wie, die Freundin deiner Mum? Wusste ich nicht.«

»Sie hat eine Freundin, deren Mann ist gestorben, sie hatten ein großes Unternehmen in Stuttgart, und sie bucht dich tatsächlich fürs Theater, für ein Abendessen und auch mal als Assistenz und Fahrer für einen geschäftlichen Termin. Ich dachte nur nicht, dass es so krass teuer ist. Und diese Freundin hat von dir geschwärmt, und da meine Mum ja Flugangst hat und ich sie einmal nicht nach Rom fahren konnte, hat sie dich gebucht.«

»Das war doch gut, dass du einmal nicht fahren konntest«, versuchte Sven, seine erschrockene Marcella wieder etwas auf andere Gedanken zu bringen, »sonst wären wir uns doch nicht begegnet.«

»Ja«, mehr brachte Marcella nicht über die Lippen, sie war immer noch geschockt, rechnete aus, dass Sven anderthalb Tage arbeiten müsste, um auf ihren Monatslohn zu kommen. Bei einer Krankenschwester wären es sogar nur ein paar Stunden.

»Und sobald du deiner Mum von uns erzählst«, schob Sven nach, »werde ich ihr natürlich nichts mehr in Rechnung stellen. Das gehört sich ja nicht.«

»Nein, nein«, sammelte sich Marcella wieder, »darauf wollte ich nicht hinaus, es ist ja auch alles in Ordnung, ich mische mich da niemals ein. Das ist dein Geschäft, das werde ich wohl akzeptieren müssen. War nur gerade ein wenig von den Socken, wusste ich einfach nicht. Und du zwingst ja niemanden, bist ja nicht bei der Mafia.« Marcella hatte dieselbe Eigenschaft wie Sven, immer nach dem positiven Detail zu fahnden. Und noch wichtiger, es auch zu finden. Eine Sorge drückte sie jedoch, und sie wäre nicht sie selbst gewesen, wenn sie es nicht sofort Sven gefragt hätte. »Liebst du so ein Luxusleben? Du wirst ja sicher in den besten Hotels übernachten und zu Abend essen, die Pommes-Bude scheidet da sicher aus? Bei so einem Italiener von vorhin warst du vermutlich schon lange nicht mehr?«

»Du kennst es sicher selbst, du machst tagsüber etwas, was dir Freude macht. Was sich gut anfühlt. Bedeutet jedoch nicht, dass du dasselbe auch im Privatleben haben möchtest.«

Marcella nickte, und Sven ergänzte: »Alles hat seine Zeit, und ich habe sie bisher genossen und auch irgendwie gebraucht, habe nie etwas getan, was mir falsch vorgekommen wäre. Seit einer Weile fühle ich mich leer, mir fehlt der Sinn, mir fehlt eine Partnerin, der ich vertrauen kann, mit der ich alles teilen darf.«

Sven senkte den Blick: »Zum Beispiel in Rom, ich saß am Vorabend, bevor ich deine Mum abholen sollte, auf der Hotelterrasse und schaute auf die Stadt, wunderschön, wirklich. Und doch hatte es mich zum ersten Mal traurig gemacht, ich war alleine und konnte es mit niemandem teilen. Erst am nächsten Morgen, als deine Mum auch dazukam, wir gemeinsam wieder auf dieser Terrasse saßen, war es ein klitzekleines bisschen besser. Und so fühle ich es schon seit ein paar Wochen, es hat sich bei mir etwas verändert.«

»Gab es einen Auslöser dafür?«

»Ja, Marcella«, antwortete Sven und dachte an Suse, »es gab dafür einen Auslöser, ich habe zum ersten Mal wieder etwas in mir gefühlt, soll ich dir davon erzählen?«

»Ja, caro mio, ich möchte alles wissen. Ich weiß, dass es mich nicht verletzen wird, bleib immer ehrlich zu mir, wie jetzt, das zählt, und ich möchte alles wissen, dich durch und durch kennenlernen.« Marcella hatte wieder diesen zarten Schmelz in ihrer Stimme, sie zitterte diesmal leicht. Offensichtlich hatte sie auch nicht wenig Sorge, jetzt zu erfahren, ob Sven überhaupt für eine Partnerschaft offen sein würde.

Nachdem Sven ihr von Suse erzählt hatte, nicht die Details, nur so in groben Zügen, war es ihm leichter ums Herz. Er wollte alles loswerden, hatte nur den richtigen Moment abgewartet, und je früher, das war ihm klar, desto besser wäre damit die Vertrauensbasis gestärkt und sein Gewissen beruhigt. Denn ein wenig hing er auch noch an Suse. Er wollte die nächsten Tage nutzen, um sich mit Suse auszusprechen.

»Sami und Suse haben in mir die Sehnsucht nach mehr geweckt«, schloss Sven seinen Bericht. »Bisher war ich nicht bereit, dieser Sehnsucht nachzugeben, oder besser gesagt, die Sorge, mein altes, einfaches Leben aufzugeben, überwog einfach. Auch wenn es mich jetzt vor dir sehr schwach aussehen lässt, gebe ich es dir gegenüber offen zu, die Angst, mich wieder auf Gefühle einzulassen, mich auf dich, mein Herzensschatz, komplett einzulassen, ist leider immer noch da. Kannst du mich verstehen und mir helfen? Ich möchte das jetzt wirklich hinter mir lassen.«

Zum ersten Mal seit langer Zeit bekam Sven feuchte Augen. Marcella, die ihm aufmerksam zugehört hatte, nahm ihn wortlos in den Arm, drückte ihn lange und fest. Nachdem sie ihn wieder behutsam losgelassen hatte, sah sie ihm fest in die Augen und sagte ihm mit der warmherzigsten Stimme, die jemals Sven erreicht hatte: »Mio amato, du warst nie stärker als jetzt, fühlst du mich?« Sie legte ihre Hand auf Svens Herz, und er nickte. »Und fühlst du dich auch in mir, vita mia?« Sie nahm seine andere Hand und legte sie auf ihr Herz.

Der Moment fühlte sich heilig an, wie ein Schwur fürs Leben, ein Bund, der ewig halten würde. Auch bei Marcella kullerten die Tränen. Sie verstanden sich mit den leisen Schwingungen der Seele.

# Kapitel 45

Die erste Nacht war wie im Handumdrehen vergangen. Nach dem langen Gespräch waren sie am Morgen für ein paar Stunden vor dem Kamin eingeschlafen. Marcella hakte beim gemütlichen Frühstück, dick eingemummelt auf der Terrasse, nochmals nach und wollte wissen, ob Sven in einer Partnerschaft mit ihr dann Rücksicht nehmen würde. Sprich, ob er gewisse Grenzen in seinem Job nicht überschreiten würde, und fragte sich gleichzeitig, wie sie mit alldem klarkommen würde. Ihre Bedenken behielt sie jedoch für sich und wollte stattdessen wissen, was er für Suse empfinden würde, wie Suse seine Gefühle wieder aufgetaut hätte, wie sich Marcella lustig ausdrückte.

Sven erzählte von der Gute-Nacht-Geschichte, die er Suse nach dem ersten Treffen versprochen hatte, und wie er beim Schreiben dann gefühlt hatte, dass ein Liebesbrief daraus wurde, jedoch nicht an Suse, sondern es waren Worte von seinem eigenen Herzen an sich selbst. Im Nachhinein wusste er, ab dem Moment waren seine Gefühle wieder aufgetaucht, die Sehnsucht nach mehr war bei ihm wach geworden.

»Schreibst du mir auch mal Gute-Nacht-Geschichten?«, fragte Marcella und kuschelte sich zu ihm. Sven schüttelte den Kopf. »Cucciolone, mein Süßer«, bettelte Marcella, »ich steh total auf so was, wenn ich mal nicht bei dir bin, bitte, bitte.«

»Mein Schatz, das war am Ende doch nur eine romantische Geschichte, weil ich nicht bereit war, etwas von mir selbst zu geben. Solche Märchen möchtest du sicher nicht, und ich werde sie dir mit dem Hintergrund auch niemals schreiben.« Er strich ihr dabei durch die Haare. »Du bekommst von mir keine Trostpflaster, sondern etwas viel Besseres.« Sven schaute sie bedeutungsvoll an. »Du bekommst von mir alles, was ich habe.«

Marcella schmolz mit dieser Erklärung sichtlich dahin und war natürlich zufrieden. Und Sven wollte wissen, welche Liebesbeichten sie ihm noch so erzählen wollte, es wäre gerade der passende Moment, wie er schelmisch grinsend die Fragen wieder auf Marcellas Leben umlenkte. Er wollte von ihr mehr erfahren, einfach alles.

»Ich bin natürlich ein braves Mädchen und kann mit keinen Beichten aufwarten«, lachte sie ihn offen an. »Vor der einen Beziehung jetzt in Stuttgart hatte ich noch zwei andere gehabt, die erste ging recht schnell aufgrund seiner übertriebenen Eifersucht zu Bruch. Er war sogar auf das gute Verhältnis zu meiner Mum eifersüchtig. Selbst flirtete er und ging alleine mit weiblichen Bekannten aus, nur mir vertraute er nicht.« Marcella tippte sich bei der Erinnerung daran an die Stirn. »So was geht gar nicht. Bei der zweiten dachte ich, alles sei gut, bis er sich mit mir langweilte.«

»Wie kann man sich mit dir langweilen?«, unterbrach Sven.

»Geht schon«, bekümmert schaute Marcella, »dem Letzten war ich ja wohl auch nicht mehr aufregend genug. Hoffe, das wird bei uns nicht auch passieren.«

»Dann hattet ihr einfach unterschiedliche Vorstellungen, du bist garantiert nicht langweilig, was waren denn die Interessen von deinem Ex?«

»Er wollte Party, jeden Tag was erleben, viel zu anstrengend für mich, ich habe es eine Zeit lang ihm zuliebe mitgemacht, allerdings dabei auch nicht punkten können.«

»Und was magst du?«

»So wie du, mit meinem Mann etwas unternehmen, mich mit meiner Familie beschäftigen, auch mal mit mir selbst. Soll ja auch nicht schaden«, lachte Marcella. »Einfach nicht nur mit fremden Menschen abhängen, sondern für sich selbst etwas unternehmen. Weißt du«, zählte Marcella mit den Fingern auf, »ich mag im Garten sitzen und lesen, gemeinsam Musik hören, kochen, miteinander reden. Essen gehen, Ausflüge machen und so, ich denke, uns gehen die Themen nicht aus. Was meinst du?«

Sven nickte zustimmend, und Marcella zählte mit der anderen Hand weiter auf.

»Spaziergänge mag ich, auch bei Regen, bei Sonne, Radfahren, mit dem Wohnmobil verreisen, magst du das auch oder bevorzugst du das Hotel?«

»Wohnmobil hört sich schön an, habe ich mir auch schon überlegt, allerdings auf dem Wasser, so ein Hausboot oder wie das heißt«, überlegte Sven laut, »das probieren wir gerne mal aus. Warst du schon mal mit dem Wohnmobil unterwegs?«

»Ja, mit meinen Eltern früher, das war schön«, strahlte Marcella. »Später, nachdem wir dieses Haus am See bekamen, verbrachten wir unsere Urlaube hier in Lugano. Beides gefällt mir sehr. Und ich würde auch gerne mit dir auf einem solchen Hausboot gemütlich einen Fluss hinunterschippern. Genau so einen Urlaub kann ich genießen, keine Termine, kein Stress. Überall bleiben, wo es einem gefällt. So ungezwungen.«

»Hattest du mich deshalb so erschrocken gefragt, ob ich nur auf Luxushotels stehe«, frotzelte Sven, »weil man dort nicht im Pyjama herumhüpfen kann?«

»Ja«, kam es erleichtert von Marcella. »Das hätte mich schon getroffen, ich habe ja nichts gegen ein schönes Hotel, kann das natürlich auch sehr genießen, würde mich dann sogar von meinem geliebten

Pyjama trennen«, lachte sie und schaute an sich herunter; sie hatte das süße Teil immer noch an, »und dann ziehe ich mich gerne sehr schick an, aber halt nicht immer. Im Urlaub mag ich es schon leger. Bin halt eher praktisch veranlagt, also wohl langweilig für manche.«

»Mein Liebling, ich kann dich jetzt komplett beruhigen, mit diesen Ideen wirst du mich im Leben nicht langweilen. Bei deiner Aufzählung war jetzt nichts dabei, was mir nicht gefallen würde. Und ich liebe deinen Pyjama mit den Schmetterlingen drauf.«

»Uff!« Theatralisch wischte sich Marcella über ihre Stirn. »Das ist mein Lieblings-Pyjama, von *Victoria's Secret*, und es sind keine Schmetterlinge, sondern das sind Metterlinge«, verbesserte sie ihn lächelnd. »Ich konnte als Kind das schwere Wort nicht aussprechen«, ergänzte sie erklärend und lachte ihn erleichtert an.

»Sehr hübsch, deine Metterlinge, und ich mag noch etwas von dir wissen«, eröffnete Sven die nächste Fragerunde, die wieder vor dem Kamin fortgesetzt wurde.

»Nur etwas?«, spöttelte Marcella, »das ist ja jetzt wirklich langweilig!«

»Du bist kitzelig?« Sven drohte mit ausgestrecktem Finger, und Marcella wich geschickt aus. »Also, du Frechdachs«, nahm er seinen Faden wieder auf, »was für eine Ausbildung machst du? Die nächsten sieben Monate sind für mich noch immer total im Dunkeln. Ich weiß, dass wir Kinder haben werden, aber ich weiß noch nicht, wo du tagsüber so bist, was machst du, wenn du keine Metterlinge spazieren führst?«

»Magst du raten?«, kam schnell die Gegenfrage von Marcella.

»Gib mir einen ersten Hinweis.« Gespannt wartete Sven und konnte nichts damit anfangen, als Marcella so tat, als ob sie sich etwas in die Ohren stecken würde.

»Du steckst dir gerade *Ohropax* in die Ohren?«

Marcella verneinte und setzte sich nah zu Sven, tastete ihn überall ab, kitzelte ihn am Hals.

»Langsam mache ich mir Sorgen«, kringelte sich Sven vor Lachen, »hör auf damit, ich will einfach wissen, was du beruflich machst.«

Marcella zuckte mit den Schultern und schaute ihm in die Augen, in den Mund und machte sich auf ihren Handflächen so was wie Notizen.

»Du arbeitest in einer Zahnarztpraxis?«

Sie zog ihm das Hemd aus.

»Halt, du willst mich nur schon wieder kitzeln, du arbeitest auf der Bank?«

»Was hat das denn damit zu tun, dass ich dir das Hemd ausziehe?« Und ihre Hände waren schon wieder auf dem Weg zu der kitzeligsten Stelle von Sven.

»Die ziehen einen doch immer aus, die Banker«, lachte er. Marcella kitzelte ihn weiter. »Okay, nix natürlich«, gab er nach und setzte sich einen halben Meter von ihr weg, »ich wollte nur, dass du mit mir redest und nicht nur vor mir rumfuchtelst.«

»Okay, ich habe Erbarmen mit dir, ich arbeite mit Menschen, und Zahnarzt war nicht so verkehrt, aber denke an ähnliche Arbeitsstellen, wo arbeitet man noch so körpernah mit Menschen?«

»Altersheim?«, Sven bemühte sich ernsthaft. »Du hilfst den Menschen beim Umkleiden.« Marcella verneinte, und sie saß inzwischen halb auf ihm, damit er sich beim nächsten Krabbelangriff nicht so einfach wegdrehen konnte.

»Du arbeitest beim Friseur?« Sven nahm sie wieder auf die Schippe, ihm gefiel das Spiel.

»Bei welchem Friseur bist du denn? Bei meinem muss ich mich nie ausziehen. Überlege mal, wo macht man den Oberkörper frei?« Und zog ihm das Hemd komplett aus.

»Ich wollte dich nur necken und etwas mehr aus dir herauslocken«, gab Sven zu. »Jetzt weiß ich es, beim Arzt, in der Praxis, im Krankenhaus?«

Marcella küsste ihn für seine Anstrengungen. »Du hast es erraten, ich bin noch nicht fertig, erst in sieben Monaten, dann gibt's noch ein Staatsexamen, und dann habe ich hoffentlich meinen Facharzt. Und leider muss ich zuvor noch die Arbeitsstelle wechseln, das macht es nicht einfacher.«

»Und wo arbeitest du dann?«

»Das ist die traurige Nachricht.« Marcella war tatsächlich betrübt, zuerst dachte Sven, sie würde ihn wieder nur auf den Arm nehmen, dann sah er, dass Marcella tatsächlich gedrückt schien.

»Weit weg von dir«, druckste Marcella herum, »in Magdeburg in einer Klink, in der Inneren, Fachbereich Pneumologie. Mir fehlt das halbe Jahr noch.«

»Das schaffen wir gemeinsam auch«, Sven überschlug im Kopf die Entfernung, »ich besuche dich auch dort. Das sind gerade mal sechs Stunden, oder?«

»Es sind 679 Kilometer von Konstanz aus«, Marcella war richtig traurig, »ich habe es schon längst ausgerechnet, es sind mindestens sieben Stunden. Und«, brach es aus ihr heraus, »ich weiß jetzt schon, dass ich mich dort nicht wohlfühlen werde.«

»Und weshalb weißt du das«, Svens Stimme klang besorgt, »hast du dort schon gearbeitet?«

»Nein, ich war nur einmal dort für einen Probetag. Ich habe dann den Vertrag für Arbeit und Wohnung unterschrieben. Es gibt so eine Zeitung für Ärzte, dort werden die entsprechenden Stellen ausgeschrieben«, erzählte Marcella. »Ich habe mich kurz vor meiner Trennung beworben und dort dann die erste Zusage mit Zimmer bekommen. Wollte nur schnell weg und so habe ich zugesagt. Das war mehr Flucht, nicht besonders überlegt.

In Magdeburg, schon als ich das Gebäude zum ersten Mal betreten hatte, wusste ich, dass ich nicht mehr wollte. Nicht, dass die Klinik schlecht wäre oder so, aber ich fühlte mich einfach nicht wohl und wäre unter anderen Umständen gerade wieder gegangen. Aber was sollte ich machen, ich wollte keine Zeit verlieren, also Augen zu und durch, ich habe unterschrieben und bin dann heulend direkt nach Lugano durchgefahren. Deshalb hat mich meine Mum hier besucht, weil sie wusste, dass im Moment alles schiefgelaufen war. Ich brauchte einfach ein paar Tage für mich.«

»Okay«, Sven fasste zusammen, »du brauchst den letzten Teil für deine Ausbildung, einen Vertrag in dieser, wie war das, pneumologischen Abteilung? Und was bist du jetzt genau?«

»Ja, die Innere Abteilung, Fachbereich Lungenheilkunde, und ich bin noch Assistenzärztin«, antwortete Marcella.

»Und Magdeburg war am passendsten oder es waren die Ersten, die dich kurzfristig einstellen wollten?«

»Ja, die sind schon gut, und ja, so kurzfristig ist es halt schwer.«

»Du gibst doch nicht so schnell auf?« Sven schaute sie fragend an. »So schätze ich dich nicht ein, was hält dich ab, jetzt nochmals kurz zu suchen?«

»Ich habe im Moment nicht die Kraft dazu, ich fange dort in zwei Wochen an. Mir war mein bündiger Lebenslauf auch wichtiger, zumindest, bevor ich dich kennengelernt hatte.«

»Okay«, fasste Sven zusammen, »wenn du dort nicht anfangen möchtest, dann helfe ich dir, eine Alternative zu finden, zumindest suchen wir gemeinsam eine. Einfach nichts tun, das geht doch nicht. Was meinst du? Wenn es nicht klappt, dann haben wir nichts verloren – einverstanden?«

»Das würdest du für mich tun?« Sie schlang, während sie immer noch auf seinem Schoß saß, ihre Arme fest um Sven und busselte ihn ab. »Und wie willst du vorgehen und was brauchst du dazu von mir?«

»Jetzt bist du wieder meine Marcella, wie ich dich kenne«, lächelte Sven sie an, »du gibst mir deine Bewerbungsunterlagen, schreibst mir genau auf, was für dich wichtig ist. Und sagst mir noch, welche Gründe gegen dich sprechen könnten.«

»Was meinst du?«

»Wo sind deine Schwächen, was könnte aus Sicht der Kliniken gegen eine kurzfristige Einstellung sprechen, ist der Aufwand mit dir in der letzten Phase zu hoch, so was.«

»Nein, das ist alles okay«, antwortete sie, »Assistenzärzte werden schon gerne genommen, sind kostengünstig. Kein 450-Euro-Stundenlohn«, zwinkerte sie ihm zu. »Das Geld spielt sowieso jetzt keine ausschlaggebende Rolle, ich möchte nur, möglichst ohne Unterbrechung, meinen Facharzt fertig machen.«

»Du sollst hier keine Ärzte fertigmachen!«, zog er Marcella auf und brachte sie damit wieder zum Lächeln.

»Mir fällt noch was ein«, Marcella knuffte Sven zärtlich, »es muss keine Klinik sein, eine normale Praxis mit dieser Fachrichtung würde ausreichen. Die brauchen nur eine sogenannte Weiterbildungsberechtigung. Das war es auch schon. Ach ja«, ergänzte sie noch, »und Bedenken gibt es auch, beziehungsweise Wünsche, die Verantwortlichen in der Klinik oder Praxis würden sich wünschen, dass die Assistenzärzte auch nach der Ausbildung noch bleiben. Zumindest hat man mir in Magdeburg sofort einen Folgevertrag vorgeschlagen.«

»Und würdest du das auch wollen?«

»In Magdeburg sicher nicht, so weit weg von dir, mio amato. Dennoch, sinnvoll wäre es schon, denn dann würde ich die Abläufe schon kennen, die Kollegen mich, und ich könnte das Gelernte noch im gewohnten Umfeld anwenden und sicherer werden. Das war ja auch mein zweiter Schlag, nachdem mein Oberarzt mir fremdging, dass sich nicht nur privat alles zerschlagen hatte, sondern auch beruflich. Mit der privaten Situation komme ich schnell klar. Seit ich dich kenne, bin ich sogar froh darüber, dass es so gekommen ist, aber beruflich ist es nicht gut, so zwischendrin die Stelle zu wechseln. Zumindest wäre es fein, wenn ich mich dort wohlfühle und auch etwas bleiben könnte.«

»Marcella«, Sven schaute zufrieden, »dann ist doch alles klar, wir suchen dir eine neue Stelle. Ich mach mich gleich dran, habe jetzt alle Infos beisammen. Das hat jetzt erste Priorität.«

Erleichtert und erfreut, auch etwas ungläubig, stand Marcella sofort auf und holte ihr Notebook. Sie glaubte nicht an Wunder.

»Schau, mein Liebling«, sie öffnete ihr Mailprogramm, »hier ist meine Bewerbung für Magdeburg, da steht alles drin, gerade im Anschreiben. Reicht dir das für den Anfang?«

»Ja, ich denke, das genügt. Ich setze mich gleich ans Telefon.«

»Kennst du jemanden?«

»Nein«, antwortete Sven vergnügt, »die lernen mich gleich kennen.«

»Wie kann ich dir noch helfen? Oder soll ich inzwischen was Leckeres für uns zu Mittag kochen?«

»Das würdest du tun?«

Marcella lachte und warf ihm noch durch die Luft einen Kuss zu und ging in die Küche. Auch wenn sie nicht daran glauben konnte, dass man in der Kürze noch was finden würde, so freute sie sich über Svens Initiative. Sie nahm es als Liebesbeweis.

# Kapitel 46

Nach dem Mittagessen präsentierte Sven seine ersten Treffer.

»Schau, Marcella, ich habe jetzt mal ein paar passende Krankenhäuser und Praxen gesucht. In Baden-Württemberg.«

Marcella setzte sich überrascht neben Sven und schaute interessiert seine vollgeschriebene Seite an. »Die suchen alle eine Assistenz in meinem Fachbereich, so viele?«

»Nein«, klärte Sven auf, »das sind nur mal die potenziellen Arbeitgeber. Magst du die Liste mit mir einfach mal einkürzen? Welche Standorte scheiden für dich aus?«

»Und wie willst du dann weiter vorgehen?« Marcella verstand den

Plan dahinter nicht. »Wäre es nicht gut, wenn wir erst mal schauen, wo überhaupt Bedarf ist?«

»Das wäre Schritt zwei.« Sven schien gut vorbereitet zu sein. »In ganz Baden-Württemberg habe ich gerade mal vier Stellen gefunden. Allerdings sehr verstreut, Klinik Wehrawald, Todtmoos, hier suchen sie jemanden für die Pneumologie. Und hier, auch im Schwarzwald … Ich hatte jedoch eigentlich eine andere Idee.«

»Wie war denn dein Plan?«, entschuldigte sich Marcella. »Ich wollte dich ja nicht unterbrechen, sag mir mal, wie du vorgehen wolltest, damit ich es verstehe.«

»Die vier Anzeigen sind schon ein paar Tage im Internet, es gibt sicher Bewerber, ein offizielles Verfahren. Und das dauert.«

»Ja«, bestätigte Marcella, »das stimmt leider.«

»Und Zeit haben wir im Moment nicht, du möchtest in zwei Wochen nicht in Magdeburg anfangen, sondern woanders.«

»Das ist so was von richtig.« Marcella nickte eifrig. »Alles klar bis hierher, das ist alles korrekt. Und wie sieht nun deine Lösung für meine verstrickte Situation aus?«

»Wir lassen ein paar Maschen fallen«, neckte Sven sie, »nein, im Ernst, deshalb würde ich jetzt einfach nach unserem gemeinsamen Bauchgefühl ausgewählte Praxen durchtelefonieren und anfragen. Mehr als Nein sagen können sie nicht. So ein direkter Weg passt zu meiner Marcella, wir werden was finden.«

»Klingt gut«, strahlte Marcella wieder Sven an, »mio tigre, ich liebe deinen Optimismus«, und küsste ihn schwungvoll. »Das ist also deine berufliche Assistenz, so was bietest du an?«

»Ja«, lachte Sven, »kannst mir jetzt bei der Arbeit zusehen.«

»Aber ich kann dir dein Honorar nicht bezahlen«, scherzte Marcella, »also, dann lass mich mal sehen. Also, Stuttgart geht gar nicht … Schwarzwald, nein, viel zu weit weg von gioia mia … wo liegt Radolfzell?«

»Am Bodensee, nicht weit weg von mir.«

»Ciccino, das klingt doch gut«, Marcella schaute Sven aufmerksam an, wollte wissen, ob er sich freuen würde, ob es ihm doch alles zu schnell ging, »oder was meinst du?«

»Deshalb habe ich es doch ausgesucht, mein Schatz, weil mir das sehr gefallen würde, dann können wir uns die sieben Monate wenigstens unkompliziert sehen.«

»Na, dann«, freute sich Marcella, »haben wir uns beide schon entschieden, wir nehmen alles in deiner Gegend da am Bodensee, egal, wo.«

»Gut.« Sven war froh über Marcellas Entschlussfreudigkeit und verwundert über sein Tempo, mit welchem er Marcella hier mit offenen Armen entgegeneilte. Ihm war klar, dass dies das Ende seiner Freiheit bedeuten würde, keine monatelange Schonfrist, die Würfel waren gefallen, wie der Römer sagen würde. Und es fühlte sich gut an. Sven wunderte sich über seinen Mut und setzte deshalb noch einen drauf:

»Marcella, mein einziger Lieblingsschatz …«

»Über das ›einziger‹ bin ja beruhigt«, strahlte Marcella ihn verliebt an, »ciccino, was willst du mir noch sagen?«

»Wir haben zwei Wochen Zeit für einen neuen Vertrag und um einen alten aufzulösen – ich habe eine Idee, vertraust du mir?«

»Bin dabei«, kam es vergnügt von Marcella, und sie himmelte ihn wieder theatralisch an, »ich vertraue dir voll und ganz. Was heißt das dann konkret?«

»Wir fahren heute noch nach Konstanz zu mir, dann können wir schneller mögliche Vorstellungsgespräche wahrnehmen.«

»Einverstanden.«

»Einverstanden?«

»Ja, ich bin dabei, räume schnell alles auf, packe ein, gehe zum Nachbarn, der immer auf das Haus aufpasst, wenn wir nicht da sind, und … habe ich noch was vergessen?« Marcella war schon aufgestanden.

»Ja, einen Kuss für deinen Schatz«, bettelte Sven, »so viel Zeit haben wir doch noch. Du bist echt eine Schnelle.«

Marcella hüpfte auf Sven, der noch am Küchentisch auf seinem Stuhl saß, und küsste ihn leidenschaftlich.

»Und eine Stürmische«, lachend erwiderte er die vielen Küsse, »du hast ein Temperament, das haut mich ja glatt um!«

»Küsse darf man nicht aufschieben«, lachte Marcella, »die müssen raus, die wollen zu dir, cuore mio!«

Er liebte sie, die Küsse und die herzige Marcella, die so spontan war und tatsächlich alles stehen und liegen ließ, damit sie schnell abfahren konnten. Die ihm vertraute, einfach so. Während sie im Haus herumflitzte und Sven ihr lieber aus dem Weg ging, damit er nicht umgeweht wurde, führte er bereits die ersten Telefonate. Und wie es so ist, das Glück hilft den Mutigen. Sven fielen hier am Luganer See nur römische Sprichwörter ein.

Kaum ein Gespräch war vergeblich. Im Klinikum Radolfzell gab es zwar keine passende Stelle, jedoch gab man ihm eine andere Telefonnummer. In zwei Praxen versprach man ihm einen Rückruf am Abend, man wisse im Moment nichts von einer Vakanz, jedoch würde man sich nochmals erkundigen und zurückrufen. Nur bei drei Anrufen bekam er eine direkte Absage, ein paar andere waren über die Mittagszeit nicht erreichbar.

# Kapitel 47

Mit Marcella und dem spritzigen Panamera war die Strecke über die Alpen im Handumdrehen zurückgelegt. Sven beobachtete Marcella während ihrer ersten gemeinsamen Fahrt und entdeckte bei ihr Parallelen zu ihrer Mutter. Sie genoss die Gegend, und es gab immer mal 20 Minuten zwischendurch, in denen kein Wort gesprochen wurde. Es war jedoch ein zufriedenes Schweigen, ein Wir-verstehen-uns-Schweigen. Und immer war ihre Hand bei ihm oder umgekehrt. Es fühlte sich für Sven gut an, sie mit Höchstgeschwindigkeit in sein Leben zu lassen. Zumindest mit der erlaubten Höchstgeschwindigkeit von 120 Kilometern pro Stunde, die Geschwindigkeitsbeschränkung auf Autobahnen in der Schweiz. Das passte gut, denn Marcella hatte ja ebenfalls ein Tempolimit vorgeschlagen.

Ein Neubeginn, es fühlte sich schon die ganze Zeit so an, der Radiomoderator sagte das nächste Lied an: »Bright Eyes – First Day of My Life«. Sie sangen beide mit, es war ein so unbeschwertes Gefühl. Es war der erste Tag in ihrem Leben, es fühlte sich so an. Es gab ein Leben davor, das Neue begann.

Marcella war beeindruckt von Svens Tatkraft, er fackelte nicht lange, sondern ergriff die Initiative. Ein wenig mulmig war ihr bei dem Gedanken, dass sie mit ihm nach Konstanz fuhr. Würde sie sich bei ihm wohlfühlen, wie viele Frauen hatte er dort schon zu Besuch? Und wann wollte sie mit ihrer Mum sprechen? Die wusste ja überhaupt nichts von der Entwicklung der letzten Stunden und Tage. Weder dass sie Sven nähergekommen war, noch dass sie ihm irgendwie ihr Leben gerade anvertraute. Hoffentlich war das nicht alles zu überstürzt, auf einmal hatte auch Marcella ein wenig Bedenken, wollte diese jedoch nicht ansprechen. Sie hatten ja den klugen Sieben-Monats-Plan vereinbart, damit beruhigte sie sich wieder.

Nach etwas mehr als drei Stunden waren sie kurz vor Konstanz. Die Autobahn von Zürich endete in Kreuzlingen, sozusagen der anderen Hälfte der Stadt Konstanz. Nur ein Zaun und ein paar Zollübergänge trennten beide Städte. Sven bog nach dem Zoll rechts ab, zwei Kreisverkehre später waren sie schon mitten in Konstanz. Links die Altstadt, vorne der Bodensee und der deutsche und schweizerische Bahnhof.

»Hier wohnst du also?« Marcella war aufgeregt.

»Ja, gleich nach der nächsten Kurve, direkt gegenüber von Bahnhof und Hafengelände.« Sven bog in eine Tiefgarage ein und parkte in einem privaten Deck, gleich neben dem Zugang zum Aufzug. Er legte eine Karte auf und drückte die oberste Etage.

»Bin so gespannt«, Marcella plauderte schon die ganze Zeit, »bin wieder so aufgedreht, diesmal jedoch nur beschwipst von dir und deiner Liebe«, betonte sie lächelnd.

Die Aufzugstür ging auf, und sie standen direkt im Eingangsbereich von Svens Penthouse.

»Upps«, kam es überrascht von Marcella, »wir sind ja schon da. Ist ja geschickt!«

»Fühl dich wie zu Hause!«

Marcella schaute sich überrascht um. Vom Aufzug aus hatte man direkt den Blick auf den Hafen von Konstanz. Links die offene Küche, in der Mitte ein Kamin, der nach allen Seiten verglast war. Eine gemütliche Sitzecke im großzügigen Wohnbereich. Keine Deko, das beruhigte sie. Er schien die Wohnung alleine eingerichtet zu haben. Sven ging voraus und zeigte ihr von der teilweise überdachten Terrasse den Blick zum See und auf die Stadt.

»Gefällt es dir?« Er schaute sie von der Seite an.

»Und wie«, kam die entzückte Antwort, »das ist ja ein Traum, so hoch über der Stadt und das Wasser vor der Nase, ist ja wie im Urlaub. Wir haben denselben Geschmack!«

»Komm mit, ich zeige dir noch die anderen Räume.« Sven nahm Marcella an der Hand, zog sie zu sich her und küsste sie. Das Badezimmer war ebenfalls großzügig angelegt. Ein dunkelblauer Boden aus Glasfliesen, der Rest in Weiß und Türkis. Ein breites Doppelwaschbecken, etwas versteckt WC und Bidet, davor eine kleine Sauna, die nur durch eine Glasscheibe abgetrennte Wasserfalldusche und ein Whirlpool für zwei.

»Hier findest du mich nach einem langen Arbeitstag«, lachte Marcella und deutete auf den Pool.

»Das kannst du heute schon ausprobieren, oder soll ich den größeren auf der Terrasse vorheizen?

»Da stand einer?« Marcella war von den vielen Eindrücken offensichtlich abgelenkt.

»Ja«, Sven öffnete die nächste Tür, »hier das kleine Arbeitszimmer, wobei ich im Sommer lieber auf der Terrasse arbeite.«

Daneben noch zwei Räume, eine Gästetoilette und ein Abstellraum. Und dann das Schlafzimmer mit separatem Ankleideraum. Als Marcella das große Himmelbett mit nur einer großen Bettdecke für zwei sah, konnte sie ihre Frage, die ihr schon zuvor auf der Zunge lag, nicht mehr zurückhalten: »Sehr schön alles, hier feierst du also deine wilden Feste?«

Sven wusste ja bei seiner Abreise nicht, dass er mit ihr wieder zurückkehren würde. Und das hier sah doch nicht ganz danach aus, als ob er hier alleine wohnen würde.

»Ich muss dich leider enttäuschen«, antwortete Sven grinsend, der den Hintergrund von Marcellas Anspielung gut verstand, »zum ersten Mal muss ich das.«

»Keine Feten?«

»Nein, ich wohne hier ganz alleine«, antwortete Sven gespielt geknickt, »noch nicht mal Besuch, ich putze sogar selbst.«

»Du?«, kam es überrascht von ihr. »Hast du ja tatsächlich gut hinbekommen.«

»Na ja«, neckte er Marcella wieder, »Schorschi wohnt hier noch und hilft im Haushalt.« Er grinste sie breit an und ergänzte, als er Marcellas verständnislosen Blick sah, schnell: »Das ist mein Wisch-Sprüh-Saugfreund hier«, und zeigte auf den Roboter, der seinen Schlafplatz unter einer Kommode im Flur hatte. »Du bist die Einzige, der ich das hier überhaupt zeige. Das ist mein Rückzugsort, nur für mich. Kaum jemand kennt diese Adresse, und du bist jetzt mein erster weiblicher Gast. Habe mich bei dir einfach getraut, und es fühlt sich gut an.«

# Kapitel 48

Marcella hatte traumhaft geschlafen, hier fühlte sie sich pudelwohl. Es war noch besser als in Lugano, denn hier war sie total ungestört, keiner konnte ihr vom See oder von der Straßenseite her zu nahe kommen. Keine aufdringlichen Italiener, die ihr mal vom See und auch von der Straße zupfiffen. Es war mitten in der Stadt, und dennoch waren Sven und sie total für sich. Sie hätten nackig auf der Terrasse herumflitzen können, und keiner hätte sie gesehen, zumindest nicht ohne Fernglas.

Das mit dem nackig stellte sie sich jedoch nur in Gedanken vor, sie wollte es immer noch langsam angehen lassen. Bei ihrem Entschluss würde sie bleiben, sie spürte auch, dass Sven darüber froh war, und das gab ihr die Sicherheit, es richtig zu machen. Inzwischen hatte sie mit ihrer Mum telefoniert, ihr kurz erklärt, dass Sven sie früher abgeholt, er die Initiativbewerbung empfohlen hätte und ihr sogar dabei behilflich war. Emilia war darüber glücklich, denn sie kannte ihre Tochter und wusste, dass sich ihre Abneigung gegen Magdeburg nur noch verschlimmern würde. Und Sven hatte tatsächlich Rückrufe erhalten, heute, am Freitag, durften sie sich am Mittag bei zwei Ärzten vorstellen. Sven hatte einen davon, Doktor van Ryn, Inhaber einer Privatpraxis mit modernstem Schlaflabor, zum Mittagessen eingeladen und der überraschten Marcella erklärt, dass erfolgreiche Gespräche eine entspannte Atmosphäre bräuchten und echte Männer zusätzlich etwas im Magen. Sie musste über die nachvollziehbare und pragmatische Erklärung natürlich lachen und wunderte sich immer noch darüber, wie sehr sich Sven für sie einsetzte.

Für den Nachmittag hatte er noch ein Treffen mit einem Oberarzt im Krankenhaus Singen vereinbart. Marcella hatte Svens Engagement vertraut, jedoch nicht mit so einem raschen Erfolg gerechnet. Und sie bezweifelte auch weiterhin Svens Optimismus, denn er sagte: »Wenn die dich erst mal sehen, dann bekommst du ein Angebot. Außer sie wurden mit dem Klammerbeutel gepudert.«

»Was heißt das?«, fragte Marcella belustigt nach.

»Wenn in deren Kindheit nichts schiefgelaufen ist«, erklärte Sven lachend, »dann sehen sie dasselbe wie ich: eine umwerfend bezaubernde Frau, der man vertraut, der man alles zutraut und sie sofort haben, also ich meine natürlich, einstellen möchte.«

Mit gestärktem Selbstvertrauen zog Marcella ein hübsches Kostümchen und eine Bluse aus dem Koffer und zeigte es Sven. »Das hier oder was anderes?«

»Wow«, stellte er beeindruckt fest, »das ist perfekt, sexy, aber nicht zu viel, genau richtig.«

Sie fuhren mit dem Porsche nach Singen, Sven rief von unterwegs den Autovermieter an und vereinbarte die Verlängerung des Panamera auf unbestimmte Zeit und sagte daraufhin zu Marcella: »Den behalten wir jetzt, bis wir das geregelt haben, dann sind wir flexibel.«

»Ciccino«, Marcella zeigte ihm zur Abwechslung die Schmachtende, Sven war immer sehr belustigt über ihre theatralischen Untermalungen, »das, was du machst, hat noch keiner für mich getan. Mir kommt es vor, als ob die sieben Monate bereits vorbei sind«, lachte sie und schränkte sofort wieder ein: »War ein Spaß, keine Sorge, wir machen es wie abgemacht.«

»Damit kannst du mich nicht foppen«, antwortete Sven gelassen, »mach nur deine Sprüche und du wirst sehen, was dann passiert!«

»Oh«, frotzelte Marcella, »Gnade, ich war wieder so ungezogen«, und stieß dabei mit der Zunge beim Buchstaben Z absichtlich an die Zähne. Sven konnte vor Lachen beinahe nicht geradeaus fahren. Marcella war so erfrischend und selten um einen Scherz verlegen.

»Du kannst bei mir auf jeden Fall einziehen«, sagte er unvermittelt, »heute Abend gebe ich dir die zweite Zugangskarte.«

»Echt?« Marcella verschluckte sich beinahe, sie hatte daran gedacht, jedoch sich nicht zu fragen getraut. Nicht, weil sie schüchtern gewesen wäre, sondern weil sie Sven in keiner Hinsicht unter Druck setzen wollte.

»Magst du?«, wollte Sven wissen, nachdem sie nichts sagte.

»Jaaa«, strahlte sie, »ich will – natürlich möchte ich, ich fühle mich bei dir so wohl. Wollte dich nicht fragen, damit du dich nicht unter Druck gesetzt fühlst.«

»Keine Sorge«, strahlte er zurück, »ich gewöhne mich gerade an den Gedanken, dass du mein Leben durcheinanderwirbeln wirst.« Als er ihren kritischen Blick von der Seite bemerkte, setzte er schnell hinzu: »Ich freue mich auf die Zeit mit dir«, und drückte ihre Hand, »und so was hat noch nie jemand für dich gemacht? Ernsthaft?«

»Nein«, schüttelte sie den Kopf, »ernsthaft, niemand!«

»Na, dann wird es höchste Zeit!«


# Kapitel 49


Sven hatte im Hotel »Hegau Haus« in Singen reserviert, es war ein warmer Oktobertag, die Sonnenstrahlen trieben das Thermometer nochmals auf angenehme 25 Grad. Sie hatten einen Tisch auf der Terrasse bekommen, mit einem fantastischen Blick auf weite Teile des Bodensees und Konstanz. Dahinter die Alpen. Sven nickte zufrieden Marcella zu. »Da kann nichts mehr schiefgehen, du siehst einfach zum Verlieben aus«, und schaute Marcella mit begehrenden Blicken an, »mach ich dich eigentlich nervös, wenn ich dabei bin? Soll ich dich und Doktor van Ryn nachher alleine lassen, wenn ihr das Bewerbungsgespräch habt?«

»Nein«, Marcella legte ihre Hand auf Svens Oberschenkel, als wollte sie ihn am Weglaufen hindern, »auf keinen Fall, ich fühle mich mit dir sicher. Du kannst dich auch gerne immer ins Gespräch einmischen. Weißt du«, setzte sie hinzu, »bei dir bin ich zwar schlagfertig, aber nur, weil ich mich in deiner Nähe so wohlfühle. Bei Fremden bin ich wesentlich zurückhaltender. Wirst du gleich sehen.«

»Das ist eh besser«, nickte Sven ihr aufmunternd zu, »du machst das mit links, ich weiß das. Ach, noch was, ich habe mich mit De Luca am Telefon gemeldet, damit die Praxen sich nicht so viele Namen merken müssen.«

»Das habe ich schon bemerkt«, lächelte sie ihn an, »im Auto hat dich ja vorher jemand angerufen und so angesprochen. Vita mia, der Name passt übrigens gut zu dir.« Ein weißer 7er BMW fuhr unten in die schmale Straße und parkte ein, zwei Herren Mitte 50 oder älter stiegen aus.

»Das werden sie sein«, Marcella rückte nervös auf die Stuhlkante, »ich bin aufgeregt, das sind ja auch noch zwei. Hilfe!«

»Magst du dich noch kurz frisch machen?«, fragte Sven. »Dann begrüße ich die beiden und gehe ihnen jetzt entgegen. Und du kommst dann an den Tisch, ich stelle dich vor, und das Eis ist bis dahin schon gebrochen.«

»Du bist spitze!« Marcella nahm seinen Vorschlag an und verschwand im Restaurant. Sven stand ebenfalls auf und ging über die Treppe den beiden Männern entgegen, begrüßte sie, stellte sich als De Luca vor und führte sie oben zu ihrem Tisch. Marcella kam in dem Moment wieder aus dem Restaurant. Sven stellte stolz seine Marcella vor, und ihr Doktor van Ryn und Doktor Storck. Die Männer waren sichtlich beeindruckt, konnten ihre Augen anfangs kaum abwenden, bedankten sich höflich für die Einladung und machten Marcella ungelenk ein Kompliment. Sven wusste, den beiden fehlten schlichtweg die Worte. Marcella wehrte mit gesenkten Augen ab, für Sven und die beiden Männer war es in dem Moment klar, die Chemie stimmte. Der Rest war reine Formsache.

Das Essen und das Gespräch waren aus Svens Sicht genauso gut wie Marcellas Auftritt. Bis zum Nachtisch wurde nur privat geplaudert, Marcella hielt sich komplett zurück, sie konnte die Sachlage nicht einschätzen. Sie war schließlich, auch wenn sich die beiden nur mit Sven unterhielten, diejenige, um die es schlussendlich ging, und entsprechend nervös. Doktor Storck berichtete von seinem Auslandsurlaub, der andere schwärmte von seiner Segeljacht in Bodman und wollte von Sven wissen, ob sie zusammen auch eine besitzen würden.

Sven verneinte das, und Doktor van Ryn, ein gebürtiger Holländer, der sich als Eigentümer der Praxis für Pneumologie, Allergologie und Schlafmedizin vorgestellt hatte, lud Sven und seine Frau ein, bei nächster Gelegenheit Gast auf seiner Jacht zu sein. Sven bedankte sich höflich, lenkte dann das Thema auf die eigentliche Sache, denn er bemerkte inzwischen die weiter steigende Nervosität bei Marcella, die offensichtlich kein Wort über die Lippen brachte.

»Herr Doktor van Ryn, Sie haben eine exzellente Praxis, Ihr Schlaflabor ist auch in der Schweiz bekannt. Am Telefon sagten Sie mir, dass Sie sich vorstellen könnten, dass meine Frau bei Ihnen ihren Facharzt fertigmachen und Ihr Team eventuell darüber hinaus unterstützen kann?« Sven hatte Marcella zugehört, als sie ihm sagte, die Ärzte wollten nicht nur andere ausbilden, sondern würden gerne auch langfristig planen.

Van Ryn nickte Marcella freundlich zu, die ebenfalls nickte, ihr Mund war trocken, sie nahm einen Schluck, und Sven nahm unter dem Tisch ihre Hand, um sie zu beruhigen, und sagte, den beiden zugewandt: »Wir wären sehr glücklich darüber, wenn meine Frau bei Ihnen kurzfristig anfangen könnte. Denn wir möchten ab November gemeinsam hier am Bodensee wohnen, Stuttgart ist zu weit weg. Sie können das sicher verstehen?«

»Ja«, kam es freundlich von van Ryn, »natürlich, von so einer bezaubernden Frau möchte man nicht dauerhaft getrennt sein.«

Sven strahlte aufmunternd Marcella an, natürlich war sie bezaubernd, das musste man ihm nicht sagen. Er hatte ja Augen im Kopf und war verliebt bis über beide Ohren.

»Vielen Dank für Ihre Unterlagen, Frau De Luca«, van Ryn schaute ihr freundlich in die Augen, er zeigte ehrliches Interesse, »Sie haben bisher sehr gute Arbeit geleistet, waren schon an einigen Kliniken in ganz Deutschland. Ich kann Ihren Mann gut verstehen, er möchte, dass Sie nach Hause kommen.«

»Vielen Dank«, antwortete Marcella, »das möchte ich auch, und als wir Ihre Praxis entdeckt haben, wusste ich, wo ich am liebsten anfangen möchte. Gekündigt habe ich bereits, ich kann zum nächsten Monat anfangen.« Marcella war äußerlich wieder in der Spur und konnte ihr unwiderstehlichstes Lächeln zeigen. »Brauchen Sie weitere Unterlagen von mir?«, setzte sie schnell hinzu, weil eine kurze unangenehme Pause entstand.

»Dürfen wir Sie am Abend in die Praxis einladen?«, antwortete van Ryn, ohne auf die Frage einzugehen, er schaute kurz zu seinem Mitarbeiter und nickte ihm zu. »Können Sie das so kurzfristig einrichten? Dann würden wir Ihnen alles zeigen und würden gleich auch das Vertragliche besprechen.«

»Gerne«, antwortete freudig überrascht Marcella, »jederzeit!« Und strahlte Sven an.

»Ihren Herrn Gemahl«, ergänzte van Ryn, »nehmen Sie bitte unbedingt mit«, und schaute Sven dabei an, »dann lernen Sie auch gleich den Wirkungsbereich Ihrer Frau kennen.«

»Herzlichen Dank, Herr Doktor van Ryn.« Sven stand auf. »Bitte entschuldigen Sie mich für einen Moment.« Sven ging ins Restaurant, bat darum, dass seinen Gästen nun gleich das bereits vorbereitete Getränk angeboten werden sollte. Sven kam zurück, gefolgt von der Bedienung mit vier Sektgläsern, und blieb daneben stehen.

»Alkoholfrei«, erklärte Sven den überraschten Männern, »wir möchten nur gerne mit Ihnen auf das angenehme Gespräch und Ihr freundliches Angebot anstoßen.«

»Das hatten wir auch noch nie«, freuten sich Doktor van Ryn und Doktor Storck und nickten Marcella und Sven zu.

»Wir haben zu danken, wir freuen uns auf den Abend bei Ihnen«, antwortete Sven. »Wenn Sie möchten, begleiten wir Sie zum Parkplatz.« Und schob schnell nach, als Doktor van Ryn seine Brieftasche zückte: »Sie sind unsere Gäste.«

Die beiden Herren waren sichtlich beeindruckt, ließen sich zum Auto begleiten und verabschiedeten sich an ihrem Fahrzeug herzlich von den beiden.

»Vita mia!«, Marcella bewunderte Sven aufrichtig, nachdem sie wieder alleine waren »ich bin baff, träume ich oder was, du hast den beiden schwer imponiert, mir sowieso, ich bin sprachlos. Meinst du, ich habe heute am Abend einen Vertrag?«

»Ja, klar«, Sven war sich sicher, »das war eine eindeutige Zusage, und deshalb habe ich auch das Prickelwasser bestellt, damit es die beiden Herren nicht vergessen, dass wir einen Deal haben. Übrigens habe ich den beiden nicht imponiert, das warst du, mein Schatz.«

»Du verlangst nur 450 Euro die Stunde?«, fragte Marcella. »Du bist unbezahlbar! Hihi«, sie war komplett gelöst, »sag mir, wie wir jetzt das nächste Problem lösen. Wie komme ich aus dem Vertrag in Magdeburg raus. Stell dir vor, ich soll heute am Abend tatsächlich einen Vertrag unterschreiben. Und die haben mich überhaupt nichts gefragt, das ist doch nicht normal.«

»Willst du den Vertrag am Abend unterschreiben?«, unterbrach er seine fröhlich plaudernde Marcella.

»Ja, natürlich, die beiden sind sehr angenehm«, antwortete sie, »die Praxis haben wir ja bereits heimlich ausspioniert, sehr modern, alles top. Und auch die anderen drei Ärztinnen, die dort angestellt sind, haben einen sehr guten ersten Eindruck gemacht. Ja, ich will, unbedingt.«

»Und was ist mit dem Termin im Krankenhaus nachher?«

»Da gehen wir hin«, antwortete Marcella vergnügt, »anschauen können wir das schon, aber ganz ehrlich, ich ziehe die Praxis der Klinik auf alle Fälle vor. Bessere Arbeitszeiten, weniger Kollegen, mehr Zeit für meinen einzigen und allerliebsten Coccolone – das bist DU! Ich bin so glücklich, lass dich küssen!«

# Kapitel 50

Der Termin in der Klinik war nicht so prickelnd. Marcella nahm auch hier Sven mit, für ihn fühlte sich das ein wenig seltsam an. Marcella sah das jedoch anders: Für sie war es eine Selbstverständlichkeit, dass ihr Mann, der das alles organisiert hatte, auch an ihrer Seite blieb, wie sie ihn mit ihrer erfrischenden Art überzeugend aufklärte. Doktor Ganter, ein gewissenhafter Oberarzt, zeigte beiden die Innere Abteilung, präsentierte stolz die neuesten Anschaffungen, erklärte auch Sven, als ob er morgen anfangen wollte, wie man die Geräte zu bedienen hatte und welche Auswertungen diese leisten konnten. Am Ende der Führung sagte Doktor Ichzeigdiralles, er würde Marcella zu einem oder zwei Probetagen einladen, an dem sie das Team kennenlernen könne, und wenn alles passen, es ihr auch gefallen würde, dann könnte man später in einem richtigen Vorstellungsgespräch, im Kreise der verantwortlichen Ärzte, die weiteren Schritte angehen.

Marcella, während sie fröhlich die vielen Steintreppen vor der Klinik nach unten zum Parkplatz hüpfte, sagte zu einem sichtlich genervten Sven, dem das ganze Gespräch für nichts viel zu lange ging: Ich kann es dir ansehen, das war jetzt mühsam für dich. Sehe ich auch so, das war nix, viel zu angespannt, bis wir hier einen Vertrag haben, bin ich schwanger.«

Und boxte Sven liebevoll in die Seite: »Ich will hier nicht arbeiten, ich freue mich noch mehr auf den Vertrag am Abend, du hast mir ja versprochen, das wird was. Das wird doch was – oder?«

Vier Stunden später, Marcella wollte sich noch ein wenig in der Innenstadt von Singen umschauen, war es dann so weit. Sie waren fünf Minuten vor der Zeit in der Praxis. Diesmal offiziell angemeldet, sie wurden gleich von einer hübschen Arzthelferin in das Arbeitszimmer von Doktor van Ryn geführt.

Ein freudestrahlender van Ryn kam schnellen Schrittes und begrüßte beide wie alte Freunde. Er war wieder sehr auf Sven fixiert, zeigte beiden das Schlaflabor in den oberen Etagen. Marcella nahm es sportlich und grinste Sven vielsagend an. Keine Spur von Eifersucht, obwohl es ja um sie und nicht um Sven ging. Sven registrierte erleichtert, dass Marcella auch damit locker umging. Seine nun vermeintlich schon offizielle Frau gefiel ihm immer besser. Dann zeigte van Ryn Marcella ihr künftiges Arztzimmer, erklärte, dass sie einmal pro Woche für das Schlaflabor Spät- und Frühdienst übernehmen würde. Beruhigte, eine Bereitschaft in der Nacht wäre nicht notwendig, das wäre anders geregelt. Darüber freute sich Marcella und warf Sven bedeutsame Blicke zu, während Doktor van Ryn weiter vorwärtsstürmte.

Zurück im Zimmer von Doktor van Ryn, ging es genauso schnell wie im Restaurant nach dem Nachtisch. Er bot beiden etwas zu trinken an, zog einen vorbereiteten Vertrag aus seiner Ablage und legte ihn Marcella hin, erklärte ihn kurz und fragte dann, ob sie mit Gehalt und einem Start zu Anfang November einverstanden wäre. Probezeit sechs Monate und eine Übernahmegarantie. Sie könne den Vertrag gerne mit nach Hause nehmen oder auch gleich hier mal in Ruhe durchlesen, Fragen stellen. Er würde noch kurz etwas erledigen. Weg war er.

Marcella überflog den Vertrag und sagte zu Sven: »Die bezahlen mir hier deutlich mehr, das ist ein Traum, Arbeitszeiten passen, mein

Mentor wird Doktor van Ryn sein, besser geht's nicht. Soll ich mündlich zusagen und den Vertrag mit nach Hause nehmen, bis wir Magdeburg erledigt haben?«

»Wie du magst.« Sven freute sich, wie leicht alles gelaufen war. Er hatte sich das zwar gewünscht, jedoch nicht zu hoffen gewagt, dass das erste Gespräch so ein Volltreffer sein würde.

»Was würdest du tun?«, Marcella fragte nochmals nach.

»Sofort unterschreiben«, antwortete Sven kurz.

Doktor van Ryn wunderte sich, als er nach zehn Minuten zurückkam und der Vertrag Marcellas bereits unterschrieben wieder auf seiner Seite des Schreibtisches lag.

»So liebe ich das«, lachte er. »Eine Frau, die weiß, was sie will!«

Glücklich kamen Marcella und Sven wieder in ihrem Penthouse in Konstanz an. Für Marcella war es diesmal ein Nachhausekommen, so sagte sie es Sven, denn ihr war nun bewusst, sie würde hier mit Sven für die nächste Zeit zusammenwohnen.

»Am liebsten würde ich jetzt mit dir in den Whirlpool springen«, sagte Marcella fröhlich. »Was für ein Tag.«

»Dann lass uns das machen, soll ich Pizza bestellen?«

»Hast du nichts da?« Marcella schaute Sven lachend an, als sie sein Gesicht sah. »Stimmt, ich bin ja in einem männlichen Single-Haushalt, hier weinen die Mäuse vor dem leeren Kühlschrank«, kicherte sie. »Es wird Zeit, dass hier eine Frau einzieht und ein wenig Deko, Essen und Wärme in die Wohngemeinschaft einbringt. Freust du dich?«

»Ja«, Sven schluckte hörbar, »solang ich nichts mit der Deko zu tun habe, freue ich mich.« Er lachte: »Nein, im Ernst, ich freue mich sehr. So, jetzt sag mir, welche Pizza magst du, der Pool wartet auf uns.«

»Ist das nicht zu früh, äh zu kalt jetzt?« Marcella schaute Sven zwar verliebt an, wollte in ihrer euphorischen Stimmung dennoch nicht ihren guten Sieben-Monats-Plan über Bord werfen, obwohl sie ihn im Grunde nicht mehr für notwendig hielt. Sie wollte nicht nackt in den Pool springen und gab deshalb vor, es sei ihr zu kalt.

»Dann ziehe einfach deinen Badeanzug an!«

»Gute Idee, und ich mag eine Pizza Margherita!« Marcella war erleichtert, dass Sven sie offensichtlich verstand und sich wohl auch an die Vereinbarung hielt. Lieber noch ein wenig warten, ihre Mutter sagte ihr immer, eine Schwalbe macht noch keinen Sommer, und sie würde es diesmal langsam angehen, das hatte sie sich felsenfest vorgenommen.

Eine Stunde später, Pizza und Wein standen auf dem Rand des Whirlpools, der bereits von der Sonne am Mittag vorgewärmt gewesen und noch richtig schön warm war.

»Van Ryn hat mich überhaupt nichts gefragt«, sinnierte Marcella. »Kann es immer noch nicht glauben. Ich hatte schon so viele Antworten auf mögliche Fragen im Kopf«, sagte Marcella, die kaum glauben konnte, wie schnell und einfach alles gelaufen war.

»Kein Wunder«, schüttelte Sven lachend den Kopf, »du kennst doch die Strahlkraft deines Angelhakens. Van Ryn hat ja deshalb fast nur mit mir gesprochen, weil du ihn im ersten Moment so geblendet hast.«

»Echt?«, kam es ungläubig von Marcella, der es in ihrem weißen Bikini nun überhaupt nicht kalt war. Sie hatte ihn bewusst ausgewählt, wusste, wie süß sie mit ihrer braun gebrannten Haut darin aussah, und wollte Sven, so gut es ging, reizen. Sie fühlte sich in Sicherheit, denn der mündliche Vertrag über die sieben Monate verpflichtete Sven ja zur Zurückhaltung. Und Marcella wäre nicht sie selbst gewesen, wenn sie diese Situation nicht in vollen Zügen ausgekostet hätte.

»Dann muss ich in Zukunft wohl aufpassen, ich werde einen Ring tragen, damit jeder sieht, dass ich glücklich vergeben bin«, lachte Marcella und genoss Svens begehrliche Blicke. Sie kam dabei immer näher zu Sven und setzte sich mit dem Rücken zu ihm auf seine Beine. »Ich mag übrigens als Ehering einen schlichten, breiten Goldring, und du?«

»Gefällt mir«, Sven küsste sie zärtlich in den Nacken, sie hatte inzwischen eine bequeme Position gefunden und legte sich in seine Arme. »Ich vertraue dir sowieso, dass du den lästigen Beifang immer schnell über Bord zurück ins Meer wirfst.«

»So was von rapidamente, amore mio!«, bestätigte Marcella und schmiegte sich rücklings an ihn.

# Kapitel 51

Innerhalb eines Tages hatte sich Marcellas und Svens Leben verändert. Marcella hatte sich bereits einen Schrank gesichert und die Zugangskarte für das Penthouse erhalten, Sven räumte im Büro seine Unterlagen zusammen, damit Marcella sich dort auch ausbreiten konnte. Ein gutes, jedoch auch seltsames Gefühl. Dennoch wusste er, es fühlte sich richtig an. Beim Frühstück stellte Sven Marcella ein wenig umständlich seinen neuesten Einfall vor. Er hatte in der Nacht wach gelegen, an die vereinbarte Nacht mit Suse gedacht, überlegt, wie er das Marcella schonend beibringen konnte. Und er hatte darüber hinaus eine Idee entwickelt, die ihm immer besser gefiel. Marcella band er jedoch nur grob ein, er sagte ihr:

»Mein Liebling, magst du Überraschungen?«

»Schon«, kam es etwas vorsichtig von Marcella, deren sehr gute Intuition ihr ein leises »Achtung« zurief, »bisher waren deine Überraschungen sehr gut, ich vertraue dir, was hast du vor?«

»Möchte dich überraschen«, machte es Sven spannend, »okay, ich erzähle dir einen Teil, damit du entscheiden kannst, ob es dir überhaupt gefallen könnte.«

»Das klingt gut«, kam es erleichtert von Marcella, die Sven auf dem breiten Sofa schräg gegenübersaß.

»Wir fahren nach Stuttgart zu deiner Mum, heute am Vormittag«, fing Sven an, »und laden sie zum Mittagessen ein.«

»Gefällt mir«, sie schaute ihn abwartend an. »Da kommt doch sicher noch was?«

»Ja«, kam es etwas verlegen von Sven, »dann muss ich etwas erledigen, auch zu meiner Agentur, Termine absagen, weil ich dich zu deinem Termin am kommenden Dienstagvormittag nach Magdeburg begleiten möchte, wie versprochen. Deshalb würde ich dich bitten, bis Montag bei deiner Mum zu bleiben, sie wollte ja sowieso etwas mit dir besprechen.«

»Okay«, sagte Marcella verhalten. Würde er nun arbeiten und sie sich am Wochenende Gedanken machen müssen, wo er wäre? »Und das ist die Überraschung? Oder kommt da noch was?«

»Dann fahren wir gemeinsam nach Magdeburg und regeln dort das mit Vertrag und Wohnung, und dann kommt erst die Überraschung.« Sven versuchte schnell, das Wochenende zu überspringen, ihm war bewusst, dass sich Marcella nicht so einfach aufs Abstellgleis stellen ließ, und das wollte er auch nicht. Allerdings wollte er auch nicht die bereits von Suse bestätigte Buchung in Stuttgart absagen. Schließlich wollte er mit ihr reinen Tisch machen.

»Kann ich da nicht mitkommen?«

»Wohin?«, fragte Sven erschrocken. »Wo möchtest du mit?«

»Zu deiner Agentur.« Marcella merkte an seiner Reaktion, dass sie nicht überallhin mitkommen konnte und ihn am Wochenende wohl oder übel alleine ziehen lassen musste. Ihr war klar, dass sie sich mit diesem heiklen Punkt noch genauer auseinandersetzen musste. So einfach, wie sie sich das vorgestellt hatte, war es wohl doch nicht. Marcella wollte mit ihm auf jeden Fall noch darüber sprechen, mehr Klarheit bekommen. Jedoch nicht heute, sie wollte nicht gleich am Anfang so rüberkommen, als ob sie klammern und ihm nicht vertrauen würde. Sie wollte ihn ja lassen, wie er war, nicht verändern. Sie konnte auch sie selbst sein. Und sie liebte ihn genau so, wie er war. Marcella beruhigte sich schnell wieder und schaltete einen Gang zurück. »Zu deiner Agentur, habe ich gemeint, wenn du da am Montag hingehst, oder störe ich dort?«

»Nein«, kam es erleichtert von Sven, »da nehme ich dich sehr gerne mit. Ist doch klar«, sagte er schnell. »Und dann entführe ich dich ein paar Tage.« Gespannt wartete Sven auf die Reaktion von Marcella, ob sich damit die etwas getrübte Stimmung wieder auflösen lassen würde.

»Okay«, Marcella war immer noch in Gedanken bei der Lücke von Samstagnachmittag bis Montagmorgen. »Lass uns nicht um den heißen Brei herumreden, du musst arbeiten, von wann bis wann? Wann sehen wir uns am Wochenende wieder?«

»Samstagabend bis Sonntag«, kam es ebenso direkt von Sven. Diese offene Art mochte er sehr an Marcella, auch wenn sie ihn im Moment ein wenig ins Schwitzen brachte, da er sie weder verletzen noch anlügen wollte, »wobei ich dir noch nicht sagen kann, wann ich am Sonntag fertig bin, ausgeschlafen habe und wir uns sehen können. Es könnte auch Sonntagabend werden.«

»Du kannst bei mir schlafen«, kam es von Marcella sofort, »natürlich nur, wenn du magst.«

»Sehr gerne, schon …« Sven wand sich ein wenig. Er wusste, das mit Suse könnte kompliziert werden, er wollte sich ungern jetzt schon auf eine Uhrzeit festlegen. »Marcella, mein Schatz, ich bin mir gerade unsicher, wie ich es dir sagen soll.«

»Immer direkt«, antwortete sie forsch, war jedoch sehr beunruhigt, was sie jetzt zu hören bekommen würde. »Fange einfach vorne an und erzähle mir nichts von Überraschungen, sondern binde mich in dein Leben ein. Erkläre es mir, damit ich es verstehen kann. Ich möchte dich begreifen, ich akzeptiere ja auch deinen Job, ich versuche, damit klarzukommen, dazu gehören jedoch Ehrlichkeit und Offenheit! Und keine Sorge, ich vertrage das schon.« Marcella redete sich ein wenig in Rage, sie bremste jedoch gleich wieder ihr südländisches Temperament.

»Du weißt von Suse, ich bin mit ihr in Stuttgart im »Le Méridien«, im Moment läuft die Buchung bis zum nächsten Mittag«, erklärte Sven es ihr ehrlich. »Ich möchte das auf keinen Fall absagen, damit ich mit ihr alles besprechen kann. Habe einen besonderen Auftrag von ihrer Freundin bekommen, ich soll ihr Selbstvertrauen aufbauen.« Sven erzählte Marcella die ganze Geschichte und sagte am Ende: »Und ich weiß nicht, wie alles ablaufen wird, vor allem, weil ich ihr am Ende auch von uns erzählen möchte. Und natürlich, dass ich sie nicht mehr wiedersehen werde. Suse ist mir wichtig, kannst du verstehen, dass ich das nicht so einfach zwischen Tür und Angel mit ihr besprechen will?«

»Jetzt bin ich beruhigt«, versuchte Marcella, überzeugt zu wirken. »Das machst du auf jeden Fall richtig und ich vertraue dir auch.« Sven schaute sie erleichtert an und wollte noch etwas sagen, Marcella unterbrach ihn und sagte leise: »Ich habe einfach nur Angst um uns, es sind ja bei Suse Gefühle da. Von beiden Seiten?« Sie schaute ihn fragend an. »Ich will dir vertrauen. Ich weiß, ich kann dir vertrauen. Du wirst mich nicht enttäuschen, cuore mio, das wirst du nicht?«

»Du kannst dich auf mich verlassen«, mit klarem Blick schaute Sven ihr in die Augen, »das kannst du.«

# Kapitel 52

Samstag – heute war der von Suse mit Spannung erwartete große Tag. Am Abend würde sie Sven wiedersehen. Die ganze Nacht, ohne Kinder, sie freute sich darauf. Im Hintergrund lief die wieder mal passende Musik ihrer Freundin Michelle, »Samstagnacht«. Sie sang, dass sie ihn wiedersehen würde, sich schönmachte und ihn ansprechen würde. Suse sang beim Refrain lauthals mit, sie hatte stundenlang vor dem Spiegel gestanden. Was würde sie anziehen? Sie entschied sich für ein auf der Messe neu erstandenes Kleid. Schlichter Schnitt, blau mit eingewebten Rosen, leicht transparent. Weil das Kleid ärmellos war, noch die passenden Armstulpen dazu. Fertig war die eleganteste Frau der Stadt Stuttgart. Sie hoffte, dass es nicht zu übertrieben war, aber es war ja schließlich ein Luxushotel. Und Bine hatte ihr auch bestätigt, dass sie einfach wunderschön aussähe.

Der Taxifahrer machte ihr Komplimente, ihr Sohnemann machte ihr allerdings das schönste: »So möchte ich mit dir auch mal ausgehen«, meinte er zu seiner Mutti beim Abschied an der Haustür. Bine, die auf Sami aufpasste, wünschte ihr einen erfolgreichen Abend, weil sie Sami erzählt hatten, dass Suse etwas Geschäftliches vorhatte. Suse war aufgeregt: Sie hatte Bine gebeichtet, dass sie Sven spontan gebucht hatte. Bine bestärkte sie sogar, sie solle den Abend und die Nacht genießen, es würde ihr guttun. Und überhaupt, sie würden ab sofort öfter ausgehen. Das müsse drin sein, wenn man so hart arbeite. Suse war sehr überrascht, freute sich, dass Bine nun endlich nicht mehr gegen Sven war.

Inzwischen war sie im »Le Méridien«angekommen. Das hatte Sven oder seine Agentur ausgesucht. Eines der besten Luxushotels in der Stadt. Direkt neben dem Schlossgarten, nur wenige 100 Meter von der Innenstadt entfernt. Suse hatte das volle Programm gebucht, Sven sollte sie überraschen. Per Mail war am Vorabend die Bestätigung der Agentur *EASE* gekommen: »Le Méridien«, 20 Uhr, Sven würde sie in der Lobby erwarten. Oh ja, die Nacht würde sie genießen, das hatte sie sich fest vorgenommen. Auch wenn sie sich die Finger verbrennen würde, heute Nacht wollte sie unbedingt Sven näherkommen. Sie wollte ihn für sich alleine haben, keinen Moment würde sie daran denken, dass sie danach wieder alleine nach Hause gehen müsste. Dennoch beschlich Suse wieder so ein eigenartiges Gefühl wie beim ersten Treffen. Sie war einfach schon ein wenig aus der Übung gekommen. Viele Jahre hatte sie nicht mehr geflirtet, war nur für die Kinder und den Laden da, und jetzt kam sie von einer blöden Situation in die nächste. Wenn sie nicht schon so große Gefühle Sven gegenüber gehabt hätte, wäre sie jetzt gleich wieder nach Hause gefahren. Was musste sie sich auch gleich so sehr verlieben? Ob sie ihm gefallen würde? Nervös schaute sie zum tausendsten Mal an sich hinunter.

Als die Wagentür des Taxis von einem Hotelmitarbeiter geöffnet wurde, fühlte sie sich schon wieder wie im Märchen. Ein wenig unwohl war ihr immer noch, aber langsam gewöhnte sie sich an die permanenten Ausnahmesituationen, mit denen sie, seit sie Sven kannte, ständig konfrontiert wurde. Der Eingang glänzte, überall waren Gold und abgedunkeltes Glas. Der Mann in Livree erkundigte sich nach Suses Wünschen. Er nahm ihr kleines Gepäck in Empfang, bat sie, sich kurz in der Lounge zu gedulden, und reichte ihr einen gekühlten Champagner. Suse nahm einen Hotelprospekt in die Hand und las: ›Internationales First-Class-Hotel, zentral im grünen Herzen der Stadt gelegen, die weitläufigen Parkanlagen des Schlossgartens beginnen direkt am Hotel. In wenigen Gehminuten erreichen Sie die kulturellen Sehenswürdigkeiten und die Stuttgarter Shoppingmeile, die Königsstraße. Ausstattung: Restaurant, Bar, englisches Pub, Fitnessklub, Hallenbad, Whirlpool, Sauna, Dampfbad, Solarium, Beauty-Angebote.‹ Suse überlegte sich, was die Zimmer hier wohl kosten würden, kein Wunder, Sven verlangte schon einen stolzen Preis. Sicherlich waren seine anderen Kundinnen lauter Luxusweibchen. Suse konnte sich mit dem Gedanken, dass andere Frauen sich auch mit Sven trafen, noch immer nicht anfreunden. Am liebsten wäre sie aufgestanden und gegangen. Sie schaute auf und sah direkt in Svens freundliche und strahlende Augen.

»Und?« Es schien, als ob er sie schon eine geraume Zeit beobachtet hatte. »Gefällt dir das Hotel?«

»Oh ja, schon«, sagte Suse verlegen. Sie fühlte sich in ihren Gedanken ertappt. Am liebsten hätte sie gefragt, wie oft er hier schon mit anderen Frauen war, aber sie verkniff sich diese Eifersüchtelei. Sie hatte kein Recht darauf, und sie wollte sich den Abend mit Sven auch nicht verderben.

»Du siehst heute wieder umwerfend aus«, sagte Sven und schaute ihr ausgefallenes Kleid und die eleganten Schuhe bewundernd an. Es stand ihr hervorragend. Das leichte Make-up unterstrich ihre natürliche Schönheit.

Sven hatte passenderweise ebenfalls etwas Dunkelblaues an, einen Designeranzug, auch aus Düsseldorf, den er nachträglich von *Armani* als kleines Dankeschön für die von ihm verursachte positive Pressemitteilung zugeschickt bekommen hatte. Dazu ein weißes offenes Hemd. Ein schlichtes, salopp in das Sakko eingestecktes Tuch rundete das Bild ab. Suse fiel auf, wie sie von den Angestellten beobachtet wurden. Sie fragte Sven, ob er das auch bemerkt hätte. Er beugte sich zu ihr und sagte leise: »Wir haben die Präsidentensuite gemietet und werden als Special Guests heute bevorzugt behandelt.« Suse presste die Lippen aufeinander, es war ihr ein wenig unangenehm. Erst mit der Zeit, und weil Sven sie ein wenig auflockerte, konnte sie sich mit der neuen Situation anfreunden. Und irgendwann, vielleicht wirkte das Glas Champagner, genoss sie die Blicke, die sie verstohlen verfolgten, als sie gemeinsam die Lounge durchschritten.

Sven hatte schon einen Tisch im Restaurant bestellt und führte Suse gentlemanlike an den Tisch, rückte den Stuhl zurecht. Begleitet wurden sie von zwei sehr bemühten Hotelangestellten. Die Leute an den anderen Tischen schauten auch schon. Den anderen Gästen waren die besonderen Aufmerksamkeiten, die nur den beiden galten, bereits aufgefallen. Sven fing an, sich über die für Suse ungewöhnliche Situation lustig zu machen, einfach um diese aufzulockern. Er betrachtete Suse seit dem Gespräch mit Sabine mit etwas anderen Augen und wollte ihr jederzeit das Gefühl geben, sich sicher zu fühlen. Deshalb scherzte er, machte schnell einen Spruch, wenn er nur den Ansatz eines verunsicherten Blickes von Suse wahrnehmen konnte.

»Sollen wir Bodyguards und Fotografen engagieren, die hier wie wild Fotos von uns machen und die dann von den Männern mit dem Knopf im Ohr wieder zurückgedrängt würden?« Suse kicherte bei dem Gedanken. »An der Rezeption würden sie auch keine Auskunft bekommen, weil uns ja keiner kennt.«

Beide lachten und bestellten einen Aperitif. Sie unterhielten sich angeregt, sie hatten sich jede Menge zu erzählen, sie gingen in einer Vertrautheit miteinander um, als würden sie sich schon ewig lange kennen. Sven wunderte sich: So angeschlagen, wie Sabine es ihm erzählt hatte, kam ihm Suse nicht vor. Aber vielleicht ging es auch nur so gut, weil keine wunden Punkte in Bezug auf Gefühle berührt wurden.

Und so war es auch: Suse, die ihre Gefühle nur schwer unter Kontrolle hielt, wählte unverfängliche Themen. Sie berichtete von den neuesten Begebenheiten aus ihrem Laden. Dabei fühlte sie sich sicher, das hatte sie in der Therapie gelernt: in außergewöhnlichen Situationen Vertrautes in den Fokus nehmen.

»Stell dir vor«, erzählte sie, »vorgestern waren Bine und ich noch getrennt bei zwei Terminen, und der Laden wurde nur von Vertretungen geschmissen. Jutta, die eine Aushilfe, hatte genau an diesem Morgen verschlafen und das Geschäft nicht aufgeschlossen. So ein Hammer, ich dachte, ich müsste tot umfallen, als mich die andere Aushilfe am Abend anrief und mir sagte, dass sie um 11.30 Uhr in den Laden kam und noch alles dunkel und verschlossen war. So was geht doch nicht, zum Glück konnte ich mich eine Nacht lang beruhigen, bevor ich am nächsten Tag Jutta zur Rede stellen wollte. Aber jetzt kommt der Hammer, am nächsten Tag sollte Jutta dann die Spätschicht übernehmen und um 11.30 Uhr anfangen, ich hatte mir schon eine Strafpredigt für sie zurechtgelegt, aber sie kam nicht. Nicht zu fassen, was soll ich denn mit ihr machen? Wenn Bine an diesem Tag nicht gerade in Wiesbaden gewesen wäre, hätte Jutta das nicht überlebt. Ist das nicht dreist von Jutta?«

»Was du mit ihr machen kannst?«, überlegte sich Sven, »sprich sie darauf an, mahne sie ab. Hättest du Ersatz für sie?«

»Ja, das wäre kein Problem«, antwortete Suse, »gestern hat Nate aus Portugal angerufen, ihre Tochter Jeanette sucht übergangsweise einen Job in Deutschland, die Frau sieht klasse aus, ihr neuer Freund hat schon eine volljährige Tochter, die ebenfalls Modelqualitäten hat. Ich habe Nate schon signalisiert, dass sich ihre Tochter Jeanette gerne bei uns melden soll, wir können sie jetzt wirklich gut gebrauchen – wenn Jutta nicht bleiben wird, dann nehmen wir Jeanette und die Tochter von dem neuen Freund auch gleich dazu.«

# Kapitel 53

»Hat es dir geschmeckt?«, fragte Sven Suse und schaute auf ihren halbvollen Teller. Suse hatte die ganze Zeit nur übers Geschäft gesprochen und kaum etwas gegessen.

»Ja«, antwortete Suse, »ich habe nur mal wieder zu viel geredet. Es war super, aber ich mag nichts mehr, kann mich jetzt schon kaum mehr rühren.«

»Ein winzig kleiner Nachtisch vielleicht?«, fragte Sven nach.

»Du bist doch mein Nachtisch, wie kommst du darauf, dass ich dich hier zwischen all den Leuten vernaschen möchte«, antwortete Suse keck. Und fast ein wenig über ihre eigene Aussage erschrocken, setzte sie schnell hinzu: »Gegen einen Espresso hätte ich nichts einzuwenden, sonst schlafe ich womöglich nachher gleich ein, und du kannst nur noch meinen Schlaf bewachen.« Sofort wurde es Suse wieder unwohl. »Hat unser Zimmer einen Balkon?« So vertraut, wie sie mit Sven im Moment auch war, wenn sie an heute Nacht dachte, schnürte sich ihr Magen schon wieder zu. Auf Knopfdruck die Liebhaberqualitäten von Sven auszuprobieren, war nicht ihr Ding, so was musste spontan erlebt werden, aber doch nicht so nüchtern geplant! Suses Gedanken schwirrten.

»Ja, die Präsidentensuite hat so was in der Art«, antwortete Sven grinsend, als ob er Suses Gedanken erraten hätte. »Dann sitzen wir altes Ehepaar uns nicht so auf der Pelle. Es ist die beste Suite hier, und ich wollte dich, deinem Wunsch nach, in 1001 Nacht entführen. So ähnlich hast du es doch formuliert?«

»Ja, so hatte ich es bestellt. Und das sind jetzt zwei Zimmer?« Insgeheim erhoffte sie sich, dass die Präsidentensuite auch über ein Wohnzimmer verfügen würde. Wenn sich Suse vorstellte, dass sie nun gleich mit Sven in ein kleines Zimmer gehen würde, in dem das einzige Möbelstück das Bett wäre, käme ihr die Situation ziemlich unpassend vor.

»Um genau zu sein«, sagte Sven, der Suses Nervosität wieder spürte, »es ist die größte Suite in der obersten, also in der fünften Etage mit Blick auf den Schlossgarten. Sie hat mehrere Zimmer, eine Terrasse ist auch dabei. Und«, als ob er ihre Gedanken erraten hätte, »du verwechselst da was Entscheidendes.«

»Was denn?«

»Du hast mich gebucht für einen schönen Abend, und der endet bei mir niemals in einem kleinen Zimmer, sondern in einem Erlebnis. Und dafür ist eine schöne Terrasse mit Blick über die Stadt doch eine gute Grundlage, findest du nicht?«

»Dann möchte ich bitte sehr den Espresso in unserer Suite einnehmen, Sir«, flachste Suse, wieder bestens gelaunt, und mimte eine feine Dame aus Adelskreisen. »Hier unten ist es mir zu gewöhnlich«, und deutete dabei heimlich auf die Leute an den anderen Tischen. »Zudem ist die Luft ein halbes Grad zu warm, das vertrage ich nicht, ich komme sogleich ins Transpirieren, ich bin entsetzt.« Suse musste ihren Vortrag abbrechen, weil sie aus dem Kichern nicht mehr herauskam.

»Ich werde Ihnen sofort ein 4711-Fläschchen halbtrocken bestellen, dass Sie mir auf dem Weg durch die Gewöhnlichkeit nicht umkippen.« Sven machte sofort mit und holte sich dabei die nächsten Sympathiepunkte bei Suse.

Er nickte einem Hotelmitarbeiter zu, der nur auf dieses Zeichen gewartet hatte. Das Licht wurde im Restaurant leicht gedimmt, dann wurde das melodiöse, verträumte Lied: »Dream a Little Dream of Me«, aus French Kiss eingespielt.

Der Hoteldirektor kam, begrüßte Sven und Suse, sie standen auf, die anderen Restaurantgäste schauten verwundert. Suse glaubte, im falschen Film zu sein, sie wäre fast wieder umgekippt, hätte Sven sie nicht an der Hand genommen und wäre mit ihr gemächlich zum Aufzug geschritten. Der Direktor ging voraus, am Aufzug nahm sie ein junger Page in Empfang. Im Aufzug beruhigte sich Suse wieder, und

Sven sagte leise: »Ich habe dir doch gesagt, dass es ein Erlebnis werden würde. Warte erst mal ab, wenn du unser Zimmerchen sehen wirst.«

»Ist das groß hier!«, rief Suse überwältigt aus, nachdem sie angekommen waren. Sie hatte nie im Leben mit einer derart großen Suite gerechnet. »Wie viele Quadratmeter hat das hier?«, wollte Suse immer noch mit offenem Mund wissen. Der Butler, der nur für ihre Wünsche zuständig war und sie gerade begrüßt hatte, gab Suse die Antwort: »Gnädige Frau, es sind 250 Quadratmeter, die exquisiteste Suite des Hauses.«

Der elegant gekleidete Butler ging voraus. Suse flüsterte Sven lachend ins Ohr: »Gnädiger Herr, bleibt der den ganzen Tag bei uns?« Suse war wieder in ausgelassenster Stimmung. Wenn sie davon Bine erzählen würde! Ihre Freundin würde vor Neid erblassen. Mit so einem Luxus hatten deren Welpen, wie Sabine ihre 18-jährigen Liebhaber immer bezeichnete, sicher noch nie aufgewartet. All ihre Sorgen vor dem Abend waren davongeflattert. Der Butler, der sich mit Johann vorstellte, blieb stehen, wartete in der elegant eingerichteten Eingangshalle und begann mit seiner Führung. »Durch diese Tür geht es zu Ihrem großzügig für zwölf Personen angelegten Ess- und Konferenzzimmer mit einer Kitchenette. Wenn Sie mir bitte folgen möchten, dann geht es hier in Ihren exzellent eingerichteten Salon mit offenem Kamin, zwei Sitzecken sowie einem Wintergarten mit Sauna und Whirlpool. Hier Ihre Bibliothek. Dort Ihr geschäftlicher Bereich mit drei Arbeitsplätzen, mit allem, was Sie brauchen.« Suse hatte so was im Fernsehen gesehen, es war bombastisch, nicht einmal im Traum hätte sie daran gedacht, dass sie heute Abend noch in einem derart feudal eingerichteten »Luxusschuppen«, wie Bine das sicher betitelt hätte, übernachten würde.

»Das ist ja ein modernes Schloss«, sagte sie leise zu Sven. »Falls du mich damit beeindrucken wolltest, hast du es geschafft, echt. Du hattest mich schon nach der Eingangshalle.«

»Beeindrucken?« Sven schüttelte den Kopf. »Ich möchte, dass du den heutigen Tag nie mehr vergessen wirst.« Auch wenn er unerwartet weitergehen würde. Sven dachte daran, dass er Marcella versprochen hatte, das heute mit Suse zu klären, er wusste nur nicht, wie er das überhaupt anstellen sollte. Ob das hier der richtige Ort dafür war? Insgeheim bereute er, sich auf Sabines Plan eingelassen zu haben.

»Wie kann ich nur eine Stunde mit dir vergessen?«, fragte Suse, während sie ihn verliebt anschaute. »Ich genieße alles mit dir, den Campingplatz und die Arrestzelle, wenn die nachher mitbekommen, dass wir das hier nicht bezahlen können.«

»Keine Sorge«, der Schalk blitzte in Svens Augen, »ich habe extra ein dickes Seil mitgebracht, vor Morgengrauen seilen wir uns damit ab.«

»Dann bin ich ja beruhigt«, sagte Suse leise lachend.

Der höfliche Angestellte hatte sich während des leisen Gesprächs zwischen Suse und Sven diskret zurückgezogen. Geflissentlich hatte er sich zwecks Ablenkung um die Bar gekümmert, die natürlich schon zuvor von ihm kontrolliert worden war.

Als er bemerkte, dass seine Gäste wieder bereit waren, fuhr er fort: »Hier geht es zu Ihrem Hauptschlafzimmer mit separatem Wintergarten und begehbarem Kleiderschrank.« Er öffnete die nächste Türe. »Hier ein Badezimmer mit finnischer Sauna und großem Whirlpool. Alles zur Nutzung vorgeheizt. Es besteht die Möglichkeit, zwei weitere Schlafzimmer mit Verbindungstür zu einem Club Floor Zimmer ...«

»Wir fühlen uns schon wie zu Hause«, unterbrach Sven die Schlossführung, ihm wurde das Ganze so langsam lästig, zumal er sich sicher war, er würde diese Erweiterung heute nicht mehr brauchen. Er bedankte sich bei dem Butler, gab ein großzügiges Trinkgeld, bat nun um den »Privatmodus«, wie er sich ausdrückte. Bestellte Süßspeisen, vor allem Apfelkuchen, Getränke und alles, was sich Suse noch wünschte. Gefühlt vergingen keine fünf Minuten, und mit einem leisen Summen wurde dem Butler angekündigt, dass in einem Miniaufzug in der Kitchenette die Bestellung angekommen war. Auf Suses Wunsch wurde im Wintergarten neben der Terrasse serviert. Die Front in Richtung Schlossgarten war komplett verglast. Suse konnte sich nicht sattsehen. Sie war kurz auf die Terrasse gegangen. Der Blick auf den Schlossgarten, die Brücke dorthin und die beleuchtete Innenstadt überwältigte Suse. Und auch der Blick zum Penthouse, vom Wintergarten aus gesehen, war umwerfend. Wie im Märchenschloss, die schöne Einrichtung, überall geschmackvoll dekoriert, es fehlte an nichts, es war ein Traum. Frische Blumen überall, Obst und andere Erfrischungen in Glasschalen, überall brannte dezent Licht, im Hintergrund leise Musik.

»Da möchte ich den ganzen Abend sitzen!«, sagte Suse, nachdem sie zurück in den Wintergarten gelangt war. »Ist das schön hier! Wenn ich das geahnt hätte, dann hätten wir auch gleich hier essen können.«

»Jetzt bleiben wir ja hier«, beruhigte Sven sie leise und strich liebevoll die vom Wind zerzausten Haare aus Suses Gesicht.

»Dann weißt du das für das nächste Mal. So eine Kundin wie mich, die sich mit solchen Dingen beeindrucken lässt, möchtest du sicher nicht verlieren – stimmt's?«, Suse lehnte sich an Sven, und er nahm sie fest in den Arm.

»Ja, ich möchte dir einen unvergesslichen Abend machen«, sagte er ausweichend und schaute, in seine Gedanken verloren, auf die Parkanlagen direkt vor dem Hotel. Und dachte dabei an Marcella. Suses Interesse galt einem Schrank auf der Terrasse. »Was ist hier wohl drin?« Ohne eine Antwort abzuwarten, öffnete sie die Schranktüren und zählte auf: »Handtücher, Gläser, Geschirr, noch eine Minibar, Bücher und Gesellschaftsspiele. Wagst du später ein Spielchen mit mir?« Herausfordernd schaute sie Sven an.

»Gerne, habe ich auf jeden Fall Lust darauf.«

»Soso, du spielst also gerne mit mir«, zog Suse Sven auf. »Jetzt hatte ich gedacht, du meinst es ernst, du bist anders.«

Sven nahm blitzschnell Suse auf den Arm und legte sie über seine Schulter. »Ich denke, du wirst immer frecher.«

»Genau, da steh ich drauf!«, antwortete Suse und wehrte sich so sehr, dass er sie wieder freilassen musste. Sven ließ den Abend laufen, er brachte es nicht übers Herz, Suses Freude zu zerstören. Außer Atem gingen beide wieder auf die Terrasse. Inzwischen war Suses Appetit wiedererwacht.

»Wollen wir uns jetzt meinem Hobby widmen und Apfelkuchen essen? Ist das auch dein Lieblingskuchen?«, fragte Suse völlig außer Atem. Der beladene Tisch, mit einer köstlichen Auswahl an Desserts, Eis, Kuchen, Torten und frischen Früchten, zog beide unwiderstehlich an. Nachdem sie von Kuchen und Eis genug genascht hatten, suchte Suse in dem Schrank nach einem Spiel. Wenn sie sich in Svens unmittelbarer Nähe befand, versuchte sie krampfhaft, unverfängliche Themen zu finden. Auf der einen Seite begehrte sie Sven, sie wollte ihn mit Haut und Haaren. Auf der anderen Seite schnürte sie die Angst vor der eigenen Courage ein, sie genierte sich selbst vor ihren frivolen Gedanken. Es war völlig irrational, aber sie wehrte sich instinktiv dagegen. Sie entschied sich für den Ausweg, ein Strategiespiel, die *Siedler von Catan*. Im Gegensatz zu Sven kannte Suse das Spiel schon, und sie erklärte ihm geduldig die Regeln. Es ging darum, möglichst viele Häuser und Straßen zu bauen, klug mit den gewonnenen Rohstoffen zu handeln. Gewonnen hatte, wer als Erster eine gewisse Anzahl Häuser und Dörfer sein Eigen nennen konnte und diese zu Städten aufgewertet hatte.

Suse gewann das erste Spiel, beim zweiten konnte sie sich auch noch relativ einfach durchsetzen, beim dritten Durchlauf kämpfte Suse schon sehr verbissen um den Sieg. Sven gab alles und war inzwischen ein harter Gegner geworden. Suse spielte leidenschaftlich gerne Strategiespiele, sie liebte es, mit taktischen Schachzügen den Gegner mattzusetzen. Sie kämpfte wie eine Löwin, setzte alle verfügbaren Mittel ein. Sie lenkte Sven ab, flirtete ihn an, täuschte ihn, wo es nur ging und reizte ihn bis zum Gehtnichtmehr.

»Um was spielen wir eigentlich?«, wollte Suse wissen.

»Lass mich überlegen«, antwortete Sven. »Falls ich wirklich nochmals verlieren sollte, woran ich überhaupt nicht denke, oder meinst du, ich würde mich tatsächlich ein drittes Mal hintereinander von einer zugegebenermaßen ziemlich hübschen Frau so ablenken lassen, dass ich wieder verliere? Wenn ja, dann bist du heute mein Gast.«

»Inklusive Kuchen und allem?«, fragte Suse siegessicher.

»Einschließlich allem«, bejahte Sven ihre Frage. Und hoffte insgeheim, er würde auf keinen Fall verlieren. Wegen Marcella.

# Kapitel 54

Marcella und ihre Mum waren am Nachmittag, nachdem sich Sven von ihr verabschiedet hatte, in der Königsstraße ein wenig bummeln, waren dort auch etwas essen gegangen, und Marcella schlug anschließend vor, noch eine Runde im Schlossgarten zu drehen. Nur eine Straße trennte sie von Sven, sie wusste ja, er war jetzt dort mit Suse. Und am liebsten wäre sie über die Brücke hinübergegangen oder hätte ihrer Mum davon erzählt, aber sie entschied sich gegen beide Möglichkeiten. Emilia De Luca sah ihrer Tochter die Sorgen an und fragte besorgt nach: »Marcella, was spukt dir im Kopf herum? Du bist schon die ganze Zeit so abwesend.«

»Nichts«, Marcella wollte immer noch nichts erzählen, ihre Mum auch nicht beunruhigen, und flunkerte dann etwas von »Magdeburg«. Und so war es ja im Grunde auch, auch darüber machte sie sich Sorgen, wie das alles werden würde. Zum Glück würde Sven sie begleiten, egal was mit Suse wäre. Zuverlässig war Sven auf jeden Fall, das hatte sie von ihrer Mum schon erfahren. Sven war wohl die

Zuverlässigkeit in Person, er würde sein Versprechen einhalten. Und doch machte sie sich Gedanken, auch um ihre neue Arbeitsstelle, wobei sie sich darauf freute. Dennoch, so viele Änderungen in kürzester Zeit. Marcella war eher für eine langfristige Planung, sie war schon spontan und alles, aber nicht, wenn es um solche grundsätzlichen Dinge ging. Allerdings waren das natürlich nicht die Gedanken, die ihr im Moment durch den Kopf gingen. Was wäre, wenn sich Sven nun doch noch für Suse entscheiden würde? Sie könnte es ihm ja nicht mal verdenken, sie hatte ihn ja gebeten, alles genau zu prüfen. Sie wollte nicht so eine halbe Beziehung, entweder ganz oder gar nicht. War das eine gute Idee gewesen? Die sieben Monate, das langsam angehen zu lassen? Marcella ärgerte sich in Gedanken über ihren kühlen Plan. Sie brauchte keine so lange Zeit, sie konnte sich immer auf ihre Intuition verlassen, und die sagte ihr, dass Sven für sie Mister Perfekt war. Marcella hatte bereits ihren Lebenskompass voll auf Sven ausgerichtet. Und wenn Sven nun als magnetischer Fels in der Brandung ausfallen würde, was wäre dann? Das wäre eine Katastrophe, dachte sie betrübt, als ihre Mum sie wieder aus ihren Gedanken riss und fragte: »Was ist mit Sven?« Emilia ließ nicht locker. »Ihr versteht euch so gut, dass er dich sogar bei sich wohnen lässt?«

»Ja«, Marcella bekam wieder den warmen Schmelz in die Stimme, und ihre dunklen Sorgenwolken wurden wie von der Sommersonne am Mittag aufgelöst. »Ja, Mum, wir verstehen uns nicht nur gut, ich habe sogar schon ein wenig Gefühle für ihn und bin total von ihm beeindruckt.« Marcella sprudelte wieder, die Erinnerung an den Moment, als sie in seine Wohnung kam, spülten ihr wieder die ganzen Emotionen ins Herz. »Stell dir vor, wir teilen uns sein Büro, von seiner Terrasse kann man fast in den Bodensee springen!« Marcella hatte sich im letzten Moment wieder in Allgemeinplätze geflüchtet, sie wollte weder über Suse noch über ihre wahren Gefühle sprechen, von denen sie derzeit überflutet wurde. Erst dann, wenn sich Sven für sie endgültig entschieden hätte, würde sie ihrer Mum alles sagen.

»Das hast du mir schon erzählt«, freute sich ihre Mum. »Nur über den Bahnhof springen, und schon bist du drin! Und was fühlt er für dich?«

»Er mag mich auch«, kam es strahlend von Marcella. »Er hat es mir gesagt, und ich spüre das ja auch. Und sowieso, was er alles für mich macht, das macht doch niemand einfach so. Das hat noch keiner gemacht«, kam sie ins Schwärmen.

»So ist Sven«, antwortete die lebenserfahrene Emilia, »er ist fürsorglich und hat eine Ausstrahlung, in der man sich gleich gut fühlt. Verwechsle das nicht mit Gefühlen für dich, damit du nicht enttäuscht wirst, mein Kind. Er gehört nicht umsonst zu den besten in seiner Agentur.« Emilia erzählte weiter, davon, wie Sven ihr vorgestellt wurde, wie sie ihn kennenlernte. »Weißt du, mein Liebes«, erzählte sie behutsam, in Sorge, ihre Tochter würde Svens Professionalität mit Liebe verwechseln, »wir waren uns vom ersten Moment an so vertraut, ich erinnere mich an die erste Fahrt nach Rom. Wir haben nicht viel gesprochen, und doch war da was«, lachte sie und erinnerte sich, »wäre ich in deinem Alter gewesen, ich hätte wie du gefühlt. Er hat mir einfach das Gefühl gegeben, dass es nichts Wichtigeres als mich auf der Welt gibt. Und ich freue mich für dich, dass er dich mag, er sich kümmert und dich bei sich wohnen lässt. Dennoch, pass auf dich auf. Als ich das erste Mal in seine Agentur ging, für ein erstes Kennenlernen mit ihm, da wurde ein Geschenk von einer Frau für ihn abgegeben, und weil sich die Frau und die Angestellte der Agentur kurz unterhielten, sah ich das Etikett auf der Verpackung.«

»Und was stand da drauf?«, kam es ungeduldig von Marcella, die einfach alles über ihren Sven in Erfahrung bringen wollte.

»Für Sven, den Zauberhaften. Du bist ein Magier, deinem Bann entkommt keine.«

Und schon waren sie wieder an dem heiklen Punkt angekommen. Marcella schaute zum Hotel hinter den Bäumen hinüber, dort würde sich heute alles entscheiden. Wenn nur schon Sonntagmittag wäre! Sie würde heute sicher schlecht schlafen.

# Kapitel 55

»Halt, halt«, stoppte Sven Suses Spieldrang, die schon siegessicher weiterspielen wollte, »was ist dein Angebot, überlege es dir gut, du wirst diesmal verlieren.«

»Ich – verlieren?«, Suse schüttelte den Kopf. »Ausgeschlossen, du kennst mich noch lange nicht, du wirst mich bei diesem Spiel nicht bezwingen. Denkst du, ich lasse mir das Angebot durch die Lappen gehen, dich zu gewinnen, mit Kuchen, Frühstück und mit allem?«

»Wenn du kein Angebot hast«, unterbrach Sven, »dann mache ich dir einen Vorschlag: Wenn du verlierst, dann erzähle ich dir von mir. Du darfst ganz exklusiv in meine Seele schauen.«

»Da weiß ich ja nicht, was besser ist!«, antwortete Suse vergnügt, »das ist immer ein Gewinn für mich. Ich will sehr gerne dir ganz tief in deine Seele schauen.«

»Auf jeden Fall ist es ein Gewinn«, antwortete Sven verhalten, »kann nur sein, dass du manches gar nicht wissen möchtest.«

»Ja, kein Problem«, Suse hatte den düsteren Unterton mitbekommen, »es spielt sowieso keine Rolle, ich gewinne das Spiel.« Suse würde sich anstrengen. Ihr Einsatz gefiel ihr nach der Bemerkung von Sven nun gar nicht mehr.

Normalerweise ging so ein Spiel eine Stunde, jetzt spielten sie schon fast zwei Stunden, und ein Ende war immer noch nicht in Sicht. Sven war ein wirklich harter Brocken, aber einen kleinen Vorsprung hatte Suse, und den wollte sie sich bis zuletzt bewahren: sie wollte eine unbeschwerte Nacht mit Sven verbringen. Und ganz sicher keine Wahrheiten erfahren, die ihr nicht gefallen könnten.

»Wenn ich in deine Augen schaue«, sagte Sven unvermittelt und grinste wieder breit, »dann möchte ich am liebsten darin baden, sie ziehen mich magisch an, sie laden mich ein.«

»Du willst mich nur ablenken«, erriet Suse sofort Svens Hintergedanken.

»Was du wieder denkst, keine Sorge«, versuchte er, sie weiter abzulenken, »kann dort überhaupt nicht baden gehen, weil ich glatt ertrinken würde. Habe ich dir schon mal gesagt, dass du die schönsten, aufregendsten Augen hast, sie sind so blau, so lebendig, so erfrischend, so …«

»Jaja«, Suses Augen blitzten feurig auf, »wenn du so weitermachst, dann wirst du gleich sehen, wie heiß es dir werden wird, wenn ich dich mit meinen Augen durchbohren werde. Ich kann keinen vernünftigen Gedanken fassen. Hör sofort auf!«

»Prima!«, stellte Sven zufrieden fest. »Mehr wollte ich nicht.«

Suse überlegte sich krampfhaft, wie sie nun taktisch am besten gegen Sven vorgehen sollte. Es ging inzwischen um das letzte Dorf, welches durch die geeigneten Rohstoffe zu einer Stadt aufgewertet werden musste. Derjenige, der nun schneller dieses Dorf erfolgreich machen würde, hätte das Spiel gewonnen.

Sven kannte sich inzwischen recht gut aus, er konnte gewinnen. Hätte er sich das nicht zugetraut, wäre sein Wetteinsatz ein anderer gewesen. Er taktierte, wo es nur ging. Ein wenig verunsicherte dies Suse, sie war sich nicht mehr sicher, ob Sven von diesem Spiel tatsächlich noch nie gehört hatte. Aber sie konterte, kämpfte ebenfalls und gab keinen Millimeter nach. Ein Fehler, und sie würde verlieren, aber die Wahrheit gewinnen.

Suse musste dringend zur Toilette, wollte aber in der Phase des Spiels keineswegs eine Sekunde aussetzen, sie würde Sven alles zutrauen. Er beobachtete jede ihrer Bewegungen und passte wie ein Luchs auf. Er würde bei passender Gelegenheit zuschnappen, sie wollte es nicht riskieren. Das Telefon klingelte, weder Sven noch Suse ließen sich zunächst davon ablenken, doch dann rutschte Suse auf ihrem Platz hin und her, vielleicht war der Anruf ja wichtig, vielleicht etwas mit Sami?

»Bitte, Sven, geh doch mal dran, es könnte wichtig sein.«

»Du möchtest mich doch nur von hier weglocken, damit du dir die geeigneten Karten klauen kannst. Ohne mich!«, Sven machte sich einen Spaß daraus, auf Suses vermeintliche Taktik entsprechend zu reagieren.

»Es ist mein Ernst«, sagte Suse bestimmt, »bitte nimm den Hörer ab.« Sven bemerkte die Sorgenfalte auf Suses Stirn und ging sofort zum Telefon im Wintergarten. Es wurde jedoch wieder aufgelegt, bevor er abnehmen konnte.

Suse war ebenfalls aufgestanden und schon in Sorge. »Was meinst du?«, erkundigte sie sich bei Sven. »Ist bei mir zu Hause alles in Ordnung? Ich habe so ein komisches Gefühl.«

Sven rief den Butler und ließ nachfragen, ob eine Nachricht hinterlassen wurde. Leider nicht, die Anruferin hatte nichts hinterlassen, auch keinen Namen. Es war also eine Frau. Suse befand sich in einem Dilemma, sollte sie zu Hause anrufen? Aber wenn alles in Ordnung wäre, dann würde sie um diese Uhrzeit Sami sicher aufwecken. Bine war unter Umständen auch schon im Bett, weil die Tage anstrengend waren und ihre Freundin sich schon gefreut hatte, früh im Gästezimmer zu Bett zu gehen.

»Und wenn doch etwas passiert ist?«, fragend schaute sie Sven an, die kämpferische Stimmung von eben war wie weggeblasen. Suse bemerkte, dass sie ja immer noch dringend auf die Toilette musste, und ging ins Badezimmer. Kaum zurück, lief sie auf und ab wie eine eingesperrte Wildkatze. So ungelegen kam ihr das Ganze gar nicht, sie war sich eigentlich schon sicher, dass Bine alles unter Kontrolle hatte, andererseits ersehnte und fürchtete sie zugleich den Moment, in der sie sich Sven gefühlsmäßig völlig öffnen und ausliefern würde. Oder er ihr die Wahrheit sagen wollte, was vielleicht noch schlimmer gewesen wäre als die schöne Fassade bisher. Sven bremste ihren Bewegungsdrang, indem er sie an der Taille festhielt.

»Was kann denn passiert sein?«, fragte er Suse. »Ging es Sami gut, als du gegangen bist, oder war da schon etwas?«

»Ja, eigentlich schon, aber in dem Alter kann sich so was leider stündlich ändern.« Suse war dankbar für die verständnisvolle Art von Sven, hatte sich jedoch bereits entschieden zu gehen.

»Und wenn jetzt etwas wäre, dann hätte man uns doch eine Nachricht hinterlassen oder uns direkt auf unseren eigenen Telefonen angerufen. Wäre das nicht naheliegender?«

»Wärst du mir sehr böse, wenn ich jetzt schon gehen möchte? Ich habe keine ruhige Minute mehr. Bin halt manchmal eine richtige Glucke.«

»Du bist eine sehr hübsche Glucke«, stellt Sven fest und schaute an ihr hinunter. »Klar habe ich dafür Verständnis, darf ich dich fahren?«

Suse war froh, dass Sven nicht sauer war, strahlte schon wieder wegen der netten Worte und küsste ihn zum Abschied. »Kannst du mir ein Taxi bestellen?«, antwortete Suse schnell.

»Alles, was du möchtest«, antwortete Sven und rief den Butler, der sich dann auf Wunsch von Suse nicht nur um einen Shuttle, sondern auch um ihr Gepäck kümmerte.

»Magst du Sami von dem leckeren Apfelkuchen mitnehmen?«

»Gerne, Sami wird sich freuen.«

»Rufst du mich nachher kurz an?«, fragte Sven, als Suse schon in der Le Méridien-Limousine saß, die den Gästen der Präsidentensuite gratis zur Verfügung stand, »ich möchte wissen, ob du gut nach Hause gekommen bist und alles in Ordnung ist.«

»Natürlich. Bis gleich!«

Für Suse fühlte sich alles so unwirklich an, sie saß in einer unfassbaren Stretchlimousine mit Minibar, Telefon und Monitor und hatte zum ersten Mal im Leben einen Chauffeur mit Mütze. Wenn das Bine sehen könnte, sinnierte sie weiter. Ja, sie würde mich für komplett bescheuert halten, dachte sie bei sich, ärgerlich, dass ich jetzt den Abend sausen lasse! Ihr Magen zog sich zusammen, sie konnte das einfach nicht, das mit Sven und überhaupt. Sie konnte sich nicht fallen lassen. Schon gar nicht, weil sie nicht wusste, was Sven wirklich dachte. War er an ihr interessiert, fühlte er wie sie? Sicher nicht, er würde sich womöglich über die Glucke lustig machen, seinen Kollegen von der verrückten Alten erzählen. Nein, bremste Suse ihr Kopfkino ein, er würde so was niemals tun.

# Kapitel 56

Sven hatte sie noch bis zum Fahrzeug begleitet, gab ihr einen letzten flüchtigen Kuss durch die offene Scheibe und ging wieder zurück ins Hotel. Er überlegte, was er nun selbst tun sollte, jetzt schnell noch zu Marcella? Auf Suse warten, die vielleicht auch gleich wiederkommen würde? Obwohl, sie hatte ja ihr Gepäck mitgenommen. Irgendwie war ihm Suse schon ans Herz gewachsen, er wollte ihr die Tatsachen so schonend wie möglich beibringen. Zum Glück war sie nun abgefahren, hatte selbst den Abend abgebrochen, denn er hätte es sowieso kaum gewusst, wie er ihr nach diesen unbeschwerten Momenten seine Wahrheit hätte beibringen sollen.

Wieder mit diesem melancholischen Gefühl in der Magengegend, welches er sieben Jahre nicht mehr gekannt hatte, lief er an die Hotelbar, an der zu dieser Uhrzeit noch ein paar Gäste waren. Kurz davor drehte er wieder ab. Er wollte jetzt doch lieber allein sein, in seine traumhafte Suite gehen, die keinen so großartigen Eindruck mehr auf ihn machte wie zuvor. Hier wollte er abwarten, was die Nacht noch bringen würde.

Eine halbe Stunde später meldete sich Suse. »Alles in Ordnung,

Sami schläft. Und Bine liegt komatös im Wohnzimmer, die muss fertig gewesen sein, sie hat immer noch ihre Jeans an.« Suse saß leise redend in der Küche, damit sie niemanden wecken würde. Eigentlich wollte Suse gleich wieder auflegen, sie wusste nicht, was sie mit Sven sprechen sollte. Oder besser gesagt, was sie sich getrauen würde. Schon in der Limousine auf dem Weg zurück in ihr sonst so gemütliches Häuschen fühlte Suse wieder ihre Bindung zu Sven. Es war erschreckend. Sie sehnte sich nach Svens Armen, war jedoch zu feige, sich komplett fallen zu lassen. Wie sollte sie ihm das erklären können, wenn sie noch nicht einmal vor sich selbst vernünftig argumentieren konnte. Suse gähnte Sven am Telefon eine Runde vor, schwindelte, wie müde sie auf einmal geworden wäre, und beendete das Gespräch nach ein paar Minuten belangloser Worte.

Tränen stiegen in Suses Augen. Sie war wütend und traurig zugleich, weshalb brachte sie sich selbst in eine solche Lage, sie überlegte sich, ob es überhaupt Sinn machen würde, den Kontakt zu Sven aufrechtzuerhalten. Ein paar nette Stunden mit ihm würden definitiv tagelangen Herzschmerz verursachen. Dazu war sie auch noch so was von feige. Sie könnte sich selbst ohrfeigen. Sähe sie ihn nie wieder, würde sie ebenfalls leiden. Egal wie sie sich verhalten würde, es war immer falsch.

Suse schaute nach Bine, aber die schlief so fest, dass Suse sie nicht wecken wollte. »Ich werde mich wohl selbst darum kümmern müssen«, schimpfte sie leise mit sich selbst und setzte sich wieder an den Küchentisch. Sie nahm Stift und einen Schreibblock, um wieder mal an Sven zu schreiben.

*Lieber Sven,*
*jetzt ist wohl zum ersten Mal der Zeitpunkt gekommen, wo ich dich am liebsten nie kennengelernt hätte. Alles zu schmerzhaft für mich. Und der Realität möchte ich auch nicht ins Auge sehen. Zu schön, um wahr zu sein, zu unwirklich, zu nah am Abgrund, zu … Und ich will auch nicht verlieren und alles*

*wissen, was du mir erzählen wolltest. Vielleicht will ich doch. Es ist zum Schreien!*

*Ich komme im Moment mit uns, mit dir nicht klar. Ich kann das nicht. Nicht auf Knopfdruck Gefühle ein- und ausschalten. Ich bin sicher die fürchterlichste Kundin, die du sicher jemals hattest, ich bin der Albtraum schlechthin. Ich fühle mich mies. Du bist zu perfekt.*

*Du hörst mir zu, ich erzähle dir von meinen Mädchenträumen, ich vertraue dir auch jetzt wieder meine innersten Gefühle unbeschönigt an, du hörst mir wieder zu, tröstest mich, wenn du da bist, postwendend, und das ist so schön, fühlt sich so gut an und ist doch wiederum nicht befriedigend.*

*Ich kann mich da so in meinen Vorstellungen verlieren, dass ich mich selbst nicht wiederfinde. Ich habe Sorge, meine Gefühle an dich zu verlieren, das ist blöd, meist habe ich das Gefühl, ich komme damit klar und alles ist super, könnte nicht besser sein: ein super Kerl, der ständig Gewehr bei Fuß steht, frau genau das sagt und schreibt, was sie hören will, Mister Perfekt, Mister Gute-Nacht-Geschichten-Schreiber – er ist immer da, wenn ich ihn brauche – hm, aber irgendwie auch wieder nicht. Wenn ich dich am dringendsten brauche, jetzt zum Beispiel, dann bist du nicht da. Klar, ich könnte ins nächste Taxi steigen und zu dir fahren, aber was ist morgen, wenn ich dich wieder brauche, dann bist du »geschäftlich« unterwegs. Bist für mich unerreichbar und in Gedanken quälend nah. Ich kann meine Gefühle nicht an- und ausschalten. Geht einfach nicht.*

*Du hast mir gesagt, dass ich dir alles sagen kann, so, dann beschwere dich bitte nicht, wenn du dich schon wieder mal mit mir herumquälen musst. Schließlich quäle ich mich ja auch mit dir. Und du hast noch den Vorteil, dass du dafür auch noch bezahlt wirst.*

*Weißt du, ich bin keine, die sich ständig an einen Mann klam-*

mern möchte, ich brauche meinen Freiraum, meine Stunden für mich, aber das bedeutet nicht, dass ich dich mit anderen teilen möchte. Ich möchte dich auch nicht arbeitslos machen, ich kenne dich ja im Grunde überhaupt nicht. Wie fühlt sich ein Mensch an, der so ist wie du? Welche Gefühle bekomme ich von dir? Welche wirklichen Gefühle hast du mir gegenüber, hast du dir darüber überhaupt schon mal Gedanken gemacht? Okay, du wolltest mir vorhin die Wahrheit sagen, mich in deine Seele schauen lassen. Hast mich damit echt vertrieben. Weiß einfach nicht, was ich will.

Na ja, ich möchte dich sehen, riechen, schmecken und dich vor allen Dingen fühlen. Auf der anderen Seite habe ich tierische Manschetten davor, dich auch nur zu sehen, deine Nähe zu spüren – davon abgesehen, dass es schier unmöglich scheint, dich jemals ganz privat zu sehen beziehungsweise zu erleben. Trotzdem bin ich hin- und hergerissen, und dieses Verhältnis beziehungsweise Missverhältnis nimmt so viel Energie – obwohl andererseits auch so viel Trost und Energie von dir zurückkommt, wenn du mich mal mit einem netten Wort streichelst und mich lieb in den Arm nimmst. Du würdest alles tun, was ich möchte – ich bezahle ja dafür. Was soll ich von dem Ganzen halten? Ich krieg das nicht auf die Reihe. Dafür bin ich wohl nicht geschaffen, also denke ich, es wäre besser, wenn wir unseren wunderbaren Kontakt abbrechen – aber wenn ich das denke, spielt mein Bauch, mein Gefühl total verrückt, kriegt so was von einer Panik, dass ich am Ende völlig dumm hier rumsitze. Seit ich wieder hier bin, habe ich nun schon fast eine ganze Tafel Schokolade, ein halbes Ciabatta-Brot, vier Tomaten, eine Handvoll Bergkäse und fast eine Flasche Cidre verdrückt (in Cidre ist Alkohol, das war nicht gut – und wenn ich jetzt fett werde, geht das auf deine Kappe, ist ja wohl klar) und außerdem werde ich nachher noch »Jenseits von Afrika«, »Glauben ist alles« und »Cyrano« anschauen,

*werde meinen Tränen freien Lauf lassen, und wenn ich gleich*
*noch »Bodyguard« ansehe, dann werde ich mich überhaupt*
*nicht mehr halten können – dabei kriege ich doch noch gar*
*nicht meine Tage … du bist an allem schuld!!!!*
*Jetzt geht's mir schon besser, wo ich einen Schuldigen an mei-*
*ner Misere gefunden habe – schluchz. Ach, was würde ich dafür*
*geben, wenn du jetzt hier wärst und mich trösten würdest. Viel-*
*leicht würden wir uns zusammen »Bodyguard« anschauen, und*
*du würdest mich im Arm halten, das wäre zum Heulen schön.*
*Nun muss ich mich wohl selbst an meinen eigenen Haaren aus*
*meinem Tief herausziehen. Soll ich dir etwas von der Arbeit*
*schreiben, das ist so schön »unproblematisch«:*
*Jutta geht – Bine hat mir eine Nachricht geschrieben. Die*
*beiden haben wohl am Abend noch gesprochen. Aber gerade*
*jetzt, das ist bitter. Birgit, eine andere Mitarbeiterin, macht*
*demnächst noch Urlaub, und dann die ganzen Messetermine*
*und der Sommerschlussverkauf, das wird hart. Ich sehe mich*
*schon ein Bett im Laden aufstellen … Aber zum Glück ist die*
*Tochter von Nate zurzeit in Deutschland. Die Nate, bei der*
*wir in Portugal waren – ich habe dir ja vorher beim Nach-*
*tisch davon erzählt, deren Tochter Jeanette hat mir heute auch*
*einen Roman auf den Anrufbeantworter gesprochen.*
*Sie hat sich gerade von ihrem langjährigen Freund getrennt,*
*hat sich frisch verliebt, sieht so richtig gut aus (Neid – habe*
*sie im Urlaub ja getroffen) und hat eine super Ausstrahlung –*
*so was passt hervorragend in den Laden. Leider schreibt Jea-*
*nette im Moment ihre Diplomarbeit, hat wenig Zeit, aber die*
*wenige Zeit würde sie unserem Laden opfern. Also, eine neue*
*Kraft wäre schon mal in Aussicht. Der neue Lover von Jeanette,*
*dessen 19-jährige Tochter Leila sucht auch einen Job. Prima!*
*Frischfleisch. Es scheint wieder Licht am Horizont. Vor allen*
*Dingen bin ich dann nicht mehr das Küken im Laden. (Sonst*
*war ich immer die Jüngste.) Leila sieht sehr gut aus (echte*

*Modelqualitäten) und ist für ihre 19 Jahre echt fit – jedenfalls vom ersten Eindruck her, als ich sie, ebenfalls im Urlaub, kurz gesehen hatte. Mal schauen, wie sich alles entwickeln wird.*

*Und wie geht's dir eigentlich, bis du glücklich? Du liegst sicher im Bett und träumst von irgendwelchen Sandstränden, an denen du morgen wieder beruflich liegen wirst, und hast keine Ahnung, welches wirre Zeug gerade von mir auf dem Weg zu dir ist.*

*Auf jeden Fall hat mir das Schreiben schon mal Spaß gemacht. Du hast mir schon geholfen – hörst mir zu, bist für mich da – oh, das ist ja das Problem, es ist sooo schrecklich, du bist zu gut, zu toll und zu weit weg … siehste, schon wieder geht es los. Ich trinke jetzt den Rest vom Cidre und schleppe mich ins Bett und träume von dir … seufz, heul, schluchz … schnarch (hoffentlich).*

*Ich bin ein schwieriger Fall – weiß ich inzwischen.*

*Gute Nacht, schlaf schön. Suse*

# Kapitel 57

In der Zwischenzeit saß Sven weiterhin in seinem noblen Hotel fest. Er fühlte sich in dem ganzen Pomp nicht wohl, ihm fehlte Suse, ihm fehlte Marcella. Er bereute, sich auf Sabines Plan eingelassen zu haben, der ihm immer weniger gefiel und der augenscheinlich schieflief. Normalerweise war er kein Pessimist, aber er wusste nicht, wie er sich aus der vertrackten Situation, für Suse schadlos, wieder herausmanövrieren konnte.

Er lenkte sich mit geschäftlichen Mails ab, er hatte in der Agentur noch andere Aufgaben, als nur den weiblichen Gästen den Abend zu verschönern. Jedoch konnte er sich kaum konzentrieren und klappte sein Notebook wieder zu. Er könnte Marcella eine SMS senden und, falls sie noch wach sein würde, vielleicht mit ihr kurz telefonieren oder sogar zu ihr fahren? Sven fühlte sich so unwohl wie lange nicht. Suse war präsent, als ob sie noch in der Suite wäre, es roch nach ihrem Parfum, das Spiel stand noch auf dem Tisch. Lippenstift am Glas. Er mochte das Gefühl nicht. Er hatte ja von Sabine den Auftrag, Suse zu stärken und die Gefühle in ihr zu wecken. »Zumindest diesen Job hab ich gründlich erledigt«, sagte er sarkastisch zu sich selbst. Dieser Auftrag hatte einen bitteren Nachgeschmack, Sven dachte darüber nach, wie es weitergehen sollte. Mit der Agentur, wollte er nur ein paar Termine absagen? Künftig solche komplizierten Kundinnen ablehnen oder sogar ganz aussteigen?

Und Suse, sie war Sven immer noch nahe, näher, als er dachte. Sie hatte ihren Brief an Sven gerade fertig, jetzt, nachdem sie sich alles von der Seele geschrieben hatte, ging es ihr wieder etwas besser. Sie stand auf, schaute in Samis Zimmer, sah, wie er friedlich schlief, und schloss wieder leise die Tür. Alles in Ordnung, fast alles. Frisch geschminkt, mit etwas Alkohol im Blut, hatte sie sich für einen neuen Plan entschieden. Wenn Sven noch nicht abgereist war, dann wollte sie ihn mit ihren Problemen konfrontieren. Direkt.

»Weshalb denn nicht?«, Suse machte sich selbst Mut, wenn sie nicht endlich die Karten auf den Tisch legen würde, dann konnte sich doch die Situation nie bereinigen. Suse musste nur schnell handeln, denn bis in einer Stunde hätte sie schon wieder genügend Gegenargumente zusammen, die sie von ihrem Vorhaben abgehalten hätten. Suse schlich zum Telefon und bestellte wieder ein Taxi, sie würde auf der Straße stehen, damit der Fahrer nicht klingeln oder hupen müsse, sagte sie der Dame in der Taxizentrale. Die sie darüber aufklärte, dass morgens um 3 Uhr kein Taxi hupend vor der Tür stehen würde.

Suse schaute Bine an. Wie gerne hätte sie mit ihrer Freundin noch ein paar Worte gewechselt, aber sie schlief tief und fest. Völlig unabsichtlich, möglicherweise jedoch vom Unterbewusstsein gesteuert, stolperte Suse über die alberne Telefonschnur vom Festnetztelefon, die sie kunstvoll bis in die Küche verlegt hatte, und zog mit einem lauten Krachen das Telefon vom Tisch herunter. Bine, die eigentlich einen sehr festen Schlaf hatte, wachte auf und war von dem Geräusch beunruhigt. Bewaffnet mit einer Steinfigur aus dem Wohnzimmer, schlich sich Bine schlaftrunken in Richtung Küche. Suse, von dem Krach selbst erschrocken, lauschte angestrengt in das Wohnzimmer hinein. Nichts zu hören, Bine würde noch schlafen, dachte sie und öffnete vorsichtig die Tür.

Beide Frauen standen dicht voreinander. Der Puls von Bine war auf vollen Touren, sie sah, wie sich die Tür langsam öffnete, und hielt die Figur schon zum Schlag bereit. Suse öffnete arglos die Küchentür ganz und wollte gerade weiterlaufen, als sie sah, wie jemand bewaffnet vor ihr stand. Suse erkannte Bine nicht sofort und erschrak so sehr, dass sie wie Espenlaub zitterte und beinahe geschrien hätte, wenn sie einen Laut über ihre Lippen gebracht hätte. Alles war wie zugeschnürt, ihre Nerven lagen blank. Bine, die zwischenzeitlich hellwach geworden war, konnte gerade noch die Steinfigur abfangen, die sie gerade Richtung Bine schleudern wollte.

»Was machst du denn hier?«, fuhr Bine ihre Freundin an.

»Ich wollte dich nicht wecken«, entgegnete Suse, immer noch zu Tode erschrocken.

»Hast du ja nicht, ich laufe nachts immer Patrouille.« Bine war etwas ärgerlich.

Immer noch kreidebleich, erzählte Suse kurz von dem, was vorgefallen war und was sie nun vorhatte. »Ich möchte ja nur Klarheit, wenn ich jetzt Schluss mache, ist er trotzdem nicht aus meinem Kopf. Wünsch mir Glück, mein Taxi ist gleich da.«

Bine schüttelte besorgt den Kopf. »Lass uns darüber reden, hast du mal auf die Uhr geschaut? Sven schläft sicher schon, was sollte er von deinem Auftritt denken.«

»Er hätte sicher Verständnis dafür«, sagte Suse schnell, sie war entschlossen, etwas zu unternehmen. Draußen hörte man schon einen alten Dieselmotor nageln. »Das Taxi ist da«, Suse hörte sich überfordert an, »das ist alles so kompliziert!«

»Ich würde an deiner Stelle das Taxi wieder wegschicken, eine Nacht darüber schlafen und bei nächster Gelegenheit mit Sven reden. Du verlierst nichts, wenn du dein Vorhaben um ein paar Tage verschiebst. Bleib doch hier.«

Bines Argument war einleuchtend, Suse ging hinaus, bezahlte dem verdutzten Fahrer seine Anfahrt und kam wieder herein. Bine blieb als Unterstützung für Suse im Türrahmen stehen und ließ Suse keine Sekunde aus den Augen.

»Der hat mich gerade angeschaut, als ob ich von einem anderen Stern bin«, sagte Suse, die schon wieder zögerlich lächelte.

»Wir sind ja heute auch ein seltsames Paar, du rennst im Abendkleid umher, und ich stehe hier im Schlafshirt. Sehr passend!« Sie lachten und gingen zurück ins Haus. Suse machte sich bettfertig und erzählte nebenbei Bine die Details. Eine Stunde später war dann endlich Ruhe eingekehrt. Bine war sofort wieder eingeschlafen, Suse gelang es nicht so leicht.

# Kapitel 58

Sven hatte in der Zwischenzeit Marcella eine SMS geschrieben, ob sie noch wach wäre, und überraschend sofort Antwort in Form von hüpfenden Herzchen erhalten. Er hatte ehrlicherweise nicht damit gerechnet, schließlich war es schon 3 Uhr, und er wählte ihre Nummer: »Schatz, du bist noch nicht im Bettchen?«

»Doch«, kam es freudig von Marcella, »bin ich, aber da fehlt was! Und was ist mit dir? Bist du schon fertig und magst du kommen?«

»Du fehlst mir auch«, antwortete Sven. »Ich bin hier in einem Wintergarten und schaue auf den Schlossgarten. Und fertig – ich weiß nicht, wir waren im Restaurant essen und haben anschließend hier im Wintergarten *Siedler von Catan* gespielt. Dann rief jemand an, und Suse dachte, mit ihrem Sohn sei etwas, und fuhr nach Hause.«

»Oh«, kam es betreten von Marcella, »das war ich. Ja, blöd von mir, ich wollte mit dir sprechen, ich weiß, dass ich das nicht hätte machen dürfen. Aber du weißt ja … Oder nein, ab jetzt weißt du es auf jeden Fall, ich bin ein Bauchmensch, da macht man manchmal doofe Sachen. Wollte nur deine Stimme hören. Mach ich nicht mehr, Ehrenwort! Hoffe, du bist nicht sauer?«

»Alles gut«, lachte Sven, »ich habe zwar immer an dich gedacht, jedoch dich nicht hinter dem Anruf vermutet. Du hast mich vor einer Nacht *Siedler von Catan* gerettet, das ist ein Strategiespiel, bei dem man Land mit Städten und Straßen ausstattet, Handel betreibt und versucht, reicher als der andere zu werden.«

»Echt«, kam es erleichtert von ihr, »damit hat sie dich gequält? Das ist ein echt harter Job, du hast mein allergrößtes Mitgefühl!«

»Auf den Arm nehmen kann ich mich selber«, lachte Sven, »der einzige Nachteil ist, dass ich nicht mit ihr reden konnte. Es gab noch nicht den richtigen Moment, aber ist gut so, ich weiß nicht, wann der richtige Moment heute hätte kommen sollen.«

»Dann ist alles gut, ciccino?«, Marcellas warme Stimme hörte sich so schön an, Sven fühlte sich nicht mehr alleine.

»Ja, mein Liebling!« Auch Sven war nun ganz entspannt. »Alles in Ordnung, und wie war es bei dir?«

»Auch gut, im Gegensatz zu dir hatte ich den richtigen Moment«, neckte Marcella ihn, »und konnte mit meiner Mum alles Geschäftliche besprechen. In ein paar Stunden kommt mein Onkel zum Frühstück, wir sprechen gerade mit ihm über das Geschäft von meinem Paps, wir haben ihm alles übergeben. Hatte ich dir ja noch gar nicht erzählt. Eine Spedition, er übernimmt alles, fast alles, es geht morgen noch um ein letztes Grundstück unterhalb der *Solitude*, wenn du weißt, wo das ist. Also, das war mein Tag. Ach ja«, fiel ihr noch ein, »Mum und ich waren ganz in deiner Nähe, wir waren im Schlossgarten spazieren. Und auf der Königsstraße bummeln.«

»Ah ja?« Sven wusste jetzt nicht so ganz, was er davon halten sollte. Ihm war klar, dass Marcella keinesfalls so entspannt mit seinem Job umging, wie sie es ihn glauben machen wollte. »Wenn ihr nachher schon verabredet seid, dann bleibe ich und schlafe hier im Hotel, und wir sehen uns zum Mittagessen oder später, was ist dir lieber?«

»Du hättest auch gleich kommen können«, reagierte Marcella ein wenig enttäuscht, »du gehörst doch zur Familie. Aber ist alles gut, wollen wir dann gemeinsam zu Mittag essen? Vielleicht ist mein Onkel auch noch da, dann lernt ihr euch kennen. Magst du?«

»Ja, sehr gerne«, antwortete Sven, »so machen wir es. Kannst du jetzt schlafen?«

»Bestimmt«, antwortete Marcella, »zumindest habe ich deine Stimme gehört, jetzt geht es mir wieder besser, ich habe dich einfach vermisst.« Als Sven nichts sagte, fragte sie: »Und du, freust dich auf mich und darauf, meine Familie kennenzulernen?« Marcella wollte wie eine Detektivin herausfinden, ob wirklich alles in Ordnung war. Sven war heute anders als sonst.

»Auf jeden Fall«, antwortete Sven, der bemerkte, dass er gerade ein wenig kühl reagiert hatte. Seine Gedanken waren in dem Moment noch an der Vereinbarkeit von Marcella und seinem Job hängen geblieben. »Ich freue mich sehr auf dich, mein Liebling, und auch auf deine Mum freue ich mich, und auf deinen Onkel. Klar. Was hast du ihr eigentlich erzählt? Weiß sie schon, dass du bei mir eingezogen bist?«

»Oh ja«, kam es stark betont von Marcella, »sie hat mich durchschaut, ich habe nicht viel erzählt, aber sie macht sich Sorgen, ich könnte mich in dich verlieben, und du bist einfach nur nett zu mir.«

»Sie macht sich eben Sorgen. Aber doch völlig unbegründet, du hast dich ja schon längst verliebt«, versuchte Sven, sie zu necken.

»Wie, unbegründet? Du weißt schon, was ich gerade gesagt hatte, es geht nicht um mich, es geht um dich!« Marcella war nicht zu Späßchen aufgelegt. Und sie konnte und wollte ihre Sorgen auch nicht für sich behalten. »Mum meint, du würdest die Menschen in deinen Bann ziehen und sie einfach verzaubern. Machst du so was, cuore mio?«

»Nein.« Sven reagierte ernst, für neckische Antworten war nun der falsche Moment. Das hatte er an ihrer Stimme sofort gemerkt. Was für ein anstrengender Tag heute. Jedes Wort auf die Goldwaage zu legen, das mochte er wirklich am wenigsten. »Wer sagt denn so was?«, kam es angestrengt freundlich.

»Eine Kundin von dir hat so was auf ein Päckchen für dich geschrieben.« Marcella betonte das »so was« besonders deutlich, damit Sven sie direkt verstehen würde. Ihre vordergründige Entspanntheit von eben war wie weggeblasen.

»Kann sein, Marcella, daran erinnere ich mich nicht mehr. Weißt du, ich kümmere mich gerne um andere Menschen und verstehe die Sorge deiner Mum. Man könnte Zuneigung, Fürsorge, Freundlichkeit und meine warmherzige Art mit Liebe verwechseln. Aber doch nicht bei dir. Erinnerst du dich nicht daran, dass ich Sorge hatte, dass du mit mir spielst? Hätte doch keine Sorge gehabt, wenn ich nicht zu dem Zeitpunkt schon etwas für dich empfunden hätte, und inzwischen …«

»… sind ja schon ein paar Tage ins Land gezogen«, vervollständigte Marcella den Satz.

»Nein«, Svens Stimme bekam wieder die Herzlichkeit, die Marcella zuvor vermisst hatte, »und ja, inzwischen habe ich mich in dich verliebt, mein Herz. Ich will keine Wohngemeinschaft mit dir, ich möchte dich kennenlernen, mich komplett verlieben. Möchte die Schmetterlinge, die du mir herzauberst, nicht mehr zählen können. Ich möchte mit dir auf Wolke sieben träumen. Mit dir alle Hindernisse dieser Welt aus dem Weg räumen. Ich bin gerade dabei, das weißt du doch. Und ich möchte für dich da sein, dich glücklich machen, mit dir meine Zukunft planen. Wenn …«

»Wenn?« Marcella hielt den Atem an.

»Na ja, wenn ich die sieben Monate heil überstanden habe«, lachte Sven vorsichtig. So gut kannte er Marcella noch nicht, ob er schon wieder so einen neckischen Zusatz machen durfte. Und war sehr erleichtert, als er das Glucksen von Marcella hörte.

»Dein Glück«, kicherte Marcella, »zweimal Glück, du hast die Kurve elegant bekommen und du bist nicht in meiner Nähe. Ich würde dich so was von durchkitzeln.«

»Du würdest mich küssen«, kokettierte Sven.

»Ja, das würde ich.« Marcella war wieder versöhnt, erleichtert, entspannt. Alles war gut, jetzt konnte sie sicher einschlafen.

# Kapitel 59

Suse wälzte sich unruhig im Bett hin und her, sie konnte einfach nicht schlafen. Um 5 Uhr morgens war dann endgültig Schluss. Sie zog sich an und entschloss sich, den Brief an Sven weiterzuschreiben:

*5.28 Uhr*
*Wollte dich heute Nacht noch besuchen, nicht gemacht, dafür*
*Albträume gehabt. Um 5 Uhr morgens schon wieder aufge-*
*wacht, nur im Bett rumgewälzt, an dich gedacht, an die Arbeit*
*gedacht, wieder an dich …*
*Samstag, nächste Woche, könnte ich dich schon wieder brau-*
*chen. Hochzeit! Eine Schulfreundin von mir hat geheiratet*
*und feiert bei sich im Garten die Hochzeitsparty. Ich liebe*
*Gartenpartys, und es macht mir auch nichts aus, da alleine*
*hinzugehen, aber es wäre ein echter Hammer, wenn ich mit*
*so einem wahnsinnig gut aussehenden Typ wie dir ankom-*
*men würde. Dann könnte ich so richtig schön angeben, und*
*alle würden sich den Mund zerreißen. Herrlich! So muss ich*
*meinen Auftritt alleine inszenieren – aber das klappt schon.*
*Du bist ja wieder irgendwo unterwegs und hast keine Zeit für*
*mich, weil ich mich nicht rechtzeitig bei dir eingeplant habe.*
*Für einen Tag später, am Sonntag in einer Woche, hat mich*
*Bine überredet, zu einem ehemaligen Freund an den Boden-*
*see nach Lindau mitzukommen, der uns zu der Bootstaufe*
*seines neuen Katamarans eingeladen hat. Ich, als seine alte*
*Vorschoterin, darf den Kat taufen! Und das Wetter soll*
*akzeptabel sein. Es wird ein schöner Tag, und ich werde*
*nicht ständig an dich denken. Basta. Hoffe, du kommst*
*damit zurecht!!*

*Einen dicken Schmatz für dich, schön, dass du mir zugehört hast, und vergiss mich bloß nicht, natürlich möchte ich dich wiedersehen …*
*Suse*

Suse hatte schon wieder neue Pläne, sie duschte sich schnell, schrieb zwei Zettel, einen für Sami, dass sie bald nach Hause käme und ihn vermissen würde, und einen für Bine, dass sie sich keine Sorgen zu machen brauchte. Sie saß schon wieder in einem Taxi Richtung Stadtmitte. Inzwischen war es 7 Uhr. Am Hauptbahnhof vorbei, und schon war sie wieder vor dem Hotel, in dem, wie sie sich wünschte, Sven noch war. Dort angekommen, bat sie den Portier, sie in das Penthouse zu bringen. Der Portier meldete sie beim Butler an. Zum Glück hatte Johann immer noch Dienst und begleitete sie bis in die Suite. Mit pochendem Herzen trat sie ein, beinahe lautlos schnappte die Tür wieder ins Schloss, und sie stand alleine in der eleganten Eingangshalle. Sehr leise schlich Suse weiter, sie wollte Sven nicht wecken, es war inzwischen 7.30 Uhr, und sie wollte nur … wobei, so ganz wusste sie nicht, was sie mit ihrem Besuch bezwecken wollte. Einerseits wünschte sie sich, Sven zu Gesicht zu bekommen, andererseits wusste sie ja nicht, wie Sven das Ganze auffassen würde, wenn sie völlig unangemeldet hier auftauchte.

Suse hatte kaum zu Ende gedacht, noch auf der Suche nach der richtigen Tür, als eine davon unvermittelt aufging. Sven blieb überrascht, mit nassen Haaren und einem Handtuch um die Hüften, unter dem gebogenen Türrahmen stehen.

»Bist du schon lange hier?«, war seine verdutzte Frage an Suse. Es klopfte an der Tür. »Hast du noch eine Überraschung für mich?« Sven ging zur Tür und öffnete. »Ach, nur das Frühstück«, sagte Sven, »hast du schon etwas gegessen? Wolltest du mich nicht alleine frühstücken lassen?«

»Ja, genau«, antwortete Suse, erleichtert darüber, einen plausiblen Grund für ihr Auftauchen hier zu haben. »Und«, setzte sie hinzu, weil sie ihre echte Motivation nicht verschweigen wollte, »ich wollte mit dir reden.«

»Oh«, Sven zog seine Augenbrauen hoch, »habe ich was angestellt? Dann werde ich mich mal wärmer anziehen.« Und zum Butler gewandt: »Decken Sie bitte für zwei Personen im Wintergarten.« Sven verschwand im Ankleidezimmer, Suse ging auf die Terrasse hinaus und beobachtete die erwachende Stadt.

Ein paar Minuten später kam Sven in den angenehm beheizten Wintergarten, Suse zog ihn zu sich her und küsste ihn. Seine Haare waren noch ganz nass. Er gefiel ihr schon sehr und auch die noble Suite. Daran könnte sie sich gewöhnen, dachte sie so bei sich. Im Wintergarten wurde inzwischen unter der Aufsicht des Butlers von drei Mitarbeitern der Tisch eingedeckt. Silberne Kaffeekannen, weißes Geschirr und als Dekoration unzählige Rosenblüten. Es gab alles: verschiedene Brotsorten, ofenwarme Brötchen, ein verchromter Tisch-Toaster stand auch dabei. Eingelegte Früchte, frisches Obst, diverse Sorten Müsli, Fruchtaufstrich und selbst vom Honig gab es eine großzügige Auswahl. Wobei Sven nur mit den Honigwaben aus der Türkei, dem Anzer-Honig, liebäugelte. Käse, Wurst und weiche Eier, süße Stückchen, Desserts, und in der Kitchenette wurde auf Svens Wunsch hin ein frischer Saft aus Orangen, Grapefruit, Kiwi und Bananen gepresst. Ein ganzes Buffet für zwei. Nachdem alles appetitlich angerichtet auf dem Tisch stand, setzten sich Suse und Sven.

»Wenn wir uns sehen, dann essen wir immer«, sagte Suse lachend zu Sven, »es ist ein Wunder, dass wir noch durch die Tür kommen.« Es hätte alles so schön sein können, Sven kostete von seinem Saft, naschte von den Honigwaben mit einem ofenwarmen Hefezopf. Aber so richtig mundete es ihm heute nicht. Wobei der süße Geschmack zumindest seine Traurigkeit ein wenig dämpfen konnte, denn ihm war wehmütig zumute. Alleine durch den Gedanken, sich jetzt von ihr zu trennen. Auch wenn er es ja so wollte. Und Suse, auch irgendwie in ihren Gedanken, wobei sie es wie immer gut überspielen konnte, probierte eine von den sehr aromatischen Babybananen und ließ sich davon noch ein Milchmixgetränk zubereiten.

Nachdem der Hotelmitarbeiter endlich gegangen war, sagte Suse: »Ist zwar ganz nett, bedient zu werden, und ich könnte mich auch sicher daran gewöhnen. Aber im Moment geht es mir noch auf den Geist. Ständig jemand, der dich beim Essen beobachtet.«

»Genau«, unterstützte sie Sven, »wo wir doch morgens so gerne mit dem Essen herumkleckern.«

»Werde nicht frech!« Suse drohte mit dem Löffel, den sie gerade in der Hand hatte, froh über die entspannte Stimmung. Für einen Moment war es, als ob die Sonne durch die Wolken brach. »Wenn ich, wie du, ein frisches Hemd anhätte, wäre ich an deiner Stelle vorsichtiger.«

Suse und Sven waren vordergründig ausgelassen, es fühlte sich einen Wimpernschlag lang wie ein Urlaubstag an. Mittelgroße Palmen und exotische Sträucher, dazwischen ein kleiner Brunnen, dessen Wasser sich als kleiner Bach durch den Wintergarten schlängelte. Im Hintergrund leise Musik. Und dennoch störte etwas die Idylle. Suse und Sven hatten etwas auf dem Herzen, es lag, wie ein drohendes Gewitter, spürbar in der Luft. Und beide wussten nicht, wie sie es abwenden konnten.

»Stehst du immer so früh auf?«, fragte Suse, nur um etwas zu sagen, und nahm einen Schluck Kaffee.

»Nicht immer, aber ich konnte nicht gut schlafen«, sagte Sven wahrheitsgetreu, »und dann bekomme ich immer besonders viel Hunger. Und heute hat sich das frühe Aufstehen ja sogar ausgezahlt, ich frühstücke sehr gerne mit dir – schön, dass du da bist.«

»Hast du mich gestern auch vermisst?« Suse wollte jetzt mal zum Thema kommen. »Hast du deshalb so schlecht geschlafen?«

»Das war es nicht«, deutete Sven eine Richtung an, die Suse aufhorchen ließ. Sven biss in seinen mit Tomaten, Gürkchen, Käse und einem hartgekochten Ei belegten Toast. Über dieses Thema wollte er jetzt unbedingt sprechen, er überlegte sich kurz, wie er am besten damit anfangen könnte.

»Wie lange kannst du bleiben?«, fragte er Suse.

»Du möchtest mich doch nicht schon wieder loswerden?« Suse wirkte etwas verunsichert.

»Wie kommst du darauf?«, fragte er entrüstet. »Nur damit ich mich darauf einstellen kann und weiß, wie viel ich frühstücken kann. Und«, endlich kam er zum Punkt, »weil ich mit dir noch was besprechen möchte.«

»Das trifft sich gut, ich möchte auch mit dir sprechen. Ich habe ein ernstes Problem. Das Gute daran ist, du kannst mir dabei helfen, es zu lösen.«

Sven, froh, dass sich nun die passende Gelegenheit ergeben würde, antwortete erleichtert: »Worum geht es denn, wie kann ich dir helfen?« Denn egal, was es wäre, sie würden jetzt nicht belanglose und endlose *Siedler von Catan*-Spielchen spielen oder wie eine Katze um den heißen Brei herumschleichen, sondern endlich auf den Punkt kommen.

Suse nahm ihre Tasche und holte den Brief für Sven heraus. Sie legte ihn auf den Tisch und sagte bestimmt: »Ich möchte, dass du ihn nach dem Frühstück liest.«

# Kapitel 60

Sven war sehr erleichtert. Die Stunde der Wahrheit war gekommen. Um auf keinen Fall Zeit zu verlieren, nahm er sofort den Brief und begann zu lesen. Das Frühstück war nun völlig unwichtig geworden. Mitunter musste Sven lachen: Suses Schreibstil war entwaffnend ehrlich, und teilweise beschrieb Suse lustig und doch sehr ernst ihre Gefühle. Sven las sehr aufmerksam die Zeilen, und es dauerte einige Minuten, bis er etwas dazu sagte. »Ob ich damit zurechtkommen werde?«

»Was meinst du damit? Womit kommst du nicht zurecht?« Suse wusste nicht, worauf Sven hinauswollte.

»Dass du am nächsten Wochenende mit einem Ex-Freund segeln wirst.« Sven sagte dies, um Zeit zu gewinnen. Er überlegte, wie er Suses Brief und ihre Frage als Aufhänger für sein Anliegen nutzen konnte. Als Anker sozusagen, schoss es ihm durch den Kopf. Er versuchte, schnell seine Gedanken zu ordnen, denn er wollte nicht mit den falschen Worten alles zerstören, was Suse sich selbst in der kurzen Zeit wieder an Selbstvertrauen aufgebaut hatte.

»Finde ich gut, dass du dich mir so geöffnet hast, mich in dein Gefühlschaos schauen lässt. Keine Sorge, es erschreckt mich nicht, ich kann deine Gefühle nachvollziehen, verstehen.« Er nahm ihre Hand. »Ich war mitunter genauso ratlos wie du«, entschloss er sich nun für den direkten Weg, als er in Suses fragende Augen schaute. »Und du hast recht, du bist eine fürchterliche Kundin. Ich habe dir nur meine Gesellschaft angeboten, aber du hast mir gleich mein Herz genommen. In mir Gefühle geweckt, die ich nicht haben wollte. Die bei mir irgendwo vergraben waren, die ich jedoch nicht mehr fühlte. Du«, er schaute ihr lieb in die Augen, »hast meine Gefühle aufgetaut.« Sven dachte an die Worte von Marcella.

»Du denkst also nicht, ich bin verrückt? Weil ich das nicht so kann, auf Knopfdruck, du verstehst mich schon?« Suse war erleichtert, dass Sven ähnlich fühlte und sie offensichtlich verstehen konnte.

»Im Gegenteil, du bist eine Frau mit dem Herz am rechten Fleck, wenn du anders wärst, hätte ich dich nicht vermisst. Schon auf dem Campingplatz bei Füssen hast du in mir etwas ausgelöst, wofür ich dir sehr dankbar bin. Zuerst war es nur so eine Leere, ich fühlte mich zum ersten Mal seit langem wieder einsam.« Sven erinnerte sich an die Heimfahrt von Füssen. »Und dann kam der Wunsch in mir auf, mein Leben zu ändern.«

»Du warst in den letzten Jahren nie einsam?« Suse stellte seine Aussage infrage.

»Nein, ich war es nicht«, bestätigte Sven, »erst jetzt, nachdem ich dich und deine wundervollen Kinder kennengelernt habe, ist dieses Gefühl wieder aufgetaucht. Ich wusste in dem Moment noch nicht mal, ob es was mit dir oder mit mir zu tun hatte. Mit meinen alten Träumen. Was man nicht kennt, kann man nicht vermissen. Du beschreibst es in deinem Brief, Liebe und Leiden sind so nahe beieinander – und ich wollte das einfach ein paar Jahre nicht mehr fühlen.«

»Was war denn passiert, du bist doch sonst so ein Optimist und, so wie ich dich schon kenne, scheust dich vor keinem Abenteuer, nichts ist zu risikoreich.«

»Du hast schon recht, ich steige mit dir in fremde Gärten ein, steige auf eine Bühne, um dich zu überraschen, möchte täglich aufs Neue die Welt erobern, wäre am liebsten Rennfahrer oder Pilot geworden. Aber das sind alles Dinge, in denen ich das Risiko einschätzen kann. Gefühle sind dagegen ein heißes Eisen, man verbrennt sich schneller, als man bis drei zählen kann, die Finger. Meine Erfahrungen waren teilweise echte Pleiten. Woher sollte ich die Zuversicht nehmen, dass es bei der nächsten Liebe besser enden könnte?«

»Du hast jede Menge Gefühle«, widersprach Suse, »du bist ein gnadenloser Romantiker, deine Gute-Nacht-Geschichte ist der beste Beweis dafür. Das schreibt man doch nicht einfach so. Das geht nur, wenn da auch was ist«, sie deutete auf sein Herz, »du hast jede Menge Gefühle, spürst du nichts?«

»Das stimmt, ich habe wieder was gespürt, und du verstehst mich schon«, sagte Sven, »du hast auch jede Menge Gefühle, aus diesem Grund stehen sie dir jetzt im Wege. Wir können sie nicht richtig kontrollieren und haben Angst davor, verletzt zu werden. Andere Menschen haben gerade mal so einen Fingerhut voll Gefühle. Die zudem noch gut versteckt in der Hosentasche, sorgsam in Frischhaltefolie eingewickelt, vor sich hin schimmeln«, versuchte Sven es wieder auf die lustige Weise. »Solche Leute haben keine Sorge davor, ihre kleine Packung Gefühle nicht kontrollieren zu können.«

»Und du möchtest mir damit sagen«, fasste Suse zusammen, »dass du bisher deine vielen Gefühle, zwar nicht in der Hosentasche, sondern eher in einem großen Anhänger, gut versteckt mit dir rumgeschleppt oder irgendwo abgestellt hast?«, lachte sie ihn lieb an. »Und das war auch ganz angenehm. Jetzt, wo ich auftauche, wollen die Gefühle raus. Hast du Sorge, deine Anhängertür geht auf, und du kannst nichts mehr kontrollieren?«

»Ja, so ungefähr«, Sven nickte zustimmend und grinste, »du hast mich durchschaut, so ein wilder Haufen ist überhaupt nicht zu bändigen.«

»Mir kannst du sie anvertrauen«, Suse lächelte Sven an, »ich bin hauptberuflich Löwenbändigerin, meine zwei Kinder, besonders Sami, können davon ein Lied singen.«

Sven, der Suse sehr mochte, hätte sie beinahe geküsst, sie war schon ein Goldstück, jetzt baute sie ihn auf, und er würde gleich mit der Keule alles zerstören.

»Dir glaube ich das sofort! Aber das geht nicht, ich bin verliebt, allerdings …«

»In eine andere?«

»In eine andere.«

»Seit wann?«

»Spielt das eine Rolle?«

Suse stand wortlos auf, Tränen flossen ihr heiß über die Wangen. Sven wollte auf sie zugehen, sie stieß ihn jedoch weg und lief zur Tür.

»Lass mich«, Suse war so wütend, »verliebt! Du weißt doch noch nicht mal, wie man das buchstabiert. Du tust mir einfach nur leid, einfach nur leid, du bist der, nein, *das* Allerletzte!«

Keinen Moment mehr wollte sie sich dieser unerträglichen Situation aussetzen, dieser Schmach, dieser Erniedrigung, sie wollte sich gerade öffnen, hatte ihm den Brief gegeben, ihm gezeigt, in welchem

Gefühlschaos sie sich befand und dass sie sich dennoch trauen würde, dass sie mutig war. Sie wollte ihm heute noch sagen, dass sie sich verliebt hatte, und nun das.

Suse lief orientierungslos durch die Suite, suchte den Ausgang. Es fühlte sich alles an wie in einem großen Labyrinth. Der Butler stand auf einmal vor ihr. Sie sagte nur: »Ich will nach Hause!«, und er begleitete sie zum Hoteleingang. Sie war völlig durch den Wind. Wütend auf Sven, auf sich, auf die ganze Welt. Die Limousine stand bereits mit laufendem Motor vor der Lobby, der Fahrer wusste offensichtlich, wo sie wohnte, denn er fuhr sie, ohne zu fragen, direkt nach Hause.

# Kapitel 61

Sven kam wie verabredet zum Mittagessen zu Emilias Wohnung, holte Emilia, Marcella und Onkel Giuseppe ab. Im ähnlichen Alter wie Emilia, braun gebrannt, groß, breitschultrig, und sah nach einem sympathischen Geschäftsmann aus. Die beiden Frauen setzten sich hinten in den Panamera, Giuseppe nahm vorne bei Sven Platz, und sie fuhren zu einem typischen schwäbischen Restaurant am Rande von Stuttgart unterhalb von Schloss Solitude.

Marcella spürte das Fremde bei Sven, er war bedrückt, er war anders als sonst. Ob es an Onkel Giuseppe lag oder an Suse? Was hätte sie dafür gegeben, sich jetzt mit Sven alleine zu unterhalten, herauszufinden, was ihn bekümmerte. Jetzt war allerdings Small Talk angesagt, den sie überhaupt nicht mochte und der ihre Geduld heftig strapazierte.

Auf der Tageskarte standen zwei Gerichte zur Auswahl: Rostbraten mit hausgemachten Spätzle, Maultaschen und Kartoffelsalat. Die beiden Männer nahmen den Braten, die Frauen solidarisch die Maultaschen. Die normale Karte brauchten sie nicht. Marcella hatte sich deshalb das andere Gericht ausgewählt, weil sie nicht so viel Hunger hatte, und natürlich mit dem Hintergedanken, von Svens Teller naschen zu können. Das war auch einer der zwei Gründe, weshalb sie sich direkt neben ihn setzte, vor allem wollte sie ihm nahe sein, ihm auf diese Weise zeigen, ich bin bei dir. Egal, was dir gerade begegnet ist.

Nachdem eine Bedienung, auch schon im Alter von Giuseppe, mit kratziger Stimme die Bestellung aufgenommen hatte und zu jedem Sonderwunsch, was in den Salat sollte und was nicht, immer »Capito« sagte, fragte Giuseppe sie auf Italienisch, woher sie käme. Die beiden unterhielten sich in ihrer Landessprache, und Sven fühlte sich schon wieder wie im Urlaub. Langsam taute Svens Laune wieder auf, und er drückte heimlich Marcellas Hand unter dem Tisch, als wollte er sich bei ihr bedanken und auch einfach signalisieren, alles sei gut.

Giuseppe fühlte sich wohl, ihm war Sven auf Anhieb sympathisch, sie unterhielten sich blendend. Sehr zur Freude von Emilia und Marcella. Sven fühlte sich bereits richtig in die Familie integriert. Heute erfuhr er auch, dass Marcellas Papa eine Spedition aufgebaut hatte und diese nun an Giuseppe ging. Emilia hatte offensichtlich die Reisen nach Rom für die Übergabe der Firma an Giuseppe genutzt. Sie hatten eine mehrjährige Übergangsphase vereinbart, in der Emilia ihn geschäftlich unterstützt hatte. Er wohnte in Rom, hatte jedoch auch über 25 Jahre in Deutschland gelebt und konnte deshalb einwandfrei Deutsch. Er war wie Emilia in beiden Ländern zu Hause. Er war heute nur wegen des Grundstücks nach Deutschland gekommen, welches wohl immer noch ein Problem darstellte.

Das Grundstück war 23 Hektar groß, mit einem kleinen Wald, Lagerhallen, einer alten Villa, die früher einmal ein Hotel und inzwischen schon ziemlich renovierungsbedürftig war. Und im hinteren Teil, versteckt am Waldrand, ein Wohnhaus, in dem Emilia mit ihrem Mann und ihrer Tochter gewohnt hatte und Marcella ihre Kindheit verbrachte. Emilia wollte dort nicht mehr wohnen, der Erinnerungen wegen und weil es für sie alleine viel zu groß war. Zudem war das ganze Areal unrentabel, vor allem die Unterhaltskosten waren enorm. Und Giuseppe benötigte die Lagerhallen nicht. Guter Rat war teuer.

Und Emilia? Sie weigerte sich strikt, das Gelände mitsamt den verschiedenen Gebäuden zu verkaufen.

Sie waren deshalb in diesen Stadtteil gefahren, da sich das Grundstück nicht weit weg davon befand. Am Rande von Stuttgart, einerseits wertvoll, wegen der Stadtnähe und der schönen ruhigen Lage, andererseits hingen für Emilia und auch für Marcella zu viele schöne Erinnerungen an dem Haus, weshalb sie sich nicht trennen wollten.

Sven wurde von Giuseppe dann gefragt, ob er nicht einen Vorschlag hätte, und er verneinte das, weil er sich nicht in Familienangelegenheiten einmischen wollte. Zudem kannte er das Grundstück ja bis jetzt nur von der kurzen Beschreibung. Er sagte deshalb nur, er würde sich freuen, es gleich zu sehen. Kurzum, Sven wurde, vor allem von Giuseppe, je länger das Essen ging, in sämtliche Familienangelegenheiten eingeweiht. Er hätte sich nicht gewundert, wenn ihm gleich noch ein Job in der Spedition angeboten worden wäre. Dem war jedoch nicht so, allerdings fuhren sie, wie besprochen, zu dem wenige Kilometer entfernten Grundstück. Es war von der einen Seite vom Industriegebiet, an der hinteren Seite von Feldern großzügig eingegrenzt. Am Rande von Stuttgart gab es ein wenig Landwirtschaft, und so kam es Svenf vor, als ob sie auf einen Bauernhof fuhren. Es war wunderschön. Von der Straße, in südlicher Richtung aus gesehen, waren die Ausläufer des Stadtbezirkes von Stuttgart. Einfamilienhäuser aus den 50er- und 60er-Jahren. Sven war begeistert von der Lage und auch von dem, was sich ihm erschloss, nachdem er den Panamera die lange Allee bis zu dem ehemaligen Hotel vorsichtig durch die Schlaglöcher bewegt hatte.

Die Straße war die letzten 200 Meter in einem sehr maroden Zustand, man sah, hier stand die Zeit still. Sie stiegen nicht aus, das Hotel war dermaßen baufällig. Wo notwendig, waren alle Türen und Fenster mit Holz zugenagelt. Sie fuhren die paar Meter bis zur Abzweigung zurück, ab dort war die Straße wieder besser in Schuss. Breit genug für die großen Fahrzeuge. Hier, wurde Sven erzählt, fuhren bis vor ein paar Jahren noch die Speditionsfahrzeuge der Firma De Luca. Die Straße endete in einem großen gepflasterten Hof, der ansatzweise auch schon wieder von der Natur zurückerobert wurde. Die großen Lagerhallen waren ebenfalls in einem desolaten Zustand.

Auch hier stiegen sie nicht aus, denn man sah es auch dieser traurigen Halle an, dass sie die besten Zeiten hinter sich hatte. Sven wendete seinen Wagen und fuhr die Straße, die nun schmaler wurde, weiter. Es ging durch ein niedliches Wäldchen, schön angelegt, nach ein paar sanften Kurven und einigen Schlaglöchern tauchte es überraschend auf: das alte Herrenhaus. Das war also das Gebäude, an dem die Familie so hing. Nur darum ging es. Sven konnte es verstehen. Emilia wollte hier auch unbedingt aussteigen und kurz die Haustür öffnen, nachschauen, ob noch alles in Ordnung war.

Innen waren alle Möbel mit weißen Tüchern abgedeckt, ein paar Spinnweben waren zu sehen, alles in einem relativ gepflegten Zustand. Dennoch, Sven sah es auf einen Blick, auch hier wären einige Renovierungs- und Modernisierungsmaßnahmen notwendig gewesen. Nach hinten war eine erhöhte Terrasse, die mit einer großzügigen Treppe in einen parkähnlichen Garten führte. Mit ein wenig Fantasie konnte man sich hier ein kleines, verwunschenes Märchenschloss vorstellen. Efeu wuchs überall, die Rosen rankten, es duftete herrlich, selbst jetzt im Herbst noch. Offensichtlich liebte Emilia Rosen, sie strich wehmütig über die bald verwelkenden Blüten und atmete ihren Duft ein, als ob es das letzte Mal wäre. Sven konnte Emilia verstehen und auch ihren Wunsch, dies alles zu behalten.

Er schaute verständnisvoll Emilia an und sagte: »Jetzt kann ich dich verstehen. Ich würde das auch nicht verkaufen, für kein Geld der Welt. Zumindest nicht, solang es möglich ist, es zu halten.«

»Ja?« Emilia war erleichtert, dass sie von Sven so unerwartet Unterstützung erhielt, denn Giuseppe riet ihr zum Verkauf. Marcella verstand zwar ihre Mum, sah jedoch keinen Sinn, etwas zu behalten, es zu unterhalten, wenn man nichts damit anfangen konnte. Dafür war sie zu pragmatisch veranlagt und tendierte deshalb ebenfalls zu Giuseppes Meinung, wobei sie ihre Mum bei ihrer Entscheidung auch unterstützt hätte.

»Ja«, antwortete Sven, auf den sich nun alle Augen richteten, weil auch Giuseppe sah, welche Emotionen Emilia mit diesem Anwesen verband, und er gespannt war, was Sven sagen wollte, »wenn du möchtest, dann lass ich mir eine Lösung einfallen, die allen gerecht wird.«

»Da gibt es keine Lösung«, antwortete Emilia resigniert.

»Es gibt immer eine«, sagte Sven tröstend, »wie lange kennst du mich? Haben wir irgendwann aufgegeben? Erinnerst du dich an die Autopanne 200 Kilometer vor Rom? Du hattest einen Termin bei einer Behörde, wie du mir sagtest. Wohl ein sehr, sehr wichtiger Termin, bei dem du nicht zu spät kommen durftest.«

»Ja«, erinnerte sich Emilia, »es war ein Gerichtstermin, und wenn ich den versäumt hätte, dann wäre es nicht gut für mich ausgegangen. Und ja«, ergänzte sie schmunzelnd, »du hast einen Lkw-Fahrer überredet, uns bis zur nächsten Raststätte mitzunehmen, weil er der Einzige war, der damals auf der Autostrada angehalten hatte.«

»Und bis wir dort waren, standen schon zwei Taxen für uns bereit, Emilia«, frischte Sven die Erinnerungen auf, »du warst pünktlich bei deinem Termin und ich fuhr zum defekten Auto zurück und war noch vor dem Pannendienst wieder vor Ort.«

»Ja«, bestätigte Emilia, »für dich gibt es offenbar keine Probleme. Ich weiß das und muss ja nicht weit zurückdenken«, sie drückte Svens Hand. »Ich bin dir sehr dankbar, wie sehr du dich um Marcella kümmerst. Du tust ihr gut, du bist ein Engel.«

»Und dann darf ich mir eine Lösung oder zwei Lösungen einfallen lassen?«, lachte Sven. »Kannst du dann wieder lächeln?«

»Siehst du«, lächelte sie ihn warmherzig an, »ich kann schon wieder lächeln. Danke!«

## Kapitel 62

Nachdem Sven die kleine Familie wieder zu Emilias Wohnung gefahren und seinen Charme reichlich versprüht hatte, war die Stimmung wieder heiter und unbeschwert. Emilia glaubte zwar an keine Lösung für ihr Problem, jedoch freute sie sich, dass ihr Sven zumindest heute die Hoffnung nicht genommen hatte. Er verabschiedete sich von allen und sagte leise zu Marcella: »Drücke mir die Daumen, ich fahre jetzt unangemeldet zu Suse und bringe zu Ende, was ich angefangen habe.«

Marcella nickte nur wissend und drückte seine Hand, ein Küsschen auf die Wange war alles, was sie sich vor den Augen ihrer Mum und ihres Onkels Giuseppe getraute. Sven war frohen Mutes, er wusste, was er wollte. Seine Gedanken konnten jedoch jetzt nicht bei Marcella verweilen, sie eilten ihm voraus zu Suse, die zu diesem Zeitpunkt deprimiert war und auch noch ein wenig ein schlechtes Gewissen hatte, weil sie den von Sven für Sami mitgegebenen Kuchen restlos aufgegessen hatte. Sie murmelte vor sich hin: »Irgendwann duftet der beste Apfelkuchen nicht mehr, das letzte Stück ist längst vernascht, und zurück bleibt die doofe Erinnerung.«

Sehnsucht nach einer Fortsetzung mit Sven und auch ein wenig Realität mischten sich in Suses seltsame Gemütsverfassung. Suse hatte in ihrem Kummer alle Apfelkuchenstücke von Sven in sich hineingestopft. Als ob es darum gegangen war, die Erinnerung an ihn zu vernichten oder Sven sich einzuverleiben. So genau hatte sie sich noch nicht entschieden. Ob sie das alles wahrhaben wollte? Kämpfen oder resignieren? Erstes Resultat, sie konnte es klar fühlen: Ihr war hundeelend, gleich müsste sie sich übergeben. Sie stellte sich viele Fragen, viel zu viele. Es war schon immer Suses Problem, dass sie alles hinterfragen musste. Sie konnte nicht so einfach in den Tag hinein leben. Sie konnte sich nur dann fallenlassen, wenn sie auch die Gewissheit hatte, dass nichts passieren konnte. Und bei Sven passierte ständig irgendetwas. Er hatte sie verletzt, noch viel schlimmer, als sie es sich in ihren schlimmsten Albträumen ausgemalt hätte.

Die Sehnsucht nach Liebe war unvermittelt in Enttäuschung und Angst verwandelt worden. Eine schwarze, lähmende Angst, die sich mit eiskalten Fingern um ihr Herz legte und es hart zusammenpresste. Sie konnte nicht mehr frei atmen, sie konnte nicht mehr denken, nicht mehr schlafen. Suse war nach dem Gespräch sofort nach Hause gefahren und hatte sich ins Bett gelegt. Sie wollte alleine sein. Drehte sich jedoch nur rastlos von einer Seite zur anderen. Wenn sie die Augen schließen wollte, stand sofort Sven vor ihr. Machte sie die Augen auf, war er ebenfalls präsent. Der Sven, den sie einerseits verwünschte und zu vergessen suchte. Und den sie auf der anderen Seite mit aller Macht herbeisehnte.

Nach Samstagnacht in Stuttgart brannte ihr Herz lichterloh, sie hatte sich verliebt. Sie war schon vor diesem Tag in Stuttgart in Sven verliebt. Wollte es sich nur nicht eingestehen, aber dann. Es war um sie geschehen. Suse war verliebt wie nie zuvor, auch wenn sie im Brief noch von Gefühlschaos schrieb. Jetzt wusste sie, wie verliebt sie war. Sie wusste überhaupt nicht, zu welchen Gefühlen sie fähig war. Sie fragte sich, ob sie jemals schon geliebt hatte, und gleichzeitig sah sie den Abgrund, in den Sven sie geworfen hatte. Die Angst vor Enttäuschung war schon immer groß, jetzt hatte sie wieder die volle Breitseite abbekommen. Sie hatte so viel Angst, etwas falsch zu machen und enttäuscht zu werden. Am liebsten wäre sie jetzt weit weggefahren. Wollte niemanden mehr sehen. Nach Portugal, an den Atlantik, am besten einmal zur *Titanic* hinuntertauchen. Einfach alleine im Kummer versinken und darin langsam, qualvoll untergehen.

Suse verwünschte ihre Gefühle, unter denen sie so litt. Die diese Schmerzen verursachten. Sie verwünschte sich dafür, so starke Empfindungen überhaupt zuzulassen. Sie verwünschte ihre Schmetterlinge im Bauch, die Sonne am Himmel, die dicken Wolken darunter und vor allem ihr naives Herz, das so was überhaupt akzeptieren konnte.

Und Sven war nicht da. Er konnte weder die Herde Schmetterlinge einfangen noch das Feuer löschen. Er rief nicht an, wie immer, denn er war ja in der Hauptsache immer beschäftigt. Einfach beschäftigt. Und jetzt auch noch verliebt. Die Eifersucht brachte Suse, auch wenn es unlogisch war, schier um den Verstand. Wie konnte Sven ihr das antun, wie konnte er nur! Sie wollte ihn nie wiedersehen, überhaupt keinen Mann mehr. Männer und sie würden in diesem Leben keine Freunde mehr werden. Das war ja wohl klar.

Irgendwann stand sie auf, sie wollte mit niemandem reden und schickte Bine nach Hause. Der Sonntag verging so langsam wie eine Ewigkeit, eine Minute waren gefühlte Jahre.

Sabine war nicht mehr da. Suse hatte sie ja weggeschickt. Keiner war für sie da. Auch Sami war überraschenderweise bis morgen bei einem Schulfreund eingeladen, wollte gleich los. Suse war einfach einsam, geknickt, traurig, gebrochen, verbittert, verletzt, wütend – mit einem Wort, Suse war todunglücklich.

Ihre Gefühle schienen rekordverdächtig von himmelhochjauchzend am Samstagabend nun ins Bodenlose zu stürzen. Sie war zu Tode betrübt. Lediglich Samis wegen bemühte sie sich ein wenig um Normalität. Sie verwünschte Sabine, die nicht da war, obwohl sie ihr das alles eingebrockt hatte, sie verwünschte Sven, der auch an allem schuld war, und sie verwünschte denjenigen, der gerade an ihrer Türe klingelte. Ungeduldig klingelte. Aufdringlich und unverschämt.

Das Geräusch riss Suse aus ihren Selbstmitleidsattacken. Draußen ging beinahe die Welt unter. Schwarze Wolken hingen über der Stadt, obwohl es noch früh am Nachmittag war, musste sie Licht machen. Es klingelte wieder, Suse stand zögerlich auf. Sie hatte keine Lust auf Besuch, wie ferngesteuert und lustlos öffnete sie die Tür. Ein Stich traf Suse mitten ins Herz, ein riesiger Strauß Gerbera verdeckte ihren Besucher, aber sie erkannte ihn sofort.

»Sven!«, schrie sie laut auf. Suse überrannte Sven beinahe. Er nahm Suse in den Arm. Heiße Tränen kullerten über ihr Gesicht. »Wie konntest du mich nur so lange alleine lassen«, schluchzte Suse, »ich lass dich jetzt nie mehr gehen, bleib jetzt bei mir!«

Sie erdrückte Sven beinahe, küsste ihn, und er konnte sich kaum aus ihrer Umarmung lösen. Und er wollte sie jetzt im Moment auch nicht wegschieben, so nahm er sie einfach fest in den Arm und flüsterte tröstend: »Jetzt bin ich hier!«

Suse hörte nicht die Traurigkeit in seiner Stimme. Der Schmerz hatte ihre Wahrnehmung getrübt.

»Du gehst nie mehr zu der anderen – versprichst du mir das?« Suse strich sich die tränenverklebten Haare aus dem Gesicht und wiederholte: »Versprichst du mir das? Nie mehr!«

»Darf ich reinkommen?« Sven zog den Mantel aus und setzte sich. »Wir müssen miteinander reden.«

»Ja, Sven«, antwortete Suse tonlos, »das müssen wir wohl.« Sie ahnte in diesem Moment, dass es kein gutes Gespräch werden würde. Sven versuchte zuerst, Suse etwas zu stabilisieren. Er ließ sie reden, hörte zu und unterbrach sie nicht, auch nicht, als sie ihm alle Schuld der Erde vorwarf, er hörte einfach nur zu. Und genau das war es, was Suse in diesem Moment gebraucht hatte, sie konnte sich alles von der Seele reden. Teilweise verstand Sven nur die Hälfte, weil sie beim Reden immer wieder heftig schluchzte. Und die zwei leeren Flasche Cidre hatten wohl auch etwas damit zu tun, aber das war nicht wichtig, wichtig war nur, dass es Suse mit der Zeit besser ging.

Und irgendwann fragte sie ihn, was er denn seit Füssen so erlebt hätte, wie es ihm ginge, denn er hatte ja am Morgen im Hotel einen Anhänger voll Gefühle erwähnt. Suse konnte sich nicht mehr genau erinnern, was er damit gemeint hatte, aber sie wollte Sven verstehen, wissen, was sie besser machen konnte, um ihn zu halten. Es war allerdings schwer für Suse, sich zu konzentrieren, sie fühlte sich wie nach einer Überdosis Drogen. Zumindest dachte sie, dass es sich so anfühlen würde, weil ihr Kopf wie weiche Watte war und gleichzeitig heftig schmerzte. Sie nahm die dritte Kopfschmerztablette in der Hoffnung, dass diese Dosis dann mal wirken würde.

Sven erzählte von Rom, dass er dort eine ältere Kundin abgeholt hätte, am Abend zuvor alleine auf der Terrasse gesessen, den Sonnenuntergang beobachtet und sich einsam gefühlt hatte. Er erinnerte sich an die Vertrautheit zwischen Suse und ihm in Füssen. Dass er sich dennoch nicht für sie öffnen konnte. Sven erzählte alles, was er fühlte, wie er auf Suses Liebe reagierte, wie er hin- und hergerissen war, dabei merkte, sie hatte seine Gefühle zum Vorschein gebracht, in ihm die Sehnsucht geweckt, ihn gerettet, mehr jedoch nicht. Mehr konnte er sich mit ihr nicht vorstellen.

Suses Gemütsbarometer schwankte hin und her, kurzfristig auf einem neuen Rekordhoch. Offensichtlich hörte sie im Moment nur das, was sie hören wollte. Sie hatte Sven gerettet, sie hatte seine Sehnsucht nach Liebe geweckt. Alle ihre Bedenken schienen mit einem Wisch beiseitegeräumt zu sein. Welche Bedenken überhaupt? Suse konnte sich daran schon nicht mehr erinnern. Seine Küsse von eben linderten ihren Herzschmerz, er war fast wie weggeblasen. Er hat mich so innig geküsst ... oder habe ich ihn geküsst?, trommelten ihre Gedanken laut und wüst gegen die alkoholisierte Schädeldecke. Sie hatte solche Kopfschmerzen. Aber egal, Suse hing an Svens Lippen und hörte das, was sie hören wollte, sie rückte näher und wollte ihn küssen. Es musste komisch ausgesehen haben, denn Sven rutschte zur Seite und fiel beinahe vom Stuhl und Suse fast hinterher.

An der Tür stand Sami und konnte nur den Kopf schütteln über diese Erwachsenen. Suse schnappte sich ihn lachend und küsste ihn von oben bis unten ab. Sami drehte sich angewidert ab. Er würde die Erwachsenen nie verstehen. Wie kann man lachen, weinen und einen so eklig nass abküssen?

»Ich gehe jetzt«, sagte Sami, »bis morgen, Mami!«

»Bis morgen!« Suse küsste ihn nochmals und brachte ihn nur bis zur Tür. Die Eltern des Schulfreundes waren gerade vorgefahren, diesen wollte sie so nicht begegnen. »Offensichtlich funktioniert mein Hirn wieder«, grummelte sie vor sich hin, »wenn mich jemand so verheult sieht, was würden die bloß denken?«

»Suse«, wiederholte sich Sven, als sie zu ihm zurückkam und ihn auch mit stürmischen Küssen überschütten wollte, »hast du mir zugehört? Wir haben keine Zukunft: nicht als Liebespaar, nicht in einer Kundenbeziehung. Es geht nicht.«

»Jetzt sind wir alleine, Sven.« Suse stellte ihre Küsse ein, setzte sich an den Küchentisch und klammerte sich an Sven. »Du brauchst dir keinen Stress zu machen, alles gut, ich weiß, dass ich eine furchtbare Kundin bin.«

»Das bist du tatsächlich!«, versuchte Sven, die Situation aufzuheitern, obwohl ihm auch zum Heulen zumute war. Er wollte Suse diesen Kummer nicht zufügen. »Du hast mir das Herz geöffnet, das hast du im Handumdrehen einfach so hinbekommen, keine Ahnung, wie. Wir haben ja schon darüber gesprochen, auch darüber, dass ich dennoch nicht mehr geben kann. Wenn sich auch Gefühle für dich entwickelt haben, dann ist es jetzt wieder aus. Es gibt kein Du und Ich.«

»Ja«, antwortete Suse traurig, »ich habe es ja verstanden und bin auch nicht in der Lage, dich zu lieben. Oder wie soll ich sagen, ich möchte dich einerseits ganz alleine für mich und habe gleichzeitig Bammel davor, die Gefühle zuzulassen. Nur wenn du weg bist, weiß ich, was ich brauche.«

»Weißt du«, Sven befreite sich aus der Umklammerung und nahm stattdessen ihre Hand in die seine, »dass du einen Bammel hast, ist eine normale Reaktion. Du spürst, dass ich nicht bereit bin, weiterzugehen. Und das fühlst du. Das ist eine gute Reaktion. Bei einem anderen Mann, der wie du fühlt, hast du diese Bedenken nicht.« Er wollte langsam zu Sabines Plan überleiten.

»Und weshalb bist du nicht bereit, weiterzugehen?«, fragte sie. Hatte er es ihr schon gesagt? Suse wusste es nicht mehr, wollte es genau wissen, egal ob ihr die Antwort gefallen würde.

»Oh Suse«, seufzte Sven kurz auf, »das hat so viele Gründe, die haben jedoch in der Hauptsache nichts mit dir zu tun. Das ist die gute und die schlechte Nachricht.«

»Weshalb?«

»Die gute, du bist völlig in Ordnung und kannst dich auf dein Gefühl verlassen.«

»Und die schlechte?«

»Du kannst nichts dagegen tun, dass ich mit dir nicht weitergehen möchte. Denn du bist ja nicht der Grund. Mein Herz ist schon vergeben. Ohne dich hätte ich das jedoch glatt übersehen.«

»Brauchst du einen guten Therapeuten?« Suse meinte es ernst. Sie hatte schon wieder ausgeblendet, was Sven ihr sagen wollte. »Ich hätte dir einen zu empfehlen, zu dem gehe ich schon seit Jahren.«

»Ist der gut?«, antwortete Sven etwas zynisch und ergänzte sofort: »Wobei hat er dir denn geholfen? Und vor allem, wie?«

Und dann erzählte Suse, was Sven bereits von Sabine gehört hatte, ließ sich alles genau erklären, und als Suse fertig war, schaute er sie liebevoll an und sagte: »Du bist nicht krank.«

Suse wollte nochmals erklären, und Sven drückte sie an sich. »Was du brauchst, ist ein starker Kaffee. Komm, ich mach dir einen.« Er stand auf und drückte die Starttaste auf dem Kaffeeautomaten. »Hier, trink etwas, er tut dir gut.«

Suse genoss die Bemutterung, Sven tat ihr gut, auch wenn sie ihn hasste. Er nahm ihre Hand und sagte fürsorglich: »Geht es dir besser?« Nachdem Suse genickt hatte, redete er weiter: »Lass dich nicht runterziehen. Du hast ganz sicher einen Ansatz gehabt, in eine Angststörung abzurutschen, und die Gespräche mit dem Therapeuten haben dir geholfen. Aber denkst du nicht, dass du darüber hinweg bist?«

Suse zuckte mit den Schultern. »Du sagst, er hat dir geholfen.« Sie nickte zustimmend. »Ich erlebe dich auch als gesund, als offen für die Liebe, offen für Nähe. Du gehst doch keinem aus dem Weg. Hast mich brav in Füssen abgeholt, wie vereinbart. Würde das jemand mit einer Sozialphobie tun? Würde er vorher nicht lieber sterben? Du bist doch nur ein wenig aus der Übung, darum fühlt es sich ungewöhnlich und dadurch auch aufregender an, meinst du nicht auch?«

»So siehst du mich?« Suse war überrascht, und irgendwie fühlte sie sich erleichtert. Der Druck im Kopf schien ein kleines bisschen nachzulassen. Sie fühlte sich erleichtert, obwohl sie langsam realisierte, dass das mit Sven zu Ende ging.

»Ja, liebste Suse«, antwortete er mit warmer Stimme, »genau so sehe ich dich, eine bezaubernde Frau, die mit ihrem Charme und ihren kessen Sprüchen mich aus meinem Versteck gelockt hat. Du hast in mir die Sehnsucht nach Liebe geweckt. Das kann nur jemand, der selbst ganz viel Liebe in sich hat. Kannst du dir vorstellen, wie vielen Frauen ich in den letzten sieben Jahren begegnet bin? Ja?« Ohne eine Antwort abzuwarten, erklärte er: »Dann weißt du, was für eine besondere, starke, liebenswerte und sehr attraktive Zauberfrau du bist. Was du in kurzer Zeit erreicht hast, das hat niemand auch nur im Ansatz hinbekommen.«

»Echt?« Suses Gesicht hellte sich auf, sie glaubte ihm jedes Wort und sog es in sich auf. »So nimmst du mich wahr, ich bin stark?« Die Tabletten und der Kaffee schienen langsam zu wirken, Suses pochender Kopfschmerz zog sich ein wenig zurück. Oder hatte sie sich schon daran gewöhnt? Suses Gedanken sprangen hin und her. Sie konzentrierte sich wieder auf Sven.

»Ja, und ob«, betonte Sven. »Das sehe ich daran, wie du mit deinen Kindern umgehst, wie du dich für dein Geschäft einsetzt. Wie du mit mir umgehen kannst, mit dem ganzen Gefühlschaos. Dass du über dich selbst lachen kannst, wie mutig du mit mir gestern durchs Restaurant gelaufen bist, alle haben uns angestarrt. Und an vielem mehr, das sieht man an so vielen deiner Eigenschaften. Du stehst mit beiden Beinen im Leben.«

»Wenn du wüsstest«, lächelte Suse traurig. »Ich stand in der letzten Zeit neben mir, habe mich nicht gerade stark gefühlt.«

»Ja, Suse«, antwortete Sven, »das war ich auch nicht. Vielleicht war ich das die letzten Jahre nicht, denn ich bin ja auch auf eine Art davongelaufen. Und dennoch sitzen wir hier an einem Tisch, können miteinander reden. Über das schwerste Thema der Welt, über uns selbst, über unsere wahren Gefühle. Und das ist doch Stärke, das können nur die Besten.«

»Du bist besser als mein Therapeut«, lächelte Suse ein wenig fröhlicher, »du baust mich gerade richtig auf. Und was machen wir jetzt? Kann ich dich auch noch aufbauen?«

»Gehst du mit mir ein wenig spazieren?«, antwortete Sven erleichtert. »Ich brauche das jetzt. Und zudem, du warst meine Therapeutin, die beste, die ich je hätte bekommen können. Du hast mich in der Seele berührt, ich werde jetzt – wie du auch – bei mir selbst ankommen. Danke dafür, dass es dich gibt.«

# Kapitel 63

Nachdem die beiden stundenlang spazieren gegangen waren, sich über alles in Ruhe aussprechen konnten, saß Bine bereits in der Küche. Es war inzwischen schon dunkel, immer wieder regnete es. Sabine hatte einen Schlüssel, ging in Suses Haus hinein und war ein wenig beunruhigt, weil niemand auf ihr Klingeln reagiert hatte. Sie wusste von Sven bereits seit dem Morgen, dass er am Nachmittag kommen würde und mit Suse offen sprechen wollte. Sie konnte ihn nicht umstimmen und so war sie es dann auch, die spontan Samis Ausflug zu Freunden, ohne Wissen von Suse, organisiert hatte. Sabine wollte Suse und Sven die Zeit für sich geben. Und nun, mitten in der Nacht, als sie so lange nichts von Suse gehört hatte, machte sie sich Sorgen um ihre beste Freundin. Sie befürchtete, dass ihr gut gemeinter Plan gründlich schiefgegangen war. Ein sehr schlechtes Gewissen plagte sie. Zudem wusste sie nicht, wie sie mit der Wahrheit umgehen sollte. Suse alles erzählen? Sven weiter beauftragen, ihn bearbeiten, nicht aufzugeben? Sabine öffnete sich eine Flasche Wein, sie war hier ja fast zu Hause.

Vielleicht war das nächste Wochenende erfolgreicher, wenn Suse den Katamaran taufen durfte. Der Eigner war Sabines Wunschkandidat für Suse. Beide hatten dieselben Interessen, kannten sich schon lange, mochten sich. Aber das würde, wenn nun dieses Wochenende so katastrophal enden würde, wie sie es von Sven und Suse getrennt voneinander erfahren hatte, im wahrsten Sinne des Wortes ins Wasser fallen. Sabine war ratlos, trank einen Schluck und wartete weiter.

Endlich, nach einer weiteren Stunde, hörte Sabine das ersehnte Geräusch an der Tür. Suse schloss auf, verabschiedete sich von Sven und küsste ihn ein letztes Mal. »Werden wir uns irgendwann mal wiedersehen?« Sie schaute Sven traurig an, diesmal ohne Tränen, es war ja alles besprochen. Es fühlte sich traurig, jedoch auch ganz okay an. Sie hatte sich endgültig beruhigt, nun auch alles realisiert und war wieder bei sich. Der sehr lange Spaziergang an der frischen Herbstluft und das offene Gespräch hatten ihr gutgetan. Und Sven konnte ihr vermitteln, dass sie nichts falsch gemacht hatte. Sie glaubte es ihm endlich.

»Wer weiß das schon«, antwortete Sven. »Buchen wirst du mich nicht mehr können, ich habe vor zu kündigen, das wird sich morgen entscheiden.«

»Das finde ich gut«, antwortete Suse. »Auch wenn es für dich nicht einfach werden wird. Wovon lebst du dann?«

»Weiß ich noch nicht.« Sven zuckte mit den Schultern. »Ich freue mich auf mein neues Leben, habe gleichzeitig auch ein bisschen Bammel davor. Mir geht es da wie dir auch«, antwortete Sven und fragte dann wie ein Lehrer: »Und was machen wir dann noch mal?«

»Alles in Ruhe auf uns zukommen lassen und kein Kopf-Kino«, antwortete Suse brav, die zuvor von Sven ein paar Tipps bekommen hatte, wie sie sich beim nächsten Mann verhalten sollte. Denn er wusste von Sabine, dass bereits am nächsten Wochenende für Suse das Treffen mit dem Ex-Freund vereinbart war. Eines musste man Sabine ja lassen, ihren Plan zog sie durch. Das imponierte ihm, und er wusste nun, alles wird gut.

»Du hast bei mir immer«, Suse stockte kurz und wischte sich doch eine kleine Träne ab, »ein warmes Plätzchen, ein Teil von dir bleibt in meinem Herzen.«

»Danke«, Sven drückte Suse, und eine einsame Träne kullerte dabei auch aus Svens Augenwinkel. »Dich werde ich auch immer im Herzen haben, ich habe dir sehr viel zu verdanken.«

Sven drehte sich um und lief zu seinem Wagen, er warf ihr einen letzten Kuss durch die Nacht zu. Suse blieb so lange in der Türe stehen, bis sein Auto nicht mehr zu sehen war.

Heiße Tränen kullerten über ihre Wangen. »Es war ein schöner Traum«, sagte sie zu sich und ging ins warme Haus. Sabine erschreckte sie ein wenig, Suse hatte nicht damit gerechnet, dass ihre Freundin auch so traurig dreinschauend an ihrem Tisch sitzen würde.

»Was ist passiert?«

»Ich bin okay«, antwortete Bine, »nein, mir geht's miserabel, ich habe so ein schlechtes Gewissen dir gegenüber.«

»Weshalb?«

»Weil ich dich mit Sven zusammengebracht habe.«

»Er war gerade hier«, erzählte Suse leise. »Kann ich auch ein Glas haben?«

»Nimm meines.« Bine stand auf und holte sich ein neues Glas. »Ich habe sein Auto gesehen.«

»Wir haben uns ausgesprochen«, antwortete Suse. »Es war ein gutes Gespräch, jetzt kann ich ihn vergessen.«

»Ist es aus?«

»Ja«, Suse lachte bitter, »und nein, es war ja nie was, ich bin jetzt einfach traurig, aber es ist okay. Er wird übrigens seinen Job aufgeben. Ich kann ihn nicht mehr sehen.«

»Wie das?«

»Ich habe ihm wohl das Herz geöffnet, so hat er sich ausgedrückt. Er möchte sich für die Liebe wieder öffnen. Das war die gute Nachricht. Die schlechte: Ich bin es nicht.«

»Und wie geht es dir dabei?«

»Gut«, Suse war bemüht, sich an die schönen Sätze zu erinnern. »Wir hatten wirklich ein sehr gutes Gespräch, er hat mich auch aufgebaut und mir gesagt, dass ich keine Therapie mehr brauche. Sondern dass jetzt der richtige Zeitpunkt gekommen sei, dass ich mein Leben wieder selbst in die Hand nehmen darf und es auch kann. Ich soll keine Angst haben, offen sein, schauen, ob mein Traumprinz nicht schon ganz in meiner Nähe ist.«

Bine war erschrocken, hatte Sven Suse von ihren Plänen erzählt? Sollte sie schnell alles beichten? Allerdings wirkte Suse so gefasst, und sie wollte Suse auch nicht in ihrem Redeschwall unterbrechen.

»Ich habe ihm erzählt«, erläuterte Suse ihrer Freundin, »dass ich seit Jahren in Therapie bin, er hatte alles genau hinterfragt und mir dann das geraten. Er sagte mir auch, dass das Jammern seine Zeit hätte. Diese Zeit sei jedoch nun definitiv abgelaufen. Schon seit Mitternacht letzten Jahres.« Suse lächelte ein wenig.

»Gut«, erleichtert nahm Bine zur Kenntnis, dass Sven sein Versprechen, nichts zu sagen, gehalten hatte. »Und schaffst du das? Wirst du ab jetzt nach vorne schauen?«

»Ja, Bine.« Suse richtete sich auf. »Ich bin stark! Und liebenswert. Weshalb habe ich nur an mir gezweifelt?«

»Das weiß ich nicht, mir hast du es ja nicht geglaubt. Schön, dass du es nun wenigstens Sven glaubst. Dann lass uns auf unser neues Leben anstoßen«, lachte Bine Suse an, und sie tranken einen Schluck auf bessere Zeiten. »Ich bin froh, dass es dir wieder besser geht.«

»Und ehrlich«, ergänzte Suse, »ich habe auch keine Lust mehr, herumzujammern. Denn Sven sagte mir gerade ein schönes Zitat des Dalai Lama: ›Es gibt nur zwei Tage im Jahr, an denen man nichts tun kann, der eine ist gestern, der andere morgen. Dies bedeutet, dass heute der richtige Tag zum Lieben, Glauben und in erster Linie zum Leben ist.‹

Und ich nehme mein Leben jetzt in die Hand!« Suse klang entschlossen. Auf der Ablage im Flur vibrierte in dem Moment bestätigend Suses Smartphone.

»Schau, Suse, dein Handy sagt auch Ja dazu, jetzt beginnt dein neues Leben!«

»Ich hole es mal«, Suse stand schnell auf, »vielleicht hat er ja geschrieben.«

»Und, hat er?«

»Nein«, kam es ein wenig enttäuscht von Suse, »nur mein Kontoalarm.«

»Bist du pleite?«

»Das weiß ich noch nicht«, lachte nun auch Suse, »bei der Abbuchung von Svens Agentur ging es ganz schön ins Minus.«

»Das verstehe ich nicht«, antwortete Bine froh, erleichtert über den Verlauf des Abends, »du meinst die Nacht in dem Luxusschuppen in der Stadtmitte?«

»Was verstehst du daran nicht?« Suse schaute sie fragend an. »Ich habe ihn für eine ganze Nacht gebucht, du weißt doch, was das kostet!«

»Das ist doch nicht dein Problem.«

»Warum?«

»Ja, weil er *dich* bezahlen müsste.«

»Wie, mich?« Suse verstand kein Wort. »Ich habe ihn gebucht.«

»Du hast ihn therapiert. Stehst du auf der Leitung?«, lachte Bine. »Du hast ihm doch geholfen, also muss er dich auch bezahlen. Ging das Hotel eigentlich auch auf deine Rechnung?«

»Keine Ahnung.«

»Das musst du doch wissen?« Bine verdrehte die Augen.

»Nein«, antwortete Suse, »Sven hat meinen Auftrag in Düsseldorf telefonisch seiner Agentur weitergegeben. Über Preise haben wir nicht gesprochen. Gestern Abend im Hotel hatte ich mir gewünscht, dass er mir das Geld wieder zurückgegeben hätte, als Geste oder, besser gesagt, als Zeichen dafür, dass er mich wirklich lieben, mir sein Herz schenken würde.«

»Und?«

»Nein, er hat mir ja sein Herz nicht schenken können, dafür war es die beste Therapiestunde, die ich je hatte. Und dafür bezahle ich doch gerne.« Suse lächelte traurig.

»Mir hat er, beziehungsweise seine Agentur hat am Nachmittag per Sofortüberweisung alles zurückbezahlt. Dann hat er dir schon ein wenig sein Herz geschenkt, zumindest so viel er davon konnte«, versuchte Bine, ihre Freundin zu trösten.

»Dann war ich tatsächlich, wie er es mir sagte, eine besondere Frau für ihn?« Suse suchte immer noch nach Bestätigung.

»Na klar, und jetzt schau halt nach. Was sagt dein Kontoalarm? Wie hast du ihn denn überhaupt eingestellt?«

»Bei allen Buchungen im vierstelligen Bereich werde ich per SMS informiert, egal ob Abbuchung oder Zahlungseingang«, antwortete Suse und nahm das Handy in die Hand. »Ein Geldeingang, das ist schon mal gut.« Suse schaute erstaunt. »Schau her, Sven, seine Agentur, hat mir eben die Nacht in Stuttgart zurückerstattet, komplett!«

»Den Betrag hier?« Bine nahm Suse geschwind das Handy aus der Hand und schaute genau. »Dann mag er dich wirklich!«

»Weil er mir das jetzt auch zurückerstattet hat?«

»Nein, weil er dir nur den normalen Satz für 24 Stunden abgerechnet hat, so wie bei mir auch«, erklärte Bine und schaute in Suses fragendes Gesicht. »Du stehst heute super oft auf der Leitung«, rüffelte sie Suse. »Wo soll das mit dir noch enden. Er hat dir von Anfang an nicht die Präsidentensuite in Rechnung gestellt, nicht das Auto, nicht seine Anfahrt, der Junge hat an dem Tag echt draufgelegt.« Nachdem Bine Suses fragenden Blick bemerkt hatte, fragte sie: »Du hast echt keine Ahnung, was die Suite für eine Nacht kostet, oder?«

»Keinen Schimmer«, zuckte Suse mit den Schultern, »habe nur gemerkt, dass wir im Mittelpunkt standen. Das ganze Personal stand stramm.«

»Ja«, Bine presste die Luft durch ihre halb geschlossenen Lippen, »das ist ja auch wirklich kein Wunder! Du bist so ein ahnungsloser Glückspilz. Dass mir so was nie passiert, das hat für mich noch nie ein Mann gemacht!«

»Echt nicht?«

»Nein!«, kam es vergnügt von Bine. »Du hättest mit Sven jedoch nicht lange eine Freude gehabt.«

»Weshalb das?«

»Weil der Junge mit dir bald pleite gewesen wäre«, lachte Bine und drückte sie beschwingt. Suse nahm ihr Handy und schrieb an Sven: *Danke für alles! Deine Agentur hat mir gerade einen warmen Regen geschickt, war das für meine Therapiestunde für dich? Du weißt aber schon, ich bin unbezahlbar!*

Bine grinste. »Suse, jetzt bist du übern Berg, hast deine Sprüche wiedergefunden.«

»Ja«, kam es erleichtert von ihr, »und ich fühle es jetzt auch, dass ich das alles gebraucht habe.«

»Was meinst du genau?« Bine wollte es genauer wissen.

»So einen Anstupser«, antwortete Suse, »jemanden, der mich aus meinem Jammertal holt, ich bin mir ja schon selbst auf die Nerven gegangen.«

»Nicht nur dir«, lachte Bine.

»Ich weiß«, lachte nun auch Suse, »dir, meinen Freundinnen, meinem Therapeuten. Ach ja, jetzt starte ich durch, ich habe mein Selbstvertrauen wiederentdeckt, weiß, wie liebenswert ich bin, und finde jetzt meine große Liebe.«

»Dann gehen wir am Wochenende zur Katamaran-Taufe?«

»Selbstverständlich«, kam die fröhliche Antwort. »Ich kann es kaum erwarten.«

»Dann hat es sich gelohnt, für dich den Besten zu buchen«, freute sich Bine.

»Stimmt«, kam es nachdenklich von Suse, »Sven war der Beste. Sonst hätte ich mich noch eine Weile nicht bewegt.«

Suses Handy summte wieder, diesmal eine Textnachricht von Sven: *Du hast mich in meiner Seele berührt. Werde dich nie vergessen.* Dazu ein Herz mit Schleife.

Sie antwortete sofort: *Und du mich, du bist für immer in meinem Herzen!* Dazu schickte sie ihm dasselbe Symbol.

»Jetzt ist alles gut.« Suse nahm Bine in den Arm. »Ich danke dir für das schönste Geburtstagsgeschenk ever!!«

# Kapitel 64

Sven hatte Marcella, diesmal aus dem Auto, wieder eine Kurznachricht geschrieben, wollte wissen, ob sie noch wach war.

»Sì, certo.« Marcella hatte schnell zurückgerufen, sie hatte diese Nachricht sehnlichst erwartet. »Wir sitzen hier noch mit Onkel beisammen, magst du kommen?«

»Ja, gerne!«, kam es erleichtert von Sven, er hatte keine Lust, noch eine Nacht in einem Hotel ohne seine Marcella zu verbringen. »Soll ich dich abholen und wir schlafen in einem Hotel?«

»Lass uns das später besprechen«, antwortete Marcella leise, »komm einfach her. Hast du Hunger?« Sie wollte nicht vor ihrer Mum und ihrem Onkel mit Sven darüber sprechen.

»Kannst du Gedanken lesen?«, lachte Sven, »oder hast du meinen Magen knurren hören, ich habe seit heute Mittag nichts mehr gegessen, bin kurz vor dem Verhungern.«

»Dann komm schnell«, antwortete Marcella erfreut, »wir haben genug, ich mach dir was warm.« Marcella konnte nicht so ungezwungen wie sonst mit ihm sprechen, er merkte es ihr an.

Er drückte das Gaspedal durch. »Zehn Minuten noch, bin gleich da!« Die Straßen waren um diese Uhrzeit frei.

Marcella hatte Svens Anruf so sehr herbeigesehnt. Hoffte, er hatte in der Zwischenzeit alles mit Suse bereinigen können. Während sie ihm eine Gemüsesuppe vom Abend aufwärmte, dazu eine Portion Lasagne als Hauptgang auf einem Teller anrichtete, klingelte es schon. Marcella sprang zur Tür und fiel Sven um den Hals, als ob sie ihn jahrelang nicht mehr gesehen hätte.

»Caro mio«, seufzte sie, »endlich bist du zu Hause!«

»Ja, mein Herzensschatz«, Sven genoss die stürmische und liebevolle Begrüßung, »jetzt bin ich zu Hause.«

»Sven ist da«, rief sie ins Wohnzimmer, »wir kommen gleich!« Sie zog ihn schnell in die Küche und busselte ihn stürmisch: »Habe dich so vermisst!«

Er atmete frei, erst jetzt konnte Sven ihre überschwängliche Liebe genießen, er hatte sich entschieden. Nichts drückte mehr.

»Und ich habe dich erst vermisst!«, antwortete er ihr leise ins Ohr. »Deine Familie weiß weiterhin nichts von uns?«

»Nein.« Marcella senkte den Kopf und grinste Sven schelmisch an. »Wir müssen uns zusammenreißen, damit wir nicht gleich auffliegen. Schaffst du das?«

»Ich versuche es auf jeden Fall«, lachte Sven spitzbübisch, »und vielleicht gelingt es mir.«

»Es gelingt dir!« Marcella schaute ihn mit gespielt strengem Blick an, nahm den Suppenteller und ging in den Wohnbereich, in dem auch ein kleiner Esstisch stand. »Sven ist hier und hat noch nichts gegessen«, und zu ihm gewandt, »hier kannst du dich setzen, ich leiste dir Gesellschaft.«

Emilia und Giuseppe saßen auf dem Sofa und unterhielten sich. Sven begrüßte sie, und Giuseppe sagte zu ihm: »Buon appetito, lass es dir schmecken, ist mit Liebe gekocht.«

»Danke!« Sven setzte sich und schaute Marcella an. »Das sehe ich, sehr lecker!«

Marcella wurde leicht rot, weil sie wusste, wie sehr ihr Onkel jede Regung von ihr beobachtete. Er hatte ihr schon am Mittag, nachdem Sven wieder abgefahren war, gesagt, sie solle sich Sven nicht mehr wegnehmen lassen. Sie hatte vordergründig abgewehrt, weil sie noch nicht darüber sprechen wollte, ihr Onkel kannte sie jedoch fast so gut wie ihre Mum und ließ sich nicht beirren. Er sah, dass beide ein sehr schönes Paar waren, und sagte ihr, sie sei nicht seine Nichte, wenn sie das nicht erkennen würde.

Nachdem Sven nun auch mit dem zweiten Gang, der Lasagne, wieder im seelischen Gleichgewicht war und Marcella seinen Teller abräumte, forderte Giuseppe ihn auf, sich zu ihm zu setzen. »Junge, was sagst du zu dieser wunderbaren Frau?«

Sven, der nicht auf diese direkte Frage vorbereitet war und Marcella ihm auch nicht aus der Patsche helfen konnte, weil sie bereits in der Küche war, sagte verdattert: »Sie hat fantastisch gekocht.«

Giuseppe schüttelte mit dem Kopf. »Das ist alles? Mehr fällt dir nicht ein?« Und drehte temperamentvoll auf: »Sie ist schön, sie ist klug, sie ist ein Traum, eine Frau zum Heiraten, was gefällt dir nicht, hast du keine Augen?«

Emilia mischte sich ein und tadelte ihn: »Giuseppe, was machst du, sie kennen sich gerade mal ein paar Tage. Wie kann man solche Fragen stellen?«

»Es sind die einzig richtigen Fragen!« Giuseppe ließ sich nicht bevormunden. »Mein Junge, sie ist die Richtige für dich! Wann fällt dir das auf! Du bist müde, es ist spät, die einzige Entschuldigung.«

In dem Moment kam Marcella zurück und hörte Sven noch sagen: »Du hast ja …«

»Das ist das Richtige, mein Junge«, unterbrach ihn Giuseppe und klopfte ihm bestätigend auf die Schulter. »Bleib dran. Das würde ich nicht zu jedem sagen, zu keinem. Du bist mir sympathisch.«

»Woran soll er bleiben?« Marcella sah sofort, vor allem an Emilias Blick, dass sich ihr Onkel wieder irgendetwas geleistet hatte. Sie schaute ihn prüfend an. Giuseppe tat so, als ob er nichts gehört hätte, und prostete Sven zu.

Emilia schüttelte nur den Kopf und antwortete Marcella an seiner Stelle: »Er mischt sich wieder in Dinge ein, die ihn nichts angehen. Du kennst deinen Onkel.«

»Worin hast du dich eingemischt?« Marcella ließ nicht locker. »Was hast du Sven gesagt?«

»Lo gli ho detto: Stai facendo la cosa giusta, figliolo.«

»Verstehe ich nicht«, Marcella schaute ihre Mum an, »verstehst du es? Was meint er?«

»Lass gut sein, Marcella«, lenkte ihre Mum zu einem anderen Thema. »Was macht ihr beiden morgen?«

»Ich sagte: Das ist das Richtige, mein Junge«, spöttelte Giuseppe, zu Sven gewandt. »Jetzt kann sie kein Italienisch mehr.« Und zuckte zufrieden lachend mit den Schultern. »Irgendwas hat ihr den Kopf verdreht«, und grinste bedeutungsvoll Sven an.

»Wir erledigen morgen noch etwas in der Stadt und fahren dann nach Magdeburg.« Marcella ging jetzt nicht mehr auf Giuseppes Fangnetz ein, der gerne das Thema noch weiter vertieft hätte. »Um meine Verträge zu lösen, und«, sie schaute Sven fragend an, ob sie das überhaupt sagen sollte, »wir werden vielleicht noch ein paar Tage bleiben.« Und schwächte das Thema Urlaub wieder ab. »Lohnt sich ja nicht, nur für eine Stunde nach Magdeburg zu fahren.«

»Macht das«, antwortete Emilia, erleichtert darüber, dass Giuseppe nichts mehr dazu sagte. »Es ist spät, ich gehe schlafen. Was macht ihr?« Emilia wusste nicht so recht, wie sie Sven beibringen konnte, dass das einzige Gästezimmer im Moment von Marcella belegt war.

»Ich gehe dann auch«, sagte Sven sehr zur Erleichterung von Emilia, »ich komme morgen nach dem Frühstück wieder und hole dich ab, Marcella.«

»Wirklich?«, Marcella gefiel diese Idee überhaupt nicht. »Magst du jetzt noch gehen? Du brauchst in kein Hotel mehr zu fahren. Es ist schon spät, du kannst in meinem Bett schlafen.«

»È la prima idea saggia che ho sentito«, fiel Onkel Giuseppe ihr freudig ins Wort und fing sich wieder einen tadelnden Blick von Emilia ein. Marcella lachte verlegen.

»Was hast du gesagt?« Sven war ein wenig überfordert, die italienischen Brocken verwirrten ihn. Und Marcella erst recht, zuerst wollte sie ihre Liebe geheim halten, und jetzt das?

»Er sagte«, übersetzte Marcella für Sven, »das sei der erste gute Vorschlag, den er heute hört.« Sie grinste dabei schelmisch den überraschten Sven an und ergänzte schnell: »Onkel möchte auch nicht, dass du in der Nacht noch in der Stadt herumirrst. Bleib hier, du bekommst mein Zimmer, ich schlafe auf dem Sofa, das ist für dich zu klein, aber für meine Größe ist es perfekt.«

# Kapitel 65

Sven hatte zuerst abgelehnt, in ihrem Bett zu schlafen, er wollte ja nicht Marcella aus ihrem Zimmer vertreiben, und gemeinsam dort übernachten war auch keine Alternative. Marcella überzeugte ihn jedoch, weniger mit Worten, eher mit ihrem vielsagenden Blick, den ihre Mama nicht sehen konnte und Giuseppe wohl nur ahnte. Jedenfalls verabschiedete er sich zufrieden und sehr schnell, sein Hotelzimmer war gerade 100 Meter von der Wohnung entfernt.

Wie ein verliebter Teenager schlich sich Marcella später, als dann auch ihre Mum endgültig in ihrem Schlafzimmer war, in ihr eigenes Zimmer zurück zu Sven. Natürlich in ihre bekannte Lieblingsposition. Dafür spielte die Breite des Bettes sowieso keine Rolle, für Marcella war es breit genug, und Sven genoss einfach ihre wohltuende Nähe und liebevolle Wärme.

»Ohne dich kann ich einfach nicht mehr gut schlafen«, murmelte Marcella noch leise, »du bleibst jetzt für immer, ja?«, und wollte damit wissen, ob das mit Suse geklärt war.

»Ja, mein Liebling«, antwortete Sven auch sehr leise, damit es niemand hören konnte, »ich bleibe für immer.« Er küsste sie sanft, streichelte sie zärtlich. Jetzt war sie entspannt, sie genoss die Streicheleinheiten, vergrub sich bei Sven und schlief gleich ein.

Um 6.30 Uhr klingelte Marcellas Smartphone leise, sie küsste den verschlafenen Sven und ging schnell wieder auf das Sofa, in der Hoffnung, dass in der Nacht ihr Fehlen nicht bemerkt worden war. Sie konnte jedoch nicht mehr einschlafen und entschied sich, frische Brötchen zu besorgen und den Frühstückstisch vorzubereiten. Sie wollte so schnell wie möglich mit Sven in die Agentur und dann nach Magdeburg fahren. Und vor allem, endlich wieder allein mit ihm sein.

Kurz nach 8 Uhr, als langsam Leben in die Wohnung kam, waren ihre Mum und Sven erstaunt darüber, dass es bereits nach frischem Kaffee und süßer Ovomaltine roch. Blümchen standen auf dem Tisch, Kerzen waren angezündet. Giuseppe kam auch schon herüber, er konnte von seinem Hotelzimmer sehen, dass schon lange Licht in Emilias Wohnung brannte. Giuseppe wunderte sich nicht über die Frühaufsteherin Marcella, er lachte zufrieden in sich hinein, denn er ahnte, weshalb sie nicht schlafen konnte, er hatte dafür einen geschulten Blick.

»Du kannst übrigens bei mir sofort anfangen«, passte Giuseppe Sven gleich nach dem Frühstück ab. Er zog ihn auf den Balkon und redete eindringlich auf ihn ein. »Wir finden etwas Passendes für dich, mit deinem aktuellen Job kannst du bei Marcella nicht landen. Ist dir ja wohl klar, mein Junge.«

»Was habt ihr für Geheimnisse?« Marcella hatte Sven, auch während sie mit ihrer Mum den Tisch abräumte, nicht aus den Augen gelassen.

»Dein Onkel macht mir gerade ein Jobangebot«, antwortete Sven ihr wahrheitsgetreu.

»Auf keinen Fall«, wehrte Marcella erschrocken ab und sprudelte Giuseppe sofort an: »Sven hat eine wunderschöne Wohnung am Bodensee, er möchte sicher nicht nach Rom umziehen.«

»Hab ich das gesagt? Sven, hab ich das gesagt?« Giuseppe freute sich über das, was er sah. »Non dovresti preoccuparti di queste cose.« Und übersetzte für Sven feixend, nachdem Marcella rot angelaufen war: »Sie braucht sich keine Sorgen zu machen, ich will dich ihr nicht wegnehmen.«

Marcella drehte sich verlegen um und räumte den Tisch weiter ab. Giuseppe hatte sie mal wieder voll erwischt.

»Visto? Ti avevo detto che le piaci!« Giuseppe war sehr zufrieden und lachte Sven an, als er wieder nichts verstanden hatte. »Ich sagte, sie steht auf dich. Das habe ich vom ersten Moment an gesehen.«

Er ging voraus ins Wohnzimmer und machte es sich auf dem

Sofa gemütlich. Wieder zog er Sven zu sich her: »Als Erstes kündigst du deinen Job, dann lernst du Italienisch und arbeitest bei mir. Von Deutschland aus. Vielleicht magst du irgendwann das Geschäft wieder von mir übernehmen? Deine Schwiegermama in spe wollte das Unternehmen sowieso an Marcella weitergeben, aber die Kleine hat dafür ja keinen Sinn. Aber nicht so schlimm, nicht wichtig. Marcella mag dich, das ist wichtig. Sie liebt dich und du sie!«, betonte er und schaute dabei Sven mit einem eindeutigen Blick an, der so viel heißen sollte wie »Pack es an und mach deine Sache gut«. Widerspruch kannte Giuseppe nicht, wenn er von etwas so überzeugt war. Sven nickte verstehend, der Plan gefiel ihm. Beide verstanden sich schon ohne viele Worte. Giuseppe summte zufrieden vor sich hin.

»Dann werde ich es mal angehen.« Mit verschwörerischem Zwinkern sprang Sven unvermittelt auf. Giuseppe blieb auch nicht sitzen, sondern blieb Sven auf den Fersen. Einerseits, um darauf achtzugeben, ob sein Junge auch alles richtig machen würde, und andererseits, damit er ihm im Notfall Schützenhilfe geben konnte.

»Marcella!« Sven kam zu den beiden Frauen in die Küche, im Schlepptau Giuseppe. »Du wolltest doch mit mir in die Stadt gehen. Wollen wir dann fahren, mittags können wir nochmals herkommen und dann gemütlich nach Magdeburg fahren. Dort habe ich bereits Zimmer für uns gebucht.«

»Oh«, Marcella war überrascht, »du hast schon alles organisiert? Natürlich, ich bin gleich fertig.«

»So ist er.« Emilia war hocherfreut und schaute zufrieden, vielleicht auch weil Sven von *Zimmern* in der Mehrzahl gesprochen hatte. Sven war in ihren Augen nicht nur zuverlässig, sondern auch anständig. Im Gegensatz zu ihrem Bruder, dem sie in dem Moment, als er in die Küche kam und wieder etwas sagen wollte, einen vernichtenden Blick zuwarf.

Giuseppe, der aus seiner Sicht alles gut geregelt hatte und in Sven einen Schüler mit schneller Auffassungsgabe erkennen konnte, ignorierte diesmal den vielsagenden Blick seiner Schwester nicht und sagte nur: »Dann sehen wir uns noch zum Mittagessen? Denn morgen werde ich auch wieder zurück nach Rom reisen.«

»Was meinst du, Sven?« Marcella wollte es nicht alleine entscheiden. »Haben wir dafür Zeit, oder wie ist der Plan?«

»Gerne, dafür haben wir noch Zeit«, antwortete Sven, »darf ich euch diesmal zum Mittagessen einladen?«

»Kommt überhaupt nicht infrage, mein Junge«, kam es entschieden von Giuseppe. »Ich lade euch ein. Wir sehen uns dann um 13 Uhr bei »Olivo«, dort waren wir erst, und es war gut.«

Marcella beeilte sich, denn sie wollte auf jeden Fall mit Sven zur Agentur fahren. Sie wollte Teil seines Lebens werden, alles von ihm erfahren und auch sich mit diesem etwas ungewöhnlichen Beruf, so gut es eben ging, arrangieren. Im Auto entschuldigte sich Marcella für ihren redseligen Onkel. »Der war noch nie so anhänglich, ich hoffe, er hat dich nicht zu sehr genervt?«

»Nein, auf keinen Fall«, schmunzelte Sven bei dem Gedanken, wie Giuseppe sich für ihn und seine Interessen einsetzte. »Er mag dich und mich offensichtlich auch.«

»Das stimmt«, kam es erleichtert von Marcella, »mit meinen bisherigen Männern konnte er nichts anfangen. Und denen hat er auch gezeigt, was er von ihnen hielt.«

»Nichts – oder?«, fragte Sven nach.

»Nichts!«, schmunzelte Marcella. »So was von nichts, das willst du gar nicht wissen.«

# Kapitel 66

»Ich muss noch kurz zum Uhrmacher«, entschuldigte sich Sven und hielt vor einem Juwelier. »Magst du mitkommen, mein Leben, ich möchte dich jetzt immer an meiner Seite haben.«

»Na, gerne!«, antwortete Marcella freudig. »Welche Frau würde vor einem Juwelier im Auto warten?«, fragte sie und lachte ihn an.

Sven wurde vom Ladenbesitzer begrüßt. Offensichtlich kannten sie sich, und der Mann hinter der Theke rief eine seiner Verkäuferinnen und sagte zu Sven: »Wir schauen gerade, ob Ihre Uhr schon fertig ist«, und zu Marcella gewandt: »Kommen Sie mit, ich zeige Ihnen meine neueste Schmuckkollektion.«

»Ich möchte nichts kaufen«, wehrte sie ab.

»Schau ruhig«, unterstützte Sven den Juwelier, »nur ein bisschen schauen. Bei mir dauert es ja auch einen Moment.«

»Nur anschauen«, der Besitzer wusste, wie er sie locken konnte, »schauen Sie hier, die schönen Ringe. Ich darf einen mal an Ihre schlanken Finger stecken? Der hier könnte passen.«

»Sehr schön«, antwortete Marcella begeistert, »der ist ja ein Traum, ehrlich. Selten so was Schönes gesehen.«

»Der passt auch ausgezeichnet zu Ihnen!« Der Juwelier schmeichelte nicht, er war selbst überrascht, wie bezaubernd dieser Solitär zu Marcella passte. »Er ist lupenrein, aber das ist nicht die einzige Besonderheit, sondern die Farbe, sehen Sie den zartrosa Schimmer? Das ist eine absolute Seltenheit. Der passt wie angegossen«, erklärte er enthusiastisch.

»Und was kostet so ein Traum?« Marcella war fasziniert von dieser Kostbarkeit. »Ich möchte ihn nicht kaufen, nur interessehalber.« Sie senkte ihre Stimme, damit es Sven nicht hören konnte.

»Er ist nicht mehr zu verkaufen«, überging der Juwelier die Frage, »er ist bereits reserviert, eine absolute Rarität«, und nahm behutsam den Ring wieder von Marcellas Finger, »jetzt wissen Sie ja, wo Sie solche außergewöhnlichen Schmuckstücke bekommen können. Sie sind uns jederzeit willkommen.« Marcella bedankte sich höflich und ging wieder zu Sven, immer noch begleitet von dem Herrn im grauen Zwirn.

»Ich werde mich jetzt nochmals um Ihre Uhr kümmern«, wandte er sich höflich Sven zu. »Entschuldigen Sie bitte, dass Sie immer noch warten müssen.«

»Und, hast du dir schöne Sachen angeschaut?«, wollte Sven von ihr wissen.

»Oh«, kam es verzückt von Marcella, »so was Einzigartiges wie eben habe ich noch nie gesehen. Ist wohl unverkäuflich.« Und setzte hinzu: »Vermutlich auch unbezahlbar.«

»Magst du es mir zeigen?«, fragte Sven interessiert.

»Oh nein«, sie schmiegte sich an ihn, »Tesorino, du bist das Beste, was es hier zum Anschauen gibt, und«, sie machte eine Pause, »das Beste, was es hier zum Mitnehmen gibt. Was ist mit deiner Uhr?« Sie wollte das Thema wechseln.

»Eigentlich sollte nur das Armband gereinigt werden. War am Samstag noch kurz hier.«

»Gioia mia, wir haben ja noch Zeit – oder? Wie weit ist es denn zur Agentur?«

»Keine zehn Minuten«, antwortete Sven leicht angespannt, obwohl er ergänzte: »Wir haben noch genügend Zeit.«

In dem Moment kam der Juwelier und entschuldigte sich erneut. »Wir bedauern die Verzögerung, es ist gleich so weit. Haben Sie noch einen Wunsch, darf ich Ihnen einen Kaffee anbieten?«

»Vielen Dank«, antwortete Sven, »wir können auch später vorbeikommen, wir sind noch bis zum Mittag in der Stadt.«

»Wir sind gleich so weit, es passt alles. Wir prüfen nur noch eine Kleinigkeit und polieren sie auf Hochglanz.«

»Darf ich Ihnen dann meine Karte geben? Dann können wir schon die Zahlung erledigen?«, fragte Sven.

»Selbstverständlich«, der seriöse Herr nahm geschäftig Svens schwarze Kreditkarte, ging nach hinten und kam gleich darauf mit der Verkäuferin wieder zurück.

»Darf ich Sie kurz zu mir ins Büro bitten? Ich benötige Ihre Unterschrift.« Während die Verkäuferin Sven ansprach, bedauerte der Juwelier Marcella gegenüber, dass sie heute leider leer ausgegangen sei, er ihr jedoch jederzeit andere Schmuckstücke zeigen würde, die auch zu kaufen wären.

Marcella bedankte sich freundlich, sie wollte auf Sven warten, damit sie keine Zeit verlieren würden. Ein paar Minuten später kam er mit seiner frisch polierten Uhr, einer silbernen *Rado*, die an seinem schmalen Handgelenk auffallend funkelte. Sie verabschiedeten sich und fuhren die knapp zehn Kilometer weiter. Vor der Agentur, in einer gehobenen Wohngegend auf dem Killesberg im Stadtteil Nord, parkte Sven seinen geliehenen Porsche direkt in der Einfahrt zu einem noblen Wohn- und Geschäftshaus aus weißem Beton. ›EASE‹ prangte in silbernen Buchstaben neben der Einfahrt.

»Kannst du hier direkt vor dem Eingang stehen bleiben?«, fragte Marcella verwundert.

»Es dauert nicht lange«, antwortete Sven knapp. Er war wieder etwas angespannt, Marcella wusste nicht, aus welchem Grund: weil sie dabei war oder weshalb sonst?

»Hi, Sven«, flöteten zwei aufgedrehte junge Frauen am Empfang, als sie ihn sahen, »du wirst schon erwartet.«

Marcella wurde zwar auch freundlich begrüßt, jedoch eher abschätzig von oben bis unten gemustert, sie war froh darüber, dass sie sich richtig chic gemacht hatte und sich vor den Blicken der zwei Mädels nicht verstecken musste.

»Mein Lieber«, begrüßte nun eine sehr sympathisch wirkende Frau Mitte 40 die beiden und gab Sven ein Küsschen zur Begrüßung auf die Wange.

»Das ist Antonia«, stellte Sven die elegante Schönheit Marcella vor. »Und das ist Marcella.«

»Das freut mich«, säuselte nun auch Antonia, »Sie sehen umwerfend aus, so ein hübsches Kleid.«

»Danke schön, das kann ich nur zurückgeben«, antwortete Marcella höflich. Sie war zurückhaltend und fühlte sich nicht ganz wohl in dieser seltsamen Agentur, in der alles auf Hochglanz getrimmt war, von den adretten Damen bis zu den Designerstücken, die den kühlen Betonbau dekorierten.

»Möchten Sie hier warten, darf ich Ihnen einen Champagner anbieten?« Mit einer Handbewegung zeigte Antonia auf eine Sitzgruppe und wollte Marcella in den Wartebereich dirigieren.

»Marcella kommt mit«, antwortete Sven für sie und richtete die Frage dann erneut an Marcella: »Möchtest du gerne etwas trinken?«

»Gerne einen Cappuccino«, antwortete Marcella, erleichtert darüber, nicht ausgeschlossen zu werden. Sven hatte sich so klar positioniert, dass Antonia fast ein wenig die Farbe unter ihrem dezent geschminkten Gesicht verlor. Sie gingen alle in einen großzügigen und lichtdurchfluteten Raum mit hellen Designermöbeln. Marcella erinnerte das eher an ein kühl eingerichtetes Wohnzimmer als an einen geschäftlichen Besprechungsraum.

Sie setzten sich, Marcella blieb bei Sven auf einer Art Couch sitzen, Antonia setzte sich gegenüber in einen modernen Drehstuhl. Eine der Empfangsdamen kam mit dem gewünschten Cappuccino, Sven wollte nichts trinken, sondern direkt auf den Punkt kommen.

»Ich werde mein Engagement bei *EASE* deutlich zurückfahren«, begann Sven ohne lange Vorrede.

»Wie darf ich das verstehen, Sven?« Antonia setzte sich gerade und zog die perfekt gestylten Augenbrauen zusammen.

»Ab sofort keine Aufträge mehr«, erläuterte Sven, sehr zur Überraschung von Marcella und Antonia, »und ich werde mich auch mittelfristig mit meinen Anteilen ganz aus der Agentur zurückziehen.« Marcella wurde schlagartig klar, dass Sven nicht nur Mitarbeiter, sondern auch Miteigentümer der Agentur *EASE* war. Sie freute sich über seinen Entschluss, hatte jedoch auch etwas Mitleid mit der hübschen

Antonia, die nichts sagte, sondern irritiert aufstand und sich ein Glas Wasser nahm.

»Du hast die nächsten Termine schon absagen lassen, das ist in Ordnung, das können wir regeln. Wollen wir nach deinem Urlaub über alles Weitere dann nochmals in Ruhe sprechen?« Nachdem Sven keine Antwort gegeben hatte, antwortete sie wie zu sich selbst: »Auf jeden Fall, so machen wir das, du bist einfach überarbeitet.« Antonia wirkte inzwischen aufgebracht und dominant.

»In Ruhe reden, ja«, antwortete Sven gelassen, »meinen Entschluss überdenken, nein. Habe es dir von Anfang an gesagt, dass ich nur eine Zeit lang hier mitarbeite. Jetzt sind sieben Jahre daraus geworden, das ist doch eine ganz schön lange Zeit geworden. Du brauchst mich nicht mehr.« Sven lehnte sich wieder zurück, seine Körperhaltung zeigte deutlich, dass er nicht weiter verhandeln würde.

»Das kannst du nicht machen!« Antonia hatte sich schnell wieder unter Kontrolle. Sie änderte ihre Taktik, nachdem sie Svens Entschlossenheit festgestellt hatte und auf den ersten Blick zu erkennen glaubte, dass es ihm wichtig sein würde, gut vor Marcella dazustehen. »Du weißt, was wir gemeinsam alles aufgebaut haben, welche Umsätze wir generieren, wie viele Mitarbeiter wir haben, die lässt man nicht so einfach im Stich, das wirft man doch nicht einfach so weg. Interessieren dich die anderen auf einmal nicht mehr? Kann ich mir nicht vorstellen. Ich verlasse mich auf dich.«

»Lass uns einen Termin auf Ende der Woche vereinbaren«, antwortete Sven gelassen, der Antonia kannte und sie durchschaute. »Wir reden. Und ich lasse auch niemanden im Stich«, unterstrich er seine Entscheidung. »Ab heute keine Termine mehr. Und für alles andere finden wir, wie bisher auch, eine gute Lösung. Ich wollte dir das nur persönlich sagen, dann kannst du dir Gedanken machen. Die Details klären wir in aller Ruhe.«

Marcella fühlte sich sichtlich unwohl. Wenn sie gewusst hätte, weshalb Sven mit Antonia sprechen wollte, dann hätte sie ihm möglicherweise abgeraten. Denn sie wollte nicht sein Leben verändern, sie wollte ihn zwar für sich alleine, aber nicht dafür verantwortlich sein, dass andere womöglich ihren Arbeitsplatz verlieren würden. Wobei ihr noch nicht klar war, ob Svens Rückzug überhaupt darauf Einfluss hatte. Sobald sie mit Sven wieder alleine war, wollte sie ihn das unbedingt fragen.

Sven stand auf, sie verabschiedeten sich alle ein wenig distanzierter als zuvor voneinander. Die Stimmung passte nun perfekt zum weißen stylischen Betonbunker.

»Siehste, ging ganz schnell«, sagte Sven, nun wieder entspannt, nachdem sie ins Auto eingestiegen waren, zu der immer noch etwas perplexen Marcella. »Wie ich es dir gesagt hatte.«

Er wartete keine Reaktion darauf ab, sondern suchte sich einen bestimmten Titel von Queen aus, drehte die Musik auf, »I was born to love you«, und gab Vollgas.

# Kapitel 67

»Tigrotto, du hättest mich ruhig vorwarnen können«, kritisierte Marcella ihn vorsichtig, nachdem sich Freddie Mercury ausgerockt hatte. »Ich freue mich sehr über deinen Entschluss, zeigt er mir doch, dass du dich für mich entschieden hast. Ich möchte jedoch nicht, dass du nur meinetwegen dein Leben komplett veränderst. Antonia hat es fast aus den Stöckelschuhen geworfen. Mich übrigens auch.«

»Keine Sorge, mein Schatz, das hört Antonia von mir nicht zum ersten Mal«, antwortete Sven in aller Ruhe. »Nur will sie es nicht gerne hören, deshalb nun in aller Klarheit, von Angesicht zu Angesicht. Und was deine Frage angeht«, grinste er sie schelmisch an, »du wolltest einfach mal die Agentur kennenlernen, wenn ich mich recht erinnere, oder wolltest du wissen, worum es im Gespräch gehen würde?«

»Stimmt«, Marcella gab sich geschlagen, »ich konnte ja nicht ahnen, dass du kündigen würdest. Und ich wusste auch nicht, dass du offensichtlich Miteigentümer bist. Bist du doch?«

»Ja, vor sieben Jahren habe ich Antonia getroffen, sie hatte mir von ihrer Agentur erzählt. Ich war interessiert und habe es mal ausprobiert. Es lief bei Antonia finanziell damals nicht so gut. Und so bin ich dann mit in die Agentur eingestiegen, wir haben umfirmiert und haben die Marke neu positioniert.«

»Und seit wann willst du aufhören?«, hakte Marcella nach. »Antonia wirkte, als ob sie von deinem Entschluss zum ersten Mal gehört hatte.«

»Erst seit kurzem«, grinste Sven, »als ich wegen dir alle meine Termine abgesagt hatte. Sie hatte mich gleich zurückgerufen und wollte wissen, was los sei. Und wie schon gesagt, sie wusste es von Anfang an, dass ich hier nicht in Rente gehen werde.«

»Und dann, wie hat sie auf deinen letzten Anruf reagiert?«

»Nur gelacht«, antwortete Sven ärgerlich, »sie meinte, ich sei wohl kurz in die Midlife-Crisis gerutscht. Eine Woche Urlaub, und alles wäre wieder gut. Ich sollte mir keine Sorgen machen.«

»Die ist ja frech!« Marcella verstand nun, weshalb Sven gerade im Gespräch nicht viel Aufhebens gemacht hatte, und wechselte zum anderen Thema, das jetzt viel präsenter war: »Wir sind also ein paar Tage weg, wohin fahren wir noch mal? Was sagtest du?« Marcella streichelte Svens Arm.

»Ja«, schmunzelte Sven, »du möchtest jetzt herausfinden, wohin die Überraschungsreise geht?«

»Hm, ja«, kuschelte sich Marcella, so weit es im Auto ging, zu Sven, »du möchtest es mir doch erzählen? Ganz bestimmt möchtest du es erzählen, cuore mio.«

»Dann ist es ja keine Überraschung mehr«, lächelte geheimnisvoll Sven, »ich verrate dir ein wenig, packe Sachen für Magdeburg ein. Also für Stadtbummel, für einen Spaziergang im Park und für ein Abendessen in einem gemütlichen Restaurant und solche Sachen. Vergiss deinen Pyjama nicht, den mit den Metterlingen drauf.«

»Magdeburg?«, Marcella zog einen Schmollmund und hoffte, er würde ihn sehen. »Das ist doch keine Überraschung. Magdeburg ist für mich beruflich, ich bin froh, wenn wir das alles erledigt haben und weiterfahren. Nicht Magdeburg, bitte, das kannst du nicht bringen.«

»Na ja«, Sven gefiel das Spiel, der natürlich seine Überraschung räumlich nicht in Magdeburg angesiedelt hatte, »wenn du dort nicht bleiben magst, dann fahren wir gleich weiter. Ist okay. Ich lass mir was einfallen. Nimm dennoch solche Sachen wie für Magdeburg mit, das passt zu unserem Reiseziel.«

»Komm schon«, bettelte sie, »noch einen Hinweis. Mit welchem Buchstaben fängt die Stadt an?«

»Mit einem Großbuchstaben!«, grinste Sven. »Mit einem ganz großen«, neckte er sie. »Übrigens mag ich deine Familie, dein Onkel ist genauso direkt wie du«, lenkte Sven das Gespräch in eine andere Richtung, »er möchte mich unbedingt in seiner Firma unterbringen, ich könnte von Deutschland aus arbeiten. Und er hat mir aufgetragen, dass ich meinen Job kündigen muss. Kannst du ihm nachher sagen, dass ich seinen Auftrag erledigt habe?«

»Bloß nicht, dann fliegen wir auf!«, lachte Marcella. »Und das, was Onkel Giuseppe sagt, machst du dann einfach so prompt? Was muss ich tun, dass du meinen Wünschen auch so schnell nachgibst?«

»Einfach das Richtige wünschen«, antwortete Sven vergnügt und parkte wieder das dunkelblaue Auto vor Emilias Wohnung, »zum Beispiel, dass wir jetzt immer miteinander einschlafen.«

»Stimmt.« Marcella küsste ihn, noch vor den Augen von Giuseppe und Mum gut versteckt. »Das hatte ich mir tatsächlich gewünscht. Und deshalb musstest du kündigen. Dann hast du auch mir meinen Wunsch erfüllt.«

Giuseppe und Emilia saßen im Wohnzimmer und sprachen wieder über das Grundstück, mit dem Ergebnis, dass es wohl doch das Beste sei, es zu verkaufen.

»Darf ich mal die Unterlagen sehen?«, fragte Sven, dem schon seit dem Wochenende eine neue Idee im Kopf herumschwirrte.

»Welche Unterlagen meinst du?«, fragte Giuseppe.

»Grundrisse, Grundbuchauszüge, Bebauungspläne«, zählte Sven auf. »Habt ihr so was?«

»Kennst du dich damit aus?«, fragte Giuseppe interessiert zurück. »Das haben wir schon, jedoch sind die Unterlagen alt.«

»Ich suche sie dir heraus«, ergänzte Emilia, die sich über Svens Interesse freute, »hast du vielleicht jemanden, der es kaufen möchte? Ich werde es wohl hergeben müssen.«

»Danke, Emilia«, antwortete Sven, »wenn ich darf, würde ich die Unterlagen erst mal in Ruhe durchschauen, und vielleicht habe ich dann eine Idee.«

»Der Junge gefällt mir«, sagte Giuseppe wohlwollend und zu Sven gewandt: »Du hast doch schon eine Idee im Kopf, ich sehe es dir an.«

Sven nickte ihm zu und lachte: »Vor dir kann ich wohl nichts verbergen?«

»Niemals.«

Das Mittagessen verlief harmonisch, Sven wurde von Giuseppe wie sein Sohn behandelt. Emilia wurde auch immer vertrauter, und Marcella, ja, sie konnte sich nur mühsam zurückhalten, denn sie wollte ihrem Onkel, nachdem sie nun alles wusste, was am Vorabend vorgefallen war, kein neues Futter liefern. Nicht dass sie nicht zu Sven gestanden hätte, sondern sie wollte, wie vereinbart, Sven die sieben Monate Zeit einräumen, bevor sie es publik machen wollte. Obwohl es sich schon längst so anfühlte, als ob sie ein Paar wären. Der Auftritt in der Agentur hatte definitiv so gewirkt.

Sie war einfach rundherum glücklich und freute sich jetzt, auch den nächsten Schritt zu gehen und die Sache mit Magdeburg in Ordnung zu bringen. Und dann natürlich auf die freien Tage mit Sven. Sie würde sie voll und ganz genießen. Er hatte ihr ja eine Überraschung versprochen. Sie war schon sehr gespannt. Und sie hatte auch viele neue Fragen. Der Besuch in der Agentur war mehr als überraschend für sie verlaufen.

## Kapitel 68

Etwas über fünf Stunden Fahrzeit lagen hinter Marcella und Sven. Sie hatten ausgiebig Zeit, sich über die neuen Fragen von Marcella zu unterhalten, die nach dem Agenturbesuch aufgetaucht waren. Sven fasste kurz zusammen, dass er ein paar Jahre im Immobilienbereich, dann an der Börse in Frankfurt tätig gewesen war, in dieser Zeit Antonia kennengelernt und mit ihr gemeinsam die damals schon bestehende Agentur groß gemacht hatte. Der Wunsch, Menschen zu helfen, so seltsam sich das für Marcella vielleicht anhören würde, hätte für ihn dabei an erster Stelle gestanden. Seine Gäste, wie er die Kundinnen wertschätzend nannte, hatten alle mehr oder weniger Alltagssorgen, die er ihnen manchmal abnehmen oder zumindest vorübergehend vergessen machen konnte.

Inzwischen war *EASE*, deren Name, der aus den Anfangsbuchstaben der Inhaber bestand, eine erfolgreiche Elite-Agentur geworden. E für Eva, A für Antonia und SE für Sven, der mit 51 Prozent den Hauptanteil besaß und deshalb zwei Buchstaben bekam, wie er grinsend erklärte. Und seine Handschrift war auch die neue Kernbotschaft, die Neuausrichtung der Marke. Denn das englische Wort »ease« hieß übersetzt »Leichtigkeit«. Alle sechs Monate kamen am Anfang neue Standorte dazu. Die Filialen in Zürich, Wien, Berlin, München und auch Frankfurt hatte hauptsächlich Sven aufgebaut. Insgesamt waren rund 50 festangestellte Mitarbeiter und über 400 freie Mitarbeiter bei *EASE* beschäftigt.

Sven erzählte Marcella, dass ihn die Arbeit mit Menschen eben fasziniert hatte. Und es ihn darüber hinaus auch stolz gemacht hatte, mit Eva und Antonia ein so erfolgreiches Unternehmen aufzubauen. Er arbeitete Tag und Nacht, nicht für das Geld, sondern hauptsächlich für die Idee. Und das war, so ergänzte Sven, die Sorge von Antonia, dass sie sich irgendwann nach einem neuen Partner umsehen oder eben alles alleine mit Eva managen müsste.

»Dann hast du ja noch genug Arbeit. Könntest du dann nicht einfach weiterarbeiten«, wollte Marcella besorgt wissen, »auch wenn du selbst keine Kundenaufträge mehr annimmst?«

»Ja«, lachte Sven, »wir können uns morgen noch die Wohnung in Konstanz leisten. Ich möchte auch nicht von heute auf morgen dort aussteigen. Außer wir finden die oder den perfekten Teilhaber, mit dem sich die beiden Geschäftspartnerinnen gut verstehen würden.«

Marcella konnte ihn immer besser verstehen, verglich ihn mit ihrem Großvater und ihrem Vater, die es auch, zunächst als Fahrer, mit der Zeit zu angesehenen Speditionsunternehmern gebracht hatten. Und sie stimmte ihm zu, sie wollte auch mit Menschen arbeiten, ihnen helfen. Deshalb war ihr großes Ziel, Hausärztin zu werden. Dort würde sie zwar nicht so viel verdienen, jedoch aus ihrer Sicht mehr auf die Menschen eingehen und ihnen helfen können. Der Klinikalltag mit der ganzen Hektik und ständig neuen Patienten war ihr deshalb nicht so angenehm.

Aus diesem Grund wollte sie jetzt schnell ihren Facharzt machen, um dann baldmöglichst in einer Hausarztpraxis zu arbeiten. Sie erklärte, dass sie vom Studium übers Staatsexamen bisher alles ohne Unterbrechungen durchgezogen hatte. Dass sie nach der Approbation nun als Assistenzärztin fast alle Ausbildungsstationen hinter sich hätte, jetzt nur noch sechs Monate die Innere Medizin fehlen würde, und sie nun direkt vor ihrem Ziel, dem Facharzt, stünde. Eben in maximal sieben Monaten. Das war die Voraussetzung für die Zulassung als Vertragsarzt bei den gesetzlichen Krankenkassen. Und das, so erzählte sie Sven begeistert, sei ja ihr Ziel. Den Menschen zu helfen. Am liebsten irgendwann in einer eigenen kleinen Praxis, da ihr das Krankenhaus viel zu anonym sei. Marcella wiederholte sich, war ganz begeistert, so kurz vor ihrem Ziel zu stehen.

»Du weißt, was du willst, das finde ich klasse. Du brennst ja richtig dafür«,bewunderte Sven die engagierte Marcella, »und ist der letzte Schritt schwer?«

»Nein, ist nur noch eine mündliche Prüfung!«, kam es fröhlich von ihr. »Seit du mir davon erzählt hast, wie stark mein Angelhaken ist«, grinste sie unbeschwert, »kann ja nichts mehr schiefgehen. Und überhaupt, wenn du an meiner Seite bist, sowieso nicht. Jetzt klären wir das morgen früh hier in Magdeburg«, strahlte sie Sven an, »dann bin ich frei, bei dir und kann mich voll auf meine Arbeit konzentrieren, ich bin so froh, dass ich die Stelle am Bodensee bekommen habe. Und noch mehr, dass wir uns gefunden haben. Das kommt mir schon so lange vor, und in Wirklichkeit sind es erst ein paar Tage. Gibt es so was?«

»Weißt du, was wir vergessen haben?« Sven trat hart auf die Bremse, die Ampel vor ihnen war gerade auf Rot gesprungen.

Marcella hing im Gurt. »Nein«, überlegte sie kurz und schüttelte den Kopf. »Was denn?«

»Hast du deine Kündigung für die Klinik Magdeburg von Konstanz aus noch abgeschickt?«

»Mist«, sie schlug sich vor die Stirn, »so was passiert mir sonst nie, ich war wohl ein wenig abgelenkt, cuore mio. Ist das sehr schlimm? Das wird mir nicht mehr passieren!«

»Dass du dich von mir ablenken lässt?«, lachte Sven. »Niemals, wäre schön, wenn dir das auch künftig regelmäßig passieren würde. Und zudem, ich hätte auch daran denken können.«

»Nein, im Ernst«, fragte Marcella mit besorgtem Blick, »welche Auswirkungen hat das nun?«

»Selbst wenn wir den Brief gleich nach Vertragsunterzeichnung abgeschickt hätten, also am nächsten Tag per Einschreiben, dann wäre die Kündigung nicht mehr rechtzeitig angekommen. Denn die Zwei-Wochen-Frist ist am Sonntag bereits abgelaufen.«

»Hätten wir sie wenigstens per Mail absenden können?«

»Ist nicht gültig«, beruhigte Sven. »Arbeitsverträge müssen in Schriftform gekündigt werden.«

»Was nun?« Bestürzt schaute sie ihn an. »Kennst du dich aus? Was ist nun dein Plan?«

»Wir sind ja hier«, beruhigte sie Sven, »wir können das regeln, das sind hier sicher lauter nette Menschen. Deshalb sind wir doch hergefahren. Zwei Tage, da wird uns doch niemand einen Strick daraus drehen.« Er vergewisserte sich: »Die Kündigung hast du aber schon dabei?«

»Ja!« Erleichtert zog Marcella die in einer Klarsichthülle geschützten Dokumente aus ihrer großen Handtasche und zählte auf: »Kündigung, mit Datum von Freitag, fristgerecht«, lächelte sie ein wenig. »Die Kündigung für die Wohnung habe ich auch.«

»Dann ist doch alles in Ordnung«, antwortete Sven beruhigt, »haben wir Kopien davon?«

»Vita mia, alles da.«

# *Kapitel 69*

Nach ihrer Übernachtung in Magdeburg, in einer kleinen Juniorsuite mit zwei Räumen, wie Sven es Emilia gesagt hatte, gingen sie noch eine Kleinigkeit frühstücken. Natürlich hatten sie von der Suite nur einen Raum und vom Doppelbett wieder nur eine Hälfte gebraucht. Marcella war ein wenig aufgeregt, ihrem Fast-Chef nun begegnen zu müssen. Doch Sven beruhigte sie, vergewisserte sich noch, dass sie alle Unterlagen dabeihatten, und dann fuhren sie zur Klinik. Nachdem kein Besucherparkplatz frei war, parkten sie auf dem Parkplatz für Mitarbeiter. Marcella schob ihre Hand in die von Sven und war froh über den Beistand. Gemeinsam liefen sie auf das Backsteingebäude zu. Er fühlte ihr Unwohlsein, welches sich mit der Zeit immer mehr aufbaute. Eine lange halbe Stunde mussten sie auf kalten Stühlen in einem noch kühleren Gang warten. Der Oberarzt hatte sich verspätet.

Und dann kam er, streckte die Hand mit dem Handrücken nach oben, lässig aus und zeigte sich nicht besonders erfreut. Das angekündigte Gespräch war für ihn, das sah man ihm deutlich an, mehr als lästig. Zudem völlig überflüssig.

»Sie möchten auf Ende Ihrer Probezeit kündigen?«, begrüßte er Marcella. »Das geht auch noch zwei Wochen vor Monatsende«, und überging damit bewusst den von Marcella klar formulierten Wunsch, den Arbeitsvertrag jetzt direkt aufzuheben.

»Ich möchte jetzt auf sofort kündigen, ich möchte gar nicht anfangen«, wiederholte Marcella ihr Anliegen.

»Das geht nicht«, kam es schroff, »Vertrag ist Vertrag, Sie beginnen am Ersten des Monats, wie vereinbart. Und dann erst können Sie kündigen«, ergänzte er knapp, »wenn es Ihnen nicht gefallen sollte, auf Monatsende. War es das?«

»Das geht nicht«, Marcella schaute Sven kurz an.

»Sie haben gleich einen Anwalt mitgenommen?«, bemerkte spöttisch der Oberarzt den hilfesuchenden Blick zu Sven und zeigte mit dem Kinn zu ihm, »dann wird der Herr Anwalt ja gelesen haben, dass eine Kündigung vor Dienstantritt für beide Seiten ausgeschlossen wurde und zudem die normale Frist, zwei Wochen auf Monatsende, heute auch nicht mehr greifen würde.« Und wieder zu Marcella gewandt: »Lassen Sie es sich einfach erklären, ist nicht schwer zu verstehen.« Marcella wäre fast aus der Haut gefahren, die Überheblichkeit ärgerte sie.

»Den Anwalt haben wir heute noch nicht herbemüht«, antwortete nun Sven in aller Ruhe, »ich bin ihr Mann.« Er blickte aufmunternd zu Marcella. »Wir sind gekommen, um mit Ihnen eine Einigung zu finden. Ein Anwalt wäre erst der nächste Schritt, der übrigens mit einer nachträglichen Vertragsauslegung hier schnell Lösungen aufzeigen könnte.« Nachdem der Arzt keine Regung gezeigt hatte, redete Sven weiter: »Glauben Sie mir, bei einer Kündigungsfrist von nur zwei Wochen in der Probezeit ist klar davon auszugehen, dass der Arbeitgeber sich flexibel halten möchte. Und Fakt ist, meine Frau kann den Vertrag nicht einhalten und braucht eben genau diese Flexibilität.«

»Und warum erzählen Sie mir das alles?«, kam es in arrogantem Ton, seine Finger trommelten dabei hart auf dem Schreibtisch.

»Wir sind persönlich gekommen, um das hier und jetzt einvernehmlich mit Ihnen zu klären.« Sven ließ sich nicht aus der Ruhe bringen. Marcella beobachtete sorgenvoll die beiden.

»Und wenn ich nicht einverstanden bin?«, kam es hart vom Oberarzt, der ungeduldig Svens Ausführung angehört hatte, nebenbei andere Schriftstücke studierte und nun mit allen Fingern die Tischplatte quälte.

»Dann ändert das nichts an dem Umstand«, Sven klang genauso entschlossen, »dass meine Frau heute zum letzten Mal hier in Magdeburg ist. Wir reisen nach dem Gespräch wieder ab. Dann können Sie meine Frau gerne über Ihren Anwalt anschreiben lassen, allerdings hat sich auch der Wohnort inzwischen geändert. Brauchen Sie die neue Anschrift?«

Der Oberarzt schien Sven zu ignorieren, griff zum Telefon und wählte eine kurze Nummer, kündigte seinen Besuch an. Offensichtlich wollte er sicher sein, dass sein Gesprächspartner im Büro war. Danach stand er auf und verließ wortlos sein Büro.

»Was machen wir jetzt?« Marcella war etwas irritiert, ihr Ärger von eben hatte sich nun in eine ängstliche Beklemmung gewandelt. »War es das, ist das Gespräch nun schon beendet? So was Blödes aber auch. Hätten wir nicht extra herfahren müssen. Ist er jetzt zu seinem nächsten Termin gegangen?«

»Nein«, lächelte Sven sie aufmunternd an, »keine Sorge, die Besprechung fängt jetzt erst an. Das war doch nur die Einleitung.«

Zehn Minuten später kam der ruppige Oberarzt mit einem freundlich dreinschauenden Mann zurück, der, wie er sich vorstellte, Verwaltungs- und Personalchef der Klinik in Personalunion war. Marcella atmete erleichtert auf, sie hatte nicht mehr damit gerechnet, dass sich überhaupt noch jemand blicken lassen würde.

»Guten Tag, Frau De Luca, guten Tag, Herr De Luca«, begrüßte er sie freundlich. »Was ist passiert, weshalb können Sie die Stelle nicht antreten, Frau De Luca?«

»Das hat private Gründe«, antwortete Sven, nachdem Marcella ihm zugenickt hatte. »Meiner Frau und mir ist bewusst, dass Sie so schnell keinen Ersatz finden und man Verträge einhalten sollte. Allerdings gibt es begründete Ausnahmen und unausweichliche Situationen. Und genau diese ist jetzt eingetreten, und wir sind heute persönlich gekommen, um das mit Ihnen zu regeln.«

»Wie mein werter Kollege schon sagte«, antwortete der Personaler umständlich, »haben wir im Vertrag eine Kündigungsfrist vorgesehen, die unbedingt einzuhalten ist. Das hat wirtschaftliche und auch organisatorische Gründe. Ihre Frau ist bereits fest eingeplant. Sie kommen heute leider zu spät.«

»Pläne müssen Sie sicher oft kurzfristig ändern, kranke Ärzte dürfen Sie ja auch nicht beschäftigen, und wir suchen nun gemeinsam mit Ihnen die passende Lösung«, beharrte Sven auf seiner Ansicht. »Fangen wir doch mal mit der Wohnungsangelegenheit an. Die Kündigungsfrist beträgt hier drei Monate, wie schnell können Sie die Wohnung weitervermitteln?«

»Sie können uns Ersatz suchen!«, kam die kühle Antwort. Auch der freundliche Herr wurde nun etwas steifer. »Das ist nicht unser Problem.«

»Gut«, antwortete Sven und bat Marcella um die Dokumente, die sie griffbereit in der Hand hielt, »dann erhalten Sie hier die schriftliche Kündigung auf sofort mit einem Hinweis darauf, dass wir die Kaltmiete bis Ende der Kündigungsfrist bezahlen, sofern Sie die Wohnung nicht vorher neu vermieten.« Er legte das vorgefertigte Schreiben auf den Tisch. »Können Sie uns hier, auf dem Duplikat, die Annahme des Schreibens bitte quittieren? Auch dass Sie uns verlässlich informieren, ab wann die Wohnung neu vermietet wurde. Wir werden das überprüfen.«

Der Personalchef rückte umständlich seine Lesebrille zurecht, nahm das Schreiben und las langsam jede Zeile, der Oberarzt wurde unruhig. Ihm gefiel die seiner Ansicht nach unnötige Debatte nicht. Für ihn war sonnenklar, der Vertrag hatte Bestand und er genug andere sinnvollere Arbeit.

»Und hier«, Sven ratterte seinen Text herunter, als ob alles in Ordnung wäre, »haben wir das Kündigungsschreiben zum Arbeitsvertrag, auch in doppelter Ausführung, in dem wir den Vertrag, mit zwei Wochen Frist, direkt zum Vertragsbeginn kündigen.«

Die beiden Herren reagierten nicht. Sven ließ sich nicht beirren und schob auch das zweite Schreiben über den Tisch. Das Schreiben war auf Freitag zurückdatiert. Die Stille wurde durch ein Tonsignal unterbrochen. Der Piepser des Oberarztes signalisierte einen Notfall, er schrieb hastig seinem Kollegen etwas auf einen kleinen Zettel und verabschiedete sich fluchtartig.

»So einfach ist das nicht«, entgegnete der Personalchef nun wieder freundlicher. »Sie machen uns ganz schön viele Umstände. Wir hatten uns auf Sie verlassen.« Er schaute dabei eindringlich Marcella an, die sich sichtlich schuldig fühlte. »Nein, das heißt, wir verlassen uns auf Sie!«

»Es tut mir leid«, antwortete sie schuldbewusst, »aber ich kann wirklich nicht anfangen.«

Die Situation schien festgefahren zu sein.

»Und wir wissen«, ergänzte Sven, »dass Sie für solche Unpässlichkeiten keine Zeit haben.« Er entnahm seiner Anzugtasche ein Kuvert mit 200-Euro-Geldscheinen. Er öffnete es leicht und zeigte ansatzweise dem interessiert schauenden Verwaltungsfachmann den Inhalt. »An den Kosten der Klinik würden wir uns natürlich beteiligen.« Sven nahm das unschuldige Kuvert wieder zu sich und verschloss es. »Wir würden der Klinik gerne etwas spenden.« Sven deutete den erwartungsvollen Blick positiv und ergänzte schnell: »Wir können das auch so unkonventionell mit der Wohnung regeln, wenn Sie uns alle Verträge stornieren würden. Dann könnten Sie sofort weitervermieten und«, er wiederholte sich, »für Ihre Mühe und die Umstände, die wir Ihnen nun leider machen, erhält die Klinik diese kleine Aufmerksamkeit.« Sven deutete auf seine Anzugtasche, in die das Kuvert nun wieder zurückgerutscht war.

»Ich muss mir erst die Verträge genau anschauen.« Nervös nestelte der seriöse Herr an seiner Lesebrille. »Bitte folgen Sie mir in mein Büro.« Dort angekommen, rief er bei der Hausverwaltung an, wollte wissen, ob die von Marcella angemietete Wohnung kurzfristig neu zu vermieten wäre, und bekam offensichtlich eine positive Antwort. Dann bat er um die sofortige Überbringung von Marcellas Mietvertrag. Er machte auf dringend und arbeitete sich durch einen Stapel von Bewerbungen. Von Digitalisierung hielt er offensichtlich nicht so viel.

»Also«, fing er umständlich an, nachdem er offensichtlich das Passende im Stapel gefunden hatte, »wenn ich Sie, Frau De Luca, absolut nicht davon abhalten kann zu kündigen, dann schauen wir einfach mal, wie wir das hinbekommen.« Er zwinkerte fröhlich Sven zu. »Können Sie mich bitte zwei kurze Telefonate erledigen lassen?«, bat er sie freundlich nach draußen.

»Es kommt ja doch noch Bewegung in die Sache«, lächelte die noch angespannt wirkende Marcella dankbar Sven an und drückte seine Hand. »Ich möchte so schnell wie möglich an die frische Luft.«

»Ja«, lächelte Sven zurück, »ich auch, wir werden uns mit ihm einigen, es kommt alles in Ordnung.«

»Was wäre«, fragte sie vorsichtig, »wenn wir keine Lösung finden? Muss ich dann doch anfangen?«

»Zwingen kann dich niemand«, beruhigte er sie, »notfalls musst du deine drei Monatsmieten und einen Bruttolohn bezahlen, so zumindest entnehme ich es deinem Vertrag. Und, mein Schatz, noch viel schlimmer, so wie ich dich kenne, du würdest in nächster Zeit nicht gut schlafen können.«

»Das stimmt auf jeden Fall, so ungeklärte Sachen sind nichts für mich, und«, überschlug Marcella, »es wären zudem noch gut und gerne 8.000 bis 9.000 Euro plus Anwalt.« Sie schüttelte den Kopf. »Das würde ich mir schon gerne ersparen wollen. Aber immer noch besser, als hier anfangen zu müssen. Vereinbare, was du magst, Hauptsache, du kannst es klären. Stell dir vor, mit dem Oberarzt müsste ich jetzt Tag für Tag zusammenarbeiten.«

»Du würdest Schmerzensgeld bekommen«, feixte Sven. Marcella war es nicht zum Lachen zumute.

»Möchten Sie bitte wieder hereinkommen?« Der ältere Herr schaute sehr freundlich die beiden an. »Bitte entschuldigen Sie die kleine Wartezeit.«

»Kein Problem«, antwortete Marcella, froh darüber, dass es nun endlich weiterging.

»Ihre Kündigung kann man«, er zeigte auf das im Schreiben angegebene Datum, »wohlwollend als fristgerecht anerkennen. Haben Sie uns das bereits zugeschickt?«

»Und was ist mit der Wohnung?« Sven überging die Frage und zwinkerte Marcella unbemerkt zu.

»Und Ihre Wohnung könnten wir«, fing er langatmig an, immer noch auf die Dokumente schauend, »wenn auch nur dank glücklicher

Umstände, eventuell kurzfristig weitervermieten.« Er schaute Marcella kurz an und streifte dabei auch Sven. »Und zu Ihrem Arbeitsvertrag: Vielleicht könnten wir das unter gewissen Umständen, auch noch für die Klinik, in die von Ihnen gewünschte Richtung bringen. Es gibt noch eine Kandidatin, die sich damals ebenfalls auf Ihre Stelle beworben hatte, Frau De Luca«, er schaute sie kurz an, »eine sehr begabte Kollegin, sie war über die Absage damals nicht glücklich, hatte sich vor einer Woche nochmals bei uns gemeldet. Diese könnte möglicherweise kurzfristig beginnen. Allerdings spreche ich hier noch im Konjunktiv, ich kann es Ihnen noch nicht versprechen.«

»Wie gesagt«, unterbrach Sven den erschöpfenden Lagebericht, »wir würden uns gerne an den Unkosten beteiligen, besser, als die Anwälte verdienen zu lassen«, lachte er ihn freundlich an. »Sie bekommen das sicher hin – oder? Was meinen Sie, finden wir auf dieser Basis zusammen?«

»Ja«, antwortete der Personalchef, »da finden wir einen Weg. Wie haben Sie sich das nun genau vorgestellt?« Seine durch die Lesebrille vergrößerten Augen schauten Sven fragend an.

»Sie stornieren uns alle Verträge«, antwortete Sven erleichtert, »überweisen gelegentlich die Kaution für die Wohnung zurück. Geben uns heute die Bestätigung für alles, und wir spenden der Klinik eine gewisse Summe.« Er zog wieder seinen weißen Umschlag aus der Anzugtasche und blätterte in die Scheine hinein.

»Ja«, antwortete der zufrieden dreinschauende Verantwortliche über alle Verträge und schob mit einer leichten Handbewegung Marcellas Unterlagen zu einem Stapel zusammen, »wollen wir das nun in dieser Richtung besprechen, wie hoch wäre denn Ihr geschätzter Beitrag?«

»Was halten Sie davon?«, Sven öffnete das Kuvert und gab den Blick auf 20 gelbe Scheinchen frei.

Man sah dem älteren Mann die Freude an, die Sven ihm gemacht hatte. Er strich sich wohlwollend über das Kinn und sagte zu Sven, dass es sich gut anhören würde, und meinte offensichtlich nicht das

Rascheln, als das Kuvert wieder in Svens Sakkotasche zurückgeschoben wurde. Er drückte auf seiner alten Telefonanlage einen Knopf, sprach über eine Gegensprechanlage mit dem Vorzimmer und bat um eine Sekretärin. Diese kam sofort, er wies sie kurz an, drei Schreiben aufzusetzen. Sie nickte, nachdem das Diktat beendet war, und verließ wieder den Raum.

Der Personalchef überbrückte sehr redselig die Wartezeit, erzählte, vor wie vielen Herausforderungen die Klinik jeden Tag stünde, wie wichtig es sei, gute Mitarbeiter zu finden, und welchen Kampf er tagtäglich auszufechten hätte. Sven hatte fast das Gefühl, er müsste noch etwas oben drauflegen, so dramatisch klang die Lage. Marcella rückte unruhig auf ihrem Stuhl hin und her, sie wartete ungeduldig auf die Sekretärin, die glücklicherweise bald wiederkam, in der Hand mehrere Dokumente.

»Danke«, der Vorgesetzte blickte seine Sekretärin nicht an, sondern nur die Dokumente und zeigte diese dann dienstfertig Marcella und Sven. »Hier die kostenfreie Stornierung Ihres Mietvertrages, die Kaution wird innerhalb von fünf Bankarbeitstagen Ihrem Konto wieder gutgeschrieben. Ist das so in Ordnung?« Er schaute Marcella und Sven an, die beiden nickten.

»Ja«, antwortete Marcella, »vielen Dank dafür.«

»Diese Vereinbarung bitte ich Sie hier zu unterschreiben, Frau De Luca.« Marcella unterschrieb, und er nahm die beiden Dokumente wieder und legte sie sorgsam auf seinen Schreibtisch.

»Dann haben wir hier die einvernehmliche Auflösung Ihres Arbeitsvertrages, bei der Sie, Frau De Luca, hier unterschreiben müssten.« Er wartete die Unterschrift ab, nahm auch dieses Papier zu sich und verwahrte die beiden Dokumente wie einen geheimen Schatz in seiner Schreibtischschublade. »Wir senden Ihnen dann die Unterlagen zu, ich kann das, wie die Mietsache auch, nicht alleine unterschreiben«, schickte er erklärend hinterher.

»Und hier«, er atmete auf, »die letzte Vereinbarung, damit bestätige ich Ihnen die beiden eben genannten Vereinbarungen, dass diese in den nächsten Tagen Ihnen unterschrieben zugeschickt werden. Dann haben Sie schon vorab alles schriftlich, eine Sicherheit für Sie.« Er schaute dabei Sven über seine Lesebrille erwartungsvoll an. »Sind Sie damit einverstanden?«

»Dann bedanken wir uns herzlich bei Ihnen«, antwortete Sven, zückte den ersehnten Umschlag wieder und übergab ihn an den hocherfreuten Verwaltungschef, der ihn wohlwollend befühlte und in seiner abschließbaren Schublade rasch verschwinden ließ.

Marcella nahm das letzte Schreiben und packte es in ihre Handtasche. Sie verabschiedeten sich freundlich und verließen schnell das alte Gebäude. Kaum im Auto, schaute Marcella Sven freudig an, küsste ihn überschwänglich. »Angelo, du bist mein Retter, mir ist so ein Stein vom Herzen gefallen. Mein Held!«

Sven freute sich, er küsste auch Marcella, schnallte sich an und erweckte den Turbo des Panamera zum Leben. Er drückte seine Freude über den gelungenen Deal mit einem kurzen Tritt aufs Gaspedal aus. Die acht Zylinder brüllten befreit auf.

»Tigrotto, das hast du auch nicht zum ersten Mal gemacht?«

»Das Wägelchen zum Röhren gebracht oder dich gerettet?«, kam es unschuldig von Sven.

»Du weißt, was ich meine«, kam es gespielt vorwurfsvoll. »Ich dachte erst, ich bin im falschen Film, wir leben doch in keiner Bananenrepublik! Du bist trotzdem mein Held, ich zahle dir das alles zurück. Und jetzt gib Gas, dass die uns nicht noch wegen Bestechung verhaften.«

»Er wird das korrekt in seine Einnahmenliste für die Klinik eintragen. Das Kuvert ein wenig in seiner Brusttasche spazieren führen und maximal an den Scheinchen schnuppern. Der angenehme Geruch wird ihn für die vielen Telefonate entschädigen.«

»Meinst du, er wird das nicht für sich behalten?«, lachte Marcella belustigt bei dem Gedanken, welcher Wohlgeruch dem Kuvert wohl entströmen könnte.

»Ja, er gibt alles ab, der hat so korrekt ausgesehen.«

»Ah ja, wenn du so sicher bist, dann hättest du es auch überweisen und eine Spendenquittung verlangen können.«

»Wenn du meinst«, lachte Sven. »Hätte er gewusst, was eine Echtzeitüberweisung ist? Na gut, mein Schatz, soll ich zurück? Oder möchtest du kurz bei ihm anrufen und nachfragen?«

»Fahr schnell weiter«, lachte nun auch Marcella, die sich von der Anspannung langsam wieder erholte. »Kannst du da drüben in dem Wäldchen anhalten?«

»Weiterfahren oder anhalten, was willst du? Ich brauche klare Infos, ich bin ein Mann.«

»Ich muss Pipi.«

»Das ist jetzt eindeutig«, lachte Sven und neckte sie gleich wieder: »Wir waren gerade noch in der Klinik, das war vor nicht einmal fünf Minuten. Und da musstest du nicht?«

»Ich wollte nur raus, bevor sie uns die Unterlagen wieder abnehmen. Nein, Spaß, ich war so angespannt. Jetzt erst kann ich aufatmen, jetzt halt doch endlich an, es pressiert.«

# Kapitel 70

Marcella war inzwischen komplett gelöst. Nichts drückte mehr ihre Stimmung, ein großer Stein war ihr vom Herzen gefallen. Sie war befreit, aufgedreht und wollte wissen, weshalb sie nun so schnell fahren würden.

»Jetzt kommt die Überraschung«, geheimnisvoll schaute Sven sie an, »bist du bereit für das Abenteuer des Tages?«

»Oh nein«, schmunzelte Marcella, »das hatte ich gerade. Ich wünsche mir nun ein kleines, schönes Abenteuer, nichts Aufregendes, mehr was fürs Herz. Wohin geht's, gib mir einen kleinen Tipp.«

»Kein Problem«, kam es verschmitzt, »dir genügt tatsächlich ein kleiner Tipp?«

»Ja«, antwortete sie, »schau, wie genügsam ich bin.«

»Okay, das darf ja nicht enttäuscht werden«, ging Sven auf das Spielchen ein, »wir fahren zum *EDBM*.«

»Was ist das?«

»Der kleine Hinweis.«

»Wo ist das?«

»Jetzt noch zehn Minuten entfernt«, grinste Sven, »wir sind gleich da.«

Marcella schaute aufmerksam die Schilder an, sie waren nur kurz auf der Autobahn geblieben, dann wieder zurück auf der Bundesstraße Richtung Innenstadt gefahren. Jedoch nirgends angehalten, sondern einfach quer durch die Stadt.

»Du willst mich jetzt nicht ernsthaft hier in Magdeburg irgendwohin entführen«, kam es gespielt entrüstet von Marcella, »das ist eine wundervolle Stadt, aber ich persönlich kann sie heute nicht genießen. Komm schon, bleiben wir wirklich noch eine Nacht in Magdeburg?«

»Nein«, Sven freute sich, »das weiß ich doch, mein Liebling.«

Marcella schaute angestrengt, sie wollte von den Schildern an der Straße einen Hinweis finden. »Wir fahren jetzt wieder Richtung Autobahn?«

»Ja, aber nicht auf die Autobahn.«

»Ich verstehe es nicht«, Marcella schüttelte wieder übertrieben gespielt den Kopf, »nicht auf die Autobahn und dennoch verlassen wir Magdeburg? Komm, gib mir bitte noch einen Hinweis, ich kann so nichts erraten.«

»Okay«, Sven ließ sich natürlich erweichen, »der nächste Hinweis steht an der Straße.« Er bog in dem Moment auf die Bundesstraße 71, die zum regionalen Flughafen, dem *EDBM*, führte.

»Flughafen?«, Marcella war sichtlich überrascht, »hier ist ein Flughafen? Und dort fahren wir hin?«

»Freust du dich?«, wollte Sven stattdessen wissen, ob er damit Marcellas Geschmack getroffen hatte.

»Und ob«, strahlte Marcella, »damit hätte ich jetzt nicht gerechnet. Fliegen wir da eine Runde? Damit ich Magdeburg endgültig verabschieden kann?«

»Ja«, freute sich Sven mit ihr, »ich hoffe, du hast keine Flugangst.«

»Nein«, beruhigte sie ihn, »ich wollte schon immer mal mit so einer Propellermaschine fliegen.«

Sven freute sich, bog in eine Seitenstraße und hielt vor einer Schranke an. Er stieg aus und sagte zu Marcella, sie möge kurz warten, es ginge gleich weiter. Gespannt beobachtete sie, wie er sich mit einem Wachmann vom Flughafen besprach und Papiere übergab. Er kam zurück, startete den Motor wieder und fuhr diesmal gesittet an, nachdem die Schranke zum Flughafengelände geöffnet worden war.

»Jetzt kann ich dir das erste Rätsel lösen«, freute sich Sven, nachdem er gesehen hatte, wie Marcella sich auf ihren Rundflug freute, »*EDBM* ist die internationale Kennung von diesem Flughafen.«

»Ich freue mich so«, Marcella strahlte glücklich. Und überlegte sich, weshalb Sven nun auf diesem Fluggelände fahren durfte. Sie wunderte sich jedoch nicht weiter, weil sie sich allmählich daran gewöhnte, dass bei ihrem Sven halt alles etwas anders lief.

»Der Flughafen verfügt über eine 1000 Meter lange betonierte Start- und Landebahn und sollte für Verkehrsflugzeuge ausgebaut werden. Aktuell steht das Projekt jedoch«, grinste Sven, als er merkte, wie wenig sich Marcella für seine Ausführungen interessierte. »Hörst du mir überhaupt zu?«, neckte er sie gespielt vorwurfsvoll, »wir machen hier eine Flughafenbesichtigung, und du scheinst dich nicht für die technischen Details zu interessieren.«

»Doch, doch«, antwortete Marcella, »siehst du da vorne die

Maschine? Das ist ja ein richtiger Jet, wie in *Pretty Woman*, schauen wir uns diesen auch mal von der Nähe an?«

Die schlanke Maschine stand majestätisch da, direkt vor dem Tower. Die Bordtür geöffnet, die kleine Treppe heruntergelassen. Davor eine Ansammlung von Flughafenmitarbeitern, Beamte und die dreiköpfige Besatzung, zwei Piloten in Uniform und eine Stewardess. Im »Paparazzi«, dem im Tower untergebrachten Flughafenrestaurant, hatten sich tatsächlich Fotografen auf die Lauer gelegt. Augenscheinlich war der weiße, in der Sonne glänzende Jet heute ein kleines Highlight auf dem Airport, auf dem normalerweise nur kleine Propellermaschinen und Helikopter landen und starten durften.

»Wenn du magst, schauen wir uns das Teil näher an.« Marcella nickte begeistert. Sven fuhr näher und parkte vor dem zweistrahligen Business-Jet. »Bleibe mal bitte kurz sitzen, ich frage nach, ob wir hier halten und aussteigen dürfen.«

Ohne eine Antwort abzuwarten, stieg Sven schnell aus und schloss die Fahrzeugtür. Sie beobachtete ihn, wie er mit den Leuten sprach und sie ihm zunickten. Er winkte Marcella und gab ihr das Zeichen, dass sie aussteigen durfte.

»Dürfen wir uns die Maschine anschauen?« Marcella hatte mächtig Spaß an der Flughafenbesichtigung.

»Ja«, antwortete Sven, »wir dürfen uns alles anschauen, auch mal reingehen«, und bedankte sich bei dem Piloten, der ihnen freundlich eine kleine Führung versprach.

»Es handelt sich hier um eine *Cessna Citation M2* für bis zu acht Reisende, diese Maschine ist jedoch nur für vier Personen ausgelegt. Dafür ist sie wesentlich komfortabler ausgestattet, mit Badezimmer und vier sehr bequemen Liegesitzen. Reisegeschwindigkeit 400 Knoten, maximale Flughöhe …«

»Oh«, unterbrach Marcella versehentlich, als sie den Innenraum sah, »ist das hier alles schön gemacht.«

»Freut mich«, antwortete der Pilot, »dass es Ihnen gefällt.« Nachdem Marcella und Sven auch das kleine Badezimmer im hinteren Teil des Jets bewundert hatten, Sven sich noch für das Cockpit interessierte und sie wieder ausgestiegen waren, stand der Panamera nicht mehr an seinem Platz.

»Dein Auto ist weg«, Marcella, aufmerksam wie immer, hatte es sofort bemerkt und schaute besorgt in die Runde der Uniformierten. »Haben Sie unser Auto gesehen, das hat jemand weggefahren!«

»Keine Sorge, junge Frau«, antwortete ein Mann in Polizeiuniform. »Wir haben es nur parken lassen. Sie wollen ja keinen Strafzettel, denn Sie befinden sich auf dem Flughafengelände.«

»Oh, Entschuldigung«, verteidigte sich Marcella, »wir wurden hereingelassen, wir dachten, es sei in Ordnung, und wir haben hier doch auch extra nochmals nachgefragt.« Sven beobachtete Marcella, wie sie sich hinter ihn stellte und mit keiner Silbe erwähnte, dass er gefahren war und sie von nichts wusste. »Können Sie mir dann zumindest sagen, wo das Auto nun steht, wo wir unsere Schlüssel wiederbekommen?«

»Danke«, sagte Sven leise zu Marcella, »dass du mich so verteidigst.«

»Stimmt doch«, antwortete sie leicht gereizt, »du hast doch überall gefragt, warum sind die hier alle so komisch. Ich habe es doch gesehen, dass du überall um Erlaubnis gefragt hast.«

Ein Zollbeamter vom Flughafengebäude näherte sich und ging direkt auf Marcella zu. »Herzlich willkommen! Bitte zeigen Sie uns Ihren Ausweis.«

»Hier.« Marcella war noch mehr irritiert, glücklicherweise hatte sie ihre Tasche mit ihren Papieren aus dem Auto mitgenommen. Sie übergab das Gewünschte und schaute Sven schulterzuckend an.

»Und Sie bitte auch.«

Auch Sven gab seine Ausweisdokumente und weitere Papiere weiter. Der Zollbeamte gab telefonisch die Daten durch, wartete einen Moment, sagte dann noch so einen Code, LTN, womit Marcella jedoch nichts anfangen konnte, deshalb schaute sie Sven fragend an. »Was hat das zu bedeuten? Werden wir verhaftet oder ist das versteckte Kamera?« Sie lächelte verlegen, nicht wissend, was weiter passieren würde. »Mein Bedarf an Abenteuern ist für heute gedeckt.«

»Magst du keine Abenteuer?«, fragte Sven schalkhaft zurück.

»Na ja«, sie schaute noch verlegener, »mit dir muss ich mich wohl daran gewöhnen, mir würde es eine Runde langweiliger auch gefallen.«

»Kein Problem«, grinste Sven, »das bekomme ich locker hin. Magdeburg ist einfach aufregend. Sobald wir hier weg sind, schalten wir in den Normalmodus zurück.«

»Das wäre schön«, dankbar schaute Marcella Sven an und flüsterte, »du weißt, ich liebe es langweiliger.«

Der Zollbeamte hatte inzwischen sein Telefonat beendet und sich wieder den beiden zugewandt. Er gab Marcella ihren Ausweis und Sven den Papierstapel wieder zurück. »Alles in Ordnung, wir wünschen Ihnen einen guten Flug.«

»Danke schön«, antwortete Sven und grinste breit.

Marcella schaute ihn verwundert an und sagte leise, so dass es die anderen nicht hören konnten: »Die verwechseln uns mit den echten Passagieren. Lass uns jetzt besser verschwinden. Schau mal da oben, die Zuschauer auf der Tribüne schauen auch schon und machen Fotos. Wir sind morgen in der Zeitung: ›Wer kennt die beiden – Unbekannte haben Jet gekapert‹.«

»Oh ja, du hast mich auf eine Idee gebracht«, hakte Sven ein und überging Marcellas Sorgen: »Wollen wir nicht auch noch Fotos von dem Jet machen?« Sven fragte so laut, dass der Pilot sofort wieder dastand und sagte: »Sehr gerne, geben Sie mir Ihr Smartphone, dann können wir das gerne übernehmen.«

Ohne dass es Marcella wollte, zog Sven sie zur Kabinentür. Postierte sich mit ihr vor der Kamera, flüsterte ihr lustige Sachen in ihr Ohr, damit sie wieder entspannter lachen konnte. Die Piloten nahmen im Cockpit Platz, setzten ihre Kopfhörer auf und sprachen mit dem Tower. Die Stewardess nahm Svens Smartphone und drückte eifrig auf den Auslöser. Dann dirigierte sie die beiden in einen der bequemen Sessel, Sven zog Marcella zu sich.

»Ein so hübsches Paar«, lobte Kassandra, die Stewardess, »Sie werden glücklich sein und viele Kinder haben, das kann ich sehen.« Marcella lächelte bei dem Gedanken fröhlich. Kassandra lotste die beiden noch ins Badezimmer für weitere Fotos.

Marcella bemerkte, dass die Kabinentür vom Co-Piloten geschlossen und die Maschinen gestartet wurden, sagte das auch zu Sven, der jedoch nicht darauf reagierte. »Lass uns jetzt gehen«, Marcella wurde nun deutlicher, »nicht dass die Maschine noch mit uns startet.«

»Du hast recht!«, strahlte Sven sie an, während Kassandra weitere Fotos machte und Sven seine Marcella küsste, »wir starten jetzt in das nächste Abenteuer, in unser gemeinsames Leben.«

»Wie, hier, jetzt?«, Marcella musste sich kurz sammeln.

»Ja, wir werden fliegen!«, strahlte Sven mit der Sonne um die Wette, die sich gerade in der Tragfläche spiegelte und die Kabine zum Glänzen brachte. »Hast du Lust? Auf ein Leben mit mir?«

»Oh ja«, strahlte nun auch Marcella, »mit dir habe ich auf alles Lust. Lass uns jetzt starten, ich liebe dich, cuore mio.«

»Ich liebe dich«, Sven küsste Marcella zärtlich, nahm die Gurte und klickte sie bei ihr ein, setzte sich daneben und befestigte seinen Beckengurt. Die Tür zum Cockpit war offen, sie konnten sehen, wie sich der Co-Pilot mit dem Tower verständigte, sie sahen, wie die Flughafenmitarbeiter Verbindungskabel vom Jet trennten, die Bremsblöcke von den Rädern wegtrugen. Und sie hörten, wie die Gepäckluke an der Maschine geschlossen wurde.

»Es geht gleich los«, freute sich Marcella und zog Svens Hand zu sich. »Ich freue mich so, machen wir einen Rundflug?«

# Kapitel 71

Das Besondere an dem kleinen Jet war, dass er für die relativ kurze Startbahn in Magdeburg gerade noch so zugelassen war. Und die Piloten hatten deshalb für den Start- und Landevorgang kurzfristig eine Sondergenehmigung erhalten. Der Flughafen war zwar für Linienverkehr geplant, jedoch bisher nicht vollständig ausgebaut worden. Sven hatte das alles im Vorfeld über seine Agentur abklären und buchen lassen. Er wollte Marcella mit einem besonderen Erlebnis überraschen, auch wenn er wusste, dass sie es weder erwartet hatte noch unbedingt als Liebesbeweis gebraucht hätte. Marcella wusste auch so Sven zu schätzen, das hatte sie ihm schon mehrfach signalisiert, und er liebte sie aus diesem Grund noch mehr.

»Du bist verrückt«, Marcella drückte Svens Hand und strahlte ihn verliebt an, »nein, gioia mia, du bist der Wahnsinn!«

Sven küsste sie und hörte auf den Funkverkehr: »Delta-Charlie-November-Oscar-Victor, wind one-four-zero, degrees nine knots, runway one.«

»Jetzt geht's los«, Sven küsste Marcella zärtlich, »bist du bereit, in unsere gemeinsame Zukunft zu starten, bist du bereit für die große Liebe?«

»Tesorino«, sie erwiderte seine Küsse ebenso zärtlich, »ich bin bereit, für dich und für unsere große Liebe.«

»Cleared for take off«, hörten sie es aus den Lautsprechern und sahen, wie der Pilot den Schubhebel nach vorne drückte. Die Maschine dröhnte, die beiden Triebwerke, die aufgrund der kurzen Startbahn im Stand auf volle Leistung gebracht wurden, entwickelten einen enormen Vorwärtsdrang. Marcella und Sven drückte es schwer in die bequemen Ledersessel, nachdem die Bremsen gelöst worden waren.

»Wheels-up-time«, kam es keine zehn Sekunden später gedämpft aus dem Cockpit. So hautnah hatte Marcella noch nie einen Start miterlebt, Magdeburg verabschiedete sich aufregend. Die Maschine hob ab. Das Abenteuer hatte begonnen.

Nach kurzer Zeit, die Maschine war schon längst durch die vereinzelten Wolken geflogen, kam aus dem Cockpit leise die Durchsage: »Flight-Level-330.« Das war das Zeichen für Kassandra. Der blaue Horizont war zu sehen, die Stewardess kam mit zwei Gläsern Champagner und stellte diese auf das dafür vorgesehene Tischchen. »Sie dürfen sich nun gerne abschnallen, wir sind auf unserer Flughöhe und haben heute dazu noch eine sehr ruhige Wetterlage.«

»Vielen Dank«, bedankte sich Sven voller Freude, »haben Sie für uns noch ein wenig schöne Musik?«

Marcella wollte das elegante Glas schon nehmen, Sven hielt sie jedoch davon ab. »Warte kurz, mein Leben.« Sven schaute sie so warmherzig an, dass es Marcella ganz anders wurde.

»*Für dich*«, das hingehauchte Liebeslied von Yvonne Catterfeld, war zu hören. Kassandra verdunkelte mit den elektrischen Rollos die Kabine, schaltete ein stimmungsvolles Licht ein, übergab Sven einen Korb und ging. Er entnahm diesem Sternchen aus Glas, die er ringsherum auf der freien Fläche am Boden verteilte, bis ein Herz zu erkennen war. Das warme Licht der LED-Sternchen tauchten die Kabine in einen romantischen Glanz. Marcella, die sich erst auf ihrem Sitz dem Herzen zugewandt hatte, sich nun zu Sven auf den Boden setzte, zog ihn zu sich her und küsste ihn innig. Als sie Sven anschaute, sah sie in seinen Augen die Sternchen glänzen, sie liebte ihn so sehr.

Yvonne Catterfeld sang währenddessen weiter, versprach: »Ich werde immer bei dir sein.« Der Text berührte Marcella unübersehbar. Die Musik wurde wieder leiser, und Sven kniete in dem Lichterherz vor seiner bezaubernden Marcella. »Mein Herz«, begann er zu sprechen, »eine kluge Frau hat mir gesagt, wenn man einen wertvollen Schatz entdeckt, dann soll man alles unternehmen, um ihn sicher zu bergen, ihn sicher zu verwahren und ihn dann niemals wieder herzugeben. Du erinnerst dich?«

»Ja«, kam es mit einem süßen, verlegenen Gesichtsausdruck von Marcella, »ich erinnere mich sehr gut daran.«

»Und nicht nur du hast alles dafür getan, dir den Schatz zu sichern. Du hast bei mir einen bleibenden Eindruck hinterlassen. Auch ich möchte alles dafür geben, auch ich habe das Wertvollste gefunden, was man in seinem Leben überhaupt finden kann«, er küsste sie innig, »und ich habe es, wie du es sagtest, geprüft und zweifelsfrei festgestellt, dass alles echt ist. Wir beide wissen, was wir wollen, wir können uns auf unser Gefühl verlassen, und ich weiß, du hast die zauberhaftesten Augen, mit denen du das Positive siehst, einen unendlich süßen Mund, der das Richtige sagt, und ein warmes, goldenes Herz, das mich wahrhaftig liebt. Du bist echt, ehrlich, direkt, warmherzig, du bist meine zweite Hälfte. Du bist das, was ich all die Jahre vermisst und gesucht habe. Ich möchte mit dir jeden Tag einschlafen, aufwachen, mit dir lachen, weinen, eine Familie haben, deine Liebe jeden Tag spüren und meine Liebe dir für immer schenken.«

Marcellas Augen füllten sich mit Tränen der Rührung. Sven küsste sie zärtlich.

»Und ich liebe dich auch dafür, dass du nicht jeden Tag Abenteuer von mir erwartest«, ergänzte er lachend. Marcella küsste Sven innig zurück. Sie war so glücklich, sie hätte niemals mit einer so romantischen Liebeserklärung, dazu am heutigen Tag und auch noch über den Wolken, gerechnet. Überhaupt, der ganze Tag war voller Überraschungen, sie fühlte sich wie im Film.

»Und deshalb möchte ich«, Sven nahm etwas aus seiner Hosentasche, »dich hier und jetzt fragen, ob du meine Frau werden möchtest.« Marcella kullerten die Tränen, sie war schon vorher zu ihm auf die Knie gegangen, umschlang ihn nun mit ihren Armen und drückte ihn fest an sich.

»Ja«, schluchzte sie, »ja, ich will, mio dolce cuoricino amato!«

Sven küsste seiner Marcella die Tränen vom Gesicht. Und sie

wischte ihm zärtlich seine von der Wange und überhäufte ihn mit zärtlichen Küssen.

»Mio amato marito«, nach einer langen Pause, nachdem sich Marcella beruhigt hatte, sagte sie, »ich bin einfach nur sprachlos. Du machst mich so glücklich, ich liebe dich über alles!«

»Ich liebe dich, mein Herz«, erleichtert küsste er sie, es fühlte sich alles so richtig an, »darf ich dir dann den Ring anstecken?« Sie nickte nur glücklich, selbst ihre Tränen glänzten vor Glück.

»Caro mio, ist der wunderschön«, schluchzte Marcella wieder, sie konnte das Schmuckstück in dem samtigen Licht nur schemenhaft erkennen, sah jedoch sofort den rosafarbenen Glanz, »ist das der von Stuttgart?« Fassungslos hielt sie ihn an eines der Sternenlichter. »Du bist …«, sie suchte nach Worten, »ich verstehe nichts mehr, mio amato!« Sie küsste ihn überrascht. »Seit wann weißt du, dass du mir heute einen Antrag machen möchtest? Seit wann planst du das alles hier?«

»Mein Schatz«, strahlte Sven glücklich, »seit unserem zweiten Treffen in Lugano war das meinem Herzen klar.«

»Du bist«, sie rang nach Worten, »einfach unbeschreiblich, mir war es zu dem Zeitpunkt auch bewusst, dass ich mich in dich verliebt hatte, wusste nur nicht, wie du denken würdest. Und was ist mit unseren sieben Monaten?«, neckte sie ihn, nachdem sie die Sprache wiedergefunden hatte.

Sven gab Marcella das eine Champagnerglas, nahm selbst das zweite und stieß mit ihr auf die gemeinsame Zukunft an. Beide saßen immer noch auf dem Boden des Jets. Marcella hatte alles um sich herum ausgeblendet. Sie sah auch nicht den Piloten mit einem großen roten Rosenstrauß kommen.

»Die sieben Monate habe ich natürlich nicht vergessen«, antwortete Sven schelmisch, »das war jetzt meine ultimative Liebeserklärung an dich. Dir sagen, ich will mein Leben mit dir teilen, für immer. Du darfst natürlich entscheiden, wann wir diesen Bund offiziell schließen, in sieben Monaten, in sieben Jahren, in 70 …«

»Ach, Tesorino«, schmachtete Marcella Sven an, »ich habe dich doch nur aufgezogen, wir können sofort heiraten, wenn es nach mir geht. Es gibt keinen Grund, der dagegen spricht.«

Der Pilot, der immer noch mit seinem Rosenstrauß in ein paar Metern Entfernung stand, schmunzelte still und fragte Sven, als eine Pause entstand: »Haben Sie den Strauß bestellt?«

Sven stand auf, nahm rasch den großen Strauß und übergab ihn Marcella. »Für dich, mein Leben!« Er zog sie an sich und küsste sie nochmals innig, bevor er dem Piloten und seiner Crew für die gelungene Überraschung dankte.

»Sehr gerne«, antwortete der, »es ist ein besonders schöner Auftrag gewesen, wir haben uns alle für Sie gefreut.« Er gratulierte den beiden und ging wieder in sein Cockpit zurück.

Auch die Stewardess gratulierte, und später, als der Pilot wieder in seiner Kanzel saß, kam der zweite Offizier und beglückwünschte beide zu ihrem Glück. »Sie fliegen gerade mit 400 Knoten in Ihr neues Leben«, lachte er sie an. »Halten Sie das Glück und die Liebe gut fest, Sie sind ein wunderschönes Paar.«

## Kapitel 72

Der Jet flog weiterhin mit Höchstgeschwindigkeit seinem Zielort zu. Marcella, die nicht mehr auf die Landschaft geachtet hatte und dadurch komplett orientierungslos war, fragte Sven, wohin die Reise den nun ginge. Sie schaute ihn verliebt an. Er war so eine Mischung zwischen Manager und braun gebranntem Lausebengel. Je nachdem, aus welchem Blickwinkel sie ihn betrachtete. Im Augenblick hatte er jedoch eindeutig das spitzbübische Lächeln eines Lausejungen auf den Lippen.

Es war nicht zu übersehen, Sven war in ausgelassener Stimmung, er liebte sie. Marcella konnte es spüren, sie fühlte seine Liebe, sie konnte förmlich darin baden. Mit jeder Faser ihres Körpers nahm sie dieses Glücksgefühl in sich auf. Und Sven, ihm ging es nicht anders. Beide schwebten sie im siebten Himmel. Eine ganze Weile saßen sie so da, sprachen kein Wort.

»Fliegen wir jetzt wieder zurück?« Marcella wusste immer noch nicht, ob sie nun einen Rundflug machten oder irgendwohin fliegen würden. Sie sah seinem Blick an, wie sehr es ihn freute, sie überraschen zu können. Noch in Stuttgart hatte er ihr vage die mitzunehmenden Kleidungsstücke angegeben, sie bräuchte etwas für einen Spaziergang im Grünen, etwas für die Stadt am Nachmittag und das kurze Schwarze oder etwas Bequemes für den Abend. Badesachen dürften natürlich auch nicht fehlen. Klasse, ging es jetzt in die Stadt, aufs Land oder an den Strand? Marcella grübelte und bohrte nach.

Genauso sehr, wie sie inzwischen die gelungenen Überraschungen von ihrem geliebten Sven mochte, spielte sie leidenschaftlich das Spiel, nach und nach aus Sven die ganzen Einzelheiten herauszukitzeln. Und sie hatte es mit Sven nicht leicht. Er war ein echt schwer zu knackendes Gegenüber. Er hatte Spaß an Marcellas ausgeprägtem Spürsinn. Jedoch war er wachsam. So schnell ließ er sich von ihr nicht austricksen, jedenfalls nahm er sich vor, auf der Hut zu sein, er würde sich kein einziges Wort bezüglich des Reiseziels aus der Nase ziehen lassen. Nun gut, besser ausgedrückt, er bemühte sich ernsthaft. Denn wenn Sven in Marcellas wunderschöne Augen blickte, dann konnte er kaum widerstehen, beherrschte kaum noch Taktik und Verteidigung. Das wusste er. Und sie wusste es leider auch.

Marcella versuchte es mit Augenaufschlägen, und sie machte ihm die schönsten Liebeserklärungen, die Sven je gehört hatte. Aber Sven blieb standhaft, und es imponierte Marcella sehr, denn sie liebte schließlich standhafte Männer ebenso wie Überraschungen. Allerdings hatte sie noch einen Trumpf, den sie nun ausspielen wollte. Schließlich gab sie nicht so schnell auf.

»Also«, Marcella zog die Augenbrauen hoch und versuchte, ernst zu schauen, »du gibst mir jetzt wieder einen Tipp, und ich verrate dir im Gegenzug unser Hochzeitsdatum.« Sie grinste ihn überlegen an. »Ich kenne jetzt deine Tricks und auch deine Schwachstellen.« Selbstsicher kuschelte sie sich zu ihm.

»Du kennst noch lange nicht alle meine Tricks«, erwiderte Sven mit geschwellter Brust, »ich bin nebenberuflich Erfinder von Ideen!« Sven, der ganz stolz auf seine Leistung war, alles so perfekt verheimlicht zu haben, knuddelte Marcella siegessicher.

»Das stimmt«, stellte sie bewundernd fest, »das mit dem Ring, Kompliment, wie hast du das geschafft? Du hast doch nicht mal meine Ringgröße gekannt?«

»Das war so«, lachte Sven, »ich habe im Badezimmer heimlich deinen Ring abfotografiert, das war am Donnerstag, auf einem karierten Blatt Papier. Dem Juwelier habe ich das Foto von Lugano gleich zugeschickt und ihm mitgeteilt, was ich für dich möchte.«

»Am Donnerstag?«

»Ja, nach unserer langen Nacht, wir haben uns alles erzählt. Und ab dem Zeitpunkt wusste ich, was das Richtige ist«, antwortete Sven. »Und es hat geklappt. Das ist ein Wink des Himmels.«

»Ja«, lachte nun auch Marcella, »das hast du prima hinbekommen. Und du hast mir so was Schönes ausgesucht«, sie war ganz begeistert, »das ist der außergewöhnlichste Ring, den ich jemals gesehen habe, er passt zu uns, zu unserer Liebe, zu dir.« Sie küsste ihn. »Den darf ich niemals verlieren!«

»Und hätte er nicht gepasst«, erzählte er weiter, »dann hätte der Juwelier am Montag deine Ringgröße ausfindig gemacht. Er hatte verschiedene Ringe mit den mutmaßlichen Größen extra für dich vorbereitet, es lag schon alles bereit. Es war alles durchgeplant. Und bis zum Mittag hätte er deinen angepasst und mir dann erzählt, dass ich meine Uhr erst später hätte abholen können.«

»Das hast du am Samstagnachmittag mit ihm besprochen?«

»Ja«, lachte Sven zufrieden, »er hat extra für mich aufgemacht und den dann von mir ausgesuchten Ring über das Wochenende für dich vorbereitet.«

»Tesorino, so ein raffinierter Plan«, kam es schwärmerisch von Marcella, die nun schelmisch lächelte. »Jetzt zu meinem Plan, er wird dir gefallen, ciccino«, kam es nun neckend von ihr. »Möchtest du nicht wissen, wann wir heiraten?«, fragte sie überlegen. »Wäre es nicht sinnvoll, wenn du das vorher wüsstest?«

»Guter Plan«, honorierte Sven Marcellas Idee, dazu konnte er ja nicht Nein sagen. »Du bist gut, wow. Du hast direkt einen Treffer gelandet. Versenkt.« Er küsste sie und sagte mit monotoner Stimme: »Schau mal, Marcella, hier liegen Zeitschriften.« Er schlug beiläufig eine Seite auf. »Magst du lesen?«

»Historische Städte: Die Brücke von Avignon.« Prüfend schaute Marcella Sven an, der seine Augen geschlossen hielt. »Liegt ebenso auf der Strecke wie die alte Römersiedlung Arles. Hier findet sich nicht nur ein gut erhaltenes Amphitheater, sondern auch zahlreiche Zeugnisse der Impressionisten Van Gogh und Gauguin.« Marcella stupste Sven an. »Hat das was mit unserem Reiseziel zu tun?«

»Du hast eine so schöne Stimme«, schmeichelte Sven, immer noch mit geschlossenen Augen. »Ich könnte dir stundenlang zuhören, du hast so was Beruhigendes, ich kann mich gerade sehr entspannen. Wollen wir mal die Liegesessel ausprobieren? Ob man hier wohl einschlafen kann?« Sven drückte die Knöpfe, ließ die Rückenlehne nach unten gleiten und räkelte sich zufrieden.

»Hey, nicht einschlafen«, lachte Marcella und kitzelte Sven, »meinst du, ich falle auf deine plumpe Ablenkung herein?«

»Wie könnte ich neben dir und deinem Temperament einschlafen«, erwiderte Sven schnell. »Ich gebe es zu, dein Plan ist einfach unschlagbar, ich würde zu gerne erfahren, wann wir heiraten, du hast mich, ich gebe es zu ... halt, nicht mehr kitzeln.«

»Mein liebster Dealmaker«, gespielt ernst schaute Marcella Sven an und knickte schnell die Zeitungsseite ein, auf der sie etwas geschrieben hatte. »Hier steht nun mein Vorschlag, jetzt kommt dein Tipp, allerdings einer, mit dem ich was anfangen kann, sonst ...«, sie machte eine Handbewegung, die ihm verdeutlichen sollte, dass die für Sven nun so interessante Zeitungsseite in die ewigen Jagdgründe verschwinden würde.

»Okay«, Sven schaute sie treuherzig an, »wir fliegen nach Luton«, und sprach es mit französischem Akzent aus.

»Luton?« Marcella schaute suchend aus dem Fenster. Es sah aus, als ob sie in den Wolken irgendwelche Hinweisschilder suchte. Die Sonne war auf der linken Flugzeugseite zu sehen, sie flogen nach Norden, eher nach Nordwesten. Frankreich könnte das schon sein. »Wohin noch mal?«, mit einem großen Fragezeichen im Gesicht wandte Marcella sich von ihrer nicht beschriebenen Landkarte unter dem Jet, vermutlich von Frankreich, wieder ab, »buchstabiere es mir.«

»El-u-te-o-en«, und setzte süffisant hinzu, »und wann werden wir heiraten?« Gemütlich räkelte sich Sven in seinem bequemen Sessel und wollte sie wieder zu sich ziehen.

»Habe ich schon gehört«, Marcella war ganz bei der Sache. »Wenn man es richtig ausspricht, klingt es englisch und liegt vermutlich in der Nähe von London, genauer gesagt im Norden. Habe ich recht? Wir fliegen nach London!« Marcellas selbstbewusstes Zahnputzreklamelächeln verdeutlichte Sven blitzschnell, welch kluge Frau er an seiner Seite hatte. Und wie hübsch sie dazu noch war.

»Du hast das Rätsel geknackt«, bewunderte Sven ehrlich Marcellas schnelle Auffassungsgabe. »Wir fliegen nach Luton, im Norden von London.«

»Und weiter?«, kam der bohrende Nachsatz von Marcella, die jetzt alles wissen wollte. »Wohin gehen wir dann?«

»Wir gehen bis zur Bushaltestelle«, erzählte Sven großzügig, »und von dort aus gehen wir überhaupt nicht mehr, wir fahren dann.« Er schaute sie mit treuem Augenaufschlag an. »Und jetzt zu dir, was hast du mir auf die Zeitungsseite geschrieben?«

»Hier«, Marcella riss ein Stückchen der Seite ab und gab ihm den kleinen Fitzel, »kannst du haben.«

»Ich liebe dich!«, las Sven vor und schaute sie gespielt tadelnd an. »Was soll das?«

»Ich liebe dich, principe!« Mit einem treuherzigen Blick, der kein Wässerchen trüben konnte, schaute sie Sven warmherzig und vergnügt an. »Was verstehst du daran nicht?«

»Du wolltest mir das Datum aufschreiben.«

»Ups«, kam es neckisch von Marcella, »steht darunter, habe ich den Zettel zu kurz abgerissen?«

»Offensichtlich.« Sven wollte nach der Zeitungsseite langen. Marcella kam ihm zuvor und las vor: »Ende Mai, in sieben Monaten«, und küsste ihn stürmisch, »was hältst du davon, cuore mio, dann wäre ich mit meiner Ausbildung fertig, und wir könnten bis dahin alles in Ruhe vorbereiten.«

»Ich liebe deine Pläne«, antwortete Sven zufrieden, »ich liebe dich, mein Herz.«

»Ich liebe dich, animo mio!«

# Kapitel 73

Minuten später setzte die Maschine zum Sinkflug an. Es war perfektes Wetter, kaum Wind, der kleine Jet landete sanft und rollte in einen abgelegenen Bereich des Flughafens Luton. Die Besatzung wünschte den beiden nochmals alles Glück des Himmels und winkte hinterher. Ihr Gepäck, welches in Magdeburg in einem unbemerkten Moment vom Panamera in den Jet umgeladen worden war, kam jetzt wieder zum Vorschein und wurde in die bereitstehende Airport-Limousine geladen. Marcella schüttelte nur lachend den Kopf und stieg zu Sven in den Wagen. Die kurze Fahrt ging bis zum Flughafengebäude, von dort ging es über eine Schleuse zum Zoll. Erst danach gelangten sie in den für alle zugänglichen Bereich.

Der Airport Luton war nichtssagend, trist und grau. Er hatte jedoch einen entscheidenden Vorteil: Er war klein und übersichtlich. Sven fragte Marcella, ob sie ein Taxi nehmen oder mit der Bahn fahren sollten, denn inzwischen war es Nachmittag, und der Fahrer, der sie vom Rollfeld abgeholt hatte, hatte ihnen aufgrund von Staus in und um London zu einer Bahnfahrt geraten.

So unkompliziert wie immer war Marcella sofort für die Bahn. Sie nahmen dennoch zunächst ein Taxi, zumindest für die Fahrt bis zum Bahnhof. Dort stiegen sie in den Thameslink ein, eine Bahnlinie, die sie bis zu der Station Kings Cross brachte. Von dort ging es mittels einer Unterführung auf eine andere Ebene. Sven steuerte auf die Piccadilly Line zu, in Fahrtrichtung Heathrow. Der nächste Flughafen? Sollte der Flug etwa weitergehen? Marcella fragte nach, und Sven sagte ihr, dass sie nun Richtung Hotel fahren würden.

Die Menschen schubsten und drängten, ein Saxofonist spielte auf dem Bahnsteig einen Blues. Marcella und Sven stiegen Richtung Heathrow in die Tube um, wie hier die traditionsreiche U-Bahn liebevoll genannt wurde. Die Bahn setzte sich in Bewegung. Marcella genoss die Fahrt im Röhren-Labyrinth in vollen Zügen. Sie genoss jede Schwelle, jedes Rütteln und jede der altehrwürdigen Underground-Stationen. Es war alles so unwirklich: Vor einer Stunde waren sie noch im Luxus-Jet gesessen und jetzt in einer völlig anderen Welt. Marcella kam es so vor, als wären sie in die Zeit vor 100 Jahren zurückgereist. Jede der Underground-Stationen hätte die Hauptrolle in einem alten Krimi spielen können, kunstvoll und geheimnisvoll, dunkel und veraltet. Sie erinnerte sich an ihre Klassenfahrt in ihrer Jugend.

»Erinnerst du dich gerade an deine Klassenfahrt?«, fragte Sven. Marcella hatte ihm in Lugano von London erzählt, ihm von ihrer Klassenfahrt vorgeschwärmt, dass sie es bedauerte, ihn damals nicht in der Jugendherberge dabeigehabt zu haben.

»Kannst du Gedanken lesen?« Marcella schaute ihn warm an, das war jetzt ihr Mann. Sie befühlte kurz ihren Ring, den sie mit einer Hand abgedeckt hielt. Wie einen geheimen Schatz, den sie mit niemandem teilen und den sie für immer beschützen wollte.

»Du warst gerade so in Gedanken«, antwortete Sven, »da hatte ich es mir schon gedacht. Du hast mir ja von London erzählt, von der Jugendherberge.«

»Dolce cuoricino amato«, kam es ganz weich, »ich liebe dich so sehr, freue mich mit dir auf London, werde meine Erinnerung an London ab jetzt mit dir teilen.«

»Es ist auch gut, dass wir kein Taxi genommen haben«, sagte Sven erklärend, »auf der Schiene sind wir schneller, und zudem wäre es nicht passend, wenn wir in die Jugendherberge mit einem Taxi vorfahren. Das hier ist standesgemäßer.«

Marcella lachte Sven vergnügt an. Sie hatte keine Einwände, auch wenn sie nicht wirklich daran glaubte, dass Sven sie zu einer Jugendherberge entführen würde. Sie würden sicherlich irgendwo am Flughafen in Heathrow übernachten und am nächsten Tag wieder zurückfliegen. Andererseits, Sven war nun wirklich alles zuzutrauen. Und ihr war heute eigentlich auch alles recht, was Sven aussuchen würde.

»Aussteigen«, Sven nahm das Gepäck und drängelte sich mit Marcella zum Ausgang. Mit der Rolltreppe ging es zügig nach oben. Sie waren mitten in der Stadt. Sie atmeten den Duft der Großstadt ein, Smog, Lärm und viele Menschen. Für immer wollte Marcella in so einem Getriebe nicht leben, aber einfach wieder kurz eintauchen, Erinnerungen aufleben lassen, darauf freute sie sich im Moment wie ein kleines Kind. Multikulturell, bunt und grell. Lebendig, quirlig, unruhig. Es lag in der Luft, die mit Graffiti bemalten Wände erzählten es, und die Leuchtreklamen zwinkerten es ihnen zu: Heute ist euer Tag.

»Schau mal, hier drüben ist die Saint Paul's Cathedral, in der Diana und Charles sich das Jawort gegeben haben, und die Jugendherberge da vorne war früher mal eine Schule für Chorknaben«, erklärte Marcella, »da waren wir, genau hier haben wir damals übernachtet.«

»Hier warst du?« Sven nahm Marcella an der Hand und steuerte auf die Jugendherberge, »City of London Youth Hostel«, zu. Ein älteres Gebäude mitten im Zentrum der Stadt, in einer etwas ruhigeren Seitenstraße.

Marcella erinnerte sich sofort wieder, alles war noch, wie sie es abgespeichert hatte. »Schau mal!« Begeistert drückte Marcella Svens Hand. »Alles wie damals, alles, wie ich es dir erzählt habe, übernachten wir jetzt hier wirklich? Und müssen wir dann in getrennten Schlafsälen übernachten?« Marcella kam sich vor wie bei einer Zeitreise, die Erinnerungen an den Schulausflug waren präsent, als ob es gestern gewesen wäre. Sie war gerade mal 17 Jahre alt gewesen.

»Nein, das gerade nicht«, antwortete Sven, »die haben hier auch Doppelzimmer, und ich gebe dich einfach als meine Frau aus, wäre ja nicht das erste Mal,« grinste er sie an, »auch wenn wir erst in sieben Monaten heiraten. Aber selbstverständlich müssen wir uns«, und dabei schaute Sven Marcella sehr ernst an, »an die Hausordnung halten, sonst fliegen wir hier noch raus.«

»Warum ich?«, sie schaute entrüstet. »Was schaust du mich so streng an, siehst du nicht, wie brav ich bin? Bei dir habe ich da schon eher Sorge, dass du dich nicht an die Vorschriften hältst. Womöglich hast du vor, Alkohol zu besorgen und mir einen Gute-Nacht-Kuss zu geben. Die Jungs haben doch immer solche Ideen, und du hast, als bei deiner Geburt Kreativität und Einfallsreichtum verteilt wurden, sicher mehrfach aufgezeigt«, lachte sie. Inzwischen waren sie in der Herberge angekommen.

Bevor Sven etwas sagen konnte, kam wie auf Kommando ein älterer Herr um das Eck. Er schaute streng über seine Lesebrille und wollte wissen, ob er behilflich sein könne. Sven gab die Ausweise ab und füllte die Anmeldung aus. Mister Clark, der ältere Herr, prüfte alles sehr genau, hakte auf einer Liste etwas ab, händigte Sven den Schlüssel und ein rosarotes DIN-A4-Blatt aus. Tatsächlich eine Hausordnung! Marcella kam sich wirklich vor, als sei die Zeit zurückgestellt worden.

»Lass mal sehen.« Sie nahm Sven den Zettel aus der Hand, musste kurz lachen und verkniff es sich jedoch sofort wieder, weil Mister Clark sie mit einem noch strengeren Blick strafend anschaute. Marcella war das Lachen vergangen, Mister Clark strahlte eine gewisse Autorität aus, und sie fühlte sich wie mit 17.

Die meisten Zimmer in der Herberge waren Mehrbettzimmer. Fast alle Türen standen offen. Da die Zimmer jedoch sehr geräumig waren, sahen sie durchaus nett aus. Marcella und Sven suchten ihre Zimmertür. So eine Art Hausdiener zeigte ihnen die Richtung, sie suchten weiter. Prompt verliefen sie sich und landeten in einem Bügelzimmer. Die Jugendherberge war völlig verwinkelt und hatte unzählige dunkle, geheimnisvolle Ecken.

Eine freundliche Angestellte zeigte ihnen dann den richtigen Gang, und ganz am Ende davon fanden sie ihre Zimmernummer. Die dunkle alte Holztür ließ sich knarrend öffnen. Einbrecher konnten hier nicht lautlos einsteigen. Aufregend war es trotzdem, auch ohne Einbrecher. Sie müsste sich in dieser Nacht auf jeden Fall ganz fest an Sven kuscheln. So richtig geheuer war ihr der Laden nicht. In ihrer Erinnerung war das anders gewesen. Auf der anderen Seite vom Gang schlurften ein paar Halbstarke in das gegenüberliegende Zimmer. Von weiter vorne dudelte ein Radio, und man hörte gedämpftes Gelächter.

Das Zimmer war zweckmäßig eingerichtet und relativ sauber. Dusche und WC waren im Zimmer. Die Jugendherberge machte auf den ersten Blick einen guten Eindruck. Wie Marcella dem Prospekt im Zimmer entnahm, verfügte die Herberge sogar über einen eigenen Shop für das Allerwichtigste, einen Wasch- und Bügelservice, es gab Internetterminals und einen Safe für persönliche Sachen.

Marcella drückte Sven lange und fest, als wolle sie den Moment festhalten. Sie fühlte die große Liebe zu Sven und war froh, nicht 17 zu sein und getrennt von ihrem Liebsten schlafen zu müssen.

Das Zimmer roch allerdings etwas muffig. Sven zog einen vergilbten Vorhang zur Seite und öffnete ein Fenster. Obwohl es mitten in der Stadt war, war nur wenig Straßenlärm zu hören. Drumherum waren die Häuserblocks kaum beleuchtet. Vermutlich waren es Büros, die im Moment nicht mehr benutzt wurden. Ein Hund kläffte in der Ferne, und eine Polizeisirene war zu hören. Sonst nichts, nur die Sonne, die in Richtung Horizont wanderte. Eine richtige Hinterhofatmosphäre. Zum Glück war ihr Zimmer im zweiten Stock, so dass sie das Fenster offen lassen konnten, ohne Sorge zu haben, dass jemand einsteigen würde. Marcella und Sven legten ihr Gepäck ab, machten sich kurz frisch und schlossen ihr Zimmer wieder von außen ab. Zurück im Eingangsbereich, informierten sie sich, wo es am nächsten Tag Frühstück gab und wie lange sie wegbleiben durften. Zum Glück war keine Spur von Mister Clark zu sehen, und eine besonders freundliche Angestellte, eine mit 1000 Falten übersäte Oma, »erlaubte« ihnen, so lange wegzubleiben, wie sie wollten.

Misses Summerfield, vermutlich um die 70 Jahre, war das krasse Gegenteil von Mister Clark. Sie strahlte eine Wärme und Fürsorglichkeit aus, als ob sie die strenge und leicht unterkühlte Art von Mister Clark ausgleichen müsste. Sie sagte ihnen in einem gepflegten Englisch, dass die Jugendherberge rund um die Uhr geöffnet sei. Sie erkundigte sich interessiert, woher Marcella und Sven kamen, was sie vorhatten und vor allem, weshalb so gut angezogene, sicher erfolgreiche Menschen in einer Jugendherberge übernachten würden. Als

Misses Summerfield »erfolgreich« sagte, deutete sie auf die Uhr von Sven und berührte den teuren Stoff von Marcellas Kleid.

Marcella, die sich eigentlich nicht von jedem Fremden gleich alles aus der Nase ziehen ließ, erzählte ihr, dass der Besuch der Jugendherberge eine bezaubernde Idee von Sven, ihrem Mann, gewesen sei, der sie für ein paar Tage in ihre früheste Jugend entführen wollte. Und auf die Frage, ob das Kleid nicht sündhaft teuer gewesen sei, antwortete Marcella, sie hätte heute einen wichtigen Termin gehabt und wäre deshalb noch so chic angezogen. Und fügte schnell hinzu, dass die Kleider in Deutschland sicher sehr viel günstiger wären als in England. Sie fühlte sich unbehaglich. Ein komisches Gefühl beschlich Marcella, das mit dem wichtigen Termin hätte sie nicht sagen sollen. Das klang so überheblich. Die freundliche Misses Summerfield schien nicht aus Langeweile hier Nachtwache zu halten. Sicherlich musste sie mühsam ihre viel zu kleine Rente aufbessern. Mit einem unguten Gefühl in der Magengegend verabschiedete sich Marcella abrupt.

»Genießt den Abend, genießt das junge Glück!«, rief sie Marcella und Sven hinterher, und mit einem Augenzwinkern verabschiedete sie beide in den Abend. Marcella und Sven liefen los, ein paar Meter weiter blieb Sven wieder stehen und fragte Marcella, ob sie bedrückt sei.

Marcella nickte kleinlaut. »Ich glaube, ich habe gerade zu viel geredet. Und irgendwie tut mir die Frau leid. Ich habe den Eindruck, sie hat Geldsorgen und wir kommen hier rein wie Prinz und Prinzessin. Können unser Glück kaum verbergen. Das tat mir einfach in der Seele weh.«

»Du hast ein gutes Herz.« Er drückte Marcella. »Das liebe ich so an dir.« Er versuchte, sie zu beruhigen. »Mach dir jetzt keine Gedanken, Misses Summerfield hat sich gefreut, mit dir ein paar Worte zu wechseln, und wir können ihr vielleicht etwas besorgen, eine kleine Freude machen.«

»Das ist ein guter Gedanke«, antwortete Marcella etwas beruhigt, »und morgen werde ich mich ganz leger anziehen, nicht dass sie denkt, wir wären superreich, während sie selbst …«

»Ich denke nicht, dass Misses Summerfield am Hungertuch nagt. Vielleicht ist sie ja auch nur einsam und arbeitet deshalb hier bei den jungen Leuten. Ältere Menschen schlafen nachts nicht mehr so gut, sie lenkt sich ab und freut sich, wenn sie ein paar Worte mit den Gästen wechseln kann.«

»Wahrscheinlich hast du recht.« Marcella gab nach. Nicht, weil Sven sie wirklich überzeugt hatte, sondern weil sie die unguten Gedanken schnell wieder abschütteln wollte. Marcella küsste Sven zärtlich auf die Wange, als wollte sie sagen, alles in Ordnung, und hakte sich unter.

»Wir sind mittendrin«, Sven wollte Marcella nun endgültig auf andere Gedanken bringen, »unter uns die Bahnlinie, London mit dem endlosen Häusermeer und vielen Menschen, lass uns den Tag und unseren ersten Schritt in das neue Leben genießen.«

»Caro mio, ich atme alles ein, vor allem deine Liebe. Wir sind mitten im Leben«, antwortete sie verträumt und wieder zufrieden, »und mit dir ist heute sowieso alles schön. Lass uns eintauchen und abtauchen, ich möchte alles sehen. Lass uns schauen, was sich verändert hat, ob ich noch etwas erkenne. Ich zeige dir, wo wir damals gegessen haben. Hast du auch Hunger?«

Und dann stürzten sich Marcella und Sven in die wilde, verrückte und ständig unter Strom stehende Millionenmetropole. Es wogte eine nicht enden wollende Menschenmenge auf den Straßen. Zwischendurch fuhren die roten Doppeldeckerbusse. Die Rolltreppen, die die unterirdische U-Bahn mit der Stadt verbanden, waren wie Herzkammern, die pulsierend die Menschen auf der einen Seite einsogen und auf der anderen Seite wieder aus der Erde auswarfen.

Marcella wollte unbedingt Fish and Chips essen. So wie früher, die landestypische Kost. Nach einer längeren Suche, auf der sie an einem italienischen, einem chinesischen und einem bayerischen Restaurant vorbeikamen, fanden sie eine kleine Kneipe, die neben Bier und Whisky auch Fish and Chips zu bieten hatte. Der Tresen war voll besetzt, von den vier Tischen war gerade noch ein kleiner frei.

Gegenüber der Kneipe warb eine orange leuchtende Neonreklame für das Musical *Saturday Night Fever*.

Nachdem sie gegessen hatten und Marcella dabei feststellen musste, dass die fettige Mahlzeit früher irgendwie besser geschmeckt hatte, überlegte sie, Sven in die Abendvorstellung einzuladen. »Jetzt kommt meine Überraschung«, schlug Marcella vor, »ich möchte dich in das Musical einladen, hast du Lust?«

Sven nickte begeistert, er genoss einfach das Strahlen in Marcellas Augen und die Leichtigkeit des Seins, welche Marcella jetzt wieder verbreitete. Es tat ihm gut, er konnte bei ihr richtig auftanken, mit ihr war alles leicht. Sie gingen hinüber zum »Apollo Victoria Theatre«, Marcella bekam noch zwei Karten, und sie gingen zu ihren Plätzen, Hand in Hand. Glücklicherweise musste er nicht mehr von seinem Mädchen träumen. Im Gegensatz zu der Hauptrolle im Musical *Saturday Night Fever*, Tony Manero, der aus dem New Yorker Stadtteil Brooklyn entfliehen wollte und von einem besseren Leben an der Seite eines schönen Mädchens träumte.

Der Vorhang ging auf, die Musik war genau das Richtige. Fröhlich, laut, sorglos. Schöne, junge Menschen die auf der Bühne das Leben nachspielten. Nach der Vorstellung waren sie noch aufgedreht, aber nachdem sie noch etwas getrunken hatten und Sven unbedingt noch bei McDonald's eine Kleinigkeit essen wollte, bemerkten sie, dass sie doch keine 17 mehr waren. Müde, jedoch glücklich, gingen sie in Richtung Jugendherberge zurück.

# Kapitel 74

Misses Summerfield hatte noch immer Dienst. Sie saß und strickte einen Pullover. Sie erkundigte sich freundlich, ob sie einen schönen Abend verbracht hätten. Marcella, die jetzt schon wieder ein schlechtes Gewissen spürte, besorgte bei Misses Summerfield, oder besser gesagt, in dem Shop, der um diese Uhrzeit auch von ihr bedient wurde, eine kleine Packung Likörpralinen und schenkte, nachdem sie bezahlt hatte, die Pralinen der überraschten Frau.

»Jetzt bin ich wieder zufrieden«, sagte Marcella leise zu Sven, als sie in die glücklichen Augen von Misses Summerfield schaute.

Diesmal fanden Marcella und Sven ohne fremde Hilfe in den richtigen Gang zu ihrem Zimmer. Sven steckte den Schlüssel ins Schloss und hatte ihn gerade einmal halb herumdreht, als die Zimmertür bereits knarrend aufsprang. Die Tür war überhaupt nicht abgeschlossen gewesen. Hatte er es vergessen? Sven glaubte es nicht, wollte es jedoch auch nicht behaupten und drückte vorsichtig die Tür ganz auf und ging in das Zimmer. Der vergilbte Vorhang bewegte sich im Wind, ansonsten schien alles ruhig zu sein. Marcella packte ihren Koffer aus und schaute alles durch. Offensichtlich fehlte nichts. Sie nahm ihre Kosmetikbeutel in das Bad und es fiel ihr siedend heiß ein, dass sie den Ring dort abgelegt hatte. Zum Händewaschen hatte sie ihn bei der Ankunft kurz abgelegt, erinnerte sie sich, sie wollte ihn schützen, war abgelenkt und hatte ihn nicht mehr angesteckt.

»Tesoro, das darf nicht wahr sein!« Sven war alarmiert, Marcella hörte sich richtig verzweifelt an. »Dein Ring ist weg, ich habe ihn hier hingelegt«, sie schluchzte auf.

»Und jetzt ist er weg?«

Marcella nickte nur, was für eine Katastrophe, sie machte sich heftige Vorwürfe. »Er ist weg, wie konnte ich nur.«

»Hast du ihn gerade erst hingelegt?«

»Nein«, kam es erstickt, »bevor wir gingen. Ich habe ihn nur kurz abgelegt, zum Händewaschen.«

Marcella zeigte ihm die Stelle, und er schraubte den Siphon am Waschbecken auseinander in der Hoffnung, den Ring dort zu finden. Der Schraubverschluss war schwer zu öffnen, irgendwann gab er nach, und eine eklige Brühe ergoss sich auf den Boden; vom Ring jedoch keine Spur.

Marcella ging währenddessen zu Misses Summerfield und erklärte niedergeschlagen, dass sie heute einen Ring geschenkt bekommen hätte, der eine besondere Bedeutung für sie hatte, und sie es sich nicht verzeihen könnte, wenn sie ihn nicht mehr finden würde. Sie schüttete ihr Herz aus, so gut es auf Englisch ging. Inzwischen kam Sven auch dazu und sprach den inzwischen hinzugeeilten Mister Clark an. Er erzählte nichts von dem hohen Preis, sondern wie Marcella nur von dem ideellen Wert, und setzte einen hohen Finderlohn für denjenigen aus, der ihnen das Kleinod wieder zurückbringen würde. Und er setzte hinzu, er würde die Polizei informieren, schließlich wurde das Zimmer aufgeschlossen, davon war er inzwischen überzeugt. Er hatte abgeschlossen, es handelte sich um einen dreisten Diebstahl.

Mister Clark war keine Hilfe, er verwies nur auf den Safe, sagte so was wie »selber schuld« und wartete, bis Sven mit seiner traurigen Marcella an der Hand wieder gegangen war. Sven hörte, wie Mister Clark mit der freundlichen Dame schimpfte, sie regelrecht herunterputzte. Er stoppte seinen Schritt und wollte hören, ob er aus dem Gespräch etwas in Erfahrung bringen konnte. Allerdings konnte er die Worte nicht verstehen. Näher wollte er nicht herangehen, da sie sonst von Mister Clark wieder gesehen worden wären.

Sie misstrauten im Moment jedem, auch den Zimmernachbarn, die, dem Geruch nach, offensichtlich gerade einen Joint geraucht hatten, und er verdächtigte Mister Clark, für den es sicher kein Problem war, in die Zimmer zu kommen. Lediglich die nicht abgeschlossene Türe passte nicht ganz so ins Bild. Denn Mister Clark schien in allem, was er tat, sehr genau zu sein. Er hätte, pedantisch, wie er zu sein schien, sicher wieder abgeschlossen.

Marcella hielt es im Zimmer nicht aus. Sie sagte Sven, dass sie nochmals zu Misses Summerfield und danach zur Polizei gehen wollte. Sie wollte es nicht hinnehmen, dass ihre kleine Nachlässigkeit nun solche Konsequenzen haben und der schöne Tag so ein abruptes Ende nehmen sollte. Sven konnte sie nicht beruhigen, auch wenn er versicherte, dass der Juwelier zwar nicht dasselbe, aber etwas ähnlich Schönes nochmals für sie anfertigen könnte.

»Warum weinen Sie?« Marcella bemerkte die roten Augen von Misses Summerfield. »Was ist passiert, was hat Mister Clark gemacht?«, fragte sie nach, als die ältere Dame wortlos abwinkte. »Erzählen Sie es mir, egal, was es ist!«

Sie begann stockend, dass er ihr vorgeworfen hatte, als er die geöffnete Pralinenschachtel sah, sie würde ihren Arbeitgeber bestehlen. Er wollte ihr nicht glauben, dass Marcella diese gekauft hatte, und nahm ihr die Süßigkeiten deshalb wieder weg. Sie hatte nicht über den Verlust geweint, sondern über die ungerechtfertigten Vorwürfe. Und auch der Diebstahl von Marcellas Ring nahm sie mit. Marcella tröstete sie, so gut sie konnte, und vergaß dabei fast ihren eigenen Kummer.

Sven, der sich nicht mehr bremsen konnte, obwohl Misses Summerfield ihn von seinem Vorhaben abhalten wollte, stürmte zu Mister Clarks Büro und drohte ihm mit einer Beschwerde bei dem Betreiber der Jugendherberge, wenn er sich nicht sofort bei Misses Summerfield entschuldigen und die Pralinen wieder zurückgeben würde. Alles war in Aufruhr. Mister Clark war nun auch nicht mehr gelassen, und der Streit eskalierte fast. Nicht mehr freundlich, stellte sich Mister Clark als Inhaber vor und wollte Sven gerade aus seinem Büro werfen, als gerade rechtzeitig Marcella kam und dazwischenging.

»Tesoro«, beschwichtigte sie ihren aufgebrachten Sven, »lass ihn, er weiß, dass Misses Summerfield nichts gestohlen hat, und das ist jetzt vorerst mal das Wichtigste. Lass uns kühlen Kopf bewahren. Was wollen wir wegen des Rings machen, wollen wir Anzeige erstatten? Vielleicht kommt die Polizei und kann eine Durchsuchung veranlassen?«

»Guter Gedanke«, überlegte sich Sven, »ich kenne mich in England nicht aus, wie schnell hier reagiert wird. Probieren geht jedoch über Studieren. Um den hier kümmere ich mich später.« Er schaute grimmig zu Mister Clark, der die beiden beobachtet hatte.

»Ob er uns verstanden hat?«, fragte Marcella nachdenklich. »Ich hatte das Gefühl, dass er bei dem Wort Polizei und Durchsuchung leicht den Atem angehalten hat.«

»Meinst du, er war es?«

»Weiß ich nicht«, antwortete Marcella zögerlich, »vielleicht hat er auch nur einen Verdacht, wer es gewesen sein könnte.«

Sie gingen wieder zurück, vorbei an Misses Summerfield, die weiterhin sehr geknickt aussah. Sven wählte die Rufnummer der Polizei, meldete den Diebstahl, bat um die Tatortbesichtigung und ein Protokoll für die Versicherung. Für Misses Summerfield war das alles zu viel, sie hatte sich den Abend sicher auch viel ruhiger vorgestellt. Marcella zeigte ihr Mitgefühl und erntete darauf wieder einen Schwung Tränen. Die ältere Dame schluchzte, als ob sie lange nicht mehr so viel Anteilnahme erfahren hätte. Marcella nahm sie in den Arm, und langsam beruhigte sich Misses Summerfield wieder ein wenig.

In der Zwischenzeit kam ein Beamter vom Metropolitan Police Service, wie seiner Karte zu entnehmen war, nahm die Angaben von Marcella und Sven auf, schaute kurz das intakte Türschloss von ihrem Zimmer an und nahm die Zeugenaussagen und die Personalien von Misses Summerfield und Mister Clark auf. Als Sven den Beamten wieder zu seinem Fahrzeug begleitete, gab er noch den hohen Wert des Ringes an und bat um Vertraulichkeit seiner Frau und auch den Mitarbeitern des Hostels gegenüber, denen er weiterhin misstraute.

Er ging mit Marcella zurück in das Zimmer. Von Müdigkeit keine Spur, Marcella konnte sich nicht beruhigen und sich selbst nicht verzeihen, dass sie so achtlos gewesen war. Sven konnte sie auch nicht von ihren trüben Gedanken abbringen, und so lauschten sie in die

Nacht, hörten die Glocken der nahen Kirchturmuhr, und jeder war in seinen Gedanken.

»Wie lange wollten wir hier noch bleiben?«, unterbrach Marcella die Stille. »Und fliegen wir wieder zurück nach Magdeburg? Dort steht ja noch unser Auto.«

»Das Auto wurde dem Vermieter zurückgegeben«, antwortete Sven schläfrig, der langsam müde wurde, »ich habe einen Linienflug nach Stuttgart für uns gebucht, wir können jede freie Maschine nehmen, die wir wollen. Ab Heathrow diesmal, und in Stuttgart holen wir uns wieder ein neues Mietauto.«

»Okay«, kam es immer noch betrübt von Marcella, »ich möchte kein Spielverderber sein, aber können wir morgen woanders übernachten? Mir reicht der Ausflug in meine Jugend, mir gefällt meine Zukunft mit dir viel besser«, und schmiegte sich enger an Sven.

»Sehr gerne«, antwortete Sven schon wieder frischer, »wir können auch gleich umziehen, wenn wir etwas finden. Würdest du dich dann wohler fühlen?«

»Tesorino, das ist lieb von dir«, antwortete Marcella, »eine Nacht hier ist okay, es sind eh nur noch ein paar Stunden bis zum Morgen. Allerdings, einen anderen Wunsch hätte ich, bist du sehr müde?«

»Was hast du für eine Idee?«

»Ich kann nicht schlafen und würde gerne noch ein paar Schritte gehen«, kam es von Marcella wieder etwas unternehmungslustiger.

»Was hast du vor?«

»Ich möchte gerne mit dir zur Polizeistation gehen und nachfragen, was sie gedenken zu tun«, kam es voller Tatendrang von Marcella, »meinst du, ich will tatenlos zusehen, wie dein schöner Ring morgen über alle Berge ist?«

»So liebe ich dich!« Sven knuddelte sie kurz, stand auf und zog sich schnell an, Marcella tat dasselbe, und keine fünf Minuten später waren sie mit Jeans, Jacke und bequemen Schuhen bei der überraschten Misses Summerfield, die immer noch sehr unglücklich dreinschaute. Die Pralinen hatte sie vermutlich immer noch nicht zurückerhalten.

»Gleich wird das Haus auf den Kopf gestellt«, sagte Sven so laut, dass es Mister Clark in seinem Büro auch hören sollte. Es war ein spontaner Einfall von ihm, er konnte Mister Clark zwar nicht sehen, die Tür zu seinem Büro war jedoch nur angelehnt, und er sah den hellen Schein der Schreibtischlampe. »Die Polizei wird gleich alles auseinandernehmen«, ergänzte er in einem einfachen, verständlichen englischen Satz. Mister Clark war ihm gehörig unsympathisch.

»Was hast du vor?« Marcella schaute Sven fragend an, nachdem sie auf der Straße standen. »Du hast sie vorgewarnt.« Sie überlegte kurz. »Meinst du wirklich, die Polizei reagiert jetzt so schnell, nachdem sie sich bisher überhaupt nicht geregt haben?«

»Ja«, schmunzelte Sven, »wenn wir jetzt dort auftauchen und sie meine aufgebrachte Marcella mit ihren temperamentvollen Augen sehen, dann wird ihnen nichts anderes übrig bleiben.«

»Du nimmst mich nicht ernst«, beklagte sich Marcella ein wenig gespielt, und es war ihr schon etwas leichter zumute, weil sie zumindest nun etwas unternahmen. Egal, was dabei herauskam. Tatenlos dazusitzen war zumindest nicht ihr Ding. Auch da war sie wie Sven, der schon wieder am Überlegen war.

»Doch, mein Liebling«, antwortete Sven, »du hast mich auf eine Idee gebracht. Ich glaube leider nicht, dass die Polizei alles haarklein untersuchen wird. Dafür ist das Gebäude zu groß, und wir wissen ja nicht, wo das kleine Schmuckstück versteckt wurde, ob es überhaupt noch im Haus ist.«

»Und was hast du dann vor?« Marcella ahnte, worauf er hinauswollte. »Wolltest du sie nur aufschrecken?«

»Genau«, sprach Sven mit gesenkter Stimme zu ihr, »auf diese Idee hast du mich gerade gebracht. Wir gehen jetzt über den Hintereingang, den es hier sicher gibt, wieder ins Haus und schauen, ob sich etwas tut.«

Sie schlichen um den Häuserblock und versuchten, zum Hintereingang zu gelangen. Ein taktischer Fehler, wie sich herausstellte. Leider war Sven die Idee erst gekommen, nachdem er die polizeiliche Durchsuchung lautstark angekündigt hatte. Sie hätten zuvor den Notausgang suchen und die Tür von innen öffnen müssen.

»Mist«, flüsterte Marcella leise, »abgeschlossen.«

»Und was ist hier?«, Sven schaute zu ihrem eigenen Zimmer nach oben, »wir haben das Fenster ja immer noch offen, meinst du, wir kommen da hoch?«

»Lass uns eine Leiter suchen, da hinten ist ein Schuppen oder so was.« Marcella schlich voran und schnalzte leise mit der Zunge. »Hier haben wir dich ja«, flüsterte sie und zog eine alte Holzleiter, die auf dem Boden lag, vorsichtig zu sich. Sven ging schnell an das andere Ende. Sie hoben, nur vom Mondlicht beleuchtet, lautlos die Leiter an und trugen diese schnell unter ihr Zimmerfenster. Behutsam lehnten sie sie an.

»Hoffen wir mal nicht«, scherzte Sven schon wieder, »dass gleich die Polizei auftaucht, dann wären wir echt in der Bredouille.«

»Mach nicht solche Scherze«, unterbrach sie ihn, »lass uns leise sein.«

# Kapitel 75

Sie tasteten sich vorsichtig die Leiter nach oben, und Sven, der als Erster oben ankam, drückte das Fenster sachte auf und kletterte ins Zimmer. Marcella kam leichtfüßig nach, und er half ihr wortlos herein. Vorsichtig, so leise es ging, drehte Sven den Schlüssel von innen und öffnete die knarrende Zimmertür. Wie auf Samtpfoten schlichen sie sich den Flur entlang und versteckten sich in einer Nische. Nichts bewegte sich, kein Laut war zu hören. Ohne ein Wort zu wechseln, schlichen sie auf Zehenspitzen bis zum Büro von Mister Clark, drückten lautlos die Tür auf, das Licht war gelöscht, niemand mehr da. Nur die geöffnete Pralinenschachtel lag, sehr zum Ärger von Sven, immer noch auf dem Tisch.

Wie die Indianer schlichen sie weiter, sie sahen Misses Summerfield, die nervös hinter dem Tresen hin und her lief und immer zur Eingangstür schaute. Sie erwartete tatsächlich die Polizeidurchsuchung. Marcella hatte schon wieder Mitleid und wollte das Versteckspiel am liebsten auflösen. Allerdings war ihr klar, dass auch die nette ältere Dame zum Kreis der Verdächtigen zählte. Nachdem sie eine halbe Stunde auf der Lauer gelegen hatten und nichts Auffälliges zu sehen oder zu hören war, schlichen beide in den Stock oberhalb ihrer Etage und fanden das Privatzimmer von Mister Clark, ein Namensschild an der Türe gab ihnen die Auskunft. Sie hörten ihn mit Wasser hantieren, offensichtlich ging er gleich zu Bett. Sie liefen nun geschwind zurück auf ihre Etage und dann weiter zum Erdgeschoss. Beim Hintereingang angekommen, öffneten sie vorsichtig die Verriegelung von innen und gingen unverrichteter Dinge wieder zurück in den Hinterhof. Räumten geräuschlos die Holzleiter an ihren Platz und gingen, ohne ein Wort zu verlieren und wie sie zuvor gekommen waren, um den Häuserblock herum und standen nun wieder vor der Jugendherberge.

»Und jetzt«, atmete Marcella auf, »was machen wir nun?«

»Deine Idee kommt jetzt«, antwortete Sven knapp und schaute auf der Karte des Polizisten, wo das Revier war. »Das ist nicht weit, wollen wir die paar Schritte gehen?« Fragend schaute er Marcella an, die nur nickte. Sie nahmen sich an der Hand und gingen eiligen Schrittes zu dem schmucklosen fünfstöckigen Gebäude, an dem ›West End Central Police Station‹ stand. Dort angekommen, meldeten sie sich über eine Gegensprechanlage und wurde hereingelassen. Sven erläuterte, dass sie den Verdacht hatten, dass der Ring in Mister Clarks Zimmer oder Büro zu finden sei. Svens Plan war, wenn er so einen konkreten Verdacht äußerte, dass die Polizei eher reagieren würde.

Und schließlich war es tatsächlich sein Verdacht, denn das Licht im Büro war noch an, als sie angekündigt hatten, zur Polizei zu gehen. Und später, als sie im Gebäude unerkannt herumschlichen, war das Büro unbeleuchtet und nicht abgeschlossen.

Deshalb vermutete Sven, dass Mister Clark in Eile sein Büro verlassen und das Schmuckstück mitgenommen hatte. Und zwar konkret in sein privates Zimmer, welches über der eigentlichen Jugendherberge lag. Das hatten sie ja bei ihrem nächtlichen Rundgang herausfinden können. Nachdem Marcella und Sven abwechselnd von ihren Beobachtungen berichtet hatten, wurde der diensthabende Beamte dazugerufen. Er telefonierte kurz und gab dann Anweisungen per Funk. Und nickte den beiden zu. »We'll do it, let's go.«

Insgesamt fuhren drei Beamte und eine Beamtin zu der Jugendherberge. Die beiden durften in einem der Fahrzeuge mitfahren. Die Einsatzfahrzeuge parkten auf dem Gehweg, zwei Beamte blieben im Eingangsbereich bei Misses Summerfield, die kurz vor einem Herzinfarkt stand, als sie die Polizei tatsächlich kommen sah. Die beiden anderen gingen, auf Svens Beschreibung hin, alleine zu Mister Clarks Zimmer in den oberen Stock.

Die Beamtin, bei der Marcella und Sven standen, ging sehr höflich vor. Sie fragte Misses Summerfield, ob ihr etwas aufgefallen sei, ob sie sich auch bei ihr umschauen dürften. Denn man könnte ja nicht ausschließen, dass der Dieb das Schmuckstück bei ihr deponiert hätte. Die aufgeregte ältere Dame, deren Hände so sehr zitterten, dass sich Marcella schon Sorgen machte, schloss das aus, weil sie ihren Platz bis auf ein paar Minuten, in denen sie auf die Toilette gegangen war, nicht verlassen hätte. Gab jedoch ihren Arbeitsplatz für eine Durchsuchung frei. Sie zeigte sich sehr kooperativ. Im Gegensatz zu Mister Clark, ihn hörte man bis nach unten, er war wütend und auf dem Weg zu seinem Büro. So was wäre ihm noch nie widerfahren. Er beteuerte seine Unschuld, fühlte sich in seiner Ehre angegriffen und wurde erst leiser, nachdem Sven trocken bemerkte, dass die offene Pralinenschachtel, die noch immer in seinem Büro läge, nicht ihm, sondern Misses Summerfield gehörte. Die Beamten fragten ihn, ob das so stimmen würde. Mister Clark gab darauf keine Antwort, sondern schickte Sven mit einem wütenden Funkeln in den Augen nur einen vernichtenden Blick.

Der Beamte, der mit der Kollegin bei Marcella und Sven geblieben war, bat die beiden, sich vom Büro zu entfernen, und klärte sie auf, dass sie noch keinen Durchsuchungsbeschluss hätten und zunächst nur auf die Kooperation der Beteiligten angewiesen wären. Währenddessen kam auch die Beamtin und zuckte nur mit den Schultern. Offensichtlich hatte sie nichts gefunden.

Mit Mister Clark gab es keine Einigung, er bestand darauf, dass sein Büro, genauso wie sein Zimmer, nicht ohne einen Durchsuchungsbeschluss angerührt werden durfte. Zugleich kündigte er an, dass er sich über alle Maßnahmen an oberster Stelle beschweren würde. Es schien, als ob der Einsatz im Moment zu keinem Erfolg führen würde. Die Beamtin hatte jedoch noch einen anderen Ansatz und wollte sich gerne ein eigenes Bild vom Tatort verschaffen. Ob beispielsweise an der Tür erkennbar war, ob das Schloss manipuliert worden oder ob ein regulärer Schlüssel benutzt worden war.

Und sie wollte prüfen, ob jemand über das offene Fenster eingestiegen war. Sie entnahm diese Möglichkeit dem Bericht, den der erste Beamte geschrieben hatte. Marcella wurde es heiß, was wäre, wenn ihre Spuren jetzt entdeckt würden. Sie schaute betreten Sven an, der ihr jedoch mit den Augen signalisierte, noch nichts zu sagen. Die Beamtin war, im Gegensatz zum ersten Officer, der zuvor den Diebstahl aufgenommen hatte, sehr gründlich, sie leuchtete auch vom Fenster nach unten in den Hinterhof und entdeckte tatsächlich die Spuren von Marcella und Sven, die Abdrücke der Leiter waren deutlich zu sehen. Sie gab einen Funkspruch an ihre Kollegen weiter, die gleich kamen und sich alle in dem kleinen Zimmer drängten. Marcella war es beinahe schlecht vor Aufregung. Was sollten sie nun tun? Sie stupste Sven an, der dann den erstaunten Beamten ihre detektivischen, jedoch erfolglosen Bemühungen beichtete.

# Kapitel 76

Die Beamtin lächelte mitfühlend, sie spürte, wie wichtig der Ring war, und hatte die beiden schon deshalb ins Herz geschlossen, weil Sven inzwischen auch erklärt hatte, weshalb er bereits wusste, dass in Mister Clarks Büro eine offene Pralinenschachtel lag. Und weshalb sie dort überhaupt war. Die Beamtin spürte die Herzlichkeit der beiden und forderte einen ihrer Kollegen auf, jetzt nun endlich einen Durchsuchungsbeschluss zu beantragen. Denn, so sagte sie, wer Pralinen stahl, dem war auch sonst nicht zu trauen. Zwei Beamte gingen nach unten und wollten die beiden Angestellten im Auge behalten, der dritte versuchte telefonisch, die notwendige Permission zu besorgen.

Die Beamtin schaute sich um, und, als ob sie einem Instinkt folgen würde, fragte sie Marcella, ob sie auch ihr Gepäck mal durchschauen dürfte. Marcella willigte ein, sah jedoch keinen Sinn in der Maßnahme. Die Polizistin zog sich neue Einmalhandschuhe über und fühlte sich durch die Kleidungsstücke im Koffer. Marcella nahm Sven in den Arm und sagte leise:

»So, wie der Tag angefangen hat, mit Aufregung vor Magdeburg, so hört er leider auch wieder auf.«

»Wir lassen uns nicht unterkriegen«, antwortete Sven bestimmt, »wie hast du am Anfang gesagt, wegen solcher Kleinigkeiten soll man sich nicht das Leben schwermachen.«

»Kleinigkeiten?«, Marcella schaute ihn lieb an, »eine Kleinigkeit ist das für mich zwar nicht, aber du hast recht, wir werden uns davon nicht beirren lassen. Es werden noch öfter solche Aufreger kommen. Aber egal, du bleibst, unsere Liebe bleibt, und das ist das Einzige, was zählt.«

Sven wollte gerade antworten, als die Beamtin, die in der Zwischenzeit im Badezimmer war, laut rief: »Look here, what's this?«

»Mi rubi l'anima!« Marcella sprang auf die junge Frau zu, schaute zuerst auf den Ring und umarmte dann die überraschte Beamtin. »Mein Ring, amore mio, mein Ring!« Marcella schluchzte, mehr konnte sie nicht mehr sagen, gab Sven den Ring, umarmte auch ihn überschwänglich. Die Polizistin lächelte glücklich, als sie die freudige Reaktion und die große Erleichterung in Marcellas Augen sah, sie hatte die gesuchte Kostbarkeit in Marcellas kleinem Kosmetikbeutel im Badezimmer gefunden. Der war nicht verschlossen, der Ring lag oberflächlich zwischen den Hygieneartikeln versteckt. Sie nahm ihr Funkgerät in die Hand und brach den Einsatz ab.

»Danke, danke«, Marcella überschlug sich beinahe, »thank you very much, what would we have done without you« und sprang überglücklich Sven in die Arme und busselte ihn erleichtert ab. »Tesorino, Tesoruccio, alles, alles wieder gut!«.

Die anderen Beamten kamen die Treppe nach oben und hörten erleichtert, dass sich der Einsatz erledigt hatte, und schauten sich das Kleinod genauer an. Ein Raunen ging durch den Raum, sie versicherten, ein so außergewöhnliches Schmuckstück noch nie gesehen zu haben. Wollten jedoch von Marcella auch wissen, ob sie den Ring nicht selbst in die Kosmetiktasche gelegt hatte. Sie bestritt das ausdrücklich, und Sven erklärte nochmals den Ablauf, dass sie sich kurz im Bad frisch gemacht hatten und Marcella den Ring auf dem Beckenrand abgelegt hatte. Die Beamten nahmen das so zur Kenntnis, wohl auch, um den Fall abzuschließen und den beiden keine Schwierigkeiten zu machen. Eindeutig war es jedenfalls nicht, die geöffnete Tür sprach für einen Einbruch, die Fundstelle jedoch dagegen. Sie wollten wissen, ob sonst noch etwas fehlen würde, und Marcella und Sven schauten alles durch und gaben Entwarnung.

Als Erstes wollte Marcella nun Misses Summerfield die frohe Botschaft überbringen. Sie wusste, dass die ältere Dame von alldem sehr mitgenommen war. Sie ging schnell nach unten, nachdem sie sich den Ring wieder angesteckt hatte. Die Beamten liefen hinterher und verabschiedeten sich rasch. Mister Clark funkelte immer noch Sven an, und Marcella sagte leise zu Sven: »Hast du gesehen, wie er schaut, er ist so was von wütend, wollen wir uns nicht irgendwie entschuldigen?«

Sven brummte nur, überlegte kurz und ging dann doch Richtung Mister Clark, rechtfertigte das Vorgehen, entschuldigte sich jedoch auch für die Unannehmlichkeiten. Eine Antwort bekam er nicht. Sven schaute nur verärgert Marcella an, die Entschuldigung hätte er sich ersparen können. Marcella verabschiedete sich schnell von beiden, entschuldigte sich noch kurz beim Umdrehen, hakte sich bei Sven unter und dirigierte ihn zur Treppe.

»Ich weiß, was dir auf der Zunge lag«, sagte sie ihm leise, als sie außer Hörweite waren.

»Das kannst du nicht wissen«, lachte Sven.

»Doch«, lachte nun auch Marcella, »ich glaube, ich kenne dich langsam.«

»Dann erzähl!«

»Du wolltest ihm nochmals sagen, dass er gefälligst die Pralinen herausrücken soll.«

»Unglaublich«, Sven schüttelte nur lachend den Kopf, »bei dir muss ich künftig auf meine Gedanken aufpassen. Das ist ja wirklich unglaublich.«

Im Zimmer zurück, konnten sie nun endlich einschlafen. Marcella nahm den Ring nicht mehr ab und kuschelte sich zufrieden an ihren geliebten Sven, mit dem sie in den paar Tagen so viel erlebt hatte. Ein paar wilde Träume später, und die unruhige, sehr kurze Nacht war zu Ende. Sie duschten sich schnell und packten in Windeseile zusammen. Sven telefonierte kurz, sie hatten beschlossen, in Svens Vergangenheit einzutauchen. Er hatte Marcella erzählt, dass er mit 18 Jahren auch in London war, mit einem Freund, und dort Silvester gefeiert hatte. Sie hatten sich damals das »Swallow International« als Basis ausgesucht und sich ganz wohlgefühlt.

Marcella war gleich einverstanden, wie immer unkompliziert und pragmatisch, wollte sie gerne wieder mit der Tube fahren. Sie freute sich auf das Hotel, einmal, um mehr von Sven zu erfahren, und weil es auch eine gute Lage hatte, wie Marcella auf einen Blick sah, auch im Hinblick auf den Rückflug. Sven erinnerte sich daran, dass das Hotel über einen Spa-Bereich verfügte und sicher ein angenehmes Kontrastprogramm bieten würde. Marcella freute sich zusätzlich über den günstigen Preis. Und so waren alle rundherum zufrieden. Am Telefon erhielt er die Auskunft, dass ein Zimmer frei war.

Sie frühstückten eine Kleinigkeit in der Jugendherberge. Sven musste gezwungenermaßen wieder zu Mister Clark und bezahlte die Nächtigung, denn Misses Summerfield war noch nicht da. Auf Wunsch von Marcella erkundigte er sich nach ihr, bekam jedoch keine Antwort. Marcella versuchte es bei einem anderen Mitarbeiter der Jugendherberge und bekam die Arbeitszeiten und sogar die Privatadresse von Misses Summerfield. Sie wollte einfach noch einmal mit ihr sprechen, es war ihr ein Bedürfnis.

Nach dem Frühstück gingen sie nun zu Fuß zur nächsten U-Bahn-Station und tauchten wieder in die alten Tunnelanlagen ab. Heute war es schon nicht mehr so außergewöhnlich. Marcella und Sven zwängten sich mit ihren Koffern durch die Menschen. Heute nahm man kaum Notiz von ihnen, sie waren wie normale Touristen gekleidet, dieselbe Linie, die sie am Vorabend zur Jugendherberge genutzt hatten, fuhren sie weiter Richtung Flughafen Heathrow. Allerdings fuhren sie nicht so weit.

Vor der Station Earl's Court rief Sven endlich den ersehnten Satz: »Wir sind da!« Er nahm Marcellas Koffer, Marcella packte den leichteren von Sven, und wenige Schritte später tauchte das »Ibis Earl's Court« auf. Sven erklärte, dass das bei seinem Besuch damals das »Swallow International« war. Roter Backstein und verspiegelte Fensterscheiben passten sich der Umgebung an. Um das Hotel war ein gehobenes Wohnviertel, Autos der Marken Jaguar und Porsche waren vor den Haustüren zu sehen, mittendurch ging eine verkehrsreiche Hauptstraße, und auf der anderen Straßenseite war ein Supermarkt, der auf einem großen Plakat seine 24-stündige Öffnung verkündete.

Das Hotel hatte in den Jahren einen Stern eingebüßt und nun nur noch drei Sterne, auch das Schwimmbad war wohl dem Rotstift zum Opfer gefallen. Spa-Bereich? Auch Fehlanzeige. Früher wurden die Autos von den Hotelmitarbeitern auf einen Parkplatz gestellt. Und wer sein Auto wieder haben wollte, musste sich sicher ein paar Minuten gedulden, bis die eng zugeparkten Fahrzeuge endlich wieder am Eingang bereitstanden. Auch diesen Service gab es offensichtlich schon längst nicht mehr, was Sven daran festmachte, dass ein älterer Herr fast schon verzweifelt versuchte, sein Auto aus der schmalen Parkbucht herauszumanövrieren.

»Du möchtest gerne helfen?« Marcella sah es Sven an, der stehen blieb und seinen Koffer absetzte. Er nickte nur dankbar, dass Marcella Verständnis dafür hatte und sie auf ihn kurz warten würde. Er ging zu dem Mann, und tatsächlich, der Mann stieg aus und überließ Sven sein Auto. Sven musste auch sehr kurven, hatte jedoch nach ein paar Minuten das Auto aus der extrem engen Lücke heil herausgebracht. Der Mann bedankte sich und drückte ihm eine Fünf-Pfund-Note in die Hand.

»Dir vertrauen sie alle«, lachte Marcella, »wie machst du das?«

»Und du kennst mich immer besser«, bedankte sich Sven bei ihr, weil sie so geduldig auf ihn gewartet hatte, »andere Frauen würden zickig reagieren, wenn sie so im Wind stehen müssten, nur weil ich eine Idee habe.«

»Das gibt's? Ich finde das gut, wenn du anderen hilfst«, Marcella konnte sich das nicht vorstellen. Für sie wäre es, wenn Sven nicht helfen würde, das Unnormale.

»Oh ja«, antwortete Sven, »aber lassen wir das. Lass uns jetzt lieber die fünf Pfund verjubeln, ich lade dich auf einen Drink ein, hübsche Frau.«

# Kapitel 77

Sven meldete Marcella und sich am Empfang an, er gab die Pässe und das Gepäck ab. Mit dem Lift fuhren sie zu ihrem Zimmer. Das von außen recht nette Hotel zeigte sich im Eingangsbereich auch noch sehr gepflegt. Goldgerahmte Bilder, Kronleuchter, unzählige weiche Polstergruppen, in denen die wartenden Gäste bis zum Kopf versanken, rote Teppiche und Marmor. Aber schon im Aufzug sah es etwas heruntergekommen aus. Der komplett verspiegelte Aufzug war ebenfalls mit einem dunkelroten Teppich ausgelegt. Flecken darauf zeigten, dass er wohl schon älter war. Die Spiegel an den Wänden waren angeschlagen.

Im dritten Stock angekommen, zeigte das von außen so moderne erscheinende Hotel sein altmodisches Herz. Die einzigen modernen Gegenstände waren auf jeder Etage ein silbernes Schuhputzgerät am Aufzug und Eiswürfelmaschinen in jeder Ecke. Die Flure knackten bei jedem Schritt. Der Boden schien aus sehr alten Dielen zu bestehen.

Im Zimmer fand das sonderbare Flair seine Fortsetzung. Die Vorhänge leicht grau, die Fenster von den Autoabgasen ziemlich verschmutzt, vom heftigen Türenknallen war teilweise das Holz vom Türrahmen abgesplittert, auch hier ein paar dunkle Flecken im Teppich, der damit wohl ausdrücken wollte: Fühl dich wohl, du musst hier nicht aufpassen, ich habe schon einiges hinter mir. Das Badezimmer war anscheinend frisch renoviert worden, weiße Fliesen, zweckmäßig. Flur, Bad, kleiner Wohnbereich und ein Schlafzimmer. Die verspiegelten Fensterscheiben im Schlaf- und Wohnbereich gingen vom Boden bis zur Decke und gaben den Blick auf den Eingangsbereich des Hotels, auf die belebte Hauptstraße und wieder den Supermarkt frei. Leuchtreklame, Autoverkehr und ein paar wenige Bäume, die erfolgreich den Smog überlebt hatten, rundeten das Bild ab.

Zumindest die Fensterscheiben waren schalldicht isoliert. Marcella, die schon wieder testete, ob die Fenster zu öffnen waren, war ein wenig enttäuscht. Bei offenem Fenster mit Sven einzuschlafen, war ihr ein Bedürfnis. Leider ging das nicht, vielleicht auch besser bei der stark befahrenen Straße. Und sie hatte ja Sven, das würde den kleinen Nachteil mehr als aufwiegen.

Ansonsten war das Hotelzimmer sehr schön, auf seine Art eben. Das bisschen zu viel roter Plüsch und die abenteuerliche Mischung aus altbacken und modern gehörten in diesem Zimmer einfach dazu und gaben dem Hotel seinen Charme. Und irgendwie passte es zu London, zu ihrem sehr abenteuerlichen Urlaub.

»Es ist so schön hier, dir ist eine wundervolle Überraschung gelungen.« Marcella schlang beide Arme um Sven und knuddelte ihn fest.

»Das freut mich«, sagte Sven und küsste Marcella, »aber das ist erst der Anfang, wenn du magst, dann stürzen wir uns gleich ins nächste Abenteuer.«

»Oh nein«, entrüstet kam es von Marcella, »mein Bedarf ist gedeckt, ab jetzt das Spießerprogramm, bitte.«

»Und das ist genau?«

»Spaziergänge im Park, pünktlich Tea-time und nicht so spät ins Bettchen, kuscheln!«

»Klingt gut!«

Marcella hatte sich in kürzester Zeit frisch gemacht, denn in der Jugendherberge konnten sie sich nur zu einer Katzenwäsche durchringen. Sie stand umgezogen und erwartungsvoll vor Sven. Sven ging auch noch kurz ins Bad, die Zeit nutzte Marcella, um ihre Mum anzurufen und ihr nur kurz mitzuteilen, dass es ihr gutginge, sehr gut sogar, dass Sven sie nach London entführt hatte und in Magdeburg alles gut verlaufen war. Mehr nicht, sie wollte den Rest für die Rückkehr aufsparen.

Wobei, das mit Magdeburg wusste ihre Mum schon, denn Marcella hatte ihr gleich nach dem Termin eine Textnachricht geschickt. Denn sie kannte ihre Mum, sie hatte sorgenvoll in Stuttgart auf diese

Nachricht gewartet. Giuseppe, der diese Nachricht auch gelesen hatte, hatte tags zuvor gleich geantwortet, dass ihm das völlig klar war. Eine Selbstverständlichkeit, dass alles gutginge. Auf Sven konnte man sich verlassen, textete er Lobeshymnen auf ihn. Und Marcella schmunzelte in sich hinein, weil ihr Onkel so begeistert war.

Sven hatte sich inzwischen auch die Aufregung der letzten Nacht vollständig abgeduscht, nahm Marcella in den Arm und ging mit ihr wieder an der Rezeption vorbei nach draußen. Diesmal stiegen sie in ein wartendes Taxi und fuhren gemächlich, im Berufsverkehr, Richtung Zentrum.

»Schau mal die vergilbten Vorhänge und der Müll. Wird in London auf gewaschene Vorhänge kein Wert gelegt? Ich habe hier noch keine gesehen.« Marcella hatte recht, obwohl die Häuser recht ordentlich aussahen, war der Rest unordentlich und schmutzig. Müll lag vor den Haustüren. Matratzen, zerbrochene Stühle, es sah aus, als ob jeden Moment der Sperrmüll abgeholt werden müsste. Aber es schien hier normal zu sein, obwohl sie nicht im schlechtesten Viertel Londons unterwegs waren. Besondere Markenzeichen von Vorhang und Fenster: vergilbt, verschmutzt, zerrissen.

»Ich möchte ja zu gerne wissen«, sagte Marcella, »wie es innen drin aussieht.«

Das Taxi hielt direkt in der Innenstadt, am Piccadilly Circus, an. Inzwischen war es wieder Mittag, die farbenfrohe Neonreklame verbreitete eine hektische, und in Marcellas Augen auch eine romantische Stimmung. Obwohl es inzwischen angefangen hatte zu regnen. Für sie war alles rosarot. Das war zum einen ihre positive Einstellung, und auf der anderen Seite war das Sven, mit dem sie sich Hand in Hand sich überall wohlfühlen würde. Die Stadt brodelte, war aufgewühlt wie ein Gebirgsfluss nach einem Gewitterregen. Busse drängelten hier genauso wie die Menschen. Es war nur so ein Gewühl, auf der Straße, auf dem Gehweg. Es regnete, die Massen hasteten durch die Straße, vereinzelt blieben ein paar stehen und schauten den Straßenkünstlern zu, die sich in Eingangsbereichen zu Kaufhäusern und U-Bahn-

Stationen präsentierten. Marcella und Sven bewunderten einen Feuerschlucker, der mitten auf dem Gehweg seine Kunststücke zeigte.

Hand in Hand schlenderten sie die Straße entlang weiter in Richtung Themse. Nebel lag noch über dem Fluss, schwach und ein wenig verschwommen konnte man die Gebäude auf der anderen Seite des Flusses sehen. Links und rechts Brücken, die scheinbar ins Nichts führten.

Sie suchten sich wieder ein gemütliches Restaurant und landeten in einer kleinen Kneipe, die ganz nett aussah. Leider täuschte die Optik, das Fleisch war ungewürzt, die Kartoffeln verbrannt und das Gemüse nur durchs Wasser gezogen. Marcella lachte, als sie Svens säuerliches Gesicht sah. Er musste mitlachen. Sie hatten so viel Hunger, dass sie davon aßen, wenn auch nicht alles.

»Magst du in so einer Stadt wohnen?«, fragte Marcella. Die Antwort lag auf der Hand.

»Häuschen auf dem Land?«, fragte Sven zurück.

»Oh ja«, strahlte sie ihn an, »wie aus der spießigen Bausparkassen-Werbung, mit Garten und Kindern.«

»Das wäre dein Traum?«

»Ja«, antwortete Marcella verträumt, »so sind wir auch aufgewachsen, hast du ja jetzt gesehen, das war zwar in der Stadt, aber für uns hat es sich angefühlt wie auf dem Land. Und das war so schön. Was ist dein Traum?«

»Derselbe.«

Nachdem sie sich beim »Fast-Food-Corner« noch etwas Essbares geholt hatten, wobei nur Sven sich etwas bestellt hatte und Marcella anschließend wieder, das war auch so eine Angewohnheit von ihr, von seinem Teller stibitzte, hatten sie genug von der Stadt. Sie fuhren zurück und gingen, wie es sich Marcella gewünscht hatte, ein wenig im Park spazieren. Der Regen hatte aufgehört. Die Luft war so angenehm, es roch nach Regen, nach Holz, so viel Frische hatten sie in der Großstadt nun fast nicht mehr erwartet.

»Wie sieht ein schöner Urlaubstag für dich aus?« Marcella blieb stehen. »Erinnerst du dich, dass ich dich das gefragt hatte?«

»Ja, ich erinnere mich«, lachte Sven, »als ob es, lass mich nachzählen, keine Woche her wäre.«

»Ja«, lachte nun auch Marcella, »unglaublich. Und jetzt weiß ich, wir mögen denselben Urlaub. Und jetzt möchte ich gerne wissen, wie ein schönes Leben für dich aussieht.«

»Mit dir an meiner Seite«, fing Sven an, »das ist ja mal klar. Kinder würde ich mir wünschen, das von dir beschriebene Haus, ein gemütliches Zuhause. Ohne unnötigen Streit.«

»Gibt's denn notwendigen Streit?« Marcella wollte es wieder mal genau wissen.

»Also harmonisch, meine ich. Ein Zuhause, in dem wir alles mit Liebe und Respekt regeln«, verbesserte sich Sven und sah Marcella zufrieden lächeln, »und ich könnte mir sogar vorstellen, dass ich gerne mit dir zusammenarbeiten würde.«

»Mit mir?« Marcella war verblüfft. »Du überraschst mich immer wieder.«

»Magst du das nicht?«

»Doch, sehr gerne sogar«, Marcella erklärte sich, »ich kann es mir nur nicht vorstellen, wie wir zusammenarbeiten können. Möchtest du auch im medizinischen Bereich arbeiten oder meine Abrechnungen machen?«

»Warum nicht?«, schmunzelte Sven, »ich bin ein guter Buchhalter, ich würde deine Sätze so anpassen, dass …«

»Dass nur noch Privatpatienten kommen könnten«, lachte Marcella, »du würdest das hervorragend machen.«

»Ich weiß«, sagte er warmherzig, »und ich weiß, du möchtest auch für Kassenpatienten da sein. Du hast so ein großes Herz, dass du sogar kostenlos behandeln würdest.«

»Schlimm?«

»Nein, im Gegenteil.«

»Im Ernst«, kam Sven nochmals zur Frage zurück, »soll ich in meiner Agentur bleiben, also nur im kaufmännischen Bereich? Oder würde dir gefallen, wenn ich dich unterstütze, den Privatpatienten den maximalen Satz abverlangen würde, damit du den sozial Schwachen kostenlose Hilfe anbieten könntest?«

»Das würdest du für mich tun?«

»Wenn dir diese Idee gefallen würde.«

»Das ist doch keine Frage, amore mio«, Marcella schmiegte sich liebevoll an Sven, »das wäre ein Traum.«

Sie liefen weiter, genossen den angenehmen, frischen Duft der Bäume, die Ruhe und hingen ihren Gedanken nach. Marcella und Sven konnten auch gut miteinander schweigen, es war alles so vertraut.

»Gioia mia«, nach einer ganzen Weile unterbrach sie die Stille, »mir liegt noch was auf dem Herzen. Haben wir noch Zeit?«

»Alle Zeit der Welt«, antwortete Sven, gespannt, was Marcella umtrieb, »was für eine Idee hast du?«

»Misses Summerfield«, sie atmete tief ein, »ich werde dauernd an sie erinnert. Meinst du, sie hatte mit dem Diebstahl zu tun?«

»Ich denke«, überlegte Sven, »so nervös, wie sie vor der Ankunft der Beamten war, dass sie auf jeden Fall etwas wusste. Vielleicht hatte sie auch den Diebstahl bemerkt und dafür gesorgt, dass der Ring wieder zurückgelegt wurde.«

»Verwickelt war sie auf jeden Fall«, sinnierte Marcella, »den Eindruck habe ich auch.«

»Und was liegt dir jetzt auf dem Herzen?« Sven blieb stehen. »Mein Liebling, was beschäftigt dich dabei? Möchtest du den Diebstahl aufklären?«

»Nein«, antwortete sie schnell, »darum geht es mir überhaupt nicht, ich kann einfach den Gedanken nicht loswerden, dass Misses Summerfield wirklich Hilfe benötigt. Ich denke, es geht ihr finanziell nicht gut.«

»Und du möchtest sie gerne unterstützen?«

»Ja«, kam es nachdenklich, »jedoch mich nicht aufdrängen, sie nicht in ihrer Ehre verletzen.«

# Kapitel 78

Der Gedanke ließ beide nicht los, und sie hatten inzwischen einen Plan. Sie hatten Bargeld bei einer Bank abgehoben und waren bereits mit einem *Black Cab*, das sie vom Straßenrand aus angehalten hatten, zu Misses Summerfields Privatwohnung gefahren. Diese lag im Baytree Centre, im Londoner Stadtviertel Lambeth, direkt im Herzen der Stadt. »Eine lebendige Gemeinschaft, die den Reichtum vieler Kulturen widerspiegelt«, wie es ihnen der Taxi-Fahrer erklärte, »und zu den ärmsten Vierteln der Stadt zählt.« Der Fahrer hielt in einer Parallelstraße der angegebenen Adresse an, Marcella wollte nicht mit dem Auto direkt vor die Haustür fahren. Sie fanden das Haus fast nicht, sie mussten sich durchfragen und wurden misstrauisch beäugt. Die Wohngegend war nicht so schlecht, wie sie es dem Bericht des Taxifahrers entnommen hatten, die Themse begrenzte den nordwestlichen Bereich des Stadtteils. Etwas südlicher fanden sie dann ihr Ziel. In einer langen Reihe standen sie, wie die Grenadier Guards aufgereiht, die zweistöckigen Backsteinhäuser, die auch aus einer besseren Zeit stammten. Alt, teilweise etwas marode, strahlten sie alle diesen warmherzigen Charme aus. Besonders das Häuschen, in dem Misses Summerfield ihre Wohnung im ersten Stock hatte, war gepflegt und einladend. Es passte zu ihr.

Sie klingelten, Marcella hatte einen Blumenstrauß besorgt, und sie hatten in einem Briefumschlag 1.500 Pfund, den von Sven in Aussicht gestellten Finderlohn für den Ring. Marcella fand es eine gute Idee, über diesen Umweg Misses Summerfield eine großzügige Spende übergeben zu können, ohne dass es, wie sie sagte, nach Almosen oder etwas Ähnlichem geklungen hätte. Nachdem auf ihr Klingeln niemand reagiert hatte, klopften sie an die Tür. Ein älterer Herr öffnete die Tür und fragte freundlich, was sie wollten. Als er den Grund ihres

Besuches erfuhr, ging er nach oben, klopfte an die Wohnungstür von Misses Summerfield und sprach mit ihr ein paar Worte.

Marcella und Sven standen noch immer auf der Straße und warteten ab, dann öffnete sich ein Fenster, Misses Summerfield schaute heraus und erkannte sofort Marcella und Sven. Irritiert schlug sie das Fenster wieder zu. Erst rührte sich nichts, dann kam sie nach unten. Etwas verlegen öffnete sie die Eingangstür und fragte überrascht, wie sie ihre Adresse herausgefunden hätten. Marcella klärte sie auf, dass sie einen Angestellten gefragt hatte, weil sie bereits in aller Frühe aus der Jugendherberge wieder ausgezogen waren und sich nochmals bei ihr bedanken wollten.

Sie bat die beiden in ihre kleine Wohnung. Sie atmete schwer, die Treppen machten ihr zu schaffen. Und fragte nochmals nach, wofür genau sie sich bedanken wollten. Sven erklärte behutsam, dass Marcella und er davon ausgingen, sie wäre in dem Hostel so was wie die gute Seele, der sich alle anvertrauen würden, und sie hätte eventuell geahnt, wer der Dieb gewesen war, und ihn dazu gebracht, den Ring wieder zurückzubringen. Insgeheim interessierte es Sven schon, im Gegensatz zu Marcella, ob die freundliche Dame etwas mit dem Verschwinden des Rings zu tun hatte, deshalb holte er weit aus und beobachtete jede Regung von ihr.

»Und dafür wollten wir uns bei Ihnen bedanken«, übernahm Marcella wieder, die, wie Sven auch, die roten Flecken auf Misses Summerfields Wangen sah. »Wenn Sie auch nichts gesehen oder geahnt haben, dann wollen wir uns mit diesem Strauß einfach für die Aufregung mitten in der Nacht bei Ihnen entschuldigen.« Sie hielt den Strauß hin, das Kuvert ließ Marcella in ihrer Tasche, eine innere Stimme hielt sie davon ab.

Misses Summerfield nahm ihr die Blumen nicht ab, sie setzte sich, immer noch schwer atmend, auf den einzigen Küchenstuhl, sagte kein Wort und fing ohne Vorwarnung an zu weinen. Sven schaute etwas hilflos, und Marcella suchte schnell ein Papiertaschentuch aus ihrer Handtasche, brachte ihr ein Glas Leitungswasser und legte die Blumen ab.

In der Theorie hatten sie sich das Gespräch mit Misses Summerfield einfacher vorgestellt. Jetzt standen sie leicht bedröppelt in der kleinen Küche, die ältere Dame weinte. Marcella schaute, inzwischen genauso ratlos wie Sven, betreten vor sich hin.

Misses Summerfield schnäuzte sich nochmals die Nase, nahm einen Schluck und begann dann, stockend zu erzählen. »Mir geht es gerade nicht gut.« Sie vermied den Augenkontakt zu Marcella, die sich in die Hocke begeben hatte, um auf derselben Höhe wie Misses Summerfield zu sein. »Ich habe über Monate meine Stromrechnung nicht bezahlt.« Sie brach ab und schnäuzte sich wieder. »Deshalb habe ich auch das Klingeln nicht hören können. Kein Strom.«

»Was ist passiert«, fragte Marcella mitfühlend nach und gab ihr ein neues Taschentuch, »weshalb konnten Sie nicht mehr zahlen?«

»Im Sommer«, so erzählte sie weiter, »musste ich zum Zahnarzt, die große Rechnung durfte ich glücklicherweise in kleinen Raten abstottern, aber jetzt reicht meine Rente einfach nicht mehr für alles. Strom ist inzwischen abgestellt.« Sie schaute traurig auf. »Ich heize mit Strom oder mit Kohlen, aber die sind so schwer, ich weiß nicht, wie ich über den Winter kommen soll.«

Tränen liefen ihr über die Wangen, jedoch nicht nur bei Misses Summerfield, auch bei Marcella kullerten sie. Und Sven hatte auch schon feuchte Augen, er hatte sich inzwischen auch in die Hocke begeben, und so saßen sie um Misses Summerfield herum und hörten sich ihr Leid an. Marcella streichelte ihre Hand. In der Jugendherberge hatte Misses Summerfield sich nichts von ihren Sorgen anmerken lassen.

»Darf ich die Rechnungen mal sehen?« Sven wusste nun, wie sie helfen konnten »Wie hoch sind denn die offenen Beträge?«

Misses Summerfield stand schwerfällig auf und ging zu einer Schublade, sie nahm einen Packen Papiere heraus und setzte sich wieder an den Küchentisch. Sven konnte Mahnungen und Rechnungen erkennen. Wie versteinert suchte sie die aktuelle Stromrechnung heraus und zeigte sie ihm.

»Dürfen wir Ihnen helfen?«, fragte Sven vorsichtig und ging wieder in die Hocke. Misses Summerfield nahm nacheinander seine und Marcellas Hand und streichelte beide.

»Ihr seid so lieb zu mir«, und schluchzte wieder auf, »aber ihr werdet mich verwünschen, wenn ich euch den Rest erzähle.« Sie wählte einfache Sätze, damit Marcella und Sven auch wirklich alles verstehen würden. »Ich war es.« Sie schaute zu Boden und wiederholte: »Ich war es. Bitte zeigt mich nicht bei der Polizei an. Und bitte, sagt nichts zu Mister Clark.«

»Nein«, beruhigte Marcella sofort die ältere Dame, »mein Mann und ich werden auf keinen Fall etwas sagen. Und schon gar nicht Mister Clark, er ist nicht sehr freundlich.«

»Nein, nein«, wehrte sie ab, »er ist schon freundlich, das habt ihr nicht richtig mitbekommen, ein sehr gütiger Herr«, drückte sie sich in altmodischem Englisch aus, »er hat mir sogar einen Vorschuss gegeben. Und mir nicht gekündigt, als ich letzte Woche aus dem Frühstücksraum Brötchen mitgenommen hatte.«

Betreten schaute sie zu Boden. Jetzt war es ausgesprochen. Sie hatte, nachdem sie das glückliche, sorglose Paar gesehen hatte, eine schlechte Idee, wie sie sich ausdrückte. Sven und Marcella sahen sehr reich aus, sie wollte sich nur kurz in ihrem Zimmer umschauen, ob sie ein paar Geldscheine finden würde. Nur ein paar, deren Verlust das deutsche Paar nicht bemerken würde. Da lag jedoch nichts, und sie wollte auch nicht die verschlossenen Koffer öffnen. Im Badezimmer lag der Ring, und sie nahm ihn, ohne groß nachzudenken, einfach mit.

Erst als sie an der verzweifelten Reaktion von Marcella sah, wie wichtig dieser Ring für sie war, hatte sie ein enorm schlechtes Gewissen und wusste nicht, wie sie wieder aus der Sache schadlos herauskommen sollte. Hätte sie es sofort aufgeklärt, dann wäre die Kündigung von Mister Clark fällig gewesen. Ihre Lage wäre dann völlig aussichtslos geworden. Und als sie befürchten musste, dass die Polizei gleich kommen und alles auf den Kopf stellen würde, war sie in einem unbemerkten Moment in das Zimmer von Marcella und Sven geschlichen und hatte den Ring in der Tasche im Bad versteckt, damit es wie ein Versehen Marcellas aussah.

»Ich schäme mich so«, sagte sie und hielt verkrampft die Hand von Marcella. »Ich bin kein guter Mensch, weiß jedoch auch nicht, wie es weitergehen soll. Bitte lasst mir meine Arbeit.«

»Sie brauchen nichts mehr zu sagen.« Marcella weinte, sie fühlte sich selbst nicht gut. Sie hatte ein so sorgenfreies Leben, es bedrückte sie zu sehen, wie schwer andere kämpfen mussten.

»Wir verstehen Sie«, Sven unterbrach das Schweigen. »Wir können ahnen, wie hoffnungslos Sie sich gefühlt haben.« Er tätschelte beruhigend die Hand von Misses Summerfield. »Haben Sie niemanden, Kinder, Enkel? Niemanden, der Ihnen helfen könnte?«

»Mein Mann ist vor 15 Jahren gestorben«, antwortete sie müde, »Kinder haben wir keine.«

»Dann dürfen wir Ihnen helfen?« Sven schaute sie mitfühlend an. »Wir möchten, dass Sie wieder glücklich und etwas sorgenfreier leben können. Unser Zusammentreffen war doch kein Zufall, oder? Ohne den Diebstahl hätten wir von Ihren Sorgen nichts erfahren.«

»Gott hat euch geschickt«, antwortete sie unter Tränen, »ich habe gebetet, weil ich keinen Ausweg mehr sah.« Und sie schaute wieder zu Boden. »Ich habe versucht, mir selbst zu helfen. Hatte leider kein Vertrauen in Gott. Das war eine so schlechte Idee.« Sie machte sich Vorwürfe, ihre Wangen glühten heiß.

Sven nahm den Stapel Rechnungen und Mahnungen, sortierte und fragte nach, welche Rechnungen sie nicht bezahlt hatte. Misses Summerfield zeigte ihm die letzte Stromrechnung und die Aufstellung der Zahnarztrechnung. Sie hatte alles detailliert notiert, Sven konnte erkennen, wie penibel die ältere Dame ihre Schulden verwaltete. Beide Außenstände waren beträchtlich, und Sven war klar, dass das mit einer kleinen Rente kaum zu stemmen war. Marcella schaute ihn nur an, er nickte, wusste, was sie ihm damit sagen wollte. Ihm war es auch ein Bedürfnis, der warmherzigen Dame unter die Arme zu greifen. Er stand auf, legte die Unterlagen auf die kalten Herdplatten und tippte in seiner Bank-App von beiden Rechnungen IBAN und Beträge ein. Währenddessen beruhigte Marcella Misses Summerfield und versicherte, dass alles einen Sinn hätte. Dass die Aktion sie mit Sven noch enger zusammengeschweißt hatte, dass sie sich am Morgen erst verlobt und die erste gemeinsame Prüfung gut gemeistert hatten.

»Gott segne euch!« Sie stupste Sven an, damit er sich umdrehte. »Gott segne euch!«

Bei Sven kullerten jetzt auch die Tränen, Marcella hatte sowieso schon verweinte Augen. Er war fertig mit den Überweisungen und setzte sich auch wieder zu Marcella auf den Boden.

»Schauen Sie«, Sven nahm ihre Hand, »ich schreibe auf dieses Kuvert unsere Adresse, dann können Sie uns schreiben oder anrufen, wenn Sie wieder in eine Notlage kommen.« Er nahm das Kuvert, in dem die Zahnarztrechnungen aufbewahrt waren, und schrieb gut leserlich die Konstanzer Adresse auf.

Die ältere Dame schüttelte den Kopf. »Das geht doch nicht. Ich bin doch eine fremde, alte Frau. Sie müssen mich vergessen.«

»Möchten Sie ab sofort unsere Oma sein?«, strahlte Sven unter Tränen Misses Summerfield an. »Ich habe keine mehr, meine Frau auch nicht. Wir brauchen unbedingt so eine warmherzige, so eine …« Er konnte nicht weitersprechen, er nahm sie einfach in den Arm, und Misses Summerfield drückte Marcella und ihn fest und wischte ihnen die Tränen vom Gesicht, nachdem sich alle, auch Grandma Summerfield, wieder gesammelt hatten. Und da sie sich für die Geste nicht genug bedanken konnte, vor allem dafür, dass sie keine Anzeige zu erwarten hatte, stand sie auf und sagte, sie müsse sich nun umziehen und wieder zur Arbeit gehen. Sie war so glücklich, das Atmen fiel ihr leichter, sie hatte wieder diese Wärme in den Augen.

»Das ist übrigens der Finderlohn«, sagte Marcella, sie übergab das Kuvert und strahlte übers ganze Gesicht, »versprochen ist versprochen.« Oma Summerfield wollte zwar ablehnen, Marcella bestand jedoch darauf und sagte mit Blick auf Sven: »Ich glaube, die Rechnungen sind auch erledigt, oder?«

»Ja«, antwortete Sven, »die sind erledigt. Alles überwiesen.«

Richtig realisieren konnte die ältere Dame das alles nicht, sie stand fast ein wenig unter Schock und wusste nicht, wie ihr geschah. Sie konnte es nicht fassen, dass Marcella und Sven ihr nach allem überhaupt helfen wollten. Sie hoffte darauf, dass das Entgegenkommen darin bestand, ihr nicht die Arbeit wegzunehmen und nichts von all dem Mister Clark zu erzählen. Sie würde morgen gleich zur Bank gehen und mit dem Finderlohn ihre Stromrechnung begleichen. Sie konnte es nicht glauben, dass schon alles bezahlt worden war.

Marcella und Sven standen ebenfalls auf, verabschiedeten sich herzlich und gingen mit dem besten Gefühl der Welt, zum richtigen Zeitpunkt an der richtigen Stelle gewesen zu sein.

# Kapitel 79

Am nächsten Tag war normales Touristen-Programm angesagt. Das Übliche eben: Shopping, *Madame Tussauds*, wobei der Besuch fast an der endlosen Warteschlange gescheitert wäre, wenn Sven nicht gegen ein Trinkgeld mit zwei Jugendlichen den Platz am Eingang getauscht hätte. Und am Abend wollte Sven noch sein Versprechen einlösen und Marcella von seinem Fünf-Pfund-Trinkgeld auf einen echten britischen Cocktail einladen. In der exklusiven Rooftop-Bar »12th Knot« mit Blick auf die Saint Paul's Cathedral.

»Und du meinst, das reicht hier?«, lachte Marcella, als sie in die exklusive Lounge wechselten.

»Als Anzahlung vielleicht?«

»Als Anzahlung für das Trinkgeld vielleicht«, schmunzelte sie. »Heute lade ich dich ein, spielt jetzt sowieso keine Rolle mehr.«

»Wie meinst du das?«

»Wir sind doch so gut wie verheiratet, und dann gibt es sowieso nur noch eine Kasse.«

»Ein gutes Gefühl. Bist du pleite, bin ich es auch, und umgekehrt.« Sven schüttelte lachend den Kopf.

»Genau«, strahlte Marcella, »traumhaft, oder?«

Sie standen auf der Dachterrasse und ließen verträumt ihre Blicke schweifen, betrachteten die Themse, die beleuchtete Stadt und das Gewusel auf der Straße, das von hier oben recht nett aussah.

»Schau mal«, Marcella entdeckte zuerst das »City of London Youth Hostel«, »erkennst du es wieder?«

»Unsere Jugendherberge.« Sven schaute Marcella verträumt an. »Hättest du das gedacht, mit 17 Jahren warst du hier, und jetzt, 17 Jahre später, stehst du hier oben auf der Dachterrasse, wir sind verliebt, verlobt. Hättest du das damals gedacht?«

»Küss mich«, Marcella schloss die Augen, »ich kann es fast nicht glauben.«

# Kapitel 80

Ein neuer Tag, inzwischen war Dauerregen angesagt. Das hielt die beiden jedoch nicht davon ab, noch einen Park zu entdecken. So konnten sie zumindest ihre neuen, fröhlich-bunten Regensachen ausprobieren, und zum Abschluss gab es noch eine letzte Shoppingtour im
wirklich größten Shopping Center, dem *Westfield Stratford City*. Mit
250 Geschäften und 70 Restaurants die größte Shoppingmall in Europa.
Auch das fühlte sich gut an, Marcella war beim Einkaufen keine Spur
anstrengend. Sie wusste schnell, was sie wollte, Sven kannte ihren
Geschmack und konnte sie immer wieder inspirieren. Die Einkaufsta-
schen füllten sich in Windeseile, sie sah auch beim Vorbeigehen schöne
Sachen für ihn, und bevor es Sven hätte zu langweilig werden können, waren sie auch schon wieder fertig. Auch an Mum und Onkel
Giuseppe hatten sie gedacht. Und an Misses Summerfield. Marcella
hatte ein hübsches Alltagskleid aus warmem Stoff für sie gefunden.
Im Geschäft fragte sie, ob es umgetauscht werden dürfte, wenn die
Größe nicht passen sollte, und als das auch geklärt war, packte sie
höchst zufrieden das Kleid ein und konnte es kaum abwarten, es Misses Summerfield noch als Abschiedsgeschenk zu überreichen.

Marcella hatte ihren Sven auch davon überzeugen können, dass sie
Mister Clark etwas mitbringen würden. Diesmal als ehrlich gemeinte
Entschuldigung. Denn nun wussten sie ja, dass er nicht der grum-
melige Miesepeter vom Dienst war, sondern der besorgte Besitzer
einer Jugendherberge, der sich Grandma gegenüber, wie sie nun Misses Summerfield nannten, mehr als großzügig verhalten hatte.

Als auch das erledigt war und Sven von Mister Clark sogar einen
Handschlag zum Abschied bekommen und Misses Summerfield sich
herzlichst und tränenreich für alles bedankt hatte, entschieden sie sich,
nach Hause zu fliegen. London konnten sie abhaken, alles war erledigt,

und das gute Gefühl wollten sie nicht riskieren, wie Marcella lachend das Sprichwort bemühte: »Wenn es am schönsten ist, soll man gehen.« Wobei sie sich gleich verbesserte, Sven verträumt anschaute und sagte: »Mit dir, Tesorino, wird es jeden Tag schöner. Das Sprichwort kann bei uns niemals zur Anwendung gebracht werden.« Sie wiederholte sich: »Bei uns wird es niemals den schönsten Tag geben, jeder Tag wird noch schöner.«

Sie fuhren wieder mit der Tube direkt zum Flughafen. Vom Hotel aus mussten sie noch nicht mal umsteigen. Einfacher ging es nicht. Marcella genoss die letzte Fahrt und freute sich noch mehr auf zu Hause, zuerst auf Stuttgart, dann auf Konstanz. »Auf unser Zuhause«, wie sie schwärmerisch zu Sven sagte, und dass sie es noch immer nicht glauben konnte. Noch würde sich alles wie im Traum anfühlen. Sie wollte einiges mit nach Konstanz nehmen und sich bei Sven häuslich einrichten. Zuvor noch einen Tag mit ihrer Mum verbringen, ihr alles in Ruhe erzählen. Sven hatte sich mit Antonia verabredet, um die weiteren Schritte zu besprechen. Und er hatte einen Termin bei einem Steueranwalt. Am Wochenende sollte es dann zurück an den Bodensee gehen.

Heathrow war ein schöner Abschluss, der attraktivste Flughafen auf der Reise bisher, sie waren in der »Kathedrale«, wie das neue Terminal zwei genannt wurde. Es war alles perfekt, die *Lufthansa*-Maschine war angedockt, das Boarding hatte bereits begonnen. Es regnete immer noch, es war sehr windig geworden und der Flug entsprechend unruhig. Allerdings störte das die beiden nicht. Sie saßen während des gesamten Fluges angeschnallt, zufrieden und ziemlich müde in ihren Sitzen, hielten sich bei der Hand, bis Sven die Ruhe unterbrach und Marcella kurz erschreckte.

»Du, Lieblingsschatz«, strahlte er sie an, »ich hab eine Idee.«

»Oh?«, erschrocken drehte sich Marcella zu ihm.

»Magst du keine neuen Ideen?«

»Oh doch«, antwortete sie schnell, »ich liebe deine Ideen. Hatte mich jetzt nur auf ein paar ruhige, erholsame Tage mit dir gefreut. Deshalb habe ich dich so angeschaut«, erklärte Marcella.

»Du hast mich gerade richtig entsetzt angeschaut«, neckte Sven sie, »keine Sorge, meine Idee hat was mit einem gemütlichen Zuhause zu tun.«

»Oh ja«, kam es zufrieden von Marcella, »das hört sich sehr gut an. Erzähl mir mehr davon.«

# Kapitel 81

In Stuttgart gelandet, holten sie den von der Agentur *EASE* wieder gebuchten Panamera an der Mietstation ab. Marcella scherzte, dass er beim nächsten Mal einen Anhänger mitbestellen müsste, damit sie alle Gepäckstücke ins Auto bekämen. Und als Sven, ohne mit der Wimper zu zucken, das Auto gegen einen kleinen Transporter umtauschen wollte, sagte sie schnell:

»Ciccino, ich mach doch Scherze«, und kuschelte sich wieder auf ihre unwiderstehliche Weise zu ihm. »So viele Sachen habe ich gar nicht, das passt alles auf den Rücksitz. Und den Rest holen wir ein anderes Mal ab.«

»Das fühlt sich gut an.« Sven strahlte von innen. »Weißt du eigentlich, wie sehr ich dich liebe?«

»Oh ja«, strahlte Marcella mit ihm um die Wette, »dolce cuoricino amato, fast so sehr wie ich dich!«

Nach einer halben Stunde Fahrzeit kamen sie bei Emilia an, machten sich frisch und fielen dann über den frisch gebackenen Apfelkuchen her.

»Woher weißt du«, fragte Sven Emilia, »dass das mein Lieblingskuchen ist?«

»Kunststück«, antwortete Emilia, »wie lange kennen wir uns? Und wenn es um Kuchen ging, hast du immer danach gefragt, das ist für mich kein Geheimnis.«

»So leicht durchschaubar bin ich«, grinste Sven und nahm sich ein zweites Stück, zur großen Freude Emilias.

»Was hast du hier«, Emilia hatte den strahlenden Ring an Marcellas Finger entdeckt, »ist der neu?«

»Ja, Mum«, antwortete Marcella verlegen, »das wollte ich dir auch noch erzählen.«

Emilia setzte sich aufrecht, sie wollte nicht glauben was sie sah. Giuseppe hatte ihr zwar von Sven vorgeschwärmt, sie selbst mochte ihn auch, aber das konnte nicht ernsthaft ein Verlobungsring sein. Sie überlegte sich, wie aufrichtig das von Sven gemeint sein konnte.

»Tochter«, fragte sie ein wenig streng nach, »dann erzähle mir, was du mir noch sagen wolltest.«

»Also«, stotterte die ein wenig herum, »wo soll ich anfangen?«

Emilia zog die Augenbrauen hoch, Sven stockte der Atem. Er realisierte mit einem Blick, dass Emilia nicht begeistert auf das reagierte, was sie gleich zu hören vermutete. Sie konnte ihre Skepsis nicht verbergen.

»Du weißt«, sprach Marcella überlegt weiter, »dass ich weiß, was ich will, immer, ich kann mich auf meine Intuition verlassen. Erinnerst du dich an die Geschichte mit meinem Hamster?«

»Du willst mir jetzt nichts von deinem Hamster erzählen!« Emilia schaute streng. Sven konnte nicht einschätzen, ob das nun gespielt war, wie das so oft bei Marcella vorkam, oder ob es ernst gemeint war.

»Darf ich?«, Sven versuchte, seine Marcella zu retten, die sich wohl gerade mit der Hamstersache leicht verfahren hatte. »Ich würde gerne anfangen.« Marcella nickte ihm dankbar zu, sie fühlte sich, als ob sie etwas mit Sven angestellt hätte, dabei war doch alles in bester Ordnung.

»Liebe Emilia«, Sven saß ihr gegenüber und stand nun auf, um sie mit ins Wohnzimmer zu nehmen. Er wusste, das Apfelkuchenessen hatte sich im Moment erledigt. »Sitzt du bequem?«

»Das willst du mich fragen?« Emilia schüttelte den Kopf.

»Nein, natürlich nicht«, grinste Sven mit roten Backen, »ich möchte dich fragen, ob ich bei dir um die Hand deiner Tochter anhalten darf, ob du mit mir als Schwiegersohn einverstanden wärest.«

»Du hast längst um die Hand meiner Tochter angehalten«, Emilia schaute streng, »man sollte nur fragen, wenn man mit jeder Antwort leben kann. Was ist, wenn ich Nein sage?«

»Dann würde ich dir deine Zweifel nehmen«, antwortete Sven und fragte sogleich: »Hättest du theoretisch etwas dagegen?«

»Du hast doch gesagt«, half nun Marcella nach, »er sei der ideale Schwiegersohn.«

Emilia stand auf, ging ein paar Schritte auf und ab und sagte dann freudestrahlend zu Sven:

»Dann lass dich in die Arme nehmen, Schwiegersohn«, und drückte ihn herzlich. »Willkommen in unserer kleinen Familie.«

»Du hast uns einen ganz schönen Schrecken eingejagt«, lachte Marcella.

»Das habt ihr verdient!«, lachte Emilia mit. »Was habt ihr euch dabei gedacht, nach nur ein paar Tagen so was zu entscheiden.« Und zu Sven gewandt: »Wenn du meiner Marcella das Herz brichst, dann bekommst du es mit mir zu tun. Und glaube mir, das würdest du nicht vergessen.«

»Hätte ich mich nicht so schnell für meinen Herzensschatz entschieden«, verteidigte sich Sven, »dann hätte ich mit Giuseppe Ärger bekommen.« Er bedauerte sehr, dass er jetzt nicht sehen konnte, wie sich Onkel Giuseppe gefreut hätte.

»Nur deshalb hast du dich mit mir so schnell verlobt?« Lachend neckte Marcella ihn, froh darüber, dass ihre Mum nun auch alles wusste.

»Nein«, lachte Sven, »das wusste ich bereits am ersten Abend, als wir uns geküsst haben.«

»Aspetta!« Emilia schaute wieder gespielt ernst. »Wann habt ihr euch geküsst? Am ersten Abend in Lugano? Habe ich dich so erzogen?«

Sven lief rot an, weil er sich verplappert hatte. Marcella hielt den Atem an.

»Dann war das Liebe auf den ersten Blick?« Emilia lachte herzlich. »Ihr braucht gar nicht so verdattert zu schauen. Meint ihr, Giuseppe und ich haben eure Blicke nicht gesehen? Meint ihr, nur weil ich schon ein paar Jahre älter bin und meine große Liebe schon lange gefunden habe, ich sehe so was nicht mehr? Für wen haltet ihr mich?«

»Und was machst du mit deiner Arbeit?«, wieder schaute Emilia prüfend Sven an, diesmal meinte sie es, wie sie es sagte. »Giuseppe hat mit dir darüber gesprochen, er hat mir gesagt, du würdest kündigen.«

»Habe ich bereits getan!«, lachte erleichtert nun auch Sven. »Lieblingsschwiegermama, ich habe natürlich zuerst gekündigt, mich erst danach mit deiner bezaubernden Tochter verlobt. Ich habe gleich heute nochmals dort einen Termin, um die nächsten Schritte zu besprechen.«

»Und wovon willst du dann meine Tochter ernähren?«

»Mama!«

»Nein, Marcella«, antwortete Emilia, »hab erst mal eigene Kinder, dann wirst du genau dieselben Fragen stellen. Wovon willst du leben, bei Giuseppe anfangen, immer auf der Straße? Das ist wichtig, darüber muss man sich Gedanken machen. Davon kann abhängen, ob eine Ehe glücklich wird oder nicht. Man lebt nur die ersten Wochen von Luft und Liebe.«

»Darüber wollten wir auch mit dir sprechen«, antwortete Sven nun ganz ruhig. »Du hast recht, das ist eine wichtige Frage. Marcella und ich haben uns damit auch schon auseinandergesetzt.«

»Dann lasst hören.«

»Können wir später reden?«, fragte Sven. »Ich muss leider jetzt kurz weg.«

# Kapitel 82

Sven musste sich verabschieden, der Termin mit Antonia war vereinbart. Nur ungern wollte er nun seine kleine, neu gewonnene, Familie wieder verlassen. Dennoch, es war gut, denn auch Marcella hatte noch viel mit ihrer Mutter zu besprechen.

Das Gespräch mit Antonia verlief deutlich entspannter, sie hatte sich mit dem Gedanken, Sven als Geschäftspartner zu verlieren, inzwischen abgefunden und wollte nun die Basis finden, die seinen Ausstieg für sie so leicht wie möglich gestalten könnte. Die erste Vereinbarung lautete, Sven würde noch für ein bis zwei Jahre in seinen Aufgabenbereichen die Agentur unterstützen, jedoch keine Gästetermine mehr annehmen. Die Filialen arbeiteten schon von Anfang an sehr eigenverantwortlich, und das wollten sie noch weiter ausbauen. Sven hatte die Idee, die geeigneten Agenturleiter an der Firma zu beteiligen. Natürlich nur dort, wo das auch finanziell möglich war.

Oder, falls das nicht auf das gewünschte Interesse stoßen würde, einen finanzkräftigen Investor zu finden, der als stiller Teilhaber Antonia begleiten könnte. Sie war darüber sehr zufrieden, denn sie wusste nicht, wie sie sonst Sven aus dem Unternehmen hätte auszahlen können. Ihre größte Sorge war, dass die Agentur schließen müsste. Das war jedoch nicht Svens Absicht, er wollte ihr und sich selbst keinesfalls schaden. Er sagte zu, dass, wenn es keinen Käufer für seine Anteile gäbe, er selbst als stiller Teilhaber dann weiter dabeibleiben würde.

Svens Aufgaben im Steuer- und Vertragsrecht wollte er in den nächsten Monaten immer mehr an Antonia übergeben, sie darin einarbeiten. So schwer war das seiner Ansicht nach nicht, da die Unterstützung von Experten zur Verfügung stand, in Form von Anwälten und einem Steuerbüro. Antonia war beruhigt und erklärte sich mit dem Vorgehen einverstanden.

Am nächsten Morgen, Sven durfte diesmal offiziell bei Marcella übernachten, sprachen sie über Svens geschäftliche Idee. Marcella hatte davon noch nichts erwähnt; sie hatte ihrer Mum so viele andere Dinge zu erzählen, von Lugano, von Konstanz, dem Vorstellungsgespräch, wie alles in Magdeburg verlaufen war und dass sie eine Oma in London adoptiert hatten. So viel erlebt, es fühlte sich wie ein halbes Jahr an.

»Habt ihr euch schon besprochen?« Sven schaute fragend Marcella an. »Ich meine die geschäftliche Sache.«

»Nein«, antwortete Marcella, »wir hatten so viele andere Themen, und ich wollte dir auch nicht vorgreifen«, strahlte sie ihn verliebt an. »Tesorino«, sie drückte seine Hand, »Mum war sehr beeindruckt und glaubt nun auch, dass es dir ernst ist.«

»Das freut mich«, kam es erleichtert von Sven, »das ist mir wichtig, auch für das, was wir nun besprechen wollen.«

»Dann bin ich gespannt.« Emilia wendete sich interessiert Sven zu. »Dann erzähle mal.«

»Du möchtest doch das Grundstück im Westen von Stuttgart behalten, hast jedoch auch hohe Unterhaltskosten.«

»Ja«, antwortete Emilia leise, »die sind so hoch, dass ich mir diese weder leisten kann noch will. Mit dem gesparten Geld könnten wir uns in zehn Jahren in eine kleine Praxis einkaufen. Dann hätte Marcella was Vernünftiges.«

»Genau«, stimmte Sven zu, »da setzt mein Vorschlag an. Hast du Stift und Papier für mich?« Marcella stand auf und besorgte das schnell für Sven. Er skizzierte das Grundstück. Vorne links die Lagerhallen, rechts davor das renovierungsbedürftige Hotel und im hinteren Bereich das private Wohnhaus der De Lucas. »Könnt ihr alles erkennen?« Beide nickten.

»Beginnen wir bei dem Hotel, ich hab noch keine Ahnung, was die Renovierung kosten würde, aber spricht etwas dagegen, wenn ich mal unverbindlich ein Architekturbüro ansetzen würde, das die Bausubstanz prüft? Und die Kosten für einen Umbau zu einer Arztpraxis kalkuliert?«

»Ist das Haus nicht viel zu groß dafür?«, fragte Marcella, die die Idee ja schon kannte und sich in der Zwischenzeit bereits Gedanken machen konnte.

»Das stimmt, mein Schatz«, antwortete Sven, »allerdings habe ich herausgefunden, dass in dem Stadtteil, in dem ihr das Grundstück habt, eine Praxis abgerissen werden soll. Dort arbeiten aktuell sechs Hausärzte. Der Abriss ist zumindest in Planung, und diese Ärzte suchen im Moment neue Räume. Das wäre der Plan: eine große Gemeinschaftspraxis, das bedeutet weniger Kosten und mehr Freiheiten.«

»Das stimmt«, Marcella unterstützte ihn begeistert, »weniger Bereitschaftsdienste, bessere Ausstattung, da sich die Kosten aufteilen, und auch die Verwaltung würde reduziert werden. Was meinst du dazu, Mum?«

»Klingt gut«, antwortete Emilia zurückhaltend, »wenn sich das alles rechnet.« Und zu Sven gewandt: »Weißt du, ich will jetzt nicht den Pessimisten spielen, aber wir haben diese Idee mal durchgespielt, und wenn ich das Grundstück an Marcella, oder«, sie korrigierte sich, »auch an euch überschreiben würde, dann müsstet ihr so viele Steuern bezahlen. Das Geld haben wir nicht.«

»Nicht, wenn wir alle juristischen Möglichkeiten ausschöpfen«, antwortete Sven, der sich nach seinem Termin mit Antonia von seinem Steueranwalt hatte beraten lassen. »Drei Bedingungen gibt es in der Hauptsache«, zählte er auf, »das Verwaltungsvermögen muss auf unter 50 Prozent gedrückt werden, das Unternehmen muss mindestens fünf Jahre fortgeführt werden. Und, nicht zu vergessen, die Lohnsumme muss in diesen fünf Jahren viermal höher sein als im Ausgangsjahr.«

»Was versteht man unter Verwaltungsvermögen?« Marcella hatte sich mit diesen Themen noch nicht beschäftigt, im Gegensatz zu Emilia. Sie wusste, wovon Sven sprach, und erklärte es ihr: »Vereinfacht, alles, was nicht für den Praxisbetrieb notwendig ist, wird dazugezählt. Also 95 Prozent der Grundstücksfläche, die Lagerhallen, das Privathaus. Da gibt es keine Lösung, dein Onkel saß zu diesem Thema bei einem Steuerberater, der uns genau deshalb dringend zum Verkauf geraten hat.«

»Das stimmt«, bestätigte Sven der sichtlich enttäuschten Marcella, »deshalb geht mein Plan ja weiter. In dem Hotel können wir leicht sechs Ärzte unterbringen und sogar ein paar Zimmer für die Kurzzeitpflege. Damit wäre das Hotel mal auf der sicheren Seite.«

»Und«, ergänzte Marcella, »wir hatten noch die Idee, dass Sven noch einen mobilen Pflegeservice aufbaut und im Ärztehaus die Verwaltung übernimmt.«

»Und was ist mit dem großen Grundstück?« Emilia war noch nicht überzeugt.

»Das ist der zweite Teil des Konzepts«, antwortete Sven, »wir würden eine kleine Parkanlage gestalten, die große Restfläche naturnah anlegen und als Ausgleichsflächen der Stadt anbieten.«

»Was bringt uns das?«, fragte Marcella, und ihre Mum antwortete: »Sven möchte damit Zuschüsse erhalten, und gleichzeitig wäre das Grundstück geteilt, also reduziert, was sich wieder steuerlich positiv auswirken würde.«

»Genau«, antwortete Sven, »wir würden das zunächst mit einfachen Mitteln umsetzen können.«

»Mit *zunächst* einfachen Mitteln?« Emilia zog die Augenbrauen hoch, der Vorschlag klang in ihren Ohren bisher etwas abenteuerlich. Marcella war jedoch weiterhin begeistert, für sie waren Svens Ideen durchdacht und realistisch.

»Und am Platz der Lagerhallen würden wir ein mehrgeschossiges betreutes Wohnen hinstellen. Die *Parkresidenz Marven*«, lachte Sven.

»*Mar* für Marcella und *ven* für Sven?«, lachte Emilia, »das ist ein gewagtes Konzept, ich muss leider wieder einwerfen, dass wir dafür kein Geld haben. Weißt du, lieber Sven, deine Idee klingt gut, und ich würde euch auch gerne das Grundstück dafür überlassen. Aber ich habe unsere Firma an Giuseppe für nur eine kleine Summe übergeben. Ich bin nur noch stiller Teilhaber, damit erhalte ich aus den Umsätzen noch einen kleinen Anteil. Das ist meine ganze Rente, wir haben kein großes Vermögen, solche Konzepte können wir leider nicht stemmen.«

Emilia schaute Sven prüfend an: »Du hast mich vielleicht falsch eingeschätzt, weil ich mich von dir habe so exklusiv nach Rom fahren lassen, das können sich ja eigentlich nur Millionäre leisten. Aber das bin ich nicht, ich wollte nur nicht alleine sein. Du warst es mir einfach wert und eine wichtige Unterstützung. Nur weil du bei mir warst.« Sie schaute ihn lieb an und nahm seine Hand. »Alle Lkws waren geleast, da war nicht viel Betriebsvermögen. Es ging eher um Kontakte, deshalb war ich auch so oft in Rom, und es ging um einen Rechtsstreit, der uns am Ende auch noch viel Geld gekostet hat. Ich hoffe, du bist jetzt nicht enttäuscht.«

»Nein«, Sven schaute sie mitfühlend an, »ich mag dich, nicht weil ich dachte, dass du reich bist. Und ich habe nicht darauf gebaut, dass du das alles bezahlen solltest.«

»Und wie soll das dann gehen? Da werden Millionen notwendig sein.«

»Du hast das Grundstück«, sagte Sven überzeugt, »das ist ein Filetstück, optimale Lage, und mehr brauche ich nicht für die Realisierung. Den Rest würden wir anders organisieren.«

»Wie willst du das hinbekommen, Sven?« Emilia war schwer zu überzeugen.

»Mach dir darüber jetzt keine Gedanken, es ist zunächst nur eine Idee. Wenn sie nicht zu realisieren ist, dann lassen wir das. Wir werden uns damit nicht ruinieren. Heute möchte ich nur von euch beiden wissen«, Sven schaute Emilia an, »ob ihr die Idee grundsätzlich gut findet. In dem Wohnhaus könnten wir gemeinsam leben, wir würden dir eine Einliegerwohnung einrichten, wenn du magst. Wie gefällt dir die Idee grundsätzlich? Unabhängig von der Finanzierung?«

»Die Idee hat Charme«, lächelte Emilia. »Damit hast du mich von der Idee an sich überzeugt. Und was ist mit dir, Marcella, findest du Svens Vorschlag auch gut?«

»Ja«, antwortete Marcella begeistert, »wir könnten alle zusammen wohnen und arbeiten. Und«, setzte sie hinzu, »wir würden das schöne Grundstück, die Erinnerungen an Papa nicht verlieren. Sven und ich haben das ja schon besprochen. Ich glaube an das Konzept. Wenn jemand das Kapital zusammenbekommt, dann ist es Sven. Ich vertraue ihm zu 1000 Prozent.«

»Wenn das so ist«, Emilia überlegte, »könnten wir notfalls die Villa in Lugano verkaufen.«

»Ja«, Marcella war Feuer und Flamme, »und Giuseppe würde uns vielleicht doch komplett auszahlen. Oder wir könnten noch einen Kredit aufnehmen.«

»Mehr wollte ich nicht wissen«, lachte Sven befreit. »Lugano würde ich gerne behalten, wenn ihr mich fragt, wie sonst soll ich unseren Kindern den Platz zeigen, an dem ich mich in die bezaubernde Mama verliebt habe«, und schaute dabei Marcella verträumt an, die ihn verliebt küsste.

»Animo mio!« Entzückt von dem Gedanken, antwortete Marcella: »Dann dürfen wir das Haus auf keinen Fall hergeben.«

»Einverstanden, Sven«, gab nun auch Emilia ihre anfänglichen Bedenken auf. »Dann prüfe den Plan, ich gebe dir ein halbes Jahr Zeit, solang werde ich nicht über einen Verkauf nachdenken. Genügt dir diese Zeitspanne?«

»Ja, Emilia, das reicht aus.«

»Wenn es jemand schafft, dann du«, lachte nun auch Emilia und erinnerte sich, »du hast mich noch nie enttäuscht oder im Regen stehen lassen. Erinnerst du dich an den verregneten Sommer vor zwei Jahren? Als ich dich aus Rom anrief und dich fragte, wie schnell du da sein kannst?«

»Ja«, auch Sven erinnerte sich noch daran, »drei Stunden später habe ich dich abgeholt.«

»Ich weiß übrigens bis heute nicht«, fragte Emilia, »wie du das so schnell geschafft hast.«

»Marcella«, Sven überging Emilias Frage und schmunzelte sie nur an, »wollen wir Giuseppe anrufen?«

»Gute Idee.« Marcella wählte die Nummer, er nahm jedoch nicht ab. »Wollen wir schreiben?«

»Schreibt aber keine Romane«, ermahnte Emilia die beiden, »er mag das nicht.«

»Dann schreiben wir«, überlegte Sven, »Auftrag erledigt: Job gekündigt, Heiratsantrag angenommen, Marcella und Sven glücklich.«

Keine fünf Minuten später kam es im selben Telegrammstil zurück: »Nichts anderes erwartet, gut gemacht, mein Junge. Giuseppe.«

# Kapitel 83

»Zu Hause ist es am schönsten.« Marcella ließ die Koffer direkt hinter der Aufzugstür im Penthouse stehen und schaute sich erleichtert in ihrem neuen Heim kurz um und sprang auf Sven, der mit ihr ins Sofa kippte. Sie küsste ihn so leidenschaftlich, dass es ihm den Atem raubte. »Ti amo più di ogni cosa.«

»Es klingt wunderschön«, strahlte Sven und küsste sie ebenso stürmisch zurück.

»Und es heißt«, übersetzte Marcella mit ihrem warmen Schmelz in der Stimme, »ich liebe dich über alles!«

»Und ich liebe dich«, antwortete Sven verliebt, »für immer.«

»Ciccino, ich freue mich jetzt auf eine ruhige Woche mit dir«, schmuste sie sich verliebt an ihn. »Kuscheln, essen, schmusen, Whirlpool, Sofa, küssen«, lachte Marcella, »du hast ja noch genug Ideen zum Ausarbeiten – oder, amore mio?«

»Keine Sorge«, lachte Sven, »ich habe zu tun, keine neuen Ideen in Planung, reicht für die nächsten fünf Jahre.«

»Dann glaube ich dir das mal«, lachte sie entspannt.

»Und deinen verlockenden Plan hier finde ich sowieso jetzt viel spannender.«

»Dann komm her, amore mio.«

Sie genossen die unbeschwerten Tage in vollen Zügen, faulenzten, schlenderten durch den nahen Stadtpark, genossen den frischen Herbstwind, die Aussicht vom warmen Whirlpool über die Dächer von Konstanz und besprachen dabei ihre Zukunft. Die unmittelbar bevorstehende, denn in einer Woche würde für Marcella der Alltag beginnen. Und sie träumten auch von ihrer Zukunft nach den sieben Monaten.

Der Start in der Praxis war für Marcella leicht, Doktor van Ryn und Doktor Storck kümmerten sich rührend um die neue Kollegin, sie fühlte sich rundherum wohl. Der schöne Alltag, wie Marcella die Routine positiv bewertete, kehrte langsam ein.

Zum Geburtstag von Sven, kurze Zeit später, hatten sie Emilia und Giuseppe an den Bodensee eingeladen. Sie verbrachten ein paar Tage gemeinsam in Konstanz. Alles war harmonisch. Auch Giuseppe hatte nichts zu meckern. Und Emilia hatte nun überhaupt keine Zweifel mehr, dass es Sven wirklich ernst meinte. Und heimlich, ohne es auszusprechen, hoffte sie, dass er seine Idee tatsächlich umsetzen konnte. Zu gerne würde sie wieder in ihr altes Haus zurückkehren und am Leben von Marcella und Sven teilhaben. Vielleicht sogar Enkel aufwachsen sehen.

Am letzten gemeinsamen Abend, sie genossen im »Inselhotel« mit Blick auf den Bodensee ein stimmungsvolles Abendessen, sprachen sie auf einmal von der Zukunft der beiden. Giuseppe sprach von Hochzeit und den Plänen danach. Er wollte die Hochzeit in die Hände nehmen, ein schönes Fest in Rom ausrichten, sein Geschenk an seinen Jungen, wie er liebevoll Sven nannte. Giuseppe hatte keine eigenen Kinder und sah in ihm den ersehnten Sohn. Er bot ihm unter vier Augen auch Unterstützung für das Projekt in Stuttgart an. Er freute sich mit Emilia über das junge Glück. Marcella war darüber sehr erleichtert, ihre Familie war ihr wichtig. Jetzt konnte sie sich Sven gegenüber öffnen, sich völlig fallen lassen. Jetzt war alles gut. Der Abend ging zu Ende, Giuseppe fuhr mit Emilia nach Stuttgart und wollte dort noch ein paar Tage bleiben. Marcella und Sven gingen zurück in ihr schönes Zuhause, sie liefen zu Fuß am Konzil vorbei, durch den kleinen Stadtpark. Der Weg war kurz, man hörte das Plätschern vom Bodensee-Ufer, die Schiffstaue knarzten im Wind.

Sven war wieder mal von Marcella beeindruckt, sie hatte eine charismatische Ausstrahlung, in ihrem bezaubernden Kleid und den hohen Schuhen hatte sie schon im Hotel alle Blicke auf sich gezogen. Im Penthouse angekommen, zog er Marcella zu sich und küsste sie sanft. Seine Küsse kribbelten auf der Haut, und sie erwiderte diese. Er nahm ihre Hände und strich sachte über die Innenflächen. Marcella schloss die Augen und genoss. Als er ihre Hände losließ, öffnete Marcella die Augen und wollte schon protestieren. Doch Sven erriet ihre Gedanken und legte seinen Finger auf ihre Lippen. Er rief kurz seine App auf und tauchte das Wohnzimmer in ein warmes, romantisches Licht. Noch ein Klick und die passende Musik war zu hören. Ein alter Song von Sonny und Cher: »All I ever need is you.« Dann nahm er sie an beiden Händen und zog sie verliebt zu sich her.

Seine Hände hielten ihre Hüften fest umschlossen, seine Küsse wurden immer verlangender, fordernder. Langsam öffnete er ihr Kleid und ließ es nach unten fallen. Marcella konnte sich nicht mehr bewegen, das Kleid war an ihren Schuhen hängen geblieben, und Sven unternahm nichts dagegen, ihr diese leichte Fessel zu lösen. Im Gegenteil, er genoss es, wie ausgeliefert sie war, entblätterte sie genussvoll weiter und ließ sich mit ihr in die weiche Sofalandschaft fallen.

Er knabberte an ihrem Nacken und sah, wie seine Küsse einen wohligen Schauer nach dem nächsten über Marcellas Körper jagten.

Er schaute sie verführerisch und fragend an. Marcella gab ihm mit einem schmachtenden Blick wortlos die Antwort.

»Du schmeckst so gut«, flüsterte Sven mit rauer Stimme, als sie ihn nun Stück für Stück aus seinem Anzug befreite und er sie dabei unablässig küsste.

»Ich habe auch Appetit auf dich«, antwortete Marcella, während sie ihre Augen wohlig verdrehte und ihn spielerisch in den Finger biss. Sie erinnerte sich an Lugano, an ihre erste nähere Begegnung auf dem Balkon, sie schloss die Augen und sah in ihren Gedanken den Mond und 1000 Sterne von Lugano. Schon damals hatte sie sich nach diesen Zärtlichkeiten gesehnt, sich jedoch nicht getraut, es zuzugeben. Jetzt konnte sie sich hingeben, in vollen Zügen genießen, jetzt war alles in Ordnung.

Für einen kurzen Moment spürte sie nur Svens Atem. Es war wie ein warmer Wüstenwind, der sachte ihre Haut berührte.

»Nicht aufhören«, begehrte sie auf, »küss mich weiter.« Sven dachte nicht im Traum daran, er befreite sich nur gerade selbst und Marcella von allem noch Störenden.

Er küsste genießerisch alles, was ihm auf der Tal- und Bergstrecke zwischen Bauchnabel und Marcellas bezaubernden Lippen so in die Quere kam. Er hatte keine Eile, so viel Angenehmes gab es hier zu entdecken.

Marcella begann nun auch auf Svens Haut, mit ihren sinnlichen Küssen ihm einen angenehmen Schauer nach dem anderen zu verpassen. Sie genossen die Nähe, das miteinander Verschmelzen, sie wollten jeden Moment dieser neuen Reise auskosten, es gab so viel zu erforschen, zu spüren, sie waren in Trance und konnten nicht mehr denken, nicht mehr träumen, sie fühlten nur noch mit dem Herzen. Wohlige Empfindungen durchzuckten ihre Körper, sie verschmolzen zu einer untrennbaren Einheit und fühlten sich leicht, glückselig und badeten im warmen Strom der Liebe.

# Kapitel 84

Die Idee für das Grundstück in Stuttgart wurde immer konkreter. Sven hatte auf Vorschlag von Marcella seine Kundenkartei ein letztes Mal durchstöbert und für ihren Zweck passende Investoren ausfindig gemacht. Auch das Steuerbüro von Sven stellte, gemeinsam mit einem Unternehmensberater, einen vielversprechenden Businessplan vor. Ein bekannter Stuttgarter Bauunternehmer, der mit seinem Architekturbüro eine erste Bauvoranfrage eingereicht hatte, bekam grünes Licht der Behörden. Und auch Sven und Marcella war es gelungen, einen guten Kredit bei der *KFW* auszuhandeln. Er würde seine Wohnung in Konstanz verkaufen und sein Mehrfamilienhaus in Frankfurt, alle Ersparnisse, auch aus der Zeit an der Börse, komplett in das Projekt *MARVEN GmbH* stecken. Marcella und Sven würden nur noch die Hochzeit abwarten und dann mit Vollgas durchstarten.

»Bleibst du für immer?« Marcella weinte fast vor Glück und vergrub sich wieder bei ihm. »Ich möchte dich nie wieder missen.« Ihr wurde bewusst, dass ihre Zukunft nun in greifbarer Nähe vor ihnen lag. Ein oder zwei Jahre, und sie würden nach Stuttgart umziehen und ihr neues Leben beginnen.

»Ich liebe dich über alles«, seine Stimme klang warm, »und ja, ich bleibe für immer bei dir. Bleibst du auch bei mir?«

»Mio amato, du bist das Beste, was mir in meinem Leben begegnet ist. Ich bleibe und gebe dich nicht mehr her, ich vertraue dir, ich kann mich bei dir fallen lassen, fühle mich geborgen. Und ich kann sein, wie ich bin, fühle mich stark.«

Er küsste sie zärtlich, bis ihn etwas ablenkte. »Was duftet so gut, bist du das?«, er schnupperte an ihr, bis sie ihn kichernd abwehrte, weil sein Dreitagebart sie kitzelte.

»Ich rieche immer gut«, spielte Marcella die Entrüstete, »der Duft kommt aus der Küche.«

»Hast du was gebacken?«

»Apfelkuchen«, küsste sie ihn, »per il mio carissimo marito.«

Er nahm sie in den Arm und knuddelte Marcella sanft und Vorfreude auf die Leckerei und auf ihr gemeinsames Glück.

»Du freust dich auf unser Leben?« Sven wollte einfach nochmals über ihr Projekt sprechen. Er hatte sich in den letzten Monaten mit fast nichts anderem beschäftigt. Er war schon in der Detailplanung und konnte es kaum abwarten, bis es endlich losgehen würde.

»Und ob«, strahlte Marcella, »wir arbeiten Hand in Hand, ich in meinem Wunschberuf, du in deinem. Du wirst der beste Direktor der *Parkresidenz*, kannst weiterhin Gäste betreuen. So wie bisher, nur mit dem Unterschied, dass sie schon ein wenig älter sein werden«, lachte sie zufrieden. »Und«, ihre Stimme wurde samtweich, »mein lieber Schatz, du wirst der allerbeste Papa, den man sich nur vorstellen kann.«

»Wie?«, er setzte sich auf, »möchtest du mir was sagen?«

»Ja«, strahlte sie und nahm seine Hand und legte sie zärtlich auf ihren Bauch, »ich habe so ein Gefühl und werde morgen einen Test kaufen.«

»Morgen, wieso erst so spät?«

»Du kannst es nicht abwarten?«, freute sich Marcella.

»Lass mich schnell in die Apotheke flitzen.« Sven war schon fast aufgestanden.

»Bleib noch kurz«, bat sie ihn sanft und trank vorsichtig einen Schluck, »wir gehen gleich, ich brauche noch ein paar Minuten, mir ist gerade etwas schummrig. Lass uns solang von unserer Zukunft träumen. Sag mir, wie würde unser Alltag mit unseren Kindern aussehen?«

»Ja«, strahlte Sven, »unsere Kinder würde ich jeden Tag mit in den Park nehmen, ihnen und ihren Freunden einen wunderschönen Abenteuerspielplatz bauen.« Er nahm Marcella liebevoll in den Arm und wärmte mit der freien Hand ihren Unterleib. »Zum Klettern, Verstecken, und sie können ihn später immer weiter ausbauen.«

»Wenn wir einen Jungen haben, der dir ähnlich ist«, schmunzelte Marcella, »dann hat er jeden Tag eine neue Idee, möchte mit dir das dann gemeinsam, und vor allem subito, umsetzen.«

»Das wäre schön«, kam es verträumt von Sven, der sich schon inmitten einer großen Kinderschar sah, »wir würden den Park gemeinsam nach und nach umbauen, zum schönsten Naturprojekt in Stuttgart machen. Mit Rehen, Schafen, Hühnern, Enten.«

»Und unsere Tochter«, machte Marcella mit, »würde zum dritten Geburtstag einen Arztkoffer bekommen, dass sie euch dann verarzten könnte, wenn ihr wieder ohne Handschuhe mit Holz gearbeitet hättet.«

»Genau«, Sven war begeistert, »unsere Kinder hätten später sowieso jede Menge Jobs zur Auswahl. Wir brauchen auf jeden Fall eine Ärztin und einen Direktor.«

»Wir wollen sie doch nicht gleich überfordern«, schränkte Marcella ein, »sie sollen glücklich sein, alles andere ist nicht wichtig.«

»Stimmt«, reagierte Sven flexibel, »wir brauchen einen Förster, jemand Warmherzigen für den Pflegedienst oder auch einen geschickten Handwerker, einen aufmerksamen Fahrer.«

»So hat mein Vater ja auch angefangen«, stimmte sie zu, »und unsere Tochter dürfte auch im Wald arbeiten, als Hausmeisterin oder den Fahrerjob übernehmen?«

»Na klar«, stimmte er zu, »und unser Junge dürfte auch den Kindergarten leiten. Hauptsache, sie sind glücklich. Eine Ausnahme gibt's: Einen Anwalt brauchen wir unbedingt. Einer muss den Job übernehmen.«

»Einen Anwalt«, lachte Marcella, »wir brauchen doch keinen Anwalt, wir arbeiten seriös.«

»Ein Anwalt ist nie verkehrt«, beharrte Sven lachend.

»Wenn er nach dir kommt«, schmunzelte sie, »dann wird er richtig gut sein.«

»Und wir brauchen einen Gärtner, einen Event-Manager oder eine Managerin.«

»Wie viele Kinder wolltest du?«

»Zwei?«

»Das reicht hinten und vorne nicht!«

»Das sehe ich auch so!«


ENDE

# DIE NEUEN Lieblings-plätze

ISBN 978-3-8392-0154-1 · AM INN

ISBN 978-3-8392-2730-5 · AUGSBURG UND BAYERISCH-SCHWABEN

ISBN 978-3-8392-0155-8 · FÜNFSEENLAND

ISBN 978-3-8392-0158-9 · HARZ

ISBN 978-3-8392-0160-2 · NORDSEEKÜSTE NIEDERSACHSEN mit Hund

ISBN 978-3-8392-0159-6 · LÜNEBURGER HEIDE

ISBN 978-3-8392-0161-9 · NIEDERRHEIN

ISBN 978-3-8392-0163-3 · OSTSEE MECKLENBURG-VORPOMMERN

ISBN 978-3-8392-0164-0 · OSTSEE SCHLESWIG-HOLSTEIN

ISBN 978-3-8392-2626-1 · SACHSEN

ISBN 978-3-8392-0156-5 · BODENSEE Für Senioren

ISBN 978-3-8392-0157-2 · NORDSEE SCHLESWIG-HOLSTEIN Für Senioren

ISBN 978-3-8392-0166-4 · SÜDLICHE WEINSTRASSE UND PFÄLZERWALD

ISBN 978-3-8392-0166-4 · SÜDTIROL

ISBN 978-3-8392-2838-8 · USEDOM

ISBN 978-3-8392-0168-8 · WIESBADEN RHEIN-TAUNUS RHEINGAU

GMEINER KULTUR

WWW.GMEINER-VERLAG.D
Mensch, Kultur, Regio